Alan Savage

DIE HERRSCHERIN DER VERBOTENEN

Stadt

Historischer Roman

Aus dem Englischen
von Susanne Zilla

BASTEI LÜBBE TASCHENBUCH
Band 14 142

Erste Auflage: September 1998

Deutsche Lizenzausgabe 1998 by
Bastei-Verlag Gustav H. Lübbe GmbH & Co.,
Bergisch Gladbach
Originaltitel: THE LAST BANNERMAN
Originalverlag: Little, Brown
Lektorat: Marco Schneiders
Titelbild: Bastei-Archiv
Umschlaggestaltung: Karl Kochlowski, Köln
Satz: KCS GmbH, Buchholz / Hamburg
Druck und Verarbeitung: 43524
Groupe Hérissey, Évreux, Frankreich
Printed in France
ISBN 3–404–14142-3

»*Die menschliche Natur verfügt über ein Heilmittel gegen die Tyrannei, das unter jeder Regierungsform für Sicherheit bürgt.*«

Samuel Johnson

DIE FAMILIE BARRINGTON

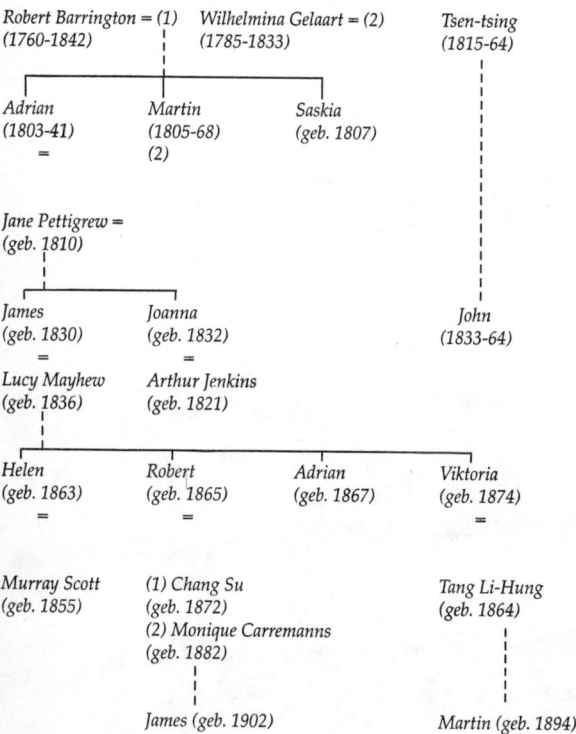

Robert Barrington = (1) Wilhelmina Gelaart = (2)   Tsen-tsing
(1760-1842)   (1785-1833)   (1815-64)

Adrian   Martin   Saskia
(1803-41)   (1805-68)   (geb. 1807)
=   (2)

Jane Pettigrew =
(geb. 1810)

James   Joanna   John
(geb. 1830)   (geb. 1832)   (1833-64)
=   =
Lucy Mayhew   Arthur Jenkins
(geb. 1836)   (geb. 1821)

Helen   Robert   Adrian   Viktoria
(geb. 1863)   (geb. 1865)   (geb. 1867)   (geb. 1874)
=   =   =

Murray Scott   (1) Chang Su   Tang Li-Hung
(geb. 1855)   (geb. 1872)   (geb. 1864)
                  (2) Monique Carremanns
                  (geb. 1882)

                  James (geb. 1902)   Martin (geb. 1894)

INHALT

ERSTES BUCH

DIE KAISERINWITWE

»O Verschwörung!
Du schämst dich, die verdächt'ge Stirn bei Nacht
Zu zeigen, wann das Bös' am freisten ist?«

William Shakespeare, *Julius Caesar*

1

DAS MASSAKER

Eine einzelne Glocke ertönte vom Turm der französischen römisch-katholischen Kirche, die gegenüber der Stadt Tientsin am westlichen Ufer des Großen Kanals lag. Der Sommer des Jahres 1870 war heiß und feucht, und das traurige Klagelied der Glocke war in den letzten Tagen schon mehrmals erklungen. So hallte es auch jetzt über diese größte von Menschen erschaffene Wasserstraße. Das Geräusch ließ die Kulis an den Rudern der Sampans erschrocken zusammenfahren. Sie waren über den Jangtse-Kiang aus Nanking und Schanghai gekommen und bogen jetzt in den schmaleren Pei-ho ein, der sie nach Peking brachte, der Hauptstadt der mächtigen Ch'ing-Dynastie, Herrscher über ganz China.

Auch die Wachen vor dem Palast des Vizeregenten, der sich ebenfalls am Ufer des Kanals befand, irritierte das ständige Läuten; wütend stampften sie mit den Füßen auf und machten ihrem Ärger Luft: nur gut, daß der Vizekönig nicht da war.

Aber auch die engen Gassen der Stadt Tientsin selbst, am Ostufer des Kanals, blieben nicht von dem Lärm verschont. Die Stadt der Tataren war von einer schützenden Mauer aus gebranntem Lehm und einer hohen inneren Abgrenzung aus zinnenartigen Steinen umgeben. Die Menschen hörten das Läuten und sprachen leise miteinander, sie wußten, was es bedeutete – auf dem römisch-katholischen Friedhof hinter der Kirche fand eine Beerdigung statt.

Den meisten Chinesen war die Kirche, die erst im vergangenen Juni geweiht worden war, ein Dorn im Auge. Es war ein riesiges, offensichtlich sehr teures Gebäude, architektonisch grotesk und viel zu groß für die winzige katholische Gemeinde Tientsins. Aber das war Sache der Franzosen. Was die Chinesen so ärgerte, war die Tatsache, daß die Franzosen in ihrer Arroganz die Kirche ausgerechnet an die Stelle eines

Tempels gebaut hatten, den sie gemeinsam mit ihren britischen Verbündeten im Krieg von 1861 zerstört und niedergebrannt hatten; genauso wie diese unbeschreiblichen Barbaren ihr Konsulat an die Stelle des kaiserlichen Palasts gesetzt hatten, der ebenfalls in diesem kurzen, aber für die Chinesen und ihre mandschurischen Herrscher so katastrophalen Konflikt zerstört worden war.

Solche Auswüchse waren sichtbare Zeichen der Niederlagen der Ch'ing. Viele Chinesen haßten die Mandschus, die zwei Jahrhunderte zuvor aus dem Norden fortgezogen und, von ihren acht Bannern angeführt, über das Reich der Ming hergefallen waren und es zerstört hatten. Aber diese fremden Teufel haßten sie noch mehr. Sie warteten sehnlichst auf das Signal ihres Kaisers, sich gegen die Barbaren zur Wehr zu setzen und sie ins Meer zu treiben. Aber der Kaiser war noch ein kleiner Junge, und an seiner Stelle herrschten seine Mutter und seine Stiefmutter, die beiden Kaiserinwitwen. Und sie taten nichts weiter, als sich weit weg von allem in der Verbotenen Stadt in ihren Palast zurückzuziehen, hinter die hohen, roten Mauern, die Peking vom Rest der Welt trennten.

In der Zwischenzeit waren es die Barbaren, die ihre Opfer herumkommandierten und sogar – so wurde hier und da gemunkelt – ihrem dämonischen Gott chinesische Kinder opferten. War es nicht ein kleines Kind, das heute begraben wurde? Mehr als ein dutzendmal hatte die Glocke im letzten Monat bereits geläutet. Die Cholera war in der Stadt, aber niemand wußte, ob die Glocke jedesmal einem natürlichen Tod gegolten hatte. Es gab einige, die das gern herausgefunden hätten.

Im Kloster St. Vincent de Paul, das gleich vor den Mauern der Stadt lag, klang die Glocke noch lauter. Ganz und gar unbeabsichtigt waren die Nonnen zum Mittelpunkt unzähliger Gerüchte geworden. Schwester Françoise wischte sich verzweifelt und erschöpft mit dem Handrücken den Schweiß von der Stirn, als sie den winzigen Körper in dem Kinderbett betrachtete, dessen Gesichtszüge ganz verzerrt von der

Anstrengung des Atmens waren. Der Mund war weit geöffnet, und das Kinn hing schlaff herunter. Das Kind starb an der von der Cholera verursachten Austrocknung.

Auf der anderen Seite des Zimmers schluchzte Schwester Aimée leise. Sie war erst zweiundzwanzig Jahre alt und die jüngste der zehn Nonnen im Kloster. Gleich nach Abschluß ihres Noviziats vor drei Jahren hatte sie sich freiwillig für die Arbeit in China gemeldet. Sie war ein hübsches Mädchen, nicht sehr groß, aber zierlich und elegant sogar in der weißen Schwesterntracht und Haube. Sie stammte aus einer guten Familie und war mit wildromantischen Vorstellungen in den Osten gekommen. Aber diese Vorstellungen lösten sich in einer Atmosphäre von Gestank und Leiden immer mehr auf.

Schwester Françoise durchquerte den Raum und trat neben das Mädchen. Schwester Françoise war selbst erst dreißig Jahre alt, aber sie war bereits seit acht Jahren in China, und sie war groß und kräftig. Monsieur Fontanier, der französische Konsul, der das Kloster oft besuchte, sagte stets, daß es ein Verbrechen sei, Schwester Françoise in ewiger Jungfräulichkeit einzusperren – sicherlich hatte Gott sie zur Mutterschaft auserkoren, als er ihr diesen weiblichen Körper mit großen Brüsten schenkte.

Die Nonnen freuten sich über Monsieur Fontaniers Besuch; in seiner derben Weise erinnerte er sie an die Welt, der sie entsagt hatten. Aber in den letzten Wochen hatten sie nichts zu Lachen gehabt.

Die Tür öffnete sich, und Schwester Adèle kam eilig herein. Sie war die älteste der Nonnen, klein, mit schwarzen Haaren und dunkler Haut, und sie hatte es immer eilig, war voller Energie. »Und?« fragte sie. »Was soll die Jammermiene?«

»Sie sterben beide, Schwester«« sagte Françoise.

»Was können wir also noch tun, als ihre Seelen retten?« erwiderte Schwester Adèle energisch. »Beeilt euch lieber, die Oberin möchte mit euch sprechen.«

Françoise und Aimée wuschen sich die Hände und gingen die Treppe hinunter zum Büro von Mutter Stanislaus. Dort warteten sie vor der Tür. Die Oberin versuchte gerade, einem

Neuankömmling, der Frau eines französischen Beamten, die chinesische Sprache näherzubringen. »Verstehen Sie, Madame«, sagte sie. »Wenn dem CH ein Apostroph folgt, dann wird es wie Q ausgesprochen, wenn nicht, dann spricht man es wie ein weiches J oder eher wie ein X, das ist genauer. Also spricht man CH'ING aus wie Qing und CHING wie Xing.«

»Das werde ich nie begreifen«, jammerte Madame Denain. »Wie war das noch gleich mit den Kaiserinwitwen? Wie spricht man ihre Namen aus?«

»Ihre Titel lauten Ts'e-an, sie ist die erste, und Ts'e-hi, die zweite.«

»Und ihre richtigen Namen?«

»Sie werden nicht mehr bei ihren Namen genannt, Madame, nur noch bei ihren Titeln.«

Madame Denain sah aus, als wollte sie sich am Kopf kratzen. »Ich habe noch nie von zwei Kaiserinwitwen zur gleichen Zeit gehört.«

»Wir sind hier in China, Madame. Ts'e-an war die Hauptfrau des verstorbenen Hsien-feng-Kaisers, aber Ts'e-hi, die zweite, ist die Mutter des jetzigen Kaisers.«

»Dessen Name lautet T'ung-chi, was Tung-xih ausgesprochen wird«, sagte Madame Denain triumphierend.

»Nein, nein, Madame. Das ist nicht sein Name. Er ist der T'ung-chi-Kaiser.«

»Wie lautet denn sein Name?«

»Er hieß Tsai-ch'un, bevor er den Thron bestieg. Aber auch dieser Name wird nie wieder genannt werden.«

»Und er ist der Sohn des verstorbenen Kaisers, Wen Tsung Hsien Huang-ti. Aber Ihr habt gesagt, sein Vater wäre der Hsien-feng-Kaiser gewesen.«

Mutter Stanislaus seufzte. »Sein Vater war der Hsien-feng-Kaiser. So wurde er zu Lebzeiten genannt. Und nach seinem Tod erhielt er einen Herrschaftstitel, der, wie Ihr richtig sagtet, Wen Tsung Hsien Huang-ti lautet. Nur so darf er heute bezeichnet werden. Die Chinesen haben kein absolutes Kalendersystem wie wir, Madame. Jeder Kaiser erhält nach seinem Tod einen Herrschaftsnamen, und alles was sich im

Laufe seiner Herrschaft ereignet, wird vom Jahr seiner Thronbesteigung ab datiert.«

»Das werde ich nie begreifen«, sagte Madame Denain wieder.

»Nun ... ich will versuchen, Euch ein Beispiel zu geben. Unser Kaiser ist Napoleon III., nicht wahr?«

»Ja.«

»Bevor er Kaiser wurde, hieß er Napoleon Bonaparte, aber jetzt, da er Kaiser ist, würde ihn niemand Monsieur Bonaparte nennen, oder?

»Nein, wohl kaum.«

»Also bitte, da seht Ihr es. Aber das System der Chinesen geht noch einen Schritt weiter. Wenn der Kaiser stirbt, verleiht man ihm einen posthumen Titel, vielleicht so etwas wie: Bewahrer des Reichs. Das wäre fortan sein Name für die Geschichtsschreibung. Ist es so leichter zu verstehen?«

»Ich glaube schon«, sagte Madame Denain. »Aber da gibt es noch etwas, das ich nicht verstehe. Warum haben die Chinesen zwei Namen und die Mandschus nur einen?«

»Weil die Mandschus keine Nachnamen haben, Madame.« Die Oberin sah die beiden Nonnen, die vor der Tür warteten. »Ah, Schwestern. Ich habe Arbeit für euch. Zwei Taufen warten. Ling hat zwei obdachlose Kinder mitgebracht.«

Sie wandte sich wieder ihrer Schülerin zu, während Françoise und Aimée sich gegenseitig Blicke zuwarfen. Keiner der Schwestern gefiel, wie die Oberin mit den chinesischen Kindern verfuhr, auch wenn sie wußten, daß es aus reiner Gutmütigkeit geschah und die Oberin nur das Seelenheil der kleinen Heiden im Auge hatte und soviele von ihnen bekehren wollte wie nur möglich. Aber Geld dafür zu bieten, daß man die Waisen zu ihr brachte, die sich womöglich bereits angesteckt hatten, nur um sie vor dem Tode noch zu taufen, das erschien ihnen irgendwie ... *un*christlich.

Doch Gehorsam war höchstes Gebot, und so eilten die beiden jungen Frauen die Treppe hinunter in den Hof, wo Ling Su-chan, der Pförtner, mit zwei kleinen, ungefähr dreijährigen Mädchen wartete. »Wo hast du sie her?« fragte Françoise.

»Von meinem Freund Sung«, erklärte Ling.

»Bist du sicher, daß es Waisen sind?«

»Natürlich, Schwester. Wie könnten sie sonst hierher kommen?«

Françoise bückte sich und nahm eines der Mädchen auf den Arm. »Hier wird dir nichts geschehen«, sagte sie in fließendem Mandarin.

»Ich möchte nach Hause«, erwiderte das Mädchen.

»Hier wird dir nichts geschehen«, wiederholte Françoise, ohne innerlich von ihren Worten überzeugt zu sein.

Als Ling Su-chan an jenem Nachmittag das Kloster verließ, ging er direkt zu Sung Wan-lis Haus. Die zwei waren sehr gute Freunde, hin und wieder auch Geliebte – Sungs Ehefrau hatte nichts dagegen, und Ling war nicht verheiratet.

»Die Oberin ist hocherfreut«, sagte Ling seinem Freund. »Sie möchte wissen, ob du noch mehr solche Waisen für sie hast.«

»Wo ist mein Geld?« fragte Sung.

Ling gab ihm einen Beutel mit Silbermünzen.

»Es wird immer schwieriger«, sagte Sung. »Die nächsten werden teurer sein.«

»Ich werde es der Oberin mitteilen«, meinte Ling.

Als er gegangen war, kam Sungs Frau, Ting Shan, ins Zimmer und setzte sich neben ihn. »Was du da tust, ist sehr böse«, sagte sie.

»Findest du das auch, wenn du die Münzen ausgibst?« wollte er wissen.

»Es wird nur Unheil über uns bringen«, erwiderte sie.

Als Sung am nächsten Tag seinen Geschäften nachging, packten ihn plötzlich mehrere Männer, hielten ihm ein Messer an die Kehle, damit er nicht schrie, und schoben ihn in eine dunkle Gasse. Dort fesselten und knebelten sie ihn, stülpten ihm einen Sack über den Kopf, warfen ihn auf einen Karren und bedeckten ihn mit alten Fetzen. Dann fuhren sie mit ihm zu einem Haus am Rande der Tatarenstadt. Hier zogen sie ihn vom Karren herunter, nahmen ihm den Knebel ab und führten ihn einem Mandschu-Kaufmann, Chiang-hung, vor.

»Wo sind meine Töchter?« fragte Chiang-hung.

»Töchter? Ich weiß nichts von Euren Töchtern«, protestierte Sung.

»Man hat Euch gestern in ihrer Nähe gesehen. Dort, wo sie gespielt haben«, sagte Chiang-hung. »Und als ihre Schwester sie holen wollte, da waren sie verschwunden. Wir haben die ganze Nacht nach ihnen gesucht. Jetzt sagt man mir, daß Ihr der letzte seid, der sie gesehen hat. Sagt mir, wo sie sind. »

Sung biß sich nervös auf die Lippen. »Ich weiß nichts von Euren Töchtern«, wiederholte er.

Chiang-hung machte eine Handbewegung, und einer seiner Männer warf Sung zu Boden. Dort hielten sie ihn fest, während sie ihm die Hosen auszogen.

»Ich weiß nichts von Euren Töchtern«, rief Sung verzweifelt.

Chiang-hungs Männer spielten mit seinem Penis, bis er erigiert war, dann zogen sie die Eichel auseinander und führten lange Holzsplitter ein. Sung schrie wieder und wieder, und sein Penis wurde schlaff. Aber die Männer hörten nicht auf.

»Du wirst die Sinnesfreuden nie wieder spüren können«, sagte Chiang-hung.

»Ich sage es Euch«, schrie Sung. »Ich sage es Euch.«

Wieder machte Chiang-hung eine Handbewegung, und die Splitter wurden herausgezogen. Sie waren voller Blut.

»Man hat mir Geld gegeben«, keuchte Sung und wand sich vor Schmerzen; er konnte nicht still liegen. »Ling Su-chan vom Kloster. Die französische Frau dort hat es ihm gegeben.«

»Für meine Kinder?«

»Für irgendwelche Kinder. Ich wußte nicht, daß es Eure Kinder waren. Ich sah sie spielen und glaubte, daß es Waisen wären.«

»Warum wollen sie unsere Kinder?«

Wieder kaute Sung nervös auf seiner Lippe herum. Er hatte nicht die geringste Ahnung, was die Oberin mit den chinesischen Kindern vorhatte, die man ihr brachte. Aber sicher nichts Gutes, denn sie war eine ausländische Hexe. Auf der anderen Seite, wenn er Chiang-hung sagte, daß seine Kinder in Gefahr schwebten ... aber es war noch nicht zu spät, sie konnten noch gerettet werden.

»Weitermachen«, befahl Chiang-hung seinen Männern.

»Nein«, kreischte Sung. »Ich sage es Euch. Sie suchen Kinder, die ihren Priestern für Analverkehr zur Verfügung stehen. Waisen. Ich dachte, Eure Kinder wären Waisen.«

»Analverkehr?« Chiang-hungs Miene verfinsterte sich. »Ihr habt meine Kinder für Analverkehr gestohlen?«

»Ich wußte es doch nicht«, flehte Sung. »Ich wußte es doch nicht.«

»Das reicht«, sagte Chiang-hung. »Schafft dieses Stück Aas weg und laßt uns die Wahrheit herausfinden.«

Einer der Männer schlang ein dickes Seil um Sungs Hals und zog es fest.

»Das ist ja unglaublich«, sagte Pater Maurice. Sein ohnehin ständig gerötetes Gesicht war dunkler denn je. Sogar seine Glatze färbte sich dunkelrot. »So etwas habe ich überhaupt noch nicht gehört. Ihr müßt etwas unternehmen, Monsieur Fontanier.«

»O ja, und ob ich das werde.« Fontanier, groß und dünn, mit einem Schnurrbart, der wie eine Bürste aussah, war ein ehemaliger Soldat, der Teile dieses Landes neun Jahre zuvor unter General Montauban erobert hatte. Er war ebenso leicht erregbar wie der Pater und hatte für die Chinesen und Mandschus nichts als Verachtung übrig. »Ich werde jemandem den Hals umdrehen.« Er erhob sich von seinem Schreibtischsessel. »Denain, bringt mir mein Schwert und meine Pistole und bewaffnet Euch selbst. Diese Teufel verstehen nur die Sprache der Gewalt. Nun erzählt mir noch einmal ganz genau, Pater, was geschehen ist.«

Denain, der Schatzkanzler des Konsulats, war erst kürzlich mit seiner Frau in China angekommen. Er beeilte sich, dem Befehl seines Vorgesetzten, vor dem er erheblichen Respekt hatte, Folge zu leisten.

Pater Maurice seufzte vernehmlich. »Mehrere Männer

haben unter Führung dieses Schuftes Chiang-hung in der vorletzten Nacht unseren Friedhof entweiht. Sie haben die frisch Beerdigten ausgegraben und die Leichen dieser armen Kinder entblößt. Dann haben sie behauptet, daß sie einem heidnischen Gott geopfert worden wären, nachdem unsere Priester sie vergewaltigt hätten. Sie haben den Pöbel aufgehetzt und vor den Richtern gefordert, das Kloster zu durchsuchen; Chiang-hung hat die Unverschämtheit besessen, zu behaupten, seine eigenen Töchter würden dort gefangengehalten.«

»Stimmt das denn?«

»Selbstverständlich nicht. Oberin Stanislaus nimmt nur Waisen und die Kinder von Bekehrten auf. Jetzt, wo die Cholera wütet, versucht sie verzweifelt, soviele Kinderseelen wie möglich zu retten.«

»Eine wahrhaft fromme Frau«, sagte Fontanier respektvoll.

»Nun, als dann gerichtlich verfügt wurde, daß das Kloster durchsucht werden sollte, da habe ich mich geweigert. Soll ich etwa zulassen, daß so ein Haufen chinesischer Verbrecher unsere heiligen Stätten entweiht und unsere Nonnen beleidigt?«

»Ihr habt Euch ganz korrekt verhalten«, pflichtete ihm Fontanier bei, während er sich Schwert und Pistolenhalfter mit zwei Revolvern umband. »Und nun sagt Ihr, daß er einen amtlichen Bescheid von Ch'ung-hou persönlich vorgelegt hat?«

Ch'ung-hou war der Handelspräsident der Häfen im Norden und bei Abwesenheit des Vizekönigs der höchste mandschurische Beamte in der Stadt.

Pater Maurice legte die Schriftrolle auf den Schreibtisch. »Sie werden um drei Uhr heute nachmittag im Kloster erscheinen und sich, wenn wir sie nicht hereinlassen, gewaltsam Eintritt verschaffen. Bitte sehr, so steht es hier.«

Fontanier nahm verächtlich das Schriftstück und steckte es in die Jackentasche. »Das werden wir ja sehen, Pater. Geht Ihr jetzt nur zurück zum Kloster und schließt die Türen. Den Rest überlaßt mir. Ich werde Ch'ung-hou dieses Schriftstück in den Hals stopfen, darauf könnt Ihr Euch verlassen. Denain, folgt mir.«

Energischen Schrittes verließ er das Konsulatsgebäude,

bestieg sein Pferd und ritt die Straße hinunter. Der ebenfalls bewaffnete Denain folgte ihm auf seinem eigenen Pferd. Ängstlich wichen die chinesischen Fußgänger den Hufen der Pferde aus; die aggressiven Launen des französischen Konsuls waren nur zu gut bekannt.

Vor dem Büro des Handelspräsidenten stieg Fontanier ab und marschierte mit gewichtiger Miene hinein, woraufhin die chinesischen Beamten erschrocken aufsprangen. Denain folgte ihm noch immer dicht auf den Fersen und versuchte, den Eindruck seines Vorgesetzten etwas abzumildern. »Seine Exzellenz ist jetzt nicht zu sprechen, Exzellenz«, protestierte einer der Beamten, als Fontanier geradewegs auf die hintere Tür zusteuerte.

»Geh mir aus dem Weg, Schurke«, rief Fontanier, packte den Mann bei den Schultern und schleuderte ihn zur Seite. Dann riß er die hintere Tür auf.

Drei Männer befanden sich im Büro des Handelspräsidenten. Ch'ung-hou war ein typischer Mandschu, nicht sehr groß, aber kräftig gebaut, mit herabhängendem Schnurrbart und vorgeschobener Unterlippe. Gekleidet war er wie ein Chinese. Er trug einen langen blauen Kittel, Hosen in der gleichen Farbe und einen runden Hut. Er hatte an seinem Schreibtisch gesessen, aber jetzt erhob er sich empört. »Was soll das bedeuten?«

Die anderen beiden, chinesische Kaufleute, mit denen er gesprochen hatte, traten rasch zur Seite.

»Das hier ist der Grund«, sagte Fontanier scharf und warf die Schriftrolle auf den Schreibtisch. »Wie könnt Ihr es wagen, meinen Landsleuten zu befehlen, Eurem ungewaschenen Pack Einlaß zu gewähren?«

Ch'ung-hou hob das verknitterte Schriftstück auf und warf einen kurzen Blick darauf. Dann sah er den Konsul an. »Das geschieht im Interesse aller Beteiligten.«

»Wie bitte?« schrie Fontanier. »Im Interesse aller?«

»Das Volk ist wütend. Es ist davon überzeugt, daß Eure Nonnen kleine Kinder mißhandeln und sie sogar ihrem Gott als Opfer darbringen, um die Cholera abzuwenden. Das wird nicht enden, solange kein Gegenbeweis erbracht ist. Und die einzige Art, einen Gegenbeweis zu erbringen, ist eine Durchsuchung des Klosters.«

»Das werde ich nicht zulassen. Und was ist mit der Grabschändung?«

»Eine höchst bedauerliche Angelegenheit, Monsieur Fontanier. Aber wenn sich die Menschen um ihre Kinder Sorgen machen –«

»Ich verlange, daß dieser Befehl widerrufen wird. Wenn nötig, werde ich französische Truppen aus den Unterkünften holen lassen, um das Kloster zu schützen.«

Ch'ung-hous Augen blitzten vor Zorn. »Kein Soldat der Barbaren wird diese Stadt betreten. Das ist ein Verstoß gegen unser Abkommen.«

»Glaubt Ihr etwa, daß ich mich um Abkommen kümmere, wenn meinen Nonnen Vergewaltigung droht?«

»Niemand wird Euren Nonnen etwas antun, Monsieur Fontanier.«

Fontanier hob die Schriftrolle auf und warf sie Ch'ung-hou ins Gesicht. »Widerruft den Befehl, und zwar sofort. Ich befehle es Euch.«

Ch'ung-hou schnaubte verächtlich. »Ihr befehlt mir? Eure Frechheit erstaunt mich. Verlaßt mein Büro, bevor ich Euch hinauswerfen lasse.«

»Warte nur, du unverschämter gelber Teufel!« brüllte Fontanier und zog sein Schwert. Ch'ung-hou sprang zurück und fiel über seinen Stuhl. Fontanier setzte ihm nach und fegte einige Gegenstänen vom Schreibtisch.

»Hilfe!« schrie Ch'ung-hou. »Zur Hilfe!«

Hinter ihnen flog die Tür auf, und mehrere chinesische Beamte erschienen. Sie stießen mit den beiden Kaufleuten zusammen, die das Zimmer fluchtartig verlassen wollten.

»Wir werden angegriffen, Monsieur!« rief Denain.

»Gelbe Teufel!« knurrte Fontanier. Mit der Linken zog er einen seiner Revolver und zielte auf Ch'ung-hou; aber die Kugel verfehlte ihr Ziel und schlug in der Wand neben dem Kopf des Handelspräsidenten ein. Dann drehte sich Fontanier um und schoß auf die Männer am Eingang. Einer fiel zu Boden, die anderen rannten davon. Denain hatte jetzt ebenfalls seinen Revolver gezogen, und so bahnten sich die beiden Franzosen ihren Weg durch das Vorzimmer, wobei sie auf alles schossen, was sich bewegte; wieder stürzte ein Chinese mit einem Schmerzensschrei zu Boden.

Fontanier riß die Tür nach draußen auf und starrte wütend in die Menge, die sich dort versammelt hatte. In diesem Augenblick war alles vollkommen friedlich. Sie hatten von dem merkwürdigen Besuch im Büro des Handelspräsidenten gehört und waren aus reiner Neugierde gekommen. »Aus dem Weg!« bellte Fontanier und fuchtelte mit dem Schwert.

Einer der Chinesen trat vor. »Bei allem Respekt, Exzellenz –«

»Angriff!« schrie Fontanier und feuerte. Die Kugel verfehlte den Mann, traf aber weiter hinten jemanden. Die Menge wich zurück und drängte dann wieder vor. Denain schoß ebenfalls, und die beiden Männer rannten zu ihren Pferden. Aber die Menge hatte sie erreicht, bevor sie noch ganz aufsteigen konnten. Fontanier hieb mit dem Schwert um sich, warf den leeren Revolver fort und zog den zweiten. Doch benutzen konnte er ihn nicht, denn die Menge hatte ihn längst vom Sattel gezogen. Sein Schwert wurde ihm aus der Hand gerissen, ebenso der Revolver. Die Menge war aber nicht interessiert daran, die Waffen zu benutzen; sie wollte den Mann selbst in die Finger bekommen. Er keuchte und schrie, als unzählige Finger wie Krallen an seinen Kleidern rissen, sich in seine Augenhöhlen gruben, ja sogar in seinen Mund, um ihn aufzureißen. Nur wenige Sekunden später verhallten seine spitzen Schreie, und wie Denain war er nur noch ein unförmiger, blutiger Haufen.

Aber noch immer gruben sich die Finger in sein Fleisch.

In keiner chinesischen Stadt kehrte jemals Ruhe ein. Immer herrschte Lärm. Abgesehen von dem gleichmäßigen Dröhnen der Menschenmassen und dem Gebell der Hunde wurden ohne Unterlaß und aus den verschiedensten Gründen Feuerwerkskörper gezündet.

Aber an diesem Tag war es noch lauter als sonst. Die

Schwestern waren ohnehin nervös wegen des Durchsuchungsbefehls und der Möglichkeit, daß sie ihre Tore um drei Uhr nachmittags öffnen und ihre gesamte Anlage den neugierigen Blicken dieser Heiden preisgeben mußten. Pater Maurice war gleich nach seinem Treffen mit dem Konsul zurückgekommen und hatte ihnen versichert, daß es nicht dazu kommen würde, aber Oberin Stanislaus wollte im Zweifelsfall immer aufs Schlimmste vorbereitet sein. Alle im Kloster – die neun Schwestern, zwanzig bekehrte Chinesen, die dort arbeiteten, und einige andere Europäer, die zufällig am Morgen vorbeigekommen waren – führten Reinigungsarbeiten durch.

Die gesunden Kinder waren alle gebadet worden und trugen die besten Kleider, die sich das Kloster für sie leisten konnte. Auch die Kranken hatte man gewaschen und ihnen frische Bettwäsche ausgehändigt.

Jetzt waren sie bereit. Und das war auch gut so, dachte Schwester Françoise, da sie noch nichts von Monsieur Fontanier gehört hatten. Der Konsul konnte sehr unterhaltsam sein, wenn er gut gelaunt war, aber Françoise fand, daß er im großen und ganzen ein ziemlicher Windbeutel war, auf dessen großartige Versprechungen man sich nur selten verlassen konnte.

Mittlerweile wurde der Lärm in der Stadt immer lauter. Es war Schwester Aimée, die schließlich schreiend die Treppe vom Dach des Klosters hinuntergelaufen kam, um ihnen mitzuteilen, daß die Kathedrale in Flammen stünde.

»Aimée, du bist wirklich unmöglich«, rügte die Oberin. »Du wirst nach der Vesper in mein Büro kommen. Mit dem Stock werde ich dich dafür bestrafen, daß du uns so erschreckt hast.«

»Aber sie brennt, Oberin«, beharrte Aimée. »Warum geht Ihr nicht hinauf und seht es Euch selbst an?«

Die anderen Schwestern liefen sogleich die Stufen hinauf und starrten voller Entsetzen auf die dicke Rauchwolke, die westlich von ihnen in den Himmel stieg. »Das ist tatsächlich die Kathedrale«, sagte Pater Paul, der Pater Maurice unterstellt war.

»Was sollen wir tun?« fragte die Oberin.

»Vielleicht sollten wir beten«, schlug Schwester Adèle vor.

Sie drehten sich gemeinsam um und sahen Pater Maurice erwartungsvoll an, der zu ihnen gekommen war und ebenfalls bestürzt die brennende Kirche betrachtete.

»Ich muß den Konsul informieren«, sagte er schließlich. »Er wird uns Truppen schicken.«

Er ging die Treppe hinunter, aber Ling Su-chan, der am Tor stand, riet ihm, nicht hinauszugehen. »Es sind eine Menge Menschen dort draußen, Monsieur«, erklärte er. »Ich glaube nicht, daß Ihr da hindurchkommt.« Ling war sehr aufgeregt, da er nichts von Sung gehört hatte.

Pater Maurice kaute unschlüssig auf seinen Lippen und fuhr erschrocken zusammen, als es am Tor plötzlich heftig klopfte. »Das ist sicher Monsieur Fontanier«, sagte er zuversichtlich.

»Es sind Chinesen«, sagte Ling und hörte sich ihre Flüche und Beschimpfungen an, die sie ihnen durch das dicke Holz entgegenschleuderten. »Sie möchten hinein.«

»Es ist noch nicht drei Uhr«, protestierte Pater Maurice.

»Ich glaube nicht, daß der Handelspräsident dabei ist, Monsieur.«

Pater Maurice drehte sich zur Treppe um und sah die Oberin und Pater Paul an, die dort standen. Unterhalb von ihnen warteten die Bekehrten, Männer und Frauen, und über ihnen – im Eingang zu ihren Quartieren – die Schwestern.

»Was sollen wir tun?« fragte Pater Maurice.

»Verweigert ihnen den Zugang«, sagte Pater Paul.

»Ja«, rief Schwester Aimée von oben. »Sagt ihnen, sie sollen fortgehen.«

»Sei still, Aimée«, wies sie die Oberin zurecht. »Was schreien sie denn, Ling?«

»Daß sie die Tür aufbrechen werden, wenn Ihr sie nicht hereinlaßt.«

»Können sie das denn?« fragte Pater Maurice besorgt.

»Ich fürchte schon, Monsieur. Es sind sehr viele.«

»Dann müssen wir das Tor öffnen«, entschied die Oberin. »Sie wollen das Kloster durchsuchen. Also bitte. Schwestern, ihr werdet euren Pflichten nachgehen. Stellt euch neben die Betten eurer Patienten. Seid ruhig und laßt euch zu keinem Zeitpunkt anmerken, daß ihr Angst habt.«

Françoise sah Aimée an, die sich auf die Lippen biß. Aber dem Befehl der Oberin mußte man Folge leisten. Die Schwestern stiegen die Treppenstufen hinauf und verteilten sich; Françoise und Aimée gingen ins Krankenzimmer, wo sie eines der Kinder halb bewußtlos vorfanden. Das andere war sehr erregt und hatte versucht, aus dem Bett zu klettern, aber es war so schwach, daß es jetzt auf Händen und Knien am Boden kauerte und sich nicht bewegen konnte.

»Das war sehr unartig von dir«, sagte Françoise streng und hob es vom Boden auf. Aimée hatte die Laken zurückgeschlagen, und sie legten das Kind wieder ins Bett und deckten es zu.

»Ich will nicht, daß die Fremden hier hereinkommen und sie so sehen«, schimpfte Aimée.

»Wenn damit all das dumme Gerede ein Ende hat, dann ist es wohl das beste.«

»Wir sollten in unseren Zimmern sein. Sie werden dort eindringen und unsere Sachen stehlen.«

Françoise sah sie kühl an. Keine Schwester, die etwas auf sich hielt, würde je etwas in ihrem Zimmer haben, das sich zu stehlen lohnte. Aber jeder wußte, daß Aimée kleine persönliche Schätze dort verborgen hielt, die sie aus Frankreich mitgebracht hatte. Die Oberin hatte es erlaubt, weil Aimées Onkel ein Graf war.

»Wenn der Handelspräsident die ganze Aktion beaufsichtigt, dann wird er nicht zulassen, daß etwas gestohlen wird.«

Sie hörten, wie unten der Lärm plötzlich anschwoll: Ling hatte das Tor geöffnet. Lautes Rufen und Gelächter hallten plötzlich durch die Räume des Klosters. Es schienen enorm viele zu sein. Dann hörten sie noch etwas anderes: einen spitzen Schrei.

»Das war die Oberin!« stieß Aimée hervor.

Der Lärm wurde lauter, die Menge kam näher.

»Wir müssen hier weg«, keuchte Aimée.

»Wir können nicht fort«, erwiderte Françoise.

Aimée fiel auf die Knie und begann zu beten. Françoise blieb stehen und starrte die Tür an. Ihr Kruzifix hielt sie fest mit der linken Hand umklammert. Was draußen geschah, klang jetzt geradezu bestialisch, und es war sehr nah. Sie hörte Schwester Adèle mit kreischend hoher Stimme um Gnade betteln. Würde *sie* auch betteln?

Mehrere Männer liefen an der Tür vorüber, hielten dann plötzlich mitten im Lauf an, sahen hinein und kamen auf sie zu. Françoise atmete so tief ein, daß sie glaubte, ihre Lungen müßten bersten.

»Bitte ...« jammerte Aimée.

Die Männer stießen Freudenschreie aus. Vielleicht waren sie von den anderen enttäuscht gewesen; Françoise wußte, daß sie und Aimée die hübschesten Schwestern im Kloster waren. Die Männer liefen auf sie zu und begannen, ihnen die Kleider vom Leib zu reißen. Françoise wollte sie mit dem Kruzifix schlagen, aber sie beherrschte sich und verharrte regungslos.

»Die Kinder!« rief Aimée. »Die Kinder!«

Aber die Männer interessierten sich nicht für die Kinder. Sie zogen die beiden Nonnen nackt aus und hielten nur amüsiert inne, als sie ihre geschorenen Köpfe sahen. Dann warfen sie Françoise und Aimée zu Boden und vergewaltigten sie. Françoise wehrte sich nicht, aber Aimée kämpfte verzweifelt, als ob sie es nicht fassen könnte, daß ihr so etwas widerfuhr. Ihre schlanken weißen Beine flogen hin und her, bis die Männer sie festhielten und auf den Boden drückten. Françoises Beine bewegten sich nicht; sie hatte sich damit abgefunden, daß es sinnlos war, sich zu wehren. Sie spürte nur Ekel, Schmerz und die Gewißheit, daß sie sterben würden.

Aber nicht, bevor ihre Peiniger bereit waren. Als die Männer sich befriedigt hatten, rissen sie die Nonnen auf die Füße und stießen sie durch die Gänge und anschließend die Treppe hinunter. Unten warteten johlende und lachende Männer und Frauen, viele mit blutbefleckten Kleidern, die die Schwestern hin und her stießen. Sie grapschten nach ihren weißen Brüsten und Pobacken und steckten ihnen die Hände zwischen die Beine. Auch Françoise weinte, als die Menge sie und Aimée im Hof auf den Boden warf und erneut vergewaltigte.

Die verstümmelten Leichen neben ihnen sahen sie kaum – die Oberin, Pater Paul, Pater Maurice, Ling und eine ganze Reihe der Bekehrten.

Das gleiche würde jetzt mit ihnen geschehen, als man die beiden Nonnen auf die Knie zwang und sie die Messer näherkommen sahen. Doch das war erst der Anfang ihrer Qualen.

»Hast du die Neuigkeiten aus Tientsin gehört?« fragte T'se-an.

Die erste Kaiserinwitwe war vierunddreißig Jahre alt und neigte inzwischen zur Fülle. Dadurch hatte sie viel von der Schönheit verloren, die sie ausgezeichnet hatte, als sie dem Hsieng-feng-Kaiser als Konkubine vorgestellt worden war. Ihre Erhebung zur Kaiserin war kurz darauf erfolgt. Aber Ts'e-an hatte sich nie wirklich an ihre Rolle als Kaiserin gewöhnen können, und noch viel weniger war sie mit dem frühen Tod ihres Gemahls zurechtgekommen, durch den sie zur Hauptregentin über ihrem jungen Stiefsohn wurde, dem T'ung-chih-Kaiser. Das war vor neun Jahren gewesen – neun Jahre voller Aufruhr und Unfrieden, sowohl innerhalb des Reiches als auch im Kampf mit den Barbaren, die sie wieder und wieder an ihren Küsten und auf den Flüssen angriffen, um sich Handelsprivilegien zu erkämpfen. Dabei hatte sie nichts weiter gewollt, als in Ruhe gelassen zu werden, auf daß sie sich ihrem Garten und ihren Büchern widmen konnte. Und jetzt dies … sie hatte gegen die strenge Hofetikette verstoßen, als sie unangemeldet bei ihrer Mitregentin erschienen war.

Es mußte schon einiges geschehen, um T'se-an aus ihrer üblichen Gelassenheit zu reißen, aber der äußere Eindruck täuschte ohnehin. Auch wenn sie nach außen hin vollkommen ruhig wirkte, war sie in Wirklichkeit von Ängsten gepeinigt. Obwohl sie bereitwillig T'se-hi die täglichen Regierungsgeschäfte überließ, so vergaß sie doch niemals, daß sie selbst die erste Kaiserinwitwe war, wie es in den letzten Worten des Hsieng-feng-Kaisers verzeichnet war. Auch ihr Titel brachte das zum Ausdruck. Daher trug letzten Endes sie die volle Verantwortung für das Wohlergehen des Mandschu-Reiches und der Ch'ing-Dynastie, die es regierte.

Aber sie wußte, daß es eigentlich der geistigen Kraft und Stärke ihrer Mitregentin zuzurechnen war, daß das Reich noch bestand.

T'se-hi war ein Jahr älter, obwohl auch sie als Lan Kuei am gleichen Tag wie Niuhuru dem Kaiser vorgestellt worden war. Achtzehn Jahre waren seitdem vergangen. Aber es lag nicht nur am Alter, daß T'se-an T'se-hi immer wieder um Rat fragte – auch nicht daran, daß sie kinderlos war und T'se-hi Mutter des T'ung-chih-Kaisers. Es war vielmehr die Persönlichkeit T'se-his. T'se-an hatte sich immer nur Ruhe und Zurückgezogenheit gewünscht; T'se-hi dagegen hatte stets nach Macht und Einfluß gestrebt. Ihre aggressive Energie und stählerne Willenskraft hatten ihnen beiden damals das Leben gerettet, als Palast-Intrigen am Sterbebett des Kaisers auch sie in größte Gefahr gebracht hatten. Auch ihre jetzige unangreifbare Machtposition war ausschließlich T'se-hi zu verdanken.

Sie stand am Fenster ihrer Gemächer mitten im Palast der Verbotenen Stadt in Peking und sah in den Garten hinunter, wo ihr Sohn gerade spielte. Der T'ung-chih-Kaiser war jetzt vierzehn Jahre alt – ein glücklicher Junge, der lieber eingebildete Armeen führte, als über seinen Lehrbüchern zu sitzen. Aber seine Nase lief ständig, und auch sein Husten ließ nie nach. Er hatte die schlechte Gesundheit seines Vaters geerbt, und niemand bezweifelte, daß dem Reich wieder einmal eine Auseinandersetzung um die Thronfolge bevorstand.

T'se-hi drehte sich um. Auch sie war mit fünfunddreißig Jahren nicht mehr so schlank wie früher, was man trotz der weiten Gewänder sehen konnte. Ihr Gesicht war runder als vorher, aber das energische kleine Kinn war unverändert, und ebenso ihr herrliches rabenschwarzes Haar, das schwer über ihre Schultern bis auf den Rücken floß – in ihren privaten Gemächern trug sie keine Kopfbedeckung. Aber das hervorstechendste Merkmal waren nach wie vor ihre Augen, kohlschwarz, unergründlich und voller Entschiedenheit.

Sie war nicht allein. T'se-hi war nie allein. Ihr Lieblingseunuch, Chang Tsin, weilte bei ihr; sie waren schon als Kinder Freunde gewesen. Außerdem gab es noch den Mandschu-Soldaten Jung-lu, der jetzt General war. Er hatte eine stattliche und muskulöse Figur. T'se-hi und er waren gleichaltrig, und auch er war ein alter Freund der Familie seit ihrer Flucht vor den T'ai-P'ing aus der Stadt Wuhu am Jangtse im Jahre 1851. Jeder wußte, daß er seit dem Tod des Kaisers ihr Liebhaber war – vielleicht auch schon davor, munkelten einige. Daß er, ein vollwertiger Mann, überhaupt Zutritt zum Palast in der Verbotenen Stadt hatte, was normalerweise nur Prinzen des Hauses Ch'ing erlaubt war, zeigte, wie wenig Respekt T'se-hi vor den Gesetzen und Traditionen hatte, wenn es um ihre eigenen Belange ging.

Aus diesem Grund haßte T'se-an Jung-lu; in ihren Augen war es eine unverzeihliche Beleidigung der kaiserlichen Familie, wenn eine Kaiserinwitwe sich einen Liebhaber nahm. Aber sie hatte sich noch nie gegen T'se-hi durchsetzen können.

»Die Franzosen sind Barbaren«, meinte T'se-hi. »Haben ihre Soldaten denn nicht vor neun Jahren den Sommerpalast niedergebrannt? Es ist nur gerecht, daß die Chinesen ihre Kathedrale anzünden.«

»Aber sie haben so viele von ihnen umgebracht«, erwiderte T'se-an. »Vielleicht steht uns ein neuer Krieg bevor.«

»Diesmal sind wir besser vorbereitet«, sagte T'se-hi mit einem Seitenblick auf Jung-lu, dessen Gesicht vor Begeisterung strahlte, als könne er es kaum erwarten.

T'se-an seufzte. Sie wußte, daß sich im Verhältnis der Mandschu-Armee und der Truppe der Barbaren gar nichts geändert hatte. Wenn es zum erneuten Krieg kam, hatten die Barbaren noch immer die besseren Generäle, die besseren Waffen und vor allem diesen unbeschreiblichen Elan, der sie von Sieg zu Sieg trug. »Du meinst, du wirst ihnen eine Wiedergutmachung zahlen«, sagte sie bitter.

»Wir werden tun, was getan werden muß«, sagte T'se-hi. »Für dieses Massaker sind Chinesen und nicht Mandschus verantwortlich. Das muß man den Barbaren klarmachen. Es wird vielleicht nötig sein, ein oder zwei Verantwortliche hinzurichten. Aber es wird keinen Krieg geben.«

»Wie kannst du dir da so sicher sein?« rief T'se-an. »Gehört denn der Krieg etwa nicht zur Lieblingsbeschäftigung der Barbaren?«

T'se-hi lächelte, wobei sich ihre straffen Lippen ein wenig entspannten. »Das ist wahr, T'se-an, aber ich habe gehört, daß sie gerade untereinander Krieg führen, in Europa. Sie haben keine Zeit für einen Krieg mit uns. Wenn sie eine Wiedergutmachung fordern, wie du sagst, dann werden wir bezahlen … bis wir soweit sind, daß wir sie ins Meer treiben können.«

Das war ihr Traum, der alle Schmach, den die Barbaren dem Reich in den letzten dreißig Jahren angetan hatten, wiedergutmachen würde.

Wong Li stotterte, als er sich vor den beiden Damen verbeugte, die auf der Veranda des Barrington-Familiensitzes saßen und in den Garten hinaussahen. »Der Marschall«, stieß er hervor. »Der Marschall kommt.«

»Hierher?« Jane Barringtons ohnehin gebieterisch strenge Miene verfinsterte sich zu einem skeptischen Stirnrunzeln, während ihrer Schwiegertochter vor Schreck beinahe die Teetasse aus der Hand gefallen wäre.

Die beiden Damen waren sich sehr unähnlich, auch wenn sie gleich gekleidet waren; sie trugen weiße, gestärkte Kleider, weiße Hüte mit breiter Krempe, weiße Stiefeletten und weiße Spitzenhandschuhe – das war beinahe schon eine Uniform für europäische Damen im tropischen China; keine von ihnen würde es wagen, sich tagsüber anders zu kleiden. Aber damit hörte die Ähnlichkeit zwischen den beiden auf.

Jane Barrington war sechzig Jahre alt, und ihr rotbraunes Haar war jetzt schneeweiß. Aber ihre feinen Gesichtszüge waren noch immer so trotzig wie in jungen Jahren. Sie war noch keine zwanzig gewesen, als sie in die Familie der Barringtons eingeheiratet hatte, und als ihr Ehemann Adrian, der als älterer der beiden Barrington-Brüder das riesige Handelshaus der Familie übernommen hatte, in einer kriegerischen

Auseinandersetzung getötet wurde, heiratete sie erneut – diesmal den jüngeren Bruder.

Ein solcher Skandal hätte die britische Gemeinde im Fernen Osten normalerweise schwer erschüttert – denn wie bei T'se-hi und Jung-lu nahmen viele an, daß Jane und Martin Barrington schon vor Adrians Tod ein ehebrecherisches Verhältnis miteinander gehabt hatten. Aber Martin Barrington schien unverwundbar und wurde immer mächtiger, trotz einiger schwerer Schicksalsschläge: So wurden seine Stieftochter von den T'ai-P'ing gefangen und mißhandelt und sein Halbbruder hingerichtet.

Martin selbst war zwei Jahre zuvor gestorben, im Jahre 1868, aber das Handelshaus der Familie war mächtiger denn je zuvor. Das war der Freundschaft seines Stiefsohnes James – Janes und Adrians Kind – mit der zweiten Kaiserinwitwe zu verdanken; sie waren schon in jungen Jahren Freunde gewesen, bevor die schrecklichen T'ai-P'ing über das Tal des Jangtse-Kiang hergefallen waren.

James Frau Lucy hatte nichts von der Arroganz Janes. Sie war die Tochter eines vergleichsweise unwichtigen Handelskaufmanns, die nach Schanghai gekommen war, als der Stern der Barringtons bereits hoch am Himmel stand. Sie hatte sich eine solch prominente Stellung nie gewünscht. James Barrington hatte sie geheiratet, als sein persönliches Schicksal auf dem Tiefpunkt angelangt war. Das bezog sich weniger auf die finanzielle Seite als vielmehr auf die Vergewaltigung seiner Schwester und sein eigenes unrühmliches Verhalten gegenüber den T'ai-P'ing. Lucy war ihm dankbar für seine Aufmerksamkeit ihr gegenüber gewesen und hatte sich nach Kräften bemüht, ihm eine gute Ehefrau zu sein. Seitdem lebte sie im Schatten ihrer übermächtigen Schwiegermutter.

Sie hatte vier Kindern das Leben geschenkt, aber durch den frühen Tod ihres Erstgeborenen war ihre Zurückhaltung im Umgang mit der Familie noch gewachsen. Sie hatte still zugesehen, wie James sowohl seinen Mut als auch seine Schwester wiederfand und Macht und Reichtum des Hauses Barrington vermehrte. Sie fühlte sich der Welt, in der sie lebte, die meiste Zeit nicht gewachsen.

Lucy Barrington war jetzt vierunddreißig Jahre alt und eher hübsch als schön zu nennen. Ihre Gesichtszüge waren ebenso weich wie ihr Körper. In der Zurückgezogenheit ihres Schlafzimmers gab sie sich ihrem Mann noch immer oft und gerne hin, aber die restliche Zeit verwirrte sie diese Familie, in der sie lebte; und jetzt kam auch noch der Vizekönig, unangemeldet ...

Sie war aufgesprungen, und ihr heftiges Keuchen drohte ihr Korsett zu sprengen. Rote Flecken bedeckten ihre Wangen, als der chinesische Magnat, gefolgt von einem vor Ehrfurcht fast erstarrten Wong, durch den Salon auf sie zukam.

Eine der größten Stärken der Ch'ing war es immer gewesen, geeignete Untergebene zu finden und zu ernennen, und trotz aller Gesetze, die den eroberten Männern der Han, den einheimischen Chinesen, vorschrieben, als Zeichen ihrer Unterwerfung den Zopf zu tragen, und ihren Frauen auf alle Zeiten Kontakt mit der kaiserlichen Familie selbst als Konkubinen untersagten, waren die Mandschu doch immer bereit gewesen, talentierten Chinesen wichtige Ämter zu übertragen. Nie hatten sie die Hilfe der Chinesen dringender gebraucht als im Kampf mit den T'ai P'ing, und aus diesem blutigen Gemetzel war neben anderen auch Li Hung-chang hervorgegangen.

Li, der damals den Befehl erhalten hatte, eine Armee aufzubauen, die den Himmlischen König, den Anführer der T'ai-P'ing, besiegen konnte, war klug genug gewesen, von anderen zu lernen. Er hatte Männer wie den Amerikaner Frederick Ward und den Engländer Charles Gordon beobachtet, wie sie ihre stets siegreiche Armee rekrutiert und trainiert hatten, und ihre Methoden für seine eigenen Truppen übernommen. Seine »tapferen Hunans« waren zu Recht berühmt geworden, und nach dem Tod Wards und Gordons Rückkehr nach England war es Li Hung-chang gewesen, der die T'ai P'ing besiegt hatte und zum Helden des Reiches geworden war.

Seitdem hatte er in den verschiedensten Bezirken das Amt des Vizekönigs ausgeübt, und die Kaiserinwitwen vertrauten ihm von Tag zu Tag mehr. Li Huang-Chang war jetzt siebenundvierzig Jahre alt und stand auf dem Höhepunkt seiner Macht. Er war ausgesprochen groß für einen Chinesen und sehr kräftig. Sein Schnurrbart hing ungewöhnlich lang zu beiden Seiten des Mundes herunter, und sein Gesichtsausdruck war stets nachdenklich und ernst. Weder seine Kleidung noch sein Verhalten ließen erkennen, daß er einer der wohlhabendsten und mächtigsten Männer im ganzen Reich war. Nie hatte er vergessen, wie loyal und hilfreich sich das Haus Barrington ihm gegenüber über die Jahre hinweg verhalten hatte, und auch nicht, daß James Barrington in der letzten Phase des Krieges gegen die T'ai-P'ing seine Artillerie kommandiert hatte.

Als er die Veranda erreicht hatte, blieb er stehen und verbeugte sich kurz. Die Hände hatte er tief in die weiten Ärmel seines blauen Kittels gesteckt. »Madame Barrington.« Und noch einmal: »Madame Barrington.«

Beide Damen waren aufgestanden, aber während Jane die Begrüßung mit einem kurzen Kopfnicken erwiderte, machte Lucy beinahe einen Knicks.

»Es ist uns eine Ehre, Exzellenz«, sagte Jane. »Aber ich fürchte, mein Sohn ist im Lagerhaus.« Beide Frauen sprachen fließend Mandarin.

Li nickte. »Das weiß ich. Ich werde ihn in Kürze treffen. Ich bin gekommen, um mich zu verabschieden.«

»Verlaßt Ihr denn Che-kiang?« fragte Lucy besorgt und fügte gerade noch rechtzeitig hinzu: »Exzellenz.« Li Hungchang war einer der wenigen Felsen in der Brandung einer sich ständig verändernden Welt.

»Ich fürchte, so ist es wohl, Madame Barrington. Man hat mich nach Peking abberufen. Ich soll das Amt des Vizekönigs der Provinz Chih-li übernehmen.«

Jane klatschte in die Hände. »Aber das ist doch ein ausgezeichneter Posten.«

»Ja, der beste. Ich wünschte nur, es wäre unter günstigeren Umständen geschehen. Habt Ihr denn nicht gehört, was in Tientsin geschehen ist?«

»Nein. Gibt es Neuigkeiten?«

»Es hat einen Aufstand gegen die Franzosen gegeben. Die Kathedrale ist niedergebrannt worden und ebenso das Kloster. Es hat viele Opfer gegeben, darunter neun Nonnen, drei Priester und noch einige andere Europäer und chinesische Christen.«

Lucy rang vor Entsetzen nach Luft und griff sich mit beiden Händen an die Kehle.

»Mein Gott«, sagte Jane. »Aber warum?«

»Das Volk hat den Briten und Franzosen die Invasion von 1861 nie verziehen«, sagte Li. Mit den Barringtons konnte er offen sprechen. Auch wenn sie britischer Abstammung waren, waren sie doch wie er chinesische Bürger, seit Robert Barrington mit den Ch'ing eine Abmachung getroffen und das Handelshaus gegründet hatte. »Es hat in letzter Zeit eine ganze Reihe von Cholerafällen in der Stadt gegeben, und das Volk war der Meinung, daß die Nonnen Kinder entführt und ihrem christlichen Gott geopfert hätten, um die Seuche aufzuhalten.«

»Das ist ja wohl lächerlich«, empörte sich Jane.

»Ich bin sicher, daß es nicht stimmt«, sagte Li vorsichtig. »Aber es ist ebenso sicher, daß die Menge es geglaubt hat, und was die Menge glaubt, das kann sehr schnell zur Wahrheit werden. Die Situation hat sich dann noch zusätzlich durch das äußerst unvernünftige Verhalten des französischen Konsuls verschärft. Auch er ist jetzt tot.«

»Wie schrecklich für diese armen Frauen«, sagte Lucy. »Sind sie …« Sie biß sich auf die Lippen und warf ihrer Schwiegermutter einen ängstlichen Blick zu.

Li Hung-chang wartete, bis Wong das Tablett mit Tee abgestellt hatte und Jane eingoß. Dann sagte er: »Ja, es tut mir leid, Madame Barrington, aber sie sind verstümmelt worden. So etwas geschieht leider oft bei einer aufgebrachten Menge.«

Aufgebrachten Chinesen, dachte Lucy wütend.

»Wird es deswegen zum Krieg kommen?« fragte Jane, die sich mehr für die praktische Seite interessierte. Nach der Verwüstung durch die T'ai-P'ing, die nach zuverlässigen Schätzungen mindestens zwanzig Millionen Menschen das Leben gekostet und das ehemals fruchtbare Tal des Jangtse-Kiang in eine Wüste verwandelt hatte, die sich erst jetzt langsam erholte, war Krieg das letzte, was sich die Menschen hier wünschten.

Li Hung-chan lächelte bitter; sein ganzes Leben lang war er Soldat gewesen. »Es liegt in meiner Verantwortung, das zu verhindern. Die Franzosen sind sehr wütend, aber sie haben in Europa im Augenblick alle Hände voll zu tun, wie man uns berichtet hat. Es scheint sich dort eine Auseinandersetzung zwischen Frankreich und Deutschland anzubahnen. Wir hoffen, daß die Angelegenheit hier mit einer Wiedergutmachung erledigt werden kann. Es tut mir in der Seele weh – und ich bin sicher, es geht Ihnen nicht anders, Madame Barrington –, daß China bei all seiner Macht und seinen gewaltigen Ausmaßen im Augenblick in militärischer Hinsicht so schwach ist. Das ist eines der Dinge, die sich dringend ändern müssen. Bis dahin … werden wir Wiedergutmachungen zahlen.« Er trank seinen Tee aus und stand auf. Die Damen erhoben sich ebenfalls rasch. »Wann immer ich dem Hause Barrington einen Dienst erweisen kann, lassen Sie es mich wissen, meine Damen.«

Er verbeugte sich und folgte Wong ins Haus.

»Hast du die Neuigkeiten gehört? Der Vizekönig Li war hier«, sagte Lucy, als ihr Mann die Treppe zum Haus hinaufkam.

James Barrington hielt an, um seine drei Kinder in den Arm zu nehmen und zu küssen. Helen war sieben Jahre alt, Robert fünf und Adrian drei. Es waren lebhafte, glückliche Kinder, die sich nur bei ihrem Vater, den sie eher fürchteten als liebten, wirklich zusammenrissen.

Und man konnte sich vor James Barrington durchaus fürchten. Er hatte die mächtige Statur der Barringtons geerbt. Er war groß und breitschultrig, mit langen, kräftigen Beinen. Auch das energisch vorstehende Kinn und die große Nase stammten von seinen berühmten Ahnen. Die Unsicherheit der Jugend lag weit hinter ihm; im Kampf gegen die T'ai-P'ing hatte er sich zu einem harten, erbarmungslosen Mann entwickelt. Seine Familie aber ging ihm über alles, und er sorgte gut für sie.

Jetzt setzte er den kleinen Adrian wieder auf dem Boden ab und richtete sich auf, um seine Frau zu umarmen. »Ja. Er war auch bei mir. «

»Ist es nicht furchtbar?«

»Wir wußten doch, daß er nicht ewig in Schanghai bleiben würde.«

»Nein, ich meine das Massaker in Tientsin.«

James nahm ihre Hand, als sie das Haus betraten. Die Kinder folgten ihnen, wobei Helen ihre beiden Brüder bei der Hand hielt. »Ich fürchte, das haben sich die Franzosen zu einem erheblichen Teil selbst zuzuschreiben, wenn sie die Chinesen so verächtlich behandeln.«

»Aber diese armen Frauen …«

»Es wäre nicht passiert, wenn sie den Chinesen nicht den christlichen Glauben aufgezwungen und ihren jahrtausende-alten Glauben an Buddhismus und Konfuzianismus in Frage gestellt hätten.« Er hielt inne und drückte ihre Hand. »Ja, sie tun mir wirklich leid. Was für ein schreckliches Schicksal. Aber wir können nun nichts mehr für sie tun. – Mutter!«

Er umarmte Jane.

»Li war hier.«

Er nickte. »Lucy hat es mir erzählt.«

Jane hängte sich bei ihm ein. »Wird es Krieg geben?«

»Nicht, wenn ich es verhindern kann. Wir können uns keinen Krieg leisten.« Er lächelte grimmig. »Noch nicht. Mach dir keine Sorgen. Hier ist ein Brief von Joanna.«

Jane setzte sich, um ihn zu lesen. Von ihrer Tochter zu hören, die immer so gesund und vernünftig war, bedeutete eine Erleichterung. Denn mehr als irgendein anderes Mitglied der Familie war Joanna zehn Jahre zuvor durch die Hölle des damaligen China gegangen. Die T'ai-P'ing hatten sie gefangengenommen, sie immer wieder vergewaltigt und auf jede erdenkliche Art und Weise mißhandelt und gedemütigt. Schließlich war ihr die Flucht geglückt. Aber es war ein Wunder, daß sie nach alldem ihr seelisches Gleichgewicht wiedergefunden hatte.

Ja, sie hatte am Ende sogar geheiratet. Niemand in der Familie, noch nicht einmal ihr Bruder James, dem sie sehr nahestand, hatte auch nur eine Ahnung davon gehabt, wie es mit ihr und dem amerikanischen Abenteurer Frederick Ward wirklich stand. Auf jeden Fall hatte sie sehr lange und tief getrauert, als er 1862 bei der Eroberung Tsekis gefallen war. Aber als sie sich schließlich von der Tragödie erholt hatte, ließ sie es zu, daß man um sie warb, und akzeptierte schließlich – zur Erleichterung ihrer Mutter und ihres Bruders – Pfarrer Arthur Jenkins.

Jenkins war um einiges älter als sie, aber er war ein vernünftiger Mann, auf den man sich verlassen konnte. Niemand wußte, wie es um ihre Beziehung im privaten Bereich stand – jedenfalls hatten sie keine Kinder –, aber sie schienen glücklich und zufrieden zu sein, und Joanna hatte sich sehr gefreut, als Arthur zur Methodisten-Mission nach Port Arthur abberufen worden war, dem großen Hafen am südlichen Ende der Halbinsel Liao-tung, die vom nordöstlichen Teil des Golfs von Chih-li aus ins Meer hineinragte. Port Arthur hatte sich zu einem der wichtigsten Häfen Chinas entwickelt, da er das ganze Jahr hindurch eisfrei war, und machte Schanghai und Kanton beinahe Konkurrenz.

Jane las langsam und bedächtig. »So wie sie es beschreibt, muß Port Arthur ein Traum sein«, sagte sie. »Ich würde sie dort gerne einmal besuchen, James.«

»Das sollst du auch«, erwiderte James voller Enthusiasmus. »Und zwar wirst du aufbrechen, sobald du mit den Vorbereitungen fertig bist. Joanna wird sich freuen.«

Jane hob den Kopf. »Bist du sicher, daß es keinen Krieg geben wird?«

»Ganz sicher«, antwortete James.

»Zusätzlich zur Wiedergutmachung und Bestrafung der Schuldigen verlangen die Franzosen noch, daß wir ihre Rechte in Cochin-China anerkennen, Exzellenz«, erklärte Li-Hung-chang.

In den zwei Jahren, die seit dem Tientsin-Massaker, wie es

jetzt allgemein hieß, vergangen waren, hatte Li-Hung-chang alles getan, was in seiner Macht stand, um die Franzosen zu besänftigen. Er hatte achtzehn Männer hinrichten lassen und fünfundzwanzig weitere ins Gefängnis gebracht, er hatte eine gewaltige Summe an Wiedergutmachung gezahlt und Ch'ung-hou persönlich nach Paris geschickt, damit er sich entschuldigte. Dabei war ihm, wie es T'se-hi vorausgesehen hatte, der Krieg zwischen Frankreich und Deutschland zur Hilfe gekommen, besonders die darauf folgende Niederlage Frankreichs. Aber der Krieg war jetzt vorüber, und Frankreich war nun besonders darauf bedacht, wieder an Prestige zu gewinnen, entweder durch den Erwerb neuer Kolonien oder mittels verbesserter Handelsbedingungen.

»Dann sollen sie es haben«, sagte Prinz Kung, der in seiner Rolle als Vorsitzender des Tsung-li-yamen sprach, des neuen Ministeriums für Auswärtige Angelegenheiten.

Li sah den Prinzen überrascht an. Kung war klein und saß zudem noch gebeugt in seinem Stuhl. Seine verdrießlich vorgeschobene Unterlippe bestätigte nur seinen Ruf, denn er galt allgemein als arrogant und launisch. Aber Li wußte auch, daß der Prinz nicht mehr das volle Vertrauen T'se-his genoß. Viele Jahre waren sie Verbündete gewesen, als T'se-hi nichts weiter als die Konkubine von Kungs älterem Bruder, dem Hsien-feng-Kaiser, gewesen war. Damals hatte Kung alle Möglichkeiten ausgenutzt, den Einfluß seiner Onkel auf den Thron zu brechen. Aber ihre Beziehung war nicht immer problemlos gewesen. Als T'se-hi 1862 die Macht an sich gerissen hatte, war Kung ihr gegenüber loyal gewesen, doch schon kurz danach hatten die Streitereien angefangen.

Einer von T'se-his Träumen war die Wiederherstellung des Yuan Ming Yuan, des prachtvollen Sommerpalastes westlich von Peking, den der Ch'ien-lung-Kaiser erbaut hatte. Es war ein märchenhafter Ort gewesen: Fein verzierte Palastgebäude wechselten sich ab mit gebogenen Brücken und den prächtigsten Gärten, die die Welt je gesehen hatte. Der Yuan Ming Yuan war 1861 von den Briten zerstört worden, aus Rache für die Mißhandlung einer ihrer Abordnungen. Als T'se-hi an die Macht kam, war es einer ihrer ersten Schritte gewesen, Geld für seine Wiederherstellung aufzutreiben. Prinz Kung war Vorsitzender des Großen Rates gewesen, der dies verhindert hatte. Das Geld wurde an anderen Stellen wesentlich dringender gebraucht. T'se-hi hatte die Niederlage hinnehmen müssen, aber sie hatte sich ihre Unterstützung für das Projekt fortan an anderer Stelle im Hause Ch'ing gesucht; sie fand sie bei Prinz Kungs etwas schläfrig wirkendem jüngeren Bruder Prinz Ch'un. Sie hatte sogar eine Frau für Prinz Ch'un gefunden, ihre eigene jüngere Schwester nämlich, und so ihren Einfluß auf die kaiserliche Familie verstärkt. Sie und Kung hatten erbittert gestritten, wie es hieß, und einmal hatte sie ihren früheren Verbündeten sogar mit Gewalt aus ihren Gemächern entfernen lassen.

Seitdem schienen sie sich versöhnt zu haben, aber Li konnte nicht glauben, daß Kung eine so wichtige Entscheidung, den Franzosen freie Hand in dem riesigen Gebiet Südostasiens zu lassen, das sich aus den uralten Königreichen Vietnam, Kambodscha und Laos zusammensetzte, allein treffen konnte.

»Bei allem Respekt, Exzellenz«, wagte er zu äußern, »es wird doch wohl nötig sein, die Genehmigung der Kaiserinwitwen in dieser Hinsicht einzuholen.«

Prinz Kung lächelte grimmig. »T'se-his Zustimmung meint Ihr wohl, Marschall Li. T'se-an kümmert sich kaum um Regierungsgeschäfte. Ihr werdet die Unterschriften der Kaiserinnen auf dem Dokument vorfinden. Sie sind im Augenblick abgelenkt – seine Majestät wird nämlich heiraten.«

Die Kaiserinwitwen saßen beisammen und begutachteten die Mädchen, die ihnen einzeln vorgeführt werden würden. Es waren nicht viele, denn nur die Töchter der mächtigsten, hochrangigsten Mandschu-Mandarine kamen für diese große Ehre in Frage: eine kaiserliche Konkubine zu werden und vielleicht sogar einmal zur Kaiserin erwählt zu werden.

Der Empfang war von T'se-hi geplant und organisiert worden. Sie war sich bewußt, daß, wenn damals vor zwanzig Jahren die gleichen strengen Regeln angewandt worden wären, sie keine Chance gehabt hätte. Sie wäre gar nicht erst zum Empfang zugelassen worden. Ihr Vater war nicht nur ein unwichtiger kleiner Beamter gewesen, sondern auch noch in Ungnade gefallen, weil er von seinem Posten als Intendant der Provinz des südlichen Anhwei geflohen war, als die T'ai-P'ing einmarschierten. Aber wie viele Rebellionen es 1852 im Reich auch immer gegeben hatte, der Hsieng-feng-Kaiser und seine Mutter saßen fest auf dem Thron des Drachen. Heute hatte T'se-hi zuviele Feinde, die sie sich durch ihre arrogante Machtgier, im Namen ihres Sohnes regieren zu wollen, geschaffen hatte. Sie mußte sich mit den einflußreichen Fürsten gutstellen, die sie in diese Position gehoben hatten. Abgesehen von der Demütigung durch den Fehlschlag des Yuan Ming Yuan-Wiederaufbaus, hatte sie nur wenige Jahre zuvor einwilligen müssen, daß man einen ihrer Lieblingseunuchen hinrichtete, der auf eine Mission in den Süden geschickt worden war und dort versucht hatte, den lokalen Vizekönig herumzukommandieren. Jetzt lag ihre einzige Hoffnung, ihre Stellung beizubehalten, in der Unterstützung ihres Sohnes, der bald volljährig sein würde.

Einzeln wurden die zwölf Mädchen den Kaiserinnen und Chang Tsin in einem privaten Raum hinter dem Audienzsaal vorgeführt. Dort stellte man ihnen Fragen zur chinesischen Geschichte und Kunst und forderte sie auf, die Klassiker zu rezitieren. Dann wurden sie nackt ausgezogen und von Chang Tsin eingehend untersucht, während die Kaiserinnen zusahen.

T'se-hi konnte sich noch gut an die Qualen ihrer eigenen Untersuchung erinnern. Damals waren ungefähr sechzig Mädchen fürs Bett des Hsieng-feng-Kaisers vorgeführt worden und siebenundzwanzig davon wurden ausgewählt. Sie war zuletzt ausgewählt worden, Niuhuru zuerst. Nun, dachte sie, Niuhuru mochte noch immer die Erste im Reich sein, aber sie selbst war jetzt die Zweite.

Die harte Prüfung der Mädchen war nicht nur dazu da, Fehler sowohl in der Erziehung als auch im physischen Bereich aufzudecken; sie war gleichzeitig eine gute Charakterprüfung. Die Art, wie die Mädchen besonders auf die physische Untersuchung reagierten, verriet einiges. Die meisten waren vollkommen schockiert. T'se-hi erinnerte sich daran, wie verstört ihre ältere Schwester, Te Shou, gewesen war und damit jede Chance verspielt hatte. Sie selbst hingegen hatte nicht nur alle Fragen mutig und selbstsicher beantwortet, sondern auch die Finger des Eunuchen, der sie ausgiebig betatschte, über sich ergehen lassen, wobei ihr lediglich eine leichte Röte ins Gesicht gestiegen war.

Diese Mädchen waren ein armseliger Haufen, lauter zitternde Glieder und fliegende Haare. Mit einer Ausnahme. Sie hieß Alute, und sie war außerordentlich schön, schlank und zierlich, nicht so stämmig, wie es die Mandschu-Mädchen oft waren. Sie hatte ein zartes, hinreißendes Gesicht, gerade Beine und wunderschöne volle Brüste – aber sie war schließlich bereits achtzehn, älter als die meisten Mädchen, die für die Auswahl als kaiserliche Konkubine in Frage kamen.

Die einzige Gefühlsregung, die sie während der gesamten Prüfung zeigte, bestand in einem leichten Stirnrunzeln, was immer man sie auch fragte oder mit ihr tat. Als sie sich wieder angezogen hatte und das Zimmer verließ, klatschte T'se-an vor Begeisterung in die Hände. »Sie ist die perfekte Frau für den Kaiser.«

Sie ist *zu* schön, dachte T'se-hi. Sie ist schöner, als ich es in ihrem Alter war oder jetzt bin. Am Ende hat der T'ung-chih sie noch lieber als mich, besonders, wenn sie wirklich eine so starke Persönlichkeit ist, wie es den Anschein hat.

Laut sagte sie: »Findest du, T'se-an? Ich habe mir ihren Stammbaum angesehen.«

»Ich auch«, sagte T'se-an. »Sie ist die Tochter Ch'ung-ch'is, eines der treuesten Anhänger der Dynastie.«

»Und außerdem ist sie die Urenkelin von Prinz Cheng«, sagte T'se-hi scharf. Prinz Cheng war einer der kaiserlichen Prinzen gewesen, der nach dem Tod des Hsieng-feng-Kaisers versucht hatte, die Macht an sich zu reißen. Aber die Kaiserinnen hatten gesiegt, und er hatte sich daraufhin das Leben nehmen müssen.

»Das ist schon so lange her«, sagte T'se-an. Auf ihre ruhige

Art konnte sie furchtbar eigensinnig und beharrlich sein, und T'se-hi spürte, daß es wieder einmal soweit war.

»Ich finde sie trotzdem unpassend«, argumentierte T'se-hi. »Wenn du unbedingt jemanden aus Ch'ung-ch'is Familie willst, dann laß uns doch Wan-li nehmen. Sie ist Alutes Tante, obwohl sie eigentlich jünger ist. Sie wäre in jeder Hinsicht eine ausgezeichnete Wahl.«

»Du hast ganz recht, wir sollten Wan-li auf jeden Fall auch auswählen«, pflichtete ihr T'se-an bei.

»Aber wir können sie nicht beide nehmen, die Tante und die Nichte«, protestierte T'se-hi.

»Warum nicht? Das ist schon vorgekommen. Aber Alute ist die entscheidende Wahl.« T'se-an hob den Kopf und sah T'se-hi an. T'se-hi erwiderte ihren Blick. In der Öffentlichkeit waren die Kaiserinnen immer sorgsam darauf bedacht wie eine Einheit aufzutreten; im Privaten aber gingen ihre Meinungen oft auseinander. Und immer handelte es sich dabei um häusliche Angelegenheiten. T'se-an interessierte sich nicht für die Regierungsgeschäfte. Als erste Kaiserinwitwe mußte sie ihre Unterschrift auf kaiserlichen Erlassen über die T'se-his setzen, aber sie war zufrieden damit, wenn T'se-hi und Prinz Kung ihr versicherten, daß der Erlaß gut für das Reich sein würde. Sie interessierte sich nur für das Wohlergehen der kaiserlichen Sippe, und auf diesem Gebiet war sie bereit sich durchzusetzen.

Außerdem war sie die Ranghöhere. Im Zweifelsfall würde sie immer das letzte Wort haben, solange sie lebte – was für T'se-hi, die ältere der beiden, alles andere als tröstlich war.

Aber T'se-an war wie immer bereit einzulenken. »Ich habe die optimale Lösung«, verkündete sie. »Warum lassen wir nicht den Kaiser selbst entscheiden?«

T'se-his Kiefer verkrampfte sich.

Der T'ung-chih-Kaiser stand am Fenster seiner Gemächer und sah in den Garten hinunter, wo die Mädchen wie befohlen auf und ab gingen: noch war keine Entscheidung gefallen.

Seine Mutter und T'se-an standen hinter ihm. Chang Tsin hielt sich diskret beiseite.

»Wir möchten, daß Ihr entscheidet, wer die Schönste ist«, sagte T'se-an.

»Wen würdet Ihr am liebsten als Kaiserin sehen?« korrigierte T'se-hi sanft.

Der T'ung-chih blähte die Nasenflügel. Er mochte zwar erst fünfzehn Jahre alt sein, aber durch das dauernde Nasehochziehen und den schmächtigen Körper wirkte er älter. Man nahm allgemein an, daß er bedauerlicherweise die schwache körperliche Konstitution seines Vaters geerbt hatte; auch als Kind war er schon kränklich gewesen. Das stimmte zwar, aber es waren die Laster des Jungen, denen zudem auch noch von allen Seiten her stattgegeben wurde, die zu einer zusätzlichen Verschlimmerung seines Zustands beitrugen.

Chang Tsin war der oberste Eunuch und Mentor des Jungen. Kaum war der T'ung-chih in die Pubertät gekommen, da hatte der Eunuch ihn bereits mit Prostituierten versorgt, sowohl männlichen als auch weiblichen. Nur wenige Jahre später stahlen sich die beiden in der Nacht aus der Verbotenen Stadt heraus und besuchten die Transvestiten-Bordelle.

Chang Tsin unternahm diese abenteuerlichen Ausflüge mit vollem Wissen und Zustimmung seiner Herrin, tatsächlich ermutigte sie ihn sogar dazu. T'se-hi wußte, daß es nicht leicht sein würde, ihren Sohn auch weiterhin unter Kontrolle zu halten, denn der T'ung-chih-Kaiser war sich seiner Stellung sehr wohl bewußt – und jedes Jahr setzte er sich mehr durch. Aber er war der Sklave seiner Lust, und T'se-hi würde sicherstellen, daß sich daran nichts änderte. Sie wehrte sich gegen die Einsicht, daß seine Gesundheit unter seiner sexuellen Frühreife litt. Alle Kaiser waren von dem einen oder anderen Familienmitglied, meist Mutter oder Stiefmutter, in dieser Hinsicht unterstützt worden, und viele waren trotzdem zu starken, gesunden Männern herangewachsen. Daß das beim T'ung-chih nach wie vor eher unwahrscheinlich schien, führte sie in der Hauptsache auf die von seinem Vater geerbte Schwäche zurück. Er wurde überleben oder auch nicht. Das lag in den Händen der Götter. T'se-hi hatte nie besonders starke mütterliche Gefühle empfunden: nach konfuzianischem Gesetz, so hatte sie es immer gesehen, war ihr Sohn dazu verpflichtet, seine Mutter zu lieben; umgekehrt galt das nicht unbedingt.

Es war ihre *eigene* Zukunft, die T'se-hi beschäftigte, und so war es immer gewesen, solange sie zurückdenken konnte. Als der gutaussehende Barbar James Barrington sie heiraten wollte, hatte sie nur daran gedacht, wie reich und mächtig sie dadurch würde. Sie war außer sich gewesen, als ihr Vater es verbot. Jetzt sah sie darin die erste Manifestation ihres glücklichen Schicksals, das sie selbst in der tiefsten Verzweiflung nie im Stich gelassen hatte. Wieder und wieder hatte sie sich von den Tiefpunkten in ihrem Leben erholt, als ihr Ehemann sie verbannt hatte, ihre Onkel sie zum Tode verurteilt hatten und sie schließlich als Ausgestoßene ihr Leben fristen mußte. Aber sie hatte die Hoffnung nie aufgegeben, und jetzt war sie Kaiserinwitwe.

Sie hatte diesen steinigen Weg gewiß nicht beschritten, um sich jetzt auch nur eines ihrer Vorrechte wieder nehmen zu lassen ... besonders nicht von einem halben Kind, das auch noch die Urenkelin ihres Erzfeindes war. Das Problem lag darin zu wissen, wem man vertrauen konnte. Nun, der einzige *Mann* im gesamten Reich, dem sie voll und ganz vertrauen konnte, war Jung-lu.

Aber vielleicht gab es da noch einen zweiten. T'se-hi lächelte beinahe, als sie die Reihe der Mädchen ansah. Sie war sich sicher, daß James Barrington sie noch immer liebte. Er hatte es ihr gestanden, als er in Peking die Auszeichnung für seine Rolle im Kampf gegen die T'ai-P'ing erhalten hatte. Aber James Barrington blieb ein Barbar; in der Verbotenen Stadt würde er ihr nicht weiterhelfen können.

»Nun, Majestät?« fragte T'se-an. »Habt Ihr Euch entschieden?«

»Es gibt nur eine Wahl, Mutter« sagte der T'ung-Chih. Er nannte beide Kaiserinnen Mutter, und T'se-hi fragte sich manchmal, ob er eigentlich wußte, wer von beiden ihn geboren hatte. »Das Mädchen Alute.«

T'se-hi brach einen ihrer Fingernägel ab.

2

DIE TEESTUNDE

Chang Tsin öffnete die Tür zu T'se-his Schlafzimmer und atmete die etwas schale Luft tief ein. Normalerweise schlief er selbst in diesem Zimmer, auf dem Boden am Fuß des Bettes. Aber das war nicht erwünscht, wenn Jung-lu die Kaiserin unterhielt.

Daß die zweite Kaiserinwitwe einen Liebhaber hatte, war in Peking wohlbekannt; in einer Gesellschaft voller klatschender Eunuchen war es unmöglich, ein Geheimnis zu wahren. Die meisten verachteten sie dafür, nicht so sehr, weil es unmoralisch war, sondern weil es einer Form von Majestätsbeleidigung gleichkam: Wie konnte eine Frau, die das Bett mit dem Kaiser geteilt hatte, sich dazu hergeben, Trost in den Armen eines ganz gewöhnlichen Sterblichen zu suchen, auch wenn er ein berühmter General war, der ihr einmal sogar das Leben gerettet hatte. Chang Tsin wußte es besser. T'se-hi war eine so leidenschaftliche Frau, daß auch hundert Liebhaber sie wahrscheinlich nicht befriedigt hätten. Stattdessen blieb sie diesem einen Mann treu – einem Mann, so vermutete Chang Tsin, den sie schon geliebt hatte, bevor sie an den kaiserlichen Hof gekommen war. Jung-lu war der Mann, den sie hatte heiraten sollen – aber er hätte ihr nie die Macht geben können, nach der sie sich ihr Leben lang so gesehnt hatte und die sie nun brauchte, um zu überleben.

Chang Tsin stand in der Tür und hüstelte leise. Sogleich bewegte sich die Bettdecke, und T'se-hi setzte sich auf. Jung-lu dagegen, dem es immer peinlich war, im Bett seiner Geliebten entdeckt zu werden, auch wenn der Entdecker nur ein Eunuch war, sank tiefer hinein.

Aber in Chang Tsins Augen war Jung-lu ohnehin ein Niemand. In Wirklichkeit gehörte T'se-hi ihm, und er liebte sie mit kompromißloser Hingabe. Schon als Kind hatte er sie geliebt, als er, der Sklavenjunge, die Tochter eines Mandarins unterhalten sollte. Seine Liebe zu ihr hatte dazu geführt, daß er verkauft und kastriert wurde, aber sie hatte ihn nicht vergessen, und sobald sie konnte, hatte sie ihn an ihre Seite zurückgeholt und ihn zum mächtigsten Eunuchen im ganzen Reich gemacht.

Und daher hatte er auch mehr Feinde als jeder andere Eunuch. Sein Schicksal war an ihres gebunden, und wenn sie stürzte, dann wäre das auch sein Ende. Aber diese Gefahr kümmerte ihn viel weniger als die Tatsache, daß er T'se-hi besaß. Auch wenn Jung-lu ihr Bett teilte, wenn sie es wünschte, und sein riesiges Glied in diesen hinreißenden Schlitz steckte, war er doch nicht mehr als ein Dildo. Dagegen war er es, Chang Tsin, der seine Herrin jeden Tag badete, der sie ankleidete und sie bediente, der ihre Lust mit seinen sanften Fingern befriedigte, wie Jung-lu es sich niemals auch nur erhoffen konnte. Es war Chang Tsin, der sie besaß.

Am meisten liebte er sie am Morgen. Wenn der Tag fortschritt und sie ihre lackartige Schminke und die schweren Kleider trug, ihre unglaublich langen Fingernägel in die silbernen, mit Einlegearbeiten verzierten Hülsen steckte, und die rabenschwarzen Haare von Kämmen aus Perlmutt und Gold hochgehalten wurden, und ganz besonders, wenn sie Erlasse herausgab oder über wichtige Staatsangelegenheiten entschied, dann wurde sie immer unnahbarer.

Am Nachmittag kam sie zu ihm zurück und nahm mit Begeisterung an Amateur-Theatervorstellungen teil, woran auch ihr Sohn, der Kaiser, viel Freude hatte und in denen die Eunuchen die meisten Rollen spielten. Aber dann mußte er sie mit so vielen anderen teilen, besonders mit dem T'ung-chih.

Doch am frühen Morgen, wenn sie nackt im Bett saß und ihr herrliches Haar ihr Gesicht halb verdeckte und sich über die Schultern bis auf ihre leicht bebenden, noch immer festen Brüste ergoß, die für eine Mandschu ungewöhnlich groß waren, wenn ihr Körper noch warm war vom Bett, dann war sie die begehrenswerteste Frau der Welt. Denn kannten die Eunuchen etwa keine Lust, auch wenn sie auf ewig unbefriedigt bleiben mußten?

»Was ist denn, Chang-tsin?« fragte T'se-hi mit leiser Stimme.

»Der Marschall ist hier …«

»So früh?«

»Er hat viel zu berichten, Majestät.«

»Wie geht es dem Kaiser heute morgen?«

»Ich habe noch nichts gehört, Majestät. Es gibt noch keinen Bericht aus den kaiserlichen Gemächern.«

T'se-hi hörte, wie der Wind draußen um die Mauern des Palasts heulte. In der Zeitrechnung der Barbaren war es Januar 1875. Der Kaiser wurde dieses Jahr neunzehn, und die letzten zwei Jahre war er zumindest nach dem Gesetz der Herrscher über China. Aber sein schlechter Gesundheitszustand, seine schöne Braut und die anhaltende Krise mit den Franzosen über das Tientsin-Massaker hatten ihn fast alle Regierungsverantwortung an seine Mutter abgeben lassen – eine Regelung, die T'se-hi ausgesprochen gelegen kam, auch wenn der Kaiser sich von Zeit zu Zeit immer wieder einmal durchsetzte, etwa als er herausfand, daß sie erneut Gelder für den Wiederaufbau des Yuan Ming Yuan abzweigte. Daraufhin hatte er das Projekt gestoppt.

T'se-hi war darüber außer sich gewesen. Ebenso wütend hatte es sie gemacht, daß er sich der alten Tradition widersetzte und die Barbaren zu einer Audienz empfing, ohne von ihnen den Kotau zu verlangen, der darin bestand, sich auf den Boden hinzuknien und mit dem Kopf neunmal den Boden zu berühren. Er hatte ihnen sogar erlaubt, sich in Peking – in der Tatarenstadt – niederzulassen, auch wenn die Gebäude nur Gesandtschaften und nicht Botschaften genannt werden durften. Aber solche Affronts mußte sie hinnehmen. Ihr Sohn war ihr einziger Zugang zur Macht. Sie zweifelte allerdings nicht daran, daß Alute ihren jungen Ehemann – er war drei Jahre jünger als sie – dazu anhalten würde, die Regierungsverantwortung zu übernehmen und die Kaiserinwitwen in den wohlverdienten Ruhestand zu schicken.

T'se-hi sah in ihrer Schwiegertochter einen echten Abkömmling des Verräters Cheng. Und da Alutes Gesundheit bei weitem besser war als die ihres Mannes, würde sie das Reich eines Tages selbst als Kaiserinwitwe regieren.

Daher machte sich T'se-hi allmählich Sorgen. Der Kaiser war im vergangenen Dezember von den ›himmlischen Blumen‹ besucht worden, und obwohl er als Junge nach chinesischer Methode gegen die Pocken geimpft worden war – man hatte ihm den Schorf eines Erkrankten in ein Nasenloch gelegt –, hatte ihn die Krankheit noch mehr geschwächt, als er ohnehin schon war.

T'se-hi stand auf, und Chang Tsin hielt ihr ein Gewand hin, in das sie hineinschlüpfte. Dann setzte sie sich und steckte die Füße in die von ihm bereitgehaltenen Pantoffeln, woraufhin er ihre Haare aus dem Gesicht strich und mit einer gelben Schleife zusammenband. In dieser Aufmachung konnte sich die Kaiserinwitwe normalerweise nicht in der Öffentlichkeit zeigen, aber hier handelte sich schließlich um Angelegenheiten von nationaler Bedeutung.

Wieder bewegte sich die Bettdecke. »Bleib hier«, sagte T'se-hi und ging zur Tür, die Chang Tsin eilig für sie öffnete.

Li Hung-chang stand in der Mitte des Vorzimmers. Er war allein. Er war der einzige, der es je gewagt hätte, die Kaiserinwitwe aus dem Bett zu holen, und der damit rechnen durfte, daß sie nicht zwei Stunden mit der Toilette zubrachte, bevor sie ihn empfing.

Als er sie sah, sank er auf die Knie und berührte mit der Stirn den Boden. »Steht auf«, sagte T'se-hi. »Was ist denn nun geschehen?«

Vor dem Tientsin-Massaker hatte sie diesen Mann nur flüchtig und hauptsächlich vom Hörensagen gekannt. Unmittelbar nach der Krise, als französische, britische und amerikanische Kanonenboote die Flüsse auf und ab patrouillierten und Drohungen ausgesprochen wurden, hatte sie Li sowohl als Patrioten als auch als geschickten Unterhändler schätzen gelernt; seit Tseng Kuo-fans Tod im Jahr zuvor war er der wichtigste ihrer chinesischen Minister. Vielleicht war er zu milde gewesen, aber seine Methoden waren außerordentlich erfolgreich. Auch wenn die Franzosen jetzt im großen Stil in Cochin-China eindrangen, so hatten sie doch alle Hände voll zu tun mit den Vietnamesen, die sich mit ihnen blutige Kämpfe lieferten. T'se-hi wußte, daß die Vietnamesen zu den aufsässigsten Völkern ihres Reiches gehörten. Und zu ihrer besonderen Freude konnten die Franzosen unmöglich die chinesische Regierung für den Widerstand verantwortlich machen – auch wenn sie den ›Rebellen‹ heimlich zuredete, die Barbaren zu vernichten, wo immer sie auch konnten. Die Franzosen waren hingegen plötzlich so sehr an guten Beziehungen mit den Ch'ing interessiert, damit ihr Vordringen in Vietnam nicht von offizieller Seite behindert würde, daß sie sogar französische Offiziere schickten, die die neue chinesische Armee trainierten, und zusätzlich ein riesiges Waffenlager für eben diese Armee in Fuzhou gebaut hatten.

Wenn sie jetzt nur noch eine Flotte hätte …

»Heute sind uns die Götter wohlgesinnt, Majestät«, sagte Li und erhob sich auf die Knie. »Vor einer Woche ist ein Schiff in Tientsin angekommen, und heute haben wir die Post erhalten. Majestät, die Briten haben zugestimmt, uns eine Abordnung zu schicken, die uns beim Aufbau einer kaiserlichen Marine behilflich ist.«

»Können wir ihnen diesmal trauen?«

Nie würde sie vergessen, wie sie zehn Jahre zuvor schon einmal versucht hatte, mit Hilfe der Briten eine kaiserliche Marine aufzubauen. Ihr Agent war mit einer Viertelmillion Tael in chinesischem Silber einfach verschwunden.

»Ich glaube schon, Majestät. Dieser Mann, Lay, war ein Schwindler. Diesmal haben wir eine Zusage der britischen Regierung.«

T'se-hi setzte sich. »Von den Franzosen bekommen wir eine Armee und von den Briten eine Marine. Als wir das letzte Mal Krieg geführt haben, haben die Briten und die Franzosen als Verbündete gegen uns gekämpft.«

»Das ist wahr, Majestät. Aber ich weiß aus zuverlässiger Quelle, daß die Franzosen und die Briten einander hassen und alles tun würden, um sich gegenseitig Schaden zuzufügen.«

»Das müssen wir uns merken. Wir werden diese britische Abordnung willkommen heißen. Jetzt müssen wir uns überlegen, wie wir am besten mit ihnen verfahren sollten. Benachrichtigt James Barrington in Schanghai. Ich möchte, daß er nach Peking kommt.«

Li runzelte die Stirn. Er mochte James Barrington und hatte großen Respekt vor ihm als Geschäftsmann und Soldat, aber es paßte ihm nicht, einen Barbaren in chinesische Angelegenheiten zu verwickeln ... und es gefiel ihm noch viel weniger, daß die Kaiserin eine Schwäche für einen Barbaren hatte.

»Er wird uns sagen, wie wir mit diesen Engländern umgehen müssen«, sagte T'se-hi bestimmt. »Gibt es noch etwas?«

»Die Briten werden einige Zugeständnisse verlangen, Majestät. Ich glaube, es geht ihnen um die Genehmigung für den Bau einer Eisenbahn. «

T'se-hi hatte Fotografien von Eisenbahnen gesehen, wie es sie in England und den Vereinigten Staaten gab; sie war sich aber noch immer nicht sicher, welchem Zweck sie dienen sollten. »Warum?«

»Um unsere wichtigsten Städte miteinander zu verbinden, Majestät. So können Waren und Menschen leichter von einem Ort zum anderen gelangen, behaupten sie.«

»Kann uns das irgendwie gefährlich werden?«

»Die Briten werden das natürlich verneinen, Majestät. Aber sie werden die Eisenbahn selbst betreiben wollen, und sie werden sie benutzen, so fürchte ich, um tiefer ins Innere Chinas vorzudringen.«

»Wir werden uns mit dieser Angelegenheit näher befassen müssen«, sagte T'se-hi. »Im Augenblick werden wir weder zustimmen noch ablehnen.« Sie drehte rasch den Kopf, als es an der äußeren Tür klopfte.

Chang Tsin öffnete die Tür, um einen der Eunuchen des Kaisers hereinzulassen, der ins Zimmer hineinstolperte und auf die Knie fiel.

T'se-hi erhob sich. Sie zitterte am ganzen Leib. »Sprich!«

»Majestät! Der Kaiser ...«

T'se-hi rannte aus dem Zimmer, dicht gefolgt von Chang Tsin. Der Eunuch lief ihnen nach.

Li Hung-chang sah ihnen nach und blickte dann Jung-lu an, der fertig angezogen in der inneren Tür stand.

»Der Kaiser?« fragte Jung-lu.

»Jetzt beginnt die Krise«, sagte Li.

Wie Chang Tsins Schicksal war auch ihres unmittelbar mit der Kaiserinwitwe verknüpft.

»Er bekommt keine Luft«, jammerte Alute. »Er bekommt keine Luft.«

Der T'ung-chih-Kaiser keuchte und stöhnte, und sein ausgemergelter Körper wälzte sich hin und her. T'se-hi stand über ihn gebeugt, Chang Tsin wie immer dicht hinter ihr. Außer ihnen waren noch drei andere Eunuchen im Zimmer.

T'se-hi runzelte die Stirn, als sie die Lage erfaßte. Die Laken waren verknittert und durcheinander, und sowohl der Kaiser als auch Alute waren nackt. »Was hast du getan?« fragte sie mit scharfer Stimme.

»Er hat nach mir geschickt, Majestät«, jammerte Alute. »Er wollte mich. Wir … haben uns geliebt. Und dann hat er plötzlich angefangen zu husten.«

»Du hast meinen Sohn umgebracht!« tobte T'se-hi. »Mit deiner unersättlichen Lust!«

»Ich bin seine Frau. Er hat nach mir geschickt!«

T'se-hi schnaubte verächtlich. »Hast du T'se-an informiert?« fragte sie.

»Ich habe zuerst nach Euch geschickt«, sagte Alute. »Ihr seid seine Mutter.« Alute funkelte sie durch ihre Tränen hindurch an. »Liebt Ihr ihn denn überhaupt nicht? Das ist ja unnatürlich!«

T'se-hi kümmerte sich nicht um diese Beleidigung; sie dachte bereits über die Zukunft nach. Seit zwei Jahren teilten Alute und die anderen drei Konkubinen das Bett des Kaisers, aber es gab keine Kinder. T'se-hi dachte daran, was geschehen würde, wenn der Kaiser starb. Eine schwierige Zeit lag dann vor ihr. Aber sie war schon mit ganz anderen Schwierigkeiten fertig geworden. Wichtig war, schnell zu handeln.

»Ja«, sagte sie. »Er ist mein Sohn. Aber er ist außerdem der Kaiser, und T'se-an ist die erste Kaiserinwitwe. Sie soll sofort hierherkommen.«

T'se-an, die sie in der letzten Krise um die Thronfolge so loyal unterstützt hatte, war jetzt wichtiger denn je.

Als T'se-an kam, war der Kaiser bereits tot. Wie erwartet, brach T'se-an in lautes Klagen aus, Alute und die anderen drei Konkubinen des Kaisers stimmten mit ein. Aber T'se-hi spürte, daß nur Alutes Schmerz wirklich echt war.

Und ihr eigener. Der Kaiser war die Frucht ihrer Lenden gewesen, das einzige männliche Kind des Hsieng-feng-Kaisers, trotz seiner sechzig Konkubinen. Der Hsieng-feng war bereits ein kranker Mann gewesen, als sie begonnen hatte, das Bett mit ihm zu teilen. Sie hatte ihre ganze Kunst, die einer Hure und die einer Frau, aufwenden müssen, damit er überhaupt in sie eindringen konnte. Aber er war ihr bestimmt gewesen, und diese jammervolle Gestalt, die da vor ihnen lag, war das Ergebnis.

Es war eine qualvolle Geburt gewesen, und auch das Leben des Jungen war meist qualvoll gewesen. Jemandem, der so stark und gesund war wie sie selbst, war es schwergefallen, ihn als ihren eigenen Sohn zu akzeptieren. War sie vielleicht wirklich unnatürlich? Hatte sie ihn je geliebt? Aber dann fragte sie sich, ob *er* sie wohl je geliebt hatte. Sie waren Gefährten des Schicksals gewesen, nicht Mutter und Sohn. Außerdem hatte sie seit Jahren gewußt, daß dieser Tag kommen würde.

T'se-hi berief sofort den Großen Rat ein; dazu gehörten die kaiserlichen Prinzen ebenso wie die wichtigsten Mandarine Pekings. Es war noch immer fast vollständig dunkel an diesem kalten, unwirtlichen Wintertag. Ein eisiger Wind kam aus Jehol von den Bergen im Norden herunter, und dicke Hagelkörner trommelten auf die Pagodendächer des kaiserlichen Palastes, als die wichtigsten Männer des Reiches sich aus ihren nassen Mänteln schälten und ihre Plätze einnahmen.

Prinz Kung war da und ebenso sein jüngerer Bruder, Prinz Ch'un, der im Gegensatz zu seinem wachsamen Bruder so schläfrig wirkte wie immer. Da er T'se-his Schwester geheiratet hatte und somit in zweifacher Hinsicht ihr Schwager war, was von größerer Bedeutung war, als lediglich der Onkel des verstorbenen Kaisers zu sein, hatte er es sich zur Angewohnheit gemacht, ihr die meisten Entscheidungen zu überlassen.

Li Hung-chang war ebenfalls dort; T'se-hi wußte, daß sie in ihm ein loyales Mitglied des Großen Rates vor sich hatte. Jung-lu war nicht anwesend, aber er wartete im Vorzimmer, so daß sie ihn sofort rufen konnte, wenn es nötig war; eine Abteilung der Peking Field Force – die Eliteeinheit der chinesischen Armee – wartete mit ihm.

Die anderen Mandarine – es waren insgesamt fünfundzwanzig – blickten ängstlich und erwartungsvoll in die Runde. Es war das erste Mal in der Geschichte der Ch'ing-Dynastie, daß ein Kaiser gestorben war, ohne wenigstens einen Erben zu hinterlassen; in der Vergangenheit hatte es meist zuviele gegeben.

»Dürfen wir uns erlauben, Euch unser zutiefst empfundenes Beileid auszusprechen, Majestät«, sagte der Gelehrte Wan Li-chung.

T'se-hi senkte in vornehmer Zurückhaltung den Kopf. »Ich danke Euch. Ich danke Euch allen. Aber wir müssen jetzt vor allem an die Zukunft denken.«

»Mit Verlaub, Majestät«, sagte Prinz Kung. »T'se-an ist nicht anwesend.«

T'se-hi warf ihm einen raschen Blick zu. »Ihre Majestät ist von der Trauer um den verstorbenen Kaiser überwältigt. Sie wird allen Entscheidungen, die wir heute treffen, zustimmen.«

Die Mandarine sahen sich untereinander an. Daß sich T'se-hi und T'se-an durchaus nicht immer einig waren, besonders wenn es um die Belange der Dynastie ging, war wohlbekannt. »Wir haben ausgiebig darüber nachgedacht, welchen Titel wir dem Kaiser verleihen sollen«, begann Prinz Kung.

»Das werden wir später entscheiden«, sagte T'se-hi. »Im Augenblick hat das Reich keinen Herrscher. Dieses Problem müssen wir uns zuerst vornehmen.«

Wieder wurden Blicke ausgetauscht. »Mit Verlaub, Majestät, aber sollten wir nicht warten?« fragte Ch'ung-ch'i, Alutes Vater. »Wenigstens ein paar Wochen. Es ist ja selbst jetzt noch durchaus möglich, daß die neue Kaiserinwitwe guter Hoffnung ist.«

T'se-hi funkelte ihn an. »Es gibt keine neue Kaiserinwitwe«, wies sie ihn scharf zurecht. »Eine Kaiserinwitwe kann nur vom verstorbenen Kaiser in seinem Testament ernannt werden. Aber der T'ung-chih hat kein Testament hinterlassen. Das Reich braucht einen Kaiser, und zwar sofort.«

Ch'ung-ch'i sah sich am Tisch um, aber er fand nur wenig Unterstützung – oder doch wenig Bereitschaft, sich T'se-hi zu widersetzen. Daher beschloß er, sich von diesem Gedanken zu trennen, auch wenn es ihm schwerfiel. »Dann ist der älteste lebende Prinz dieser Generation Prinz P'u-lun.«

»Wie könnt Ihr das behaupten?« meldete sich jetzt Prinz Kung zu Wort. »Prinz P'u-lun ist gerade zwei Monate alt. Mein eigener ältester Sohn hingegen ist bereits achtzehn. Er ist der älteste Prinz dieser Generation.« Jetzt blickte er erwartungsvoll in die Runde; niemand konnte bezweifeln, daß Prinz Tsai-cheng viel vom Talent und der Durchsetzungskraft seines Vaters geerbt hatte.

»Aber, mit Verlaub, Hoheit, Prinz P'u-lun ist trotzdem die korrekte Wahl«, beharrte Ch'ung-ch'i. »Prinz Tsai-cheng ist ein direkter Cousin des T'ung-chih. Noch nie zuvor ist ein direkter Cousin zum Thronfolger ernannt worden; man hat es sogar bewußt vermieden. Prinz P'u-lun dagegen ist der Enkel des ältesten Sohns des Hsuan Tsung Ch'eng Huang-ti, des großen Tao-kuang-Kaisers.«

»Er ist ungeeignet«, verkündete T'se-hi.

Ch'ung-ch'i sah sie fassungslos an. Er hatte geglaubt, damit ihre eigene Wahl zu unterstützen.

»Sein Vater war kein leiblicher Sohn des Tao-kuang-Kaisers«, sagte T'se-hi. »Er war adoptiert.«

»Adoptierte Kinder haben die gleichen Rechte wie die leiblichen Kinder, Majestät«, sagte Wan Li-chun sanft und nahm so Ch'ung-ch'is Vorschlag auf. »Und es gibt einen Fall in der Ming-Dynastie, wo der Sohn eines adoptierten Sohns Kaiser wurde.«

»Und seine Regierungsperiode war eine einzige Katastro-

phe« entgegnete T'se-hi und lächelte beinahe. »Ist er nicht
von den Mandschus gefangengenommen worden?«

Einige der Mandarine nickten zustimmend.

»Was sollen wir also tun?« fragte Ch'ung-ch'i. »Wenn Prinz
Tsai-cheng ebenfalls nicht in Frage kommt.«

»Ein direkter Cousin als Thronfolger ist, wie Ihr gesagt
habt, Ch'ung-ch'i, tatsächlich nicht üblich«, erwiderte Li
Hung-chang ruhig. »Aber es ist nicht per Gesetz verboten.«

Alle Köpfe wandten sich Prinz Kung zu.

»Das kann ich nicht zulassen«, sagte T'se-hi. Wieder
bewegten sich alle Köpfe gemeinsam. »Prinz Kung ist mein
wichtigster Ratgeber und Vertrauter«, sagte sie.

Der Prinz räusperte sich und dachte an ihre heftige Auseinandersetzung zehn Jahre zuvor.

»Das Reich kann es sich nicht leisten, auf seine Dienste zu
verzichten«, fuhr T'se-hi fort. Sie alle sahen das Gewicht dieses Arguments ein, denn nach konfuzianischem Recht durfte
kein Vater vor seinem eigenen Sohn den Kotau leisten. Wenn
Prinz Tsai-cheng Kaiser wurde, dann würde sich Prinz Kung
aus dem öffentlichen Leben zurückziehen müssen. Aber nur
wenige der Mandarine zweifelten daran, daß T'se-hi einen
ganz anderen Grund hatte, Tsai-cheng abzulehnen; da der
Prinz bereits achtzehn Jahre alt war, würde er den Thron
sofort besteigen, und T'se-his heimliche Herrschaft wäre
damit zu Ende.

»Unter diesen Umständen habe ich beschlossen«, sagte
T'se-hi, »daß Prinz Tsai-t'ien die einzig angemessene Wahl
ist.«

Es war vollkommen still im Raum. Wieder bewegten sich
alle Köpfe gleichzeitig, und alle sahen jetzt Prinz Ch'un an,
denn Prinz Tsai-t'ien war Ch'uns Sohn … von T'se-his eigener
Schwester Kai Tu. Und was noch wichtiger war, er war erst
vier Jahre alt.

Ch'un wurde langsam klar, was das bedeutete. »Aber
Majestät!« rief er. »Mein Sohn kann nicht Kaiser werden.«

»Und warum nicht?«

»Nun … warum …« Er sah die Mandarine an. »Er ist doch
ebenfalls ein direkter Cousin des T'ung-chih.«

»Prinz Ch'un hat recht, Majestät«, sagte Wan Li-chung.

»Einen direkten Cousin zu ernennen, hieße, mit altehrwürdigen Traditionen zu brechen. Das wird dem Volk nicht gefallen. Aber wenn es keine andere Möglichkeit gibt, dann muß es wohl auf jeden Fall der älteste Cousin des Kaisers sein.«

»Ich habe bereits erklärt, warm ich Prinz Tsai-cheng nicht akzeptieren kann«, sagte T'se-hi. »Und was die Tradition betrifft, so ist sie, wie Li Hung-chang richtig sagte, kein Gesetz.«

»Ich wüßte nicht, was ich tun sollte«, murmelte Ch'un.

»Ihr müßt gar nichts tun«, sagte T'se-hi. »Außer stolz darauf zu sein, daß Ihr Vater eines Kaisers der Ch'ing seid. Ihr werdet Euch aus dem öffentlichen Leben zurückziehen, wie Ihr es Euch ohnehin immer gewünscht habt. Es wird sich nichts ändern. T'se-an und ich werden weiterhin die Regentschaft für den Kaiser übernehmen. Es wird sich nichts ändern.«

Wieder war es vollkommen still im Raum. Jeder wußte, daß diese Lösung für T'se-hi die vorteilhafteste war. So würde sich mindestens in den nächsten zwölf Jahren nichts ändern.

»Ein solcher Vorschlag muß den Gelehrten unterbreitet werden«, sagte Wan Li-chung.

»Aber es ist unsere Entscheidung«, beharrte T'se-hi.

»In einem so ungewöhnlichen Fall, Majestät…«

T'se-hi warf Li Hung-chang einen Blick zu. Er ließ sie nicht im Stich. Während die Diskussion in vollem Gange war, hatte er die Lage eingeschätzt und war zu einem Urteil gekommen. »T'se-hi hat recht«, sagte er. »Es ist unsere Entscheidung. Warum habt Ihr solche Angst davor? Wir alle wissen, daß wir verschiedener Meinung sind, und haben wir nicht alle ein Recht auf unterschiedliche Standpunkte? Laßt uns in der Angelegenheit abstimmen, und zwar hier und jetzt. So werden wir die Meinungen der einzelnen kennenlernen und respektieren können. Und wir werden eine Entscheidung treffen können.«

T'se-hi sah ihn skeptisch an, aber er lächelte freundlich.

»Ihr meint, wir sollten jetzt offen abstimmen?« fragte Wan Li-chung besorgt. Wie alle anderen wußte auch er, daß Jung-lu im Vorzimmer wartete … und daß T'se-hi sehr nachtragend sein konnte.

»Ja«, sagte Li. »Damit das Geplänkel endlich aufhört. Die Fragestellung ist klar und einfach. Wir haben drei Kandidaten für die Thronfolge. Der erste ist Prinz P'u-lun. Alle, die ihn als zukünftigen Kaiser bevorzugen, sollen jetzt ihre Hand heben.«

Einen Moment lang zögerten die Männer, und T'se-hi hielt den Atem an. Sie vertraute Li vollkommen und wußte, daß er sich klar war, daß sie seinen einzigen Garant für die Macht darstellte. Trotzdem fand sie, daß er ein zu großes Risiko einging. Sieben Hände hoben sich, darunter auch Wan Lichungs. Aber nicht Ch'ung-ch'is.

»Dann können wir wohl annehmen«, sagte Li Hung-chang betont ruhig, »daß es nicht dem Wunsch der Mehrheit entspricht, Prinz P'u-lun als nächsten Kaiser auf dem Thron zu sehen. Der zweite, der genannt wurde, ist Prinz Tsai-cheng. Jeder, der ihn wünscht, sollte jetzt seine Hand heben.«

Drei Hände erhoben sich augenblicklich. Die anderen sahen erwartungsvoll Prinz Kung an. Aber seine Hand blieb auf dem Tisch liegen. Seine Augen waren halb geschlossen. Offensichtlich hatte er begriffen, daß er sich unmöglich aus der Regierung zurückziehen konnte, da er der einzige war, der ein Gegengewicht zu T'se-hi bildete.

Die drei, die sich für den offensichtlichsten Kandidaten entschieden hatten, blickten jetzt verlegen nach rechts und links und ließen die Hände langsam herabsinken.

T'se-hi lächelte.

»Es bleibt nur noch der dritte Kandidat, Prinz Tsai-t'ien«, sagte Li Hung-chang jetzt. »Wer möchte ihn wählen?« Er hob seine Hand.

Die übrigen vierzehn Männer folgten ihm, auch Prinz Kung und, nach kurzem Zögern, Prinz Ch'un.

»Dann steht es fest«, sagte Li Hung-chang. »Der Große Rat hat entschieden, daß Prinz Tsai-t'ien der neue Sohn des Himmels ist. Jetzt müssen wir nur noch seinen Herrschaftsnamen finden.«

»Darf ich einen Vorschlag machen«, sagte Ch'ung-ch'i. »Ich

würde den neuen Kaiser Kuang-hsu nennen – In Glorreicher Nachfolge. Ist das nicht sehr passend?«

Die anderen Mandarine und Prinzen starrten ihn an. Aber Ch'ung-ch'i hatte so gar keine sarkastische Ader; ganz offensichtlich meinte er es wirklich ernst.

»Der Kuang-hsu«, sagte T'se-hi. »Das ist wirklich ein passender Name.«

»Ihr seid ein großer Gelehrter, Li«, meinte T'se-hi, als sie sich wieder in ihre Gemächer zurückgezogen hatte. Sagt mir, ist der Kaiser je auf eine solch egalitäre Art und Weise gewählt worden?«

»Das bezweifle ich, Majestät. Aber das richtige Wort dafür lautet ›demokratisch‹. So nennen es die Barbaren des Westens.«

»Ihr und Eure Barbaren des Westens! Es war ungehörig. Und woher wußtet Ihr, daß wir die Abstimmung gewinnen würden?«

»Steht es mir denn zu, so etwas zu wissen, Majestät? Und was die Ungehörigkeit angeht, das Ziel ist wichtig, nicht der Weg dorthin. Ich hoffe doch, daß Ihr erreicht habt, was Ihr wolltet.«

»Ja«, sagte T'se-hi. »Ich habe mein Ziel erreicht.«

»Aber es gibt da noch einen Aspekt, Majestät, auf den ich leider keinen Einfluß habe.«

»Nämlich?«

»Der verstorbene Hsieng-feng-Kaiser hat verfügt, daß die Entscheidungen des Großen Rates von der Unterschrift T'se-his am unteren Rand des Dokuments genehmigt werden muß … und T'se-ans am oberen. Wird T'se-an diesen Erlaß unterschreiben, Majestät?«

T'se-hi nickte. »Darum muß ich mich sogleich kümmern.«

T'se-an hörte sich schweigend an, was T'se-hi ihr zu sagen hatte. Seit dem Tod des Kaisers hatte sie sich weder gewaschen noch die Kleider gewechselt; sie trug keine Schminke, und ihre Augen waren vom vielen Weinen ganz geschwollen. Sie bildete einen deutlichen Kontrast zu T'se-hi, die ein mit zinnoberroten Drachen besticktes Gewand in kaiserlichem Gelb trug. Ihr Haar war unter einem riesigen mit Flügeln versehenen Kopfputz zusammengefaßt, ihre Lippen und Wangen unter einer dicken Schicht Rouge begraben und ihre schwarz geschminkten Augen kaum noch zu sehen.

»Das ist nicht richtig«, sagte T'se-an. »Es widerspricht unserer Tradition.«

»Traditionen kommen zufällig zustande«, sagte T'se-hi geduldig. »Oft geschieht etwas aus der Situation heraus, weil die besonderen Umstände es erforderlich gemacht haben, und nur weil es einmal so beschlossen worden ist, wird es gleich Tradition genannt. Unsere einzige Tradition sollte darin bestehen, immer und ausschließlich im Interesse der Dynastie und des Reichs zu entscheiden.«

T'se-an schluchzte leise. »Und diese Entscheidung ist die beste für die Dynastie und das Reich?«

»Ja. Die Kontinuität unserer Politik ist jetzt entscheidend. Wir müssen das Reich stark machen, damit es sich gegen die Zudringlichkeiten der Barbaren zur Wehr setzen kann. Das können wir nur erreichen, wenn wir beide auch weiterhin die Regierungsgeschäfte führen.«

T'se-an seufzte. »Ich möchte aber nicht länger regieren. Ich möchte mich zur Ruhe setzen.«

T'se-hi widerstand der Versuchung, ihre Mitregentin daran zu erinnern, daß sie sich bereits so gut wie zur Ruhe gesetzt hatte. »Du kannst tun, was dir beliebt, solange du weiterhin dein Siegel auf die kaiserlichen Erlasse setzt, wenn es erforderlich ist.«

»Erlasse, die du für richtig hältst.«

»Erlasse, die wir beide für richtig halten, T'se-an. Wie dieser zum Beispiel.« Sie schob T'se-an das Dokument hin. »Willst du nicht dein Siegel darauf setzen?«

T'se-an nahm das Papier, las es, seufzte noch einmal und ging damit zu ihrem Schreibtisch hinüber.

T'se-hi lächelte.

»Ich glaube, alles ist zu unserer höchsten Zufriedenheit verlaufen«, sagte T'se-hi, als Chang Tsin sie fürs Bett auszog. »Jetzt, wo T'se-an den Erlaß unterschrieben hat, werden wir eine angemessene Zeit warten und dann die Ernennung des Kuang-hsu-Kaisers verkünden. Ich würde sagen, ein Monat sollte reichen.«

»Mit Verlaub, Majestät, aber ein Monat könnte schon zu lang sein.«

»Viel früher können wir es wirklich nicht, Tsin, sonst wird man mir unnötige Eile vorwerfen. Ich bin schon so oft beschuldigt worden.« Sie seufzte und streckte sich in der Mitte des riesigen Himmelbetts aus. Ihr langes Haar diente ihr als Polster. »Komm zu mir. Ich brauche heute abend ein wenig Entspannung.«

Chang Tsin kniete sich neben sie, berührte sie aber nicht sofort. »Es wird früher geschehen müssen, Majestät. Es gibt Gerüchte, daß Ihre Hoheit Alute schwanger ist.«

T'se-his Kopf fuhr herum. »Gerüchte? Eunuch, Gerüchte?«

»Die Eunuchen Ihrer Hoheit, Majestät. In einem Monat könnten die Gerüchte bereits bestätigt sein.«

T'se-hi setzte sich auf. »Das ist ein Trick. Sie versucht, die offizielle Bekanntmachung hinauszuschieben.«

»Ihr habt ja selbst bereits vor, die Bekanntmachung hinauszuzögern, Majestät. Aber ... was, wenn Ihre Hoheit Alute wirklich guter Hoffnung ist?«

»Ist das möglich?«

»Alles ist möglich.«

T'se-hi sprang vom Bett herunter. »Gib mir ein Gewand und schick mir Ch'ung-ch'i.«

»Ch'ung-ch'i, Majestät?«

»Sie ist seine Tochter.«

»Aber ... er würde sich über solche Neuigkeiten sehr freuen.«

»Er wird sich nicht lange darüber freuen«, sagte T'se-hi. »Beeil dich.«

Chang Tsin zögerte, aber es war schwer, mit T'se-hi in dieser Stimmung zu argumentieren; das war nie anders gewesen, auch nicht, als sie als Kinder zusammen gespielt hatten.

»Du wirst auch Prinz Ch'un herbestellen.«

»Und Prinz Kung, Majestät?«

»Nein, Tsin. Ich möchte Prinz Ch'un sehen, den Vater des neuen Kaisers. Und Jung-lu soll auch kommen«, fügte T'se-hi noch hinzu, als Chang Tsin schon auf dem Weg zur Tür war.

Jung-lu erschien als erster. Er sah erhitzt und irritiert aus. »Ich hatte angenommen, daß Ihr diese Nacht allein schlafen wollt, Majestät.«

»Und daher habt Ihr Euch eine andere Frau ins Bett geholt!«

»Majestät ...«, aber er verriet sich selbst durch seine offensichtliche Verlegenheit.

T'se-hi lächelte und legte ihm die Hand auf den Arm. »Wißt Ihr denn nicht, daß ich Euch alles vergebe, solange Ihr mir so gut dient, Jung-lu? Wartet im Vorzimmer, aber hört gut zu und haltet Euch bereit.«

»Wird es Ärger geben?«

»Ich glaube nicht. Ich werde einem alten Mann, der ohnehin schon verängstigt ist, das Fürchten beibringen. Zu Tode wird er sich fürchten.«

Als nächster kam Prinz Ch'un, der wie immer vor Aufregung zitterte.

»Es gibt eine Krise«, teilte T'se-hi ihm mit. »Ich hatte gehofft, eine gewisse Anstandsfrist verstreichen lassen zu können, aber das ist jetzt unmöglich. Der Tod meines Sohnes und auch der Name seines Nachfolgers muß sofort verkündet werden. Prinz Ch'un, Ihr werdet sofort in Begleitung Jung-lus und einer Eskorte ins Haus meiner Schwester gehen, Euren Sohn so in Tücher wickeln, daß man ihn nicht erkennen kann und unverzüglich zu mir bringen, hier in die Verbotene Stadt.«

»Aber, Majestät, ... die Trauerzeit?«

»Es wird keine richtige Trauerzeit geben. Das wichtigste ist jetzt, daß der Nachfolger des T'ung-chih bereits eingesetzt ist, wenn dessen Tod verkündet wird.«

»Aber, Majestät, die Kaiserin Alute ...«

»Das ist eine Angelegenheit, mit der ich mich sogleich befassen werde. Geht jetzt und holt den Kuang-hsu-Kaiser.«

Prinz Chun eilte davon.

T'se-hi nahm in dem Sessel mit der hohen Rückenlehne im Vorzimmer Platz. Es dauerte fast eine ganze Stunde, bis Chang Tsin Ch'ung-ch'is Haus außerhalb der Verbotenen Stadt erreicht, den alten Mann aufgeweckt und in den Palast gebracht hatte, aber T'se-hi übte sich in Geduld, und ihre Entschlossenheit wuchs von Minute zu Minute.

Als junges Mädchen war sie so unschuldig gewesen, daß sie nichts weiter wollte, als andere im Tausch für Reichtum und Wohlstand zu erfreuen. Die Erkenntnis, was für eine gewaltige Aufgabe es bedeutete, Teil der Dynastie zu sein, war erst langsam in ihr gereift. Im Jahre 1861, als die Briten und Franzosen vor den Mauern Pekings standen, hatte das erste Früchte getragen. Damals waren Prinz Kung und sie die einzigen gewesen, die sich den Barbaren stellen wollten; alle anderen hatten nach Jehol in die Berge fliehen wollen.

Bei dieser Gelegenheit hatte sie bei Prinz Kung einen tiefen Eindruck hinterlassen, ebenso wie sie sich dadurch den Haß der meisten anderen Berater des Hsieng-feng-Kaisers, besonders seiner Onkel, zugezogen hatte. Damals war ihr zum ersten Mal klargeworden, daß ihr Leben in Gefahr war, weil sie einen schlechten Einfluß auf den Sohn des Himmels hatte.

Über ein Jahr hatte sie sich nur darum bemüht, ihr Leben zu schützen. Aber als die Krise – der Tod des Hsieng-feng und der darauf folgende Anschlag auf ihr Leben – eintraf, hatte sie erbarmungslos und mit eisernem Willen gehandelt. Es war das erste Mal gewesen, daß sie jemanden zum Tode verurteilt hatte, aber sie hatte nicht gezögert; entweder die anderen oder sie selbst – und ihr Sohn.

Sie hatte damals begriffen, daß eine solche Situation durchaus noch einmal eintreten könnte. Und jetzt war es soweit, und sie wußte, daß sie genauso rasch und gnadenlos handeln mußte wie damals. Ob sie Alute mochte oder nicht, änderte nichts daran, daß sie, wenn sie wirklich einen Sohn gebar und er somit der neue Kaiser wurde, als neue Kaiserinwitwe die beiden alten ablösen würde. Und als erstes würde sie, ganz unter dem Einfluß ihrer Verwandten stehend, den Tod ihres Urgroßvaters rächen, den T'se-hi hatte hinrichten lassen.

Und diese Rache würde nicht nur sie betreffen, sondern alle, einschließlich des Kuang-hsu-Kaisers und seiner Familie. T'se-hi durfte sich jetzt keine Schwäche erlauben.

Ch'ung-ch'i war zugleich in panischer Angst als auch hocherfreut. Er wollte nichts weiter, als T'se-hi zu gefallen. Und mitten in der Nacht zu ihr gerufen zu werden, um, wie er annahm, irgendwelche Regierungsgeschäfte zu besprechen, schien geradezu unglaublich. Aber wenn sie verärgert war …

Ein Blick in ihr Gesicht verriet ihm, daß sie verärgert war. Er fiel vor ihrem Stuhl auf die Knie.

»Eure Tochter, die Frau meines verstorbenen Sohnes«, sagte T'se-hi mit schneidender Stimme, »verbreitet das Gerücht, daß sie schwanger sei.«

Ch'ung-ch'i hob den Kopf und warf Chang Tsin einen nervösen Blick zu. »Ich werde dem nachgehen, Majestät.«

»Das ist nicht nötig«, sagte T'se-hi. »Ich weiß, daß das Gerücht unwahr ist. Mein Sohn war impotent.«

Ch'ung-ch'is Mund öffnete und schloß sich wieder. Wie ein Fisch auf dem Trockenen japste er nach Luft. Das hatte er noch nie zuvor gehört; es hatte in dieser Hinsicht keinerlei Andeutungen gegeben, als Alute an das Bett des Kaisers gerufen worden war.

»Nur ich allein wußte es«, sagte T'se-hi. »Ich und ein paar meiner engsten Diener.« Auch sie warf jetzt Chang Tsin einen Blick zu. »Das Verhalten Eurer Tochter ist im höchsten Maße verwerflich.«

»Ich werde sie zur Ordnung rufen«, Majestät.«

»Ich bezweifele, daß das im Augenblick von Nutzen ist, Ch'ung-ch'i. Wie Ihr ja wißt, ist der neue Kaiser gewählt und befindet sich bereits in der Verbotenen Stadt.« Das entsprach natürlich nicht ganz der Wahrheit. »Der Tod des Kaisers wird heute verkündet werden und ebenso die Ernennung des Kuang-hsu. «

»Heute, Majestät?« Ch'ung-ch'i war entsetzt über diese unangemessene Hast.

»Es sind schwierige Zeiten«, sagte T'se-hi. »Daher werdet Ihr sicher verstehen, daß die Behauptungen Eurer Tochter großen Schaden anrichten können, wenn sie die Gemüter erhitzen.«

»Ich werde ihr verbieten, darüber zu sprechen, Majestät.«

»Könnt Ihr ihr denn verbieten, heimlich darüber zu sprechen? Wie ein Geschwür wird sie das Reich und die Dynastie von innen her zersetzen.«

»Majestät«, flehte sie Ch'ung-ch'i nun an. »Sagt mir, was ich tun soll.«

T'se-hi sah ihn mehrere Sekunden lang an und sagte dann leise: »Ich bin sicher, daß Alute sehr um meinen Sohn trauert, vielleicht mehr, als sie es sich selbst eingestehen will. Mit den Jahren wird ihre Trauer unüberwindbar und sie selbst eine Bürde für die ganze Familie werden.«

Ch'ung-ch'i schluckte. »Majestät ...«

»Daher glaube ich, daß es nur im Interesse der Kaiserin sein kann, wenn man ihr diesen unbezweifelbaren Sachverhalt nahebringt«, fuhr T'se-hi noch immer mit sanfter Stimme fort.

»Majestät, Ihr könnt doch nicht wirklich von mir fordern, daß ich so etwas meiner eigenen Tochter sage.«

»Noch nicht einmal, wenn es aus reiner Fürsorge geschieht? Ihr habt noch mehr Töchter, nicht wahr, Ch'ung-ch'i?«

»Ja, Majestät.« Ch'ung-ch'i zitterte am ganzen Körper.

»Und Söhne ebenfalls.«

Ch'ung-ch'i zitterte jetzt so stark, daß er nicht sprechen konnte.

»Ein Vater darf nie vergessen, daß er im Interesse aller seiner Kinder handeln muß«, ermahnte ihn T'se-hi. »Ebenso wie ein Kind verstehen muß, daß es der gesamten Familie dient. In diesem Fall solltet Ihr als Vater daran denken, daß, wenn die Kaiserin tatsächlich schwanger ist, es nur das Kind eines anderen Mannes als des verstorbenen Kaisers sein kann, und das wäre Hochverrat. Ein solches Verbrechen würde die gesamte Familie mit hineinziehen.«

Ch'ung-ch'i sah aus, als ob er in Tränen ausbrechen wollte.

»Geht jetzt und denkt über das nach, was ich Euch gesagt habe«, sagte T'se-hi. »Denkt daran, daß Ihr Eurer ganzen Familie gegenüber verpflichtet seid. Und erinnert Eure Tochter an ihre eigene Pflicht.«

Chang Tsin öffnete die äußere Tür, und Ch'ung-ch'i erblickte Jung-lu, der dort mit verschränkten Armen und dem Schwert am Gürtel stand. Mit hängendem Kopf wankte er davon.

»Barrington!« T'se-hi konnte ihre Freude über die Ankunft des Barbaren nicht verbergen. »Wir haben uns lange nicht mehr gesehen.«

»Das finde ich auch, Majestät.«

James richtete sich nach einer tiefen Verbeugung auf, um die Frau zu betrachten, die er einmal geküßt und beinahe geheiratet hätte, wenn ihr Vater nicht dagegen gewesen wäre.

Lan Kuei, die kleine Orchidee, war sechzehn Jahre alt gewesen, als er ihr seinen Antrag gemacht hatte. In diesem Frühjahr des Jahres 1875 war sie fast vierzig. Unter der schweren Schminkschicht war das Gesicht der Kaiserinwitwe kaum zu sehen, und es gab nicht viel, was ihn an das Mädchen erinnerte, das er geliebt und um das er geworben hatte, aber er vermutete, daß es nicht nur an der Schminke lag. Zweifellos hatte sie zugenommen, was nicht anders zu erwarten gewesen war. Aber da war ein harter Zug um ihre Augen, der ihm schon aufgefallen war, als er sie das letzte Mal gesehen hatte. Damals hatte sie nach dem Tod des Hsieng-feng-Kaisers in einem erstaunlichen Staatsstreich die Macht an sich gerissen und war somit zur mächtigsten Frau des Reiches, wenn nicht gar der ganzen Welt aufgestiegen. Königin Viktoria mochte das größte Reich der Welt regieren, aber sie tat es mit der Zustimmung ihrer Minister; T'se-hi hingegen hatte zuerst die Minister ausschalten müssen, die ihr in den Weg getreten waren.

Jetzt bot sie Barrington einen Stuhl in ihrer Nähe an. »Geht es Eurer Familie gut?«

»O ja, Majestät.«

»Ihr müßt mir öfter berichten, wie es ihnen geht. Ich habe soeben erfahren, daß ihr mit einer weiteren Tochter gesegnet worden seid.«

»Sie ist vor vier Monaten geboren worden, Majestät.«

»Und ist sie gesund?«

»Es scheint so, Majestät.«

»Wie ich schon sagte, Ihr seid wirklich gesegnet. Wie habt Ihr sie genannt?«

James war sich wohl bewußt, daß T'se-hi ohne weiteres dazu imstande war, selbst ihm eine Falle zu stellen. »Das Reich trauert, Majestät. Daher kann kein Kind vor Ablauf der siebenundzwanzig Monate einen Namen erhalten.« Ebensowenig konnten Hochzeiten vollzogen werden, sogar Bestattungszeremonien waren untersagt.

T'se-hi lächelte verstohlen. »Aber Ihr habt Euch doch sicher schon für einen Namen entschieden, den Ihr dem Kind geben werdet, wenn die Zeit dazu gekommen ist.«

»Jawohl, Majestät. Wir werden sie Viktoria nennen.«

»Nach Eurer Monarchin.« Ihre Lippen kräuselten sich. »Sicher wird sie sehr schön werden. Ihr müßt mir berichten, wie sie sich entwickelt. Schreibt an Chang Tsin.

Der Eunuch strahlte über das ganze Gesicht; er und James Barrington waren ebenfalls alte Freunde.

»Das werde ich tun, Majestät. Darf ich Euch mein tiefempfundenes Beileid zum Tod des T'ung-chih-Kaisers aussprechen.«

T'se-hi senkte den Kopf.

»Und ebenfalls zum Tod der Kaiserin Alute, Majestät.«

»Ja, es ist wirklich sehr traurig«, sagte T'se-hi. »Das arme Mädchen hat sich so schrecklich gegrämt. Wirklich schrecklich. Ich weiß, daß Selbstmord in der westlichen Welt als Verbrechen gegen die Religion gilt, aber hier im Osten ist das nicht der Fall. Wir sehen die Dinge praktischer. Es tut mir leid, daß Alute tot ist, aber es war ihre Entscheidung, und die muß ich respektieren.«

»Selbstverständlich, Majestät. Ist es erlaubt, nach der Gesundheit des Kaisers zu fragen?«

»Er ist ein gesunder, kräftiger Junge«, sagte T'se-hi stolz. »Wißt Ihr, daß ich ihn adoptiert habe?«

»Ja, Majestät, das ist mir bekannt.«

»Und warum auch nicht?« fragte sie. »Er ist ja mit mir blutsverwandt.«

»Natürlich, Majestät«, pflichtete ihr James diplomatisch bei.

»Aber ich habe Euch herbestellt, weil Ihr mir helfen könnt.« Die Härte ihres Gesichts milderte sich zu einem halben Lächeln. »Es kommt eine Abordnung aus Großbritannien, die uns bei der Gründung einer modernen Marine beraten soll.« Ihr Mund zuckte. Die Erinnerung an Lays betrügerisches Spiel war noch immer bitter.

»Das sind gute Neuigkeiten, Majestät.«

»Ihr werdet als mein Minister mit ihnen verhandeln. Es ist Euer Volk, aber Ihr seid Teil meines Volkes. Ihr werdet mich nicht enttäuschen.«

James verneigte sich.

James blieben die Spannungen, die in Peking herrschten, nicht verborgen. Die meisten Mandarine und mächtigen Mandschus hegten T'se-hi gegenüber großes Mißtrauen, die auch in Zukunft jedes Gesetz und jede Tradition, auch wenn sie seit Jahrtausenden bestand, entweder beugen oder brechen würde. Das bestätigte sich erneut, als er Robert Hart besuchte, einen Iren, der vom Tsung-li-yamen, der neuen Abteilung für Auswärtige Angelegenheiten, die Li Hung-chang gegründet hatte, zum Zollkontrolleur ernannt worden war. Die vielen Wiedergutmachungen, die China in den letzten dreißig Jahren aufbringen mußte, waren aus Zolleinnahmen bestritten worden, und Li war der Meinung, daß ein Barbar diesen so überaus wichtigen Bereich der kaiserlichen Finanzen sowohl ehrlich als auch tüchtig handhaben würde.

Hart war groß und dünn, selbstsicher und praktisch – genau der Typ Barbar, den die Chinesen respektierten, auch wenn er sie mit seiner unerschütterlichen Ehrlichkeit immer wieder frustrierte. Er hingegen respektierte James Barrington als einen weiteren Fels der Integrität in der Brandung der Korruption.

»Darauf könnt Ihr Euch verlassen, Barrington«, sagte der Ire. »Eurer Freundin, der Kaiserinwitwe, geht es nur um das Wohl der Ch'ing und um niemanden sonst.«

James mußte dem zustimmen. Er wußte aber auch, daß T'se-hi unangreifbar war, solange sie Jung-lu und seine Garde sowie den angesehenen Li Hung-chan im Rücken hatte, der ihr die Unterstützung der Chinesen, der Männer von Han, garantierte. Außerdem würde sie gewiß nicht versuchen, in eigenem Namen zu regieren, sondern immer in Vertretung ihres adoptierten Sohnes, selbst wenn das nur auf der tröstlichen Erkenntnis beruhte, daß der Kuang-hsu-Kaiser in zwölf Jahren alt genug sein würde, um selbst die Regierung zu übernehmen, und T'se-hi sich dann zur Ruhe setzen *mußte*, ob sie nun wollte oder nicht. Deshalb einen Bürgerkrieg anzufangen, wenn man nichts weiter tun mußte, als zwölf Jahre zu warten, erschien den grundsätzlich sehr praktisch eingestellten Chinesen unsinnig.

Ebenso wußte James, daß nicht nur Jung-lus und Lis Zukunft, sondern auch seine eigene davon abhing, daß er die Kaiserin unterstützte, ohne jedoch den Übergang zur Regierungsperiode des Kuang-hsu-Kaisers zur gegebenen Zeit aus den Augen zu verlieren. Daher mußte er sich im Augenblick mit der feindlichen Haltung abfinden, die man T'se-his Plan, eine moderne Armee und Marine aufzubauen, entgegenbrachte. Denn die Haltung der Chinesen war militärischen Dingen gegenüber sehr zwiespältig. Ihren eigenen konfuzianischen Idealen zufolge bildeten die Soldaten den niedrigsten Stand; die Spitze bildeten Dichter, Maler und Philosophen, die glühend verehrt wurden. Aber abgesehen von dieser bewundernswerten Einstellung sehnten sich die Chinesen danach, in Ruhe gelassen zu werden, und sie haßten die Barbaren, die mit Feuer und Schwert in ihre Häfen eingedrungen waren und ihnen jetzt auch noch im Inneren des Landes Befehle erteilen wollten. Daher wünschten sie, daß die Mandschus, die zweihundert Jahre zuvor über sie hergefallen waren und sie unterworfen hatten, nun die Barbaren besiegen und vertreiben würden, auch wenn sie insgeheim stolz darauf waren, die Mandschus so unterwandert zu haben, daß man – abgesehen von dem verhaßten Zopf, den die Chinesen als Zeichen ihrer Inferiorität tragen mußten – die beiden Völker kaum noch auseinanderhalten konnte.

Das alles mußte James Captain Lang, dem Vorsitzenden der britischen Beratungskommission, kurz nach seiner Ankunft erklären. Außerdem mußte er noch hinzufügen, daß ihm trotz des legendären Reichtums Chinas nur sehr begrenzte finanzielle Mittel zu Verfügung stehen würden, da ein großer Prozentsatz der Steuereinnahmen in der Hand der Vizekönige in den Provinzen blieb. Das Geld, das Peking schließlich erreichte, zerrann oftmals in den Händen ehrgeiziger Eunuchen oder auch der zweiten Kaiserinwitwe.

Barrington wußte, daß sie ihren Traum, den Yuan Ming Yuan wieder aufzubauen, noch nicht aufgegeben hatte. Er konnte nur hoffen, daß sie vernünftig genug war, der Armee und der Flotte Priorität einzuräumen.

Lang war kaum angekommen, da stürzte das Reich bereits in eine neue Krise. Ch'ung-hou, den viele noch immer für den Hauptverantwortlichen des Tientsin-Massakers hielten, war nach Moskau geschickt worden, um in dem russisch-chinesischen Grenzkonflikt zu verhandeln, der nach Unterdrückung des lange andauernden Aufstands der moslemischen Stämme im Nordwesten des Landes entstanden war. Die Mandschus mußten fassungslos erfahren, daß der etwas naive Mandarin von den Russen um ein riesiges Gebiet betrogen worden war, das bis dahin als ein unveräußerlicher Teil des chinesischen Reiches galt.

T'se-hi war außer sich vor Wut, und nur durch die Intervention der westlichen Staaten – sogar Königin Viktoria schrieb höchstpersönlich einen Brief an die Kaiserinwitwe, wodurch sich T'se-hi natürlich sehr geschmeichelt fühlte – konnte sein Kopf gerettet werden. Aber ein Krieg mit Rußland wurde immer wahrscheinlicher. T'se-hi setzte sich sehr dafür ein; Li Hung-chan wollte verhandeln, aber als er erfuhr, daß Charles Gordon, der große Held des T'ai-P'ing-Aufstands, in Indien weilte, lud er ihn nach Peking ein, um sich von ihm beraten zu lassen.

Gordon kam auch und nutzte die Gelegenheit, seinen alten Freund und Waffenbruder James Barrington in Schanghai zu besuchen. »Die Situation ist in militärischer Hinsicht natürlich hoffnungslos«, sagte er. »China ist ein riesiger, träger Drache. Auf der anderen Seite kann man dieses Reich niemals erobern, es ist einfach zu groß dafür.«

Das gleiche Urteil gab er vor dem Großen Rat ab. »Wenn Ihr wirklich kämpfen wollt«, sagte er, »dann erklärt den Russen den Krieg, wartet, bis sie einmarschieren, flüchtet aus Peking in die Berge und bleibt solange dort, bis dem Feind die Luft ausgeht. Dann fallt über sie her und bringt sie um.«

Der Große Rat war entsetzt, und Hart, der China genauso freundlich gesinnt war wie James selbst, meinte, Gordon müsse verrückt geworden sein. Gordon reiste daraufhin wieder zurück in seine Heimat und von dort nach Khartum und in den Tod. Li Hung-chang verhandelte, und nach Vereinbarung einer weiteren Wiedergutmachung erhielt China das umstrittene Territorium zurück. Alle, sogar T'se-hi, atmeten erleichtert auf.

Den Krieg mit Rußland hatte man zwar vermeiden können, aber der Kampf mit den Elementen war allgegenwärtig. Der nächste Winter war einer der schlimmsten seit Beginn der historischen Überlieferung. Der Gelbe Fluß trat über die Ufer, und die Überschwemmungen im Norden Chinas erstreckten sich über mehrere Millionen Hektar. Tausende starben, und Tausende verloren ihre Existenzgrundlage. Der Fluß jedoch hatte, als die Fluten endlich zurückgingen, nicht zum ersten Mal in der Geschichte, seinen Verlauf geändert.

Aber China, dieser riesige, träge Drache, wie ihn Gordon beschrieben hatte, schüttelte sich das Wasser aus den Schuppen, trottete von dannen und nahm den Kampf ums Überleben wieder auf.

In diesen Jahren machten es James Barringtons neue Pflichten unabdingbar, daß er längere Zeit von zu Hause fortblieb, doch das stellte kein großes Problem dar, da er seine chinesischen Angestellten gut ausgebildet hatte. Sie verwalteten das Haus Barrington auch ohne ihn ausgezeichnet. Außerdem sah er erwartungsvoll dem Tag entgegen, an dem seine Söhne ihn ablösen würden. Zumindest hoffte er, daß das eines Tages der Fall sein würde. Der jetzt halbwüchsige Robert zeigte viel Talent, aber seine Vorlieben lagen eher im Militärischen als im Kaufmännischen. Offensichtlich sah er sich als Reinkarnation seines großen Urgroßvaters, der das Handelshaus der Barringtons gegründet hatte und dessen Namen er trug.

Aber er war trotz allem ein gutmütiger und begeisterungsfähiger junger Mann. Das konnte man über seinen jüngeren Bruder leider nicht sagen. Adrian hatte sich, kaum der Kindheit entwachsen, zu einem introvertierten und mißmutigen Jungen entwickelt, zu einem Einzelgänger, der keine Freunde zu haben schien, weder unter seinen Geschwistern noch unter den Söhnen der anderen englischen Kaufleute, die in die Schule der internationalen Gemeinde außerhalb von Schanghai gingen. Lediglich seine Großmutter brachte es fertig, daß sich sein Gesichtsausdruck hin und wieder belebte.

James hatte mehr Freude an seinen Töchtern. Viktoria, die Nachzüglerin – sie war sieben Jahre jünger als Adrian –, würde einmal zu einer großen Schönheit heranwachsen, Ihre makellosen Gesichtszüge waren wie aus feinstem Marmor gemeißelt, und ihre tiefblauen Augen bildeten einen ungewöhnlichen Kontrast zu der dunklen Haarpracht. Helen, siebzehn Jahre alt, wirkte insgesamt weicher. Sie hatte die goldenen Haare und blitzenden, grünen Augen ihrer Mutter geerbt. Die Männer umschwärmten sie wie die Motten das Licht, und wenn James einmal aus Peking nach Hause zu Besuch kam, dann wußte er nie, welchen hoffnungsvollen Verehrer er wohl jetzt vor seiner Tür antreffen würde.

Helen schien das alles nicht aus der Ruhe zu bringen, und sie behandelte alle mit der gleichen Höflichkeit, aber zu Beginn des Jahres 1880 fiel James auf, daß sie einen jungen, amerikanischen Missionar sehr viel häufiger empfing als irgendeinen der anderen Verehrer. »Murray Scott, Sir«, stellte sich der junge Mann vor und schüttelte James energisch die Hand. »Aus Baltimore.«

»Wo ist Ihre Mission?«

»Nun, Sir, wir haben noch keine errichtet. Mr. Barrington, ich begleite Jonas Appleby ... Ihr habt doch sicher schon von Jonas Appleby gehört, Sir?«

James runzelte die Stirn. Er hatte allerdings von Jonas Appleby gehört, einem außerordentlich aggressiven Mann, der der Meinung war, daß man tiefer in das Innere Chinas vordringen sollte, wenn nötig auch mit dem Bajonett, um diesen heidnischen Wilden das Wort Gottes beizubringen.

»Mr. Appleby plant eine Mission am Huang-ho, den sie hier den Gelben Fluß nennen«, sagte Scott voller Begeisterung. »Es wird mir eine Ehre sein, ihm dabei zu helfen.«

James Miene verfinsterte sich weiter. »Der Huang-ho ist für Ausländer nie geöffnet worden.«

»Soll das Wort Gottes sich etwa durch die Sturheit von einigen gelbhäutigen Männern in seiner Verbreitung behindern lassen?«

»Mehrere hundert Millionen gelbe Männer, Mr. Scott, denen das Land zufällig gehört.«

»Es ist unsere Pflicht, Sir, diesen Heiden die Vorteile unserer Zivilisation nahezubringen.«

»Mr. Scott«, sagte James. »Wenn Sie so weitermachen, werde ich gleich sehr wütend sein.«

»Papa!« rief Helen empört.

»Er wird sich wohl oder übel anhören müssen, was ich zu sagen habe«, beharrte James. »In den Augen einiger irregeleiteter Ausländer mag es so aussehen, als ob die Chinesen Heiden wären, Mr. Scott. Aber ihre Zivilisation ist zehnmal so alt wie unsere, ebenso ihre religiösen Ansichten, die im übrigen wesentlich annehmbarer sind als so mancher christliche Lehrsatz.«

»Sir!« Scott war aufgesprungen. »Das ist ja reine Blasphemie.«

»Es ist nichts anderes, als wenn Ihr einen buddhistischen Mönch verspottet.«

»Und wo wir gerade davon sprechen, daß die Chinesen zivilisiert sind – habt Ihr vielleicht das furchtbare Massaker von Tientsin vergessen, das gerade erst zehn Jahre zurückliegt?«

»Keineswegs. Ich frage mich nur, ob Ihr mir wohl sagen könnt, wieviele Massaker mit schwarzen Opfern es im amerikanischen Süden seit Ende des Bürgerkriegs gegeben hat? Die Nonnen in Tientsin hat man zumindest der Hexerei verdächtigt.«

Scotts Gesicht war vor Wut rot angelaufen.

»Oh, nun setzt Euch erst einmal wieder hin«, sagte James freundlich. »Und nehmt einen Drink.«

»Ich trinke keinen Alkohol, Sir.«

»Vielleicht solltet Ihr das aber. Es hilft einem dabei, aufgeschlossener zu werden.«

»Ich muß jetzt gehen. Einen guten Tag wünsche ich Ihnen, Sir. Mrs. Barrington. Mrs. Barrington.« Der letzte Gruß galt Jane.

»Ich bringe Euch noch zur Tür«, sagte Helen.

»War das nötig, James?« sagte Lucy, als die jungen Leute das Zimmer verlassen hatten.

»Ich glaube schon«, sagte Jane. »Einige dieser Missionare scheinen unbedingt Unruhe stiften zu wollen.«

»Und dann schreien sie um Hilfe, wenn sie es geschafft haben«, brummte James.

»Nun, ich weiß jedenfalls, daß Helen sehr aufgebracht sein wird«, sagte Lucy. »Sie hat mir gestanden, daß sie Mr. Scott lieber mag als irgendeinen ihrer anderen Verehrer.«

»Den?« rief James. »Du willst doch damit wohl nicht sagen, daß …«

»Er hat seine Meinung vielleicht geändert. Aber ich glaube, er beabsichtigt, um Helens Hand anzuhalten.«

»Wer? Dieser junge Schnösel? Würdest du denn unserer Tochter ernsthaft erlauben, einen Missionar zu heiraten, mit dem sie dann im Inneren des Landes verschwindet?«

»Wenn sie es möchte, ja«, sagte Lucy mit ungewöhnlicher Entschiedenheit.

Es schien, als ob Helen genau das wollte. James war versucht, den strengen Vater zu spielen und es ihr zu verbieten, aber er wußte, daß er damit eine Familienkrise heraufbeschworen hätte, und das war das letzte, was er sich wünschte.

»Ich möchte nur sicher sein«, sagte er ihr, »daß du diesen Kerl wirklich liebst und es nicht einfach nur aus Trotz mir gegenüber tust oder um irgendwelche Sünden unserer Ahnen zu büßen.«

»Nicht im Traum käme es mir in den Sinn, mich dir gegenüber trotzig zu verhalten, Vater. Ich liebe Murray, und er liebt mich. Und was die Vergangenheit angeht … nun ja, da ging es wohl wirklich ziemlich heidnisch zu, oder? Und Tante Joanna hat schließlich auch einen Missionar geheiratet.«

»Einer in der Familie hätte mir eigentlich gereicht«, brummte James. »Also gut, Helen. Wenn du es wirklich willst, dann hast du meinen Segen. Und vergiß nicht, wir sind hier, wenn es gefährlich wird. «

»Natürlich nicht.« Aber ihr Zorn war noch nicht verflogen. Sie gab ihm keinen Gute-Nacht-Kuß.

Kaum war die Verlobung bekanntgegeben, da erreichten ihn außerordentlich beunruhigende Nachrichten von Chang Tsin: T'se-hi war krank. Chang gab sich nicht lange mit einer Beschreibung der Ursache und der Symptome ab, sondern betrachtete mit Sorge ihren plötzlichen Machtverlust, da T'se-an und *ihre* Eunuchen gezwungen waren, die Regierungsgeschäfte zu übernehmen. Chang hatte Angst, daß es dabei bleiben könnte.

James wußte natürlich, daß T'se-his Tod oder dauerhafte Behinderung eine erhebliche Auswirkung auf seine eigenen Geschäfte haben würde. Es hatte keinen Sinn, selbst nach Peking zu gehen, da nur T'se-hi persönlich ihm die Erlaubnis erteilen konnte, die Verbotene Stadt zu betreten, und dazu war sie im Augenblick nicht in der Lage. Aber er tat, was er konnte, um mit Hilfe seiner Agenten mehr herauszufinden. Er erfuhr, daß sich T'se-hi kurz vor Ausbruch ihrer Krankheit mit Jung-lu gestritten und ihn verstoßen hatte. Worüber mochten sie sich gestritten haben? War Jung-lu ihr einmal zu oft untreu gewesen? Oder hatte er es gewagt, sie zu kritisieren? Wie auch immer, keiner konnte Barrington genaue Symptome nennen, und es schien ihm wahrscheinlicher, daß die zweite Kaiserinwitwe in die Wechseljahre gekommen war, was häufig mit krankheitsähnlichen Symptomen einhergehen konnte.

Trotzdem war er enorm erleichtert, als im Oktober ein Brief von Chang Tsin eintraf, in dem dieser schrieb, daß seine Herrin sich erholt hatte und sich bereits wieder um die Regierung kümmerte.

Die Hochzeit von Helen Barrington und Murray Scott wurde im großen Stil abgehalten, obwohl Helen – sehr zu James Mißfallen – darauf bestanden hatte, von Jonas Appleby persönlich getraut zu werden.

»Sie wird unserer kleinen Gemeinde flußabwärts sehr von Nutzen sein«, teilte ihm Appleby mit. »Eure Tochter hat wirklich viele Vorzüge, Mr. Barrington. Schönheit, Talent, Begeisterungsfähigkeit … und sie spricht Chinesisch, als wäre sie hier geboren.«

»Sie *ist* hier geboren, Mr. Appleby«, rief ihm James in Erinnerung.

Lucy war jedenfalls zufrieden, und Jane wußte aus eigener Erfahrung, daß es besser war, Liebende in Ruhe zu lassen. James kam allmählich zu dem Schluß, daß er vielleicht übertrieben reagiert hatte. Aber im neuen Jahr waren sämtliche Sorgen um Helen vergessen, als ein weiterer beunruhigender Brief von Chang Tsin ankam, der jetzt einen regelmäßigen Schriftwechsel mit James führte.

»Ich möchte Euch bitten, Barrington«, schrieb der Eunuch, »nie zu vergessen, daß Größe immer von Gerüchten umgeben ist und daß es im Wesen der Größe liegt, daß sie sich gegen solche Verleumdungen nicht zur Wehr setzen kann. Bedenkt immer nur das eine: Die Kaiserinwitwe hat sich nur eines einzigen Verbrechens schuldig gemacht, wenn man es denn Verbrechen nennen kann, und das besteht darin, daß sie die

Macht der Dynastie gefestigt hat, denn nur auf diesem Weg kann das Reich zu wahrer Größe emporsteigen.«

Dieser rätselhaften Botschaft folgten Gerüchte, die sich mit dem Selbstmord der Kaiserin Alute befaßten. Man munkelte, dabei sei es wohl nicht mit rechten Dingen zugegangen.

»Ein ganz mieser, kleiner Köter«, empörte sich T'se-hi. »Das war er schon immer.«

»Und jetzt ist er tot, Majestät«, sagte Li Hung-chang.

»So etwas zu behaupten«, schimpfte T'se-hi.

»Die Menschen glauben nun einmal, was jemand auf dem Totenbett sagt, Majestät.«

»Es ist nichts als ein Haufen Lügen und Verleumdungen.«

»Aber trotzdem, Majestät …«

T'se-hi explodierte vor Wut. »Und Ihr glaubt solche Verunglimpfungen auch noch!« rief sie. »Ausgerechnet Ihr, Li! Wem kann ich denn noch vertrauen, wenn nicht Euch? Ich bin von lauter Schuften und Gaunern umgeben.«

Trotz seiner mächtigen Figur und der typischen Gelassenheit sah Li Hung-chang so aus, als ob er am liebsten davongelaufen wäre. Noch nie hatte er seine Herrin in einer derartigen Verfassung gesehen. Die Adern auf T'se-his Stirn drohten zu platzen, und sie fletschte die funkelndweißen Zähne wie ein Raubtier. »Ihr werdet es herausfinden!« brüllte sie. »Ich will die Köpfe dieser Verleumder, vor allem die der Drahtzieher. Findet es heraus! Und vergeßt nicht, was ich Euch gerade gesagt habe!«

Li Hung-chang erhob sich von den Knien und bewegte sich rückwärts auf die Tür des Audienzsaals zu. Chang Tsin wartete an der Tür und ging mit ihm hinaus. »Sie ist sehr wütend«, keuchte Li. »Dabei habe ich nichts weiter getan, als ihr die Gerüchte mitzuteilen, die auf den Basaren kursieren. Es geht darum, was Wan Li-chung auf seinem Totenbett gesagt haben soll. Und damit habe ich Ihre Majestät so wütend gemacht.«

Er war ganz offensichtlich zu Tode erschrocken. »Es ist nur

eine Laune«, beruhigte ihn Chang Tsin. Glaubt mir, Marschall Li, T'se-hi schätzt Eure Talente und Eure Loyalität viel zu sehr, als daß sie Euch je wirklich böse sein könnte. Ich verspreche Euch, bei der nächsten Audienz wird sie Euch so freundlich behandeln wie immer.«

Li ging kopfschüttelnd von dannen, und Chang Tsin eilte zurück in den Audienzsaal. T'se-hi war aufgestanden, stand am Fenster und fächelte sich mit abwesender Miene Luft zu. Sie hatte durch ihre Krankheit abgenommen, aber seit Jahren hatte sie nicht so schön und stark ausgesehen wie jetzt.

»Seine Exzellenz ist sehr beunruhigt, Majestät«, sagte Chang.

»Und das sollte er auch, mir solche Gerüchte mitzuteilen«, erwiderte T'se-hi. Sie hatte sich wieder ganz unter Kontrolle, aber Chang Tsin wußte, daß sie die Kontrolle auch nicht einen Moment verloren hatte. T'se-his Zornesausbrüche waren immer sorgfältig überlegt.

»Wie dem auch sei, Majestät, jedenfalls scheint Wan Li-chung den Inhalt des Gesprächs gekannt zu haben, das Ihr mit Ch'ung-ch'i kurz vor dem Tod der Kaiserin geführt habt.«

»Woher sollte er das wissen? Was hat Ch'ung-ch'i dazu zu sagen?«

»Er schwört, daß er mit niemandem über diese Unterredung gesprochen hat, Majestät.«

»Und das soll ich glauben?«

»Der Vorfall hat ihm die letzten vier Jahre natürlich schwer auf der Seele gelegen, das verstehe ich durchaus. Es ist tragisch, wenn ein Mann seiner eigenen Tochter das Opiumrauchen beibringt und dann auch noch dafür sorgt, daß sie genug nimmt, um sich umzubringen. Aber er hat Euch und der Dynastie ewige Loyalität geschworen, Majestät. Daß Wan Li-chung eine solche Anschuldigung ausgesprochen und dann Selbstmord begangen hat, ist natürlich unglücklich. Aber eine solche Anschuldigung kann nie mehr als eine Verleumdung sein.«

»Gerüchte, Verleumdungen«, brummte T'se-hi. »Die Menschen glauben, was ein Mann unmittelbar vor seinem Selbstmord sagt. Es kann jedenfalls kein Zufall sein, daß diese

Gerüchte auftauchten, als ich krank war, und meine Feinde annahmen, daß ich mich nicht erholen würde. Nun, ich werde allen zeigen, wie sehr sie sich geirrt haben. Hast du bereits Maßnahmen unternommen, diese Gerüchte zu unterbinden?«

»Ich habe allen geschrieben, die wichtig sind, Majestät.«

»Hast du Barrington geschrieben?«

»Natürlich, Majestät.«

»Und wie lautet seine Antwort?«

»Ich habe noch keine erhalten, Majestät. Aber Barrington, Li und die anderen wichtigen Mandarine werden hinter Euch stehen. Da bin ich mir sicher.«

»Weil sie keine Wahl haben. Aber du hast recht. Niemand kann beweisen, daß ich etwas damit zu tun habe. Wir werden es einfach aussitzen, Tsin. In der Vergangenheit haben wir schon ganz andere Krisen gemeistert. Jetzt müssen wir die Schuldigen finden und bestrafen.«

»Jawohl, Majestät. Da gibt es nur ein Problem.«

T'se-hi drehte sich um und sah ihn an.

»Die Gerüchte sind bereits zu T'se-an vorgedrungen. Das weiß ich von Chung Kuo-fan.« Chung Kuo-fan war T'se-ans erster Eunuch.

»Sprich weiter.«

»Chung Kuo-fan hat mir gesagt, daß T'se-an sehr aufgebracht ist. Das ...« er zögerte.

»Weiter«, drängte T'se-hi.

»Sie hat einige sehr häßliche Dinge gesagt, Majestät. Sie hat sich daran erinnert, wie Ihr Euren eigenen Neffen zum Kaiser ernannt habt, und darüber ist sie sehr wütend geworden. T'se-an hat auch nicht vergessen, daß Ihr noch gegen einige andere Traditionen verstoßen habt. Jetzt behauptet sie, daß Ihr schuld seid am Tod der Kaiserin Alute. Sie hat Euch vor ihren Eunuchen eine Mörderin genannt.«

Chang Tsin senkte vorsorglich den Kopf, da er einen Wutanfall erwartete, aber mehrere Minuten lang schwieg T'se-hi. Endlich sprach sie mit leiser Stimme: »Wie kann sie so etwas behaupten? Hat sie Beweise?«

»Sie hat ihren Eunuchen gesagt, daß sie Euch kennt, daß

Euer Charakter der beste Beweis sei, Majestät. So hat Chung Kuo-fan es mir erzählt.«

»Ha! Mit einem solchen Beweis kann sie nicht viel anfangen. Und ebensowenig ihre Eunuchen!« T'se-his Stimme klang verächtlich.

»Sie sagt außerdem, daß Ihr sie seit dem Tod des Hsieng-feng-Kaisers immer wieder unter Druck gesetzt habt, den zahlreichen Verstößen gegen Gesetz und Tradition zuzustimmen, Majestät.«

»Sie unter Druck gesetzt? Wie sonst hätte ich denn Ihre Unterschrift auf den Erlassen bekommen sollen? Sie interessiert sich ja nicht für die Regierungsgeschäfte. Jedermann weiß, daß sie in den Monaten, in denen ich krank war, so gut wie überhaupt nichts getan hat.«

»Chung Kuo-fan sagt, daß sie besonders an die Ernennung des Kuang-hsu-Kaisers denkt. Sie hält es für ein Verbrechen.«

T'se-hi funkelte ihn an. »Warum erzählst du mir das alles, Tsin? Glaubst du wirklich, daß es mich interessiert, was T'se-an ihren Eunuchen anvertraut?«

»T'se-an hat gesagt, daß sie keine weiteren Erlasse von Euch unterschreiben wird. Sie sagt, sie wird überhaupt nichts mehr unterschreiben, solange Prinz Ch'un nicht entlassen ist.«

T'se-hi runzelte die Stirn. »Das hat sie wirklich gesagt? Will sie damit denn die gesamte Regierung lahmlegen?«

»Ich glaube, daß ihr Interesse an der Macht im letzten Jahr gewachsen ist. Sie will sich nun mehr um die Regierungsgeschäfte kümmern, Majestät. Vielleicht möchte sie sogar selbst regieren, denn das Recht dazu hat sie. Und noch mehr als das, Majestät. Chung Kuo-fan hat mir erzählt, daß T'se-an ein Dokument besitzt, das der Hsieng-feng-Kaiser kurz vor seinem Tod unterschrieben hat. Es besagt, daß T'se-an als erste Kaiserinwitwe Eure Hinrichtung verfügen kann, solltet Ihr jemals versuchen, eine Willkürherrschaft zu errichten. Chung Kuo-fan sagt, daß seine Herrin oft mit dem Gedanken spielt, ob ein solches Dokument jemals zum Einsatz gebracht werden sollte.«

Wiederum rechnete Chang Tsin mit einem Zornesausbruch, aber T'se-hi ging einfach zu ihrem Stuhl zurück. »Euer Freund scheint eine blühende Phantasie zu haben«, sagte sie ruhig. »Wenn es ein solches Dokument gäbe, dann wüßte ich davon.«

»Allein das Gerücht, daß ein solches Dokument existiert, könnte Euren Feinden schon genügen.«

T'se-hi dachte darüber einen Moment lang nach. »T'se-an hat es nicht nötig, solche Gerüchte zu verbreiten«, sagte sie schließlich. »Wie du richtig bemerkt hast, hat sie das Recht zu regieren. Solange sie lebt, ist sie die erste Kaiserinwitwe.« Sie sah den Eunuchen an und lächelte fröhlich. »Wir müssen uns mit T'se-an versöhnen. Zusammen sind wir alles; einzeln nichts, und das gleiche gilt für China. Chang Tsin, du wirst T'se-an eine Nachricht von mir überbringen. Du wirst Ihre Majestät einladen, mit mir Tee zu trinken, damit wir über die Gerüchte in Ruhe sprechen können. Du wirst ihr mitteilen, daß ich ihren Rat suche, wie ich meine Unschuld am besten beweisen kann. Geh jetzt gleich.«

T'se-hi summte leise vor sich hin, als sie mit ihren Hofdamen im Garten saß. Sie hatte angefangen zu malen, und jetzt saß sie vor ihrer Staffelei und tupfte mit dem Pinsel Farbe auf die Leinwand, während ihre kleinen Hunde, die man Pekinesen nannte, weil sie in der Stadt gezüchtet wurden, zu ihren Füßen herumtollten. Das Gemälde sollte das Schmückende Wasser und den großen, künstlich angelegten See in der Verbotenen Stadt, mit seinen vielen, anmutig gebogenen Brücken, den zierlichen Pagodendächern der Sommerhäuschen und den prachtvollen Blumenbeeten entlang der Ufer darstellen. Es war in der Tat eine außerordentlich farbenfrohe Darstellung.

Die Damen raunten sich untereinander zu, daß sie T'se-hi noch nie so zufrieden, je geradezu häuslich erlebt hätten wie in den letzten Tagen. Für die Teestunde mit T'se-an hatte sie sich sogar selbst in die Küche begeben und eigenhändig ein paar kleine Kuchen gebacken.

»Die sind nur für Ihre Majestät bestimmt«, hatte sie gesagt. »Diese Milchküchlein sind nämlich ihr Lieblingsgebäck.«

Natürlich kannten auch die Damen die Gerüchte, die in der Verbotenen Stadt, ja in ganz Peking umgingen – vielleicht sogar in ganz China –, daß Ch'ung Ch'i seiner Tochter Opium gegeben und sie gezwungen habe, es zu rauchen, bis sie starb. Und daß der große Gelehrte Wan Li-chung, ein alter Freund Ch'ung-ch'is, auf dem Totenbett behauptet hatte, daß Ch'ung-ch'i von T'se-hi dazu gezwungen worden war. Aber da sie *ihre* Damen waren, konnten sie es sich nicht erlauben, T'se-hi zu verurteilen, selbst wenn sie sie für schuldig befanden; wenn T'se-hi stürzte, dann stürzten sie mit ihr. Aber die Damen bewunderten ihren Gleichmut angesichts der Tatsache, daß sich zur Zeit ihrer Krankheit eine erhebliche Opposition gegen sie gebildet hatte und daß diese Opposition die Herrschaft der einzigen Person im ganzen Reich forderten, die vor dem Gesetz die Möglichkeit dazu hatte: T'se-an.

T'se-hi hörte sie flüstern, und auch wenn sie die Worte nicht verstehen konnte, so wußte sie sehr wohl, worüber sie sprachen. Aber es waren ihre Geschöpfe, und daher spielte es keine Rolle, was sie sagten oder dachten. Nur die Dynastie, nur das Reich war wichtig. Diese einfache Philosophie erlaubte es, alle ihre Aktionen, ob sie in der Vergangenheit oder in der Zukunft lagen, als von den Göttern gewollt zu legitimieren.

Chang Tsin betrat den Garten. »Die Kaiserin kommt, Majestät.«

T'se-hi erhob sich von ihrem Stuhl und legte den Pinsel weg. Die Hunde bellten, als ihre Herrin langsam über den Rasen auf den Bogen zuging, wo T'se-an in diesem Augenblick in Begleitung zweier Eunuchen und mehrerer Hofdamen erschien.

»T'se-an«, begrüßte sie T'se-hi. »Wie freut es mich, dich wieder einmal zu sehen. Es ist lange her, seit du das letzte Mal gekommen bist.«

»Nun, du hast mich ja auch schon seit Ewigkeiten nicht mehr besucht«, konterte T'se-an.

»Ich weiß, aber die Regierungsgeschäfte nehmen mich sehr in Anspruch. Doch jetzt habe ich gehört, daß du deinen Platz neben mir einnehmen und dieses mächtige Reich mit mir gemeinsam regieren möchtest.«

T'se-an warf ihr einen Blick zu, aber sie war viel zu höflich, als daß sie T'se-hi darauf aufmerksam gemacht hätte, daß sie die *erste* Kaiserinwitwe war. »Wir haben viel zu bereden«, sagte T'se-an.

»Das weiß ich. Aber wir sollten uns niedersetzen und Tee trinken, dann spricht es sich leichter.« T'se-hi setzte sich neben T'se-an. »Ich habe sogar ein paar Milchküchlein für dich finden können.«

»Das ist sehr lieb von dir.« T'se-an nahm einen und biß hinein. Dann sah sie, daß T'se-hi nichts aß. »Möchtest du nicht auch einen?«

»Ich mag Milchküchlein nicht so gern«, sagte T'se-hi. »Sie sind alle für dich. Also, ich weiß natürlich, worüber du mit mir sprechen möchtest: diese Gerüchte, die Wan Li-chungs Eunuchen verbreitet haben. Eunuchen! Sie sind wirklich eine Bedrohung unserer Gesellschaft.«

T'se-an aß noch einen Milchkuchen; sie hatte schon immer zur Fülle geneigt, aber seit sie Witwe war, hatte sie auf ihre Figur überhaupt nicht mehr geachtet und war immer dicker geworden. »Jedes Gerücht hat einen wahren Kern, T'se-hi«, erwiderte T'se-an.

»Das weiß ich. Und es ist sicher wahr, daß Ch'ung-ch'i seine Tochter dazu ermutigt hat, eine Überdosis zu nehmen; er konnte es gewiß nicht mehr mit ansehen, wie sie sich in Trauer verzehrt hat.«

»Und du bist völlig unbeteiligt?«

»Ich habe natürlich auch gesehen, wie sie gelitten hat, und mir Sorgen gemacht. Vielleicht habe ich auch mit ihrem Vater darüber gesprochen.«

»Das gibst du also zu?« T'se-an war so überrascht, daß sie zum dritten Milchkuchen griff.

»Ich gebe es dir gegenüber zu, T'se-an, da wir schon viele Jahre gute Freunde sind und zahllose Krisen gemeinsam überwunden haben. Ich würde es niemandem sonst gestehen.«

»Aber vor mir hast du es zugegeben«, sagte T'se-an.

»Weil es mir so leid tut. Da ich für uns beide und für unseren adoptierten Sohn, den Kuang-hsu, die Regierungsgewalt übernommen habe, bin ich so überlastet, daß ich manchmal vergesse, wie man jedes meiner Worte auf die Waagschale legt und zuweilen falsch auslegt. Wenn ich an die arme Alute denke … Doch falls du die Last der Regierung wie in früheren Zeiten wieder mit mir teilst, dann würde mich das wirklich sehr erleichtern.«

»Dann werde ich es tun. Ich bin froh zu hören, daß du die Vorfälle bedauerst. Aber was ist mit Ch'ung-ch'i? Er muß bestraft werden. Der Elende zeigt keinerlei Reue.«

»Vielleicht nicht in der Öffentlichkeit, T'se-an, aber ich bin sicher, daß er innerlich die schlimmsten Gewissensqualen durchleidet. Er ist jedoch der Dynastie so unerschütterlich treu ergeben. Ich bringe es nicht fertig, ihn zu bestrafen.«

»Manchmal bist du zu weich, T'se-hi«, entgegnete T'se-an. »Wir werden über diese Angelegenheit nachdenken müssen. Und im übrigen müssen wir sicherstellen, daß so etwas nie wieder geschehen kann.«

»Dann sind wir Freunde«, sagte T'se-hi.

»Wir sind immer Freunde gewesen, T'se-hi. Seit damals, als wir der Mutter des Hsieng-feng vorgeführt worden sind.«

»Was für glückliche Tage«, sagte T'se-hi. »Der Hsieng-feng fehlt mir sehr.«

»Mir auch«, stimmte ihr T'se-an zu.

»Du warst seine Lieblingsfrau. Seine Kaiserin.«

»Ich war die Kaiserin«, räumte T'se-an ein, »aber ich glaube, seine Lieblingsfrau warst immer nur du, T'se-hi.«

»Hin und wieder«, sagte T'se-hi. »Ich glaube, er ist mir stets mit einem gewissen Mißtrauen begegnet.«

»Wie kannst du das behaupten?«

»Nun, hat er dir etwa nicht ein Dokument gegeben, mit dessen Hilfe du mich hinrichten lassen kannst, wenn ich je versuchen sollte, die Macht allein an mich zu reißen?«

T'se-an lachte. »Ja, so ein Dokument hat er mir tatsächlich ausgehändigt.«

»Ich habe kein derartiges Schriftstück bekommen, für den

Fall, daß du die Macht an dich reißen würdest«, murrte T'se-hi.

»Nun, er wußte wohl, daß ich nie auf eine solche Idee kommen würde. Nur vor deinem Ehrgeiz hatte er Angst, T'se-hi.«

»Wie auch immer, es tut mir weh, daß unser Gemahl mir so mißtraut hat«, sagte T'se-hi. »Ich würde das Dokument gerne sehen, wenn ich darf.«

Wieder lachte T'se-an. »Es existiert nicht mehr. Ich habe es vernichtet, vor vielen Jahren schon. Wie könnte ich mir jemals wünschen, daß du hingerichtet wirst, T'se-hi?«

»Oh«, sagte T'se-hi. »Das war aber sehr freundlich von dir, T'se-an. Bist du sicher, daß es vernichtet worden ist?«

»Ja, allerdings. Ich habe es selbst verbrannt.«

»Du kannst dir gar nicht vorstellen, wie sehr mich das erleichtert«, sagte T'se-hi. »Möchtest du nicht noch ein Milchküchlein?«

3

DIE VORLADUNG

James Barrington verneigte sich, als er den Audienzsaal betrat. »Majestät. Es freut mich zu sehen, daß Ihr Euch so gut von Eurer Krankheit erholt habt.«

T'se-hi saß mit ruhigem Gesichtsausdruck in ihrem Stuhl mit der hohen Rückenlehne. Statt des gewohnten gelben Gewands mit den roten und grünen Stickereien trug sie jetzt ein vollkommen weißes. »Barrington! Es tut gut, Euch zu sehen. Es tut immer gut, Euch zu sehen.«

»Nehmt mein tiefempfundenes Beileid entgegen, Majestät.«

»Wir leben in traurigen Zeiten, Barrington. Mein Land macht eine schwierige Phase durch und ich nicht weniger. Wißt Ihr, ich habe um meinen Sohn getrauert und auch um seine Witwe. Aber ich ahnte, daß er nicht lange für diese Welt bestimmt sein würde. Und Alute ... ich konnte sehen, wie furchtbar ihr der Verlust meines Sohnes zusetzte und sie immer weiter in den Abgrund zog. Und sosehr ich es auch versucht habe, ich konnte sie nicht trösten. Aber daß T'se-an so plötzlich krank geworden ist, so ganz ohne Vorwarnung! In der einen Minute war sie noch lebendig und hat gelacht wie eh und je, und in der nächsten war sie tot. So etwas kann den Glauben an den Sinn des Lebens schwer erschüttern.«

»Aber woran ist sie denn gestorben, Majestät?«

»Wer kann das schon sagen, Barrington? Es muß so etwas wie eine Explosion in ihrem Körper stattgefunden haben. Es ging sehr schnell. Das ist zumindest ein Trost.«

»In Europa hätte man eine Obduktion durchgeführt, um herauszufinden, warum sie gestorben ist.«

T'se-his Augen funkelten. »Europa!« sagte sie scharf. »Dort herrschen wirklich barbarische Sitten. Würdet denn Ihr etwa zulassen, daß ein ganz gewöhnlicher Chirurg den Körper einer Kaiserin verstümmelt?« Ihre Stimme wurde wieder weicher. »So etwas ist in China undenkbar, Barrington, und das wißt Ihr sehr genau. Wir haben ganz bestimmte Regeln, wie man sich in einem solchen Fall zu verhalten hat, und die gilt es zu befolgen. Wir trauern um die Kaiserinwitwe. Aber wir müssen uns immer vor Augen führen, daß unsere Hauptsorge den Lebenden gilt und dem Reich. Erzählt mir von diesem Captain Lang.«

»Captain Lang ist ein ausgezeichneter Offizier, Majestät. Er bildet bereits Matrosen aus, und – viel wichtiger noch – Offiziere.«

»Und was ist mit der Flotte? Hat er Schiffe für uns gefunden?«

»Der Captain weiß, wo Schiffe zu finden sind, Majestät. Aber Schiffe kosten Geld.«

»Das Geld wird sich auch finden lassen. Macht Euch um das Geld keine Sorgen. Mir geht es eher um die Männer. Um die Offiziere, wie Ihr sagt. Ihr kommt aus einer Familie, die zur See gefahren ist, Barrington. Ihr habt selbst Schiffe kommandiert, für Euren Vater.«

»Das stimmt, Majestät. Aber ich fürchte, ich bin dafür jetzt ein wenig zu alt …«

»Alt? Unsinn. Ihr seid einundfünfzig. Habe ich mir das nicht gut gemerkt? Denn ich bin jetzt sechsundvierzig. Habt Ihr das vergessen?«

»Nein, Majestät. Ich habe überhaupt nichts vergessen, was Euch betrifft.«

T'se-hi lächelte sardonisch. »Bedauert Ihr, daß Ihr nie mit mir geschlafen habt, Barrington?«

»Majestät!«

T'se-hi lächelte. »Können denn alte Freunde keine vertraulichen Sachen besprechen? Aber ich verstehe. Ihr möchtet den Rest Eures Lebens damit verbringen, die Früchte Eures Erfolgs zu genießen. Als nächstes werdet Ihr mir noch sagen, daß Ihr zurück nach England gehen wollt.«

»Nein, nein, Majestät«, beruhigte sie James.

»Ihr müßt mir von England erzählen«, sagte T'se-hi. »Ich habe nur wenig darüber gelesen. Ich habe über Frankreich und Deutschland gelesen, und natürlich über Rußland, unseren Nachbarn. Auch über Spanien und Portugal habe ich gelesen, aber nicht über England. England führt keine Kriege, und trotzdem sind die Engländer überall wie die Ameisen.«

»Großbritannien hat in seiner Zeit genügend Kriege geführt, und jetzt herrscht es über ein gewaltiges Reich, Majestät.«

»Wie China? Kein Reich ist so mächtig wie China.«

»Vielleicht nicht, Majestät«, sagte James und wählte seine Worte sorgfältig.

»Ich habe nichts über die britische Armee gelesen. Die Franzosen sagen, die Briten hätten gar keine Armee.«

»Sie haben keine Armee wie die Franzosen oder die Deutschen, Majestät.«

»Wie können sie da behaupten, mächtig zu sein? Wie kann man so ein riesiges Reich beherrschen?«

»Die Gebiete des britischen Empire sind über die ganze Welt verstreut, und es ist die Royal Navy, die dafür sorgt, daß es so bleibt, Majestät. Sie ist die mächtigste Marine der Welt.«

»Die Navy«, sagte T'se-hi. »Ja, das habe ich schon gehört. Sagt mir, Barrington, findet Ihr es nicht bemerkenswert, daß auch dieses Reich wie China von einer Frau regiert wird?«

»Ja, das ist in der Tat bemerkenswert, Majestät.«

»Zwei Frauen regieren die größten Reiche dieser Welt«, sagte T'se-hi in stiller Zufriedenheit. »So muß es sein, habe ich nicht recht?«

Sie war in bester Stimmung, dachte James; er hatte sie seit Jahren nicht mehr so gutgelaunt gesehen.

»Ich habe gehört, daß diese Monarchin ebenfalls Witwe ist«, fuhr T'se-hi fort.

»Das ist richtig, Majestät.«

»Zwei Frauen, die soviel gemeinsam haben? Königin Viktoria hat mir geschrieben, wißt Ihr, in der Angelegenheit um Ch'ung-hou. Ich war so erfreut, daß ich ihrem Wunsch entsprochen und den elenden Hund am Leben gelassen habe. Wäre es nicht großartig«, schlug T'se-hi vor, »wenn wir beide uns einmal persönlich treffen würden?«

»Äh ... das wäre gewiß großartig«, pflichtete ihr James bei, während er sich in Gedanken ausmalte, wie Königin Viktoria und T'se-hi gemeinsam Tee trinken würden.

»Kann man das nicht arrangieren?«

»Das bezweifle ich, Majestät. Königin Viktoria würde Großbritannien nie verlassen.«

»Und ich kann China nicht verlassen. Wie schade.« Plötzlich wurde ihre Stimme energischer. »Aber ich werde eine Marine aufbauen, die einen Vergleich mit der britischen nicht zu scheuen braucht. Und an ihrer Spitze wird ein Barrington stehen, dessen Ahnen schon meinen Vorgängern gedient haben.«

Als ob sie eine echte Mandschu-Prinzessin wäre, dachte James.

»Ich verstehe die Sorge wegen Eures Alters, Barrington. Euer Sohn wird Euren Platz einnehmen.«

»Mein Sohn, Majestät?«

»Ihr habt doch einen Sohn namens Robert. Wie alt ist er?«

»Er wird dieses Jahr sechzehn, Majestät.«

»Ausgezeichnet! Ihr werdet ihn mir schicken, damit ich ihn selbst begutachten kann. Und dann wird er Offizier in meiner Marine.«

»Aber Majestät, ein Junge von sechzehn kann doch noch keine Flotte kommandieren.«

»Das habe ich auch nicht angenommen. Aber er wird alles Notwendige lernen, damit er das Kommando übernehmen kann, wenn er vierzig ist. Ihr werdet mir den Jungen persönlich schicken, Barrington, damit ich sicher sein kann, daß er wirklich Euer Sohn ist. Dann wird er Offizier in meiner Marine.«

James dachte verzweifelt über einen Ausweg nach; denn für seinen Stiefvater war das Kommando über die chinesische Flotte eine Katastrophe gewesen, und für seinen leiblichen Vater hatte es den Tod bedeutet. »Mit Verlaub, Majestät, aber mein Sohn Robert ist als Kaufmann ausgebildet worden, um mich als Oberhaupt des Hauses Barrington abzulösen.«

»Aber ist er nicht auch als Seemann ausgebildet worden?« fragte T'se-hi besorgt.

»Doch, natürlich. Alle Barringtons lernen, wie man zur See fährt.«

»Dann wird er in meiner Marine dienen. Ihr habt doch noch einen zweiten Sohn, oder nicht?«

»Jawohl, Majestät. Aber –«

»Dann wird eben er Euer Nachfolger sein und das Handelshaus übernehmen.«

»Ich glaube nicht, daß er sich dafür eignet, Majestät.«

»Euer eigener Sohn? Barrington, Ihr weicht mir aus. Ich will nichts mehr davon hören. Wollt Ihr etwa behaupten, daß das Handelshaus der Barringtons wichtiger ist als China?«

»Nein, Majestät, natürlich nicht.«

»Dann wollen wir nicht weiter darüber reden. Schickt Euren Sohn zu mir, und zwar bald.« Sie winkte mit ihrem Fächer, was bedeutete, daß er gehen konnte.

Chang Tsin wartete im Vorzimmer, aber James hatte keinen Zweifel, daß er jedes Wort gehört hatte.

James Barrington und Chang Tsin waren seit Jahren befreundet, seit den Tagen in Wuhu, als T'se-hi oder Lan Kuei – was soviel bedeutete wie Kleine Orchidee – nichts weiter war als die Tochter eines mandschurischen *Taotai*, eines hohen Beamten, und Chang Tsin ihr Diener. Seitdem hatten sie manche Höhen und Tiefen durchgemacht. Chang Tsin, der verkauft und kastriert worden war, hatte sehr viel mehr gelitten als er selbst, das wußte James, aber der Eunuch hatte auf diese Weise eine Stellung erlangt, von der die meisten Sterblichen nur träumen konnten. Chang Tsins Kittel und Hosen waren aus feinster hellblauer Seide, und an seinen Fingern drängten sich Ringe mit den kostbarsten Steinen.

Auch sein Verhalten hatte sich verändert. Die Unterwürfigkeit des Dieners, so sehr sie auch noch Teil seines Auftretens in der Öffentlichkeit war, trat jetzt hinter der arroganten Selbstsicherheit zurück, T'se-his engster Vertrauter zu sein, der alle Informationen für T'se-hi nicht nur filterte, sondern auch zensierte, der ihre intimsten Augenblicke mit ihr teilte und nicht zuletzt auch ihren enormen Reichtum.

Jetzt verbeugte er sich vor seinem alten Freund. Die Hände hatte er dabei tief in die Ärmel seines Kittels geschoben. »Ihr werdet mit mir zu Abend essen, Barrington.« Das war weder eine Anfrage noch ein Vorschlag.

James war überrascht, daß Chang Tsin ihn aus der Verbotenen Stadt hinaus in die Tatarenstadt führte, die weiter südlich lag. Am Tian-an-men, dem Haupttor zur kaiserlichen Enklave, wartete eine Abteilung Bannersoldaten als Eskorte auf sie, die Fußgänger zur Seite schoben und Bettler unsanft mit Knüppeln fortstießen. Obwohl der Eskorte einige Flüche entgegenschallten, konnte kein Zweifel daran bestehen, daß Chang Tsin ein mächtiger Mann war.

Der Eunuch brachte James zu einem prächtigen Haus, das abseits der Straße lag, auf der in Peking immer ein unvorstellbarer Lärm herrschte. Das Gebäude lag inmitten eines üppigen Gartens mit Trauerweiden und gebogenen Brücken über kleinen Bächen, in denen bunte Goldfische fröhlich hin und her schwammen. An den grünen Ufern stolzierten Pfaue einher, und die Luft war erfüllt von ihrem heiseren Gesang.

»Gefällt Euch dieser Ort, Barrington?« fragte Chang Tsin, als sie durch den Garten auf eine kleine Laube zugingen, in der bereits zwei weibliche Dienerinnen auf sie warteten und Tee servierten.

»Es ist herrlich.«

»Ich habe es gerade gekauft.«

»Ihr, Chang?«

»Sollte ich nicht auch ein eigenes Zuhause haben?«

»Nun ja, ich hätte erwartet, daß Euer Haus innerhalb der Verbotenen Stadt liegt.«

»Dort arbeite ich, und dort muß ich einen großen Teil meiner Zeit verbringen. Aber ich brauche einen Ort, an den ich mich hin und wieder zurückziehen kann.«

»Und T'se-hi hat nichts dagegen?«

»Warum sollte sie das, solange ich da bin, wenn sie mich braucht?« Chang Tsin setzte sich und bot James ebenfalls einen Stuhl an. Er läutete mit einer kleinen, goldenen Glocke und nahm einen Schluck von seinem Tee. »Erzählt mir von Eurer Schwester. Geht es ihr gut?«

Chang Tsin hatte Joanna Barrington damals vor den T'ai P'ing gerettet, und aus diesem Grund war ihm ein besonderer Platz im Herzen der Familie Barrington für immer sicher.

»Ja, es geht ihr ausgezeichnet. Port Arthur ist eine sehr schöne Stadt.«

»Das habe ich auch schon gehört. Ich selbst bin nie dort gewesen. Richtet ihr bitte meine Grüße aus, wenn Ihr das nächste Mal schreibt.«

»Das werde ich tun. Darf ich fragen, ob an diesen Gerüchten, die ich überall höre, irgend etwas Wahres dran ist?«

»Es gibt immer Gerüchte in Peking, Barrington. Ist es in Euren Großstädten nicht genauso?«

»Doch, das ist es tatsächlich. Aber … findet Ihr die hiesigen Gerüchte nicht besonders beunruhigend?«

Chang Tsins Blick wanderte von ihm zum Weg vor dem Haus. »Wie findet ihr diese Mädchen?«

Vor ihm standen drei weibliche Wesen. Sie waren sehr gepflegt und gut gekleidet, aber nur zwei waren wirklich noch Mädchen zu nennen; die dritte war eine erwachsene Frau, die James auf ungefähr dreißig schätzte. »Sind das Eure Dienerinnen?« fragte er mit einem Blick auf die beiden, die den Tee serviert hatten und jetzt mit gesenktem Kopf in der Ecke der Laube knieten.

»Nein, nein«, sagte Chang Tsin. »Ich trage mich mit dem Gedanken, die Ältere zur Frau zu nehmen.«

»Aha«, sagte James. Er wußte, daß viele reiche Eunuchen sich Frauen nahmen, obwohl er nicht so recht begreifen konnte, was sie mit ihnen taten.

»Sie lebt seit einigen Wochen bei mir«, erklärte Chang Tsin, »damit ich mich in Ruhe entscheiden kann, ob sie mir auch wirklich gefällt.«

Jetzt war James über alle Maßen erstaunt. »Und das erlaubt ihre Familie? Was, wenn Ihr Euch gegen sie entscheidet?«

Chang Tsin zuckte die Achseln. »Dann gebe ich sie zurück. Ihre Familie weiß, daß ihre Jungfräulichkeit nicht gefährdet ist. Komm näher, Wu Lai.«

Die Frau trat näher heran und verbeugte sich. »Das hier ist mein guter Freund, James Barrington«, erklärte Chang Tsin.

»Es ist mir eine Ehre, Sir.« Wieder verbeugte sich die Frau.

»Die Ehre ist ganz auf meiner Seite, Wu Lai«, erwiderte James und sah dann die beiden Mädchen an.

»Das werden meine Töchter sein«, sagte Chang Tsin. »Es sind Waisen. Glaubt Ihr, daß sie mir gute Töchter sein werden?«

»Da bin ich sicher. Aber wollt Ihr denn keinen Sohn?«

Chang Tsin seufzte. »Doch, einen Sohn wünsche ich mir mehr als irgend etwas in der Welt – abgesehen von einem langen Leben und Wohlstand natürlich. Aber es ist nicht leicht, einen zu finden. Ein Sohn muß vor allem loyal, aber auch mutig, männlich und stark sein. Ich habe eine ganze Reihe von Jungen gesehen, aber keiner von ihnen schien mir ideal.«

»Das sind Söhne selten«, meinte James.

»Aber Ihr habt zwei, und dazu auch noch leibliche. Ihr seid ein glücklicher Mann, Barrington.«

»Es sieht ganz so aus, als würde ich einen davon verlieren«, bemerkte James.

James verstand, daß er sich T'se-his ausdrücklichem Befehl unmöglich widersetzen konnte – ohne China verlassen zu müssen. Und wohin sollte er schon gehen? Seit siebzig Jahren betrieb das Handelshaus der Barringtons jetzt seine Geschäfte auf dem Jangtse-kiang, und er war bereits die dritte Generation, die es führte. Robert hätte die vierte sein sollen. Aber vielleicht war das immer noch möglich, im Lauf der Zeit.

Er tröstete sich damit, daß Robert, wäre er in England geboren worden, schon längst als Mitglied der Royal Navy zur See fahren würde, wenn darin seine Bestimmung lag. Auf der anderen Seite wäre dazu kein persönliches Gespräch mit Königin Viktoria nötig gewesen – ob das ein gutes oder schlechtes Zeichen war, würde sich erst zeigen müssen.

Robert selbst freute sich ungemein über diese Zukunftsaussicht und nahm an, daß es sich bei seinem Besuch in Peking um eine reine Formalität handeln würde. »Die Marine«, sagte er mit glänzenden Augen. »Wir Barringtons haben unsere Feinde immer als Seefahrer bekämpft.«

»Ich nicht«, meinte James. »Und diese Marine existiert noch nicht einmal.«

»Aber das wird sie bald. Und ich werde von Anfang an dabeisein.«

»Ja. Ich werde dir Briefe mitgeben …« Er wollte etwas über T'se-hi sagen, aber er traute sich nicht. Noch nicht einmal Chang Tsin hatte er die Fragen gestellt, die ihm so auf der Zunge brannten und die ihm überall in Peking begegnet waren; er hatte nur eine Andeutung gemacht, aber Chang Tsin war der Frage routiniert ausgewichen.

Auch vor seinem Gespräch mit Hart hatte James nie an T'se-his Ehrgeiz, bis an die Spitze aufzusteigen und dort zu bleiben, gezweifelt; wenn diese Geschichten über den Staatsstreich nach dem Tod des Hsieng-feng-Kaisers tatsächlich stimmten, dann war dieses Mädchen, das er einmal geliebt hatte, wirklich zu einer verwegenen und erbarmungslosen Frau herangewachsen. Wie groß war der Schritt, nachdem man verbittert gekämpft und sich – allen Erwartungen zum Trotz – durchgesetzt hatte, so weit zu gehen, die eigene Schwiegertochter und sogar die engste Freundin ermorden zu lassen, wenn man nur dadurch die Position wahren konnte?

Sie würde behaupten, es sei zum Wohle des Reichs geschehen.

Aber er wagte es nicht, seinem Sohn so etwas zu erzählen. Robert würde sich seine eigenen Gedanken über die Gerüchte machen müssen.

»In der Gegenwart der Kaiserinwitwe mußt du sehr vorsichtig sein«, sagte er.

»Natürlich, Vater. Aber ist sie nicht eine alte Freundin der Familie?«

»Ja, sonst hätte sie nicht nach dir geschickt. Aber die äußeren Umstände sind heute nicht mehr dieselben wie 1850 in Wuhu. Sie ist jetzt im Prinzip die alleinige Herrscherin über ganz China. Ich dagegen bin noch immer, was ich auch damals war: ein erfolgreicher Kaufmann. Sie hat die Macht über Leben und Tod jedes einzelnen Bürgers von China, und das schließt uns mit ein. Vergiß das nie.«

»Nein, das werde ich nicht.« Aber ganz offensichtlich konnte sich der Junge nicht vorstellen, daß es mit der Frau, die seinen Vater geliebt hatte, Probleme geben könnte. »Glaubst du, daß ich auch Chang Tsin treffen werde?«

»Da bin ich sicher. Aber nimm dich in acht. Du darfst ihm niemals deine vertraulichen Gedanken erzählen.«

»Ich dachte, auch er wäre unser Freund, Vater?«

»O ja, das ist er auch. Aber seine äußeren Umstände haben sich gewaltig verändert.«

Robert lächelte auf seine ihm eigene offene Weise. »Auf deine alten Tage mißtraust du am Ende noch allem und jedem, Vater.«

»Ja, vielleicht«, gab James zu. »Vielleicht.«

Lucy war außer sich vor Angst, als sie hörte, daß Robert in der Marine, und zudem noch in einer nicht existierenden Marine, dienen sollte. »Und wenn es zwischen China und Großbritannien wieder zum Krieg kommt?« gab sie zu bedenken.

Anders als die Barringtons war Lucy in England geboren und erst in jungen Jahren mit ihren Eltern in den Fernen Osten gekommen.

»Das wird zumindest in absehbarer Zeit nicht geschehen, schon gar nicht zu Wasser«, beruhigte sie James. »Robert wird es ausgezeichnet gehen, solange uns T'se-hi gewogen bleibt.«

Lucy erschauerte. »Man sagt, sie sei eine Mörderin.«

»Solche Verdächtigungen würde ich anderen überlassen, wenn ich du wäre«, riet ihr James.

»Du mußt uns jede Woche schreiben und erzählen, was du so machst«, sagte Lucy ihrem ältesten Sohn.

»Und wie viele Piraten du umgebracht hast«, fügte Viktoria hinzu. Sie war sieben, mit ihrem langen dunklen Haar und den blauen Augen in jeder Hinsicht schon jetzt die Schönheit, zu der sie aller Erwartung nach heranwachsen würde, und sie betete ihren ältesten Bruder an.

»Jede Woche«, versprach Robert und ergriff Adrians Hand.

»Du gehst fort, um ein Held zu werden und Ruhm zu ernten, und ich muß als kleiner Buchhalter hierbleiben«, sagte Adrian.

»Du bleibst hier, damit das Haus der Barringtons auch weiterhin blüht«, rief ihm Robert ins Gedächtnis. »Denn ich komme zurück. Vergiß das nicht.« Dann ging er zu seiner Großmutter.

Jane war jetzt einundsiebzig Jahre alt und litt schwer an Arthritis. Sie verbrachte die meiste Zeit im Bett und humpelte nur hin und wieder mühsam auf die Terrasse, um die Schiffe auf dem Fluß zu beobachten. Aber ihr Geist war so rege wie immer. »Wir haben unser Glück auf See gemacht«, erzählte sie Robert. »Sicher hat es auch Katastrophen gegeben, aber jetzt ist es das Glück allein, das zählt. Geh und sei erfolgreich.«

»Und du paß auf dich auf, bis ich zurückkomme, Großmama.«

Ihre Augen wurden feucht.

Robert reiste mit einem einzigen Diener. Lucy hätte ihm gern eine vollständige Entourage mit auf den Weg gegeben, aber James erlaubte es nicht. Er wollte jeden prunkhaften Eindruck vermeiden, und das galt sowohl für Roberts Eintritt in die Marine als auch in die klösterliche Atmosphäre der Verbotenen Stadt, die er – gemäß T'se-his Befehl – als erstes aufsuchen sollte.

Aus diesem Grund hatte James auch veranlaßt, daß Robert chinesische Kleidung trug – Kittel, weite Hosen, Stiefeletten und einen flachen Hut gegen die Sonne. Aber er gab dem Jungen Empfehlungsbriefe an Chang Tsin und Captain Lang mit auf den Weg, und er erlaubte ihm, einen Sampan des Handelshauses zu benutzen. James hatte nach einiger Überlegung beschlossen, daß Robert über den Großen Kanal reisen sollte und nicht an der Küste entlang. So spät im Jahr war es sicherer als in einer Dschunke oder selbst in einem der Dampfschiffe auf dem Meer; ganze vier Dampfschiffe fuhren jetzt bereits unter der Phoenixflagge des Hauses Barrington.

Robert war natürlich geschäftlich schon mehrmals den

Fluß bis nach Nanking hinauf und hinunter gesegelt, aber es war das erste Mal, daß er in den Großen Kanal hineinfuhr. Er hatte schon viel darüber gehört, und er wurde nicht enttäuscht. Die größte von Menschenhand erschaffene Wasserstraße der Welt war vor über tausend Jahren, zur Zeit der Tang-Dynastie erbaut worden, und diese Periode galt für die Chinesen fortan als das Goldene Zeitalter des Friedens und Wohlstands. Seitdem war der Kanal schon mehrere Male so verfallen, daß er unbefahrbar wurde, aber die Mandschus hatten ihn im wesentlichen wieder restauriert, wenn auch hier und da noch die Ufer zerbröckelten und die Ruderer sich oft durch riesige Schilfwälder oder Massen von Seerosen, von denen die einzelnen Pflanzen oft über einen Meter maßen, hindurchkämpfen mußten. Im großen und ganzen aber kamen sie die ungefähr fünfhundert Meilen bis zum Huangho, dem Gelben Fluß, recht gut voran. Auch diese riesige Wasserstraße kannte Robert nur aus Erzählungen.

Im Kanal herrschte eine sehr schwache Strömung, daher konnte man zum Übernachten leicht anlegen. Die Mannschaft war gut bewaffnet, und auch Robert trug sowohl Gewehr als auch Revolver bei sich. Weder die vorbeifahrenden Sampans noch die Bevölkerung der Uferregionen, die sich ohne weiteres von scheinbar harmlosen Händlern in Banditen oder Flußpiraten verwandeln konnten, wenn sie eine günstige Gelegenheit sahen, machten ihnen irgendwelche Schwierigkeiten. Aber das Land selbst veränderte sich erheblich, je weiter sie in den Norden kamen; die flachen Reisfelder des Jangtse-Tals wichen einer hügeligen Landschaft, wo in der Hauptsache Weizen und Gerste angebaut wurde. Bevor er den Gelben Fluß erreichte – der so genannt wurde, weil der Schlamm aus den Bergen im Westen das Wasser gelb färbte –, verlor sich der Kanal in einer Reihe von Seen, die wie in einer Perlenkette hintereinander aufgereiht waren. Einige waren so groß, daß man die Ufer nicht mehr sehen konnte.

Der Huang-ho selbst war ein breiter, schnell fließender Strom, breiter als jeder andere Fluß in China, außer dem Jangtse. Ihn zu dieser Jahreszeit zu überqueren, war nicht leicht, denn der Wasserstand war jetzt sehr hoch, und die Fluten wälzten sich tosend zum Meer hin. Man mußte das Boot vollständig flußaufwärts stellen und mit aller Kraft rudern, um nicht an der Einmündung des Kanals an der anderen Seite vorbeizutreiben.

Aber Kapitän Shung hatte diese Reise schon oft unternommen, und auch der Aufseher des Kanals kannte die Gefahren; daher hielt er kräftige Ketten bereit, die dem Sampan entgegengeschleudert wurden, sobald sie das nördliche Ufer erreicht hatten. Danach war es nur eine Kleinigkeit, das Boot ins ruhige Wasser der Einmündung zu steuern.

Der letzte Abschnitt des eigentlichen Großen Kanals, vom Gelben Fluß bis zum Pei-ho, betrug nicht viel mehr als hundert Meilen, was sie in vier Tagen bewältigten. Als sie sich der Stadt Tientsin näherten, die an der Mündung des Kanals in den Fluß lag, sah sich Robert die neu gebaute Kathedrale am Westufer an und dann die Mauern, Türme und Pagodendächer der Stadt selbst. Tientsin war die erste größere Stadt nach Chen-Kiang, aber die einzige Stadt, die ihn jetzt wirklich interessierte, war Peking.

Jenseits des Pei-ho war der Kanal nicht mehr so breit und verlief in einer sanften Nordwestkurve bis nach Peking. Robert sah die Großstadt mit sehr gemischten Gefühlen näher kommen; Peking schien nicht wesentlich größer und dichter besiedelt zu sein als Schanghai oder sogar Nanking, aber hier war der Sitz der Ch'ing-Regierung, das Zentrum eines riesigen Reichs, das jetzt angeblich von einer einzigen Frau regiert wurde – die sein Vater einmal geküßt hatte!

4

DIE BRAUT

Roberts Referenzen halfen ihm ohne Schwierigkeiten in die Stadt hinein, auch wenn man seine Papiere sehr sorgfältig prüfte, bevor er durchgelassen wurde. Aber am Tien-an-men, dem Eingang in die Verbotene Stadt, wurde er erneut aufgehalten. Niemand durfte ohne ausdrücklichen Befehl des Kaisers, oder in diesem Falle der Kaiserinwitwe, passieren, und so war er gezwungen zu warten, während seine Papiere und Referenzen zur Überprüfung weitergereicht wurden.

Er brauchte jedoch nicht lange zu warten, denn schon nach kurzer Zeit trat ein in prächtige rote Roben gekleideter Eunuch auf ihn zu. »Ihr seid der junge Barrington, der Sohn des großen Barrington?« fragte er mit hoher, unfreundlicher Stimme.

»Ja.«

»Dann folgt mir bitte.«

Robert folgte dem Eunuchen durch das Tor. »Ich bin Wan Kai-san«, sagte der Eunuch. »Ich unterstehe direkt Chang Tsin.«

»Chang Tsin«, sagte Robert. »Er ist ein alter Freund meiner Familie.«

»Chang Tsin ist sehr mächtig«, entgegnete Wan Kai-san. »Es ist vorteilhaft, ihn zum Freund zu haben.«

Robert blickte sich um, als sie die breite Allee entlangschritten, die so anders aussah als die in der eigentlichen Stadt außerhalb des Tors. Denn hier waren sie die einzigen Menschen, während sie sich draußen ihren Weg durch die Menge hatten bahnen müssen.

Links und rechts standen Gebäude, die mit den Häusern in der Stadt nicht verglichen werden konnten. In der Chinesen- und Tatarenstadt gab es zwar auch einige herrschaftliche Häuser, aber sie standen gleich neben windschiefen Hütten oder Zelten. Hier aber war jedes Gebäude aus glänzendem, weißen Marmor gefertigt und verfügte über eine Veranda. Wegen der häufigen Überschwemmungen hatte man die Gebäude auf Pfählen erbaut. Der Abstand zwischen den einzelnen Palästen war beträchtlich und ausgefüllt mit gepflegten Rasenflächen und kunstvoll beschnittenen Hecken.

Und bewohnt waren sie auch, wie Robert bemerkte, als er mehrere Frauen auf einer Veranda entdeckte, die ihnen nachsahen. Ein Mann, der weder der kaiserlichen Familie noch dem Großen Rat angehörte, war hier allerdings ein seltener Anblick.

Robert konnte ihr aufgeregtes Geschnatter hören, und er wurde immer verlegener. »Kümmert Euch nicht um sie, junger Barrington«, sagte Wan Kai-san. »Sie sind so ausgehungert nach sexueller Abwechslung, daß sie Euch die Glieder einzeln ausreißen würden, um an Eure Männlichkeit zu kommen, wenn sie Euch in die Finger bekämen.«

Das war auch nicht gerade beruhigend. »Erlaubt man ihnen denn gar keinen Kontakt zu Männern?«

»In der Verbotenen Stadt wohnt nur ein einziger Mann, junger Barrington, und das ist der Kaiser. Aber der Kaiser ist erst elf Jahre alt, und der Fleischeslust bringt er, anders als sein Vorgänger, wenig Interesse entgegen. Nein, die meisten Frauen hier müssen sich mit ihren Fingern und mit Dildos weiterhelfen. Das ist natürlich höchst unbefriedigend.«

Die Reihe der Häuser lag jetzt hinter ihnen, und vor Robert tauchten die Gebäude des Palastes auf. Riesige Tempel ragten vor ihm in den Himmel, und zu seiner Linken erhob sich die kaiserliche Dagoba über die Bäume, die das Schmückende Wasser umgaben. In Roberts Augen ähnelte das Gebäude einer riesigen, weißen Marmorflasche. »Dies muß die schönste Stadt der Welt sein«, sagte er.

»Ja, sie ist schön«, stimmte Wan Kai-san zu. »Es ist eine große Ehre für Euch, daß Ihr sie sehen dürft, junger Barrington.«

Roberts Begeisterung wuchs, als sie den Tempelkomplex betraten und er die berühmte Drachentreppe sehen konnte, deren Stufen zum Altar des Himmels führten. Der kaiserliche gelbe Drache war so geschickt auf die Stufen gemalt, daß es schien, als ob er sich tatsächlich bewegte, sich die Treppe hinunterschlängelte. »Nur der Kaiser darf die Drachentreppe betreten«, sagte Wan Kai-san.

Auf beiden Seiten standen weitere Tempel, aber Wan Kai-san führte Robert zwischen ihnen hindurch zum Palast. Hier sah man mehr Eunuchen als Frauen, aber auch die wenigen schienen erhebliches Interesse an dem Eindringling zu haben. Robert interessierte sich mehr für die atemberaubende Schönheit des Schmückenden Wassers, eines großen, künstlich angelegten Sees, der von einem Nebenarm des Kanals, der die Stadt ringförmig umgab, gespeist wurde. Eine Reihe von kleinen Inseln in seiner Mitte war mit reichverzierten, gebogenen Marmorbrücken untereinander bis zum Ufer verbunden. Die Brücken, die kleinen Pagoden auf den Inseln und das funkelnde, glatte Wasser waren für sich betrachtet bereits wunderschön, aber das Bild wurde abgerundet durch die Bäume und Sträucher an den Ufern, die teilweise bis auf die Wasseroberfläche herunterhingen. Jetzt strahlten sie zudem noch in ihrer ganzen herbstlichen Pracht, in jeder nur denkbaren Farbe und Schattierung.

Wan Kai-san führte Robert zu einer der Brücken, wo man das Kläffen kleiner Hunde hören konnte. Sie überquerten eine weitere Brücke und erblickten eine Gruppe von Damen und einigen Eunuchen, in deren Mitte eine ziemlich kleine Gestalt zu sehen war. T'se-hi saß vor ihrer Staffelei und malte.

Die Damen und die Eunuchen drehten sich um, um Robert anzusehen, und die Pekinesen kamen aufgeregt bellend herbeigerannt. Da Robert vor ihnen keine Angst hatte, griffen sie ihn nicht an. T'se-hi aber blieb ruhig sitzen, ohne sich umzudrehen, und widmete sich weiter ihrer Malerei.

Einer der Eunuchen löste sich von der jetzt aufgeregt flüsternden Gruppe und kam auf sie zu, um Robert zu begrüßen. Er war schon recht alt, worüber auch die schwere Schminkschicht nicht hinwegtäuschen konnte. James hatte Robert gesagt, daß Chang Tsin erst Anfang Fünfzig war, aber Eunuchen sahen immer älter aus, als sie in Wirklichkeit waren. Und seine Kleidung war prächtiger als alles, was Robert jemals gesehen hatte.

»Junger Barrington.« Chang Tsin ergriff Roberts Hände. »Es freut mich, Euch zu sehen. Ihr seht Eurem Vater sehr ähnlich.«

»Ihr wollt mir schmeicheln, Chang Tsin.«

»Nein, es stimmt wirklich. Kommt.« Ohne seine Hände loszulassen, führte er ihn weiter nach vorn durch die Reihen der Damen, die ihn hinter ihren Fächern mit riesigen Augen ansahen. Robert erinnerte sich an die Worte Wan Kai-sans, daß sie ihn in Stücke reißen würden, wenn man ihnen die Gelegenheit dazu gab. Bei diesen zarten, anmutigen, stark geschminkten Wesen konnte er sich das allerdings kaum vorstellen.

Doch all das spielte schon im nächsten Moment keine Rolle mehr, als T'se-hi sich umdrehte und ihn ansah.

Sein Vater hatte ihm erzählt, wie schön sie als Mädchen gewesen sein mußte, und er konnte immerhin noch Spuren davon in ihrem Gesicht entdecken – in den wohlgeformten Backenknochen, in der Tiefe ihrer dunklen Augen, in der Form ihres ziemlich kleinen Mundes, vor allem aber im Glanz ihrer rabenschwarzen Haare, obwohl davon unter der riesigen, mit Flügeln versehenen Kopfbedeckung kaum etwas zu sehen war. Ihre Figur war unter den mächtigen gelben Gewändern eigentlich überhaupt nicht auszumachen, aber nach ihrem Gesicht zu urteilen hielt er sie für eher füllig. »Mir gefällt auch, was ich sehe, junger Barrington«, sagte sie mit tiefer Stimme.

Robert errötete und stammelte: »Vergebt mir, Majestät.«

»Gefällt Euch mein Bild, junger Barrington?«

Robert schluckte. Das Bild zeigte den See, und die Farben waren reizvoll eingesetzt; die Bäume und die Gebäude waren allerdings nicht viel mehr als Kleckse.

»Es ist ausgezeichnet, Majestät«, log er.

T'se-hi lächelte. »Manchmal frage ich mich, ob mein wirkliches Talent nicht in der Kunst liegt. Dann habe ich mein Leben nutzlos vergeudet. Euer Vater hat Euch viel von mir erzählt, das weiß ich. Aber er hat mir nicht viel über Euch erzählt. Das ist ein Fehler, den Ihr berichtigen müßt. Junger Barrington, wir werden bald wieder miteinander sprechen.«

Damit drehte sie sich um und nahm den Pinsel in die Hand. Robert blickte Chang Tsin fassungslos an; war er etwa den ganzen weiten Weg hierhergekommen für diese paar Worte? Hatte er etwas falsch gemacht? Er hatte die Kaiserin angestarrt. Wahrscheinlich drohte ihm dafür ewige Verdammnis.

Aber Chang Tsin lächelte, als er ihn zurück zur Brücke begleitete. »T'se-hi mag Euch«, sagte er sanft. »Eurem Glück steht damit nichts mehr im Weg, junger Barrington.«

»Aber ... sie hat mich doch gleich wieder fortgeschickt.«

»Und, warum auch nicht? Sie wird Euch wieder zu sich bestellen, wenn sie bereit ist.« Sie hatten die Brücke erreicht, und Chang Tsin sah ihm ernst in die Augen. »Es gibt einige Dinge, die Ihr wissen solltet. T'se-hi ist seit zwanzig Jahren Witwe. Das ist ein sehr einsames Leben für eine Frau, und erst recht für eine Kaiserin. Denkt immer daran und vergeßt nicht, daß der einzige, der Euch den Griff nach den Sternen verwehren kann ... Ihr selbst seid. Jetzt geht mit Wan. Ich werde Euch später treffen.«

Als Robert die Verbotene Stadt in Begleitung Wans verließ, war er sich noch immer unsicher, ob er nun einen Triumph errungen oder eine Katastrophe verursacht hatte. Es war bereits spät und schon dunkel, als sie die Tatarenstadt erreichten, aber in den Straßen ging es noch lauter und hektischer zu als zuvor. »Ich habe furchtbaren Hunger«, sagte Robert, als sie an einem Fleischer vorüberkamen. »Können wir nicht eine Pause machen und etwas essen?«

»Nein, nein«, sagte Wan. »Ihr werdet essen, wenn wir unser Ziel erreicht haben. Es ist nicht mehr weit.«

Ein paar Straßenzüge weiter hielt Wan schließlich vor einem Tor. Das Haus lag abseits der Straße, und am Tor hielten vier Bannersoldaten Wache, die ihn, den Barbaren, mißtrauisch anstarrten. »Hier werdet Ihr wohnen, solange Ihr in Peking seid«, sagte Wan. »Es ist Chang Tsins Haus.«

Robert war beeindruckt – erst recht, als Wan ihn über die Terrasse in den ersten Saal führte, wo ihn eine gutaussehende, würdevolle Frau begrüßte. »Ich bin Wu Lai«, sagte sie. »Chang Tsins Frau. Dies hier sind meine Töchter, Chang Su und Chang Li.«

Er schätzte das Alter der Mädchen auf neun und zehn Jahre, und beide hatten hübsche, intelligente Gesichter.

Robert warf Wan einen hilfesuchenden Blick zu, da es ihm plötzlich die Sprache verschlagen hatte.

Hätte sein Vater ihm nicht die häuslichen Gepflogenheiten wohlhabender Eunuchen erklärt, dann hätte er über diese Situation nie nachgedacht, sondern sie für unmöglich gehalten.

»Bitte, folgt mir«, sagte Wu Lai und führte ihn in den zweiten Saal, in die Halle der Ahnen. Dort gab es einen Schrein, der Chang Tsins Ahnen gewidmet war, und eine brennende Kerze: das Ewige Licht. Es lag in Wu Lais Verantwortung, daß die Kerze nie verlöschte. Schließlich kamen sie zu einem Schlafzimmer im hinteren Teil des Hauses. Dort fühlte Robert sich gleich wie zu Hause; das große Himmelbett und die soliden, schweren Holzmöbel – sogar einen Schaukelstuhl gab es – waren den seinen sehr ähnlich.

»Hier werdet Ihr Euch sicher wohlfühlen«, meinte Wu Lai.

Chang Tsin kam zum Abendessen nach Hause, das er und seine Frau gemeinsam mit ihrem Gast einnahmen; die Töchter fehlten.

»Wann kann ich Captain Lang treffen und meinen Dienst beginnen?« fragte Robert.

Chang Tsin lächelte. »Ihr könnt es wohl kaum erwarten. Das ist gut. Vielleicht könnt Ihr schon morgen nach Tientsin aufbrechen. Captain Lang ist in Taku – das sind die Festungen an der Flußmündung.«

»Aber ich bin auf meiner Hinreise an Tientsin vorbeigekommen«, protestierte Robert.

»Das ist wahr. Aber Euer Auftrag lautete, zuerst nach Peking zu kommen. Hier liegt Eure Zukunft. Hört mir jetzt gut zu, junger Barrington. Eßt mäßig und trinkt keinen Wein; Ihr werdet heute abend alle Eure Sinne brauchen.«

»Wen werde ich denn treffen?« fragte Robert neugierig.

»Nun, sobald es ganz dunkel ist, werdet Ihr in die Verbotene Stadt zurückkehren.«

Alle zwiespältigen Gefühle von vorher kamen Robert jetzt wieder in den Sinn, aber er konnte sich natürlich nicht weigern. Als sie fertig gegessen hatten, wies ihn Chang Tsin an, sich sehr sorgfältig zu rasieren, gab ihm die Gewänder eines Eunuchen zu tragen und einen flachen, runden Hut, der seinem eigenen sehr ähnlich sah.

»Ihr werdet nicht sprechen, bis Ihr Euer Ziel erreicht habt«, sagte er. »Überlaßt das mir.«

»Soll ich mich bewaffnen?«

Chang Tsin sah den Revolver irritiert an. »Auf gar keinen Fall. Kommt jetzt.«

Chang Tsin ließen die Wachen natürlich sofort passieren, auch wenn sie den ungewöhnlich hochgewachsenen Eunuchen, der ihn begleitete, mehrmals skeptisch ansahen. Sie wagten jedoch nicht, einer so mächtigen Person wie Chang Tsin irgendwelche Fragen zu stellen. Wieder gingen sie die breite Allee entlang – aber alle Terrassen waren jetzt verlassen, obwohl in den Häusern noch Licht brannte.

Sie umgingen den Tempelkomplex und betraten den Palast durch eine Seitentür. Anschließend führte ihn Chang Tsin durch ein wahres Labyrinth aus Gängen. Endlich erreichten sie ein Vorzimmer, in dem ein einziger Eunuch Wache hielt. Hier machte Chang Tsin halt. »Zieht Euch aus«, befahl er.

»Wie?«

»Tut, was ich Euch sage.«

Plötzlich wurde Robert klar, warum er hier war, und mit klopfendem Herzen zog er sich aus. Er war gleichzeitig starr vor Schreck als auch freudig erregt. Seine einzige Erfahrung auf sexuellem Gebiet bestand aus einem Bordellbesuch in Schanghai, den er wenige Monate zuvor mit seinen Schulkameraden unternommen hatte. Damals hatte er vollständig versagt. Es war ihm zu öffentlich und zu unpersönlich gewesen. Seine Freunde hatten ihn ausgelacht.

Und jetzt wurde er ins Bett einer Kaiserin bestellt?

»Geht durch diese Tür«, befahl Chang Tsin. »Und denkt daran, was ich Euch früher gesagt habe. Nur Ihr selbst könnt Eure Zukunft gefährden, junger Barrington. Aber vergeßt auch dies nicht: Ein Mann hat Erfolg, wenn er Wagemut mit Vorsicht mischt, Aggression mit Demut, falls Demut gefordert ist, aber ganz besonders, weil er verstanden hat, was er erreichen will.«

Er verließ das Zimmer und verschloß die Tür. Robert sah den Eunuchen an und dieser starrte zurück. Oder, besser gesagt, er blickte durch den jungen Robert hindurch. Dieser wußte nicht so recht, was er jetzt tun sollte. Er ging auf die andere Tür zu, zögerte und sah den Eunuchen an. Der nickte. Robert holte noch einmal tief Luft, öffnete die Tür und betrat den dahinter liegenden Raum.

Wieder rang er nach Luft. Der Raum war wesentlich größer als das Vorzimmer, und genau in der Mitte stand ein riesiges Himmelbett. Das war das einzige Möbelstück, außer einer Truhe am Fußende des Bettes und den vier Wandleuchtern, die den Raum in gelbes Licht tauchten. Auf dem Bett saß T'se-hi mit gekreuzten Beinen.

Die Kaiserinwitwe war ebenfalls nackt; ihr offenes Haar fiel weich über Schultern und Rücken bis auf das gelbe Laken. Und obwohl Robert mit seiner Vermutung, daß sie zur Fülligkeit neigte, recht gehabt hatte, wirkte sie doch gleichzeitig wie ein junges Mädchen, so klein, so weich … ja, es umgab sie beinahe eine Aura der Unschuld.

Hinter ihm schloß sich die Tür leise.

»Kommt näher, junger Barrington«, sagte T'se-hi ruhig. »Oder habt Ihr Angst vor mir?«

Nur Ihr selbst könnt Eure Zukunft gefährden, hatte Chang Tsin ihm gesagt. Aber diese Warnung bezog sich sowohl auf Worte als auch auf Taten, daran hatte er keinen Zweifel. Und er suchte verzweifelt nach Worten: T'se-hi konnte nicht wissen, daß er noch nie mit einer Frau geschlafen hatte. »Muß sich ein flüchtiger Augenblick nicht vor der Ewigkeit fürchten, Majestät?« fragte er, als er sich dem Bett näherte.

»Das habt Ihr sehr hübsch gesagt.« Sie sah ihm ins Gesicht. Dann senkte sie die Augen und ließ ihren Blick über seinen Körper gleiten. Diese abrupte Geste wie überhaupt die gesamte Situation hatten seiner Männlichkeit zugesetzt. »Habt Ihr denn keine Erfahrung mit Frauen?«

»Ich habe ein wenig Erfahrung mit *Frauen*, Majestät.« Er stand neben ihrem Bett.

»Ich glaube, Ihr sprecht beinahe zu hübsch, Robert«, ermahnte sie ihn. »Auch Kaiserinnen sind Frauen. Wißt Ihr, wie viele Jahre ich jetzt schon als Witwe dahinwelke?«

»Viel zu lange, Majestät.«

»Ganze zwanzig.« Sie streckte sich langsam aus und lag nun mit gekreuzten Beinen auf der Seite. Das Kinn hatte sie auf die Hand gestützt. »Eine Witwe braucht Trost. Aber wo kann sie den finden, wo alle Männer immer nur mit ihren Eroberungen angeben wollen?«

Roberts Knie berührten das Bett, und er kletterte langsam und vorsichtig hinauf. Er kniete jetzt über ihr, und ihre Nähe, der zarte Duft und ihre so greifbare Schönheit hatten endlich die gewünschte Wirkung. »Nur Kinder geben an, Majestät.«

»Und Ihr seid der jüngste Mann, bis auf meinen Sohn, der dieses Zimmer jemals betreten hat.«

Robert holte tief Luft. »Ich bin hier auf Euren Befehl, Majestät. Entweder Ihr vertraut mir, oder Ihr laßt mich sofort enthaupten.«

Während er sprach, streckte er die Hand aus und streichelte ihre Schulter und ihr Haar. Anschließend ließ er die Finger weiter hinabgleiten, bis er ihre Brust und eine der Brustwarzen berührte, die sofort hart wurde. Nach einer sanften Berührung ihrerseits wurde auch er steif und hart. Robert Barrington würde eine Kaiserin besitzen.

Ein Mann hat Erfolg, wenn er Wagemut mit Vorsicht mischt, Aggression mit Demut, falls Demut gefordert ist, aber ganz besonders, weil er verstanden hat, was er erreichen will.

Das hatte Chang Tsin gesagt. Er konnte nur beten, daß der Eunuch recht hatte.

»Kennt ihr das chinesische *Buch der Liebe*?« fragte T'se-hi.«
»Ja, Majestät.«

Sie hielt ihn sanft umfaßt. »Euer Vater hat diesen erhebenden Moment nie mit mir geteilt. Wir haben es beide ersehnt, aber die Zeit war nie reif dafür. Er hat mich jedoch einmal berührt, wie ich es nie zu träumen gewagt hätte. Es steht nichts davon im *Buch der Liebe*.«

Sie sah ihn mit leicht geöffneten Lippen an. Robert verstand, was sie wollte, beugte sich vor und küßte sie leidenschaftlich. Diese Frau war alt genug, um seine Mutter zu sein. In China, wo die Mädchen bereits mit dreizehn Jahren als heiratsfähig galten, hätte sie sogar seine Großmutter sein können! Trotzdem hatte er noch nie ein solches Begehren gespürt.

Sie war über seine Heftigkeit überrascht und fiel nach hinten, so daß er auf ihr lag. Sie erlaubte ihm, sie mehrere Sekunden lang zu küssen, dann tippte sie ihm auf die Schulter. Sofort rollte er von ihr herunter und erhob sich auf die Knie. Sicher war er zu heftig gewesen.

Aber sie lächelte. »Ich erinnere mich, wie ich als kleines Mädchen zum ersten Mal zum Bett meines Herrn, des Hsieng-feng-Kaisers gerufen wurde. Ich war genauso aufgeregt wie Ihr und hatte auch Angst, etwas falsch zu machen. Wißt Ihr, Robert, daß ich den Kaiser geküßt habe? Er war überrascht, aber es hat ihm gefallen. Neun Monate später wurde der T'ung-chih-Kaiser geboren, und ich glaubte, das Glück würde mir für immer hold sein.« Ihre Finger tasteten wieder nach ihm. »Ich bin das Jademädchen, das auf der Flöte spielt.«

Robert legte sich sofort auf den Rücken, obwohl er es kaum glauben konnte, daß die Kaiserin von China so etwas mit irgendeinem Mann, geschweige denn mit einem sechzehnjährigen Knaben machen könnte.

Die Berührung ihrer Lippen war aufregend, und er erschauerte. »Enttäuscht mich nicht, Robert«, flüsterte sie, aber auch ihr wurde klar, daß er es nicht mehr länger würde aushalten können, denn sie richtete sich jetzt auf, setzte sich rittlings auf den jungen Barrington und ließ ihn hineingleiten. Er streichelte die Brüste der Kaiserin und sah, wie sich ihr Körper rhythmisch auf und ab bewegte. Ihr Haar flog, und sie stöhnte leise vor Lust. Schließlich sank sie über ihm zusammen.

»Werdet Ihr mich immer lieben, junger Barrington?« flüsterte eine Stimme in sein Ohr, und er merkte, daß er eingeschlafen war. Drei Stunden hatten sie sich geliebt, wobei er zweimal und sie mindestens viermal den Höhepunkt erreicht hatten.

»Immer und ewig, Majestät.«

Plötzlich durchfuhr ihn ein stechender Schmerz, als ob ihm jemand eine Nadel ins Ohr gestochen hätte: Die Kaiserin hatte ihn gebissen. »Ihr seid ein Lügner«, sagte sie. »Alle Männer sind Lügner, aber die jungen sind die schlimmsten. Ihr werdet mich in dem Augenblick vergessen, in dem sich eine andere Frau Euch hingibt. Wenn ich Euch nicht für immer hierbehalte. Würde Euch das gefallen, Robert?«

»Nun ... wenn es Euch gefällt, Majestät«, murmelte er unsicher, obwohl ihm ein solches Schicksal im Augenblick gar nicht so unangenehm erschien.

Sie setzte sich auf. »Nein, Eure Bestimmung ist eine andere.« Sie setzte sich rittlings auf ihn, aber diesmal war es kein sexueller Akt. »Hört mir gut zu, Robert Barrington. Eure Haut mag weiß sein, aber Ihr seid ein Chinese. Oder vielleicht eher ein Mandschu? Das macht sich besser. Eure Familie ist eine Mandschu-Familie, seit der erste Robert Barrington sich bereit erklärt hat, meinen edlen Ahnen zu dienen. Ihr kennt die Geschichte?«

»Ja, Majestät.«

»Dann wißt Ihr auch, daß Eure Zukunft und die Zukunft aller Eurer Nachfahren von der Macht und dem Wohlergehen des von den Mandschu regierten Chinas abhängt.«

»Jawohl, Majestät.« Robert fühlte sich langsam unwohl; sein Vater hatte oft genug vom drohenden Untergang der Mandschu-Dynastie und des chinesischen Reichs gesprochen.

»Wohlstand, Größe und Macht dieses Reiches zu bewahren, Robert, liegt allein in meiner Verantwortung«, sagte T'sehi. »Meinen Ministern kann ich unmöglich vertrauen. Selbst die Prinzen der Ch'ing haben sich gegen mich verschworen. Daher brauche ich Männer um mich, denen ich trauen kann, und die mir, der Dynastie und dem Reich notfalls ihre Unterstützung gewähren. Und dazu wird es eines Tages unweigerlich kommen. Euer Vater war ein solcher Mann, Robert. Er ist es immer noch, aber er wird langsam alt. Werdet Ihr Ihn ersetzen?«

»Bis in den Tod, Majestät«, sagte Robert voller Pathos.

»Das habe ich gleich gewußt. Euch vertraue ich meine Marine an. Das wird von nun an unser Geheimnis sein; niemand sonst darf es wissen. Dient diesem Captain Lang, helft ihm, Matrosen auszubilden, und mit der Zeit werdet Ihr sie kommandieren. Und vergeßt nicht, wenn Ihr mich betrügt, werde ich Euch enthaupten lassen. Glaubt nicht, daß Euch irgend jemand glauben wird. Überall klagt man mich bereits der Unmoral an – da ändert ein weiteres Gerücht auch nichts mehr. Geht jetzt. Es wird bald hell, und ich …« Sie lächelte. »Ich muß an einer Sitzung des Großen Rates teilnehmen.«

»Werde ich Euch wiedersehen, Majestät?«

Sie streichelte ihn am Kinn. »Möglich ist alles, Robert.«

Chang Tsin wartete im Vorzimmer. Ein kurzer Blick auf Robert war ihm Bestätigung genug. »Ihr habt die Größe kennengelernt, junger Barrington«, sagte er. »Jetzt müßt Ihr dienen.«

»Ich habe schon gesagt, daß ich das werde«, protestierte Robert. »Aber ich fürchte, daß es einige Zeit dauern wird, bis ich eine Position erreiche, in der ich Ihrer Majestät überhaupt von Nutzen sein kann.«

»Das kann durchaus früher eintreten, als Ihr erwartet«, sagte Chang Tsin. »Vergeßt nicht, daß der Kaiser in sieben Jahren volljährig sein und Ansprüche auf die Regierung anmelden wird.«

Daran hatte Robert nicht gedacht. »Aber was wird dann aus T'se-hi werden?«

Chang Tsins Augen waren halb geschlossen. »Oder aus der

Dynastie. Oder dem Reich. Ihr könnt Euch diese Fragen ruhig selbst stellen, junger Barrington. Denn eines ist schon jetzt sicher: T'se-hi wird dem nicht tatenlos zusehen.«

Als Robert in den kalten Regen des grauen Morgens hinausging, fragte er sich zum ersten Mal, auf was er sich da eigentlich eingelassen hatte.

Captain Lang war ein Engländer mit scharfgeschnittenem Gesicht, dessen Laune nach all den Erfahrungen, die er seit seiner Ankunft in China gemacht hatte, deutlich zu wünschen übrig ließ. »Ein Junge«, meinte er mißmutig. »Sie schicken mir einen Jungen. Aber ich nehme an, daß Ihr wenigstens Erfahrung mit Dampfschiffen habt, Mr. Barrington.«

»Jawohl, Sir. Mein Vater besitzt vier Raddampfer.«

»Das ist ein Vorteil. Ihr werdet wahrscheinlich den Dienst des Maschinisten versehen müssen, bis ich einen geeigneten Mann aus England bekommen kann; die Leute hier verstehen das Prinzip einer Dampfmaschine leider nicht im geringsten. Was den Rest angeht, verzweifle ich langsam immer mehr. Aber wir müssen weiterhin versuchen, unseren Anweisungen pflichtbewußt zu entsprechen. Ich möchte Euch diesen Gentleman hier vorstellen. Er heißt Ting Ju-ch'ang. Ich nehme an, Ihr sprecht Chinesisch?«

»Jawohl, Sir.« Robert verbeugte sich vor Ting, einem außerordentlich stämmigen, zäh wirkenden Nordchinesen; sein Alter schätzte Robert auf Anfang Vierzig.

»Ich habe Mr. Ting zum Admiral der Flotte ernannt«, sagte Lang. »Bitte fragt mich nicht, welche Flotte, denn bisher gibt es noch gar keine. Admiral Ting, begleitet Mr. Barrington zu seinem Quartier.«

Was für eine verdrehte Welt, dachte Robert, in der ein Captain einem Admiral Befehle erteilte, und ein Admiral einem sechzehnjährigen Knaben ohne jeden Offiziersrang sein Quartier zeigte. Aber Ting schien sich darüber nicht die geringsten Gedanken zu machen; er freute sich offenbar, den Träger eines so berühmten Namens ein wenig näher kennenlernen zu können.

»Ich habe Euren Vater einmal getroffen, junger Barrington«, erzählte er ihm, als sie zum Wasser hinuntergingen. Hier verlor sich der Pei-ho in einer weiten Sumpflandschaft und mündete schließlich in den Golf von Chi-li. Das Sumpfgelände war von einer niedrigen Mauer eingefaßt, um das Meer – nicht sehr erfolgreich – abzuhalten. Die Festungen ragten zu beiden Seiten der Mündung hinauf. Diese Festungen waren 1861 von den Engländern gestürmt worden, und es hatte eine gewaltige Anzahl von Opfern auf chinesischer Seite gegeben. Seitdem waren sie in stärkerer Form wiederaufgebaut und mit Artillerie größerer Reichweite ausgerüstet worden. Jetzt sahen sie unbezwingbar aus. »Und ich freue mich sehr, auch Ihre Bekanntschaft machen zu dürfen«, fuhr Ting fort. »Dieser Captain Lang ist wirklich furchtbar ungeduldig. Haben wir denn nicht bereits eine Flotte?«

Sie hatten inzwischen den Hafen erreicht, und Ting zeigte auf ein paar Kriegs-Dschunken – es mochten ungefähr ein Dutzend sein –, die nahe beim Ufer ankerten. Mit ihrem geringen Tiefgang konnten sie die Barre jederzeit überqueren, wenn das Wetter schlecht werden sollte.

»Solche Schiffe würde der Captain gern sein eigen nennen«, sagte Robert und zeigte auf die britischen und französischen Kriegsschiffe, die weiter draußen in der Bucht vor Anker lagen – es waren alles Dampfschiffe.

»Die werden wir schon bekommen«, sagte Ting. »T'se-hi hat es versprochen.«

Robert betrachtete noch immer die britischen Schiffe. Er wußte, daß sie höchstens ein Prozent der gesamten britischen Flotte ausmachten. »Wir werden nie genug Schiffe haben, um die Briten zu schlagen«, meinte er.

Ting lachte. »Mit den Briten werden wir keinen Krieg anfangen. Es sind die Japaner, über die wir uns Sorgen machen müssen.«

Robert wunderte sich über Tings Sorge hinsichtlich der Japaner, aber je besser er die chinesische Politik verstand – in Schanghai redete man über nichts anderes als Handel und gesellschaftlichen Klatsch –, desto klarer wurde ihm, daß der Admiral wahrscheinlich recht hatte.

Denn auch Japan hatte in den letzten Jahren unter dem westlichen Imperialismus gelitten. Mit der Ankunft Admiral Perrys im Jahre 1853 hatte es angefangen, und auch die Japaner hatten sich unter dem britischen Bombardement ergeben und Handelszugeständnisse machen müssen. Aber die Japaner hatten sich anders verhalten als die Mandschus oder Chinesen, deren nationaler Widerstand vollständig erloschen war. Als die Japaner einsahen, daß sie sich mit ihren antiquierten Waffen und militärischen Systemen unmöglich mit den Barbaren messen konnten, brach eine Revolution aus. Der Shogun, der General und allmächtige Vernichter der Barbaren, der das Inselreich im Namen des Mikados – des Kaisers – bereits seit sechshundert Jahren regierte, wurde kurzerhand abgesetzt. Fortan war der Kaiser wieder in Amt und Würden.

Und der Kaiser war kein ängstlicher alter Mann gewesen, sondern ein furchtloser, verwegener Junge in Roberts Alter. Er hieß Mutsuhito, hatte sein Reich beim Genick gepackt und ins neunzehnte Jahrhundert geworfen, wobei er sich nach eingehender Prüfung nur die besten der europäischen Errungenschaften herausgepickt hatte. Sein politisches System stammte aus Deutschland, das Rechtssystem aus Italien, die Ausbildung der Marine aus Großbritannien und die Ausbildung der Armee aus Frankreich. Auch zögerte er nicht, die französischen Berater nach der Niederlage Frankreichs 1870 durch deutsche ersetzen zu lassen. Unter Mutsuhitos Herrschaft hatte sich Japan zu einer aufstrebenden, fortschrittlichen Industrienation entwickelt, und auch die Gebietsansprüche wuchsen. 1884 hatten die Japaner bereits ein Protektorat über die Ryuku-Inseln erreicht, die seit ewigen Zeiten dem Thron des Himmels Tribut entrichtet hatten. Jetzt bereiteten sie sich auf einen Einmarsch in Korea vor, dem isolierten Königreich – auch dieses gehörte seit Menschengedenken zur Klientel der chinesischen Kaiser.

Lang wurde zusammen mit Robert und Ting nach Peking zitiert, um Li Hung-chang zu treffen und sich eine Strafpredigt der Kaiserin anhören zu müssen. Für Robert war das immerhin eine Gelegenheit, dem kaiserlichen Bett einen erneuten Besuch abzustatten, aber T'se-hi war nicht die entspannte Liebhaberin von vor drei Jahren. »Sie wollen Krieg«, sagte sie. »Nun, ich auch. Wir können uns dem Willen der Japaner auf gar keinen Fall beugen. Ist meine Flotte bereit für einen Krieg, Robert?«

»Nein, Majestät, das ist sie nicht.« Denn obwohl sie jetzt auch ein paar Dampfschiffe hatten, wußte Robert, daß die Japaner nach wie vor überlegen waren.

Ihre Augen blitzten. »Ihr seid Pazifist wie Euer Vater. Wie Marschall Li.«

»Ich ziehe es vor, Realist zu sein, Majestät. Wir brauchen größere, bessere Schiffe als die Japaner, und außerdem eine wesentlich höhere Stückzahl, wenn wir auch nur die geringsten Aussichten auf Erfolg haben sollen.«

Sie funkelte ihn an, aber dann wurde ihr Gesicht weicher. »Dann sollt Ihr diese Schiffe bekommen, Robert. Aber im Augenblick …«

Robert Barrington und die anderen Marineoffiziere nahmen an der Sitzung des Großen Rates teil, die sich mit der aktuellen Situation befaßte. T'se-hi hatte den Vorsitz und blickte jetzt von einem Gesicht zum nächsten.

»Die Japaner haben sich keines offenen Verstoßes schuldig gemacht«, sagte Li Hung-chang. »Aber sie rüsten ganz allmählich immer weiter auf, und sie sorgen für Unruhen. Es ist die klassische Situation. Nicht mehr lange, und ein Japaner wird bei irgendeinem dieser Aufstände umkommen. Augenblicklich werden sie fordern, in Korea zu intervenieren.«

»Dann müssen wir Truppen hinschicken«, sagte T'se-hi.

»Das könnten sie als Kriegsgrund auffassen, Majestät«, sagte Li geduldig. »Und wir sind nicht bereit für einen Krieg, auch nicht mit den Japanern.«

»Wollt Ihr damit sagen, daß es gar nichts gibt, was wir tun können?«

»Wir können die Japaner in ihrem eigenen Spiel schlagen«, sagte jemand ruhig.

Alle drehten sich um, um den Mann anzusehen, der diese Bemerkung geäußert hatte. Es war ein kleiner, dicklicher und ganz offensichtlich noch sehr junger Armeeoffizier.

»Wartet, bis Ihr gefragt werdet, Yüan,« sage Li leise.

»Laßt ihn reden«, sage T'se-hi. »Wie heißt Ihr?«

Der Offizier stand auf. »Mein Name ist Yüan Schi-Kai, Majestät.«

T'se-hi runzelte die Stirn, als ihr klarwurde, daß er Chinese war, denn darauf ließen sowohl sein Name als auch sein Zopf schließen. Sie sah Li an.

»Oberst Yüan ist einer unserer besten Offiziere, Majestät«, sagte Li. »Ich habe ihn zu dieser Sitzung mitgebracht, weil er sehr gute Ideen hat, die uns vielleicht nützen könnten.«

»Ideen?« T'se-hi sah jetzt wieder den jungen Oberst an.

»Schickt mich nach Seoul, Majestät«, sagte Yüan. »Als Kommandeur der chinesischen Garnison. Ich werde mit den Japanern schon fertig.«

»Ihr? Und wie viele Bannersoldaten werdet ihr benötigen?«

»Ich brauche keine zusätzlichen Männer, Majestät. Die in Korea stationierten Truppen werden ausreichen. Mit Eurer Erlaubnis werde ich zum Bannersoldaten ernannt und den Oberbefehl übernehmen.«

T'se-hi sah in die Runde, wo allgemeine Unruhe entstanden war. Überall flüsterte und raunte man. Die hohen Mandschus waren offensichtlich irritiert über die Unverschämtheit dieses jungen Mannes.

»Wie alt seid Ihr, Oberst Yüan?« fragte T'se-hi.

»Ich bin fünfundzwanzig, Majestät.«

»Ihr habt sehr hohe Ziele für jemanden, der noch so jung ist.«

»Nur so kann man etwas erreichen, Majestät.«

T'se-hi lächelte verstohlen. »Wenn ein Mann zu hoch hinaus will, dann kann er sehr tief fallen.« Die Kaiserin blickte forschend in die Runde. »Ich werde Eurem Wunsch entsprechen und ernenne Euch zum Oberkommandierenden der Garnison und zum Gesandten Chinas am Hof des Königs von Korea. Aber denkt daran, Oberst, wenn Euer Vorhaben mißlingt und die Japaner die Kontrolle über Korea gewinnen, dann werde ich Euch enthaupten lassen.«

Yüan verneigte sich, während Robert überlegte, ob die Kaiserin mit ihrer Vorliebe für junge Männer jetzt wohl *ihn* in ihr Bett bestellen würde.

Yüan Schi-Kai versagte nicht. Als sich Li Hung-changs Befürchtungen bestätigten und die Japaner einen Zwischenfall arrangierten, bei dem einer von ihnen getötet wurde, worauf sie augenblicklich die Kontrolle über Korea forderten, handelte der junge Soldat mit bemerkenswerter Kaltblütigkeit. Er entführte das koreanische Königspaar und zwang die Monarchen dazu, einen neuen Vertrag zu unterschreiben, in dem sie die Oberhoheit Chinas anerkannten. Als er T'se-hi schrieb, um sie über seine Aktionen zu informieren, unterschrieb er mit »der letzte der Bannersoldaten«.

»Was für eine Unverschämtheit«, schimpfte Chang Tsin, denn schließlich konnten nur Mandschu Bannersoldaten sein. »Er hält sich unseren Soldaten für überlegen.«

T'se-hi lächelte. »Vielleicht haben wir nun endlich einen General gefunden, der Li Hung-chang ersetzen kann«, sagte sie.

Aber daß die Japaner weiterhin versuchen würden, dem in ihren Augen untergehenden Reich des Drachen Gebiete abzujagen, bezweifelte niemand. Ohne eine starke Marine war China völlig hilflos und würde sich niemals gegen dieses freche Inselvolk wehren können.

»Ihre Majestät hat die Macht«, klagte Ting, »China zu verändern, wie Japan sich verändert hat. Da wir das zahlenreichste Volk der Erde sind, könnten wir das mächtigste Volk der Erde werden. Aber sie tut nichts in dieser Hinsicht.«

»Ich glaube, daß T'se-hi China ohnehin als die mächtigste Nation der Erde ansieht«, meinte Robert.

Aber die Position der Kaiserin, das wußte Robert, war nicht so gefestigt wie die Mutsuhitos. Viele waren der Meinung, daß sie illegal regiere, und die Zensoren und führenden Mandarine warteten gespannt darauf – es existierten bereits geheime Pläne –, wie sie mit der Volljährigkeit des Kaisers umgehen würde.

In der Zwischenzeit entwickelten sich, zusätzlich zu den Schwierigkeiten mit Japan, auch noch Spannungen mit Frankreich. Trotz der Wiedergutmachungen und der Hinrichtungen hatten die Franzosen das Tientsin-Massaker nie vergessen. Sie wünschten nichts lieber, als sich mit Hilfe der ›Kanonenboot-Diplomatie‹ ein hübsches Stück aus dem Kuchen Chinas herauszuschneiden. Und jetzt bot sich ihnen plötzlich die Gelegenheit dazu.

Die Franzosen hatten schon lange mit dem im äußersten Südosten Asiens gelegenen Cochin-China, also mit Vietnam, Laos und Kambodscha, Handel getrieben. Diese Länder gehörten seit jeher zum chinesischen Reich, und sie hatten auch regelmäßig dem Thron des Himmels ihren Tribut entrichtet. Die Franzosen wollten mit den jeweiligen Königen nun ein Abkommen schließen, wonach die Gebiete Cochin-Chinas französischer Oberhoheit unterstünden. Aber sehr zu ihrem Verdruß ließen sich die Vietnamesen nicht von ihren Tributzahlungen an Peking abbringen. Um endlich eine Entscheidung in der Sache zu erreichen, starteten die Franzosen 1884 eine riesige Invasion. In ganz China war man außer sich vor Empörung, und T'se-hi war wie immer die Kriegslustigste. Sie befahl die Mobilisierung und entsandte chinesische Truppen. Doch der erhoffte Erfolg blieb aus. Trotz der brillanten Leistungen Liu Yung-fus, des ehemaligen T'ai-P'ing-Generals, dem T'se-hi den Oberbefehl der Truppen in Vietnam übertragen hatte, rückten die Franzosen beständig weiter vor.

Die endgültige Katastrophe bahnte sich an, als eine französische Einheit ganz und gar unbehelligt in der Bucht von Fuzhon eintraf, da es noch keine offizielle Kriegserklärung gab. Sie bezogen in aller Ruhe Stellung, eröffneten das Feuer und zerstörten nicht nur die chinesischen Schiffe im Hafen, sondern auch das riesige Waffenlager, das als Teil des mandschurischen Rüstungsprogramms sogar mit französischer Hilfe und finanzieller Unterstützung gebaut worden war.

Ganz China war schockiert, besonders aber die Marine.

T'se-hi jedoch münzte diese totale Katastrophe mit List und Tücke in einen Vorteil für sich selbst um. Sie verkündete, daß ihre Minister sie betrogen hätten, und entließ sie alle, sogar Prinz Kung, den viele für ihre rechte Hand gehalten hatten, obwohl sein Vertrauen in die Herrscherin seit Alutes Tod schwer erschüttert war. Prinz Kung wurde durch Prinz Ch'un ersetzt, den Vater des Kaisers. Dieser Verstoß gegen die konfuzianische Ethik schockierte wiederum die Intellektuellen des Landes, und einer der berühmtesten Gelehrten des Landes, Wen T'ing-shih, folgte dem früheren Beispiel Wan Lichungs und verübte aus Protest Selbstmord.

Li Hung-chang blieb genauso mächtig und beschwichtigend wie zuvor. Also einigte man sich auf die üblichen Schadensersatzzahlungen mit den Franzosen, und der Krieg war beendet.

»Ohne daß wir einen einzigen Schuß abgeben durften«, empörte sich Lang bei seinen Offizieren. »Und jetzt ... dies!« Er klopfte mit der Faust auf ein Dokument, das vor ihm auf dem Tisch lag. »Ihre Majestät hat das Marine-Budget fürs nächste Jahr nicht bewilligt und möchte die Gelder statt dessen für den Wiederaufbau des Sommerpalastes verwenden.«

Die Offiziere waren stumm vor Schreck.

»Es muß etwas unternommen werden«, sagte Lang beharrlich.

»Mit T'se-hi kann man nicht argumentieren«, betonte Admiral Ting. »Sie hat einen eisernen Willen.«

»Ihr wollt sagen, sie ist eine Frau ohne jedes Gefühl für Verantwortung und ohne Konzept für die Erhaltung des Reichs«, sagte Lang wütend. »Nun, unter solchen Umständen kann ich keine moderne Marine aufbauen.« Er zeigte auf Robert. »Mr. Barrington. Eure Familie ist doch mit der Kaiserin befreundet, nicht wahr?«

Robert schluckte. »Jawohl, Sir.«

»Dann werdet Ihr nach Peking gehen und Ihre Majestät davon unterrichten, daß ich von meinem Posten zurücktrete, wenn die Gelder nicht ihrem eigentlichen Zweck zugeführt werden. Wir brauchen Schiffe, und wir brauchen Kanonen. Daher benötigen wir alles Geld, das wir bekommen können.

Das Geld ist laut Abstimmung der Marine zugesprochen worden. Es plötzlich für größenwahnsinnige und unwichtige Pläne abzuzweigen, ist nicht nur unverantwortlich … es ist unehrlich! Ihr werdet morgen aufbrechen.«

Robert hatte einen Befehl erhalten und daher keine andere Wahl, als ihn auszuführen, auch wenn er fürchtete, zu seiner eigenen Hinrichtung geschickt worden zu sein. Unter den gegebenen Umständen hielt er es für das beste, sofort zu Chang Tsins Haus zu gehen. Dort wurde er herzlich von Wu Lai und ihren zwei Töchtern aufgenommen. »Ich werde eine Nachricht in die Verbotene Stadt schicken, um meinen Mann wissen zu lassen, daß Ihr hier seid«, sagte Wu Lai.

Chang Tsin kam noch am gleichen Abend und hörte sich an, was Robert zu berichten hatte.

»Dieser Captain Lang ist sehr mutig«, meinte er. »Aber diese Mission hätte er selbst unternehmen müssen.«

»Er befürchtete, daß T'se-hi ihn nicht empfangen würde.«

»Aber er war sich sicher, daß sie Euch empfangen würde? Mein lieber Barrington, glaubt Ihr denn wirklich, daß sie, nur weil Ihr einmal das Bett mit ihr geteilt habt, Euch nicht sofort enthaupten lassen würde, wenn sie in Zorn gerät?«

»Selbst wenn ich zu ihr im Namen der Marine spreche, die für die Verteidigung Chinas von ausschlaggebender Bedeutung ist?«

Chang Tsin lächelte bitter. »Es gibt viele, die an die Kaiserinwitwe appelliert haben, weil sie um das ›Wohl Chinas‹ besorgt waren. Sie geht ihren eigenen Weg in diesen Dingen. Ich kann Euch nur den Rat geben, diese Mission zu vergessen und unverzüglich nach Taku zurückzukehren.«

»Das kann ich erst, wenn ich die Kaiserin gesehen habe. Ich habe von meinem Vorgesetzten einen Befehl erhalten.«

Chang Tsin zuckte die Achseln. »Ihr werdet Euch gewiß noch an meine Worte erinnern, daß nur Ihr selbst dem glücklichen Schicksal, das vor Euch liegt, ein Ende setzen könnt. Aber wenn Ihr darauf besteht … dann kommt Ihr am besten mit mir. Ihre Majestät ist ausgesprochen launisch. Sie wird vielleicht zustimmen, Euch zu sehen, und dann ihre Meinung ändern, wenn ich Euch erst holen muß. Wenn Ihr bereits da seid, ist alles möglich.« Er lächelte. »Auch Euer plötzlicher Untergang.«

Wie damals sorgte er dafür, daß sich Robert sehr sorgfältig rasierte, und ließ ihn die Kleidung eines Eunuchen tragen. Nach Einbruch der Dunkelheit brachte er ihn in die Verbotene Stadt. Aber dieses Mal führte er ihn nicht gleich zum Schlafzimmer der Kaiserin. Statt dessen ließ er ihn in einem kleinen fensterlosen Zimmer ohne Verbindung zur Außenwelt zurück. Dort mußte er warten und alles Weitere dem Schicksal überlassen. Wenn sich die Tür öffnete, konnte es der Henker sein. Er schlief beinahe ein, als sich die Stunden mühsam dahinschleppten, ohne daß er auch nun den geringsten Laut von draußen hörte. Dann endlich öffnete sich die Tür, und Chang Tsin winkte ihm. »Ihr dürft nicht sprechen und müßt sehr vorsichtig sein.«

Robert folgte ihm durch einen langen Gang, von dessen Fenster aus man einen der inneren Gärten dieses riesigen Palastkomplexes sehen konnte. Er bemerkte, daß es bald dämmern würde. »Ihre Majestät ist um diese Stunde wach?« fragte er.

»Sie nimmt ihr Bad, damit sie rechtzeitig für die Sitzung des Großen Rates zu Sonnenaufgang angekleidet ist«, sagte Chang Tsin. »Um diese frühe Stunde sind die Menschen am aufnahmefähigsten, oder nicht?«

»Doch, natürlich«, pflichtete ihm Robert bei, obwohl er wußte, daß man davon in Europa im allgemeinen nicht überzeugt war. Captain Lang war jedenfalls alles andere als ein Frühaufsteher.

Schließlich kamen sie an eine Tür, die von einem Eunuchen bewacht wurde, und wurden in ein weiteres Vorzimmer eingelassen. Hier roch man bereits den süßen Duft der Kaiserin. Hinter einer anderen Tür hörte man leise Stimmen. »Wartet hier«, sagte Chang Tsin und ging durch diese innere Tür. Robert hatte den Eindruck, daß dort mehrere Menschen waren, aber Chang Tsin hatte die Tür sehr schnell geöffnet und wieder geschlossen.

Jetzt klopfte ihm das Herz im Hals, und er schwitzte; die nächsten Minuten konnten seine letzten auf Erden sein. Er wandte sich der Tür zu, als diese plötzlich geöffnet wurde. Chang Tsin kam zuerst herein, hielt die Tür für T'se-hi offen und schloß sie dann gleich hinter ihr wieder.

T'se-hi trug nur einen Morgenmantel, und ihr Haar war offen. Sie glühte noch von der Hitze des Bads und roch intensiv nach Parfüm. Ihr Gesicht war ungeschminkt und wieder ganz das eines jungen Mädchens. Aber es war unmöglich, an ihrem Gesichtsausdruck abzulesen, ob sie sich über Roberts Ankunft freute oder nicht.

Ihre Stimme klang gelassen. »Bin ich denn Eure Geliebte, daß Ihr so einfach hier hereinschneit, wenn es Euch paßt, junger Barrington?«

»Es handelt sich wirklich um eine äußerst dringende Angelegenheit, Majestät.«

Sie holte tief Luft und atmete durch die Nase aus. »Chang Tsin hat mir von dieser *dringenden* Angelegenheit erzählt. Ich kann kaum glauben, daß ein Junge von zwanzig Jahren es doch tatsächlich wagt, die Kaiserinwitwe wegen der Verteilung ihres Budgets zur Rede zu stellen.«

»Majestät, Captain Lang möchte nur mit einer chinesischen Flotte in den Krieg gegen Eure Feinde ziehen. Einer Flotte, die den Feind besiegen kann.«

»Captain Lang! Weiß er, daß Ihr mich schon vorher besucht habt?«

»Nein, Majestät, das schwöre ich Euch. Er weiß nur, daß mein Vater und Ihr Freunde seid.«

»Schwört nicht, junger Barrington. Nur die, die lügen oder eine Lüge vorbereiten, halten es für nötig zu schwören. Ich glaube, Captain Lang hat seinen Zweck erfüllt. Er ist entlassen, und zwar sofort.«

»Aber Majestät ... er möchte doch nur mit Euch sprechen.«

»Aber ich möchte nicht mit ihm sprechen, mein lieber Barrington.«

»Aber ... wer wird die Flotte kommandieren?«

»Ich habe über Ting Ju-ch'ang viel Gutes gehört. Was sagt Ihr dazu?«

»Er ist ein guter Seemann, Majestät. Aber er weiß nicht, wie man ein Dampfschiff kommandiert oder eine Linie.«

»Dann werdet Ihr es ihm beibringen müssen, junger Barrington. Hiermit ernenne ich Euch zum ...« Sie sah Chang Tsin an.

»Flag-Captain des Admirals wäre äußerst angemessen, Majestät.«

»Ab sofort seid Ihr Flag-Captain des Admirals Ting.«

»Aber Majestät ...«

»Freut Ihr Euch denn nicht, Robert?«

»Ich bin überwältigt, Majestät. Aber ich fürchte, daß ich für einen solchen Posten noch nicht geeignet bin. Ich habe noch nie an einer Seeschlacht teilgenommen.«

»Dann fragt Euren Vater um Rat. Er wird ihn Euch gewiß nicht verweigern.«

Robert versuchte immer noch, die Bedeutung der gegenwärtigen Situation zu begreifen. »Und Captain Lang?«

»Captain Lang wird zurück nach England geschickt, wo er hingehört. Die chinesische Marine wird von Chinesen und Mandschus geführt.« Sie lächelte. »Und von Euch.« Sie sah ihn lange an, und eine kleine Falte bildete sich zwischen ihren Augen. »Habt Ihr Angst davor, das Kommando zu übernehmen?«

»Majestät ...«

»Habt Ihr Angst, mir zu dienen?«

»Es ist mein größter Wunsch, Majestät.«

»Dann denkt immer daran. Aber –« Sie drehte sich halb um und hielt noch einmal inne. »Ich habe da noch eine andere Belohnung für Euch – von persönlicherer Natur, die der Welt klarmachen soll, wie sehr ich Euch schätze, Robert. Es ist Zeit, daß ihr Euch eine Frau nehmt. Ich habe eine für Euch ausgewählt.«

Robert sah Chang Tsin fassungslos an. Chang Tsin strahlte vor Freude.

»Ihr werdet Chang Su heiraten.« Robert öffnete den Mund und schloß ihn wieder. »Sie ist ein hübsches Ding«, sagte T'se-hi. »Und sie ist intelligent. Chang Tsin hat mir erzählt, wie gern Ihr sie habt.«

Wieder sah Robert den Eunuchen an. Er hatte Chang Su nicht mehr als ein paar Minuten gesehen und war sich noch nicht einmal sicher, daß er sie von ihrer Schwester unterscheiden könnte. Er wußte von ihr eigentlich nur, daß sie erst dreizehn Jahre alt war.

Und Heirat? Mit der Tochter eines Eunuchen? Selbst wenn er der mächtigste Eunuch im ganzen Reich war. Vater wäre entsetzt. Und was seine Mutter dazu sagen würde ... »Mit Verlaub, Majestät«, sagte er. »Ohne die Zustimmung meiner Eltern kann ich nicht heiraten.«

»Natürlich nicht«, sagte T'se-hi. »Ich werde nach ihnen schicken. Sie werden nach Peking kommen und Euch ihren Segen geben. Es wird ein rauschendes Fest werden.«

»Robert! Eine Chinesin heiraten?« Lucy starrte ihren Mann fassungslos an. »Und dann noch die Tochter eines Eunuchen?«

»Nun, natürlich ist sie nicht die Tochter eines Eunuchen«, entgegnete James. »Sie ist adoptiert.«

»Jeder verachtet Eunuchen«, erwiderte Lucy. »James, du kannst das nicht zulassen.«

»Ich kann nichts dagegen tun, wenn T'se-hi es wirklich wünscht.«

»Ihr wart doch einmal Freunde. Sicher kannst du sie umstimmen. James, diese Familie hat sich niemals mit anderen Rassen vermischt.«

»Das stimmt nicht ganz«, widersprach James. »Großvater Robert hat sich eine chinesische Geliebte genommen, nachdem Großmutter gestorben ist.

»Eine Geliebte. Aber er hat sie nicht geheiratet.«

»Sie haben gelebt wie jedes andere verheiratete Paar.«

»Und was ist geschehen? Sie hatten einen Sohn, der zum Rebellen geworden ist, der deine eigene Schwester vergewaltigt hat und schließlich hingerichtet worden ist. Möchtest du, daß dieses Schicksal auch Roberts Familie droht?«

»Ich sehe keinen Grund dazu«, sagte James. »Die Situationen sind überhaupt nicht miteinander zu vergleichen. Erstens war Robert ein alter Mann, als er Tsen Tsing zu sich genommen hat. Er hatte keinen Einfluß auf die Erziehung seines Sohnes, und er hat nichts unternommen, seinem Sohn wenigstens die Grundzüge der christlichen Tugenden beizubringen. Robert ist jung. Er wird sowohl seine Frau als auch seine Kinder wie richtige Barringtons erziehen.«

»Mischlinge«, sagte Lucy bitter.

»Lucy ...« er nahm ihre Hände. »Wir sind Chinesen. Oder zumindest sind wir aus freier Wahl Untertanen der Mandschus. Unsere Zukunft liegt in diesem Land. Es wäre dumm, gerade jetzt auf der Reinrassigkeit herumzureiten. Und es wäre noch dümmer, T'se-hi vor den Kopf zu stoßen. Ist dir klar, daß Robert mit zwanzig bereits Flag-Captain ist? Noch nicht einmal Nelson hat das geschafft. Er wird mit dreißig Admiral sein, solange T'se-hi uns gewogen bleibt.«

»Admiral einer Marine, die nur auf dem Papier existiert«, erwiderte Lucy verächtlich. »Und was T'se-hi angeht ... wieso glaubst du, daß sie solange an der Macht bleiben wird?«

»Ich habe das Gefühl, daß sie es noch eine Weile schaffen wird«, sagte James.

Die elfjährige Viktoria sah von einem zum anderen; sie hatte ihre Eltern noch nie streiten hören. »Werden wir nach Peking gehen müssen, Papa?« fragte sie.

»Natürlich.«

»Ich wollte immer schon einmal nach Peking«, sagte Viktoria.

5

DIE STADT DER WEIDEN

Murray Scott kam für die christliche Zeremonie, die der chinesischen folgte, extra aus Lo-shan. Helen begleitete ihn. Sie trug noch immer diesen Glanz der Jungverheirateten im Gesicht, und sie schien vollkommen glücklich zu sein. Sie und ihr Gemahl sprachen in einem fort von der Mission, die sie offenbar mit eigenen Händen und der Hilfe von vierzig bereits bekehrten Chinesen erbauten.

»Ich mache mir solche Sorgen um dich«, sagte Lucy. »Es gibt Gerüchte, daß die Chinesen die Missionare hassen.«

»Nun, in Lo-shan trifft das jedenfalls nicht zu. Es ist wirklich ein himmlisches Fleckchen Erde.«

»Ein guter Ort, um Kinder zu bekommen«, meinte James. Helen errötete. »Wir haben viel Zeit, Papa.«

»Was hältst du davon, daß dein Bruder eine Chinesin heiratet?« fragte Lucy.

»Ich glaube, daß Mischehen die einzige Möglichkeit darstellen, das Land von der Xenophobie zu befreien.«

Lucy warf Murray Scott einen verzweifelten Blick zu, und er lächelte verständnisvoll; er schien die liberalen Ansichten seiner Frau offenbar nicht vollständig zu teilen.

Auch Joanna und Arthur Jenkins nahmen an der Hochzeit teil. Die Anreise aus Port Arthur war nur kurz. Sie mußten bloß den Golf von Chi-li überqueren und dann von Tientsin flußaufwärts nach Peking fahren. Joanna war jetzt dreiundfünfzig, aber sie hatte das Aussehen der Barringtons, das mit der hochgewachsenen Gestalt einherging, nicht verloren. Von den psychischen Narben, die die schrecklichen Erfahrungen ihrer Mädchenzeit hinterlassen haben mußten, war nichts zu spüren. »Wohin geht ihr in den Flitterwochen?« fragte Robert. »Wir hätten euch so gern in Port Arthur zu Gast. Es ist wirklich ein herrlicher Ort.«

»Ich fürchte, es wird keine Flitterwochen geben, Tante Jo.

Ich muß sofort wieder zurück zur Flotte. Aber ich werde euch bald besuchen, das verspreche ich.«

Auch Joanna schien nichts daran zu finden, daß ein Barrington eine Chinesin heiratete, dachte Lucy wütend. Sie war in ihrer eigenen Familie isoliert.

Nur Adrian, der seinen Bruder finster anstarrte, teilte offenbar ihre Meinung. Aber vielleicht war Adrian bloß eifersüchtig.

Die Vermählung seiner Tochter mit dem ältesten Sohn James Barringtons war das wichtigste Ereignis in Chang Tsins Leben, seit T'se-hi ihn wieder in ihre Dienste genommen hatte. T'se-hi konnte an der Hochzeitsfeier eines ihrer Untertanen natürlich nicht teilnehmen, aber sie schickte ihnen sehr schöne Geschenke: Cloisonnéarbeiten, Porzellan und einen riesigen Rubinring für die Braut sowie ein mit kostbaren Einlegearbeiten verziertes Schwert für Robert. Chang wußte natürlich, daß die Kaiserin seine adoptierte Tochter lediglich benutzte. T'se-hi war dabei, sich einen Stab von loyalen, jungen Männern aufzubauen, Männer wie Yüan Schi-Kai und Robert Barrington, die sie unterstützen würden, wenn Li Hung-chang nicht mehr verfügbar war. Mit Yüan an der Spitze der Armee und dem jungen Barrington an der Spitze der Marine wollte sie ihre Machtposition wahren. Yüans Loyalität würde sie sich mit Ernennungen und finanziellen Anreizen versichern müssen – noch nicht einmal T'se-hi hatte es fertiggebracht, so sehr mit der Tradition zu brechen, daß sie einen bezopften Chinesen zu sich ins Bett ließ –, während Robert Barrington ihr durch intimere Bande auf immer sicher war. Jetzt versuchte sie, diese Bande noch zu festigen.

Aber für Chang Tsin war es ein Triumph. Er mochte Chang Su, aber er liebte sie nicht wie sein eigenes Fleisch und Blut. Er hatte sie als Zeichen seiner Macht und seines Reichtums gekauft. Und jetzt heiratete sie in eine der wohlhabendsten Familien des Reichs ein. Das sicherte auch seine eigene Stellung. Chang Tsin wußte sehr wohl, wie sehr man ihn haßte und daß alle nur darauf warteten, bei der leisesten, vielleicht ganz unbeabsichtigten Andeutung T'se-his, daß er nicht mehr in ihrer Gunst stand, ihn in ihre Finger zu bekommen. Aber es gab niemanden in ganz China, der es wagen würde, sich mit dem Hause Barrington anzulegen.

Kurz vor der Zeremonie nahm er seine Tochter bei den Händen. »Großes liegt nun vor dir, Su.«

»Ich habe Angst«, gestand sie.

»Wovor?«

»Barrington ist so riesig. Wird er mich nicht zerreißen?«

Chang Tsin lächelte und nahm sie in den Arm. »Dort, wo es zählt, ist er nicht größer als andere Männer. Und du wirst an seiner Seite zu den vornehmsten Damen Chinas gehören.«

Feuerwerk krachte, Menschen riefen und lachten wild durcheinander, man aß und warf die Reste auf den Boden, wo sich die Hunde knurrend darum zankten, Kinder schrien vor Freude und weinten vor Müdigkeit, und Chang Tsin lächelte.

»Heute, Barrington«, sagte er zu James, »habe ich das Gefühl, daß sich all unsere gemeinsamen Abenteuer ausgezahlt haben.« Er lächelte Joanna an und nahm ihre Hand. »Und auch unsere, Joanna.«

Zum ersten Mal seit ihrer Ankunft sah Joanna verlegen aus. Niemand hatte je die näheren Umstände ihrer Flucht mit Chang Tsin erfahren, und es hatte sie eigentlich auch niemand danach gefragt, denn Chang Tsin war damals bereits ein Eunuch gewesen.

»Mit Eurer gesamten Familie verbindet mich etwas, aber am meisten mit Euch«, sagte er zu Robert.«

Robert schloß daraus, daß sein neuer Schwiegervater nicht mehr ganz nüchtern war.

Es war Sitte, daß der Bräutigam seine Braut ins neue Haus trug, aber Robert besaß kein Haus in Peking. Daher hatten sie beschlossen, die erste Nacht in Chang Tsins Haus zu verbringen. Wu Lai hatte alles arrangiert und sogar einen silbernen Wasserkrug ins Schlafzimmer gestellt, damit ihre Tochter alle konfuzianischen Regeln einhalten konnte.

Die Feier war noch immer in vollem Gange, als das Paar

von den Eltern nach oben begleitet wurde. Viktoria, die in ihrem hellblauen Satinkleid und mit der riesigen Schleife im dunklen Haar wie eine kleine Prinzessin aussah, folgte der Prozession.

»Diese Mischung aus zwei Zeremonien ist so merkwürdig«, gestand Wu Lai Lucy. »Ich weiß nicht genau, was ich tun soll.«

»Ich glaube, wir lassen sie jetzt am besten allein«, schlug James vor, da Lucy in ihrer steifen, mißbilligenden Höflichkeit unansprechbar war.

Wu Lai verneigte sich. »Ich gebe dich in gute Hände, mein Kind«, sagte sie zu Su. Dann schloß sie die Tür, und die Frischvermählten waren allein.

Nachdem Braut und Bräutigam sich verabschiedet hatten, ging das Fest weiter. »Mutter hat erzählt, daß man in England auf einer Hochzeitsfeier tanzt«, sagte Adrian zu Viktoria.

»Aber die Chinesen tanzen nicht wie die Europäer«, erklärte Victoria.

»Genau. Was für ein langweiliger Haufen.«

»Aber du kannst doch selbst nicht tanzen.« Mit elf Jahren befand sich Viktoria in einem Alter, in dem Logik alles bedeutete.

»Das würde ich schon lernen, du Gans, wenn ich jemanden hätte, mit dem ich tanzen könnte. Ich habe Bilder gesehen, wie sie tanzen. Es hat nichts mit diesem müden Schlurfen der Chinesen gemein. In Europa nimmt ein Mann eine Frau in den Arm und hält sie …«

»Igitt!« meinte Viktoria dazu.

»Du müßtest es einmal versuchen, es würde dir sicher gefallen.« Adrian hatte genug Sake und Pflaumenwein getrunken, um das heftige Verlangen nach einer Frau zu verspüren. Eigentlich verspürte er das ohnehin die meiste Zeit. Den Hauptteil seiner freien Zeit verbrachte er damit, mit einem der jüngeren Hausdiener nach Schanghai ins Bordell zu gehen.

Aber solche Abenteuer befriedigten ihn nicht. Jedes Mal spürte er eine heftige Leidenschaft, die die bloße Ejakulation nicht stillen konnte. Die Mädchen waren gefügig genug, und einige waren sogar recht hübsch, aber sie konnten nur das, was sie gelernt hatten, und das *Buch der Liebe* ging nicht über die Variationen der geschlechtlichen Liebe hinaus.

Adrian aber empfand keine Liebe für irgendeine seiner Partnerinnen. Er wollte eine Frau besitzen, so viele Frauen wie möglich, und zusehen, wie sie sich ihm bedingungslos unterwarfen, möglichst in Todesangst. Wie ein orientalischer Despot wollte er herrschen, sie schlagen und auspeitschen, sogar verletzen oder töten, wenn er es wollte.

Das waren seine geheimen Sehnsüchte. Nicht auszudenken, was seine Eltern oder auch seine Geschwister dazu sagen würden, wenn sie es wüßten. Die Barringtons betrachteten sich als Eiland der Integrität in einem Meer von Korruption, was immer man auch hinter ihrem Rücken über sie munkelte.

Aber Robert besaß jetzt eine Frau. Chang Su war erst dreizehn, und Robert würde alles aus ihr machen können. Doch das hatte er gewiß nicht vor. Sie zu seiner Sklavin zu machen würde Robert niemals einfallen, das wußte Adrian.

Aber er … er sah seine Schwester an. Viktoria war nur zwei Jahre jünger als Chang Su, doch sie sah älter aus. Und sie war seine Schwester, die ihn anbetete; in vielen Dingen war sie bereits seine willige Sklavin.

Jetzt, wo er beinahe betrunken war, würde sie ihm erst recht zu Willen sein, das verriet die Farbe ihrer Wangen und ihr Lächeln.

»Komm mit hinaus«, schlug er vor.

Viktoria folgte ihm, ohne zu zögern. Einige andere Gäste waren ebenfalls an die frische Luft gegangen, aber Chang Tsins Garten war groß, und Adrian hatte schon bald eine einsame Stelle mit einer Bank gefunden, wo sie nebeneinander sitzen konnten.

»Was glaubst du, tut Robert gerade?« fragte er.

Viktoria verdrehte die Augen. »Er liegt bei seiner Frau.«

»Weißt du, was das bedeutet?«

»Das ist etwas, das alle Männer mit ihren Frauen tun«, erklärte Viktoria und war überrascht, daß er es nicht wußte. »Sing Shou hat es mir erzählt.«

Sing Shou war ihr Kindermädchen.

»Was hat sie dir denn sonst noch erzählt?« fragte Adrian beharrlich.

Viktoria zögerte.

»Komm schon«, neckte sie Adrian. »Mir kannst du es doch sagen.«

Viktoria errötete. »Sie ziehen sich aus, und dann liegen sie beieinander.«

»Und dann?«

»Mehr wollte Sing Shou mir nicht erzählen.«

»Nun, sie tun eine ganze Menge mehr als das«, sagte Adrian. »Soll ich dir zeigen, was sie tun?«

»Also …«

Adrian nahm ihr Gesicht in beide Hände, küßte sie auf den noch offenen Mund und schob seine Zunge hinein.

Viktoria riß sich los. »Pfui Teufel!«

»Gefällt dir das etwa nicht? Wenn dein Mann es macht, muß es dir aber gefallen.«

»Dann werde ich nie heiraten.«

»Sei keine Gans. Natürlich wirst du heiraten. Alle Frauen wollen heiraten. Ich weiß, ich werde einen Mann für dich aussuchen. Wie gefällt dir das?«

»Ich glaube, das wird wohl Papa tun wollen«, sagte Viktoria.

»Aber Papa ist dann vielleicht schon tot.«

»Sag so etwas nicht«, schimpfte Viktoria, und ihre Augen füllten sich mit Tränen. »Sag das nie wieder.«

Adrian grinste. »Soll ich dir zeigen, was Mann und Frau noch tun, wenn sie sich lieben?«

»Nein«, sagte Viktoria. »Ich möchte es gar nicht wissen.«

»Aber natürlich willst du das. Er wird dich anfassen wollen.« Er drückte mit der Hand auf ihr Korsett, und sie sprang auf.

»Laß das!«

Adrian grinste sie an. »Und dann wird er seine Hand unter deinen Rock stecken. Komm her, ich zeig's dir.«

»Igitt! Das ist ja widerlich. *Du* bist widerlich! Faß mich nie wieder an.«

Sie ging fort, zurück in die Menge. Adrian sah ihr mit verlangendem Blick nach. Eines Tages, dachte er, werde ich dich nackt in meinen Armen halten, kleine Schwester. Aber bis dahin mußte er seine Gelüste anderweitig stillen.

Auf der Rückreise über den Großen Kanal nach Schanghai sprach er seinen Vater auf das Thema an. James kratzte sich am Kinn. »Du willst dein eigenes Haus? Du bist gerade achtzehn und möchtest schon allein wohnen?«

»Robert war erst sechzehn«, rief ihm Adrian ins Gedächtnis.

Dagegen konnte James nichts erwidern. Er konnte seinem jüngeren Sohn ja nicht sagen, wie unterschiedlich sie waren. Robert war solide wie ein Fels, während Adrians Charakter einen finsteren Zug aufwies, den James nicht verstand. Und er wußte erst recht nicht, wie er damit umgehen sollte.

Aber vielleicht würde ein eigener Haushalt den Jungen zur Vernunft bringen und sein Verantwortungsgefühl stärken. »Dann werden wir ein Haus für dich suchen«, sagte James schließlich. »Chiang Lu wird sich darum kümmern.«

Chiang Lu war Chinese, fünfundzwanzig Jahre alt und bereits seit seiner Kindheit bei den Barringtons angestellt. Für einen Chinesen war er ziemlich groß, aber sehr dünn und schwermütig. James hielt ihn für geeignet, Adrians Haushalt zu führen.

Lucy gefiel die Idee natürlich nicht besonders, aber wie ihr Mann hatte auch sie kein sehr inniges Verhältnis zu ihrem jüngeren Sohn. Also kauften sie ein kleines Haus in der internationalen Siedlung flußabwärts vom Familiensitz der Barringtons. »Du mußt mich einmal besuchen«, sagte Adrian zu Viktoria mit spöttischem Grinsen.

Sie streckte die Zunge heraus.

Aber im Augenblick hatte Adrian Wichtigeres zu tun. »Was wir zuallererst brauchen, Chiang Lu, ist geeignetes Dienstpersonal.«

»Das ist meine Aufgabe, Master Adrian.«

»Ich will meine eigene Wahl treffen, Chiang Lu. Du kannst

mir dabei helfen, wenn du möchtest. Aber zuerst möchte ich dir eine Frage stellen.«

»Jawohl, Master?«

»Was wünschst du dir mehr als alles andere im Leben?«

Chiang Lu dachte darüber nach. »Ein langes Leben und Wohlstand.«

»Glaubst du, daß du dein Ziel erreichen wirst?«

»Wenn das Schicksal mich dazu ausersehen hat, Master.«

»Von diesem Augenblick an bin ich dein Schicksal und deine Zukunft, Chiang Lu. Denk immer daran, dann wird es dir gutgehen. In dem Moment, wo du es vergißt, wirst du dich in der Gosse wiederfinden.«

Chiang Lu blickte seinen Herrn unsicher an. Dann sagte er: »Was wünscht Ihr von mir, Master?«

»Ich verlange uneingeschränkten Gehorsam. Du arbeitest nicht mehr für das Haus Barrington. Du arbeitest jetzt für mich, verstehst du?«

»Ich habe verstanden, Master.«

»Dann wollen wir uns jetzt um die Dienerschaft kümmern. Wir werden sie kaufen, Chiang Lu. Weißt du, wo man so etwas diskret erledigen kann?«

»Jawohl, Master. Ich kenne ein Haus in Schanghai, wo die Mädchen zum Verkauf stehen.«

»Bring mich dorthin, Chiang Lu. Gewiß werden wir auch ein Mädchen für dich finden.«

Adrian und Chiang Lu betraten die Stadt und blickten hinauf zu den grinsenden Schädeln, die am Stadttor angenagelt waren. Zu beiden Seiten des Tors hingen zwei Käfige mit Männern. Sie lebten noch, würden aber in kurzer Zeit sterben. Jeder Käfig war gerade groß genug für einen Mann, dessen Kopf zwischen den Stäben nach oben hinausragte. Die Stäbe waren unter dem Kinn so angebracht, daß sie den Hals eng umschlossen. Die Delinquenten mußten demnach auf Zehenspitzen stehen, um nicht zu ersticken. Offenbar waren beide Männer schon eine ganze Weile in ihren Käfigen, denn die Zunge hing ihnen bereits aus dem Mund, und sie atmeten rasselnd. Sie hatten seit ihrer Verurteilung weder Nahrung noch Wasser bekommen und wurden von Kindern gequält, die sie mit spitzen Stöcken stachen und Wetten abhielten, wer zuerst sterben würde. Aber das war ein gewohnter Anblick in China, wo das konfuzianische Ideal des friedlichen Schriftgelehrten mit einer erbarmungslos harten Bestrafung von Kriminellen einherging.

Chiang Lu führte seinen Herrn durch ungeheure Menschenmengen mitten ins Herz der Stadt, vorbei an Wahrsagern und Straßenbarbieren. Hier verkaufte ein Mann Fleisch, dort Mist – sowohl menschlichen als auch tierischen. Zahnärzte boten ihre Dienste an, und mehrere Frauen feilschten um Seidenstoffe. Jede Straße war erfüllt vom Lärm raufender Hunde und schreiender Kinder. Schließlich hielten Adrian und Chiang Lu vor einer Tür, die von einem Eunuchen bewacht wurde. »Er wird uns anmelden«, sagte Chiang Lu.

Der Eunuch brachte sie in ein Vorzimmer, in dem man bereits leise Musik und Gelächter hörte, und dann weiter durch eine Seitentür in ein kleineres Zimmer, wo eine Frau an einem Schreibtisch vor einem Abakus saß und sich um ihre Buchhaltung kümmerte.

»Dies ist der junge Barrington, Madame Chin«, sagte der Eunuch. »Der Sohn des großen Barrington.«

Die Frau erhob sich. Adrian erschien sie recht alt, vielleicht doppelt so alt wie er, aber sehr gepflegt und vornehm gekleidet. Ihr schwarzes Haar war auf dem Kopf zusammengesteckt, ihre Haut ebenmäßig. Die Gesichtszüge waren nicht unbedingt schön, aber regelmäßig und kräftig. Ihre Figur, die sich in dem hautengen blauen Seidenkleid deutlich abzeichnete, war offensichtlich ziemlich füllig. »Junger Barrington«, sagte sie. »Welche Ehre für mein Haus, daß Ihr uns einen Besuch abstattet.«

»Mein Herr sucht ein paar Frauen«, erklärte Chiang Lu.

Madame Chin warf ihm einen verächtlichen Blick zu. »Warum wäre er wohl sonst hier?« fragte sie.

»Er möchte welche kaufen«, fuhr Chiang fort. »Zwei Mädchen. Jungfrauen. Um sie mitzunehmen.«

Madame Chin betrachtete Adrian von oben bis unten, schob

dann einen Perlenvorhang hinter ihrem Schreibtisch auseinander und öffnete eine Tür. Der Eunuch hatte bereits wieder seinen alten Posten am Eingang bezogen. »Setzt Euch.« Madame Chin bot Adrian einen Diwan an, der an einer Wand stand. Adrian setzte sich, und Chiang Lu stellte sich neben ihn. »Möchtet Ihr etwas trinken?« fragte Madame Chin.

»Ja.« Adrian sprach zum ersten Mal. Die Situation erregte ihn, und seine Kehle war trocken.

Madame Chin klingelte mit einer kleinen Glocke, und eine weitere Frau kam herein. Sie war etwas älter als Adrian und gänzlich unattraktiv. Offensichtlich handelte es sich nur um ein Dienstmädchen. Adrian sah zu, wie sie das heiße Wasser zubereitete und die Sakeflasche hineinstellte, während Madame Chin aus dem Zimmer ging. Das Dienstmädchen servierte den Sake, und er nahm einen Schluck von dem heißen Getränk, das ein wenig an Sherry erinnerte. Er beobachtete sie, und seine Erregung steigerte sich, als er die Intelligenz in ihren Augen bemerkte, die ernste Konzentration, mit der sie ihre Pflichten versah. Er war hier, um sich zu kaufen, was immer ihm gefiel, für jegliche Art von Mißhandlung. Aber er wollte eine Sklavin, die fühlen konnte.

Die Tür öffnete sich, und Madame Chin kam mit sechs Mädchen zurück, die nur mit Hosen bekleidet waren. Ihr schwarzes Haar trugen sie offen, und es hing ihnen bis auf den Rücken herab. Nach ihren kleinen Brüsten zu urteilen waren sie nicht älter als dreizehn oder fünfzehn, schätzte Adrian. Sie hatten die Köpfe züchtig gesenkt, aber jede sah auf, als Madame Chin in die Hände klatschte.

»Es sind gute Mädchen«, sagte Madame Chin. »Sie sind sauber, gesund, und sie können musizieren, kochen, gärtnern und kennen das *Buch der Liebe.* Ich habe sie selbst unterrichtet. Ihr werdet in ganz China keine besseren Mädchen finden. Ihr könnt sie untersuchen, wenn Ihr möchtet. Aber denkt daran, es sind alles Jungfrauen.«

Adrian sah sich die Gesichter an. Sie waren alle sehr ähnlich. Und er wollte auf jeden Fall eine davon, wenn auch nur als Kontrast. »Diese hier.« Er zeigte auf das Mädchen mit den größten Brüsten.

»Sie heißt Shu Lai-ti«, sagte Madame Chin. »Tritt vor, Mädchen.«

Shu Lai-ti trat in die Mitte des Zimmers, lächelte Adrian an und öffnete rasch das Band ihrer Hose. Dann ließ sie sie herunterfallen. Adrians Zunge fuhr über seine Lippen.

»Wollt Ihr sie nicht untersuchen?« bot Madame Chin an.

»Sie macht einen zufriedenstellenden Eindruck«, sagte Adrian. Er wußte nicht genug über Frauen, und wollte sich nicht blamieren; er würde alles von diesem Mädchen lernen.

»Ich habe ihr prophezeit, daß sie einmal in die Dienste eines großen Herrn kommen wird«, sagte Madame Chin.

Adrian und Shu Lai-ti sahen sich an. Das Mädchen lachte. Sie zu besitzen würde ihm viel Freude bereiten, aber er hatte das Gefühl, daß sie so darauf trainiert war, ihm zu gefallen, daß sie wahrscheinlich auch lachen würde, wenn er sie schlug.

»Geh und mach dich fertig«, befahl Madame Chin.

»Ihr habt von zweien gesprochen, junger Barrington.«

Adrian tat so, als würde er sich die anderen Mädchen noch einmal ansehen, aber selbst wenn er sich nicht schon entschieden hätte, gab es nicht viel zu wählen. Bei keiner fand er irgendwelche Anzeichen von Intelligenz, die Fähigkeit zu *fühlen*. »Ich werde diese dort nehmen.« Er zeigte auf das Dienstmädchen.

»Ihr wollt Wu Ping?« fragte Madame Chin überrascht. »Sie ist ein Dienstmädchen.«

»Ich möchte ein Dienstmädchen.«

»Sie ist schon achtundzwanzig Jahre alt«, sagte Madame Chin.

Chiang Lu schlug sich bestürzt mit der Hand auf die Stirn.

»Ich habe gesagt, daß ich sie haben möchte«, sagte Adrian beharrlich. Wu Ping war beinahe alt genug, daß sie seine Mutter hätte sein können, aber das machte sie noch begehrenswerter.

»Aber, sie ist nicht fähig«, jammerte Madame Chin jetzt.

»Ist sie krank?« fragte Chiang Lu rasch, der eines der anderen Mädchen bevorzugte.

»Keines meiner Mädchen ist krank«, wies ihn Madame

Chin scharf zurecht. »Es ist ein körperlicher Fehler. Kein Mann kann auf natürliche Weise in sie eindringen, ohne sich zu verletzen.«

»Master«, drängte jetzt Chiang Lu. »Laßt ab von diesem Irrsinn. Nehmt eine von diesen hier.«

Wu Ping wußte, daß sie Thema des Gesprächs war. Sie stand in der Ecke und ließ den Kopf hängen, ein Bild des Elends.

»Analverkehr ist ja trotzdem möglich«, meinte Madame Chin, um dem Ganzen etwas Positives abzugewinnen. »Mögt Ihr das, junger Barrington?«

»Ja, das gefällt mir«, sagte Adrian. »Wieviel?«

»Jedes Mädchen kostet zehn Silbermünzen.« Madame Chin zögerte und bereitete sich auf einen zähen Handel vor.

Adrian nahm seine Geldbörse heraus und zählte zwanzig Silbermünzen ab. Madame Chin starrte einen Augenblick verblüfft auf die Münzen und steckte sie rasch ein, bevor er sich anders besann. Wu Ping sah Adrian an. Ihr Mund zuckte in einer Mischung aus Angst und Verwirrung.

»Möchten Eure Exzellenz die Mädchen gleich hier ausprobieren?« fragte Madame Chin. »Oder vielleicht eines der anderen Mädchen unseres Hauses? Es entstehen keine weiteren Kosten.«

»Nein«, sagte Adrian. »Wir werden sie beide mitnehmen.«

Madame Chin verneigte sich und klatschte in die Hände. »Mach dich fertig, Wu Ping«, befahl sie. »Und ihr anderen, zurück in eure Zimmer.« Wu Ping rannte zur Tür hinaus; die anderen folgten ihr. »Sie sind traurig, daß sie nicht von einem so hohen Herrn ausgewählt worden sind«, erklärte Madame Chin. »Aber ihr habt gut gewählt, junger Barrington. Wu Ping wird Euch ein gutes Dienstmädchen sein. Sie hat eine gute Ausbildung genossen. Und Shu Lai-ti wird Euch viel Freude bereiten.«

»Daran habe ich keinen Zweifel«, stimmte Adrian zu und warf einen Blick auf den eher traurig dreinblickenden Chiang Lu. »Kopf hoch, Chiang. Du kannst sie haben, wenn ich sie nicht brauche. Oder wir benutzen sie gemeinsam.«

Madame Chin spitzte die Lippen.

Captain Lang reiste wie befohlen aus China ab, und Ting Ju-ch'ang wurde nun wirklich Admiral, nicht nur dem Namen nach. Langsam entwickelte sich auch die Marine. Am Ende des Jahrzehnts waren Ting und Robert stolze Besitzer von zwei Schlachtschiffen, der *Ting Yuen* und der *Chen Yuen*, zwei eisernen Ungeheuern von über siebentausend Tonnen, jedes mit vier gigantischen 12-Zoll-Kanonen bestückt. Die Hülle des Rumpfs bestand aus vierzehn Zoll dicken Panzerplatten und einem zwölf Zoll dicken Gürtel, der die Kanonen auf ihren separaten Geschützbänken sicherte. Zweifellos waren es die mächtigsten Schiffe in der chinesischen See, und sie steigerten die Moral der Marine gewaltig, da sie den Japanern endlich die Stirn bieten konnten.

Zusätzlich bestand die junge Flotte noch aus einigen Kreuzern und kleineren Schiffen, die alle aus Stahl gefertigt waren. Aber mehr als das zählte sicherlich die kleine Gruppe der europäischen Offiziere, hauptsächlich Schotten, die sich freiwillig gemeldet hatten, in dieser Flotte zu dienen. Es war ein stolzer Tag, als Robert neben Ting auf der Brücke des Flaggschiffs *Ting Yuen* stand und sie an den europäischen Geschwadern vorbeifuhren, die im Golf von Chi-li ankerten.

»Der Junge macht sich großartig«, erzählte James Lucy, als er von einer seiner vielen Reisen nach Tientsin zurückkam. »Robert kann tun, was er immer schon wollte. Er ist glücklich, und seine kleine Frau ist wirklich entzückend.«

»Aber noch keine Mutter«, bemerkte Lucy.

»Dafür ist noch viel Zeit«, entgegnete James und ließ seine Frau allein, um mit Adrian die Bücher durchzugehen.

Robert war tatsächlich glücklicher als jemals zuvor in seinem Leben. Denn inzwischen hatte man den richtigen Stützpunkt für die Flotte gefunden – die weite Bucht von Wei-hai-wei, die fast vollständig von Land umgeben war. Hier konnte Robert ein Haus kaufen und für sich und Su ein Heim schaffen.

Mit dem Fortschritt der Marine war er ebenso zufrieden wie mit seinem eigenen Einfluß darauf. Admiral Ting sah in ihm zu Recht seinen engsten Vertrauten, und die zwei Männer waren gute Freunde geworden, auch wenn Ting nicht wußte, daß Robert besondere Beziehungen zur Regierung pflegte. T'se-hi hatte sich offenbar in das Unabänderliche gefügt und war zugunsten des jetzt volljährigen Kuang-hsu-Kaisers zurückgetreten. Jeder wußte natürlich, daß sie hinter den Kulissen auch weiterhin das Heft in der Hand hielt, was sie in aller Deutlichkeit demonstrierte, als sie verfügte, daß der Kaiser mit seinem Regierungsantritt heiraten sollte.

Obwohl der Kaiser nicht im gleichen Maße an sexuellen Freuden interessiert war wie seine unmittelbaren Vorgänger, so gefiel ihm die Idee durchaus, und T'se-hi überließ ihm sogar die Entscheidung, welches der Mädchen Kaiserin werden sollte. Aber der Kuang-hsu wählte ein vierzehnjähriges Mädchen aus der Tatala-Sippe, aus der auch Alute stammte. Dies konnte T'se-hi auf gar keinen Fall zulassen. Das Mädchen und ihre Schwester galten als ungeeignet, wurden allerdings dem kaiserlichen Harem als Konkubinen zugeordnet. Daraufhin fand sich der Kuang-hsu mit der Entscheidung ab und überließ seiner Mutter die endgültige Entscheidung. T'se-hi wählte die Prinzessin Lung-yu, ein unattraktives Mädchen – sie hatte ein häßliches Pferdegebiß –, das zudem auch noch drei Jahre älter war als der Kaiser. Aber sie war außerdem T'se-his Nichte, die Tochter ihres einzigen noch lebenden Bruders, Kuei-hsiang, und somit war ihre Loyalität garantiert.

Um mehr Kontrolle über den Umgang des Kaisers mit seinem Harem zu gewinnen, ließ sie den Durchgang zwischen seinen Räumen und denen der Kaiserin und der Konkubinen verschließen. Wenn der Kaiser sich also eine der Konkubinen in sein Bett bestellte, mußte das Mädchen über T'se-his Veranda gehen, deren Holzdielen unter dem leisesten Druck knarrten. So wußte T'se-hi immer genau, wann und mit welcher seiner Konkubinen der Kaiser schlief.

Wenn auch die Kaiserinwitwe nicht mehr an den morgendlichen Sitzungen des Großen Rats teilnahm, so gab es doch immer noch Li Hung-chang, und zweifellos erstattete er ihr danach ausführlich Bericht. Der Kaiser hatte also wenig Möglichkeiten, sich den Wünschen seiner Tante und Adoptivmutter zu widersetzen. Aber an der Oberfläche schien sich T'se-hi ganz ihrer Malerei zu widmen und der Fertigstellung des I Ho Yuan, ihres neuen Sommerpalastes. Außerdem unterhielt sie die jungen Männer, die sie als Nachfolger Li Hung-changs ausersehen hatte, denn dieser war bereits ein alter Mann.

Auf den ersten Blick schien China eine positive Entwicklung durchzumachen und sich langsam an die moderne Welt anzupassen.

Im Frühjahr 1887 starb Jane Barrington im Alter von sieben-undsiebzig Jahren. Sie hatte zuvor noch ihre seit langem geplante Reise nach Port Arthur machen und sich davon überzeugen können, daß Joanna gesund und zufrieden war. Danach hatte sie jedes Interesse am Leben verloren. Auch die Angelegenheiten des Hauses schienen ihr gleichgültig geworden zu sein. James und Joanna trauerten um ihre Mutter, aber sie waren überzeugt, daß sie ein langes, aufregendes und erfülltes Leben gelebt hatte.

Und auch wenn sie am Ende so wenig Interesse gezeigt hatte, starb sie doch in der Gewißheit, daß das Handelshaus ihrer Familie in guten Händen war. Tatsächlich war die Position des Hauses Barrington noch nie so gefestigt gewesen. Selbst Adrian hatte sich besser entwickelt, als James erwarten durfte. Der Junge war allerdings noch immer launisch und introvertiert – es gab Zeiten, da sprach er mit niemandem, und auch am gesellschaftlichen Leben Schanghais beteiligte er sich kaum. James hatte den Verdacht, daß er Opium rauchte, aber er wollte sich nicht in die privaten Angelegenheiten seines Sohnes einmischen, denn Adrian verrichtete seine Arbeit ordentlich, und er hatte genug Geld, um nie in die Tiefen hinabsteigen zu müssen, die den meisten Süchtigen bevorstanden.

Wenn allerdings Lucy etwas herausfinden würde …

Aber im großen und ganzen war er mit seiner Familie sehr zufrieden. Gegen alle Erwartung schien Helen glücklich zu sein, Robert ging es ausgezeichnet, und Viktoria war zu einer jungen Frau von ganz ungewöhnlicher Schönheit herangewachsen. Mit ihrem langen dunklen Haar, den herrlich glänzenden Augen und einem für ihr Alter erstaunlich sinnlichen Körper konnte sie sich vor Verehrern kaum retten. Auf der Straße drehte man sich nach ihr um, und ständig kamen junge Männer zum Haus der Barringtons, um ihre Karte dort zu lassen. Sie hofften, daß sie zu einer von Lucys Soireen eingeladen würden und vielleicht neben der Tochter des Hauses sitzen durften.

Sogar im Norden erfuhr man von ihrer Schönheit. »Ich höre, daß Ihr eine ganz besonders reizende Tochter habt«, meinte T'se-hi, als James im Frühjahr 1892 nach Peking kam.

Einmal im Jahr kam er nach Peking, immer auf Befehl der Kaiserin. Allerdings mußte er jedesmal, wie es üblich war, ein Geschenk von nicht unerheblichem Wert mitbringen, das sogleich dem kaiserlichen Staatssäckel einverleibt wurde.

Als T'se-hi älter wurde, interessierte sie sich fast nur noch für Geld. James konnte diese Schwäche durchaus verstehen, wenn er daran dachte, wie arm ihr Vater gewesen war, der versucht hatte, in der korrupten chinesischen Gesellschaft ein ehrlicher Mann zu bleiben. Obwohl sie bereits jetzt als reichste Frau der Welt galt, konnte T'se-hi nie genug kriegen. Sie war ständig auf der Suche nach neuen Titeln, die zusätzliche Einkommen versprachen, während sie auf der anderen Seite Unmengen für den I Ho Yuan ausgab. Auch ihr Verhalten wurde immer willkürlicher und widersprüchlicher. An einem Tag legte sie gegen einen Erlaß des Kaisers ihr Veto ein, nur um es am nächsten Tag zu widerrufen, weil sich ihre Stimmung geändert hatte oder – und das war sehr viel wahrscheinlicher – weil Chang Tsin sie für sie geändert hatte.

Der Einfluß des Eunuchen auf die Kaiserinwitwe war besorgniserregend. Daß er seine damalige Spielkameradin wirklich gern hatte, bezweifelte niemand; in der Zurückgezogenheit seines Hauses nannte er sie den ›Alten Buddha‹, als sie im Alter immer träger und fülliger wurde. Aber davon abgesehen war sein Handeln, wie ihres, ganz und gar von Eigeninteressen bestimmt. Seine persönliche Macht mußte auch in der Zukunft gesichert sein. Das war den Mitgliedern des Großen Rates und den Gelehrten des Landes natürlich bekannt, aber niemand wollte etwas dagegen unternehmen. Selbst wenn sie es gewagt hätten, sich gegen den Thron des Drachens zu verschwören, was im Falle des Scheiterns ihre sofortige Enthauptung bedeutet hätte, mangelte es ihnen an einer brauchbaren Alternative. Den Kuang-hsu wußte eigentlich niemand so recht einzuschätzen. Wie sein Cousin vor ihm war auch er in der Verbotenen Stadt eingeschlossen und hatte nur mit Frauen und Eunuchen Kontakt. Sein Lehrer, Wen T'ung-ho, einer der wenigen Männer, die ihn je zu Gesicht bekamen, war von seiner Intelligenz beeindruckt und behauptete, daß er sich nur fürs Lernen und die Bücher interessiere, aber dem Urteil eines einzelnen wollte man nicht unbedingt trauen.

Wenigstens herrschte unter T'se-his Herrschaft Frieden im Reich, was immer sie sich auch an kriminellen oder unmoralischen Handlungen zuschulden hatte kommen lassen. Und mit den Barbaren, die mit ihren Eisenbahnen und Dampfschiffen, ihren Missionen und ihrer Arroganz, mit der sie sich in alles einmischten, immer weiter in das chinesische Reich eindrangen, hatte man sich genauso abgefunden wie mit der Kaiserin.

Ähnlich verhielt es sich mit dem Hause Barrington, dachte James. Aber es war nach wie vor auf die Gnade der Kaiserinwitwe angewiesen, und das galt nicht nur für das Handelshaus und Roberts Wohlergehen. Er und seine gesamte Familie waren Gefangene ihrer Launen.

Jetzt lächelte er vorsichtig. »Ja, Viktoria ist wirklich sehr schön, Majestät.«

»Und sie trägt den Namen der Königin von England. Ist die Königin sehr schön?«

Auch mit Mitte Fünfzig war T'se-hi noch genauso eitel wie früher.

»Ich glaube nicht, daß man die Königin Viktoria schön nennen kann, Majestät, wenn man davon absieht, daß Königinnen immer etwas Schönes an sich haben.«

T'se-hi sah ihn argwöhnisch an. »Ich würde Eure schöne Tochter gern sehen.«

»Majestät?«

»Vielleicht finde ich für sie eine Stellung unter meinen Hofdamen.«

»Majestät, das ist unmöglich.«

T'se-hi funkelte ihn an.

Verzweifelt suchte James nach den richtigen Worten. »Viktoria ist wie eine Engländerin erzogen worden. Sie kennt nur die Freiheit des Geistes und des Körpers. Sie in einem Kloster einzusperren, käme einem Todesurteil gleich.«

»Glaubt Ihr nicht, daß auch ich die Freiheit einmal genossen habe? Ihr solltet das eigentlich wissen, Barrington.«

»Ich erinnere mich daran, Majestät. Aber Ihr habt diese Freiheit aufgegeben, um die mächtigste Frau im ganzen Land zu werden. Meine Tochter würde ihre Freiheit noch nicht einmal dafür aufgeben.«

»Folgt sie denn nicht Euren Befehlen?«

»So etwas würde ich ihr niemals befehlen, Majestät.«

T'se-his Augen verengten sich. »Ihr wagt es, mir zu widersprechen?«

»Die erste Pflicht eines Mannes gilt seiner Familie, Majestät. Das ist ebenso das Gesetz des Konfuzius, wie es ein Naturgesetz ist. Seine zweite Pflicht gilt seinem Land. Ich habe Euch meinen ältesten Sohn gegeben, Majestät. Ihr habt nicht das Recht, noch mehr Kinder von mir zu fordern.«

Sie sahen einander in die Augen, und er bemerkte die plötzliche Röte ihrer Wangen, die trotz der dicken Schminkschicht deutlich zu erkennen war. Ihre Augen blitzten, und ihr ganzer Körper schien anzuschwellen.

Als sie dann sprach, war es eher ein hohes Kreischen. »Ihr wagt es, mir zu widersprechen, Barrington? Wißt Ihr denn nicht, daß ich augenblicklich Eure Hinrichtung befehlen könnte?«

James ließ sich nicht einschüchtern und blickte ihr weiter in die Augen. »Ihr habt die Macht dazu, Majestät.«

Einen Augenblick lang war sie sprachlos. Dann zeigte sie auf ihn. »Geht. Geht und kommt nie zurück. Ich hasse Euch!«

James verneigte sich und verließ das Zimmer.

»Ihr seid ein Narr, Barrington«, sagte Chang Tsin. »Es ist die Pflicht einer Tochter, ihrem Vater zu dienen, zu heiraten, wen er aussucht, und sich bis dahin allen seinen Wünschen zu fügen. Selbst wenn das bedeutet, daß sie *nicht* heiratet. Ist es denn in England nicht so?«

»In bestimmten Kreisen wohl schon«, entgegnete James. »Aber es ist nicht meine Meinung, und ich werde mich nie so verhalten.«

»Statt dessen ruiniert Ihr Euch lieber?«

»Glaubt Ihr das wirklich, alter Freund?«

Chang Tsin sah ihn mehrere Sekunden lang forschend an, dann lächelte er. »Nein, das glaube ich nicht. Das Haus Barrington ist für ihre Majestät zu wertvoll. Sie würde es nie gefährden und schon gar nicht vernichten wollen.«

»Ich mache mir nur um Robert Sorgen.«

»Dafür gibt es keinen Grund. Auch Robert ist zu wertvoll für Ihre Majestät. Und auch für mich, denn er ist ja jetzt auch mein Sohn. Aber seht Euch vor, Barrington. T'se-his Haß für die, die sich ihr widersetzen, kennt keine Grenzen.«

»Ich werde versuchen, ihr aus dem Weg zu gehen«, erwiderte James.

Lucy war entsetzt, als James nach Schanghai zurückkam und ihr erzählte, was geschehen war.

»Um Himmels willen! Allein der Gedanke, daß Vicky in dieser Lasterhöhle eingeschlossen sein könnte ... James, können wir nicht fort von hier?«

»Du weißt doch, daß das unmöglich ist, Lucy.«

»Ich hasse es. Ich hasse ganz China. Und am allermeisten hasse ich diese gräßliche alte Frau.«

Viktoria war sich nicht sicher, was sie von der Situation halten sollte. Ein Teil von ihr wünschte sich, daß ihr Vater der Forderung der Kaiserinwitwe entsprach und sie nach Peking geschickt hätte.

Allein der Gedanke daran, in der Verbotenen Stadt eingeschlossen zu sein und nie wieder einen Mann zu Gesicht zu bekommen, war natürlich schrecklich ... aber war es vielleicht besser, in der internationalen Siedlung vor den Toren Schanghais eingeschlossen zu sein?

T'se-hi schien jedenfalls eine äußerst interessante Person zu sein. In der internationalen Siedlung gab es wenig interessante Leute. Viktoria fühlte sich in dieser kleinen englischen Gemeinde wie eine Gefangene. Die Barringtons hatten wenig Kontakt mit den anderen Nationalitäten, die entlang des Jangtse Handel trieben, und sogar für die Briten waren die Barringtons Außenseiter. Durchaus nützliche Außenseiter, da sie China so gut kannten und mit den lokalen Behörden ausgezeichnet zurechtkamen. Selbstverständlich begegnete man ihnen mit Mißtrauen wegen ihrer Vorfahren, den gefürchteten Piraten, ihrer Teilnahme an chinesischen Angelegenheiten und ihrer Freundschaft mit der Kaiserinwitwe. Es gab eine ganze Reihe von englischen Familien, die zwar die meiste Zeit ihres Lebens in China verbracht hatten, aber nicht den geringsten Zweifel daran ließen, daß sie nach England zurückkehren würden, sobald sie sich zur Ruhe setzten. Die Barringtons aber würden in China bleiben, wie sie schon seit über hundert Jahren in China geblieben waren.

Viktoria wußte, daß ihre Mutter oft davon sprach, nach England zurückzukehren. Lucy Barrington hatte mehr als einmal vorgeschlagen, daß sie Vicky mitnehmen würde, um einen Ehemann für sie zu finden, aber James hatte von einer so langen Trennung von seiner Frau und seinem Lieblingskind nichts hören wollen, und Viktoria war mit ihm einer Meinung. England klang sehr nett, aber auch schrecklich langweilig, und ebenso langweilig fand sie all die Engländer, die sie in Schanghai oder auch einmal in Hongkong getroffen hatte.

Sie schien zu ewiger Langeweile verdammt zu sein. Als sie an Helen dachte, die mit diesem grimmig aussehenden Missionar verheiratet war und in einer Lehmhütte in der Einöde lebte, wie eine Sklavin schuftete und schon bald wie eine alte Frau aussehen würde, bekam sie eine Gänsehaut. Aber außer häßlichen Missionaren, Kaufleuten und Marineoffizieren gab es keine Männer. Warum konnte sie keinen Barrington heiraten?

Adrian war uninteressant. Sie würde nie vergessen, wie er bei Roberts Hochzeitsfeier versucht hatte, mit ihr zu flirten – und sie zu berühren! –, auch wenn sie sich nicht sicher war, wie ernst er es gemeint hatte. Aber sie haßte es, wie er sie anstarrte und alles daran setzte, mit ihr allein zu sein und sie zu berühren. Außerdem lud er sie auch noch dauernd in sein Haus ein. Sie hatte ihren Eltern nichts davon erzählt und versuchte einfach, ihm, so gut es ging, auszuweichen, aber in Wirklichkeit fürchtete sie ihren Bruder, der angeblich sein Personal schlug.

Warum konnte es nicht mehr Männer vom Schlage eines James oder Robert Barrington geben? Immer wieder las sie die Geschichten von Frederick Ward und Charles Gordon, den großen Kriegern, die kurz vor ihrer Geburt in China gekämpft hatten. Ward war bereits 1862 gefallen, aber als sie die Nachricht von Gordons Tod in Khartum erreicht hatte, war sie in Tränen ausgebrochen.

Solche Männer gab es einfach nicht mehr im heutigen China – wahrscheinlich weil Frieden herrschte. Sicher war das gut für den Handel, aber man munkelte, daß es nur deswegen keinen Krieg gab, weil dafür kein Geld vorhanden war. An Feinden mangelte es jedenfalls nicht: Japan, Frankreich, Rußland – alle lauerten an den Grenzen des Reichs und warteten auf ihre Chance, sich ein Stück vom Kuchen Chinas abzuschneiden.

Sie hätte zu gern gewußt, wie Robert darüber dachte, aber Robert kam nie nach Schanghai. Er war mit seinen Schiffen viel zu beschäftigt – und mit seiner jungen Frau.

Die Hochzeit ihres Bruders mit Chang Su hatte Viktoria sehr beeindruckt. Sie war fasziniert von dem Gedanken, einem Mann übergeben zu werden, den man höchstens ein oder zweimal in seinem Leben gesehen hatte, und fortan nur noch ihm zu gehören. Eines Tages, als ihre Mutter außer Haus war, hatte sie im elterlichen Schlafzimmer das *Buch der Liebe* gefunden und es sich angesehen. Vor allem die zahlreichen Abbildungen hatten einen tiefen Eindruck auf sie gemacht.

Da gab es ›der Drache dreht sich‹ – der Mann liegt auf der Frau; ›der weiße Tiger springt‹ – der Mann nimmt die Frau von hinten; ›die Fische verhaken ihre Schuppen‹ – die Frau sitzt auf dem Mann; ›die Fische, Auge in Auge‹ – beide liegen nebeneinander; ›der duftende Bambus‹ – beide stehen; und noch viele andere. Am aufregendsten fand Viktoria ›die Zwillingsdrachen necken den Phoenix‹ – die Frau wird von zwei Männern gleichzeitig genommen.

Sie war vierzehn gewesen, als sie das Buch entdeckt hatte, und es versetzte sie in einen tagelang andauernden Zustand fiebriger Erregung, auch wenn sie sich nicht vorstellen konnte, daß ihre Mutter je etwas anderes ausprobiert hatte als ›der Drache dreht sich‹ – die Missionarsstellung. Papa war da gewiß anders.

Und was Adrian mit seinen Dienerinnen anstellte, wenn er sie nicht gerade schlug …

Aber ihr war auch klargeworden, daß die europäischen Männer, die zu ihnen kamen, auf ihrer Veranda saßen und sie mit großen Augen anhimmelten, wohl kaum als Kenner ungewöhnlicher Liebespraktiken gelten konnten.

Viktoria träumte davon, einem Chinesen zu gehören, obwohl ihre Eltern dem gewiß nicht zustimmen würden; es hatte schon genug Theater wegen Roberts Ehe gegeben, und das war im Vergleich noch harmlos. Viele europäische Männer hatten chinesische Geliebte, aber der Gedanke, daß eine weiße Frau einem chinesischen Mann gehörte, war empörend, ein ›Schicksal, schlimmer als der Tod‹, wie Marie Corelli es in ihren Romanen ausdrückte.

Aber Viktoria wollte sich einem chinesischen Gemahl auch nicht völlig unterordnen oder wie eine Sklavin behandelt werden und von jeder interessanten Gesellschaft ausgeschlossen sein – selbst wenn er der Liebhaber ihrer Träume wäre. Es war einfach frustrierend, daß man die zwei Aspekte nicht miteinander vereinen konnte. Sie wünschte sich einen Weißen mit der Sinnlichkeit und dem Wissen eines Chinesen – so wie ihr eigener Vater und Bruder – oder einen Chinesen, der europäisch geprägt war und eine Frau auch *außerhalb* des Bettes anständig behandelte.

Aber wenn sie die Menschen in den Straßen Schanghais betrachtete, wurde ihr von Mal zu Mal klarer, daß so etwas unmöglich war. Bis zu jenem Morgen im Februar 1894, als sie mit Ching San, dem zweiten Butler – in respektvollem Abstand folgte noch Kai Wong mit der Rikscha –, auf dem Markt Seide einkaufte und nur wenige Meter entfernt einen ganz offensichtlich chinesischen Mann entdeckte, der vollständig europäisch gekleidet war – vom Seidenhut bis zum Gehrock und den gestreiften Hosen und Gamaschen.

Viktoria war so überrascht, daß sie sich umdrehte, um ihn noch einmal zu betrachten. Er war noch ziemlich jung und ausgesprochen attraktiv. Für einen Chinesen war er sehr hochgewachsen, und seine glatten, klaren Gesichtszüge wurden von einem bleistiftdünnen schwarzen Schnurrbart im ansonsten glattrasierten Gesicht noch unterstrichen.

In diesem Moment drehte auch er sich um, und ihre Blicke trafen sich für einen Moment. Dann lüftete er kurz den Hut, und seine Mundwinkel hoben sich zu einem kaum wahrnehmbaren Lächeln. Viktoria blickte zu Boden und widmete sich wieder den Seidenballen, die man ihr präsentierte. Ihr Herz klopfte vor Aufregung. Noch nie hatte sie sich so stark zu jemandem hingezogen gefühlt. Und er hatte sie angelächelt.

»Wer ist denn das, Ching San?« fragte sie leise. »Kennst du seinen Namen?«

»Der Mann dort? O ja, Miss Viktoria. Ich kenne seinen Namen. Das ist Tang Li-chun. Er hat keinen guten Ruf.«

»Tatsächlich? Er macht auf mich aber einen sehr ordentlichen Eindruck, Ching.«

»Er arbeitet mit Sun Yat-sen zusammen«, raunte Ching mit finsterer Miene. »Dem Revolutionär!«

Viktoria entschied sich, es fürs erste dabei zu belassen und Ching nicht weiter auszufragen; die chinesischen Provinzen waren stets von revolutionärem Geist erfüllt, und es war gefährlich, selbst unfreiwillig darin verwickelt zu werden, denn man konnte nie wissen, wer ein Agent des Vizekönigs und somit auch T'se-his war. Aber noch am gleichen Abend fragte sie ihren Vater, ob er den Namen Sun Yat-sen schon einmal gehört hätte.

»Das habe ich, mein Kind.«

»Erzähl mir von ihm, Papa.«

»Nun, Männer wie er tauchen immer auf, wenn man das Regime liberalisiert und es dem Westen öffnet, könnte man sagen. Er hat reiche Eltern und in den Vereinigten Staaten Medizin studiert. Natürlich hat er dort eine ganze Menge ›demokratischer‹ Ideen aufgeschnappt, die er jetzt in China verwirklichen möchte.«

»Hältst du nichts von demokratischen Ideen?« fragte sie.

»O doch, aber nicht alle Länder sind dafür geeignet. Die Vereinigten Staaten sind ein demokratisches Land. Dort gehören sie hin. China hingegen ist eine Autokratie, und das ist durchaus angemessen. Stell dir doch einmal das Chaos vor, wenn jemand versuchen würde, in China demokratische Wahlen abzuhalten. Es ist schwer zu glauben, daß das Reich von einem gewählten Präsidenten besser zusammengehalten werden könnte als von der Dynastie.«

»Ist es das, was dieser Sun vorschlägt?«

»Vorgeschlagen hat. Wie du dir vorstellen kannst, war es nur eine Frage der Zeit, bis ein Haftbefehl gegen ihn erlassen wurde.«

»Das heißt, man hat ihn hingerichtet?«

»Nein. Er ist geflohen. Jetzt sitzt seine Organisation außerhalb des Landes, hauptsächlich in Hongkong und Hawaii. Von dort aus macht er uns Ärger, so gut er kann.« James runzelte die Stirn. »Wo hast du den Namen gehört?«

»Oh … auf dem Markt.«

»Tatsächlich? Ich wußte nicht, daß seine Leute in Schanghai sind. Ich muß gleich mit Tseng Tsing-fan darüber reden.«

Dem Vizekönig! Viktoria schluckte; vielleicht hatte sie ganz unbeabsichtigt diesen gutaussehenden Mann in den Tod geschickt. »Aber warum denn, Papa?«

»Wir wollen am Jangtse keinen Ärger, mein Schatz. Davon hatten wir schon genug mit den T'ai-P'ing.«

Viktoria war entsetzt. Sie war in China aufgewachsen. Die schrecklichen Bestrafungen der Verbrecher gehörten hier zur Tagesordnung, und man nahm sie kaum noch wahr. Man kannte diese Unglücklichen ja nicht, die – für alle sichtbar – zu Tode gefoltert wurden. Aber wenn sie sich vorstellte, daß

149

Tang Li-chuns reizvoller Körper in einem Käfig steckte und er langsam ersticken mußte, oder wenn man ihn auch nur enthauptete …

Am nächsten Morgen beschloß sie, noch einmal zum Markt zu gehen. Ching San sah sie verwundert an, aber es war ihm nicht erlaubt, die Entscheidungen seiner energischen jungen Gebieterin in Frage zu stellen. Also rief er noch einmal Kai Wong, und sie machten sich auf den Weg in die Stadt. Ching San lief neben der Rikscha her. »Möchtet Ihr noch mehr Seide kaufen, Miss Viktoria?« keuchte er.

»Nein, ich möchte mit dir reden.«

Ching San war so überrascht, daß er stehenblieb. Daraufhin mußte er um so schneller laufen, um sie wieder einzuholen. Warum hatte sie denn nicht zu Hause mit ihm gesprochen?

»Halt an«, befahl Viktoria Kai Wong, der augenblicklich gehorchte. Sie waren kurz hinter der alten Stadtmauer, und die Menschen lächelten und grüßten, als sie sie sahen. Viktoria Barrington war in Schanghai wohlbekannt, und ihrem Anblick konnte sich niemand entziehen.

Ching San holte sie schließlich ein und rang verzweifelt nach Atem.

»Ching San«, sagte Viktoria. »Kann ich dir vertrauen?«

»Mir, Miss Viktoria? Ihr könnt mir voll und ganz vertrauen.«

»Gut. Ich möchte nicht, daß du meinen Eltern erzählst, was wir heute tun.«

»Nein, nein, Miss Viktoria. Ich werde ihnen nichts erzählen.« Dann kratzte er sich am Kopf. »Aber was genau werden wir denn heute tun?«

Viktoria wechselte ins Englische über, so daß nur Ching San sie verstehen konnte. »Erinnerst du dich an den Mann, den wir gestern gesehen haben? Du hast gesagt, du würdest ihn kennen.«

»Ich, Miss Viktoria? Nein, nein. Ich habe nur gesagt, daß ich weiß, wer er ist.«

»Weißt du, wo er sich aufhält?«

»Oh, Miss Viktoria …«

»Du weißt es also«, sagte Viktoria. »Ich möchte, daß du mich dorthin bringst.«

Ching San traute seinen Ohren nicht und starrte sie mit riesigen Augen an.

»Und zwar sofort«, fügte Viktoria noch hinzu, stieg aus der Rikscha, rückte energisch den breitkrempigen Strohhut zurecht und nahm ihren Sonnenschirm.

»Miss Viktoria, wenn Euer Vater davon erfährt, wird er mich schlagen lassen oder sogar auf die Straße setzen.« Letzteres war eine wesentlich ernstere Strafe.

»Wie soll er es denn herausfinden, Ching San, wenn du es ihm nicht erzählst?« fragte Viktoria.

Ching San kratzte sich erneut am Kopf.

»Du bleibst hier, Kai Wong«, befahl Viktoria dem Rikschajungen auf chinesisch. »Ching San und ich müssen etwas erledigen. Wir werden bald wieder zurück sein.«

Kai Wong sah gelangweilt aus.

Viktoria spannte den Sonnenschirm auf. »Komm schon, Ching San.«

»Das ist gar nicht gut, Miss Viktoria«, murrte Ching San auf englisch. Aber er wußte, daß ihm nichts anderes übrigblieb, als zu gehorchen; mit seiner Herrin gab es keine Diskussionen.

Er führte sie über den Markt auf die Hauptstraße der Stadt, an Geschäften, Bettlern und Hunden vorbei. Dann bog er plötzlich in eine Nebenstraße ab. Die Straße war nicht sehr breit, aber die Häuser ungewöhnlich hoch. Mehrere Passanten hielten an, um das Barbarenmädchen zu betrachten. Auf dem Markt und den Hauptstraßen akzeptierte man sie, aber hier befand sie sich auf verbotenem Gebiet.

Viktoria erwiderte die neugierigen Blicke mit eisiger Arroganz. Alle wußten, daß sie eine Barrington war, und in Viktorias Augen war das in ganz China ein Garant für ihre Sicherheit.

Ching San hingegen konnte seine Nervosität kaum verbergen. Als sie in eine noch engere Straße bogen, waren sie plötzlich von einem halben Dutzend nicht sehr vertrauenerweckend aussehender Männer umgeben.

»Was wollt ihr hier?« fragte einer von ihnen.

Ching San stotterte, und Viktoria ergriff das Wort. »Ich möchte mit Mr. Tang Li-chun sprechen. Es ist sehr wichtig.«

»Ihr seid eine Barrington«, sagte der Mann. »Euer Vater ist ein Freund T'se-his. Ihr habt hier nichts zu suchen.«

»O doch. Und es ist sehr dringend. Es geht um Leben und Tod.«

Die Männer warfen sich gegenseitig Blicke zu. Dann traf der Anführer eine Entscheidung. »Kommt mit.«

Viktoria nickte, aber Ching San hielt sie am Arm fest – für einen Diener eine recht ungewöhnliche Geste. »Ihr dürft nicht gehen, Miss Viktoria. Diese Männer werden Euch nicht zurückkehren lassen.«

»Sei nicht albern, Ching«, entgegnete Viktoria streng. »Wenn du Angst hast, kannst du hier warten. Mein Vater weiß, wo ich bin«, sagte sie den Männern.

Doch die grinsten nur, und Viktoria spürte plötzlich auch einen leichten Anflug von Panik. Dann machte sie sich klar, wer sie war, und richtete sich stolz auf. Immerhin hatte dieser Tang sie freundlich angelächelt. Er würde diese Rüpel schon in ihre Schranken verweisen. Ching San hatte in der Zwischenzeit über die Situation nachgedacht und war zu dem Schluß gekommen, daß er ganz sicher entlassen würde, wenn er ohne seine Schutzbefohlene zurückkehrte. Also schloß er sich ihr an. Sie gingen weiter die enge Gasse hinunter, bis einer der Männer die Tür zu einem großen, mehrstöckigen Gebäude aufhielt. Innen brannten nur ein paar Laternen, doch trotz der Dunkelheit waren dort mehrere Männer und Frauen zu sehen.

»Kommt herein«, sagte der Anführer.

Viktoria schloß ihren Sonnenschirm und duckte sich unter der niedrigen Tür hindurch, dann richtete sie sich auf und überprüfte den Sitz ihres Hutes.

»Wartet hier«, sagte der Mann und stieg eine Treppe hinauf, die auf der rechten Seite des Raums lag. Viktoria hörte, wie die Tür hinter ihr geschlossen wurde.

»Sie werden uns umbringen«, sagte Ching San vorwurfsvoll.

»Du bist wirklich albern, Ching«, entgegnete Viktoria und bedachte die Umstehenden mit einem Lächeln, aber keiner von ihnen erwiderte ihre freundliche Geste. Ihr fiel jedoch auf, daß sie trotz der eher zweifelhaften Umgebung alle recht gut gekleidet waren – und außerdem schien sie *ihre* Gegenwart mehr in Panik zu versetzen als umgekehrt. Niemand machte eigentlich einen besonders bösartigen Eindruck.

Plötzlich erschien der Anführer oben auf der Treppe. »Kommt herauf«, rief er nach unten. »Nein, du nicht«, sagte er scharf, als Ching San Viktoria begleiten wollte.

Ching San jammerte leise vor sich hin, aber Viktoria lächelte ihn an und stieg die Stufen hinauf. Der Mann öffnete die Tür im ersten Stock. Sie trat in ein kleines Zimmer und erblickte Tang Li-chun. Hinter ihr fiel die Tür ins Schloß.

Viktoria blickte sich um, aber es war niemand sonst in dem Zimmer, dessen Einrichtung aus einem mit Papieren und Landkarten bedeckten Tisch und zwei Stühlen bestand. Außerdem gab es in der hinteren Ecke noch ein Bett. An der Decke hing eine Laterne.

Beim Anblick des Bettes begann ihr Herz wieder zu klopfen, denn schließlich war sie ganz allein mit diesem Mann. Aber ein Lächeln konnte sie sich nicht verkneifen. »Mr. Tang?«

»Miss Barrington, Ihr wollt mich sprechen? Möchtet Ihr Euch nicht setzen?« Sein Englisch war beinahe akzentfrei.

»Vielen Dank.« Sie setzte sich auf den Stuhl vor dem Schreibtisch, und er nahm auf der anderen Seite Platz. »Ihr schwebt in großer Gefahr.«

Tang Li-chun wartete mit ausdruckslosem Gesicht.

»Mein Vater weiß, daß Ihr in Schanghai seid, und er will den Vizekönig informieren.«

»Und wer hat Euren Vater informiert?«

»Ich …« Sie biß sich auf die Lippen. »Ich wollte es nicht. Ich habe ihn nach Sun Yat-sen gefragt.«

»Das war, nachdem Ihr mich gestern auf dem Markt gesehen habt?«

»Ja. Mein Diener hat mir gesagt, daß Ihr für Dr. Sun arbeitet. Ich wußte nicht, daß Ihr ein Revolutionär seid.«

»Ist es revolutionär, wenn man die Freiheit für sein Volk wünscht?«

Viktoria wurde nervös. »Ihr meint das Volk der Han. Ich nehme an, daß sich die Mandschus vor einer Revolution fürchten, wenn die Ideale der Freiheit größere Verbreitung finden.«

»Die Mandschus haben eine Herrschaft der Unterdrückung errichtet, die Euer Vater unterstützt, Miss Barrington.«

Viktoria hätte ihm widersprechen sollen, aber sie wußte, daß Tang Li-chun recht hatte. Die Mandschus waren wirklich Unterdrücker. »Meine Familie kennt China nur unter der Herrschaft der Mandschus«, sagte sie. »Ebenso wie Ihr.«

»Das bedeutet aber nicht, daß eine Diktatur deshalb ewig bestehen muß. Sie haben versagt und das Reich im Stich gelassen. Folglich haben sie das Mandat des Himmels verloren. Ist Euch das nicht klar?«

Viktoria war natürlich mit der konfuzianischen Ethik vertraut, die auf irritierende, aber praktische Art und Weise die Freiheit des Gewissens zuließ. Ein jeder hatte die Pflicht, die Regierung des Landes loyal zu unterstützen, solange diese Regierung sich als gut, gerecht und stark erwies; traf das nicht mehr zu, dann war es die Pflicht eines jeden, die Regierung zu stürzen, um sie durch eine bessere zu ersetzen, die im Einklang mit den Lehren des Konfuzius stand. Unglücklicherweise blieb es im Prinzip dem einzelnen überlassen, was genau unter gut, gerecht und stark zu verstehen war.

»Das müßt Ihr entscheiden, Mr. Tang«, sagte Viktoria und stand auf. »Ich bin hierher gekommen, weil Eure Anwesenheit durch meine Schuld entdeckt worden ist. Aber jetzt muß ich gehen.«

»Wieso glaubt Ihr, daß ich Euch gehen lasse, Miss Barrington?«

Viktoria drehte sich ruckartig um. Wut mischte sich in ihr mit Angst.

»Ihr seid eine sehr törichte, junge Frau«, sagte Tang. »Töricht, arrogant – und schön. Ich nehme an, daß Ihr meinen Männern gesagt habt, Euer Vater wüßte, wo Ihr seid. Das glaube ich nicht. Wenn er es wüßte, hätte er Euch nie erlaubt zu kommen; er wäre selbst gekommen.«

Viktoria funkelte ihn an. »Wenn mir etwas geschieht, wird mein Vater mich finden, selbst wenn er dazu ganz Schanghai auf den Kopf stellen müßte. Und der Vizekönig würde ihm helfen.«

»Wie ich schon gesagt habe, Ihr seid sehr arrogant, Miss Barrington. Wann glaubt Ihr, wird sich Euer Vater mit dem Vizekönig treffen?«

»Heute nachmittag.«

»Dann muß ich Schanghai innerhalb der nächsten Stunden verlassen. Glaubt Ihr tatsächlich, daß es mich nach meiner Flucht interessiert, ob Euer Vater ganz Schanghai auseinandernimmt? Oder ob er Eure Leiche dabei findet?«

Viktoria wurde plötzlich schwindelig. Tang Li-chun sprach so ungemein sachlich darüber.

»Versteht Ihr«, fuhr Tang fort. »Ich glaube nicht, daß ich Euch gehen lassen kann. Ihr wißt, wo ich mich aufhalte. Und wenn ich selbst nicht mehr da bin, könnt Ihr immer noch meinen Kameraden Schwierigkeiten machen. Wäret Ihr dagegen nicht hier oder könntet nicht erzählen, was Ihr gesehen habt, dann drohte meinen Leuten keine Gefahr.«

Viktoria schluckte und setzte sich wieder.

»Sagt mir, wie Ihr mich gefunden habt«, fragte Tang.

»Ich … mein Diener hat mich hergebracht.« Sie wußte, daß sie damit Ching San verriet, aber sie fürchtete um ihr eigenes Leben.

»Der Mann, der dort unten wartet? Woher wußte er es?«

»Das weiß ich nicht. Ich habe ihm gesagt, er solle mich zu Euch bringen. Er wußte es selbst nicht genau, er kannte nur die Straße. Dort haben uns Eure Schläger abgefangen.«

Tang lächelte »Meine Leibwächter, Miss Barrington. Nun, Ihr seht selbst, daß ich Euch unmöglich gehen lassen kann.« Er stand auf und ging um den Tisch herum. Viktoria beobachtete ihn dabei wie gebannt. Direkt vor ihr setzte er sich halb auf den Tisch, streckte den Arm aus und nahm ihr sanft den Hut ab. »Ihr seid sehr schön. In England habe ich viele schöne Frauen gesehen, aber keine könnte sich mit Euch messen.«

»Ihr wart in England?«

»Natürlich, Ihr nicht?«

»Nein.«

Wieder lächelte er. »Ihr seid chinesischer als ich. Aber warum soll ich Euch eigentlich nicht besitzen, wo ihr diesen Ort nicht verlassen könnt?«

Viktoria spürte, wie sich ihr Rücken gegen die Stuhllehne preßte. »Ich … ich werde Euch nicht verraten. Wenn ich Euch verraten wollte, wäre ich dann hergekommen, um Euch zu warnen?«

Er hielt Viktorias Kinn und drehte ihren Kopf nach rechts und links. Noch nie hatte sie jemand so vertraulich berührt. Sie konnte diesem Mann, dessen Berührungen so wunderbar sanft waren, einfach nicht böse sein.

Tang Li-chun blickte ihr tief in die Augen. »Ihr habt mir gerade erzählt, daß Euer Diener gar nicht wußte, wo genau er mich finden konnte. Nun haben Euch meine Männer törichterweise zu mir gebracht. Und das ist es wahrscheinlich, was Ihr herausfinden wolltet.«

»Nein«, entgegnete sie. »Ich bin gekommen, um Euch zu warnen. Das ist alles.«

»Sagt mir, warum Ihr soviel riskieren solltet, einen Mann zu warnen, den Ihr nur einmal in Eurem Leben gesehen habt und von dem Ihr offenbar wußtet, daß er ein Feind der Regierung ist, die von Eurer Familie unterstützt wird.«

Viktoria schluckte wieder. »Ihr …Ihr wart mir sympathisch. Ich wollte nicht, daß Ihr eingesperrt und hingerichtet werdet.«

Mehrere Sekunden lang starrten sie sich schweigend an. Dann sagte er: »Eine sehr europäische Sichtweise, Miss Barrington. Nehmt meinen aufrichtigen Dank entgegen.« Er ließ sie los und stand auf.

»Werdet … werdet Ihr mich gehen lassen?«

»Meinen Leuten würde das nicht gefallen. Auch sie riskieren ihr Leben.«

»Ich würde schwören …«

»Auf was? Auf Eure christliche Bibel? Das würde sie wohl kaum interessieren.«

»Ich werde alles schwören, was Ihr wünscht.«

Wieder sah er sie mehrere Sekunden lang forschend an. »Ihr müßtet unserer Tong beitreten«, sagte er.

Viktoria leckte sich nervös über die Lippen. Sie wußte nicht viel von Tongs und Triaden; niemand sprach darüber, noch nicht einmal James Barrington. Aber jeder wußte, daß es sie gab, geheime Verbindungen, die sich nicht nur dem Ziel verschrieben hatten, die Mandschus zu stürzen, sondern auch anderen kriminellen Aktivitäten nachgingen. Einer Tong anzugehören versprach ein gigantisches Abenteuer zu werden, und sie würde an der Seite Tang Li-chuns arbeiten.

»Ich werde beitreten«, sagte sie. »Wenn Ihr es wünscht.«

»Seid Ihr Euch da sicher? Das ist eine ernste Entscheidung, Miss Barrington. Die Tong wird Eure Seele fordern.«

»Habe ich eine Wahl?«

Er lächelte. »Nein. Allerdings würdet Ihr vielleicht den Tod der Initiation vorziehen.«

Sie warf den Kopf in den Nacken. »Ich werde Eurer Tong beitreten, Mr. Tang.«

»Und Dr. Sun dienen bis zum Tage Eures Todes?«

»Ja. Wenn Ihr es wünscht.«

Sie hätte es kaum deutlicher ausdrücken können, dachte Viktoria. *Ihm* wollte sie dienen. War sie verrückt geworden? Oder erregte sie dieser plötzliche Schritt aus der gewohnten Langeweile?

Tang sah sie schweigend an. »Es wird etwas dauern. Habt Ihr genügend Zeit?«

Viktoria blickte auf ihre Uhr. Es war noch früh, erst kurz nach zehn Uhr morgens. »Ich muß zum Lunch zu Hause sein.«

»Lunch«, sagte er. »Eine ehrwürdige britische Institution. Zu welcher Zeit nimmt man in Eurem Haus gewöhnlich den Lunch ein?«

»Normalerweise um zwei Uhr.«

»Nun, dann steht uns genug Zeit zur Verfügung. Vielleicht habt Ihr allerdings nach Eurer Initiation keinen Appetit mehr.«

Viktoria warf ihm einen bösen Blick zu; offenbar machte er sich lustig über sie. »Stellt mich nur auf die Probe, Sir.«

Ein letzter abschätzender Blick. Dann nickte er. »Genau das habe ich vor, Miss Barrington.«

Er ließ sie allein und ging hinunter, wahrscheinlich um alles zu organisieren. Sie erhob sich und ging im Zimmer auf und ab. Es gab nichts in diesem Raum, außer einer zweiten Garnitur Kleidung.

Viktoria war gleichzeitig erregt und beunruhigt. Er hatte angedeutet, daß die Zeremonie sie schockieren könnte, aber sie war fest entschlossen, sich nicht schockieren zu lassen. Wenn sie der Gedanke, einer Triade anzugehören, nicht schockieren konnte, warum sollte es dann der Vorgang des Beitritts?

Die Tür öffnete sich hinter ihr, und sie fuhr herum. Drei Frauen kamen herein. Sie waren alle älter als Viktoria, und ihre Gesichter waren ernst, ja geradezu grimmig.

»Ihr sprecht Chinesisch?« fragte eine von ihnen im lokalen Schanghai-Dialekt.

»Ja.«

»Zieht Euch aus.«

Viktoria schnappte nach Luft. »Warum?«

»Das ist Teil der Zeremonie«, sagte eine der anderen.

Viktoria wurde nervös. »Wo wird die Initiation stattfinden?«

»Unten.«

Viktoria holte tief Luft. Dort unten waren Männer, Mr. Tang inbegriffen. Aber sie hatte sich darauf eingelassen, alles zu tun, was er von ihr verlangte.

»Wir haben nicht viel Zeit«, sagte die erste Frau.

Viktoria wandte ihnen den Rücken zu und zog sich aus. Ihre Kleidungsstücke legte sie aufs Bett. Die Frauen sahen mit gleichgültiger Miene dabei zu. Viktoria fragte sich, ob sie wohl jemals westliche Unterwäsche gesehen hatten.

»Kommt mit nach unten«, sagte eine der Frauen und öffnete die Tür.

Viktoria zögerte, aber dann richtete sie sich auf und trat durch die Tür auf den Treppenabsatz. Plötzlich war ihr eiskalt, und sie mußte all ihre Kraft zusammennehmen, um nicht zu zittern.

Dort unten standen mindestens zwanzig Männer vor einem Vorhang. Tang Li-chun war dabei und ebenso Ching San. Sie hatte Ching ganz vergessen, ihren eigenen Diener. Jetzt schnappte sie entsetzt nach Luft, als sie sah, daß auch er nackt war. Aber natürlich würde auch Ching der Tong beitreten müssen. Es war das erste Mal, daß sie einen vollständig entblößten chinesischen Mann sah, obwohl Ching San in seiner Panik alles andere als attraktiv war.

Andererseits war sie gewiß die einzige nackte weiße Frau, die diese Männer, außer vielleicht Tang, je gesehen hatten. Neben Ching San standen noch vier andere nackte Männer. Es würde also eine Gruppeninitiation werden.

»Geht hinunter«, befahl eine der Frauen.

Viktoria stieg langsam die Treppe hinunter, wobei sich ihre Zehen um jede Stufe krampften. In ihr regten sich Gefühle, die sie noch nie zuvor empfunden hatte und die sie unmöglich beschreiben konnte. Sie sah starr geradeaus und weigerte sich, irgend jemandem in die Augen zu sehen, vor allem nicht Ching San. Sie merkte, daß die Frauen ihr gefolgt waren und zu beiden Seiten neben ihr standen. Jetzt griffen sie Viktoria unter die Arme und trugen sie nach vorn zwischen die Männer, so daß sie Tang gegenüberstand, der vor dem Vorhang wartete.

Sie mußte ihn betrachten, und er sah prachtvoll aus, denn er hatte die westliche Kleidung gegen ein mit feuerroten Drachen besticktes gelbes Gewand getauscht. Er sah tatsächlich aus wie der Munchu-Prinz, den er ganz bewußt imitierte.

Er blickte nur in ihr Gesicht. »Seid Ihr bereit?« fragte er.

»Ja«, sagte Viktoria.

Hinter ihr hörte sie Schritte, und sie nahm an, daß Ching San ebenfalls hergebracht wurde. Tatsächlich stellte man ihn neben sie; ihre Schultern berührten sich, und er warf ihr einen raschen Blick zu, aber sie weigerte sich, ihn zu erwidern. Sie wagte nicht, an das zu denken, was ihnen bevorsteht.

»Gebt mir Eure Hände«, befahl Tang.

Sie streckten ihm die rechte Hand entgegen, und er nahm sie in seine. »Schwört Ihr der Stadt der Weiden, Dr. Sun Yatsen und allem, wofür er steht, ewige Treue?«

159

»Ich schwöre der Stadt der Weiden, Dr. Sun Yat-sen und allem, wofür er steht, ewige Treue«, sagte Ching San.

Viktoria tat es ihm nach.

»Schwört Ihr den Mandschus ewige Feindschaft, und schwört Ihr weiter, daß Ihr Euer Leben ihrem Untergang widmet?«

Erneut wiederholten Ching San und Viktoria die Worte, während in Viktoria langsam die Wut hochstieg. Wenn man sie gezwungen hatte, sich vor all diesen Männern zu entblößen, nur damit sie einen Eid schwor …

Aber die Zeremonie hatte kaum begonnen. Jetzt wurde der Vorhang beiseite gezogen, und sie sah den hinteren Teil des Raums, der mit ungewöhnlichen Gegenständen und eigenartig zusammengestellten Möbeln bestückt war. Dahinter gab es einen Altar, auf dem Räucherstäbchen brannten. Aus mehreren Schalen stiegen merkwürdige Düfte auf.

Tang ging auf den Altar zu, blieb davor stehen, drehte sich um und winkte. »Beginnt Eure Reise«, befahl er dem ersten Anwärter.

Der Mann ging langsam nach vorn und hielt zuerst vor dem ›Berg der Messer‹, einer aus mehreren Messern geformten Pyramide, vor der er sich verbeugte. Außerdem gab es noch den ›Pavillon der roten Blume‹ – ein Blumengesteck; dann den ›Kreis aus Himmel und Erde‹ – dort mußte er durch einen Bambusreifen kriechen; als nächstes den ›feurigen Schmelzofen‹ – eine Schale mit brennendem Duftpapier, dessen Rauch man einatmen sollte; dann folgten die ›Trittsteine‹, wo er über einen Stuhl klettern mußte. Den Abschluß bildete die ›Zwei-Planken-Brücke‹, die direkt vor den Altar führte. Es erinnerte fast an ein Kinderspiel und hätte durchaus amüsant sein können, wenn nicht die todernsten Mienen der Umstehenden und der Anwärter selbst gewesen wären.

Vor dem Altar standen inzwischen drei weitere festlich gekleidete Mitglieder der Triade. Jetzt winkten sie dem nächsten Anwärter. Ching San war an fünfter Stelle, Viktoria die letzte. Sie kam sich furchtbar albern vor und schämte sich entsetzlich, als sie die Beine heben mußte, um durch den Reifen zu klettern und auf die Stühle zu steigen, während alle zusahen. Aber endlich stand sie mit den anderen fünf Männern vor dem Altar.

»Streckt Eure rechte Hand aus, mit der Handfläche nach oben«, befahl Tang.

Sie gehorchten. Einer der Gehilfen nahm eine Schale vom Altar herunter und hielt sie vor die Gruppe. Sie war leer. Plötzlich trat ein weiterer Mann hinter dem Altar hervor, der einen Hahn mitbrachte. Das Tier schlug verzweifelt mit den Flügeln und rollte die Augen, als es die vielen Menschen sah. Der Mann hielt den Hahn über die Schale, nahm ein Messer vom Altar und schnitt dem Federvieh mit einem einzigen Schnitt die Kehle durch.

Die Zuschauer rangen hörbar nach Luft, und Viktoria starrte entsetzt auf das sterbende Tier, dessen Blut in die Schale lief. Dann warf der Mann den toten Hahn zur Seite, und Tang näherte sich dem ersten in ihrer Gruppe. Er nahm eine Nadel vom Altar, faßte die Hand des Mannes und stach ihm in den Mittelfinger. Dann hielt er den Finger über die Schale und ließ ein paar Tropfen Blut hineinfallen. Das gleiche tat er mit dem zweiten und dritten Mann. Viktoria betrachtete ihn mit einer Mischung aus Faszination und Angst. Tang sah die Männer nicht an und auch sie nicht, als er ihr in den Finger stach und über der Schale das Blut herausdrückte.

Dann wurde die Schale auf den Altar gestellt und eine Tasse hineingetaucht, die sich augenblicklich mit der Mischung aus menschlichem und tierischem Blut füllte. Anschließend legte Tang ein Messer mit breiter Klinge über die Schale und stellte die Tasse darauf. Dann band er dem ersten Mann die Hände auf den Rücken und befahl ihm zu trinken. Das konnte er nur, indem er sich über den Altar und die Tasse beugte und seine Zunge in die ekelhafte Flüssigkeit tauchte.

Viktoria wäre am liebsten davongelaufen, erst recht als sie sah, daß man dem noch immer gefesselten Mann ein brennendes Räucherstäbchen dicht vors Gesicht hielt und plötzlich ausblies. »Sollte ich jemals meinen Treueid gegenüber der Stadt der Weiden brechen«, sagte der Mann jetzt, »dann soll mein Leben so rasch ausgelöscht werden wie dieser Stab.«

Nach einer Weile war Viktoria an der Reihe. Mit gebundenen Händen beugte sie sich über die Tasse, aber sie mußte ihren ganzen Körper nach vorn beugen, um die Tasse zu erreichen. Sie fiel beinahe vornüber, aber mit aller Kraft hielt sie sich doch noch aufrecht und streckte die Zunge aus.

Das Blut schmeckte scheußlich, und sie würgte. Viktoria fürchtete, daß sie sich übergeben müßte, aber sie zwang sich dazu, es trotzdem zu schlucken. Dann richtete sie sich wieder auf und rang nach Luft. Sie konnte kaum glauben, daß es ihre eigene Stimme war, die den Eid schwor.

Aber das war nur der erste Eid, fünfunddreißig weitere sollten folgen. Dann endlich nahm man ihr die Fesseln ab, und die anderen Mitglieder der Triade umringten sie und gaben ihnen heißen Sake zu trinken. Der ganze Raum schien sich zu drehen, und Viktoria empfand keine Scham, völlig nackt inmitten von mindestens dreißig Leuten zu stehen, von denen sie bis zu diesem Morgen nur zwei gekannt hatte. Niemand machte den Versuch, sie unzüchtig zu berühren, obwohl die Atmosphäre ausgesprochen erotisch war.

Tang nahm ihre Hand. »Jedes weibliche Mitglied der Triade muß einem Mann gehören«, sagte er. »Wählt, wer von uns es sein soll.« Er zeigte auf die Treppe. »Der Raum dort oben steht zu Eurer Verfügung.«

Viktoria ging vor ihm die Treppe hinauf. Alle Anwesenden, auch Ching San, wußten, wohin sie ging, und was mit ihr geschehen würde. Aber Ching San hatte den gleichen Eid geschworen wie sie.

Jetzt würde sie vergewaltigt werden. Nein, dachte sie: Ich tue es freiwillig. Alles habe ich heute aus freien Stücken getan. Weil ich zu diesen Menschen gehören möchte. Weil ich diesem Mann gehören möchte!

Sie öffnete die Tür und betrat das Schlafzimmer. Tang Lichun schloß die Tür hinter sich. Viktoria drehte sich um, um ihn anzusehen. »Werdet Ihr Schanghai heute nachmittag verlassen?«

»Ich glaube, das wäre das beste.«

»Wann werde ich Euch dann wiedersehen?«

»Sobald es möglich ist.«

»Das heißt … Ihr nehmt mich, um mich dann zu verlassen, vielleicht sogar für immer?«

»Nicht ich nehme Euch, Viktoria«, sagte er, »sondern die Triade. Ich bin nur ihr Symbol.«

Sie sah ihn lange an und spürte noch immer die Wirkung des Sake. Sie wagte nicht, an später zu denken. Sie wollte es auch nicht. »Ihr werdet mir zeigen müssen, wie ich Euch zu Diensten sein kann«, sagte sie.

ZWEITES BUCH

DIE AUSLÄNDISCHEN TEUFEL

»Bald fährt sie über des Soldaten Nacken:
Der träumt sofort von Niedersäbeln.«
William Shakespeare, *Romeo und Julia*

6

DIE AUFGEHENDE SONNE

Sing Shou war verlegen. Sie hatte selbst um dieses Gespräch mit der Herrin gebeten, da sie als Haushälterin die Verantwortung für das gesamte weibliche Personal im Haus der Barringtons trug. Außerdem hatte sie während ihrer dreißigjährigen Tätigkeit bei den Barringtons auch die beiden Töchter des Hauses unter ihre Fittiche genommen.

Jetzt stand ihr Pflichtgefühl im direkten Konflikt mit ihrem Beschützerinstinkt – und mit der Angst, wie Lucy Barrington auf das reagieren würde, was sie ihr zu sagen hatte. Lucy, die gerade Zeitung las, hob den Kopf und sah sie an. »Nun, Sing Shou? Laß mich raten: Eines der Mädchen ist schwanger.«

Sing Shou seufzte. Lucy meinte damit natürlich eines der Dienstmädchen. »Jawohl, Herrin.«

»Also wirklich, Sing Shou, die Moral deiner Leute verwundert mich immer wieder. Mangel an Moral sollte man es wohl eher nennen. Also, du kennst die Regeln, und die Mädchen kennen sie auch. Sie muß gehen – ohne Empfehlungsbrief.«

Sing Shou trat unsicher von einem Fuß auf den anderen.

»Ich möchte das Mädchen sehen, bevor es geht«, sagte Lucy. »Wer ist es denn?«

Sing Shou holte tief Luft. »Es ist Miss Viktoria, Herrin.«

Lucy hatte sich bereits wieder ihrer Zeitung zugewandt. Jetzt hob sie den Kopf, und eine Falte bildete sich langsam zwischen ihren Augen. »Was hast du gesagt?«

Sing Shou leckte sich nervös über die Lippen. »Miss Viktoria hat ihre Unterwäsche in den letzten drei Monaten nicht beschmutzt, Herrin.«

Lucy stand auf und setzte sich dann ganz langsam wieder. Aber Sing Shou hatte die Aufsicht über die Wäscherei, und sie war in allem sehr penibel. »Warum hast du mir das nicht schon vorher gesagt?« fragte sie leise.

»Ein Monat, Herrin, das könnte ein vorübergehendes Fieber gewesen sein oder eine Verdauungsstörung. Bei zwei Monaten vielleicht auch noch. Aber drei Monate …«

Viktoria war ganz sicher nicht krank, das wußte auch Lucy. Tatsächlich hatte das Mädchen noch nie so lebhaft und zufrieden gewirkt wie in den letzten drei Monaten. Und noch nie war sie so schön gewesen.

Lucy spürte einen Schmerz und sah auf ihre Hände hinunter. Sie hatte sie so fest zusammengepreßt, daß die Nägel sich in die Handflächen gebohrt hatten.

»Sie bluten, Herrin«, sagte Sing Shou dienstbeflissen. »Ich werde schnell die Salbe holen.«

»Das ist nicht nötig. Wer weiß es sonst noch?«

»Niemand, Herrin.«

»Bis jetzt«, sagte Lucy. »Also gut, Sing Shou. Ich danke dir, daß du es mir gesagt hast. Würdest du jetzt bitte Miss Viktoria zu mir schicken?«

»Sie ist ausgeritten, Herrin.«

Lucy hob ruckartig den Kopf, dann lösten sich ihre verkrampften Gesichtszüge ein wenig. »Also gut. Ich möchte sie sehen, sobald sie zurückgekommen ist.«

Sing Shou verneigte sich und eilte davon. Sie fragte sich, ob für Miss Viktoria wohl die gleichen strengen Regeln galten wie für die Mädchen.

Lucy ging in ihrem Nähzimmer auf und ab und versuchte ihre Nerven zu beruhigen. Sie wollte schon jemanden in James' Büro schicken, entschied sich dann aber doch zu warten, bis sie mit dem Mädchen unter vier Augen gesprochen hatte.

Was war bloß in ihre Tochter gefahren, daß sie so etwas tun konnte? Lucy machte dafür in erster Linie die mangelnde Aufsicht ihres Mannes verantwortlich. James hätte es besser wissen müssen. Es war die Entscheidung seiner Eltern gewesen, daß er und seine Schwester bereits in jungen Jahren allein in Wuhu bleiben sollten, um das dortige Büro zu führen. Das Ergebnis war Joannas Entführung und Vergewaltigung gewesen. Auch wenn die alten Barringtons nicht mit den T'ai P'ing gerechnet hatten, so war es trotzdem eine törichte Entscheidung gewesen.

Aber James hatte daraus nichts gelernt. Er hatte seinen Kindern zu viele Freiheiten gelassen. Und was war das Ergebnis? Helen hatte einen fanatischen Missionar geheiratet, war den Gelben Fluß hinaufgefahren und aus ihrem Leben verschwunden. Lucy hatte gegen die Heirat als solche nichts einzuwenden gehabt, aber sie hatte nie damit gerechnet, daß sie ihre älteste Tochter überhaupt nicht mehr zu Gesicht bekommen könnte. Robert hatte eine Chinesin geheiratet, und Adrian lebte wie ein orientalischer Despot – sie besuchte ihn fast nie, da sie immer das Gefühl hatte, daß er und seine Diener ein Geheimnis miteinander teilten, von dem sie lieber nichts wissen wollte. Und jetzt … Sie sah ihre jüngste Tochter an, als diese anklopfte und eintrat. Viktoria hatte den Hut abgenommen, trug aber noch immer die Reitkleidung und hielt die Gerte in der Hand. Ihr Haar wurde von einem Haarnetz zusammengehalten, und ihre Bluse war feucht vor Schweiß; kleine Schweißtröpfchen hatten sich auf ihren Wangen gebildet. Sie strahlte förmlich vor Gesundheit.

»Mama? Ist etwas?«

Lucy setzte sich. »Wäre es nicht besser, wenn du in deinem Zustand aufs Reiten verzichten würdest? Oder hoffst du auf eine Fehlgeburt?«

Viktoria schluckte.

»Eine Fehlgeburt wäre jedenfalls die Lösung«, fuhr Lucy fort.

Viktoria setzte sich unaufgefordert. »Wie hast du es herausgefunden?«

»Du dummes Ding! Glaubst du etwa, daß Sing Shou nicht weiß, wann du deine Periode hast? Oder wenn du sie nicht hast, wie in diesem Fall?«

Viktoria biß sich auf die Lippen. »Dann weiß es jeder!«

»Sing Shou schwört, daß es nicht so ist. Und ich glaube ihr. Im Augenblick. Wir müssen schnell handeln. Wer ist der Vater?«

Viktoria hob den Kopf. Rote Flecken hatten sich auf ihren Wangen gebildet, aber sonst zeigte sie keinerlei Emotion. »Das geht nur mich etwas an.«

»Glaubst du das wirklich? Wird er dich heiraten?«

»Nein. Das kann er nicht.«

»Du hast dich einem verheirateten Mann hingegeben?« Lucy war entsetzt.

»Ich weiß nicht, ob er verheiratet ist«, sagte Viktoria. Sie hatte nie daran gedacht, ihn danach zu fragen.

»Um Himmels willen!« Lucy schlug verzweifelt die Hände vors Gesicht.

Viktoria stand auf und ging im Zimmer umher. Der Teppich dämpfte das Geräusch ihrer Stiefel. »Es tut mir leid, Mama.«

»Es tut dir leid?« schrie Lucy. »Du hast dich irgendeinem dahergelaufenen … Buchhalter hingegeben, der dich nicht heiraten will …« Sie runzelte die Stirn, als sie sah, wie sich Viktorias Gesicht veränderte. »Verrate mir wenigstens seinen Beruf.«

»Nein«, sagte Viktoria scharf.

Lucy funkelte sie an. »Das kann doch wohl nicht dein Ernst sein, daß du dieses Kind bekommen willst?«

»Ich möchte, daß du das verstehst, Mama. Ich gehöre diesem Mann.«

»Was für ein Unsinn! Du meinst, daß du in ihn verliebt bist – er aber offensichtlich nicht in dich.«

»Ich *gehöre* ihm«, sagte Viktoria leise, aber entschieden. »Nichts kann das je ändern. Und ich werde sein Kind austragen.«

»Was wirst du tun?« wollte Lucy wissen.

James zündet einen Stumpen an – es war eine defensive Handlung, um etwas Zeit zu gewinnen.

»Sie scheint total verrückt geworden zu sein«, fuhr Lucy fort. »Sie hat mir gedroht, daß sie sich umbringt, wenn ich sie zu einer Abtreibung zwinge. Du lieber Himmel! Ich frage mich, warum du ihr nicht ein bißchen Vernunft einprügelst.«

»Ich glaube nicht, daß wir damit irgend etwas erreichen würden, außer einer dauerhaften Entfremdung«, sagte James ruhig. »Viktoria nimmt solche Strafen nicht hin, sie hat einen viel zu starken Willen.«

»Ha!« meinte Lucy nur.

»Wir müssen überlegen, was für sie jetzt das beste ist. Natürlich wäre es das beste, wenn sie diesen Mann heiraten würde, selbst wenn sie sich kurz darauf wieder scheiden ließe. Aber da sie uns seinen Namen nicht nennen will, ist das keine Lösung. Ich glaube nicht, daß es sinnvoll ist, das Baby abzutreiben, denn das würde auch Viktoria umbringen.«

»Das heißt, daß du ihr erlaubst, es zu bekommen?« Lucy war entsetzt.

»Unter den gegebenen Umständen sehe ich keine andere Möglichkeit. Wenn es dann geboren ist, wird Viktoria vielleicht etwas verantwortungsbewußter. Wir könnten das Baby adoptieren lassen.«

»Ihr Ruf wird für immer ruiniert sein. Und unserer auch.«

»Mach dir darüber keine Sorgen. Sie wird fortgehen, bevor man etwas sehen kann, und erst zurückkommen, wenn es vorbei ist.«

»Nach England?« Lucy war plötzlich Feuer und Flamme.

»Nein. Das wäre wohl zu offensichtlich.«

Lucy war enttäuscht. »Und wohin dann?«

»Wir haben zwei Alternativen. Wir könnten sie den Huang-ho hinauf zu Helen schicken. Aber ich bin dagegen. Helen, oder doch wenigstens ihr Mann, würden sie wahrscheinlich verurteilen, und das könnte zu einer weiteren Entfremdung führen.«

»Ist das alles, worüber du dir Sorgen machst? Entfremdung?«

»Daher glaube ich, es wird das beste sein, wenn wir sie zu Joanna schicken«, fuhr James ruhig fort, als ob sie ihn nicht unterbrochen hätte. »Joanna hat gewiß Verständnis für die Situation, und Viktoria wird dort glücklich sein.«

»Joanna!« Lucy konnte ihre Verachtung nur schwer verbergen. Natürlich würde Joanna aus ihrer eigenen trüben Vergangenheit heraus Verständnis aufbringen.

»Ich werde sofort alles in die Wege leiten«, sagte James.

»Und wenn Viktoria sich weigert, Joanna zu besuchen?«

»Viktoria wird sich freuen«, erwiderte James. »Sie wollte schon immer nach Port Arthur.«

Es sei ein himmlisches Fleckchen Erde, hatte Joanna mehr als einmal geschrieben. Und als die *SS Kowshing* sich der Einfahrt des weiten, natürlichen Hafens näherte, den man Schwanz des Tigers nannte, konnte Viktoria ihrer Tante nur zustimmen. Aber im Vergleich mit Schanghai mußte jeder Ort wie der Himmel auf Erden erscheinen. Das galt erst recht für ein Schanghai ohne Tang. Sie gehörte ihm. Sie hatte ihre Mutter nicht angelogen, als ihr diese Beteuerung über die Lippen gekommen war. Mama, ihre arme, engstirnige Mama, hatte angenommen, daß ihre Tochter sich wie ein dummes Mädchen verliebt hatte. Mama wußte nichts von obszönen Zeremonien in finsteren Räumen, und sie würde es als ekelhaften Unsinn abtun, wenn sie davon hörte. Papa, der mit den chinesischen Sitten so viel mehr vertraut war, hätte es vielleicht eher verstanden, aber er hätte ihr gewiß nicht vergeben.

Der Triade gehörte sie ganz und gar, vor allem, nachdem sie sich Tang hingegeben hatte. Seine sanften Finger hatten sie in einen Zustand der totalen Leidenschaft versetzt. Danach war es ihr sehnlichster Wunsch gewesen, sich seiner Männlichkeit vollständig hinzugeben, davon erfüllt zu werden.

Und Tang hatte seine Männlichkeit unter Beweis gestellt. Offenbar war die Schwangerschaft so gut wie unvermeidbar gewesen, obwohl sie nicht im Traum daran gedacht hatte. Aber das spielte sowieso keine große Rolle. Als sie sich ihrer Schwangerschaft bewußt geworden war, lange bevor Sing Shou etwas gemerkt hatte, ließ sie sich davon nicht in Panik versetzen. Sie glaubte fest daran, daß Tang zurückkehren und sie vor der Katastrophe bewahren würde.

Aber er war nicht zurückgekommen. Viktoria wußte nicht einmal, ob er noch lebte. Sie war damals mit Ching San nach Hause und in die europäische Welt zurückgekehrt. Viktoria und Ching San hatten seitdem kaum miteinander gesprochen. Sie teilten ein furchtbares Geheimnis; darüber war kein Wort zu verlieren. Tatsächlich hatten sie nach ihrer Rückkehr auch gar keine andere Wahl gehabt. Denn Papa war tatsächlich an jenem Tag vor drei Monaten zum Vizekönig gegangen, und in den nächsten Tagen sprachen die Diener von Einsätzen der Mandschu-Bannersoldaten. Auch von Verhaftungen und Hinrichtungen war die Rede.

»Du mußt dich umhören«, hatte Viktoria Ching befohlen, und er war zurückgekommen, um ihr mitzuteilen, daß Tang entkommen war und die Stadt verlassen hatte. Das war jetzt mehrere Monate her, und sie hatte seitdem nichts von ihm oder der Triade gehört. Vielleicht war sie vernichtet worden. Insgeheim wünschte sie das, solange nur Tang in Sicherheit war. Dann gab es nur noch Tang und Ching, die ihr Geheimnis teilten. Und jetzt entkam sie auch noch Ching. Aber sie trug Tangs Kind, das sie aufziehen und es lehren würde, die Ch'ing zu stürzen!

Doch dazu brauchte sie einen Verbündeten, denn wenn das Kind einmal geboren war, würde es über seine Herkunft keine Zweifel mehr geben. Robert war mit einer Chinesin verheiratet und daher ihr Wunschkandidat. Aber da die Zeit drängte, hatte man ihr nicht erlaubt, ihn zu besuchen. Eine schriftliche Kontaktaufnahme wäre zu riskant gewesen. Adrian, der sich ganz besonders erschüttert zeigte, würde ihr wahrscheinlich helfen – aber das hatte seinen Preis, und den wollte sie nicht zahlen. Sie hatte Angst vor ihm und traute ihm nicht. Daher gab es jetzt nur noch Tante Joanna. Und mit ihr hätte Papa keine bessere Wahl treffen können, auch wenn das gar nicht in seiner Absicht gelegen hatte. Aber auch ihrer Tante gegenüber mußte sie eine gewisse Vorsicht walten lassen.

Viktoria wartete an Deck und sah zu, wie das Dampfschiff sich langsam der Kaimauer näherte. Voller Bewunderung blickte sie sich um. Nachdem sie den engen Durchgang des Tigerschwanzes passiert hatten, fuhren sie in ein weites, vom Land eingeschlossenes Binnenmeer mit vielen schmalen Nebenarmen, die in kleinen Buchten verschwanden. Auch ein kleiner Fluß war zu sehen, der sich in engen Bögen durch die Hügellandschaft des Küstenstreifens schlängelte und schließlich in der Mitte des natürlichen Hafens ins Meer mündete.

Der größte Teil der Häuser lag an den beiden Ufern dieses Flusses und erstreckte sich die Hügel hinauf. Im Hafengebiet waren die Lagerhäuser der Kaufleute, denen Port Arthur als wichtiger Umschlaghafen diente, da er den ganzen Winter über eisfrei blieb. Auf einem Hügel hinter der Stadt konnte Viktoria die gedrungene Form einer Festung ausmachen, und auch zu beiden Seiten des Tigerschwanzes standen Forts; Port Arthur galt als uneinnehmbar.

Im Hafen lagen mehrere Kriegsschiffe, und Viktoria hoffte, daß Robert vielleicht einmal zu Besuch kommen würde, solange sie in der Stadt weilte. Im Hafen herrschte ein geschäftiges Treiben. Schiffe von unterschiedlicher Größe, Segelschiffe und dampfgetriebene, lagen zum Be- und Entladen an den Kaimauern oder warteten in der Bucht auf einen freien Platz. Aber trotz des ersten Eindrucks, daß die Stadt hauptsächlich von Handel und Marine geprägt war, bot sie dem Betrachter auch reizvolle Züge. Üppige Wälder bedeckten die Hügel, und etwas außerhalb der Stadt konnte man darin vereinzelte Häuser ausmachen.

Ein Anlegeplatz für die *Kowshing*, die unter britischer Flagge und mit britischer Besatzung fuhr, stand bereit. Die Landungsbrücke wurde hinausgeschoben, und Viktoria eilte ihrer Tante, die sie in der Menge der Wartenden bereits entdeckt hatte, freudig entgegen. Aber als sie den ersten Fuß an Land setzte, zögerte sie einen Augenblick, da sie nicht wußte, wie sie aufgenommen werden würde. »Vicky, mein Schatz!« Joanna umarmte sie. »Der Wagen wartet schon.«

»Aber was ist mit meinem Gepäck?«

»Chan, du wirst dich um Miss Viktorias Gepäck kümmern«, befahl sie dem Diener. Er verneigte sich und ging selbst an Bord, um alles zu organisieren. Joanna führte Viktoria durch die Menschenmenge zu einem kleinen, zweirädrigen Wagen mit Pony, den zwei Jungen hielten. Sie gab ihnen Geld und kletterte auf den Kutschbock. »Ich fahre immer selbst«, sagte sie, »obwohl einige hier meinen, das gehöre sich nicht. Du kannst dich nach hinten setzen, wenn du möchtest.«

»Nein, ich sitze lieber hier vorne bei dir«, sagte Viktoria und kletterte auf den Platz neben ihrer Tante. Ein angenehm warmes Gefühl durchströmte sie. Hier würde sie volle Unterstützung bekommen.

Joanna warf ihr einen Blick zu, ob sie auch gut saß, löste die

Bremse und knallte mit der Peitsche. Das Pony trabte munter los. Der kleine Wagen hüpfte über die unebenen Pflastersteine, und sie bahnten sich ihren Weg durch bellende Hunde und schreiende Kinder.

»Ist es dir zu schnell?« fragte Joanna.

»Nein, wirklich nicht.«

»Du mußt vorsichtig sein«, sagte Joanna. »Wenn es dir wirklich ernst ist mit dem Baby, meine ich.«

»Ja, das ist es, Tante Jo.«

Joanna wechselte das Thema. »Wie findest du Port Arthur?«

»Es ist wunderschön.«

»Das fand ich auch immer. Wenn du dich eingelebt hast, fahre ich mit dir über die Hügel zur Landenge, der Verbindung der Liao-tung-Halbinsel mit dem Festland. Sie ist an der engsten Stelle nur ein paar hundert Meter breit und wird von einer Festung bewacht. Dadurch ist Port Arthur auch auf dem Landweg uneinnehmbar.«

»Wer würde es denn angreifen wollen?« fragte Viktoria.

»Die Japaner, mein Schatz. Sie liebäugeln schon lange damit. Aber du bist nicht hier, um dir über einen möglichen Krieg den Kopf zu zerbrechen. Wie schon gesagt, du bist hier wahrscheinlich sicherer als irgendwo sonst in China. Dort drüben steht unser Haus.«

Sie waren den Hügel im Osten der Stadt hinaufgefahren und bogen jetzt in eine von Zypressen gesäumte Einfahrt ein. Vor einem hübschen, zweistöckigen Haus hielten sie an. »Es ist nicht so prächtig wie die Mandarinpaläste weiter draußen«, sagte Joanna, »aber wir fühlen uns sehr wohl hier, und es ist nicht weit zur Mission.«

»Ich finde es absolut entzückend«, rief Viktoria, sprang von ihrem Sitz herunter und lief die Stufen zur Eingangstür hinauf, von wo aus man einen Blick über den fernen Hafen hatte. »Einfach hinreißend.«

Mehrere Diener kamen aus dem Haus und nahmen Joanna den Wagen ab. Joanna führte ihre Nichte in den ersten Stock zu ihrem Zimmer. Von hier aus hatte man keinen Meerblick, da das Zimmer an der Rückseite des Hauses gelegen war, aber die Sicht auf die bewaldeten Hänge war nicht weniger reizvoll. »Ich hoffe, es gefällt dir.«

»Es ist perfekt.«

»Wenn dein Gepäck ankommt, helfe ich dir beim Auspacken.« Joanna drehte sich zur Tür um und hielt plötzlich inne. »Dein Vater hat nicht erwähnt, wie ...«

»Ich bin im vierten Monat, Tante Jo.«

»Ich verstehe.«

»Also fürchte ich, daß ich eine ganze Weile hier sein werde.«

»Mein Schatz, du bist uns mehr als willkommen.«

Viktoria nahm einen Briefumschlag aus ihrer Handtasche. »Der ist von Papa ...«

Joanna öffnete den Umschlag und nahm einen steifen Bogen Papier heraus. »Es ist ein Scheck vom Handelshaus. Wirklich, das war aber nicht nötig.«

Joanna bekam, auch wenn sie mit einem Missionar verheiratet war, ohnehin ein regelmäßiges Einkommen vom Handelshaus, und es ging ihr dadurch finanziell recht gut.

»Es ist nicht in erster Linie für meine Unterkunft«, erklärte Viktoria. »Mama wollte nicht, daß irgend jemand in Schanghai etwas davon erfährt, deshalb ... gibt es keine Baby-Ausstattung, verstehst du.«

»Natürlich, wie dumm von mir. Mach dir keine Sorgen, meine Schneiderin wird sich in der Beziehung um dich und um das Baby kümmern.« Sie öffnete die Tür.

»Ich möchte mich bei dir bedanken, Tante Jo«, sagte Viktoria.

»Weil ich dich bei uns aufnehme? Mein Schatz, das tue ich wirklich gern.«

»Ich meine, dafür ... daß du nichts gesagt hast.«

»Wir werden uns unterhalten, wenn du dich ausgeruht hast«, sagte Joanna. »Arthur kommt so gegen sechs.«

»Oh ...weiß Onkel Arthur von ...«

»Ja«, sagte Joanna. »Er muß es ja schließlich wissen, oder? Mach dir keine Sorgen, Vicky. Wir sind hier, um dir zu helfen, und nicht, um mit dir zu schimpfen.«

Trotzdem war es eine Qual für Viktoria, am Abend herunterzukommen. Onkel Arthur war jetzt über siebzig und bis auf einen dünnen Kranz weißer Haare über den Ohren völlig kahl. Auch hören konnte er nicht mehr so gut. Viktoria hatte immer ein wenig Angst vor ihm gehabt. Aber wie Joanna versprochen hatte, erwähnte Arthur Jenkins den eigentlichen Grund für ihren Besuch nie; er war ganz offensichtlich sehr zufrieden damit, sich in dieser ganzen Angelegenheit nach seiner Frau zu richten. In den nächsten Tagen wurde Viktoria daher zunehmend ruhiger. Joanna hatte ein großes Programm zusammengestellt. Als erstes besuchten sie die Schneiderin. Danach zeigte Joanna ihrer Nichte die ganze Halbinsel. Sie fuhren zur Landenge hinauf und betrachteten die Berge im Norden. »Das gehört alles noch zu China«, sagte Joanna.

»Und wird von den Mandschus regiert«, entgegnete Viktoria.

»Nun ja, das stimmt.« Sie warf ihrer Nichte einen Blick zu. »Hast du etwas gegen die Mandschus?«

»Das sind Tyrannen – die Ch'ing jedenfalls.«

»Politik?« fragte Joanna lächelnd. »Sind das *deine* Ansichten oder geborgte?«

Viktoria biß sich auf die Lippen. Aber früher oder später würde sie mit dieser Frau reden müssen, und Joanna war bisher ausnehmend freundlich zu ihr gewesen. Sie wartete, bis Joanna den Wagen gewendet und den Rückweg in die Stadt angetreten hatte. »Es waren einmal geborgte Ansichten, aber jetzt sind es meine eigenen«, sagte sie.

»Dann behältst du sie am besten für dich.«

»Die Ch'ing können nicht in alle Ewigkeit regieren«, sagte Viktoria beharrlich.

»Vielleicht nicht. Aber gerade wir sollten eigentlich am Fortbestand der Dynastie großes Interesse haben. Ohne die Ch'ing gäbe es kein Haus Barrington. Und was chinesische Revolutionen angeht …« Sie erschauerte leicht, und Viktoria wußte, daß sie sich an ihre eigenen Erfahrungen mit den T'ai P'ing erinnerte.

»Diese Revolution wird anders sein.«

Wieder sah Joanna sie an, aber diesmal war ihr Gesicht ernst. »Du klingst fast so, als ob du etwas darüber wüßtest.«

»Das stimmt.«

Joanna blickte auf die Straße. »Weiß dein Vater davon?«

»Nun, jeder weiß, daß es eine Bewegung gegen die Ch'ing gibt.«

»Und dein Vater findet das gut?«

»O nein. Er würde sie unterdrücken.«

»Aber du nicht«, sagte Joanna nachdenklich. »Auch das solltest du besser für dich behalten. Wie denkt denn … der Vater deines Kindes darüber?«

Auf diesen Augenblick hatte Viktoria gewartet. »Er hat sich der Idee ganz verschrieben. Er wünscht den Sturz der Ch'ing – ebenso wie ich.«

Joanna stoppte den Wagen und sah sie an. Sie waren vollkommen allein auf der Straße. »Ich glaube, du solltest mir davon erzählen. Es klingt gefährlich. Barbaren sollten sich nicht in die Angelegenheiten der Chinesen einmischen. Dein Vater hat diese Regel immer befolgt, wenn ihm die Kaiserin nicht selbst befohlen hat, sie zu brechen.«

Viktoria holte tief Luft. »Der Mann, von dem ich spreche, ist kein Barbar, Tante Jo.«

Joanna starrte sie mehrere Sekunden lang an, und Viktoria machte sich auf eine heftige Reaktion gefaßt. Allein der Gedanke, daß sie ein chinesisches Kind zur Welt bringen würde, mußte in ihr auf massive Ablehnung stoßen. Aber Joanna ließ sich nichts anmerken. »Ich verstehe«, sagte sie endlich. »Hast du seinen Namen aus dem Grund deinen Eltern verschwiegen?«

»Ja. Tante Jo, er ist … nun, er ist nicht irgendein gewöhnlicher Chinese. Er hat in Amerika die Universität besucht, spricht ein tadelloses Englisch und kleidet sich meistens wie ein Barbar.«

»Und er plant den Sturz der Ch'ing. Als nächstes wirst du mir noch erzählen, daß er ein Anhänger Sun Yat-sens ist.«

Viktoria traute ihren Ohren nicht. »Du kennst Dr. Sun?«

»Man hört so manches. Vicky, du mußt einsehen, daß das Wahnsinn ist. Ich weiß nicht, wie du an diesen Mann geraten bist, aber sie werden ihn irgendwann gefangennehmen und hinrichten lassen. So geschieht es immer. Und wenn du darin verwickelt bist …«

»Ich bin darin verwickelt, unwiderruflich. Ich habe einen Eid geschworen …wirst du mir versprechen, Stillschweigen über das zu wahren, was ich dir jetzt sage?«

Joanna hatte ihr ganzes Leben in China verbracht und wußte, was Viktoria mit dem Wort ›Eid‹ meinte. »Mein Gott«, sagte sie. »Oh, mein Gott! Nein, ich verspreche gar nichts, und du darfst es mir nicht sagen, sonst sind wir beide verloren.«

Viktoria biß sich auf die Lippen.

»Und das Kind?« fragte Joanna.

»Wenn du mir nicht helfen willst …«

»Wie kann ich dir helfen? Glaubst du denn ernsthaft, daß du nicht eines Tages verraten werden wirst? Hoffst du wirklich, daß du unter diesen Umständen ein chinesisches Kind aufziehen kannst? Der einzige Rat, den ich dir geben kann, ist, China so schnell wie möglich zu verlassen und nie mehr zurückzukommen.«

»Das kann ich nicht. Nicht, solange Tang lebt.«

»Tang«, sagte Joanna.

»Das mußt du bitte für dich behalten. Ich flehe dich an, Tante Jo.«

»Du hast mein Wort«, entgegnete Joanna.

»Darf ich trotzdem bei dir bleiben und das Baby bekommen?«

Joanna nahm die Zügel wieder auf, und der Wagen setzte sich in Bewegung. »Damit habe ich mich einverstanden erklärt, Vicky.«

»Und danach?«

»Möge Gott dir gnädig sein.«

»Marschall Li bittet übrigens um eine Unterredung mit Eurer Majestät«, sagte Chang Tsin, während er T'se-hi ankleidete.

»Was? Um diese Zeit?« erwiderte T'se-hi.

Der Morgen graute gerade erst, und der Große Rat würde

in wenigen Minuten zusammentreten. Li kam gewöhnlich nach der Sitzung zu ihr und erstattete Bericht. Offenbar wußte das der Kuang-hsu-Kaiser. Denn wenn *er* sie besuchte, ging er immer davon aus, daß sie über die letzten Entschlüsse des Großen Rates Bescheid wußte, auch wenn er sie niemals um formelle Zustimmung ersuchte.

Aber sie war zufrieden. Die Bauarbeiten am I Ho Yuan waren offiziell beendet, obwohl der Palast in ihren Augen nie wirklich vollendet sein würde. Es gab immer noch etwas hinzuzufügen. Damit verbrachte sie den größten Teil ihrer Zeit, die sie ansonsten dem Theater und dem Glücksspiel widmete – das gab sie jedenfalls vor. Aber auch wenn sie noch selbst regieren würde, hätte es wenig mehr zu tun gegeben. Das Reich durchlebte eine Zeit des Friedens, und T'se-hi hatte das Gefühl, daß sie ihrer Umgebung trauen konnte, selbst jenen, zu denen sie kaum Kontakt hatte. Daß James Barrington erst vor wenigen Monaten unverzüglich den Vizekönig der Provinz Chekiang von der Existenz einer revolutionären Bewegung in Schanghai unterrichtet hatte, war dafür ein gutes Beispiel.

Laut Bericht waren die Anführer dieser Bewegung im Westen erzogen worden. Das brachte T'se-hi in Rage. Es war offensichtlich ein großer Fehler gewesen, intelligente junge Männer in den Westen zu schicken, damit sie dort eine gute Ausbildung erhielten, denn in Wirklichkeit wurden sie mit revolutionären Ideen vollgestopft. Aber sie würden nicht viel anstellen können, solange die Vizekönige wachsam waren.

Daß Li sie jedoch *vor* der Sitzung des Großen Rates sehen wollte, deutete auf irgendeine Krise hin. Chang Tsin zog ihr eines der gelben Gewänder an, und sie ging ins Vorzimmer. Da sie in den letzten Jahren einige Pfund zugenommen hatte, glich ihr Gang einem Watscheln, während die Seide um sie herum mächtig rauschte. Aber sie bezweifelte nicht, daß diejenigen, die ihr dienten, sie noch immer sehr schön fanden.

Li Hung-chang wirkte alt und müde, als er sich vor seiner Gebieterin verneigte. Seit dreißig Jahren hatte er ihr treu gedient, hatte das Reich vor der Bedrohung und den Invasionen der westlichen Barbaren bewahrt, allen Kriegstreibereien dieser Frau widerstanden und gleichzeitig die Rüstungsanstrengungen vorangetrieben ... und jetzt mußte er seine Niederlage eingestehen.

»Ihr seht unglücklich aus«, meinte T'se-hi, als sie sich setzte. Chang Tsin nahm seinen üblichen Platz hinter ihr ein. »Was bedrückt Euch, Li?«

»Majestät. Ich bringe schlechte Neuigkeiten. Ich habe eine Nachricht von Yüan Schi-Kai erhalten. Er hat Informationen, daß die Japaner eine Invasion Koreas planen.«

T'se-hi runzelte die Stirn. »Können sie denn das?«

»Vom militärischen Standpunkt aus betrachtet wären sie dazu gewiß in der Lage. Aber die Frage ist nicht so sehr, ob sie sich uns stellen werden, sondern ob sie die Intervention der westlichen Mächte riskieren wollen.«

»Was schlägt Yüan vor?«

»General Yüan ist der Meinung, daß die Japaner wahrscheinlich eine ähnliche Taktik anwenden werden wie 1885. Ihre Agenten werden Ausschreitungen provozieren, bei denen japanische Bürger umkommen. Das dient ihnen dann als Vorwand, Truppen zu entsenden. Sie werden sagen, daß die westlichen Mächte in der Vergangenheit genauso gehandelt hätten.«

»Diese Bastarde!«

»General Yüan ist daher der Meinung, daß wir ihnen zuvorkommen sollten, indem wir selbst zusätzliche Truppen nach Korea schicken. Das würde nicht nur die Japaner dazu zwingen, ihren Plan noch einmal zu überdenken, sondern auch die Koreaner, die sie zu einer Revolte aufwiegeln wollen.«

»Erlaubt das unser Abkommen mit Japan?«

»Im Falle ernster Unruhen durchaus. Wir werden sagen, daß derartige Ausschreitungen kurz bevorstünden. Wie auch immer, wenn unsere Männer in Korea sind, bevor die Japaner davon erfahren, dann können sie nur noch Beschwerde einlegen, und wir werden über den Rückzug unserer Truppen verhandeln. Allein die Tatsache, daß wir ihnen zuvorgekommen sind, wird sie zu einer Pause zwingen.«

»Das sind Wunschträume«, erwiderte T'se-hi. »Wie lange

braucht eine Armee von Peking nach Seoul? Drei Monate über die Berge der Mandschurei. Die ganze Welt wird es wissen, bevor unsere Truppen noch die Große Mauer überschritten haben.«

»Nicht, wenn die Truppentransporte zu Wasser stattfinden, Majestät. Von Tientsin durch den Golf von Chi-li und an Port Arthur vorbei nach Inchon wäre es in weniger als einer Woche zu schaffen. Selbst wenn japanische Agenten die Truppen an Bord gehen sehen, können sie Tokio nicht mehr rechtzeitig verständigen.«

»Haben wir denn genügend Schiffe hier?«

»Sie *SS Kowshing* liegt im Golf vor Anker; sie kommt gerade aus Port Arthur zurück. Ich habe Befehl erteilt, sie dort festzuhalten, bis es Anweisungen aus Peking gibt. Das ist ein großes Schiff, Majestät. Man könnte zweitausend Mann mit Ausrüstung, sogar Artillerie, an Bord bringen. Und außerdem gehört sie den Briten und fährt unter britischer Flagge. Auch die Offiziere sind Briten. Die Japaner werden sich auf eine Reaktion aus Großbritannien gefaßt machen müssen, wenn sie versuchen sollten, sie aufzuhalten.«

T'se-hi lächelte. »Ihr seid ein schlauer Fuchs, Li. Aber warum seid Ihr mit diesem Plan zu mir gekommen? Ich habe in dieser Angelegenheit doch jetzt keinerlei Entscheidungsgewalt mehr.«

»Ich werde dem Kaiser diese Nachrichten und meinen Vorschlag unterbreiten, Majestät. Ich wollte aber, daß Ihr es zuerst erfahrt, damit Ihr dem Kaiser helfen könnt, wenn er zu Euch kommt und um Rat fragt.«

»Ja«, sagte T'se-hi nachdenklich. »Ich nehme an, daß er in einer solchen Krise tatsächlich zu mir kommen wird. Ihr habt sehr weise gehandelt – wie immer, Marschall Li.«

Li strahlte und verneigte sich.

»Nur noch eines«, sagte T'se-hi. »Ihr solltet Wei-hai-wei verständigen und die Flotte in Bereitschaft versetzen.«

Li verneigte sich noch einmal.

Eine Woche später stach die SS *Kowshing* in See. An Bord waren zweitausend chinesische Soldaten mit ihren Offizieren und voller Ausrüstung. Sie waren zwei Tage auf See und beinahe schon in Port Arthur, als sie auf ein japanisches Geschwader trafen, das sie an der Weiterfahrt hindern wollte.

Der englische Kapitän der *Kowshing* weigerte sich und wies auf die Nationalflagge. Togo Heihachiro, der Kapitän des japanischen Flaggschiffes, drohte daraufhin mit dem Versenken des Schiffes, falls man seiner Aufforderung nicht nachkommen würde. Der Kapitän der *Kowshing* ignorierte die japanische Drohung. Wenige Minuten später eröffnete das japanische Kriegsschiff das Feuer. Die *Kowshing* wurde mehrfach getroffen und sank.

Die japanischen Offiziere ließen ihre Boote zu Wasser und retteten die englischen Offiziere. Die chinesischen Soldaten ließ man ertrinken.

7

DER VERWUNDETE DRACHE

Die Nachricht vom Untergang der *Kowshing* traf China wie eine Bombe. »Krieg!« schrie T'se-hi. »Wenn die Japaner Krieg wollen, dann sollen sie ihn haben. Schickt General Yüan, was immer er verlangt. Und tragt Admiral Ting auf, er soll sofort in See stechen.«

»Majestät«, sagte Chang Tsin vorsichtig.

T'se-hi schnaubte verächtlich. »Ich weiß. Ich regiere China nicht mehr. Aber selbst der Kaiser muß begreifen, daß ein Krieg nicht zu vermeiden ist. Ich werde ihn sofort aufsuchen. Bereite ihn auf meinen Besuch vor.«

»Um Himmels willen!« entfuhr es Lucy. »Was wird bloß aus Robert werden?«

»Ich glaube, daß Robert ziemlich sicher ist«, sagte James voller Zuversicht. »Die chinesische Flotte ist der japanischen bei weitem überlegen. Die Japaner haben keine Kriegsschiffe, die Chinesen haben zwei. Nein, um Vicky mache ich mir Sorgen.«

»Port Arthur? Aber Port Arthur ist uneinnehmbar!«

»Trotzdem ist sie mir zu nahe am Schauplatz des Geschehens. Ich werde sie zurückholen.«

Lucy war entsetzt. »Aber ...«

»Ich weiß. Sie wird das Baby noch nicht zur Welt gebracht haben. Wir müssen uns wohl mit dem Skandal abfinden. Ich werde jedenfalls auf gar keinen Fall ihr Leben riskieren.«

»Krieg«, sagte Admiral Ting, der seine Freude nicht verbergen konnte. »Ich habe schon befürchtet, daß ich sterben müßte, ohne meine Flotte jemals im Einsatz erlebt zu haben. Auf in den Kampf gegen die Japaner! Ihr werdet Befehl erteilen, daß wir sofort in See stechen, Captain. Mit Kurs auf die japanische See!«

»Jawohl, Sir!« antwortete Robert voller Begeisterung. Auch er hatte seine Zweifel gehabt, ob er diese beiden prächtigen Schiffe je im Einsatz sehen würde.

»Ohne Munition können wir allerdings nicht kämpfen«, gab Commander von Hanneken zu bedenken. »Wir brauchen zusätzliche Kontingente für die Zwölfzoll-Geschütze.«

Der deutsche Commander war offiziell als Inspektor der chinesischen Küstenwache angestellt, verbrachte aber die meiste Zeit als Geschützführer auf den beiden Kriegsschiffen und klagte ständig über zu wenig Munition.

Robert konnte sich ein Grinsen nicht verkneifen. »Wir werden wohl erst dann mehr Munition bekommen, wenn wir welche verschossen haben.«

Er eilte davon, um das Schiff für den Ernstfall vorzubereiten. Aber als er auf Deck war, sah er eine Rauchsäule, die von der Küste aus näher kam. Er erkannte die Flagge des Vizekönigs der Provinz Chi-li, und er spürte, wie sich seine Bauchmuskeln verkrampften. Vielleicht war es nur eine letzte Inspektion, bevor sie aufbrachen, oder aber … Er ging zurück in die Kabine des Admirals, wo Ting in seine Karten vertieft war. »Der Vizekönig, Sir.«

Ting begleitete ihn auf die Brücke. Der diensthabende Lieutenant stellte bereits die Wache auf, und die Pfeife des Bootsmannes ertönte. Commander Mackintosh kam aus dem Maschinenraum und gesellte sich zu Robert, Admiral Ting und Commander von Hanneken. Die Männer hatten sich auf dem Achterdeck eingefunden, um Li Hung-chang zu empfangen, der jetzt langsam und zögernd an Bord kam. Li war sehr alt, und er hatte sich nie für Schiffe interessiert. »Exzellenz«, sagte Ting und verneigte sich. »Willkommen an Bord der *Ting Yuen*. Wir werden in Kürze auslaufen, wie uns befohlen wurde.«

Li nickte, dann sah er Robert an – den er schon als kleinen Jungen gekannt hatte – und schließlich voller Mißfallen die steile Treppe zur Brücke. Er stieg hinauf, gefolgt von den hohen Offizieren, und nahm in Tings Kabine Platz. Ting und

Robert standen erwartungsvoll vor ihm. Von Hanneken und Mackintosh, die in ihren blauen Uniformen und Kappen nicht so recht zu den farbenfroh gekleideten Chinesen paßten, warteten vor der Tür und waren gespannt, was dieser hohe Besuch zu bedeuten hatte. »Was ich jetzt sage, muß absolut vertraulich behandelt werden«, betonte der Vizekönig.

Roberts Bauchmuskeln verkrampften sich noch etwas mehr.

Ting war ebenfalls beunruhigt. »Ist unsere Order widerrufen worden?«

»Nein«, sagte Li. »Ich bin nicht hier, um Eure Order zu widerrufen, Admiral Ting. Aber ich bin gekommen, um sie …«, er zögerte, »zu erklären.«

Ting und Robert tauschten besorgte Blicke aus.

»Die Flotte wird wie vereinbart in See stechen«, fuhr Li fort. »Aber der Große Rat hat mit Zustimmung des Kaisers entschieden, daß die Marine sich ausschließlich defensiv verhalten soll. Eure Basis wird Port Arthur sein, und von dort aus werdet Ihr nicht nur die Liao-tung-Halbinsel, sondern den gesamten Golf von Chi-li gegen eventuelle Vorstöße des Feindes auf die Shantung-Halbinsel oder auch weiter südlich davon verteidigen. Habt Ihr das verstanden?«

»Aber … der Kriegsschauplatz befindet sich doch in Korea, Exzellenz«, protestierte Ting. »Die Japaner müssen ihre Truppen übers Meer transportieren. Wenn wir ihre Flotte in der Japanischen See besiegen, dann haben sie damit auch keinen Erfolg.«

»Der Große Rat macht sich über die japanischen Truppen in Korea keine Sorgen«, sagte Li. »General Yüan Schi-Kai wird genügend Truppen haben, um sie zu schlagen. Ihr seid dafür verantwortlich, die japanischen Flankenangriffe auf das chinesische Festland zu verhindern.«

Robert merkte, daß der alternde Staatsmann selbst nicht hinter dieser Entscheidung stand. »Mit Verlaub, Exzellenz«, sagte er vorsichtig. »Woher bezieht General Yüan seine Verstärkung?«

»Die Truppen kommen über den Landweg durch die Mandschurei. Sie sind bereits in Marsch gesetzt worden.«

»Aber, Exzellenz, wenn wir die japanische Flotte besiegen, dann könnten die Truppen in einem Bruchteil der Zeit übers Meer dorthin gebracht werden.«

»Und im Falle Eurer Niederlage, Captain Barrington?«

Robert sah Ting an. »Wir besitzen die zwei stärksten Schiffe in ganz Asien, Exzellenz«, protestierte Ting.

»Eine Seeschlacht ist schwer einzuschätzen«, entgegnete Li. »Ihr werdet Eurem Befehl Folge leisten, Admiral. Und noch etwas: Auch im Falle eines japanischen Angriffs werdet Ihr Euch weiterhin defensiv verhalten. Laßt sie näher herankommen, und verlaßt Euch auf die starken Geschütze, mit denen ihr die Japaner schon vernichten werdet. Eure Schiffe sind vielleicht stärker, aber ihre sind schneller. Laßt sie herankommen, Admiral.« Er stand auf. »Ich wünsche Euch viel Glück.«

Robert ging an Land, um sich von Chang Su zu verabschieden. Über die Jahre hatte sie einige Pfunde zugenommen und war jetzt ausgesprochen füllig. Die Hoffnung auf Kinder hatte sie schon lange aufgegeben, weil Robert nur noch selten mit ihr schlief. Aber das schien ihr nicht viel auszumachen. Sie konnte sogar Witze darüber machen. »Ihr habt die Tochter eines Eunuchen geheiratet«, sagte sie oft, »und jetzt ist sie selbst einer.«

Aber der Gedanke, daß ihr Mann in den Krieg zog, tat ihr in der Seele weh. »Ihr werdet sterben«, schluchzte sie und klammerte sich an ihn.

»Das ist nicht sehr wahrscheinlich«, sagte Robert. Er konnte nicht erklären, warum er das gesagt hatte, aber wenn die Flotte darauf warten mußte, bis die Japaner sie angriffen, dann würden sie wahrscheinlich überhaupt nicht kämpfen.

Am nächsten Tag brach die chinesische Flotte auf. Die zehn Kreuzer in der Größe zwischen eintausend und dreitausend Tonnen, mit altmodischen Geschützen, aber modernen Maschinengewehren bestückt, machten den Anfang. Nur zwei von ihnen, die *Ping Yuen* und die *Tsi Yuen* waren gepanzert, und die japanischen Geschütze würden sich gewiß auf die beiden Schlachtschiffe konzentrieren. Sie zu versenken, oder wenigstens außer Gefecht zu setzen, war für einen Sieg der Japaner eine entscheidende Vorbedingung. Den Kreuzern folgten die beiden Schlachtschiffe mit ihren vier riesigen Zwölf-Zoll-Geschütztürmen, die die Zuschauer mit respektvoller Ehrfurcht betrachteten. Eine große Menschenmenge hatte sich im Hafen versammelt, um der Flotte zum Abschied zuzujubeln.

»Oh, sind sie nicht prächtig?« Joanna stand mit Arthur und Viktoria auf der Veranda ihres Hauses und blickte durch die Bäume auf die chinesische Flotte, die gerade durch den Schwanz des Tigers kam.

Selbst Viktoria mußte zugeben, daß die Flotte beeindruckend aussah. Sie repräsentierte die Macht der Ch'ing. Und an Bord des Flaggschiffes war ihr eigener Bruder. Wie sie sich danach sehnte, ihn wiederzusehen. Nicht nur, weil sie ihn schon jahrelang nicht mehr gesehen hatte, sondern weil sie sich von ihm eine Lösung ihres Problems erhoffte. Er würde ihr gewiß raten können, was sie tun sollte.

Papas Brief, in dem er sie nach Schanghai zurückrief, war erst vor wenigen Tagen angekommen. Eine kleine Küstendschunke hatte ihn mitgebracht, und der Kapitän hatte ihnen von der Präsenz japanischer Kreuzer berichtet. Wie zuverlässig diese Nachricht war, konnte man nicht sagen, aber auch von den Aussichtspunkten der Festungen am Schwanz des Tigers kamen die Meldungen, daß japanische Kreuzer und Patrouillenboote gesichtet worden waren. Außerdem hieß es, daß ein chinesisches Geschwader auf eine Gruppe japanischer Schiffe gestoßen sei. Der Kreuzer *Kwang Yih* habe dabei schweren Schaden genommen und sei nur um ein Haar der völligen Vernichtung entronnen. Das alles bedeutete, daß Reisen im Augenblick gefährlich war. Auf dem Landweg über die Berge von Jehol zu reisen war in Viktorias Zustand erst recht ausgeschlossen – sie war jetzt im sechsten Monat und die Schwangerschaft deutlich zu sehen.

Auch Joanna war sich nicht sicher, was sie tun sollten. Sie

hatten seit ihrem Ausflug zur Landenge nicht wieder über die Zukunft gesprochen. Joanna war weiterhin sehr liebenswürdig, aber Viktoria wußte, daß ihre Tante sich große Sorgen machte und diese Verantwortung gerne abgegeben hätte. Aber auch sie hielt die Rückkehr nach Schanghai im Augenblick für zu riskant und wollte diese Angelegenheit deshalb mit ihrem Neffen besprechen. »Chan«, rief sie. »Bring den Wagen.«

Joanna kutschierte, Arthur und Viktoria saßen hinten. Es dauerte eine Weile, bis sie den Hafen erreicht hatten, da jeder in Port Arthur in die gleiche Richtung strebte. Alle wollten die großen Schiffe bei ihrer Einfahrt in den Hafen begrüßen. Das laute Rasseln der Ankerketten wurde noch übertönt von den Jubelrufen der Massen und den obligatorischen Feuerwerken. Auf den Festungen wurden Salutschüsse abgegeben, und die Schiffe antworteten. Der Lärm hallte von den Hügelketten wieder, und große Schwärme von Seevögeln hoben sich in die Lüfte und flatterten aufgeregt umher. Joanna klatschte vor Begeisterung in die Hände, als sie die Drachen und Phoenixflaggen an den Masten erblickte, und durch Onkel Arthurs Fernrohr betrachtete sie die hölzernen Verzierungen am Bug und die riesig aufragenden Geschütztürme.

Die Boote wurden herabgelassen, und die Mannschaft kam an Land. Robert war unter den ersten; Admiral Ting wußte natürlich, daß er Verwandte in Port Arthur hatte.

»Robert, mein geliebter Junge!« Joanna umarmte ihn. Dann schüttelte er Arthur die Hand, während Viktoria ihn bewundernd ansah. Er trug chinesische Kleidung, einen roten Mantel über einem blauen Kittel und gleichfarbigen Hosen, dazu rote Stiefel. Auch sein Hut war rot. Er sah den britischen Marineoffizieren, die ihr in Schanghai so oft ihre Aufwartung gemacht hatten, überhaupt nicht ähnlich. Aber er war über einen Meter achtzig groß und muskulös. Außerdem war er ihr Bruder – und er war Captain des größten Kriegsschiffes der chinesischen Flotte. Und da er in Diensten der Mandschus stand, war er ihr Feind. Aber das durfte er nicht wissen. Noch nicht.

Jetzt kam er auf sie zu. In seinem Gesicht mischten sich auf eigenartige Weise Freude und Trauer; sie war immer seine Lieblingsschwester gewesen. »Vicky!«

Sie fiel ihm in die Arme. »Es ist schön, dich zu sehen.«

»Ich freue mich auch ganz schrecklich ... und wie gut du aussiehst!« Fasziniert starrte er ihren Bauch an, als er einen Schritt zurücktrat.

»Wir müssen reden«, sagte sie.

»Kannst du zum Essen mit uns kommen?« fragte Joanna.

»Ja, ich freue mich schon darauf. Aber ihr werdet mich noch häufiger sehen, als euch lieb ist. Port Arthur ist nämlich für die nächsten Wochen unser Stützpunkt, bis die Japaner besiegt sind.«

»Werden wir sie besiegen, Robert?« fragte Joanna.

»Aber natürlich, Tante Joanna«, versicherte er ihr.

Viktoria zeigte Robert den Brief ihres Vaters, und er las ihn mit gerunzelter Stirn. »Ich verstehe natürlich, daß sich Vater Sorgen macht«, sagte er. »Aber ich gebe dir recht. Es ist im Moment viel zu gefährlich, sich auf den Weg nach Schanghai zu machen. Da draußen sind wirklich japanische Kreuzer, und wie wir bei der *Kowshing* gesehen haben, machen sie auch vor Handelsschiffen nicht halt.«

»Diese armen Männer«, sagte Joanna. »Fischer haben mir berichtet, zahllose Leichen würden im Meer umhertreiben. Und die Haie ...«

»Ja, das war zweifellos ein barbarischer Akt, so ganz ohne jede formelle Kriegserklärung.«

»Papa scheint damit zu rechnen, daß es hier auf der Halbinsel zu Kämpfen kommen könnte«, sagte Viktoria.

»Ich will nicht ausschließen, daß ihr hin und wieder Kanonendonner hören werdet«, gab Robert zu. »Die Japaner werden wahrscheinlich eine Demonstration veranstalten. Aber deswegen sind wir hier, um die Liao-tung-Halbinsel und den gesamten Golf von Chi-li zu verteidigen. Vor dem Kanonendonner wirst du dich doch nicht fürchten, oder?«

»Nein, natürlich nicht. Also, wenn es dir recht ist, Tante Jo, dann bleiben wir bei unserem ursprünglichen Plan.«

»Natürlich, mein Schatz«, stimmte Joanna zu. »Aber ich glaube, Robert und du, ihr solltet miteinander reden.«

Nach dem Abendessen ging Joanna mit Arthur eine Runde durch den Garten, damit die jungen Leute unter sich sein konnten. »Nimm dir noch ein wenig Port«, sagte sie zu Robert, als sie sich auf den Weg machten.

Robert tat es. »Vater hat mir geschrieben«, sagte er. »Und die Situation erklärt. Ich weiß, es ist nicht leicht.« Er setzte sich neben seine Schwester. »Wenn ich ein Mädchen schwängere, dann gibt man mir einen Klaps auf den Kopf und sagt: ›Du ungezogener Junge‹ … aber insgeheim sind alle stolz auf mich. Du wirst schwanger, und es gibt ein Riesentheater. Aber es ist schade, daß du diesen Mann nicht heiraten willst. Oder vielleicht nicht kannst?«

»Beides trifft zu.«

»Möchtest du mir nicht erzählen, warum?«

»Ich würde nichts lieber tun als das, Bobbie. Aber wenn ich es tue, dann fühlst du dich verpflichtet, dem Mann nachzustellen oder es Papa zu erzählen. Das kann ich nicht zulassen.«

»Und du findest nicht, daß dieser Mann dich eigentlich ziemlich schäbig behandelt hat?«

»Nein.«

»Nun … dann gibt es dazu wohl nichts weiter zu sagen. Worüber wolltest du denn dann mit mir reden?«

Er wurde immer feindseliger. Es wäre ohnehin Wahnsinn gewesen, ihm die Wahrheit zu erzählen. Aber trotzdem brauchte sie dringend seine Hilfe. Sie mußte ihm also auf jeden Fall wenigstens die halbe Wahrheit erzählen. »Ich brauche deine Hilfe«, sagte sie.

»Wie soll ich dir helfen, Vicky, wenn du nicht offen zu mir bist?«

Vicky holte tief Luft. »Der Vater meines Kindes ist ein Chinese, Bobbie.« Er starrte sie mehrere Sekunden lang an, dann stand er auf und füllte sein Glas. »Vielleicht sollte ich auch einen trinken«, sagte Viktoria.

»Wirklich?«

»Ein Glas Port wird dem Baby gewiß nicht schaden.«

Er goß ihr ein Glas ein und reichte es seiner Schwester. »Jetzt mußt du mir aber seinen Namen nennen.« Er setzte sich wieder neben sie.

»Sein Name tut nichts zur Sache. Es ist niemand, den du kennst oder jemals kennenlernen wirst.« Hoffentlich, dachte sie.

»Du meinst ... es ist irgendein dahergelaufener Chinese ... oder ist er ein Mandschu?«

»Nein. Er ist Chinese. Und dahergelaufen ...« Sie zuckte die Achseln. »Vielleicht hätte ich mich beherrschen sollen. Aber das ändert nun auch nichts. Als es geschah, habe ich aus eigenem Entschluß gehandelt. Du kannst mich für meine Schamlosigkeit schelten, wenn du willst. Aber mir geht es um mein Kind.«

»Wissen es Mutter und Vater?«

»Natürlich nicht. Aber ich dachte, du –«

»Ach, ich bin nicht schockiert, daß du mit einem Chinesen geschlafen hast, Vicky. Aber du machst dir dein Leben verdammt schwer, wenn du das Kind wirklich selbst aufziehen willst. Mutter und Vater werden nie wieder mit dir sprechen. Du wirst aus der europäischen Gemeinde ausgestoßen werden ...«

»Robert ...« Sie nahm einen Schluck von ihrem Port, aber ihre Hände zitterten so, daß sie das Glas mit beiden Händen halten mußte. »Würdest du das Baby zu dir nehmen?«

Robert runzelte die Stirn.

»Du hast doch kein eigenes Kind. Du könntest es adoptieren. Du bist mit einer Chinesin verheiratet. Niemand wird daran Anstoß nehmen, wenn du ein chinesisches Kind adoptierst.«

Robert trank sein Glas aus. »Es hätte sogar das Blut der Barringtons in seinen Adern«, drängte Viktoria.

»Und wessen Blut sonst noch? Ich glaube, ich habe ein Recht darauf, es zu erfahren, wenn ich das Kind als mein eigenes annehme.«

Viktoria zögerte. Aber es war der einzige Ausweg.

Robert hörte ihr schweigend zu. Dann stand er auf und goß beide Gläser voll. »Ich sollte dich verhaften.«

»Ich habe nichts Unrechtes getan.«

»Du bist einer Triade beigetreten, Vicky. Einer illegalen Organisation. Und du hast einen illegalen Eid geschworen.«

»Dann verhafte mich doch.«

»Wünschst du dir wirklich den Untergang der Ch'ing? Es wird auch der Untergang des Hauses Barrington sein, wie du weißt. Und meiner. Ich habe einen Eid geschworen, die Dynastie bis in den Tod zu verteidigen.«

»So weit muß es vielleicht gar nicht kommen. Wenn Dr. Sun genügend Unterstützung hat, dann kann er die Abdankung des Kaisers erzwingen.«

»Das wäre möglich. Aber er könnte niemals die Kaiserinwitwe dazu bringen.«

»Aber T'se-hi regiert doch gar nicht mehr. Sie hat keine beherrschende Position inne.«

»An T'se-his Stellung hat sich überhaupt nichts geändert. Wer das nicht begreift, macht einen großen Fehler.«

»Was willst du tun?«

Er seufzte und trank sein Glas aus. »Vergessen, was du mir erzählt hast, nehme ich an. Aber ist dir klar, daß dieser Tang und sein Führer höchstwahrscheinlich früher oder später gefangen und hingerichtet werden?«

»Ich weiß, daß das Risiko besteht.«

»Und wenn dein Name herauskommt ... nun, das mindeste wird sein, daß wir alle in Ungnade fallen und China verlassen müssen.«

»Niemand wird mich verraten, Bobbie. Das war der Sinn des Eides, den wir alle geschworen haben.«

»Oh, Vicky, wie naiv du sein kannst! Hast du sie nicht gerade selbst alle verraten, als du es mir erzählt hast?«

Viktoria öffnete den Mund und schloß ihn wieder. »Ich wußte doch, daß ich dir vertrauen kann.«

»Trotzdem hast du deinen Eid gebrochen. Und wie viele Mitglieder der Triade haben einen Bruder oder eine Schwester, eine Ehefrau oder einen Liebhaber, denen sie *ganz sicher* vertrauen können?«

»Wirst du das Kind nehmen?« Viktoria wollte nicht über die Worte ihres Bruders nachdenken – sie waren zu unerfreulich.

Robert zuckte die Achseln. »Ja. Ich werde dein Kind nehmen, wenn du das möchtest.«

Sie umarmte und küßte ihn vor Erleichterung. Jetzt konnte sie der Geburt voller Zuversicht entgegensehen.

Viktoria war froh, daß sie ihrem Bruder alles erzählt und einen Vertrauten gewonnen hatte. Aber sie weigerte sich beharrlich, über die Konsequenzen nachzudenken, falls ein Mitglied der Triade sie verraten würde. Auch mit der Tatsache, daß sie so leichtfertig ihren heiligen Eid gebrochen hatte, wollte sie sich nicht auseinandersetzen. Dadurch hatte sie ihren eigenen Tod herausgefordert. Aber sie hatte ihre Mitstreiter ja nicht wirklich verraten. Sie *wußte*, daß sie Robert vertrauen konnte.

Joanna blieb nicht verborgen, daß Viktoria und Robert zumindest einen Teil des Problems gelöst haben mußten, denn Viktoria war plötzlich wesentlich gelöster. Aber Joanna mußte ihre Anteilnahme beschränken, denn sie hatte genug eigene Probleme, und mit ihr jeder im nördlichen China. Die chinesische Strategie der Defensive erwies sich nämlich schon sehr bald als vollkommen verfehlt. Die Japaner landeten mit einer riesigen Armee in Korea und kontrollierten in kürzester Zeit das ganze Land, ohne auf nennenswerten Widerstand zu stoßen. General Yüan Schi-Kai, dem nur wenige Männer zur Verfügung standen, tat sein Bestes, aber Anfang September marschierte der Feind in mehreren Abteilungen auf die strategisch wichtige Stadt Ping-Yang zu. Von dort aus hatte man die Kontrolle über den Fluß Yalu, den Grenzfluß zwischen Korea und der Mandschurei. Jeder wußte, daß Korea verloren war, wenn Ping-Yang fiel. Viel zu spät erkannte die chinesische Regierung ihren Fehler. Jetzt mußte so schnell wie möglich Verstärkung nach Ping-Yang geschafft werden, und das ging nur per Schiff. Daher erhielt die Flotte in Port Arthur Befehl, an der Mündung des Yalu Position zu beziehen und die Truppentransporte zu sichern. Niemand bezweifelte, daß die Japaner Truppentransporte in die belagerte Stadt nach Möglichkeit verhindern würden, und die Aussicht auf eine Seeschlacht wurde immer wahrscheinlicher.

Über Monate hinweg hatte sich die Flotte in Port Arthur auf diesen Tag vorbereitet. Von Hanneken machte sich noch immer Sorgen über die Munition. »Wir brauchen mindestens einhundert Schuß pro Geschütz«, jammerte er. »Und wir haben bloß vierzig.«

»Also einhundertsechzig für das ganze Schiff«, meinte Robert. »Und die *Chen Yuen* verfügt über die gleiche Menge. Folglich haben wir dreihundertzwanzig Geschosse, um die gesamte japanische Flotte zu vernichten.«

»Es wird nicht so leicht sein, wie Ihr glaubt«, schimpfte der Deutsche.

Aber es gab keine Möglichkeit, daran noch etwas zu ändern, seit sie in Port Arthur waren. Jetzt, wo sie Befehl erhalten hatten, den Feind zu stellen, durften sie sich nicht von einer vermeintlichen Munitionsknappheit ablenken lassen. Robert konzentrierte sich auf wesentlichere Dinge. Bei der Zerstörung der *Kwang Yih* hatte sich gezeigt, daß die dünnen Stahlmäntel, die die Geschütze umgaben, nicht nur nutzlos, sondern gefährlich waren. Die Japaner hatten sie einfach in Stücke geschossen, und die Wirkung der Splitter war verheerend gewesen. Daher ließ Robert sie von den restlichen Schiffen entfernen und statt dessen Barrikaden aus vollen Kohlensäcken errichten, die einen Schuß seiner Meinung nach aufhalten würden. Außerdem ordnete er an, alle Beiboote bis auf eines pro Schiff an Land zu bringen. »Es wird kein Kommando zum Verlassen des Schiffs geben«, sagte er seinen Offizieren. Er hatte auch Schläuche anbringen lassen, um die Decks vor einem Kampf zu wässern; Eimer mit Sand standen ebenfalls zum Löschen bereit.

»Es ist wahrscheinlich eine gute Idee, wenn wir die ganzen lackierten Holzverzierungen am Bug abnehmen lassen. Sie werden brennen wie Pechfackeln.«

»Das kann keinen ernsthaften Schaden anrichten«, widersprach der Admiral. »Und es würde die Moral der Mannschaft schwächen, wenn man sie abnehmen läßt.« Also blieben die Verzierungen.

Ting konzentrierte sich darauf, seine Leute in die richtige Stimmung zu bringen. »Wir werden keine Gnade gewähren«, verkündete er in einem Rundschreiben an die Flotte. »Selbst wenn der Feind die weiße Fahne hissen sollte, werden wir weiter schießen, bis wir die Japaner versenkt haben.«

Robert wollte gegen eine derart brutale Gesinnung Einspruch erheben, entschied sich aber schließlich dagegen.

Am Samstag, dem 15. September 1894, stachen die zwölf Schiffe der chinesischen Flotte unter den Jubelrufen der gesamten Bevölkerung Port Arthurs in See. Mehrere Kanonenboote und sechs Torpedoboote begleiteten sie. In der Bucht von Ta-lien-wan, direkt nördlich von Port Arthur, trafen sie sich mit sechs Transportschiffen, die viereinhalbtausend Mann und achtzig Feldgeschütze an Bord hatten. Außerdem gab es noch ein Geschwader Kohlenschiffe, und den nächsten Morgen verbrachte man mit dem Verladen der Kohle, damit jedes der Schiffe über genügend Brennstoff verfügte.

Am Sonntag abend stachen sie erneut in See, und am darauffolgenden Tag erreichten sie die Mündung des Yalu. Die Transportschiffe begannen sofort mit dem Entladen, während Ting seine Schiffe vor der Mündung vor Anker gehen ließ. In der Mitte lagen die beiden Schlachtschiffe, die Kreuzer und kleineren Schiffe zu beiden Seiten. Befehle für Geschützübungen wurden erteilt, und als die Mannschaften gerade zum Abendessen gerufen worden waren, kam von mehreren Aussichtstürmen gleichzeitig die Nachricht, daß man im Südosten erhebliches Rauchaufkommen gesichtet hatte.

Ting und Robert nahmen ihre Fernrohre zur Hand, aber im Augenblick konnte man außer Rauch nichts weiter erkennen. Der allerdings vermehrte sich von Minute zu Minute. »Es müssen feindliche Schiffe sein, Sir«, sagte Robert.

»Das glaube ich auch. Erteilt den Befehl, Captain. Die Flotte soll Anker lichten und in See stechen. Alle sollen die Kriegsflagge hissen.«

»Und die Formation, Sir? In Linie?«

»Nein, nein. Unser Befehl lautet, daß wir den Feind herankommen lassen sollen. Also werden wir unsere jetzige Formation beibehalten und ihnen langsam Bug an Bug entgegenfahren. Sechs Knoten sollten reichen.«

Robert hätte gern widersprochen; die einzige Flotte, die

jemals Bug an Bug vorgerückt war, war die spanische Armada gewesen, und der war es nicht gerade gut ergangen. Aber er wußte, daß es ganz gleich war, in welcher Formation sie sich den Japanern näherten, wenn sie sie nur in die Reichweite ihrer Geschütze bekamen.

Die Anker wurden gelichtet, und die Schiffe stachen in See. Kurz nach Mittag kamen die japanischen Schiffe in Sicht. Sie fuhren in Linie und boten in der strahlenden Mittagssonne einen imposanten Anblick; jedes Schiff war weiß angestrichen und trug die goldene Chrysantheme von Japan am Bug. Von den Masten flatterte die rote Sonne im Wind. Robert sah auf seine Uhr und schickte einen Lieutenant auf den Mast, um die Entfernung mit dem Sextanten messen zu lassen. Von Hanneken war bei der Mannschaft im vorderen Geschützturm und gab letzte Anweisungen. Ting ging auf der Brücke auf und ab.

Die See war ruhig und der Himmel klar. Es war ein wunderschöner Septembertag, als sich die insgesamt zweiundzwanzig Schiffe zur ersten Seeschlacht gepanzerter Dampfschiffe gegenüberstanden. Die Chinesen fuhren langsam und versuchten die Linie einzuhalten, aber unweigerlich fielen die äußeren Schiffe zurück, so daß sie, wie damals bei der Armada, einen ungünstigen Bogen bildeten. Wenigstens an Bord der *Ting Yuen* schien alles ruhig zu sein; das Flaggschiff und sein Partnerschiff waren so groß, daß die Mannschaft der Schlacht voller Zuversicht entgegensah.

»Sechstausend Meter«, rief der Lieutenant vom Kommandoturm hinunter zur Brücke. »Fünftausendsechshundert. Fünftausendvierhundert ...«

»Teilt Commander von Hanneken mit, daß er das Feuer eröffnen kann, Captain Barrington«, sagte Ting, und mit der unersättlichen Neugier des Chinesen stieg er selbst die Treppe hinunter, um sich die Bedienung der Geschütze aus nächster Nähe anzusehen. Robert gab den Befehl weiter, und einen Augenblick später explodierte das vordere Geschütz unter lautem Krachen. Rauch und Flammen stiegen zum Himmel, und das gesamte Schiff erschauerte, als die 850 Pfund schwere Kugel davonschoß. Robert machte eine Eintragung ins Logbuch. Es war zehn Minuten vor eins, und die Schlacht am Yalu-Fluß hatte begonnen.

Der erste Schuß war zu kurz und schlug ganz knapp vor dem japanischen Kreuzer ins Wasser ein. Eine riesige weiße Fontäne stieg in den Himmel. Jetzt eröffnete auch die *Chen Yuen* das Feuer und ebenso die Kreuzer, aber die Entfernung überstieg die Reichweite der leichteren Geschütze. Die Japaner erwiderten das Feuer nicht, aber sie kamen weiterhin mit Volldampf auf sie zu. Roberts Signal-Lieutenant war damit beschäftigt, die einzelnen Schiffe zu identifizieren und die Namen und Eigenschaften seinem Vorgesetzten mitzuteilen. »Das Leitschiff ist die *Yoshino*, viertausend Tonnen. Sie schafft dreiundzwanzig Knoten und ist damit schneller als unsere Schiffe. Dann *Takachico* und *Naniwa Kan* Schwesterschiffe, jedes dreieinhalbtausend Tonnen; die *Naniwa Kan* hat die *Kowshing* versenkt. Als nächstes die *Akitshushima*, dreitausend Tonnen; sie ist mit einem französischen 13-Zoll-Geschütz ausgerüstet. Dann das Flaggschiff, *Matsushima*, und zwei Schwestern, *Itsukushima* und *Hasidate*, jedes über viertausend Tonnen. Sie verfügen ebenfalls über die französischen Geschütze, die übrigens mit starken Panzerplatten versehen sind.« Das waren ihre gefährlichsten Gegner, aber man mußte außerdem berücksichtigen, daß die japanischen Kreuzer durchweg größer waren als die chinesischen. Die Schlachtschiffe, die den Japanern fehlten, würden den Kampf entscheiden und eine unvorhersehbare Katastrophe abwenden.

Robert sah, daß die *Yoshino* ihren Kurs änderte, als sie sich bis auf knappe dreitausend Meter genähert hatte, um schräg an der chinesischen Linie vorüberzufahren. Die anderen japanischen Schiffe taten das gleiche und eröffneten augenblicklich das Feuer. Sofort verwandelte sich die See in eine schäumende und spritzende weiße Masse. Die Kanonen dröhnten. Robert war betroffen angesichts der Treffgenauigkeit der japanischen Kanonen und der Geschwindigkeit ihrer Geschosse. Wenn auch die ersten Schüsse zu kurz ausfielen und ihre Schiffe nur unter Wasserfontänen begruben, so hatten sie die richtige Reichweite bald heraus. Außerdem waren sich die beiden Flotten jetzt so nahe gekommen, daß auch die kleineren Geschütze und die vielen Maschinengewehre zum Einsatz kamen. »Ein Treffer!« rief Ting, als Flammen und Rauch vom Vorderdeck der *Yoshino* aufstiegen. Doch das Leitschiff der Japaner änderte weder seine Geschwindigkeit noch die Schußfrequenz. Kurz danach rief jemand von vorn: »Der Admiral ist verletzt!«

Krank vor Sorge stieg Robert zum Hauptdeck hinunter. Er konnte am Schiff selbst keine Beschädigung entdecken, aber Ting lag bewußtlos auf den Planken. Er blutete aus der Nase, und von Hanneken stand über ihn gebeugt. »Was ist passiert?« rief Robert.

»Er hat zu nahe bei dem Geschütz gestanden, als wir gefeuert haben. Der Rückstoß hat ihn umgeworfen«, antwortete von Hanneken.

Robert beugte sich jetzt ebenfalls über den Bewußtlosen. Ting lebte noch und litt wahrscheinlich mehr unter dem Schock als an einer Verletzung. Robert rief zwei Männer herbei. »Bringt den Admiral in seine Kabine und bleibt bei ihm«, sagte er. Dann sah er von Hanneken an.

»Ihr müßt das Kommando übernehmen«, sagte der Deutsche. »Es gibt sonst niemanden.«

»Was ist mit McGiffen?« Das war der Kapitän der *Chen Yuen.*

»Ihr seid Chinese«, sagte von Hanneken. »Ganz gleich, welche Farbe Eure Haut hat. McGiffen ist Schotte. Es ist Eure Pflicht, Barrington.«

Ich bin erst dreißig Jahre alt, dachte Robert voller Verzweiflung. Und ich habe bis heute noch nie an einer Seeschlacht teilgenommen. Aber dann fiel ihm ein, daß es Ting und den übrigen auch nicht anders erging. Er richtete sich auf.

Von Hanneken grinste und salutierte. »Wie lauten Ihre Befehle, Admiral?«

»Kurs und Geschwindigkeit halten und nicht aufhören zu feuern.«

Robert lief zurück zur Brücke. Jetzt erzielten auch die Japaner Treffer. Die *Ting Yuen* stand unter schwerstem Beschuß, und wie Robert befürchtet hatte, hatten die lackierten Holzverzierungen am Bug Feuer gefangen. In regelmäßigen Abständen hörte man den dumpfen Aufprall der Kugeln auf den Panzerplatten, die die Aufbauten schützten. Erstaunlicherweise schienen sie den japanischen Geschossen standzuhalten.

Andererseits konnte Robert ausrechnen, daß die Japaner zwölf Schüsse für einen chinesischen abfeuerten, und sie behielten diese enorme Schußfrequenz auch bei, als sie um den rechten Flügel der chinesischen Flotte herumsteuerten und diese von hinten angriffen, womit sie sich zwischen die Chinesen, das Festland und die Transporte geschoben hatten.

Von Hanneken kam auf die Brücke gehetzt, um neue Befehle einzuholen. Aber Robert wußte, daß sie unmöglich die gesamte Flotte wenden konnten, ohne Chaos zu verursachen. »Benutzen Sie die Geschütze im Heck, Commander«, sagte er.

Von Hanneken lief zum Achterdeck, während Robert einen Matrosen mit einer Bestandsaufnahme beauftragte. Dann ging er selbst hinaus, um sich die Situation anzusehen. Die Aufbauten der *Tin Yuen* waren an einigen Stellen verbeult, aber sonst unbeschädigt, und die Kohlensäcke um die schweren Geschütze herum schienen sich bewährt zu haben, auch wenn eine ganze Reihe davon geplatzt war und die Kohlen auf dem Deck verstreut lagen. Dort, wo es keine Panzerung gab, hatten die Schnellfeuerwaffen der Japaner das dünne Stahlblech in Fetzen geschossen. Es gab zahlreiche Verwundete, und die dicken Rauchwolken des brennenden Holzwerks am Bug nahmen ihnen die Sicht.

Robert erkannte, daß die *Chen Yuen* sich in einem ähnlichen Zustand befand. Die kleineren Schiffe hatten natürlich mehr gelitten, aber auch sie waren noch gefechtsbereit. Roberts Hoffnungen waren unter dem heftigen Beschuß der Japaner erheblich geschwunden, doch jetzt gewann er wieder Zuversicht. Die Japaner hatten die Chinesen aus allen Rohren beschossen und trotzdem keines ihrer Schiffe versenken oder auch nur ernsthaft beschädigen können, während ihre eigenen Schiffe brannten. Es schien sich abzuzeichnen, daß sich die schwere Panzerung der chinesischen Schiffe am Ende auszahlen und die Schlacht entscheiden würde.

Aber dann hörte er Commander Sung, seinen Ersten Offizier, verärgert rufen. Er lief zu ihm und sah jetzt ebenfalls, wie das äußere linke Schiff, die *Tsi Yuen*, einer der gepanzerten Kreuzer, Fahrt aufnahm und die Linie mit südlichem Kurs verließ. Im gleichen Augenblick erschien Admiral Ting, der seinen Unfall gut überstanden zu haben schien, auf der Brücke. Er tobte vor Wut, als er sah, was geschah. »Dieser Hundesohn!« brüllte er. »Dieser feige Hundesohn! Den werde ich einen Kopf kürzer machen, Barrington. Das könnt Ihr mir glauben, der kommt mir nicht davon!«

Robert schluckte, denn jetzt nahm auch das Schiff neben der *Tsi Yuen*, die *Kwang Chia*, Fahrt auf und stahl sich davon. »Wir haben zwei Schiffe verloren«, sagte von Hanneken keuchend, als er die Brücke erreicht hatte.

»Diese Feiglinge werden dafür bezahlen«, versprach Ting.

Von Hanneken schüttelte den Kopf. »Ich meine die Schiffe dort drüben.«

Sie blickten angestrengt durch den dichten Rauch auf die äußere rechte Seite, wo der Druck der Japaner am stärksten gewesen war, als sie das chinesische Geschwader umrundet hatten. Auf der *Chao Yung* und der *Yang Wei* loderten die Flammen empor. Sie schienen vom Bug bis zum Heck Feuer gefangen zu haben und fielen jetzt auch zurück. »Wir haben noch immer sechs Schiffe«, meinte Ting. »Weiter feuern.«

Es war inzwischen später Nachmittag, und einige der japanischen Schiffe waren ebenfalls schwer beschädigt. Robert fühlte sich erleichtert, daß Ting wieder das Kommando übernommen hatte, und er glaubte fest daran, daß die Entscheidung der Schlacht noch nicht gefallen war. Aber die nächste Katastrophe stand kurz bevor, denn der chinesische Kreuzer *Chi Yuen* wurde direkt an der Wasserlinie von einem 13-Zoll-Geschoß getroffen, neigte sich zur Seite und verschwand. Die Männer auf der Brücke der *Ting Yuen* sahen voller Entsetzen, wie das zweitausend Tonnen schwere Schiff versank. Auf beiden Seiten ließ das Feuer nach.

»Weiter feuern«, rief Ting. »Weiter feuern! Wo ist von Hanneken?«

Während er noch sprach, kam der Deutsche durch den dichten Rauch auf sie zu.

»Ihr seid verletzt«, sagte Robert.

Blut strömte aus einer Wunde am rechen Arm des Deutschen, und sein Rock war zerrissen. »Das ist nur ein Kratzer. Viel schlimmer ist, daß wir keine Munition mehr für die 12-Zoll-Geschütze haben.«

Robert und Ting starrten ihn fassungslos an.

»Ich habe Euch gesagt, daß so etwas passieren würde«, sagte von Hanneken. »Wir sind schlecht ausgerüstet worden. Jetzt müssen wir zusehen, wie sie uns in Stücke schießen.«

Ting lief hinaus, um sich die Situation aus der Nähe anzusehen. Die Japaner kamen jetzt um den linken Flügel der geschwächten chinesischen Linie herum und schlossen damit den Kreis. Sie feuerten noch immer mit unverminderter Stärke. »Die *Chen Yuen* hat noch Munition«, rief der Admiral. »Der brave McGiffen.«

Aber noch während er sprach, versiegte das Feuer aus den großen Geschützen der *Chen Yuen* ebenfalls. »Wir sind verloren«, meinte Ting und ging mit sorgenvollem Gesicht wieder hinein.

»Nur ein Wunder kann uns jetzt noch retten«, stimmte von Hanneken zu.

Robert ging hinunter zum Hauptdeck, um den Feuerbefehl für die Torpedos zu erteilen. Keines der japanischen Schiffe war bisher versenkt worden. Wenn er nur einen Treffer erzielen konnte … Als die tödlichen Geschosse das Wasser durchpflügten, wurde ihm klar, daß gerade ein Wunder geschah. Nachdem sie die chinesische Flotte vollständig umzingelt, sie auf die Hälfte ihrer Kraft reduziert und ihre Hauptgeschütze zum Schweigen gebracht hatten, zogen die Japaner ab und fuhren mit Volldampf in südöstlicher Richtung davon.

Das Feuer wurde eingestellt, und die Chinesen sahen sich erstaunt an.

Robert kehrte zurück zur Brücke. »Wie lauten Ihre Befehle, Admiral?«

Ting zupfte an seinem Schnurrbart; er war genauso verwirrt wie alle an Bord. »Wir werden nach Wei-hai-wei zurückkehren«, sagte er, »um die Verwundeten an Land zu bringen und unsere Vorräte aufzufüllen. Und um mit diesen Feiglingen abzurechnen, die geflohen sind.«

In der Nacht erreichte die *Tsi Yuen* Port Arthur. Sie hatte einen schweren Treffer abbekommen, und ihr Achterdeck war zertrümmert, aber sie war keineswegs seeuntüchtig. »Die Schlacht ist verloren«, rief Kapitän Sen der Menge zu, die sich im Hafen versammelt hatte. »Unsere Flotte ist vernichtet.«

Die Neuigkeiten verbreiteten sich wie ein Lauffeuer in Port Arthur. Obwohl es schon spät war, fuhren Viktoria und Joanna in die Stadt, um die Namen der Gefallenen in Erfahrung zu bringen. Beide waren krank vor Sorge. Aber als sie im Hafen ankamen, war der Kreuzer schon wieder fort, und an seiner Stelle hatte ein Torpedoboot angelegt, dessen Besatzung nun von einem Sieg sprach. »Die Japaner haben sich ungeordnet zurückgezogen«, verkündete der Kapitän stolz. »Admiral Ting ist der Herr des Golfs von Chi-li.«

»Hat es viele Opfer gegeben?« fragte Viktoria. »Wie ist es dem Flaggschiff ergangen?

»Es ist oft getroffen worden, Miss Barrington. Sehr oft. Ich weiß nicht, wie viele Opfer es gegeben hat. Aber es müssen viele gewesen sein.«

Damit endete ihre kurze Euphorie. Sie schliefen kaum, und am nächsten Morgen rief Joanna Viktoria auf die Veranda herunter, um ihr die Flotte zu zeigen, oder was davon übrig war: Fünf Schiffe fuhren in südlicher Richtung einige Meilen vor der Küste dahin. Die Schlachtschiffe waren leicht zu erkennen, aber selbst durchs Fernrohr konnte man nur schlecht ausmachen, wie groß der Schaden war. »Warum kommen sie nicht hierher?« fragte Viktoria. »Sie sollten uns doch beschützen, oder nicht?«

Noch nie hatte sie sich so verlassen gefühlt. Es ging um mehr als einen drohenden japanischen Angriff auf Port

Arthur. Roberts Schiff fuhr davon, und sie wußte nicht einmal, ob er noch lebte.

Aber die Japaner waren das vorrangige Problem. Die Schlacht um Ping-Yang hatte bereits stattgefunden, bevor die beiden Flotten an der Mündung des Yalu aufeinandergetroffen waren. Jetzt meldeten sie Ansprüche auf ganz Korea an, und nur einen Monat nach der Seeschlacht landete Marschall Oyamas zweite Armee nördlich von Port Arthur.

»Der November ist ein sehr regenreicher Monat«, sagte Joanna, die neben Viktoria auf der Veranda saß und in den strömenden Regen hinaussah. Da es nicht windig war, blieb die Veranda trocken, aber die Feuchtigkeit kroch überall hinein. Und immer ertönte dieses Donnern im Hintergrund. Es waren die japanischen Geschütze, die die Landenge beschossen.

Joanna war jetzt im achten Monat und konnte sich nur noch langsam und unter Schmerzen bewegen. Aber am schlimmsten war die totale Isolation, in der die ungefähr zehntausend Einwohner von Port Arthur nun leben mußten. Seit das letzte Kanonenboot den Hafen am 19. September verlassen hatte, war jede Kommunikation mit dem restlichen China unterbrochen. Die japanische Flotte war nach dem unerklärlichen Rückzug, der es Ting ermöglicht hatte, seine angeschlagenen Schiffe nach Wei-hai-wei in Sicherheit zu bringen, vor dem Schwanz des Tigers nun ständig präsent. In Wirklichkeit beherrschten sie, und nicht die Chinesen, den gesamten Golf von Chi-li. Manchmal kamen sie sogar nahe genug heran, um den Hafen unter Beschuß zu nehmen; offensichtlich hatten sie Befehl, die Stadt selbst zu verschonen. Die Kanonen der Festungen am Schwanz des Tigers antworteten selten. Das hing einerseits mit dem eklatanten Mangel an Munition zusammen, andererseits – und das erkannte Viktoria durchaus –, mit der allgemeinen Niedergeschlagenheit.

Denn auch im Norden war die Stadt abgeschnitten. Die japanischen Truppen hatten jenseits der Landenge Position bezogen und warteten auf den Einsatzbefehl, während ihre

Geschütze unentwegt Feuer spuckten. Natürlich tröstete man sich auch weiterhin auf allen Ebenen mit dem Gedanken, daß Port Arthur uneinnehmbar war. Aber glaubte wirklich noch jemand daran? Wo sie sogar die eigene Marine im Stich gelassen hatte?

Arthur Jenkins kam von einem Besuch in der Stadt zurück. Joanna und Arthur mußten jeden Tag in die Stadt, da die Vorräte zur Neige gingen. Heute sah Arthur besorgt aus. »Überall in der Stadt taucht dieses Flugblatt auf«, sagte er. »Es ist von Marschall Oyama unterschrieben. Er fordert die Kapitulation Port Arthurs.«

»Flugblätter?« wunderte sich Joanna. »Wie sind denn die dorthin gekommen?«

»Das weiß niemand. Es ist eine Panik entstanden, weil man glaubt, daß japanische Agenten in der Stadt sind. Aber wesentlich beunruhigender ist der Inhalt dieser Schriftstücke. Die Japaner behaupten darin, daß wir uns keine Hoffnung auf Verstärkung zu machen bräuchten, da sowohl die chinesische Armee als auch die Marine vollständig geschlagen wären. Sie sagen, daß uns nichts geschieht, wenn wir kapitulieren, und daß sie privates Eigentum respektieren werden. Sollten wir der Aufforderung nicht Folge leisten, drohen sie damit, die Stadt zu plündern.«

Viktoria hörte, wie ihre Tante nach Luft rang. Joanna hatte schon einmal die Eroberung einer Stadt miterlebt, als Wuhu an die T'ai-P'ing gefallen war. Aber das war über dreißig Jahre her, und sie war damals nicht älter gewesen als Viktoria jetzt. »Was hat der Gouverneur geantwortet?« fragte Joanna leise.

»Daß wir die Stadt bis zum bitteren Ende verteidigen werden«, erwiderte Arthur. »Der arme Kerl! Wenn er weiter Widerstand leistet, werden ihn die Japaner umbringen. Falls er sich ergibt und nach Peking zurückgeschickt wird, werden ihn die Ch'ing hinrichten lassen. Er hat wirklich keine Wahl.« Er setzte sich neben seine Frau und nahm ihre Hand. »Das sind zivilisierte Menschen, von denen wir hier sprechen, Jo. Sie wollen uns nur Angst einjagen.«

Beide Frauen sahen ihn an. Sie dachten an die *Kowshing*, die zweitausend Männer mit in den Tod gerissen hatte. Vielleicht waren die Japaner zivilisiert, aber sie schreckten vor nichts zurück, um ihre Ziele zu erreichen. Arthur wußte, was sie dachten. »Sie haben die britischen Offiziere immerhin gerettet, nicht wahr? Sie werden weißen Frauen nichts antun.«

»Es muß etwas unternommen werden«, sagte James Barrington beharrlich. »Ihr könnt den Hafen nicht einfach so aufgeben.«

Li Hung-chang sah den erzürnten Barbaren an. Er kannte James seit vielen Jahren, hatte zugesehen, wie er sich von einem unsicheren Jungen in den energischen Mann verwandelt hatte, der jetzt vor ihm stand. Sein Herz blutete für ihn. Aber er hatte mehrere Kinder, und im übrigen ... »Port Arthur ist uneinnehmbar, Barrington.«

»Glaubt Ihr das wirklich, Li? Seid ehrlich.«

Li legte die Hände auf den Schreibtisch. »Wir müssen daran glauben. Und wenn die Stadt am Ende doch fällt, dann hat uns der Widerstand der Bewohner wenigstens eine Atempause verschafft. Die gesamte japanische Armee wird sich dort aufreiben. Wie auch immer, Barrington, es gibt nichts, was wir tun könnten. General Yüan Schi-Kai befindet sich in der Mandschurei bereits auf dem Rückzug. Unsere Flotte hat nicht genug Munition für einen Krieg. Wir können nur abwarten und hoffen, daß die Japaner sich übernehmen.«

»Ich möchte T'se-hi sprechen«, sagte James.

»Aber sie nicht mit Euch. Sie ist genauso bestürzt über die Entwicklung wie wir alle. Und was würde es schon helfen? Schließlich liegt die Entscheidungsgewalt nicht mehr bei ihr. Da müßtet Ihr schon eher mit dem Kaiser sprechen.« Er lächelte bekümmert. »Und der möchte Euch auch nicht sehen.«

»Wir wissen doch beide, daß die Kaiserinwitwe auch weiterhin erheblichen Einfluß hat.«

»Das stimmt nicht, Barrington. Ihre Majestät hat sich aus der Öffentlichkeit zurückgezogen.«

»Und warum hat sie dann große Geldbeträge, die eigentlich für die Marine bestimmt waren, für den Bau eines steinernen Mississippi-Raddampfers in ihrem Garten verwendet? Ist das nicht der Grund, weshalb unsere Schiffe zuwenig Munition haben?«

»Davon weiß ich nichts«, entgegnete Li. »Prinz Ch'un ist der Vorsitzende des Marinerats. Solche Dinge müßt Ihr mit ihm besprechen.«

»Und auch er will mich natürlich nicht sehen. Ihr versucht mir auszuweichen, Li.«

Lis Augenlider waren halb geschlossen. »Port Arthur ist uneinnehmbar«, sagte er wieder. »Darauf müßt Ihr vertrauen, Barrington.«

Viktoria schreckte hoch. Daß sie überhaupt schlafen konnte, grenzte an ein Wunder, denn der Lärm war fürchterlich und hörte nie auf. Zusätzlich zu der Bombardierung im Norden war jetzt die japanische Marine näher herangekommen. Sie zielte ohne Unterlaß über die Stadt hinweg auf die Forts in den Hügeln. Das Heulen der Geschosse, der dumpfe Knall der Explosion und die Unruhe der aufgeregten und ängstlichen Bevölkerung fügten sich zu einer gigantischen Kakophonie, die erbarmungslos und ohne Unterbrechung auf sie einströmte. Doch gerade weil es nie aufhörte, hatte sie sich daran gewöhnt wie an einen steten Kopfschmerz. Aber warum war sie dann so plötzlich aufgewacht?

Viktoria fuhr empor und horchte. Lautes Klagen erfüllte die Luft. Sie stand auf und ging zum Fenster: Das Klagen wurde lauter. Die Tür öffnete sich, und Joanna kam ins Zimmer. »Die Japaner sind diesseits der Landenge.«

Viktoria sah sie an. »Dann sind wir verloren!«

»Es gibt immer noch die Forts in den Hügeln …«

»Wenn wir sie an der Landenge nicht aufhalten konnten, dann werden wir auch nicht verhindern können, daß sie bis nach Port Arthur kommen, Tante Jo.«

»Hör zu«, sagte Joanna. »Wir sind nicht in Gefahr. Denk immer daran. Wir müssen nur die nächsten paar Tage im Haus bleiben, bis die Schlacht entschieden ist.«

Zu Hause bleiben, dachte Viktoria. Aber immerhin war das Haus der Jenkins ein Hort des Friedens inmitten des Tumults. Von den japanischen Geschossen waren sie bisher verschont geblieben, da sich die Japaner bemühten, über die Stadt hinweg zu zielen. Das war immerhin beruhigend, denn es zeigte, daß die japanischen Kommandeure trotz ihrer furchterregenden Ankündigungen und ihrer offensichtlichen Entschiedenheit, Port Arthur einzunehmen, die Zivilisten schonen wollten.

Inmitten der Bäume lag das Haus so geschützt, daß man – abgesehen vom Lärm – von den Kampfhandlungen tatsächlich nichts mitbekam. Man konnte sich durchaus der Hoffnung hingeben, daß der Krieg dieses kleine Fleckchen England – Arthur Jenkins hatte jeden Tag den Union Jack gehißt – umspülte und unberührt ließ. Aber er kam immer näher. Am dritten Morgen, nachdem die Landenge gefallen war, glaubte Viktoria von der Veranda aus die Schreie der Kämpfenden zu hören. Inzwischen waren sie völlig isoliert, da Onkel Arthur nicht mehr in die Stadt fuhr und das Personal den Dienst quittiert hatte, so daß die gesamte Hausarbeit nun auf Joannas Schultern lastete. Trotzdem wußten sie, daß die Japaner bis zu den Hügeln vorgedrungen waren und sich zum letzten großen Angriff sammelten. Alle hofften sehnlichst, daß der Gouverneur doch noch kapitulierte, aber das Bombardement hörte nicht auf.

Zwischen den Bäumen bewegte sich etwas, und Viktoria stand besorgt auf. Nicht weit von ihrem Grundstück liefen Männer den Hügel hinunter. Selbst auf die Entfernung konnte sie erkennen, daß es chinesische Soldaten waren. Sie sahen elend, schmutzig und ängstlich aus. Nur einige hatte noch Gewehre, aber viele hielten ihre Schirme über den Kopf, um den Regen abzuhalten. Damit waren ihre kämpferischen Qualitäten wohl hinreichend beschrieben, dachte Viktoria. Jetzt repräsentierten sie die Niederlage wie das erste Rinnsal in einem gebrochenen Damm, das schon bald zu einer gewaltigen Flut werden würde. Auch Tante Jo hatte die Männer gesehen. »Feiglinge! Dafür wird man sie erschießen«, sagte sie voller Verachtung.

»Sie wissen, daß die Lage hoffnungslos ist«, entgegnete Viktoria. »Ich glaube, je früher es vorbei ist, desto besser.«

Den ganzen Morgen über zogen die Männer an ihnen vorüber. Zuerst achtete niemand von ihnen auf das Haus zwischen den Bäumen; alle Einwohner Port Arthurs wußten, daß dort Arthur Jenkins wohnte. Der Reverend war allseits geachtet – nicht zuletzt, weil er eine Barrington geheiratet hatte.

Aber als die drei ihr kärgliches Mittagsmahl einnahmen, kletterten drei Männer über den Zaun und kamen auf sie zu. Joanna ging hinaus, um mit ihnen zu sprechen. »Was wollt ihr?« fragte sie.

»Wir bleiben hier«, antwortete einer der Männer, ein Korporal.

»Euer Platz ist in der Stadt«, sagte Joanna streng.

»Dort können wir nicht hin. In der Stadt bringen sie uns um. Wir werden hier bleiben. Hier lassen uns die Japaner in Ruhe.« Er zeigte auf den Union Jack. »Die Briten werden sie nicht angreifen.«

Joanna zögerte und blickte Arthur an, der ebenfalls auf die Veranda herausgekommen war, um nach dem Rechten zu sehen. »Genaugenommen würde das bedeuten, daß wir in Kriegszeiten Truppen Unterschlupf gewähren«, sagte sie.

»Aber es sind unsere Leute«, meinte Arthur.

»Und wenn sich die gesamte Armee entschließt, auf unserem Gelände zu kampieren?«

»Eins nach dem anderen«, erwiderte Arthur versöhnlich. »Ihr müßt Euch verstecken«, sagte er den Soldaten. »Am besten geht ihr in den Keller.«

»Ja, das ist eine gute Idee«, meinte der Korporal.

Nacheinander gingen die Soldaten ins Haus und warfen Viktoria neugierige Blicke zu.

»Ich hoffe nur, du weißt was du tust«, sagte Joanna.

»Wir sind Repräsentanten der Kirche Gottes und der christlichen Lehre«, entgegnete Arthur streng.

Der Nachmittag verging, und die Rufe der Kämpfenden kamen immer näher, ebenso die Gewehrschüsse, die vom dumpfen Donner der Geschütze gut zu unterscheiden waren. Sie waren umgeben von Tod und Zerstörung. Joanna brachte den Soldaten Wasser und etwas zu essen, und Viktoria ging wieder auf die Veranda hinaus, um zu sehen, was als nächstes geschah. Durch die Bäume konnte sie den Hafen erkennen, aber da waren weder Schiffe noch Männer zu sehen. Plötzlich bemerkte sie vier Frauen, die in panischer Angst den Hügel hinaufkletterten.

Eine von ihnen war Chu-te, Joannas Köchin.

Chu-tes Haar, das sonst immer ordentlich im Nacken gebunden war, hing ihr lose herunter. Ihre Kleider waren zerrissen und schmutzig. Eine Frau war schon recht alt und offensichtlich erschöpft. »Dies sind meine Mutter und meine Schwestern. Die Japaner sind in der Stadt«, sagte Chu-te zu Viktoria. »Sie bringen alle um.«

Viktoria glaubte ihr nicht, konnte die armen Geschöpfe aber auch nicht wieder fortjagen. »Ihr kommt am besten herein«, sagte sie.

Joanna schickte sie zu den Soldaten in den Keller hinunter. »Glaubst du, daß sie die Wahrheit sagen?« fragte Viktoria.

Joanna wurde zusehends unsicherer. »Sie sollen sich doch angeblich zivilisiert verhalten ...« Dann sah sie an ihrer Nichte vorbei zum Tor. »O Gott«, rief sie bestürzt.

Vor dem Tor standen mehrere Männer und diskutierten. Sie trugen nicht die eleganten blauweißen Uniformen mit den passenden hohen Kappen der Japaner, sondern ziemlich weite Gewänder, und statt mit Gewehren und Bajonetten waren sie mit gefährlich aussehenden doppelhändigen Schwertern bewaffnet, die sie in ihre Schärpen gesteckt hatten. Aber es waren ganz offensichtlich Japaner.

»Sie zeigen auf die Fahne«, sagte Viktoria zuversichtlich.

Aber zu ihrer Überraschung fiel Joanna auf die Knie und begann zu beten. Viktoria lief hinein. »Onkel Arthur! Tante Jo ...« Arthur Jenkins trat rasch auf die Veranda und sah seine Frau an. »Ich habe bloß gesagt, daß sie auf die Fahne zeigen«, stammelte Viktoria.

»Das haben die T'ai-P'ing auch getan, bevor sie deine Tante gefangengenommen haben«, murmelte Arthur.

»Mein Gott! Es tut mir leid, Onkel Arthur. Das wußte ich nicht.«

»Nein, wie solltest du auch.« Arthur nahm seine Frau bei den Schultern und richtete sie langsam wieder auf. »Komm, mein Schatz. Komm ...«

Das Tor wurde aufgerissen, und die Japaner – es waren ungefähr ein Dutzend – kamen auf das Haus zu. »Bring deine Tante hinein«, sagte Arthur leise, als er sich den Eindringlingen entgegenstellte.

Viktoria wollte bei ihm bleiben, aber dann besann sie sich eines Besseren und half Joanna ins Haus. Tränen strömten über Joannas Gesicht, aber sie brachte keinen Laut hervor. Viktoria setzte sie aufs Sofa, drehte sich wieder zur Tür und lauschte der Stimme ihres Onkels.

»Was wollt ihr?« fragte Arthur in chinesischer Sprache. »Seht ihr die Fahne nicht? Sie ist britisch. Britisch!«

»Habt Ihr Chinesen bei Euch?« fragte einer der Japaner in sehr schlechtem Mandarin.

»Hier sind keine Chinesen«, sagte Arthur streng. »Ihr ...«

Viktoria hörte ein Geräusch in ihrer Nähe und drehte sich um. Einer der chinesischen Soldaten hatte die Stimmen gehört, war die Treppe hinaufgeschlichen und steckte jetzt seinen Kopf durch die Tür. »Verschwinde«, befahl Viktoria scharf. »Tür zu.«

Aber die Japaner hatten ihn durch die offene Haustür gesehen. Sie brüllten, stießen Arthur grob zur Seite, so daß er zu Boden stürzte, und stürmten mit gezogenen Schwertern ins Haus. »Wartet!« rief Viktoria. »Halt!« Sie blieben abrupt stehen, um sie anzustarren, und sie sah die Lust in den Augen der Männer aufblitzen. Viktorias Schönheit hatte unter der Schwangerschaft nicht gelitten. »Halt«, wiederholte sie und glaubte, die Situation für sich entschieden zu haben.

Sie zögerten, aber dann kam der Soldat, der vorhin gelauscht hatte, aus der Tür geschossen und suchte sein Heil in der Flucht. Wieder brüllten die Japaner und drehten sich gemeinsam um. Viktoria faßte sich mit beiden Händen an die Kehle, als eines der riesigen Schwerter ausholte und den Kopf des Fliehenden sauber von den Schultern abtrennte.

Viktorias Knie gaben nach, und sie sank auf einen Stuhl. Sie merkte kaum, wie Joanna neben ihr auf dem Sofa würgte. Die

Japaner liefen jetzt zur Kellertür und die Treppe hinunter. Sie hörte Schreckensschreie, bestialisches Gebrüll und Gelächter, Betteln um Gnade. Eine der chinesischen Frauen kam durch die Tür geschossen und rannte durchs Wohnzimmer, aber zwei Japaner waren ihr dicht auf den Fersen. Sie hatten ihre Kimonos ausgezogen und auch die Lendenschurze, die sie darunter trugen. Ihre Erregung war offensichtlich, als sie das Mädchen fingen, sie zu Boden warfen und ihr die Kleider vom Leib rissen. Viktoria wollte sich die Augen zuhalten, aber sie konnte es nicht. Entsetzt starrte sie das Schauspiel an und fragte sich, ob Tang und sie in ihrer gemeinsamen Leidenschaft auch nur entfernt so ausgesehen hatten.

Aber für das chinesische Mädchen gab es kein Erbarmen; als die Männer mit ihr fertig waren, stießen sie ihre Schwerter in den Leib der Wehrlosen. Viktoria wollte sie daran hindern, aber sie konnte sich nicht bewegen. Sie wollte schreien, aber ihre Kehle war wie zugeschnürt. Viktoria saß einfach nur da, bis sie die Übelkeit übermannte.

Die anderen Japaner kamen die Treppe hinauf und zogen ihre Kimonos zurecht. Die Klingen ihrer Schwerter waren blutgetränkt, und sie plapperten aufgeregt durcheinander und erzählten sich gegenseitig ihre Erlebnisse. Dann wischten sie sich die Schwerter an den zerfetzten Kleidern des Mädchens ab, das sie vergewaltigt und ermordet hatten. Fassungslos sah Viktoria mit an, wie sie die Schwerter wieder in ihre Schärpen steckten, sich vor ihr aufstellten und verbeugten. »Keine Chinesen mehr«, sagte der Mann, der ein wenig Mandarin sprach. »Wir gehen. Keine Chinesen mehr.«

Nacheinander verließen sie das Haus über die Verandatreppe. Viktoria hörte ihren eigenen Atem sogar über Joannas Schluchzen hinweg. Sie stand auf und taumelte zur Tür. Die Japaner waren zwischen den Bäumen verschwunden. Da lag nur Onkel Arthur, den sie so unsanft zur Seite gestoßen hatten.

Viktoria kniete sich neben ihn und versuchte seinen Kopf zu heben, als ihr klarwurde, daß er tot war. Wie erstarrt blieb sie noch eine ganze Weile dort hocken, bis sich die Übelkeit in ihrem Bauch langsam in Schmerz verwandelte.

»Kommt herein, Robert.« Ting Ju-ch'ang saß an seinem Schreibtisch in der Admiralskabine der *Ting Yuen*. »Setzt Euch.« Robert salutierte und setzte sich ihm gegenüber. »Port Arthur ist gefallen«, sagte Ting.

Robert schluckte. Er hatte gewußt, daß es nicht zu verhindern war, aber der frühe Zeitpunkt überraschte ihn doch.

»Sie haben die Stadt geplündert«, fuhr Ting fort. »Laut Bericht hat es ein Massaker gegeben. Einzelheiten gibt es nicht, aber ich bin sicher, daß sie die Europäer verschont haben. Es ist schließlich ein Krieg zwischen China und Japan. Ich habe leider keine Information über Eure Schwester oder Euren Onkel und Eure Tante. Und ich kann Euch leider auch keinen Urlaub gewähren, Robert.«

»Das verstehe ich, Sir.« Die beiden Männer waren gute Freunde, und in den letzten katastrophalen Monaten war ihre Freundschaft noch enger geworden. Robert hatte neben Ting gestanden, als der Kapitän der *Tsi Yuen* wegen Feigheit zum Tode verurteilt worden war. Aber er wußte genausogut wie Ting, daß ihre Niederlage an der Mündung des Yalu nicht auf die Abtrünnigkeit einiger Kreuzer zurückzuführen war; sie war vielmehr der kriminellen Nachlässigkeit zuzuschreiben, die dazu geführt hatte, daß sie zuwenig Munition besaßen. Und bis jetzt hatten sie auch keine neue erhalten. »Ich wollte Euch fragen, ob das Munitionsproblem in absehbarer Zeit gelöst werden kann, Admiral Ting.«

»Es sieht nicht so aus.«

Robert war sich nie sicher gewesen, wieviel Ting über sein Privatleben wußte. »Meine Familie hat einigen Einfluß bei der Kaiserinwitwe. Vielleicht sollte ich nach Peking gehen und ...«

Ting lächelte bitter. »Glaubt Ihr, daß ich mir das nicht schon längst überlegt habe, Robert? Ich habe dem Vizekönig Li Hung-chang in dieser Angelegenheit geschrieben. Er hat geantwortet, daß es nichts helfen würde. Ihre Majestät hätte keine Entscheidungsgewalt mehr in Peking. Der Kaiser verfolge seine eigene Linie. Und er sei kein Freund derer, die vorher in der Gunst seiner Tante gestanden hätten. Wir müssen auf bessere Zeiten hoffen. Mehr können wir im Augenblick nicht tun.«

Robert spürte Tings Resignation, und er konnte ihm keinen Vorwurf machen, nachdem ihn Peking so im Stich gelassen hatte. Aber er selbst wollte unter keinen Umständen aufgeben. Außerdem würde er vielleicht auf diesem Wege etwas in Erfahrung bringen können. Er ging an Land und schrieb seinem Vater, aber die Antwort ließ bis Mitte Dezember auf sich warten. Als Robert den Brief öffnete, fielen draußen die ersten Schneeflocken.

»Viktoria und Joanna sind jetzt in Schanghai, was die Japaner freundlicherweise gestattet haben«, schrieb James. »Die beiden Frauen haben von der Plünderung der Stadt nicht viel gesehen, aber es war schlimm genug, daß Arthur Jenkins nach seinem Herzanfall verstorben ist. Joanna hat einen schweren Schock erlitten, und wir sind nicht sicher, ob sie sich je davon erholen wird.

Die Japaner entschuldigen sich nach allen Seiten. Sie behaupten – und das wird teilweise durch die Schilderungen verläßlicher Zeugen bestätigt –, daß die regulären Truppen sich untadelig verhalten hätten. Unglücklicherweise gab es in Oyamas Armee aber auch einige Irreguläre, die zur Schicht der sogenannten *Samurai* gehörten. Zwar gibt es die *Samurai* in Japan offiziell nicht mehr, aber eine ganze Reihe von Anhängern vertritt nach wie vor die alte Lehre des *Bushido*, die zwar viele Tugenden enthält, aber leider auch das Prinzip, daß Besiegte keine Gnade verdienen. Diese wilden *Samurai* sind unmöglich unter Kontrolle zu halten und daher schwer einer ordentlichen Armee anzugliedern. Sie waren in der Regel auch nur als Träger und Burschen eingesetzt. Traditionell tragen sie ein furchterregendes Schwert, und mit dieser schrecklichen Waffe sind sie auf die unglückliche Bevölkerung von Port Arthur losgelassen worden. Man sagt, daß sie für ihre Ausschreitungen bestraft worden sind, aber für die Toten und Verletzten kann das nur ein schwacher Trost sein.

Du möchtest sicher wissen, wie es Viktoria geht. Sie hat die schrecklichen Ereignisse mit großer Kraft und bewundernswertem Mut durchgestanden. Sie hatte eine Frühgeburt, mit der sie ohne jede Hilfe – Deine Tante war in ihrer Verzweiflung völlig apathisch – ganz allein fertig werden mußte.

Dafür und für die Geburt eines gesunden Kindes zolle ich ihr Respekt, aber leider ist das Kind ein Mischling, was wiederum Deiner Mutter ganz entsetzlich zugesetzt hat. Sie bringt es kaum über sich, das Kind anzusehen, und Viktoria weigert sich noch immer, uns den Namen des Vaters zu nennen, so daß wir nur annehmen können, daß es einer unserer Diener ist – eine ausgesprochen peinliche Angelegenheit. Allerdings hat sie uns erzählt, Du hättest Dich bereit erklärt, den Jungen zu adoptieren. Wenn dem so ist, laß es uns so bald wie möglich wissen, da dies den ganzen Verlauf erheblich erleichtern würde ...«

Der Brief war an Roberts Adresse in Wei-hai-wei geschickt worden, und Robert war an Land gegangen, um ihn zu lesen. Jetzt lächelte er Chang Su an, die auf der anderen Seite des Zimmers stand. »Wir werden einen Jungen adoptieren«, sagte er.

»Davon habt Ihr mir gar nichts gesagt.«

»Ich wollte dich überraschen. Die Entscheidung darüber ist erst vor kurzem gefallen. Ist das nicht großartig? Sobald der Krieg vorbei ist, werden wir unseren Sohn in Schanghai abholen.«

»Das verstehe ich nicht«, protestierte Chang Su.

»Da gibt es nichts zu verstehen. Sobald der Krieg vorüber ist, wirst du Mutter. Du solltest dich freuen.«

»Du bist wirklich das Letzte!« sagte Adrian zu seiner Schwester. Viktoria drehte sich von ihm weg. Seit sie in Schanghai war, hatte sie versucht, ihm aus dem Weg zu gehen. Das war zuerst nicht schwer gewesen, da sie in ihrem angeschlagenen Zustand erst einmal mehrere Wochen im Bett verbracht hatte. Aber jetzt war sie so gesund und kräftig wie eh und je, und er hatte Viktoria und ihrem kleinen Sohn bei der ersten Gelegenheit im Garten aufgelauert.

»Dich schwängern zu lassen, ist schon schlimm genug«, sagte Adrian. »Aber von einem Chinesen ... Weißt du, was ich an Vaters Stelle tun würde? Ich würde dich und den Bastard kurzerhand erwürgen und in den Fluß werfen.«

»Dann sollte ich wohl froh sein, daß du nicht mein Vater bist«, entgegnete Viktoria ruhig. Sie merkte durchaus, daß es ihm weniger um die Familienehre ging als darum, daß sie einen anderen Mann in ihr Bett gelassen hatte. Irgendein Mann wäre schon schlimm genug gewesen, aber ein Chinese ... Wenigstens wußte er sonst nichts über den Vater ihres Kindes. Ching San war auf mysteriöse Weise verschwunden, als Viktoria in Port Arthur weilte, so daß keine Gefahr bestand, daß Adrian hinter ihr Geheimnis kommen könnte.

»Allerdings«, meinte er. »Du kannst dich glücklich schätzen. Aber eines Tages werde ich vielleicht Vaters Position einnehmen. Er wird schließlich auch nicht jünger.«

»Das ist *obszön* von dir. Und wie kommst du überhaupt auf die Idee, daß *du* jemals Oberhaupt des Hauses sein wirst? Robert –«

»Robert«, schnaubte er verächtlich. »Robert ist weit weg, teure Schwester. Er kämpft in einem Krieg, der vielleicht nie zu Ende geht. Und den er wahrscheinlich nicht überleben wird.«

Tatsächlich war eigentlich jedem klar, daß das Ende nicht mehr lange auf sich warten lassen würde. Jedem, außer den Regierenden in Peking. Vielleicht vertrauten sie darauf, daß der einsetzende Winter dem Vormarsch der Japaner Einhalt gebieten würde, und tatsächlich hörten die Kämpfe in der Mandschurei auf. Aber obwohl das Wetter im Golf von Chi-li und weiter draußen im Gelben Meer schlecht war, hatten die Japaner in ihrer totalen Überlegenheit zur See keineswegs die Absicht, ihrem Feind eine Atempause zu gönnen.

Trotz heftiger Schneefälle und Orkanböen landeten sie auf der Halbinsel Shantung, deren Stellungen schon bald gesichert waren. Wei-hai-wei, angeblich noch uneinnehmbarer als Port Arthur, mußte daher jederzeit auf der Landseite mit Angriffen rechnen. »Wir sollten auslaufen, ob wir nun Munition haben oder nicht. Vielleicht können wir die Japaner vernichten, indem wir sie rammen«, sagte Robert. Von Hanneken hatte den Dienst quittiert, da es keine schweren Geschütze mehr gab, die er hätte bedienen können.

»Ich habe keine entsprechenden Befehle«, erwiderte Admiral Ting. »Meine Befehle lauten, in Wei-hai-wei zu bleiben und es bis zum Äußersten zu verteidigen. Wir haben noch immer Munition für die Hotchkiss-Geschütze. Damit sind unsere Schiffe schwimmende Festungen, und vom Meer her können wir nicht angegriffen werden.«

Der Hafen schien tatsächlich äußerst sicher zu sein. Zwei vorgelagerte und mit Festungen bebaute Inseln, Liu-kung-tao und I-tao, bildeten zwischen dem Festland im Norden und dem südlichen Ende der Bucht eine Art Sperre. Innerhalb dieser Sperre lagen etwa achtzehn Quadratmeilen geschützten Gewässers.

Zur See hin war Wei-hai-wei also offenbar geschützt. Aber auf dem Landweg kamen die Japaner immer näher, und kurz darauf lag bereits der Hafen unter Beschuß. Die Geschütze der Forts – auch auf dem Festland gab es einige – antworteten erbittert, während die Schiffe weiterhin untätig vor Anker lagen und darauf warteten, getroffen zu werden.

Schon bald lag auch die Stadt Wei-hai-wei selbst unter Beschuß, und Robert trat einen hastigen Landausflug an, um die Lage in der Stadt zu beobachten. Chang Su und ihre Dienerinnen waren in Panik, da jeder die Greuel von Port Arthur kannte. »Gerade deshalb seid ihr vor einer ähnlichen Situation sicher«, beruhigte sie Robert. »Die Japaner werden die gesamte Weltöffentlichkeit nicht noch einmal so vor den Kopf stoßen. Bleibt im Keller. Ich werde zu euch kommen, sobald ich kann.«

Die Rückkehr auf die *Ting Yuen* stellte Robert vor einige Schwierigkeiten, denn nach Sonnenuntergang fiel die Temperatur beträchtlich, und es bildete sich Eis auf dem Wasser. Aber wenigstens in seiner Kajüte an Bord war es warm, und die Kälte schien auch den Japanern zugesetzt zu haben, denn ihre Kanonen schwiegen. Er aß wie gewöhnlich mit Ting zu Abend und ging, nachdem er noch einmal die Wachen überprüft hatte, früh zu Bett. Kurz nach Mitternacht rissen ihn die Alarmglocken an diesem 4. Februar aus dem Schlaf.

Robert sprang aus dem Bett, zog sich so rasch wie möglich an und lief auf die Kommandobrücke. Es war noch kälter geworden, aber um sie herum explodierte der Nachthimmel in einem Kaleidoskop von Blitzen, und der ohrenbetäubende Lärm von Maschinengewehren und Alarmraketen umgab sie.

»Sie versuchen die Sperre zu durchbrechen, Sir«, keuchte Commander Sung.

Robert nahm sein Fernrohr, aber er konnte in der Dunkelheit nichts erkennen außer einer Art Lichterkette, die gleich wieder verschwand.

»Torpedoboote«, schimpfte Ting, der jetzt neben ihm stand. »Wenn sie durchkommen ...« Robert verstand, was Ting damit sagen wollte. Zwar war die Bucht von Wei-hai-wei zehn Kilometer lang und fünf Kilometer breit, aber der Wasserstand war so niedrig, daß man ein Schlachtschiff in der Bucht unmöglich manövrieren konnte.

»Wir *müssen* auslaufen, Admiral.« Robert flehte ihn beinahe an.

»Laßt uns erst einmal sehen, ob sie durchkommen. Laßt uns ...« Eine Folge von Explosionen ertönte. Die japanischen Torpedoboote hatten die Sperre durchbrochen und ihre todbringenden Geschosse abgefeuert.

»Commander Sung«, schrie Robert. »Anker lichten und volle Fahrt voraus!«

»Jawohl, Sir.« Sung lief zur Treppe, erstarrte und deutete aufs Wasser. Ein zweirohriges Torpedoboot kam aus der Dunkelheit heraus.

»Feuer eröffnen!« rief Robert. »Aus allen Rohren.«

Die Hotchkiss-Kanonen und die Maschinengewehre spuckten Blei und Flammen, aber es gelang ihnen nicht, das japanische Schiff aufzuhalten, das bis auf knapp dreihundert Meter herankam und dann hart nach Steuerbord schwenkte. Robert beobachtete das Manöver, und sein Mut sank. Sie hatten das Boot zwar getroffen und in Brand gesetzt, aber den Japanern war es zuvor noch gelungen, ihre Torpedos abzuschießen. Robert begann zu zählen, und nach sechs Sekunden gab es einen dumpfen Aufprall im Heckbereich. Eine Wasserfontäne stieg hoch hinauf.

»Gebt Alarm, daß alle Schleusen geschlossen werden«, befahl Robert. Er war erleichtert, wie ruhig und gelassen seine Stimme klang.

Dann ging er selbst hinunter. Commander Mackintosh kam ihm bereits entgegen. »Der Steuerbord-Maschinenraum läuft voll, Sir«, berichtete Mackintosh. »Und im Heck ist ein Leck.«

»Ist der Backbord-Maschinenraum noch funktionsfähig?«

»Im Augenblick ja, Sir. Aber die Schotten sind nicht mehr dicht.«

Robert kehrte auf die Brücke zurück. Admiral Ting erwartete ihn bereits. Robert erstattete Bericht, während Ting an seinem Schnurrbart zupfte. »Wir werden diese Torpedoboote angreifen«, sagte der Admiral.

Robert wurde übel. »Sir, dieses Schiff wird in zehn Minuten ein Wrack sein.«

Ting starrte ihn an. »Was schlagt Ihr also vor?«

»Daß wir mit der uns noch verbleibenden Kraft auf Grund laufen. Auf die Insel, Sir. Dann können wir unsere Geschütze weiterhin benutzen.«

Ting zögerte, ging zur Reling und sah in das Lichtermeer hinaus; das Schlachtschiff neigte sich bereits zur Seite. »Also gut, Captain Barrington«, sagte er. »Tut, was Ihr könnt, um Euer Schiff zu retten.« Er drehte sich zu seinem Freund um und streckte ihm die Hand entgegen. »Ich fürchte, dies ist unsere letzte gemeinsame Schlacht, Robert.«

8

DIE HUNDERT TAGE

»Die Flotte ist vernichtet, Majestät«, sagte Chang Tsin. »Das Schlachtschiff *Ting Yuen* ist ein Wrack, das die Japaner nach der Eroberung von Wei-hai-wei bereits demontiert haben.«

»Wir hatten zwei Schlachtschiffe«, sagte T'se-hi kalt. Ihre ganze Haltung drückte soviel Wut aus, daß die Hofdamen, die ihr wie immer Gesellschaft leisteten, wenn sie am Ufer des Schmückenden Wassers malte, erschauerten und enger zusammenrückten.

»Die *Chen Yuen* hat kapituliert, Majestät.«

»Ich habe noch nie gehört, daß ein Schlachtschiff kapituliert.«

»Es gab keine Munition mehr, Majestät.«

»Wir sind einem Verrat zum Opfer gefallen. Admiral Ting soll nach Peking kommen. Ich will seinen Kopf rollen sehen.«

»Admiral Ting ist tot, Majestät. Er hat nach der Kapitulation Selbstmord begangen. Alle hohen Offiziere haben Selbstmord begangen.«

T'se-hi sah ihn plötzlich besorgt an. »Alle?«

»Alle außer Captain Barrington, Majestät.«

»Ha!« Sie war offensichtlich erleichtert. »Er zieht also die Unehre vor!«

»Es ist unter Christen nicht üblich, Selbstmord zu begehen, Majestät.«

»Nicht üblich bei Christen«, murmelte T'se-hi. »Es steht schlecht für uns in diesem Krieg.«

»Ich fürchte, wir haben ihn verloren, Majestät. Li Hung-chang sagt, daß wir uns um Frieden bemühen sollten, bevor die Japaner die Mandschurei erobern und auf die Große Mauer vorrücken.«

»Niemals«, erwiderte T'se-hi. »Friedensverhandlungen mit den Japanern? Davon will ich nichts hören. Das bedeutet das Ende unserer Vorherrschaft in Asien.«

Chang Tsin räusperte sich. Hätte er nicht solche Todesangst vor seiner Herrin gehabt, dann hätte er sie in dem Moment daran erinnert, daß China seine Vorherrschaft in Asien bereits fünfunddreißig Jahre zuvor im Krieg mit den Engländern und Franzosen verloren hatte. Statt dessen sagte er: »Der Kaiser hat sich bereits nach den japanischen Bedingungen erkundigt, Majestät.«

»Ohne mit mir zu sprechen?«

Chang Tsin sah mit großer Sorge, wie sich die wohlbekannten Anzeichen eines Wutanfalls auf T'se-his Gesicht abzeichneten: die aufgerissenen Augen, die hervortretenden Adern auf der Stirn, die zuckenden Hände. Sie hatte, seit sie in den Ruhestand getreten war, keinen solchen Anfall mehr gehabt. Chang Tsin befürchtete jeden Moment, daß die Kaiserinwitwe aufgrund der Intensität ihrer Gefühle einen Schlaganfall erleiden könnte.

Jetzt drehte sie sich plötzlich zu ihren Hofdamen um, die noch weiter zurückwichen. »Du!« Sie zeigte auf ein Mädchen. »Und du! Kommt her!«

Die beiden jungen Frauen stellten sich mit zitternden Gliedern vor der Kaiserin auf. »Du«, sagte T'se-hi zu der einen. »Gib ihr eine Ohrfeige!« Das Mädchen starrte sie entgeistert an. »Hast du nicht gehört?« brüllte T'se-hi. »Schlag sie!«

Das Mädchen fuhr sich mit der Zunge über die Lippen, holte tief Luft und gab ihrer Freundin eine schallende Ohrfeige. Die Geschlagene taumelte und schrie vor Schmerz.

»Kannst du nicht fester zuschlagen?« schimpfte T'se-hi. Sie zeigte auf das zweite Mädchen. »Jetzt du. Schlag zurück. Mit aller Kraft!«

Das zweite Mädchen zögerte einen Moment und erwiderte dann die Ohrfeige mit solcher Kraft, daß es beide Mädchen auf die Seite warf. »Noch einmal!« befahl T'se-hi. »Schlagt euch wieder und wieder.«

Die Mädchen gehorchten und schlugen sich mit beiden Händen ins Gesicht. Sie keuchten. Schweiß und Tränen verschmierten die schwere Schminke auf ihren Gesichtern. Die kunstvollen Frisuren lösten sich auf, und die schwarzen

Strähnen fielen ihnen ins Gesicht. Bald schon waren ihre Lippen aufgeplatzt, und das Blut tropfte auf ihre Gewänder. Die anderen Frauen klammerten sich in ihrem Entsetzen aneinander, während Chang Tsin so gut wie möglich versuchte, unbeteiligt zu wirken. Schließlich waren die Mädchen so erschöpft, daß sie kaum noch die Arme heben konnten. Beide weinten jetzt laut.

»Oh, verschwindet schon«, schimpfte T'se-hi. »Ihr seht furchtbar aus. Wascht euch gefälligst die Gesichter.« Sie wandte sich wieder ihrer Staffelei zu. »Wo ist der junge Barrington jetzt?« fragte sie Chang Tsin leise.

»Er ist wieder im Haus seiner Eltern in Schanghai, Majestät.«

»Willst du damit sagen, daß er desertiert ist?«

»Es gibt keine Marine mehr, Majestät. Alle Überlebenden sind zu ihren Familien zurückgekehrt.«

»Das sind alles Deserteure! Ich will ihre Köpfe. Schick einen Boten nach Schanghai, der den jungen Barrington nach Peking begleiten soll.«

Chang Tsin zögerte. »Wollt Ihr Captain Barrington hinrichten lassen, Majestät?«

»Was ich vorhabe, geht dich gar nichts an, du Schuft!« schrie T'se-hi. »Schickt mir den jungen Barrington!«

»Was für ein prächtiger Junge«, sagte Chang Su, die das Baby im Arm hielt. »Wie heißt er?«

»Martin« antwortete Viktoria. »So hieß mein Großvater.«

»Nicht dein wirklicher Großvater«, verbesserte Lucy eisig. Auch wenn sie sich ihrem Enkelkind gegenüber versöhnlicher zeigte, hatte sie Viktoria nicht verziehen, daß sie nach Hause zurückgekommen war, ohne das Kind vorher unterzubringen. Daß die Japaner an dieser Entwicklung nicht ganz unbeteiligt waren und daß Viktoria bei der Geburt ihres Kindes außerordentlichen Mut bewiesen hatte, spielte für Lucy keine Rolle. Und auch die Geschichte, die Viktoria bei ihrer Rückkehr erfunden hatte – daß sie das Kind bei der Plünderung Port Arthurs aus den Armen seiner sterbenden Mutter gerettet hatte –, konnte sie nicht beschwichtigen, denn anderslautende Gerüchte kursierten seit langem.

Schließlich mußte Lucy auch noch mit ihrer Schwägerin Joanna fertig werden, die sich von dem Nervenzusammenbruch bis jetzt nicht erholt hatte.

»Er heißt Martin«, wiederholte Viktoria mit der Sturheit, die ihre Mutter sehr gut kannte … und fürchtete. »Du wirst gut auf ihn acht geben, Su.«

»O ja«, erwiderte Su. »Ich werde für ihn sorgen, als wäre er mein eigener Sohn.«

Die Anwesenheit ihrer Tochter machte Lucy beklommen. Ebenso die Gegenwart Roberts samt seinem Gefolge von männlichen und weiblichen Dienern, mit denen er sicherlich auch schlief, wann immer er Lust dazu hatte. Er wirkte asiatischer als all seine Vorfahren – weil sie zugelassen hatten, daß er ein chinesisches Mädchen heiratete. Allein der Gedanke war ihr verhaßt. Und was sie mit Viktoria anstellen sollten, die wahrscheinlich mit dem erstbesten Chinesen ins Bett hüpfte, der ihr ein zweideutiges Angebot machte … darüber mußte sie unbedingt mit James sprechen. Aber James war noch damit beschäftigt, den Verlauf des Krieges und die Verträge von Shimonoseki zu verdauen.

»Die Bedingungen sind ein schwerer Schlag«, sagte er zu seinen Söhnen. »China muß Koreas Unabhängigkeit anerkennen, und das bedeutet nichts anderes, als die dortige japanische Hegemonie zu akzeptieren. Außerdem müssen die Chinesen Formosa, die Pescadores-Inseln und die Halbinsel Liao-tung abtreten. Die Japaner gewinnen auf diese Weise die Kontrolle über den Golf von Chi-li und den Seeweg nach Peking. Außerdem haben sie dann einen riesigen Stützpunkt direkt vor der chinesischen Küste, von dem aus sie das Festland jederzeit angreifen können. Zusätzlich muß China noch dreihundert Millionen Tael in Silber an die Japaner zahlen. Dagegen wirken die deutschen Forderungen gegenüber Frankreich vor fünfundzwanzig Jahren ausgesprochen großzügig.«

»Können wir das überstehen?« fragte Adrian. Adrian Barrington war jetzt achtundzwanzig. James hätte dem Jungen gern zugestanden, daß er sich als Verwalter des Handelshauses bewährt hatte. Aber er war noch immer unverheiratet und – gewiß unter dem Einfluß des Opiumkonsums – ausgesprochen launisch, mitunter sogar schwer depressiv.

James hatte sich Mühe gegeben, all seine Kinder gleich zu lieben, aber er konnte nicht verbergen, wie sehr er sich über Roberts Rückkehr freute. Wenn er doch nur bleiben könnte …

»Was hast du jetzt vor?« fragte er, als sie zusammen auf der Veranda saßen und auf den Fluß und die Schiffe hinuntersahen, von denen so viele unter der Flagge der Barringtons fuhren.

»Ich bin nur gekommen, um Su in Sicherheit zu bringen«, sagte Robert. »Jetzt sollte ich nach Peking zurückkehren und herausfinden, was der Tsung-li-yamen als nächstes vorhat. Da Ting und alle anderen hohen Offiziere tot sind, muß ich wohl annehmen, daß ich das Oberkommando über die chinesische Marine habe.«

»Die nicht mehr existiert.«

Robert seufzte. »Hätte ich mit Ting in den Tod gehen sollen?«

»Nein, er hätte ohnehin seinen Kopf eingebüßt.«

»Das wäre ein verbrecherischer Akt gewesen. Er hat großartig gekämpft. Aber mit den bescheidenen Vorräten an Munition konnten wir einfach nicht mehr erfolgreich weiterkämpfen.«

»Es ist nun einmal Sitte in China. Ich bin mir nicht einmal sicher, was *deinen* Kopf angeht, Robert. Es wäre vielleicht eine gute Idee, wenn du China verlassen würdest.«

»Weglaufen? Was soll denn dann mit Su und dem Jungen geschehen?«

»Nimm sie mit.«

»Und euch alle soll ich zurücklassen, damit ihr für mein Verbrechen bezahlt? Gar nicht zu reden von Chang Tsin und seiner Familie.«

»Nun, auf jeden Fall wirst du hierbleiben, bis sich die Lage etwas beruhigt hat.«

Schanghai war wie eine Oase in einer unsteten Welt. Hier spürte man nichts vom Sieg der Japaner. Es gab keine Kanonenfeuer und keine Toten – jedenfalls nicht mehr als sonst.

Robert entdeckte sogar seine zärtlichen Gefühle für Su wieder, die den eleganten, aber wenig förmlichen Lebensstil der Barringtons sichtlich genoß. Auch das Baby gewann sie ganz besonders lieb. Sie und Viktoria beschäftigten sich den ganzen Tag mit dem Kleinen, wechselten seine Windeln, sprachen mit ihm ... aber der angenehmste Aspekt der ganzen Situation war vielleicht, daß sich eine Freundschaft zwischen den beiden Frauen entwickelte.

Es kursierten zwar zahllose Gerüchte, aber Robert hatte das Gefühl, daß seine Mutter schwer übertrieb. Der erste Robert Barrington hatte sämtliche Regeln durchbrochen, als er zum Piraten und chinesischen Bürger geworden war, der die Herrschaft der Mandschus anerkannte. Daran würde sich nie etwas ändern, ganz gleich, wie vorbildlich sich seine Nachfahren auch verhielten: Erst wenn es *nichts* über die Barringtons zu klatschen gab, war das eine wirkliche Neuigkeit. Eine ernste Krise würde erst dann eintreten, wenn sie gezwungen wären, China zu verlassen.

Das zu verhindern sah Robert als seine Aufgabe an. Daher mußte er diese Zeit der Unruhe im Norden aussitzen. Aber er konnte nicht einfach so verschwinden. Er teilte Li Hungchang und Chang Tsin brieflich mit, daß er seinen Dienst wieder aufnehmen könne und auf ihre Befehle warte. Aber er hatte die Briefe kaum losgeschickt, als er selbst ein Schreiben von Chang Tsin erhielt, das ihn nach Peking beorderte.

»Was hat das wohl zu bedeuten?« fragte Robert seinen Vater.

James las den Brief ein zweites Mal. »Er ist von Chang, der im Namen der Kaiserinwitwe schreibt. Die Kaiserin befindet sich offiziell im Ruhestand. Daher glaube ich nicht, daß es darum geht, dich für die Niederlage zur Rechenschaft zu ziehen. Es muß sich um eine private Angelegenheit handeln.«

»Soll ich mich weigern?«

»Das wäre nicht besonders klug, Robert. Wenn du ohnehin nach Peking zurückkehren willst, wäre es sicher vernünftig, die Kaiserinwitwe aufzusuchen. Ich kann einfach nicht glauben, daß sie die Bühne freiwillig verlassen hat. Das sieht ihr überhaupt nicht ähnlich. Wirst du Su und den Jungen bei uns lassen? Das wäre wohl das sicherste.«

Su weigerte sich jedoch, in Schanghai zu bleiben. »Ihr seid mein Ehemann, und Ihr werdet meinen Vater treffen«, sagte sie.

»Und der Junge?«

»Er ist mein Sohn, Robert.«

Robert sah seine Schwester an. Aber Viktoria hatte immer gewußt, daß der Augenblick kommen würde. »Darf ich ihn besuchen?« fragte sie.

»Aber natürlich«, versicherte ihr Su. »Ich werde Euch schreiben und erzählen, wie es ihm geht.«

Sie wählten den Großen Kanal, den Robert für den sichersten Weg hielt. Aber es stellte sich heraus, daß er sich geirrt hatte. In der dritten Nacht nachdem sie Chin-kiang verlassen hatten, legten sie in der Nähe einer kleinen Stadt an, wo der Kanal in den Jangtse mündete. Wie gewöhnlich ging Robert von Bord, um einen kleinen Spaziergang zu machen. Chang Su wollte ihn nicht begleiten, daher nahm er seinen Leibdiener Chou Li-ting mit.

Sie spazierten auf die Stadt zu und erblickten eine Gruppe junger Männer, die auf einem Feld außerhalb der Stadtmauern offenbar gymnastische Übungen machten. Sie hatten sich hintereinander aufgereiht und führten auf Kommando eine Reihe von Bewegungen aus. Sie streckten ein Bein nach vorn und stampften mit dem Fuß auf. Der Oberkörper verharrte dabei in steifer aufrechter Pose. Dann schossen ihre Arme mit geballten Fäusten abwechselnd nach vorn, wobei sie wüste Schreie ausstießen.

»Sie nennen sich I Ho Ch'uan, die ›Gesellschaft der Fäuste der heiligen Harmonie‹«, erklärte ihnen der Hauptmann am Stadttor. »Sie wollen die Niederlage Chinas rächen.«

»Nun, jedenfalls sind sie körperlich fit, wenn es wieder zum Kampf kommen sollte«, meinte Robert.

»Es sind unangenehme Störenfriede«, erwiderte der Hauptmann. »Sie glauben, daß man die Japaner besiegen könnte, wenn die Chinesen sich auf die Werte und die makellose Reinheit der Vergangenheit besinnen.«

»Wann war China jemals makellos rein?« entgegnete Chou Li-ting verächtlich.

»Die ›Fäuste der heiligen Harmonie‹ sind der Meinung, daß die ausländischen Teufel für Chinas Schwäche verantwortlich sind. Sie sagen, daß die Chinesen alle Barbaren aus dem Land werfen müssen.« Er schluckte, als er sich bewußt wurde, wen er vor sich hatte, auch wenn Robert chinesische Kleidung trug.

Robert machte sich nichts daraus. Sein ganzes Leben lang hatte es immer wieder Gruppen von Fanatikern gegeben, die die Barbaren vertreiben wollten. Sie kamen und gingen. Er nahm nicht an, daß diese Männer, die sich vor den Toren der Stadt im Boxen übten, anders sein könnten.

Aber als er durch das Tor trat, sah ihn einer der jungen Männer und erkannte an Roberts Hautfarbe und Größe, daß er kein Chinese sein konnte. »Seht!« rief er, und zeigte mit dem Finger auf Robert. »Ein ausländischer Teufel mitten unter uns.«

»Ein Spion!« schrie ein anderer.

»Tod allen ausländischen Teufeln!« kreischte ein dritter.

Die gut vierzig Mann starke Truppe hörte mit ihren Übungen auf, und alle starrten Robert und Chou Li-ting an. Plötzlich stellte sich heraus, daß sie bewaffnet waren, denn einige bückten sich jetzt und hoben lange Stangen auf, an die Messer oder Sicheln gebunden waren.

»Wir müssen hier weg, Master«, drängte Chou.

»Vor diesen Rüpeln willst du weglaufen?« entgegnete Robert, der schon zu oft hatte fliehen müssen. »Ihr sorgt besser dafür, daß sie sich auflösen, Hauptmann, bevor jemand zu Schaden kommt.«

Die jungen Männer stampften jetzt von einem Bein aufs andere und schwangen ihre Waffen. Offenbar brachten sie sich in die richtige Stimmung. »Euer Diener hat recht. Ihr solltet Euch besser aus dem Staub machen«, raunte der Hauptmann.

»Heißt das, daß Ihr Euch weigert, im Sinne des Gesetzes zu handeln?«

»Es wird mir nichts anderes übrigbleiben. Ich glaube nicht, daß meine Männer auf diese jungen Burschen schießen werden. Die meisten sind miteinander verwandt.«

»Verflucht soll ich sein, wenn ich vor so einem Haufen von Schlägern davonlaufe«, erwiderte Robert. »Wenn Eure Männer uns nicht verteidigen, werden sie uns dann auch daran hindern, wenn wir uns selbst verteidigen?«

»Das glaube ich nicht.«

»Dessen versichert Ihr Euch besser«, sagte Robert und machte einen Schritt nach vorn. »Bleibt dicht neben mir, Chou.«

Die Gruppe war jetzt sehr nah. Robert ging auf sie zu. »Tod allen ausländischen Teufeln«, schrien sie.

»Ihr seid nichts als ein Haufen dummer junger Männer«, sagte Robert, »die alle im Gefängnis landen werden. Ihr geht jetzt besser nach Hause.«

Die Männer starrten ihn überrascht an. Wahrscheinlich hatte sie noch nie jemand auf so unerhörte Weise angesprochen. Plötzlich ertönte ein gellender Schrei, und einer der Männer stürzte sich mit seinem selbstgemachten Speer auf Robert. Robert zögerte nicht. Er zog den Colt, der unter seinem Kittel verborgen gewesen war, zielte und schoß dem Mann ins Bein. Dieser fiel der Länge nach hin und schrie vor Schmerz. Der Speer flog ihm aus der Hand.

Die anderen zögerten.

»Zieh deinen Revolver, Chou«, flüsterte Robert. Dann sagte er mit lauterer Stimme zu den Männern: »Der nächste, der mich angreift, ist ein toter Mann. Bringt Euren Freund zum Arzt. Los, verschwindet.«

Sie zögerten, doch das währte nur einen kurzen Moment. »Tod dem ausländischen Teufel!« riefen die Chinesen und stürmten vor.

»Schieß, Chou«, sagte Robert und zielte selbst. Sechs

Schüsse fielen, und fünf der Angreifer stürzten nur wenige Meter vor ihnen zu Boden. Zwei waren tot, die anderen stöhnten und wälzten sich in ihrem eigenen Blut.

Hinter Robert sprachen die Wachsoldaten leise miteinander und traten unruhig von einem Fuß auf den anderen. Sie wußten, daß Robert ein hoher Marineoffizier war und gute Beziehungen zur Dynastie unterhielt. Aber wie der Hauptmann gesagt hatte: diese jungen Männer waren ihre Freunde und Verwandten. »Um Himmels willen, kehrt zurück zu Eurem Schiff«, sagte der Hauptmann. »Ihr könnt sie doch nicht alle töten.«

»Ich glaube, er hat recht, Master«, sagte Chou. »Wir werden bald keine Munition mehr haben.«

Robert mußte sich geschlagen geben. Ohne die Männer aus den Augen zu lassen, gingen er und Chou den Weg zurück, den sie gekommen waren. Die Männer folgten ihnen und skandierten »Tod dem ausländischen Teufel«, aber da sie selbst keine Schußwaffen hatten, trauen sie sich nicht, noch einmal anzugreifen.

Auf dem Sampan hatte man die Schüsse bereits gehört, und die Mannschaft erwartete sie mit dem Gewehr im Anschlag. Die Frauen hatten sich in ihrer Angst im mittleren Zelt verkrochen. »Ablegen, Shung«, befahl Robert dem Kapitän, sobald sie an Bord waren. »Wir werden uns für heute nacht eine neue Bleibe suchen müssen.«

»Robert!« Chang Tsin umarmte seinen Schwiegersohn. »Viel zu lange haben wir uns nicht gesehen. Und das ist mein Enkel?« Neugierig betrachtete er Martin, den Su im Arm hielt. Wu Lai umkreiste sie aufgeregt und wollte das Baby gern auf den Arm nehmen.

Chang Tsin nahm Roberts Arm und zog ihn zur Seite. »Traurige Zeiten sind das.«

»Es hat keinen Sinn, in der Vergangenheit zu schwelgen«, sagte Robert. »Wir müssen uns auf die Zukunft konzentrieren.«

»Das stimmt, aber woran sollen wir uns orientieren? Ihre

Majestät ist sehr aufgebracht über unsere Niederlage. Und ausgerechnet von den Japanern besiegt zu werden! Sie sagt, daß eine solche Katastrophe nie eingetreten wäre, wenn sie noch regieren würde.«

»Ich würde ihr gern glauben«, erwiderte Robert. »Aber das kann ich nicht.«

»Jetzt benimmt sich auch noch der Kaiser so merkwürdig. Er umgibt sich mit Wissenschaftlern und Gelehrten, anstatt seine Generäle um Rat zu fragen. Und währenddessen gerät das Reich immer mehr in den Zustand der Anarchie.«

»Das konnte ich auf meinem Weg hierher auch feststellen«, stimmte ihm Robert zu. »Habt Ihr schon einmal von den ›Fäusten der heiligen Harmonie‹ gehört?«

»Ja.« Chang Tsin runzelte die Stirn. »Sind Euch welche von ihnen begegnet?« Robert erzählte ihm, was sich an der Mündung des Kanals zugetragen hatte. »Sie werden uns viel Ärger machen«, sagte Chang mit düsterer Miene. »Zu einer Zeit, wo wir uns Ärger am wenigsten leisten können, Robert. Ich bitte Euch, seid besonnen, wenn Ihr mit T'se-hi sprecht.«

Eine Verkleidung war nicht mehr nötig, um die Verbotene Stadt zu betreten, denn Robert hatte als Oberkommandeur der Marine eine offizielle Vorladung von der Kaiserinwitwe erhalten. Man brachte ihn sofort zu T'se-his Gemächern, wo sich die Kaiserinwitwe, umgeben von ihren selbstverständlich stehenden Hofdamen und Eunuchen, gerade zum Mittagessen niedergesetzt hatte. Direkt hinter ihrem Stuhl stand Jung-lu, den sie in der Stunde der Not aus dem Exil zurückbeordert hatte. Robert war sich nicht sicher, ob er erleichtert oder besorgt sein sollte, den alten Krieger wieder an ihrer Seite zu sehen.

Seit ihrer letzten Zusammenkunft war es das erste Mal, daß T'se-hi ihn in einer Staatsangelegenheit zu sprechen wünschte. Doch im Augenblick beanspruchte die opulente Tafel Roberts ganze Aufmerksamkeit. Auf dem Tisch standen wohl über hundert Teller mit den verschiedenartigsten Speisen. Er verbeugte sich, und sie winkte ihn herbei. »Junger Barrington«, sagte sie zufrieden. »Kommt zu mir.«

Er gehorchte, stellte sich neben sie und wartete. T'se-hi nahm ein Stück Brot in der Form eines Schmetterlings in die Hand und verspeiste es genüßlich. »Wieder einmal scheint es das Schicksal nicht gut mit mir zu meinen. Nehmt doch etwas Wein, Barrington.«

Einer der Eunuchen füllte hastig einen goldenen Kelch und reichte ihn Robert. Es war kein Sake, sondern *samshu*, ein sehr starkes Getränk. Gehorsam nahm Robert einen Schluck.

»Erzählt mir von Wei-hai-wei«, befahl T'se-hi. »Ich will die ganze Wahrheit wissen.«

Robert erstattete Bericht, während T'se-hi die verschiedenen Gerichte prüfend ansah und sich schließlich für eine besondere Art Pilz entschied, den man Affenkopf nannte, weil er anschwoll, wenn man ihn kochte. Robert wußte, daß man ihn in der Provinz Chi-li nicht bekommen konnte. Er mußte also aus dem Süden des Landes extra für sie herangeschafft worden sein. »Nicht genug Munition! Das ist ein Verbrechen«, meinte T'se-hi, als er zu Ende gesprochen hatte. »Wen macht Ihr dafür verantwortlich? Ich werde ihn enthaupten lassen.«

Robert öffnete den Mund und schloß ihn wieder.

»Ihr solltet auch etwas essen«, sagte die Kaiserinwitwe, wählte selbst ein großes Magnolienblatt im Backteig und reichte es ihrem Gast.

Robert kaute und schluckte. »Ich bin Seemann, Majestät. Ich weiß nicht, wer über unsere Vorräte entscheidet.«

»Ich werde es herausfinden«, sagte T'se-hi finster und kaute an einem gebratenen Stück Schweineschwarte, das man ›klingende Glöckchen‹ nannte. »Geht jetzt.« Sie winkte einen Eunuchen herbei, der ihr eine Tasse Rosenblättertee einschenkte. Die anderen begannen den Tisch abzuräumen, während man Robert zur Tür begleitete.

»Was passiert mit all diesen Speisen?« fragte er Chang Tsin. »Ihre Majestät hat nicht mehr als fünf oder sechs Bissen davon gegessen.«

»Einiges wird weggeworfen, nachdem wir uns unseren

Anteil genommen haben«, sagte Chang Tsin lächelnd. »Was übrigbleibt, wird am nächsten Tag noch einmal serviert. Aber Ihr ... ich habe Angst um Euch gehabt, Barrington. Ich bin wirklich sehr erleichtert.«

Robert konnte sich ein Lächeln nicht verkneifen. »Ich war auch ein wenig nervös.«

Chang ging mit ihm die große Durchgangsstraße entlang. »Aber alles ist Euch vergeben, denn die Kaiserinwitwe erwartet Euch heute nacht.« Robert blieb wie angewurzelt stehen. Chang warf ihm einen Blick zu und grinste. »Sie ist sechzig Jahre alt. Wußtet Ihr nicht, daß eine Frau von sechzig genauso lüstern sein kann wie eine Zwanzigjährige? Vielleicht sogar mehr, da ihre Erfahrung wesentlich größer ist.«

Eine solche Vorladung hatte Robert allerdings nicht erwartet. Er war sich ziemlich sicher, daß seine Mutter, die im gleichen Alter war wie T'se-hi, weder wünschte noch erwartete, daß sein Vater zu ihr ins Bett kam. Denn obwohl sie vierfache Mutter war, hatte Lucy Barrington dem Sex sowieso nicht viel abgewinnen können. Zweifellos hatte sein Vater mehrere chinesische Geliebte unterhalten, auch wenn er sie, da er selbst kein Chinese war, nicht in sein Haus geholt hatte.

Aber eine Frau von sechzig Jahren ... Robert wußte nicht, was ihn erwarten würde, und er war ausgesprochen überrascht, als ihn T'se-hi so empfing wie bei früheren Anlässen: nackt und mit gekreuzten Beinen in ihrem Bett. Sie war jetzt eindeutig fett und nicht mehr nur rundlich zu nennen, aber obwohl ihr Gesicht die Spuren des Alters zeigte, war die Haut ihrer vollen Brüste und der noch volleren Schenkel glatt wie früher – dafür waren zweifellos Chang Tsins Massagen verantwortlich. »Es ist schon so lange her«, sagte sie. »Kommt her und küßt mich. Umarmt mich. Erregt mich, Robert.«

Ihr Verlangen machte sie schön, und soviel sehnsüchtiges, üppiges Fleisch im Arm zu halten schürte sein eigenes jugendliches Verlangen. Sie liebten sich in wilder Leidenschaft, dann sank T'se-hi erschöpft in die Kissen zurück. Robert legte sich neben sie.

»Ihr seid meine wirkliche, wahre Liebe«, sagte sie.

»Ihr schmeichelt mir, Majestät.«

»Und gefällt es Euch nicht, wenn man Euch schmeichelt?«
fragte sie und kicherte mit rauher Stimme. Aber dann wurde
sie plötzlich ernst. »Ihr seid besiegt worden. China ist besiegt
worden.«

»China ist auch vorher schon besiegt worden, Majestät.«

»Von Barbaren wie Euch, aber von den Japanern … Als die
Japaner das letzte Mal in Korea eingefallen sind, haben wir sie
geschlagen.«

»Das war vor vierhundert Jahren, Majestät.«

»Sind wir heute schwächer als damals?« Unruhig setzte sie
sich auf. »Mein Neffe hat ohne meine Erlaubnis kapituliert.«

»Er ist der Kaiser, Majestät.«

T'se-hi schnaubte verächtlich. »Er ist ein Einfaltspinsel, der
glaubt, daß man die Welt mit Worten statt mit Taten beherrschen kann.«

»Er ist der Kaiser, Majestät«, wiederholte Robert vorsichtig.

T'se-hi schwang ein Bein über seine Oberschenkel und
setzte sich rittlings auf ihn. »Als Ihr mit den Japanern
gekämpft habt, Robert, habt Ihr da für mich gekämpft oder
für den Kaiser?«

»Für das Reich, Majestät.«

»Ich bin das Reich.«

Er konnte nicht riskieren, noch länger auszuweichen.
»Also habe ich für Euch gekämpft, Majestät.«

»Dann werdet Ihr es wieder tun, wenn es an der Zeit ist. Ich
möchte, daß Ihr nach Wei-hai-wei zurückkehrt und mit dem
Aufbau einer neuen Marine beginnt. Ich mache Euch zum
Admiral. Ihr sollt bekommen, was immer Ihr verlangt. Geht
an die Arbeit, als wäre nichts passiert. Aber haltet Euch bereit,
wenn ich Euch rufe. Doch zuerst …« Sie lächelte und beugte
sich zu ihm hinunter.

»Ich bin sicher, daß sie plant, die Regierung wieder voll und
ganz zu übernehmen«, teilte Robert seinem Schwiegervater
mit. Chang Tsin war der einzige, mit dem er sein schreckliches
Geheimnis teilen konnte. »Und dann wird es sicher zum Bürgerkrieg kommen.«

»Selbst bei T'se-hi kann ich mir nicht vorstellen, daß sie so etwas riskieren würde«, erwiderte Chang. »Sie weiß, wie sehr man sie haßt und daß die meisten Mandarine gegen sie sind. Es wäre zu gefährlich.«

»Was kann sie dann gemeint haben?«

»Ich weiß es nicht, Robert. Ich glaube, es ist das beste, wenn Ihr einfach gehorcht.«

Robert schrieb seinem Vater und Adrian, um die Situation zu erklären, und kehrte nach Wei-hai-wei zurück, wo er sein Haus mit verschlossenen Läden, aber unversehrt vorfand. Chou Li-ting öffnete es, und die Frauen zogen ein.

Robert mußte sich nun zuerst darum bemühen, daß die alten Besatzungen zurückkamen – sie waren wieder bei ihren Familien und damit in alle Winde verstreut. Danach galt es herauszufinden, welche Schiffe den Krieg überstanden hatten und wo sie sich befanden. Er schrieb Briefe, sandte Boten in alle Richtungen aus und erhielt Besuch von Li Hung-chang höchstpersönlich. Der Vizekönig war jetzt dreiundsiebzig Jahre alt, aber sein Alter schien sich seit ihrem letzten Treffen vor zwei Jahren, zu Beginn des Konflikts, verdoppelt zu haben. »Es könnte schlechter sein«, sagte er. »Die Barbaren haben erreicht, daß die Japaner die Halbinsel Liao-tung und Port Arthur im Tausch gegen eine weitere Wiedergutmachung zurückgeben.«

»Das sind ja großartige Neuigkeiten«, sagte Robert. »Wenn sie Port Arthur behalten hätten, wäre das so gewesen, als ob ein Kanonenrohr direkt auf den Golf von Chi-li gerichtet worden wäre.«

»Das stimmt. Aber die Neuigkeiten sind nicht ganz so gut, denn wir mußten den Russen unseren Hafen für die Dauer von fünfundzwanzig Jahren als Anleihe geben.« Li zuckte die Achseln.

»Und wir sind nicht in der Position, es zu verweigern. Werden wir jemals in der Position sein, irgend etwas zu verweigern, Exzellenz?«

Li breitete die Hände aus. »Wir müssen wachsam sein,

arbeiten und hoffen.« Er lächelte kurz. »Vielleicht sollten wir auch beten. Ich habe großes Vertrauen zu Seiner Majestät.«

Robert runzelte die Stirn. »Ihr sprecht vom Kaiser?«

»Ja. Ich weiß, viele glauben, daß er sich den Japanern gegenüber beim Aushandeln der Bedingungen schwach und feige gezeigt hat. Aber es war nötig. Ich habe es vorgeschlagen.«

Robert wußte, daß Li Hung-chang sich immer um den Frieden bemüht hatte, ganz gleich, wie hoch der Preis dafür war. Die furchtbaren Exzesse der T'ai-P'ing hatten seine Persönlichkeit nachhaltig geprägt. »Jetzt glaube ich, daß der Kaiser allmählich beginnt, die Dinge zu verstehen«, fuhr Li fort. »Er ist noch sehr jung, aber seit die Kaiserinwitwe im Ruhestand ist und die Regierungsgeschäfte abgegeben hat, konnte er sich mehr und mehr hervortun. Seine Majestät plant weitreichende Reformen für unser Land, und ich kann seiner Meinung nur beipflichten, daß die Stärke unseres Landes nur auf der Basis von innerer Stabilität, einer gesunden Finanzlage und einer gerechten Regierung beruhen kann. Von dieser Politik hängt zweifellos unser zukünftiges Wohlergehen ab.« Er sah Robert an. »Ihre Majestät ist damit natürlich nicht einverstanden.«

Robert ließ sich nicht in die Karten gucken. »Aber sie befindet sich im Ruhestand, Exzellenz.«

Im Verlauf des nächsten Jahres verschlechterte sich die Situation, als Deutschland, Frankreich, Großbritannien und Belgien Zugeständnisse von dem moribunden Drachen forderten. Robert mußte sogar Wei-hai-wei evakuieren und nach Tientsin übersiedeln, da Großbritannien den Hafen als Stützpunkt für die eigene Marine forderte. Als in Shantung zwei deutsche Missionare ermordet wurden, erhob auch der deutsche Kaiser Ansprüche auf einen Marinestützpunkt in Tsingtao, hatte aber eigentlich die gesamte Halbinsel im Kopf. »Es sieht nicht so aus, als ob China seine Unabhängigkeit wahren könnte«, schrieb Robert seinem Vater. »Jedenfalls trifft das auf die Küstenregionen zu. Aber besonders betrüblich finde ich es, daß offenbar niemand etwas dagegen tun kann, obwohl sich alle bewußt sind, was geschieht. Ich mache mir große Sorgen, daß sich in nicht allzu ferner Zukunft heftiger Widerstand gegen die Dynastie erheben wird.«

James Barrington verstand die Sorgen seines Sohnes sehr wohl. James war jetzt siebenundsechzig Jahre alt und bereit, sich zur Ruhe zu setzen. Auf Lucys Drängen hin würde er sogar nach England gehen, ein Land, das er nie besucht hatte, aber als seine Heimat ansehen sollte. Doch James war noch nicht überzeugt davon, daß er das Handelshaus aus den Händen geben konnte, und Adrian schien ihm noch immer ungeeignet, die Gesamtleitung zu übernehmen. »Wäre es nicht möglich«, schrieb James seinem ältesten Sohn, »daß du nach Schanghai zurückkehrst und die Leitung des Hauses übernimmst? Es liegt auf der Hand, daß es nie wieder eine chinesische Marine geben wird. Ich glaube nicht, daß die internationalen Mächte dem zustimmen würden, selbst wenn es einen passenden Hafen gäbe.«

Wie Robert seinem Vater bereits angedeutet hatte, war der gesamten Nation die gegenwärtige Situation bewußt. Die Stimmung im Land war in dem berühmten *Brief der zehntausend Worte* festgehalten, den ein radikaler Gelehrter namens K'ang Yu-wei geschrieben hatte. Darin rief K'ang zu einer politischen Revolution auf, auch wenn er gleichzeitig der Dynastie unverbrüchliche Treue schwor. Zu seinen zahlreichen Empfehlungen gehörte auch, daß das Abkommen von Shimonoseki für ungültig erklärt werden sollte, selbst wenn es dadurch zu einem erneuten Krieg käme. Die in der Tradition erstarrten Staatsprüfungen für Beamte wollte er abschaffen und außerdem die Hauptstadt Peking wegen der unsicheren Lage im Norden des Landes und der altmodischen und steifen Atmosphäre durch das moderne, lebendige Schanghai ersetzen.

Viele sahen in K'ang und seinem eifrigen Schüler Liang Ch'i-ch'ao nichts als versponnene Schreiberlinge. K'ang hatte allerdings in den vergangenen Jahren recht viel geschrieben, ohne sich dabei auf ein bestimmtes Thema zu beschränken. Aber es hieß, daß der Kaiser seine *Zehntausend Worte* aufmerksam gelesen hätte, und man wußte, daß K'ang nach Peking gerufen worden war, um den Literatenkreis, mit dem sich der Thron des Drachens jetzt umgab, zu vergrößern.

Weitere Gerüchte folgten im Verlauf des nächsten Jahres, das auch sonst reich an Ereignissen war. Dazu gehörte an erster Stelle Li Hung-changs Ausscheiden in den wohlverdienten Ruhestand. Neuer Vizekönig der Provinz Chi-li wurde Jung-lu. Das war eine Überraschung, denn jedermann wußte, daß der alte Haudegen zu T'se-his besonderen Lieblingen gehörte. Robert konnte sich ausmalen, welche erbitterten Kämpfe sich die verschiedenen Fraktionen in Peking geliefert haben mußten, als der Kuang-hsu in seinem Versuch, seine Macht zu festigen, an allen Ecken und Enden auf die Günstlinge seiner Tante gestoßen war.

Dann starb Prinz Kung. Auch wenn er in den letzten zehn Jahren nicht mehr als rechte Hand des Thrones in Erscheinung getreten war, so hatte er doch immerhin dem Tsung-li-yamen, dem Außenministerium, vorgestanden, und sein Einfluß, oft in Opposition zur Kaiserinwitwe, war auch weiterhin beträchtlich gewesen.

Alles schien darauf hinzudeuten, daß T'se-hi sich entweder bald durchsetzen oder wirklich ins Privatleben zurückziehen mußte. Das war nicht nur Roberts Meinung. Immer wieder gelangten Neuigkeiten nach Tientsin, die von Unruhen im Reich berichteten. Es gab zahlreiche Auseinandersetzungen zwischen den Anhängern des Kaisers, der von weitreichenden Reformen träumte, und den Traditionalisten, die meinten, daß sich in China nichts ändern sollte. Und die Zahl derer, die die ›ausländischen Teufel‹ verdammten, wuchs ständig. Die Angriffe auf christliche Missionsstationen und chinesische Bekehrte gingen immer öfter auf das Konto der ›Fäuste der heiligen Harmonie‹, die von der internationalen Presse verächtlich ›Boxer‹ genannt wurden. Robert machte sich große Sorgen, denn Helen und ihr Mann mußten dort oben am Huang-ho in erheblicher Gefahr schweben, obwohl sich in ihren Briefen keine entsprechende Andeutung fand. Offensichtlich hatten sie nicht vor, ihren Posten zu verlassen.

Auch Robert konnte den seinen nicht verlassen, selbst wenn sein Vater ihn noch so sehr darum bat. Auf jeden Fall war es schwer vorstellbar, daß diese langsam schwelende Krise sich noch lange hinziehen konnte, und tatsächlich spitzte sich die Situation zu, als der Kaiser am 11. Juni 1898 eine ganze Reihe von weitreichenden Reformen ankündigte.

Die ersten Vorschläge waren außerordentlich vernünftig und trafen auf breite Zustimmung. Der Bau einer Eisenbahnlinie zwischen Peking und Hankau, mehrere hundert Kilometer weiter flußaufwärts am Jangtse, sollte so rasch wie möglich durchgeführt werden, wodurch das Innere des Landes endlich erschlossen und schnelles Reisen möglich würde. Darüber hinaus wollte der Kaiser die Armee der Bannersoldaten mit den modernsten westlichen Waffen ausrüsten und eine Akademie für die Ausbildung der Marineoffiziere einrichten. Auch eine Universität in Peking war geplant und eine umfassende Verbesserung des Schulwesens. »Alles Dinge, für die wir uns seit jeher eingesetzt haben«, schrieb Robert seinem Vater.

Aber die zweite Hälfte des Programms, das am 30. August verkündet wurde, war ein direkter Angriff auf die traditionelle konfuzianische Gesellschaft Chinas. Jegliche Form von Sinekure sollte abgeschafft und das Prüfungssystem für Staatsbeamte ganz im Sinne K'ang Yu-weis reformiert werden. Außerdem sollten die irregulären Truppen des grünen Banners, die den jeweiligen Vizekönigen der Provinzen direkt unterstellt waren und die Bannersoldaten in der Vergangenheit immer unterstützt hatten, aufgelöst werden. Schließlich war noch die Einführung eines Haushaltsplans vorgesehen. Jetzt mußte man abwarten, wie die mächtigen Mandarine und Vizekönige, und ganz besonders die Kaiserinwitwe, darauf reagieren würden. Am 16. September erhielt Robert überraschend Besuch von Yüan Schi-Kai.

Robert stand auf, um den berühmten Soldaten, der – trotz seiner Niederlage in Korea drei Jahre zuvor – aufgrund seines tapferen und unermüdlichen Einsatzes in der Mandschurei ein Nationalheld geblieben war, zu begrüßen. Yüan war jetzt neununddreißig Jahre alt und wirkte untersetzter denn je. Bis auf den obligatorischen Zopf war sein Haar kurz geschnitten, was seinen Kopf noch kugelförmiger erscheinen ließ.

Er war inzwischen Vizekönig der Provinz Shantung und daher berechtigt, in Tientsin zu sein, aber er hatte es bisher noch nie für nötig befunden, Admiral Barrington einen Besuch abzustatten.

Jetzt verbeugte er sich und schüttelte Robert die Hand. Die Tür zu Roberts Büro stand weiterhin offen, und Yüan sah sie bedeutungsvoll an.

»Bitte, schließt die Tür«, sagte Robert schließlich seinem Sekretär.

Yüan setzte sich. »Man sagt mir, daß Ihr T'se-hi sehr schätzt, Barrington«, begann er ohne jede Einleitung.

Robert nahm ebenfalls wieder Platz. »Ihre Majestät wird seit vielen Jahren von meiner ganzen Familie hochgeschätzt, Exzellenz.«

»Ich meine Euch persönlich, Barrington.«

»Ihre Majestät war so freundlich, mir ihre Gunst zu gewähren«, sagte Robert vorsichtig.

»Das ist durchaus bekannt. Ihre Majestät erwartet äußerste Loyalität und Ehrerbietung von Personen, denen sie ihre Gunst erweist.«

»Auch das ist kein Geheimnis«, erwiderte Robert.

»Wie würdet Ihr reagieren, wenn ich Euch sagte, daß sie in Gefahr schwebt?«

Robert runzelte die Stirn. Er konnte sich nicht vorstellen, daß die Kaiserinwitwe es je so weit kommen lassen würde.

»Sie ist gegen die Reformen des Kaisers«, sagte Yüan. »Der Kaiser fürchtet seine Tante. Er fühlt sich nicht sicher, solange ihre Macht nicht gebrochen ist.«

»Woher wißt Ihr das?«

»Weil mich einige seiner Anhänger angesprochen haben,

damit ich ihnen bei der Verhaftung der Kaiserinwitwe behilflich bin.«

»Und das erzählt Ihr *mir*?« fragte Robert. »Seid Ihr sicher, daß diese Spießgesellen des Kaisers es nicht allein versuchen werden?«

»Der Gedanke ist mir auch schon gekommen«, erwiderte Yüan. »Also habe ich so getan, als würde ich mich ihnen anschließen, aber ich habe gesagt, daß ich nichts tun könnte, solange ich keine Anweisung vom Kaiser persönlich erhalten hätte. Vor zwei Tagen habe ich dann seinen Befehl erhalten, meine Armee einzusetzen, um seine Tante und ihre Anhänger zu verhaften.« Er nahm ein Schriftstück aus der Tasche und legte es vor Robert auf den Schreibtisch.

Robert öffnete es und las. Es stammte ganz offensichtlich aus der Feder eines Hofschreibers, aber es war vom Kuang-hsu unterschrieben. Jedoch ... Er hob den Kopf. »Der Kaiser hat es mit schwarzer Tinte unterschrieben.«

Yüan nickte. »Und eine kaiserliche Verfügung ist immer mit roter Tinte unterschrieben.«

»Dann ist es eine Fälschung?«

»Nein. Es ist die Unterschrift des Kuang-hsu, aber es ist ein Beispiel für die Unentschlossenheit des Kaisers. Einerseits möchte er T'se-hi aus dem Weg haben, aber andererseits bringt er es doch nicht fertig, es in einer offiziellen, kaiserlichen Verfügung festzulegen.«

»Wir sprechen hier über Hochverrat.«

»Was ist Hochverrat, Barrington? Illoyalität dem Thron oder dem Reich gegenüber?«

»Ein ausgesprochen konfuzianisches Dilemma, Exzellenz.«

»Es ist an der Zeit, eine Entscheidung zu treffen, Barrington. Wenn ich der ›Forderung‹ des Kaisers nachkomme, wird Ihre Majestät auf immer und ewig verschwinden. Ich bin sicher, daß man, wenn sie erst einmal hinter Gittern sitzt, auch rasch eine adäquate Todesart finden wird. Immerhin ist sie eine alte Frau – in drei Monaten wird sie dreiundsechzig. Niemand wäre überrascht. Dann ist der Kaiser der alleinige Herrscher über das Reich. Aber ich glaube nicht, daß er dazu fähig ist. Ich glaube eher, daß wir dann von Gelehrten wie K'ang und seinen Leuten regiert werden. Ich glaube, daß das der Untergang des Drachenreiches wäre.«

»Des Ch'ing-Reiches ganz sicher. Wollt denn Ihr, ein Chinese, tatsächlich den Fortbestand der Ch'ing sichern?«

»Ich möchte das Reich retten, Barrington. Und das wird nur durch die Ch'ing zusammengehalten. Zumindest im Augenblick«, fügte er noch hinzu. »Nun zur Alternative. Wenn wir zur Kaiserinwitwe gehen und ihr alles erzählen, wird sie handeln müssen, und dabei könnte der Kaiser sehr wohl umkommen. In jedem Fall würde er entthront werden. Dann müßten wir einen neuen Kaiser finden, aber ich bin sicher, daß T'se-hi das übernehmen und einen kleinen Jungen wählen würde, der ihr eine Regierungszeit von mindestens zwölf Jahren garantiert. Das wäre ein schicksalhafter Schritt für das Reich. Für den ganzen Fernen Osten.« Er sah Robert an. »Die Kaiserin hätte zum Beispiel keinen Frieden mit den Japanern geschlossen.«

»Warum erzählt Ihr mir das alles?« fragte Robert. »Ich habe keine Armee, mit der ich die eine oder die andere Partei unterstützen könnte.«

»Ich erzähle es Euch, weil Ihr ein Barrington seid. Weil Ihr über das Haus Barrington verfügt.«

»Mein Vater verfügt über das Haus Barrington.«

Yüans Augen waren halb geschlossen. »Bedrängt er Euch denn nicht ständig damit, die Leitung des Hauses zu übernehmen?« Er lächelte kurz. »Es gehört zu meinen Aufgaben, alles zu wissen, was um mich herum vorgeht, selbst wenn ich dafür die Briefe meiner Untertanen einsehen muß. Wenn wir die Kaiserinwitwe unterstützen, wird es Eure Aufgabe sein, die Leitung des Hauses Barrington zu übernehmen und Euch mit allem, was Ihr habt, hinter das neue Regime zu stellen. Oder sollte ich sagen: hinter das alte Regime? Außerdem werdet Ihr als Anglo-Chinese die westlichen Mächte davon überzeugen müssen, daß China nur den Frieden sucht – zumindest bis wir für einen Krieg vorbereitet sind.«

»Und Ihr erwartet von mir, daß ich dieses doppelte Spiel mitspiele? Warum?«

Wieder lächelte Yüan kurz. »Weil Ihr so hoch in der Gunst der Kaiserin gestanden habt. Oder sollte ich sagen: *gelegen* habt?«

Es war nicht der Moment, sich darüber zu empören. »Das heißt also, daß Ihr Eure Entscheidung bereits getroffen habt, Exzellenz.«

»Ja«, sagte Yüan. »Seid Ihr auf meiner Seite?«

9

DIE BOXER

Yüan Schi-Kai hatte sich seine Pläne zurechtgelegt. Für den Augenblick gab er vor, im Lager des Kaisers zu sein. In diesem Zusammenhang und mit dem Wissen um die Verschwörung, die er aufgedeckt hatte, fuhr er in Begleitung einer schlagkräftigen Leibwache nach Peking.

Noch vor ihm reiste Robert allein nach Peking und ging direkt zu Chang Tsins Haus. Der alte Eunuch war in der Verbotenen Stadt, aber Wu-lai kümmerte sich um ihren Schwiegersohn, bis ihr Gemahl nach Hause kam. Chang Tsin runzelte die Stirn. »Ihr seht aus, als hättet Ihr Sorgen. Geht es Su gut? Und dem Jungen?«

»Ja, es geht ihnen ausgezeichnet. Chang, ich muß noch heute nacht mit der Kaiserin sprechen. Es ist sehr dringend.«

Chang Tsin sah jetzt noch beunruhigter aus. »Ich weiß nicht, ob das möglich sein wird.«

»Es muß sein, Chang«, beharrte Robert. »Es geht um Leben und Tod für uns alle.«

Das überzeugte Chang, und Robert schlich sich in der Nacht verkleidet in die Verbotene Stadt. Chang wagte jedoch nicht, die Theateraufführung zu unterbrechen, die die Hofdamen und Eunuchen für T'se-hi gaben. Auch beim anschließenden Nachtmahl konnte er sie unmöglich stören. Es war fast Mitternacht, als sich für Robert die Tür zum Schlafzimmer der Kaiserin öffnete. Mit Bedauern stellte er fest, daß seine frühere Geliebte immer dicker wurde. Auch einige Zähne hatte sie eingebüßt. Aber ihr Charakter war heftig wie eh und je. »Ihr nehmt Euch zuviel heraus, Barrington. Sehnt Ihr Euch so nach meinem Bett?«

»Hat Euch Chang Tsin nicht angekündigt, daß es sich um eine Angelegenheit von höchster Dringlichkeit handelt, Majestät?«

»Was kann schon wichtiger sein als die Liebe? Aber ich bin heute nacht nicht in Stimmung.«

»Das Leben ist wichtiger als die Liebe, Majestät.«

T'se-hi runzelte die Stirn. »Ist Euer Leben in Gefahr, Robert?«

»Es ist *Euer* Leben, um das ich mir Sorgen mache, Majestät.«

T'se-hi reckte den Kopf in die Höhe. »Sprecht!«

Robert wiederholte, was ihm Yüan Schi-Kai erzählt hatte.

T'se-hi unterbrach ihn kein einziges Mal. »Yüan«, sagte sie leise, als er seinen Bericht beendet hatte. »Yüan und Barrington sind auf meiner Seite.«

»Wir erwarten Eure Anweisungen, Majestät.«

Sie sah ihn an. »Könnt Ihr Euch nicht vorstellen, wie sie lauten?«

»Wir brauchen sie schriftlich, Majestät.«

T'se-hi stand auf. »Holt Chang Tsin«, befahl sie. »Er wird im Nebenzimmer sein.« Robert öffnete die Tür und fand dort tatsächlich Chang Tsin, der nervös auf und ab ging. T'se-hi warf sich einen Morgenmantel über. »Hol mir Papier«, sagte sie dem Eunuchen. »Ich muß einen Befehl schreiben.«

Chang Tsin zögerte. »Und welche Tinte, Majestät?«

»Es wird ein kaiserlicher Erlaß sein«, sagte T'se-hi. »Rote Tinte. Und dann hol Jung-lu.«

T'se-hi begleitete Jung-lu, Robert und Yüan Schi-Kai persönlich zu den Gemächern des Kaisers, nachdem ihr Yüan versichert hatte, daß alle Stadttore unter seiner Kontrolle waren. Eunuchen liefen aufgeregt hin und her, aber Jung-lu wurde von einer Abteilung seiner Leibwache begleitet, so daß sie nichts unternehmen konnten. Der Kuang-hsu starrte seine Tante fassungslos an; man hatte ihn aus dem Bett geholt.

»Kennst du die Strafe des kaiserlichen Hofs für jemanden, der die Hand gegen seine Mutter erhebt?« rief sie und gab ihm eine so kräftige Ohrfeige, daß er fast umfiel. »Verhaftet diesen Schurken«, befahl T'se-hi. »Bringt ihn nach Ying T'ai.« Das war eine Insel im südlichen See der Seepaläste. Nur eine

einzige Brücke verband sie mit dem Festland – eine Zug-
brücke, die man heben und die Insel so völlig isolieren
konnte. »Er wird dort bleiben«, sagte T'se-hi, »solange es mir
beliebt.« Sie sah die zitternden Eunuchen an. »Hinrichten«,
befahl die Kaiserinwitwe.

Sie wurden rasch abgeführt.

»Das ist ein Verbrechen«, protestierte der Kuang-hsu.

»Ich rette nur das Reich und die Dynastie«, erwiderte T'se-
hi. »Du kannst Lung-yu mit ins Gefängnis nehmen.«

Die Frauen des Kaisers hatten sich – beunruhigt durch den
Aufruhr – in der Tür versammelt. Lung-yu sprang vor Freude
fast an die Decke.

»Und was ist mit mir?« flehte die Perlenkonkubine. »Ihr
könnt seine Majestät nicht ohne mich wegschicken.«

»Verhaftet die Frau«, sagte T'se-hi. »Sie ist mir zuwider.«

Es war auch an der Zeit, mit der ›Clique‹ des Kaisers abzurechnen. Die meisten waren geflohen, aber sechs, die man
später die Väter der Reformbewegung nannte, wurden gefangengenommen und nach kurzem Prozeß verurteilt und enthauptet. K'ang Yu-wei konnte allerdings auf einem britischen
Schiff nach Hongkong entkommen.

Der Staatsstreich war mit einem Erlaß im Namen des Kaisers beendet: »Vom heutigen Tage an wird Ihre Majestät die
Staatsgeschäfte im Seitensaal des Palasts übernehmen, und
übermorgen werden Wir und Unsere Prinzen und Minister
Ihr im Regierungssaal Unsere Huldigung darbringen ...«

»Es gibt noch viel zu tun«, teilte T'se-hi ihren treuen
Gefolgsleuten mit. Der Coup schien sie verjüngt zu haben,
und sie schäumte über vor Energie. »Jung-lu, Ihr seid auch
weiterhin für Peking und die Provinz Chi-li verantwortlich,
aber seid achtsam. Ich wünsche keine Aufstände.«

»Es wird keine geben, Majestät«, versprach der alte Soldat.

»Yüan Schi-Kai.« Sie lächelte. »Mein letzter, berühmtester
und treuester Bannersoldat. Ihr werdet Euch um die anderen
Provinzen kümmern.«

Yüan verneigte sich.

»Und Ihr, Barrington ...« Sie hielt inne und dachte nach.

»Laßt mich nach Schanghai zurückkehren, Majestät.«

»Zu welchem Zweck?«

»Um die Leitung des Hauses Barrington zu übernehmen, Majestät. Und außerdem«, sagte er rasch, als sie mißbilligend schnaubte, »um den Engländern und der gesamten Gemeinde der Barbaren zu vermitteln, was geschehen ist.«

»Diese Gemeinde ist durch ihre einzelnen Gesandtschaften in Peking hinreichend vertreten«, meinte T'se-hi.

»Die Barbaren werden mir eher zuhören als dem Tsung-li-yamen, und noch mehr Vertrauen haben, wenn sie sehen, daß ich Peking verlassen durfte.«

»Und mich«, brummte sie.

»Zweifelt Ihr etwa daran, Majestät, daß ich sofort an Eure Seite eilen werde, wenn Ihr mich braucht?«

Sie lächelte. »Nein, daran habe ich jetzt wirklich keine Zweifel mehr. Geht und seid erfolgreich, Barrington. Und stellt sicher, daß auch ich Erfolg habe.«

Wenige Tage später fand man die Leiche der Perlenkonkubine auf dem Boden eines Brunnens in der Verbotenen Stadt. Die offizielle Version sprach von Selbstmord aus Trauer über die Trennung von ihrem Gebieter, aber niemand bezweifelte, daß sie auf T'se-his Befehl hin in den Brunnen geworfen worden war.

Die Nachricht vom Staatsstreich schockierte die Welt, aber niemand konnte oder wollte etwas daran ändern. Die Barbaren waren lediglich an Handelsbeziehungen mit China interessiert und schätzten sich glücklich, daß das Reich wieder in starken Händen war und ihre Vorrechte und Konzessionen bestätigt wurden. Niemand protestierte, als Anfang des Jahres 1899 bekanntgegeben wurde, daß der Kaiser aus gesundheitlichen Gründen keine kaiserlichen Verfügungen mehr unterschreiben oder sich in der Öffentlichkeit zeigen könne. Die Kaiserinwitwe würde fortan für ihn die Verfügungen unterschreiben, und Prinz P'u-chun würde den Kaiser bei religiösen Zeremonien in seinem Amt als Sohn des Himmels vertreten. P'u-chun war der Sohn des Prinzen Tuan, eines Prinzen der Ch'ing, der außerdem T'se-his Neffe war.

»Glaubst du, daß sie mit ihm den nächsten Kaiser heranzüchtet?« fragte James Barrington seinen ältesten Sohn.

»Das bezweifle ich«, erwiderte Robert. »Sicher nicht P'u-Chun. Er würde bereits in drei oder vier Jahren selbst regieren können, und ich kann mir nicht vorstellen, daß T'se-hi ihre Macht so schnell wieder abgeben wird.«

»Von unserem Standpunkt aus betrachtet, sollte sie so lange wie möglich an der Macht bleiben.«

Robert grinste. »Obwohl wir wissen, daß sie ein furchtbarer Despot ist und wahrscheinlich zahllose Morde begangen hat?«

»Du kennst sie nicht so wie ich, Robert.«

Sein Vater, der sehr stolz darauf war, der Kleinen Orchidee einmal einen Heiratsantrag gemacht und sie auf die Lippen geküßt zu haben, hatte keine Ahnung von *seinem* Verhältnis zur Kaiserinwitwe, und er würde es auch nie erfahren – das hatte Robert entschieden. Außerdem konnte er dem alten Mann nur zustimmen, obwohl er natürlich wußte, was für ein Drachen T'se-hi geworden war. Und natürlich hatte sie ihn in der Hand, jetzt und für alle Zeit. Daran konnte er nichts ändern, selbst wenn er gewollt hätte.

Daher verteidigte er T'se-hi vor den Europäern, die sich in der internationalen Siedlung vor den Toren Schanghais aufgeregt versammelten, und versprach ihnen eine Phase der Stabilität und des guten Willens. Gleichzeitig mußte er die Kunst des Friedens wieder erlernen, nachdem er sich so lange nur mit der Kunst des Krieges befaßt hatte.

Und er fand sein eigenes Reich, das auf ihn wartete. Während im Norden Unruhe und Gewalt geherrscht hatten, war das Haus Barrington beständig gewachsen. Sieben Dampfschiffe fuhren jetzt unter der Phoenixflagge und mehr als zwanzig Dschunken, von den über hundert Sampans gar nicht erst zu reden. Das Haus trieb Handel am Jangtse – der ihnen noch immer ganz allein gehörte – und natürlich entlang des Großen Kanals, außerdem die Küste hinunter bis nach Hongkong, Macao und Kanton. Aber auch zwischen Schanghai und Singapur, Manila und Australien verkehrten ihre Schiffe jetzt regelmäßig, sogar San Francisco wurde einmal im Monat angesteuert.

»Meine Hochachtung«, sagte Robert zu seinem Bruder.

Er hatte erwartet, daß Adrian sich eifersüchtig und unversöhnlich zeigen würde, aber er nahm die Rückkehr Roberts und seine Ernennung zum neuen Vorstand des Hauses überraschend gelassen hin. Und Robert hatte nicht vor, ihm seine Aufgaben abzunehmen, auch wenn er gerne gewußt hätte, was sich hinter diesen dunklen Augen verbarg. Es kursierten Gerüchte, daß Adrian in seinem eigenen Haus jedem nur erdenklichen Laster frönte, aber es gab schließlich unzählige Klatschgeschichten über die Barringtons. Wann immer Robert seinen Bruder besuchte, konnte er jedenfalls nichts Ungewöhnliches feststellen.

Andererseits lud Adrian, der jetzt zweiunddreißig war, nie jemanden zu sich nach Hause ein und schien auch nicht das geringste Interesse an einer europäischen oder chinesischen Braut zu haben. Im Moment war er offenbar vollkommen zufrieden damit, daß sein älterer Bruder zurückkam und die Leitung des Hauses übernahm. Auch James war überglücklich. Mit neunundsechzig Jahren mußte ihm die Absicherung der Zukunft eines der wichtigsten Anliegen sein.

Robert war aus einem anderen Grund froh: Er konnte ein Auge auf Viktoria haben, denn seiner Mutter ging es nicht sehr gut, und tatsächlich starb Lucy nur wenige Monate nach seiner Rückkehr. Es war traurig mit anzusehen, dachte Robert, wie sehr ihr Tod sie alle berührte, wo ihr doch keiner aus der Familie zu Lebzeiten wirklich nahegestanden hatte. Helen kam auf Besuch aus Lo-Shan, und Robert stellte mit Besorgnis fest, wie sehr seine Schwester gealtert war. Sie wirkte auch nicht mehr so glücklich und zufrieden wie früher. Aber sie verlor kein Wort über ihre Ehe und reiste schon bald nach dem Gedenkgottesdienst wieder ab.

Robert nahm an, daß er – außer Tante Joanna vielleicht – als einziger in der Familie von Viktorias Triadenzugehörigkeit wußte. Die gesamte europäische Gemeinde schien jedenfalls die Geschichte zu glauben, daß seine jüngere Schwester das Kind, das Su und er adoptiert hatten, aus den Trümmern, die nach der japanischen Eroberung von Port Arthur übriggeblieben waren, gerettet hatte.

Vicky war natürlich überglücklich, wieder mit ihrem Sohn vereint zu sein, auch wenn der jetzt vierjährige Martin nach außen hin Chang Sus Sohn war und daher wie ein chinesischer und nicht wie ein englischer Junge aufwuchs. Aber Vicky konnte Roberts Wohnung jeden Tag besuchen.

Dadurch hatten sie auch mehr Gelegenheit zu privaten Gesprächen. »Was treibst du eigentlich so den ganzen Tag?« fragte er sie eines Abends.

»Ich lese viel und arbeite hier und da in Schanghai für wohltätige Zwecke ...« Sie sah ihn an.

»Denkst du nicht an Heirat?«

»Ich habe einen Ehemann.«

»Also wirklich, Vicky, siehst du nicht, wie absurd das ist? Willst du denn den Rest deines Lebens hier sitzen und darauf warten, daß dieser Schuft zurückkommt?«

»Er ist kein Schuft. Er hat sich seinem Ziel voll und ganz verschrieben. Ja, ich warte auf seine Rückkehr. Und eines Tages wird er zurückkommen.«

»Das würde mich wundern. Aus zwei Gründen. Wenn er wirklich, wie du sagst, so engagiert ist, dann hat er sich der Revolution verschrieben und nicht dir. Es tut mir leid, aber das mußt du akzeptieren.«

»Das tue ich auch, Robert. Aber es ändert nichts an meiner Liebe zu ihm. Und was ist der zweite Grund?«

»Nun, dieser Sun Yat-sen ist sozusagen wie vom Erdboden verschluckt, nicht wahr?«

»Das ist nicht weiter überraschend. Wußtest du, daß die Agenten deiner geliebten Kaiserin versucht haben, ihn in England zu entführen? Sie haben ihn sogar tatsächlich festgenommen und ihn in der chinesischen Botschaft in London eingesperrt, um ihn dann per Schiff hierher zurückzubringen.

Kannst du dir vorstellen, was sie hier in China mit ihm gemacht hätten?«

»Er wäre hingerichtet worden.«

»Aber sicher erst nach schwersten Folterungen. Wie auch immer, er hat es jedenfalls fertiggebracht, einen Zettel aus seinem Fenster zu werfen, und die britische Polizei hat ihn befreit. Dem Himmel sei Dank für die britische Polizei!«

»Dir ist hoffentlich klar, was geschehen wäre, wenn sie ihn zurückgebracht und gefoltert hätten, um die Namen seiner Verbündeten zu erfahren? Dein Name hätte durchaus darunter sein können.«

»Dr. Sun hätte niemanden verraten«, versicherte ihm Viktoria. »Ganz gleich, was sie mit ihm angestellt hätten. Außerdem bezweifele ich, daß er überhaupt von meiner Existenz weiß.«

Robert beschloß, das Thema zu wechseln. »Trotzdem ist es absurd, daß ein so schönes Mädchen wie du sein Leben verschwendet und auf einen Traum wartet, der nie in Erfüllung gehen kann. Es muß doch in Schanghai einen ordentlichen Mann geben, den du heiraten könntest.«

»Es gibt hier mehrere ›ordentliche‹ Männer, die mir einen Antrag gemacht haben – in der Hoffnung, den verrufensten Sproß der Familie Barrington zu erobern, und natürlich auch, um sich hinter dem Namen Barrington verstecken zu können. Ich bin glücklich so. Und natürlich auch darüber, daß du hier bist.«

»Und der kleine Martin.«

Sie lächelte. »Das will ich nicht leugnen.«

Robert mußte es fürs erste dabei belassen. Außerdem plagten ihn noch vor Ende des Jahres andere Sorgen. Adrian kam eines Morgens mit finsterer Miene ins Büro. »Diese Boxer sind langsam kein Spaß mehr«, sagte er. »Weißt du, daß sie einen unserer Sampans angegriffen haben? Anscheinend hat es einen ziemlichen Kampf gegeben. Unsere Leute konnten zwar entkommen, aber zwei sind getötet worden. Und all das ereignete sich in der unmittelbaren Nähe von Schanghai.«

Robert runzelte die Stirn. »Boxer? Hier in Schanghai?«

»Bist du etwa blind, Bobby? Sie sind schon überall.«

»Nun, an der Küste werden sie sich nicht breitmachen«, entgegnete Robert und ging zu Chao Chin-lu, dem Vizekönig.

»Ich weiß, Barrington.« Chao war ein kleines, dünnes Männchen mit einem ständig sorgenzerfurchten Gesicht. »Sie sind wirklich lästig.«

»Und aus irgendwelchen Gründen läßt man sie immer wieder gewähren, selbst wenn sie jemanden umbringen«, meinte Robert. »Versteht mich nicht falsch, ich habe nichts dagegen, wenn junge Leute Sport treiben, um fit zu bleiben, solange sie sich darauf beschränken. Aber wenn sie anfangen, meine eigenen Leute anzugreifen … ich bin einmal selbst von ihnen angegriffen worden, Chao. Ich habe ein paar von ihnen erschossen.«

»Das ist mir bekannt«, erwiderte Chao.

»Ich möchte, daß diese Horde verhaftet und vor ein ordentliches Gericht gestellt wird.«

Chao legte seine Hände flach auf den Schreibtisch. »Das kann ich nicht tun, Barrington.«

»Das könnt Ihr nicht? Wenn Euch die Männer fehlen, macht Euch darum keine Sorgen, die kann ich zur Verfügung stellen. Gebt mir den Haftbefehl, den Rest übernehme ich selbst.«

»Ich kann keinen Haftbefehl ausstellen, Barrington.« Chao sah jetzt aus, als hätte er körperliche Schmerzen. »Die Boxer sollen in Ruhe gelassen werden. Die Anweisung kommt direkt aus Peking.« Er runzelte die Stirn. »Wußtet Ihr das denn nicht?«

Robert traute seinen Ohren nicht. »Eine Anweisung aus Peking? Nein, davon wußte ich tatsächlich nichts. Und ich kann es auch nicht glauben.«

»Ihr müßt es glauben, Barrington. Die Anweisung ist von der Kaiserinwitwe selbst unterschrieben – mit roter Tinte.«

Robert kehrte eilig ins Büro zurück und schrieb an Chang Tsin. »Ich weiß nicht, was vorgeht«, schrieb er. »Ich kann nur annehmen, daß die Kaiserin zu einem falschen Urteil in dieser Angelegenheit verführt worden ist und den wahren Sachverhalt nicht kennt. In diesem Falle bitte ich Euch, Chang, ihre Ansichten zu korrigieren. Diese Männer sind gefährlich, und es werden täglich mehr. Wenn ihnen nicht jetzt Einhalt geboten wird, kann es eines Tages zu spät sein. Wir haben doch schon früher darüber gesprochen, und Ihr habt mir damals zugestimmt. Jetzt müßt Ihr handeln, sonst ist alles verloren.«

Danach konnte er nichts weiter tun, als auf die Antwort zu warten, die zu Beginn des neuen Jahres eintraf. Die Barbaren feierten das neue Jahr, das letzte des Jahrhunderts, mit prunkvollen Silversterparties, und forderten die Chinesen sogar durch den Gebrauch von Feuerwerk heraus. Die Chinesen hingegen, die ein vollständig anderes Kalendersystem hatten, das tief in ihre Geschichte zurückreichte, waren höflich, aber nicht besonders beeindruckt. Jedenfalls beendete Changs Brief Roberts Feierstimmung. »Ich fürchte, daß Ihre Majestät über die Aktivitäten und Ansichten der Boxer sehr gut informiert ist«, schrieb Chang. »Was ihren immer wieder zum Ausdruck gebrachten Fremdenhaß angeht, so findet Ihre Majestät, daß man dieses natürliche Gefühl nicht unterdrücken sollte, zumal die Barbaren unser Reich ziemlich respektlos behandelt haben – eine Meinung, die übrigens viele Mandschus teilen. Aber Ihr könnt beruhigt sein, Barrington. Die Lage wird sorgfältig überwacht, und entsprechende Maßnahmen werden ergriffen, sobald es eine Veranlassung dazu gibt.«

Robert zeigte den Brief seinem Vater. James hatte sich jetzt vollständig aus dem Geschäftsleben zurückgezogen, aber nach dem Tod seiner Frau gab es für ihn erst recht keinen Grund, das Land, das er so sehr liebte und in dem er sein ganzes Leben verbracht hatte, zu verlassen. Er runzelte die Stirn. »Verstehst du, was dahintersteckt?«

»Natürlich. T'se-hi hat die Barbaren immer gehaßt. Sie hat ihnen nie verziehen, daß sie 1861 den Yuan Ming Yuan niedergebrannt haben. Und jetzt hat sie einen neuen Grund für ihre Xenophobie: die rücksichtslose Art und Weise, wie die Europäer China unter sich aufgeteilt haben. Aber die Kaiserinwitwe weiß natürlich, daß sie sich nicht offen gegen die Barbaren wenden und sie hinauswerfen kann. Dafür fehlt ihr die Stärke.«

»Und daher ermutigt sie lokale, fremdenfeindliche Bewegungen«, sagte James. »Glaubst du wirklich, daß sie damit durchkommt? Es mußt nur ein Europäer dabei umkommen ...«

»Ich fahre nach Peking, um mit ihr zu reden«, beschloß Robert. »Bevor es den nächsten katastrophalen Krieg gibt.«

Als Robert zu Hause bekanntgab, daß er nach Peking reisen wolle, bat Chang Su, ihn begleiten zu dürfen. Sie hätte ihre ›Eltern‹ schon seit Jahren nicht mehr gesehen. Robert erklärte sich einverstanden, da so die eigentliche Absicht seiner Reise im dunkeln blieb, bis er die Hauptstadt erreicht hatte. Daß er und seine Frau ihre Eltern besuchen wollten, war schließlich vollkommen natürlich, und Viktoria war glücklich, Martin eine Zeitlang für sich allein zu haben.

Sie reisten auf einem Sampan und wählten die vertraute Route durch den Großen Kanal. Zusätzlich zur Besatzung nahm Robert noch Chou Li-ting und sechs weitere Diener mit, die alle mit Gewehren umgehen konnten, und er hoffte, daß er auf diese Weise mit eventuellen Angreifern fertig werden würde. Aber die große Zahl der Boxer, die man immer wieder bei ihren angeblich harmlosen Übungen an den Ufern sehen konnte, machte ihm große Sorgen. Einmal drohten sie auch mit allerlei handgefertigten Waffen.

Es wurden immer mehr, je weiter sie nach Norden kamen, und als Robert in Tientsin anlegte, empfing ihn der Gouverneur Lao-ching mit ernster Miene. »Ihr müßt vorsichtig sein, Barrington«, sagte er. »Es gibt sehr viele von ihnen zwischen Tientsin und Peking. Sie sind ein großes Übel.«

»Und ich nehme an, Ihr habt Befehl, sie in Ruhe zu lassen«, sagte Robert düster. »Wie denken denn die Barbaren darüber?«

»Sie sind sehr besorgt. Sie kommen dauernd zu mir und sprechen von nichts anderem. Aber ich kann nichts tun. Ich muß meine Befehle befolgen.«

Am nächsten Morgen setzte Robert seine Reise fort, überquerte den Pei-ho und fuhr weiter über die Verlängerung des Kanals, die parallel zum Fluß verlief. Aber sie waren noch nicht sehr weit gekommen, als sie Schüsse hörten. »Es kommt von dort, Exzellenz«, sagte der Skipper des Sampans, Shung Li-chu.

Robert suchte das Ufer ab. In der Entfernung sah man ein Dorf, das verlassen wirkte. Zu ihrer Rechten, wo die Schüsse herzukommen schienen, lagen niedrige Hügel. »Wie sieht es dahinter aus?« frage Robert.

»Dort ist ein Lager der Barbaren. Sie bauen die Eisenbahn«, sagte Shung, der jeden Monat mit Waren des Hauses Barrington diese Strecke bis in die Hauptstadt befuhr.

»Eine belgische Gesellschaft«, erinnerte sich Robert. Plötzlich ertönte ein gewaltiges Rauschen, als ob eine Welle sich an einem felsigen Strand brach – Menschen riefen, Feuerwerk krachte, und immer wieder fielen Gewehr- und Revolverschüsse. »Anlegen, Shung«, befahl er.

»Ihr wollt doch nicht etwa an Land gehen?« fragte Su fassungslos.

»Ich möchte herausfinden, was dort los ist.« Wenn es sich, wie er vermutete, um einen Angriff der Boxer handelte, dann würde er der Kaiserin konkrete Beweise vorlegen und sie vielleicht unter Druck setzen können, etwas zu unternehmen, bevor die Barbaren selbst eingriffen. »Sobald wir an Land gegangen sind, legt Ihr ab und ankert in der Mitte des Kanals. Kommt nicht ans Ufer, bis ich zurückkehre. Und sollte irgend jemand versuchen, heranzukommen, dann schießt.« Shung nickte, während sich Su und ihre Dienerinnen im Mittelzelt verkrochen.

Robert nahm Chou und seine sechs Leibwächter mit. Jeder Mann trug einen vollen Schulterpatronengurt; Robert hatte Gewehr und Revolver dabei. Sie liefen den Hügel hinauf. Der Lärm wurde immer lauter, und die Luft war erfüllt von einer Art triumphalem Siegesgeheul. Bevor sie die höchste Stelle erreicht hatten, brach es plötzlich ab. Robert sah in ein flaches Tal hinunter. Zu seiner Rechten glitzerten die Schienenstränge, die zurück zum Fluß und nach Tientsin führten, im

Sonnenlicht – jedenfalls die, die noch an Ort und Stelle waren, denn viele waren herausgerissen und lagen kreuz und quer verstreut.

Zu seiner Linken sah er eine große Abteilung berittener Soldaten, offensichtlich Bannersoldaten, wie er aus ihren Flaggen und Waffen schloß. Aber sie rührten sich nicht und beobachteten wie er das Geschehen im Tal. Einige der Gebäude standen in Flammen. Die bunten Kittel und Flaggen der Boxer waren überall zu sehen, als sie zwischen den Gebäuden umherliefen und plünderten.

Die meisten hatten sich vor dem größten Gebäude versammelt, wo eine Verhandlung stattzufinden schien. Robert nahm sein Fernglas und sah drei weiße Männer, die offenbar mit den Anführern des Mobs sprachen. Es wurde auf beiden Seiten viel gestikuliert, und er nahm an, daß die Belgier, nachdem sie verzweifelt Widerstand geleistet hatten, sich ergeben wollten, wenn sie dafür unbehelligt abziehen durften.

Das bestätigte sich nur wenige Minuten später. Aus dem Haus kamen noch mehrere Männer und außerdem drei Frauen. Robert sah, wie die Männer ihre Waffen auf den Boden warfen, was die Anführer der Boxer offensichtlich verlangt hatten. Dann machte sich die gesamte Gruppe der Europäer auf den Weg. Sie kamen Robert entgegen und kletterten den Hügel hinauf, da sie den Großen Kanal für sicherer hielten als den Weg die Gleise entlang, wo sie vielleicht auf weitere Boxer gestoßen wären.

Die Menge der Boxer teilte sich und ließ sie hindurch, aber durch sein Fernglas konnte Robert erkennen, daß sie den Barbaren mit den Fäusten drohten und sie beschimpften. Er biß sich auf die Lippen, als die Gruppe, immer noch von einer beträchtlichen Anzahl Boxer umgeben, näher kam. Das Geschrei wurde lauter. Dann geschah das Unvermeidliche. Ein Boxer streckte den Arm aus und packte die Haare einer der belgischen Frauen. Es war langes kastanienbraunes Haar, das sanft im Wind flatterte. Die Frau stieß einen kurzen Schreckensschrei aus, und einer der Männer schlug die Hand des Chinesen weg.

Sofort waren sie von Boxern umringt, die jetzt wütend brüllten. Immer wieder hörte man die Schreie der Frauen, und Messer blitzten in der Nachmittagssonne auf.

Die Bannersoldaten sahen weiterhin zu, ohne einzugreifen. Robert holte tief Luft. Er würde sein Leben riskieren. Aber er konnte nicht untätig zusehen, wie sie Europäer in Stücke rissen. »Sucht euch ein Ziel«, sagte er seinen Männern. »Ihr müßt aufpassen, daß ihr die Boxer trefft.« Auf seinen Wink stellten sie sich in Linie auf und feuerten in den Mob. Auch er zielte sorgfältig und schoß. Dann rannten sie gemeinsam und mit lautem Geschrei auf sie zu. Die Boxer wichen überrascht zurück. Sie besaßen keine Schußwaffen; die Waffen, die die Belgier übergeben hatten, waren im Lager zurückgeblieben.

Robert gebot seinen Männern mit einem Wink Einhalt. »Zielen! Schießen!« rief er, und wieder traf eine Salve die Menge. Jetzt rannten die Boxer in alle Richtungen auseinander, und Robert und seine Männer konnten wieder vorrücken. Der Anblick war entsetzlich. Die Belgier lagen in einem Haufen vor ihnen. Die Messer und Sensen der Boxer hatten furchtbare Wunden geschlagen, und die meisten der Barbaren waren bereits tot.

»Gebt mir Deckung!« rief Robert, zog an blutgetränkten Kleidungsstücken und hörte das Stöhnen und den Schmerzensschrei eines Mannes, der seinen Arm verloren hatte. »Kann jemand noch gehen?« fragte er.

Eine junge Frau, kaum zwanzig Jahre alt, versuchte aufzustehen. Sie hatte langes kastanienbraunes Haar. Die Augen in ihrem blassen, sommersprossigen Gesicht waren vor Schreck weit aufgerissen. Ihr Kleid war zerrissen und blutverschmiert, aber so, wie sie sich bewegte, schien sie nicht ernsthaft verletzt zu sein. »Bleibt bei mir«, sagte Robert zu dem Mädchen, während er einem Mann auf die Füße half. Sie hatten ihn in den Bauch gestochen, aber er lebte wenigstens noch, obwohl er stark blutete und vor Schmerzen stöhnte. Der Mann, der den Arm verloren hatte, würde sicher sterben, denn schon als Robert sich über ihn beugte, verlor der Einarmige das Bewußtsein. Neben ihm lag eine Frau mit gespaltenem Schädel. Die andere Frau lebte noch, aber in ihrem

Rücken steckte ein Messer. Als Robert sie auf die Füße stellte, stieß sie in ihrer Qual einen fast unirdischen Schrei aus.

»Mama!« rief das Mädchen und fing die Frau auf, die sonst wieder gestürzt wäre. Ein großer roter Fleck breitete sich auf ihrem Mieder aus, und sie entglitt der Jüngeren und fiel zu Boden.

Robert hatte noch einen weiteren Überlebenden gefunden, obwohl auch er schwer verwundet war. »Sie kommen zurück, Master«, rief Chou.

»Zum Kanal!« befahl Robert. Jeder der Diener trug einen Verwundeten. Robert beugte sich über das Mädchen, das neben ihrer toten Mutter kniete. »Ihr könnt ihr nicht mehr helfen«, sagte er. »Aber wenn Ihr leben wollt, dann müßt Ihr jetzt mit mir kommen.«

Sie hob den Kopf, und er sah, daß sie zu einer solchen Entscheidung im Augenblick nicht fähig war. Robert nahm sie auf seine rechte Schulter. Sie wehrte sich und schlug ihn mit den Fäusten. Er hängte sich das Gewehr über die andere Schulter und griff nach dem Revolver. Die Boxer kamen immer näher und fuchtelten mit ihren Waffen.

»Schießt!« befahl Robert seinen Männern und sah noch einmal zu den Bannersoldaten hinüber, die nach wie vor untätig blieben. Inzwischen waren drei Boxer zu Boden gegangen, und sie verloren allmählich die Lust, diese energische kleine Gruppe weiter unter Druck zu setzen. Robert und seine Männer konnten daher zum Kanal entkommen, wo Shung den Sampan in weiser Voraussicht ans Ufer gebracht hatte.

»Ihr seid voller Blut!« schrie Shung entsetzt.

»Es ist nicht mein eigenes«, beruhigte ihn Robert und nahm das Mädchen von seiner Schulter. Sie war offenbar in Ohnmacht gefallen und konnte nicht auf ihren eigenen Beinen stehen. Er hob sie an Bord und legte sie in der Kajüte auf einen Diwan.

»Wer ist das?« fragte Su, die unter seinem Arm hindurchsah.

»Ich weiß es nicht. Aber wenigstens lebt sie noch.«

Su sah sie mißbilligend an. »Sie ist sehr hübsch.« Auch wenn sie niemals auf die Idee gekommen wäre, auf eine chinesische Dienerin eifersüchtig zu sein, so war sie diesem Barbarenmädchen doch sofort feindlich gesinnt.

»Tatsächlich?« Robert hatte im Eifer des Gefechtes keinen Gedanken daran verschwendet, aber jetzt mußte er seiner Frau recht geben. Das Gesicht des Mädchens war klein und kompakt, die Figur jugendlich, aber trotzdem reif, und das Haar war einfach hinreißend. Ihre Augenlider flatterten leicht, als sie langsam das Bewußtsein wiedererlangte. Mit großen grünen Augen blickte sie ihren Retter an. »Bring ihr etwas zu trinken und bleib bei ihr«, befahl Robert.

Er kehrte ans Ufer zurück, wo ihn Chou schon mit ernster Miene erwartete. »Diese Männer hier sind tot, Master.«

Robert blickte von den bewegungslosen Körpern der Toten den Hügel hinauf, wo die Boxer inzwischen Stellung bezogen hatten. Noch während er hinaufsah, gab einer der Boxer einen Schuß aus einem der erbeuteten Gewehre ab. Er hatte nicht richtig gezielt, aber Robert konnte seine Männer nicht weiter der Gefahr aussetzen. »Laßt uns aufbrechen«, sagte er.

Die Boxer machten keine Anstalten, ihnen zu folgen, und Robert konnte das Mädchen besuchen, das er gerettet hatte. Sie saß aufrecht und trank Sake, den ihr die mißtrauische Su gebracht hatte.

»Ihr habt mir das Leben gerettet«, sagte das Mädchen in stockendem Mandarin. »Aber ...« ihr Blick streifte seine chinesische Kleidung und blieb dann auf seinem Gesicht haften. »Ihr seid kein Chinese?«

»Ich bin Robert Barrington«, sagte Robert in englischer Sprache.

Das Mädchen schluckte und antwortete in der gleichen Sprache, wenn auch mit starkem Akzent: »Ich habe schon von Euch gehört. Mein Vater ...« Ihre Lippen bebten. »Mein Vater!«

»War er am Gleisende?« fragte Robert. Sie nickte. »Dann muß ich Euch leider sagen, daß er tot ist. Und auch die Dame, die Ihr Mutter genannt habt.«

Die großen grünen Augen füllten sich mit Tränen. Robert

wußte, daß sie die Situation noch nicht ganz erfaßte, in ihrem Leid völlig gefangen war. Aber er mußte herausfinden, was er mit ihr anstellen sollte. »Würdet Ihr mir Euren Namen verraten?« fragte er.

Sie schluchzte leise. »Monique. Monique Carremans.«

»Habt Ihr noch andere Verwandte in China?« Sie schüttelte den Kopf. »Nun, dann in Belgien?«

»Ich habe mehrere Onkel in Belgien, Monsieur.«

»Also gut, Monique. Ich bin auf dem Weg nach Peking. Dort werde ich Euch bei der belgischen Gesandtschaft abliefern, und Baron de Vinck und seine Frau werden sich um Euch kümmern, bis Ihr zu Eurer Familie in Belgien zurückkehren könnt.« Er bemerkte die Trauer in ihren Augen, aus denen noch immer Tränen quollen. »Mehr kann ich leider nicht für Euch tun«, erklärte er.

»Diese Männer, die meinen Vater und meine Mutter ermordet haben, Monsieur … werden sie ihre gerechte Strafe bekommen?«

»Selbstverständlich«, sagte Robert. »Darauf könnt Ihr Euch verlassen.«

Aber seine Sorge wuchs, als er verschiedene Boxergruppen sah, die sich vor den Toren der Hauptstadt versammelt hatten. In der Stadt ging er zuerst zur belgischen Gesandtschaft und lieferte Monique Carremans ab. »Das ist wirklich sehr ernst«, sagte Baron de Vinck de Deux-Orp. »Ich meine, wir haben alle schon von den Boxern gehört und sie als harmlose Unruhestifter abgetan, aber daß sie eine Eisenbahngesellschaft angreifen … und Ihr sagt, daß die Bannersoldaten untätig zugesehen haben? Das wird ein Nachspiel haben. Die Schuldigen müssen bestraft werden, und die Chinesen werden eine Wiedergutmachung leisten müssen …«

»Ja«, erwiderte Robert müde. »Ich bin gerade auf dem Weg zur Kaiserinwitwe.«

»Ihr werdet gewiß verstehen, daß ich meiner Regierung unverzüglich Bericht erstatten muß. Und auch den anderen Gesandtschaften hier in Peking.«

»Ja, natürlich«, sagte Robert. »Ihr müßt tun, was Ihr für richtig haltet. Aber kümmert Euch in erster Linie um das arme Mädchen. Ihre Eltern sind vor ihren Augen umgebracht worden.«

»Meine Frau und ich werden uns um sie kümmern, als wäre es unsere eigene Tochter«, versprach der Baron.

Als nächstes ging Robert zu Chang Tsin und erzählte ihm, was geschehen war. Chang hörte ihm mit ernster Miene zu. »Das mußte irgendwann passieren«, sagte er, als Robert fertig war.

»Ich habe Euch schon vor Monaten gewarnt«, sage Robert vorwurfsvoll. »Jetzt können wir nur noch hoffen, daß T'se-hi sich von diesen Männern distanziert, sie offiziell zu Banditen und Rebellen erklärt, was sie ja auch sind, und sie mit Hilfe der Armee vernichtet, bevor die Europäer die Sache in die eigenen Hände nehmen. Wer hat hier in Peking das Kommando?«

»Jung-lu hat immer noch das Kommando über die hiesigen Streitkräfte. Aber die Bannersoldaten in der Provinz Chi-li werden von General Niem kommandiert. Ihr werdet das mit T'se-hi besprechen müssen, Barrington. Aber seid vorsichtig, ich flehe Euch an. Die Zeiten sind gefährlich.«

Chang hatte stets gute Ratschläge bei der Hand, dachte Robert. Für den Chinesen waren die Zeiten immer gefährlich. Nun, diesmal hatte er recht. Aber es war die Dynastie, die in Gefahr schwebte, das Fundament der Mandschu-Herrschaft in China.

Der Vorstand des Hauses Barrington mußte sich nicht verkleiden, und er wurde von Eunuchen in die Verbotene Stadt begleitet, die er diesmal durch das Haupttor betrat. Die Eunuchen und Frauen, denen er begegnete, verbeugten sich vor ihm. Sein Status war der eines obersten Mandarins.

T'se-hi saß auf ihrem Thron und war mit den Insignien ihrer Herrschaft geschmückt. Sie trug die geflügelte Kopfbedeckung und den kaisergelben Überwurf mit den roten Drachen über einem grünen Seidengewand. Die Nagelschienen am dritten und vierten Finger beider Hände waren mindestens dreißig Zentimeter lang, und ihr Gesicht war unter einer weißen Schminkschicht verborgen. Aber ihre faszinierenden Augen glänzten wie eh und je.

In ihrer Gesellschaft befanden sich vier Hofdamen und zwei Eunuchen, neben denen Chang Tsin jetzt Stellung bezog ... und Jung-lu. Robert war sich nicht sicher, ob er sich freuen sollte, den alten Krieger an ihrer Seite zu sehen. »Barrington«, sagte T'se-hi. »Ich freue mich, Euch zu sehen. Was habt Ihr mir für Geschenke gebracht?«

»Ich habe keine Geschenke, Majestät.« Es war schwer, unter der dicken Schminke in ihren Gesichtszügen zu lesen, aber ihre Augen verschleierten sich. »Ich habe keine Geschenke, Majestät, weil ich nicht vorhatte, Euch zu besuchen. Ich bin aus privaten Gründen nach Peking gekommen, um meinen Schwiegervater, Chang Tsin, zu besuchen. Aber es hat sich etwas sehr Ernstes ereignet. Die Boxer werden den T'ai-P'ing immer ähnlicher.«

Wenn er gehofft hatte, ihre alten Haßgefühle zu wecken – immerhin hatten die T'ai-P'ing ihren Vater zu einer unehrenhaften Flucht veranlaßt und die Dynastie an den Rande des Abgrunds gebracht –, mußte er jetzt enttäuscht zur Kenntnis nehmen, daß dies nicht der Fall war, denn T'se-hi schnaubte nur verächtlich.

»Majestät, diese Verbrecher laufen Amok und greifen jeden an, der etwas mit Ausländern zu tun hat. Sie sind sogar in Chekiang aufgetaucht und haben Sampans des Hauses Barrington angegriffen. Meine Leute können sich durchaus selbst verteidigen, obwohl einige dabei umgekommen sind, aber gestern mußte ich mit ansehen, wie eine Bande von ihnen ein belgisches Eisenbahnlager nur wenige Kilometer außerhalb von Peking angegriffen und mehrere Belgier getötet hat. Majestät, erinnert Ihr Euch noch an den Vorfall mit den beiden deutschen Missionaren, die ermordet worden sind? Das Reich hat damals beinahe die Halbinsel Shantung verloren. Was glaubt Ihr, wird geschehen, wenn die Barbaren mit ansehen müssen, daß die Täter nicht bestraft werden?«

T'se-hi sah ihn schweigend an. Dann sagte sie: »Man hat mir berichtet, daß Belgien ein sehr kleines Land ist.«

»Das ist wahr, Majestät. Aber die Belgier können sehr wohl die anderen Europäer zu Hilfe rufen.«

»Man sagt mir, daß die Engländer gerade in einen Krieg mit Südafrika verwickelt sind, den sie wahrscheinlich verlieren werden.«

»Ja, Majestät, das ist ebenfalls richtig. Aber –«

»Vor langer Zeit sind die Briten und die Franzosen in unser Land eingedrungen. Der Kaiser, mein Ehemann, war schwach, und sie haben ihn besiegt. Die Barbaren haben den Yuan Ming Yuan niedergebrannt.« T'se-his Augen blitzten, aber ihre Stimme blieb ruhig. »Seitdem hat das Reich sich sehr gewandelt. Es scheint, daß unsere Armee und Marine die Barbaren nicht schlagen können. Und viel zu lange haben unsere äußeren Angelegenheiten in den Händen von Männern wie Prinz Kung und Li-Hung-chang gelegen. Das ist nun nicht mehr so. Prinz Tuan ist das neue Oberhaupt des Tsung-li-yamen, und er hat mir sehr viele Ratschläge gegeben.« Sie machte eine Pause. Robert wartete in beständig wachsender Verzweiflung. Er kannte Prinz Tuan und wußte, daß er die ›ausländischen Teufel‹ mindestens so sehr haßte wie der fanatischste Boxer.

»Prinz Tuan hat die Barbaren sehr genau studiert«, sagte T'se-hi. »Er hat mir erzählt, daß sie sich alle untereinander hassen. Vor vierzig Jahren haben die Briten und die Franzosen nur deshalb vereint gekämpft, weil sie uns besiegen und sich Teile unseres Landes aneignen wollten. Jetzt haben die Russen, die Deutschen und sogar die Belgier, von den Japanern gar nicht zu reden, sich ganze Landstriche genommen. Aber Prinz Tuan sagt, daß sie sich alle gegenseitig hassen. Er behauptet auch, daß es vor zwei Jahren beinahe zum Krieg zwischen Großbritannien und Frankreich gekommen wäre. Und wie ich eben schon bemerkte, führt Großbritannien im Augenblick gerade Krieg mit Südafrika. Prinz Tuan sagt außerdem, daß Frankreich und Deutschland einander hassen und es auch zwischen ihnen bald Krieg geben wird. Belgien ist ein kleines Land. Der Prinz weiß, daß alle die Russen hassen und daß die Russen wiederum die Japaner hassen. Er hält es für vollkommen unmöglich, daß die Barbaren im Augenblick vereint gegen das Reich vorgehen können. Stimmt das etwa alles nicht, Barrington?«

»Nun, Majestät, doch, im Prinzip stimmt es. Aber …

»Und Ihr verlangt von mir, daß ich die Boxer unschädlich mache? Aber die Boxer sind nichts als patriotische junge Männer, die das Reich von der Schande und Erniedrigung befreien wollen, denen es die letzten vierzig Jahre ausgesetzt war. Möchtet Ihr diese Erniedrigungen denn nicht gerächt sehen, Barrington? Es ist unser Wille, die Boxer gewähren zu lassen, und wir werden abwarten, wie die Barbaren darauf reagieren. Die Boxer stehen nicht unter dem Befehl der Regierung. Sie werden nicht von Mandschus kommandiert. Ich glaube noch nicht einmal, daß es unter ihnen Mandschus gibt. Wir werden abwarten, Barrington. Es tut mir leid, daß Eure Leute angegriffen wurden. Ihr habt meine Erlaubnis, Euch mit allen Mitteln zu verteidigen, und ich werde Euch eventuelle Verluste ersetzen.«

Robert sah Jung-lu an und dann Chang Tsin, aber die Gesichter der beiden unermüdlichen Verfechter der Dynastie waren starr und ausdruckslos. »Dann werden die Angriffe auf die Barbaren nicht aufhören?«

»Woher soll ich das wissen? Ich habe keine Kontrolle über die Boxer. Ich habe, soweit ich weiß, nie mit einem Boxer gesprochen. Aber ich nehme an, daß sie nicht aufhören werden«, sagte T'se-hi. »Prinz Tuan hat mit den europäischen Gesandten gesprochen und ihnen geraten, Peking zu verlassen und sich an die Küste zurückzuziehen oder China ganz zu verlassen. Sie haben sich geweigert, dem Rat des Prinzen zu folgen, und uns mitgeteilt, daß sie um Verstärkung für ihre Gesandtschaften ersucht haben. Das kann ich nicht dulden, denn es verstößt gegen das Abkommen, das sie mit dem Kuang-hsu-Kaiser getroffen haben. Wenn sie mehr Soldaten nach Peking schicken, dann muß ich dies als einen kriegerischen Akt auffassen. Das habe ich ihnen gesagt. Und den Oberkommandierenden meiner Armee, General Niem, und den Kommandeur der Garnison in Peking« – sie warf Jung-lu einen Blick zu – »habe ich angewiesen«, gegen einen solchen Schritt der Barbaren entsprechende Vorkehrungen zu treffen.«

Robert holte tief Luft. »Majestät, die Barbaren werden ihre Gesandtschaften verteidigen. Sie werden Truppen schicken, selbst wenn das bedeutet, daß sie gegen die chinesische Armee kämpfen müssen.«

»Dann werden wir sie schlagen«, sagte T'se-hi selbstsicher. »Wir sind nicht auf dem gleichen Stand wie vor vierzig Jahren. Damals haben die Barbaren mit den modernsten Waffen gekämpft, und wir waren machtlos. Aber heute haben auch meine Soldaten moderne Waffen. Sie werden schon wissen, wie man mit diesen unverschämten ausländischen Teufeln umgeht.«

Robert versuchte es von einer anderen Seite. »Majestät, es ist die Pflicht Eurer Regierung, die Gesandtschaften und die darin befindlichen Personen vor Übergriffen zu schützen. So gebietet es das Völkerrecht.«

»Sie schützen?« fragte T'se-hi. »Wie soll ich sie denn beschützen, Barrington? Es gibt zu viele Boxer.«

»Die Boxer sind vollkommen undiszipliniert und haben keine richtigen Waffen, Majestät. Marschall Jung-lu würde in weniger als einer Stunde mit ihnen fertig werden.«

»Barrington«, sagte T'se-hi. »Ihr habt mir lange und treu gedient. Aber ich kann nicht darüber hinwegsehen, daß auch Ihr ein Barbar seid. Und jetzt verlangt Ihr, daß ich gegen mein eigenes Volk Partei ergreife? Ihr solltet Euch schämen! Ich habe den Barbaren klar gesagt, was sie tun sollen: Peking verlassen, bis die Aufstände vorüber sind. Wenn sie sich weigern, meinem Ratschlag zu folgen, dann kann ich keine Verantwortung für sie übernehmen. Sie haben das Blutvergießen selbst verursacht.«

10

DIE WÜTENDE KAISERIN

Jung-lu und Chang Tsin begleiteten Robert ins Vorzimmer. »Begreift Ihr nicht, daß dies Wahnsinn ist?« sagte er. »T'se-hi versucht sich einzureden, daß die Barbaren sie nicht für die Boxer verantwortlich machen können, wenn sie vorgibt, keine Kontrolle über sie zu haben.«

»Aber es stimmt, daß die Barbaren nur wenige Soldaten in China haben«, sagte Jung-lu.

»Glaubt Ihr denn nicht, daß sie Verstärkung anfordern werden – per Schiff, wenn es nötig ist?« fragte Robert.

»Ihre Majestät will erreichen, daß die Gesandtschaften geschlossen werden«, sagte Chang Tsin. »Sie hat in ihnen schon immer die größte Beleidigung der Dynastie gesehen.«

»Und wenn die ausländischen Diplomaten sich weigern zu gehen? Denn genau das wird passieren.«

Der Mandschu-General und der alte Eunuch sahen sich gegenseitig an.

»Dann sei Gott uns allen gnädig«, sagte Robert.

»Ihr nehmt das zu schwer«, sagte Chang Tsin, als sie sich in seinem Haus zum Abendessen niedersetzten. »Die Barbaren haben auch verstanden, daß man die Dynastie nicht für die T'ai-P'ing verantwortlich machen konnte. Am Ende sind sie doch gemeinsam gegen die Rebellen vorgegangen. Warum sollte das nicht wieder geschehen?«

»Vater, das war vor vierzig Jahren.«

»Was sind schon vierzig Jahre? Die T'ai-P'ing haben die Barbaren und die Mandschus gleichermaßen bekämpft.«

»Dies ist eine andere Generation. Die Barbaren wissen heute mehr über China als vor vierzig Jahren. Sie kennen T'se-hi inzwischen sehr genau. Glaubt Ihr denn, die wüßten nicht, daß die Vizekönige Befehl haben, die Boxer gewähren zu lassen, und daß diese Befehle aus Peking kommen? Ich würde gerne wissen, wie Yüan Schi-Kai darüber denkt.«

»Marschall Yüan ist selbst Vizekönig«, sagte Chang Tsin. »Eine Meinung steht ihm nicht an.«

»Ihr wollt sagen, daß Yüan ebenfalls gegen diese Maßnahme protestiert hat.«

»Er gehorcht seinen Befehlen.« Chang Tsin sah seinen Schwiegersohn an. »Was habt Ihr jetzt vor?«

»Darüber muß ich nachdenken.«

»Ihr solltet nach Schanghai zurückkehren. Ihre Majestät hat Euch immerhin erlaubt, Euch zu verteidigen.«

»Das hätte ich ohnehin getan. Aber wenn es Euch nichts ausmacht, Vater, werde ich die nächsten Monate in Peking bleiben. Ich bin hier nützlicher als in Schanghai. Allerdings würde ich gerne ein paar Briefe schreiben.«

Helen Scott betrat das Büro ihres Gatten eher zaghaft. Nach fünfzehn Jahren Ehe hatte sie einen gesunden Respekt vor seinem aufbrausenden Temperament entwickelt, und sie wußte, wie sehr er es haßte, gestört zu werden, besonders wenn er an seiner Predigt arbeitete. Obwohl Murray mittlerweile fließend Mandarin schrieb, haperte es noch immer mit dem Sprechen, und die Worte in seiner Predigt mußten sorgfältig auf einfache Aussprache hin ausgewählt werden.

Aber ihr Anliegen war zu wichtig und duldete keinen Aufschub. Murray sah von seinem Schreibtisch auf und runzelte die Stirn. »Was ist denn los?«

»Die Post ist gekommen. Es ist ein Brief von Robert dabeigewesen.«

Murray Scott schnaubte verächtlich. »Schon wieder eine Familienkrise? Hat deine Schwester vielleicht noch einen Mischling geboren?«

Helens Gesicht rötete sich vor Wut. Wie oft hatte sie sich schon gewünscht, sie hätte es ihm nie erzählt. Aber sie ließ sich nicht aus der Ruhe bringen – das hatte sie in den Jahren ihrer Ehe gelernt. »Dies ist eine ernstere Angelegenheit. Hast du schon einmal von den I Ho Ch'uan gehört?«

»Die Fäuste der heiligen Harmonie? Ja, ich habe von ihnen gehört. Es ist so eine pseudo-religiöse Gruppe an der Küste.«

»Robert sagt, daß sie sich zu einer eher politischen Gruppe entwickelt hat und sich im ganzen Land verbreitet. Er behauptet, daß die Europäer ihres Lebens nicht mehr sicher sein können.«

»Ich fürchte, meine Liebe, daß die Europäer ihr Unheil meistens selbst verursachen – durch ihre unglaubliche Arroganz.«

»Ich weiß«, gab Helen zu. »Aber jetzt greifen sie auch die Missionen an. Robert meint, wir sollten an die Küste kommen, die Familie besuchen und abwarten, bis die Krise vorüber ist.«

»Du erstaunst mich wirklich«, erwiderte Murray. »Du hast es zu gut gehabt, das ist dein Problem. All diese Jahre hast du es einfach zu gut gehabt.«

Helen hob erstaunt die Augenbrauen. Dann sah sie sich im Zimmer um, betrachtete den einfachen Holzfußboden, die kargen Wände, deren einzige Dekoration aus religiösen Traktaten bestand, und ihr eigenes Kleid, das schon ein dutzendmal geflickt worden war. Sie hatte es zu gut? Als Mitglied der Familie Barrington bezog sie ein festes Einkommen, aber Murray hatte ihr nie erlaubt, es auszugeben, um ihr Haus zu verschönern oder es bequemer zu haben. »Wir sind nicht hergekommen, um im Luxus zu leben«, sagte er dann gewöhnlich. »Wir sind hier, um die Arbeit Gottes zu tun.« Jetzt sagte er: »Dies ist die unproblematischste aller Missionen. Unsere Bekehrten sind brave, hart arbeitende Leute. Hier oben am Huang-ho haben wir uns von dem ganzen Trubel unten an der Küste absetzen können. Und jetzt willst du weglaufen, weil dein Bruder sich vor so einer unwichtigen heidnisch-religiösen Bewegung fürchtet?«

»Robert macht sich um *uns* Sorgen«, erwiderte sie scharf. Murray hatte wirklich kein Recht, irgend jemandem Arroganz vorzuwerfen. »Er sagt, daß sich die Boxer überall ausbreiten und daß wir hier in der Einsamkeit in Gefahr sind.«

»Also schlägst du vor, daß wir packen und weggehen. Und

was ist mit unserem Heim? Was mit unseren Bekehrten? Sollen wir sie einfach zurücklassen?«

»Sie könnten mit uns kommen. Und was das ›Heim‹ angeht ... nun, ist es wirklich eines?«

»Aha. Langsam verstehe ich«, entgegnete Murray mit eisiger Stimme. »Ich weiß, daß es dir hier nie gefallen hat ...«

»Das ist nicht wahr, Murray.«

»Daß du die letzten Jahre immer nach einem Grund gesucht hast, von hier wegzugehen«, fuhr Murray einfach fort, als hätte sie nichts gesagt. »Und jetzt hat dir dein Bruder endlich einen geliefert. Sag mir ehrlich, Helen: Wenn ich dich gehen lasse, wirst du jemals zurückkommen?«

»*Mich* gehen lassen?«

»Du glaubst doch wohl nicht im Ernst, daß *ich* von hier fortgehen würde? Das hier ist mein Leben. Ich bin für diese Menschen verantwortlich. Ich werde sie nicht im Stich lassen. Und«, fuhr er fort, als sie etwas sagen wollte, »ich werde dir auch nicht erlauben, sie mitzunehmen, damit sie an der Küste verdorben werden. Hier sind wir, und hier bleiben wir.«

Helen funkelte ihn wütend an, dann drehte sie sich auf dem Absatz um und verließ das Büro.

Die Mission lag ungefähr acht Kilometer vom nächsten Dorf entfernt, aber sie hatten nicht viel Kontakt mit den Einwohnern, da Murray stets großen Wert auf Selbständigkeit legte. Sie besaßen ihre eigene, kleine Ziegenherde, die sie mit Milch und Fellen versorgte und zu besonderen Gelegenheiten sogar mit Fleisch. Sie bauten ihr eigenes Gemüse an und kauften lediglich Stoffe, aus denen sie ihre Kleidung fertigten. Murray hatte Medizin studiert und konnte kleinere Krankheiten selbst behandeln. Im Falle einer ernsteren Erkrankung fanden sich die Chinesen notfalls auch mit dem Tod ab.

Murray hatte sich ganz und gar seiner Aufgabe verschrieben, und Helen zollte ihm dafür Respekt. Jede körperliche oder emotionale Liebe, die sie einmal für ihn empfunden hatte, war allerdings längst vergangen – vielleicht, weil er sich weder für das eine noch das andere besonders interessiert hatte. Er hatte eine schöne Frau mit einem berühmten Namen gesehen und sie ein wenig umworben ... und sie hatte sich in seinen Enthusiasmus und seine so offensichtliche moralische Stärke verliebt.

Vater hatte von Anfang an seine Zweifel gehabt, erinnerte sie sich. Vater war häufig im Recht gewesen, denn er konnte seine eigenen Geschlechtsgenossen natürlich viel besser beurteilen als seine unreife Tochter. Trotzdem wußte Helen, daß die Ehe glücklich geworden wäre, wenn sie Kinder bekommen hätten. Es gab natürlich keine Anzeichen, daß es an *ihr* lag. Es war ihnen einfach nicht vorherbestimmt.

Und jetzt ... war es zu spät. Nicht, daß sie mit siebenunddreißig Jahren für eine Schwangerschaft zu alt gewesen wäre. Keineswegs. Und sie war auch immer noch sehr attraktiv. Aber Murray tat schon den Gedanken daran als Sünde ab. Und hatte er nicht recht? In ihrem Herzen wußte Helen, daß sie Roberts Brief tatsächlich als Entschuldigung nahm, von hier fortzukommen, an die Küste zurückzukehren – zu ausgelassenen Festen und Fröhlichkeit, modischer Kleidung und lebendigen Menschen. Missionar zu sein war eine Berufung, die Helen nicht in sich trug.

Als der alte Appleby noch lebte, war es nicht so schlecht gewesen, obwohl er Murray in mancher Hinsicht glich. Aber sie war ja nicht Applebys Frau gewesen, sondern einfach nur eine ungewöhnlich schöne Frau, die der Zufall hierhin verschlagen hatte. Appleby hatte es ihr immer so angenehm wie möglich machen wollen, und er war ein Mann, der vergessen konnte, daß er ein Diener Gottes war, und an einem guten Tropfen und fröhlichem Gelächter Gefallen fand. Murray hingegen vergaß nie, daß er ein Mann Gottes war, und er trank keinen Tropfen.

Und doch hatte er ihr die Erlaubnis zu gehen nicht wirklich verweigert. Sie lag wach, während er neben ihr schnarchte, und starrte in die Finsternis. Robert hatte gesagt, daß sie fortgehen sollten. Sicher würde sie kein Verbrechen begehen, wenn sie dem Rat ihres Bruders Folge leistete, der im übrigen der Kaiserinwitwe so nahe stand. Wenn Robert sagte, daß sie gehen sollten, dann wäre es dumm, es nicht zu tun. Nach Schanghai zurückzukehren, in die internationale Siedlung, ohne Murray ...

»Ich habe beschlossen, Roberts Rat zu folgen und nach Schanghai zu gehen, bis der Ärger vorbei ist«, sagte sie beim Frühstück am Montag morgen.

Sie saßen auf der Veranda des Missionshauses und sahen über den Palisadenzaun hinweg auf den Hügel hinunter, wo die Ziegen grasten. Gleich vor ihnen gackerten die Hühner, die gerade gefüttert wurden. Überall um sie herum summte es förmlich vor Geschäftigkeit: Murray Scott mochte es, wenn seine Leute arbeiteten und man sie auch dabei sah. »Du möchtest also mich und die Mission verlassen«, sagte er.

»Ich folge Roberts Rat, und du solltest es auch tun.«

»Ich habe dir schon gesagt, daß ich das nicht tun werde.«

»Dann tut es mir leid. Aber ich möchte gehen.«

»Ich könnte von meinem Recht Gebrauch machen und es dir verbieten.«

»Dann würdest du mich zu deiner Gefangenen machen. Du kannst sicher sein, daß meine Familie davon erfahren würde.«

»Deine Familie«, sagte er spöttisch. »Die großen Barringtons. O ja, natürlich. Sie würden eine ganze Armee den Fluß hinauf schicken, um dich zu retten. Nun, wenn du die Mission im Stich lassen willst, dann geh doch. Zum Teufel mit dir!« Er stand auf und polterte die Stufen hinunter.

Helen war ganz schwindelig vor Freude, als sie ihre beiden Taschen packte – es gab nicht viel, was sie mitnehmen konnte. Danach rief sie Sung Chu, ein bekehrtes Mädchen, das ihr im Haushalt half. »Ich reise an die Küste«, sagte sie. »Möchtest du mitkommen?«

»Sehr gerne sogar.« Sung Chus Augen glänzten. Sie hatte den Streit am Frühstückstisch mit angehört.

»Ich kann dir weder Geld noch Begleitung mitgeben«, sagte Murray.

»Ich bin sicher, daß ich auch so zurechtkomme«, erwiderte Helen. »Wenn ich mir nur die beiden Maultiere bis zum Dorf ausleihen darf.«

Er brummte unwillig, widersprach aber nicht.

Alle Einwohner der Mission waren zusammengekommen und verabschiedeten sie. Fünfzehn Jahre hatten sie gemeinsam verbracht. Jetzt wußten alle, daß sie vielleicht nicht zurückkommen würde. Helen hatte Tränen in den Augen, als sie sich von den Frauen und Kindern verabschiedete, von denen sie viele mit auf die Welt gebracht hatte.

Murray wartete am Tor. »Ich werde zurückkommen«, sagte sie. »Wenn du es möchtest.«

»Tu, was dir paßt«, antwortete er mit starrer Miene.

Fühlte er denn gar nichts, nach fünfzehn Jahren? Aber was fühlte sie? Es war alles so plötzlich gekommen, so unvorbereitet, daß sie im Augenblick gar nichts empfinden konnte.

Sie und Sung Chu bestiegen ihre Maultiere und ritten nur in Begleitung eines jungen Mannes, der die Tiere zurückbringen würde, durch das Tor, das sich hinter ihnen schloß.

Helen drehte sich nicht um, als sie den Hügel hinab zum Dorf und zum Fluß ritt. Sie war sich nicht sicher, ob sie ihren Weg würde fortsetzen können, wenn sie sich umblickte. Aber sie hatte nichts mehr zu geben, weder der Mission noch ihrem Mann.

Im Dorf war sie überall bekannt, und man wußte ebenso, daß sie eine Barrington war. Sie gab dem Oberhaupt des Dorfes eine Zahlungsanweisung des Hauses Barrington, die sie auf einen Zettel ihres Notizbuches schrieb, und er war damit zufrieden. Dafür durfte sie den Sampan mit Mannschaft bis in die nächstgelegene Stadt benutzen.

»Seid nur vorsichtig«, sagte er zum Abschied. »Es gibt Ärger flußabwärts. Möchtet Ihr keine Begleitung?«

»Ich brauche keine Begleitung«, erwiderte sie. Schließlich bin ich Helen Barrington, sagte sie sich. Jedermann in China kannte und fürchtete diesen Namen. Viel zu lange war ihr Leben ein einziger Selbstbetrug gewesen.

Helen und Sung Chu reisten vier Tage lang, ohne daß ihnen etwas zustieß, obwohl sie an jedem Ort, wo sie übernachteten oder Vorräte einkauften, Gerüchte über die Untaten der Boxer hörten. Angeblich brachten sie bekehrte Chinesen um und griffen Missionen an.

»Reisen ist jetzt sehr gefährlich für einen Barbaren, besonders für eine Frau«, warnte sie das Oberhaupt eines anderen Dorfes, etwa dreihundert Kilometer von der Mission entfernt. Bis zur Mündung des Großen Kanals war es von hier nur noch eine Tagesreise, so daß sie in ungefähr einer Woche in Peking und Tientsin sein würden. Sie und Murray hatten früher oft in diesem Dorf Rast gemacht, wenn sie den Huang-ho hinauf oder hinuntergefahren waren, und Wong Chun war beinahe ein Freund. »Warum bleibt Ihr nicht hier, Mrs. Scott, bis die Unruhen vorbei sind?«

»Und wann wird das sein?«

Wong Chun hob die Hände. »Wer kann das schon sagen? Aber diesen Leuten muß irgendwann Einhalt geboten werden.«

Helen hatte nicht die Absicht zu warten, aber sie steckte ihr Haar unter dem breitkrempigen, chinesischen Hut fest. Ihre Haut war noch immer zu hell für eine Chinesin, aber man mußte ihr schon sehr nahe kommen, um das zu entdecken. Trotzdem weigerte sich ihr Bootsmann, am nächsten Morgen weiterzufahren, jedenfalls solange sie an Bord war. »Aber ich bin keine Barbarin«, versuchte sie zu erklären. »Ich bin eine Chinesin genau wie ihr. Ich bin hier geboren wie mein Vater und mein Großvater.«

Aber sie ließen sich nicht umstimmen. Und auch von Wong Chuns Leuten wollte keiner das Risiko eingehen, mit einer weißen Frau an Bord auf eine Horde Boxer zu stoßen. »Ihr müßt hierbleiben«, drängte sie Wong Chun.

»Verkauft mir zwei Pferde«, sagte Helen. »Ich werde Euch eine Zahlungsanweisung des Hauses Barrington dafür ausstellen.«

»Ich habe keine Pferde übrig«, erwiderte Wong. »Und im übrigen wäre es für Euch auch viel zu gefährlich, nur mit einer Dienerin durchs Land zu reiten.«

Helen wußte, daß sie sich geschlagen geben mußte, zumindest für den Augenblick. »Dann laßt mich wenigstens eine Nachricht abschicken«, sagte sie.

Dagegen hatte Wong Chun nichts einzuwenden, und so schrieb sie einen Brief an Robert in Schanghai und einen an Chang Tsin in Peking, in denen sie ihren gegenwärtigen Aufenthaltsort nannte und die Männer bat, sie mit einem angemessen bewaffneten Sampan abzuholen. Dann schickte sie die Mannschaft des Sampans los, die sich bereit erklärt hatte, die Nachricht zu überbringen. Anschließend konnte sie nur abwarten, und die Tage vergingen. Drei Tage später kamen zwei Sampans den Fluß hinauf. Sie waren vollgestopft mit Männern, deren Schwerter und Lanzen in der Sonne glitzerten.

»Bannersoldaten?« fragte Helen, die mit Wong Chun am Ufer stand und ihr Glück kaum fassen konnte.

»Boxer«, sage Wong mit scharfer Stimme. »Ihr müßt hineingehen.«

Rasch brachte er Helen und Sung Chu ins Haus und kehrte wieder ans Ufer zurück, um mit den Besuchern zu verhandeln. Helen beobachtete ihn durchs Fenster. Es wurde heftig gestikuliert und gesprochen. Aber sie bemerkte ebenfalls, daß immer mehr Boxer an Land kamen, die verschiedenartige Waffen trugen, unter denen aber keine Schußwaffen waren. Auch im Dorf gab es keine Schußwaffen.

Sie spürte, wie sich ihre Bauchmuskeln langsam verkrampften. Wong Chun schien nicht viel ausrichten zu können. Und während sie noch zusah, drehte er sich um und kehrte eiligen Schrittes zum Haus zurück. Sung Chu faßte ihre Herrin beim Arm. »Ich glaube, wir sollten fliehen.«

»Fliehen?« sagte Helen empört. Sie war eine Barrington. Vor so einem Haufen von Bauerntölpeln würde sie nicht davonlaufen. Außerdem würde man sie viel zu leicht einholen und zurückbringen können, und die Erniedrigung wollte sie sich erst recht ersparen.

Die Boxer folgten Wong Chun in einigem Abstand. Die Einwohner des Dorfes wichen zur Seite und sahen schweigend zu, ohne einzugreifen. Die Tür ging auf.

»Nun?« fragte Helen. »Was wollen diese Leute?«

Auf Wong Chuns Gesicht spiegelten sich Furcht und Ärger. »Sie wollen Euch, Miss Scott.«

»Mich? Woher wissen sie denn, daß ich hier bin?«

»Sie haben den Sampan angehalten, Miss Scott, und die Männer haben ihnen verraten, daß Ihr hier seid. Sie haben den Brief an Euren Bruder. Und jetzt wollen sie Euch. Sie sagen, wenn ich Euch nicht ausliefere, dann werden sie das Dorf niederbrennen und alle umbringen.«

Helen konnte die Worte des Chinesen kaum fassen. »Wißt Ihr, was sie mit mir vorhaben?«

Wong Chun ließ den Kopf hängen. »Sie werden mein Dorf niederbrennen.«

Helen hätte ihre Qual am liebsten laut herausgeschrien, aber sie war schließlich Helen Barrington. »Dann müßt Ihr sie aufhalten, während wir durch die Hintertür entkommen.«

»Sie werden mein Dorf niederbrennen«, wiederholte Wong Chun noch einmal.

»Werdet Ihr dann wenigstens meinem Mädchen Zeit zur Flucht geben?«

»Sie wollen sie ebenfalls. Sie ist eine Christin.«

Sung Chu brach in Tränen aus und fiel auf die Knie.

»Ihr … seid abscheulich«, sagte Helen.

Draußen hörte man jemanden rufen.

»Sie wollen Euch jetzt sofort, Mrs. Scott. Ihr müßt hinausgehen.«

Helen sah Wong Chuns Frau und Tochter an, und hoffte verzweifelt auf Unterstützung. Aber die Frauen wichen in die hinterste Ecke des Zimmers zurück und klammerten sich aneinander. Helen richtete sich auf und ging zur Tür. Sie war schließlich Helen Barrington.

Nachdem er Helen und seinem Bruder geschrieben hatte, um sie über die Lage zu informieren, schrieb Robert auch noch an Yüan Schi-Kai, um ihn nach seiner Meinung zu fragen. Er bezweifelte nicht, daß Yüan der einflußreichste Mann Chinas werden könnte, wenn er es wollte. Dann konnte er nur noch abwarten und die Situation weiterhin im Auge behalten. Die Meldungen aus den ländlichen Bezirken klangen immer beunruhigender; ebenso die ständig steigende Anzahl der Boxer in Peking. Viele schlugen vor den Stadtmauern ihr Lager auf, einige kamen sogar in die Stadt und kampierten in den Parks des chinesischen Viertels. Die Wachen an den Stadttoren hätten nur die Tore schließen und ihnen den Eintritt in die Stadt verweigern müssen, aber das geschah nicht. Es war ganz und gar unvorstellbar, daß ein solch ungeordneter Haufen Peking mit Messern und Sensen erobern könnte. Daß man die Anwesenheit der Boxer völlig ignorierte, geschah sicher auf Anweisung der Verbotenen Stadt, aber als Robert von Chang Tsin, bei dem er weiterhin wohnte, eine Erklärung forderte, senkte dieser lediglich den Kopf und lächelte. »Kein Herrscher sollte sich gegen sein Volk richten, Barrington«, sagte er. Die Scheinheiligkeit dieser Worte war Robert unerträglich. Und dabei war es sein eigener Schwiegervater, der so mit ihm sprach.

Zu allem Übel erhielt er dann noch die Antwort Yüans, die so unverbindlich wie möglich gehalten war. Ganz offensichtlich hatte sich auch dieser berühmte Soldat wie alle anderen entschieden, sich gemütlich zurückzulehnen und in aller Ruhe zu beobachten, was die Boxer vorhatten und wie die Barbaren darauf reagieren würden.

Robert hatte keine Zweifel, was geschehen würde. Er konnte nur versuchen, die drohende Katastrophe zu verhindern. Er machte einen Besuch bei der britischen Gesandtschaft und bat um ein Gespräch mit dem Botschafter, Sir Claude Macdonald. Der Name Barrington bedeutete hier einiges, und Robert wurde rasch vorgelassen. In einem großen, luftigen Büro begrüßte ihn ein eher schmächtiger Mann mit scharfen Gesichtszügen und einem schmalen, militärisch wirkenden Schnurrbart. Robert wußte, daß Macdonald in seiner Jugend ein ausgezeichneter Soldat gewesen war, aber er hatte den Eindruck, daß die ›Schmächtigkeit‹ nicht nur auf seine Figur zutraf. Der Botschafter bot Robert einen Stuhl an und betrachtete voller Interesse seine chinesische Kleidung. »Ich hatte vorher noch nicht das Vergnügen, Mr. Barrington«, sagte er. »Obwohl ich natürlich schon viel von Euch gehört habe. Nun, was kann ich für Euch tun?«

»Eigentlich gar nichts, Exzellenz«, erwiderte Robert. »Ich bin hier, um Euch zu helfen. Ich möchte mit Euch über die I Ho Ch'uan sprechen.«

»Ah, die Boxer. Ja, sie werden allmählich ziemlich lästig. Ich fürchte, daß Ihre Majestät etwas gegen sie unternehmen muß. Die belgischen Vorfälle sind nun wirklich empörend.«

»Aber Ihr wißt, daß es seitdem noch weitere Vorfälle gegeben hat, bei denen auch britische Bürger betroffen waren?«

Macdonald nickte. »Ja. Ich habe beim Tsung-li-yamen bereits offiziell Protest eingelegt.«

»Sir Claude«, sagte Robert jetzt ernst. »Zehntausende Boxer lagern direkt vor der Stadt. Und ungefähr zwanzigtausend sind bereits in der Stadt. Was, zum Teufel, glaubt Ihr wohl, warum sie hier sind?«

»Also wirklich, Mr. Barrington. Das ist doch noch kein Grund, so gotteslästerlich zu fluchen. Ich habe wirklich keine Ahnung, warum sie hier sind. Ich nehme an, um dem Thron des Himmels eine Art Petition zu überreichen.«

»Sir Claude, sie sind hier, um die Barbaren aus China zu vertreiben. Und sie werden mit den Gesandtschaften anfangen.«

Macdonald runzelte die Stirn. »Das kann ich nicht glauben. Wir sind akkreditierte Repräsentanten unserer Regierungen. Es gibt international gültige Gesetze, die uns schützen.«

»Du lieber Himmel, glaubt Ihr denn etwa, daß sich die Boxer um irgendwelche internationalen Gesetze kümmern werden, wenn sie überhaupt jemals davon gehört haben?« Robert schrie beinahe.

»Der Tsung-li-yamen kennt die Situation am besten.«

»Der Tsung-li-yamen tut, was die Kaiserinwitwe befiehlt. Und in diesem Falle haben sie Befehl, nicht einzugreifen und den Dingen ihren Lauf zu lassen.«

Macdonald zog an den Enden seines Schnurrbarts. »Ich glaube, daß Ihr das alles viel zu ernst nehmt. Aber wie auch immer, was schlagt Ihr denn vor, wie wir uns verhalten sollen?«

»Ich würde Euch empfehlen, zu packen und an die Küste zu gehen, wo Euch Eure eigenen Leute beschützen können.«

»Ich soll meinen Posten verlassen? Das würde ich niemals tun. Mein lieber Barrington, ist Euch denn nicht klar, daß wir uns das Recht auf die Gesandtschaft in Peking in vierzig Jahren Krieg und Verhandlungen mühsam erkämpft haben? Da können wir doch unmöglich jetzt so einfach die Flucht ergreifen.«

»Dann schickt wenigstens Eure Frauen und Kinder fort.« Robert bettelte fast.

»Ich kann mir nicht vorstellen, daß sie gehen werden. Und das würde im übrigen signalisieren, daß wir uns Sorgen machen.«

»Macht Ihr Euch denn keine Sorgen?« fragte Robert verzweifelt.

»Sorgen wegen eines Mobs? Mein lieber Barrington, ich wage gar nicht zu zählen, wie oft die britische Gesandtschaft schon von irgendeinem Mob angegriffen worden ist. Glaubt nicht, daß ich das auf die leichte Schulter nehme. Ich habe an der Küste um Verstärkung gebeten. Fünfundsiebzig Mann sind bereits unterwegs.«

»Fünfundsiebzig Mann«, höhnte Robert. »Ich habe Euch doch gesagt, daß über zwanzigtausend Boxer in der Stadt sind und noch einmal die zehnfache Zahl zwischen hier und Tientsin.«

»Fünfundsiebzig Soldaten, Mr. Barrington. Und jede Gesandtschaft verfügt wahrscheinlich über die gleiche Anzahl. Ich versichere Euch, Sir, daß der Mob tun kann, wozu er Lust hat. Dies ist britisches Territorium, und das wird es auch bleiben, bei Gott.«

Robert konnte sich nicht entscheiden, ob er einen kompletten Narren oder einen Helden vor sich hatte, aber vielleicht mischten sich diese beiden Wesenszüge oft. Macdonald setzte jedoch unglücklicherweise nicht nur sein eigenes Leben aufs Spiel. Als Robert nach Hause kam, wurden seine Gedanken über die britische Gesandtschaft und ihre Familien von neuen

Problemen verdrängt. Chang Tsin erwartete ihn mit einer Hiobsbotschaft. »Es gibt Ärger am Huang-ho«, sagte er. »Und dieses Schreiben habe ich gerade erhalten.«

Robert las den Brief und griff sich mit klammen Fingern an die Kehle. Er war von Helen. Sie bat darin um Hilfe, da sie achtzig Kilometer oberhalb der Abzweigung des Großen Kanals in einem Dorf festgehalten wurde. Sie erwähnte auch, daß sie einen weiteren Brief an Robert geschrieben hatte. Er sah Chang Tsin an. Der Brief war zehn Tage alt.

»Der Sampan ist von Boxern aufgehalten worden. Sie haben die Männer durchsucht und den Brief an Euch gefunden. Diesen haben sie übersehen, da er an mich adressiert war. Aber nachdem sie den einen Brief gefunden hatten, sind die Boxer weiter flußaufwärts gefahren.«

»Ich brauche auf der Stelle fünfzig Männer mit Gewehren. In einer Stunde brechen wir auf.«

»Robert, es gibt nichts, was Ihr jetzt noch tun könnt. Es ist zu spät.«

»Woher wißt Ihr das? Aber wie auch immer, wenn meiner Schwester irgend etwas zugestoßen ist, dann werde ich sie rächen.«

»Robert ... Ihre Majestät wird damit nicht einverstanden sein.«

»Ihre Majestät hat mir erlaubt, mich in jeder Hinsicht zu verteidigen. Das schließt Mitglieder meiner Familie mit ein. Geht zu Jung-lu und sagt ihm, daß ich die Männer dringend brauche. Andernfalls rekrutiere ich sie selbst.«

Robert wußte nicht, ob Jung-lu mit T'se-hi gesprochen hatte, bevor er ihm die Männer schickte, aber sie kamen prompt, und Chang Tsin forderte telegrafisch zwei Dampfpinassen für Robert an, die ihn an der Kreuzung des Großen Kanals und des Huang-ho aufnehmen sollten. Robert nahm außerdem noch Chou Li-ting und seine eigenen sechs Diener mit, auf die er sich vollkommen verlassen konnte.

Er erreichte die Kreuzung vier Tage nach dem Empfang von Helens Brief und beschaffte die notwendigen Sampans für den Transport seiner Männer. Selbst auf dieser kurzen Reise war ihm aufgefallen, wie sehr die Boxer sich bereits ausgebreitet hatten, aber außerhalb von Peking waren sie in Gruppen von höchstens zweihundert Mann unterwegs, die sich nicht mit fünfzig gut bewaffneten Bannersoldaten anlegen wollten. Robert stellte mit Genugtuung fest, wie sehr sich seine Leute auf einen Kampf freuten.

Die Pinassen standen schon bereit, und sie kamen rasch voran. Am nächsten Morgen hatten sie das ausgebrannte Dorf erreicht. Roberts Herz stockte, als er auf die zerstörten Kaimauern zufuhr. Nirgendwo gab es ein Zeichen von Leben. Von den Häusern waren nur noch verbrannte Ruinen übrig, und hier und da scharrte ein halbverhungerter Hund in den Trümmern.

Robert schickte Suchtrupps aus, und einer kehrte kurz vor Sonnenuntergang mit einer Frau zurück, die sich in den Wäldern außerhalb des Dorfes versteckt hatte. Sie schien ebenso ausgehungert zu sein wie die Hunde. Also versorgten sie die Frau erst einmal mit Essen und Sake. Danach entspannte sie sich etwas.

»Was ist hier geschehen?« fragte Robert. »Wohnten Christen in diesem Dorf?«

»Nein, nein«, protestierte sie. »Hier waren keine Christen. Außer der weißen Frau und ihrer Dienerin. Aber die Boxer haben uns dafür bestraft, daß wir Christen Unterschlupf gewährt haben.«

»Sagt mir, was mit den Frauen passiert ist«, forderte Robert.

Die Frau rollte die Augen, und sie gaben ihr noch mehr Sake zu trinken. »Die weiße Frau war im Haus unseres Oberhaupts Wong Chun, als die Boxer kamen«, sagte sie. »Ihre Dienerin war bei ihr. Als die Boxer Wong Chun sagten, daß sie das Dorf niederbrennen würden, wenn er sie nicht ausliefere, ging er zu ihr und sprach mit der Dame. Ich weiß nicht, was er zu ihr gesagt hat, aber kurz danach kam die Frau aus dem Haus und ging zu den Boxern.«

»Sie ist zu ihnen gegangen?« fragte Sen-ch'o-lin, der Hauptmann der Bannersoldaten.

Das war typisch für Helen, dachte Robert. »War ihre Dienerin bei ihr?« fragte er. Er mußte irgend etwas sagen, um den Schmerz unter Kontrolle zu bringen, der ihn fast erstickte.

»Nein, sie war allein. Ich habe ganz in der Nähe gestanden und gehört, was gesprochen wurde. Die Frau ging zu den Boxern und fragte die Männer, was sie von ihr wollten. Sie schrien: Tod allen Christen und allen Barbaren. Und sie antwortete: Ich bin keine Barbarin. Ich bin hier geboren. Aber Ihr seid eine Christin, schrien sie. Ihr müßt sterben. Ich bin Helen Barrington, sagte sie ihnen. Sie hatte keine Angst. Ich bin Hellen Barrington. Wenn ihr mir etwas tut, werdet ihr es mit dem gesamten Hause Barrington aufnehmen müssen.« Sie hielt einen Moment inne, um Luft zu holen und etwas Sake zu trinken, während Robert wartete und nicht wagte, darüber nachzudenken, was sie als nächstes erzählen würde.

»Sie haben sie angestarrt«, fuhr die Frau fort. »Und sie hat sich umgedreht und wollte wieder zum Haus zurückgehen. Aber dann hat ihr ein Boxer den Hut vom Kopf gestoßen, und ihr Haar fiel heraus. Es war wie Gold, das aus einem Beutel fällt. Der Mann hielt ihr Haar fest und warf sie auf den Boden. Sie rissen ihr die Kleider vom Leib und schleiften sie an den Haaren mehrmals um diesen Platz herum. Dabei lachten sie und nannten sie ein Barbarenschwein.«

»Haben sie die Frau vergewaltigt?« fragte Robert leise.

»Nachdem sie die Ärmste mehrmals durchs Dorf geschleift hatten und sie ganz voller Staub und Blut war, haben sie sich an ihr vergangen. Anschließend haben sie die Wehrlose zerstückelt und enthauptet.«

»Hat denn niemand versucht, ihr zu helfen?« fragte Robert.

»Die Männer hatten zuviel Angst, Exzellenz.«

»Und dann haben sie Euer Dorf trotzdem niedergebrannt.«

»Sie haben die jungen Männer gezwungen, sich ihnen anzuschließen. Die Frauen wurden vergewaltigt. Anschließend haben sie das Dorf in Brand gesteckt.«

»Was ist mit der Dienerin geschehen?« fragte Sen-ch'o-lin.

»Sie haben sie genauso behandelt wie die Barbarin. Dann haben sie beide Köpfe mitgenommen«, sagte die Frau.

»Und Euer Oberhaupt, dieser Wong Chun? Konnte er fliehen?«

»Sie haben ihn kastriert und ebenfalls enthauptet.«

»Das geschieht ihm ganz recht«, meinte Sen-ch'o-lin streng.

»Wie lange ist das jetzt her?« fragte Robert.

»Schon viele Tage, Exzellenz.«

»Sollen wir sie verfolgen, Barrington?« fragte Sen-ch'o-lin.

Robert holte tief Luft, bis er glaubte, seine Lungen würden platzen. Den Rest seines Lebens hätte er gern damit zugebracht, ihnen nachzustellen und sie einen nach dem anderen zur Rechenschaft zu ziehen. Aber das konnte nicht gelingen. Er kannte ja keinen einzigen der Übeltäter. Und es gab Wichtigeres zu tun.

»Wir fahren weiter flußaufwärts«, sagte er schließlich.

Sie fuhren weiter bis zur Mission. Hier gab es noch keine Spur von den Boxern. Murray Scott hörte Robert mit ausdruckslosem Gesicht zu. »Sie ist einfach gegangen«, sagte er, als Robert fertig war. »Auf Euren Rat hin. Ich habe ihr gesagt, daß es Wahnsinn ist.«

»Eure Frau ist gerade auf bestialische Art und Weise ermordet worden«, sagte Robert. »Habt Ihr denn dazu gar nichts zu sagen?«

Scott zuckte mit den Schultern. »Ich habe ihr gesagt, sie soll nicht gehen, aber sie wollte nicht auf mich hören.«

»Haben wir hier noch mehr zu tun, Barrington?« fragte Sen-ch'o-lin.

»Nein«, erwiderte Robert.

Robert kehrte Ende der ersten Juniwoche nach Peking zurück und erkannte sofort, daß sich die Situation während seiner Abwesenheit extrem verschlimmert hatte. Die Verstärkung der Gesandtschaften, fast fünfhundert Mann der verschiedensten Nationen – Briten, Amerikaner, Japaner, Franzosen, Deutsche, Belgier – war sicher angekommen, aber schon kurz darauf rissen die Boxer nicht nur die Gleise der Strecke nach Tientsin heraus, auf der die Soldaten hergekommen waren, sondern zerstörten auch die Telegrafenleitung, die die Hauptstadt mit den großen Städten an der Küste verband.

Robert erfuhr, daß es ein kaiserliches Edikt gegeben hatte, in dem diese Handlungen getadelt wurden, aber noch immer unternahm General Niem nichts gegen die Boxer und ihre ständigen Angriffe auf Barbaren oder bekehrte Christen, die sie auf der Straße antrafen. Eine ganze Reihe von ihnen war bereits ermordet worden. Unter den Opfern waren auch der deutsche Botschafter, der ganz in der Nähe der Hauptstadt ermordet worden war, und einige andere Europäer, darunter eine Frau, die man wie Helen entsetzlich verstümmelt hatte.

Robert wollte mit T'se-hi sprechen, aber sie weigerte sich, ihn zu empfangen. Daraufhin stattete er Jung-lu einen Besuch ab. »Die Situation ist wirklich ernst«, gab der alte Mandschu-Krieger zu.

»Es könnte alles mit einem Federstrich Ihrer Majestät beendet sein«, erwiderte Robert.

»Dafür ist es schon zu spät«, sagte Jung-lu. »Wußtet Ihr, daß eine Flotte der Barbaren im Golf von Chi-li liegt? Daß sie die Taku-Forts beschossen und eingenommen haben? Das ist ein kriegerischer Akt. Wußtet Ihr außerdem, daß bereits eine militärische Expedition aus Tientsin hierher unterwegs ist, die von einem englischen Admiral kommandiert wird? Auch das ist ein kriegerischer Akt.«

»Ihr habt eine Kriegserklärung abgegeben?« Robert war entsetzt.

»Nein. Aber diese militärische Aktion verstößt gegen das Völkerrecht. Ihre Majestät hat dagegen bei den Barbaren heftigen Protest eingelegt.«

»Was glaubt Ihr, wird geschehen, wenn sie hier eintreffen?«

»*Falls* sie hier eintreffen.«

»Ihr wollt ihnen die Bannerarmee entgegenstellen?«

»Nein, das will ich nicht. *Sie* sind es, die gegen die Gesetze verstoßen.«

»Nun ... dann.« Robert runzelte die Stirn. »O mein Gott! Die Boxer sollen mit ihnen kämpfen.«

Jung-lus Augen waren halb geschlossen. »Wenn das der Wille des Volkes ist, auf diese Weise der Invasion der Barbaren zu begegnen, dann können wir nichts dagegen tun.«

»Ihr wollt unbewaffnete Bauern auf reguläre Truppen hetzen?«

»Die Boxer sind nicht völlig unbewaffnet, und es sind viele tausend. Unserer Information nach stehen nicht mehr als zweitausend Soldaten der Barbaren unter Admiral Seymours Kommando.«

»Wie auch immer, es könnte ein Massaker geben. Und das ist Euch völlig gleich?«

»Meine Meinung ist irrelevant, Barrington. Die Barbaren haben sich das selbst zuzuschreiben. Sie bringen das gesamte Reich gegen sich auf. Folglich müssen sie auch die Konsequenzen tragen.«

»Nun, Ihr müßt wenigstens mit Euren Männern die Gesandtschaften schützen, denn dazu verpflichtet Euch das Völkerrecht.«

»Ich kann nichts für die Gesandtschaften tun, Barrington. Man hat ihnen geraten zu gehen. Man hat ihnen *befohlen* zu gehen. Sie haben sich geweigert. Für die Folgen sind sie selbst verantwortlich.«

Robert beugte sich vor. »General Jung-lu«, sagte er ernst. »Erinnert Ihr Euch noch daran, als die Briten 1861 eine Abordnung nach Peking geschickt haben, die gefangengenommen wurde? Einige von ihnen sind später umgebracht worden. Die Briten und die Franzosen haben die Bannerarmee besiegt und Peking im Sturm genommen. Die Summe der Wiedergutmachung war gewaltig, und der Sommerpalast wurde zerstört. Und all das, weil drei oder vier Männer umgebracht wurden. Könnt Ihr Euch vorstellen, wie sie reagieren werden, wenn das Personal der Gesandtschaften getötet wird? Das sind mehrere hundert Menschen, und darunter viele Frauen und Kinder. Die Barbaren sind ganz besonders empfindlich, wenn ihre Frauen und Kinder zu Schaden kommen. Wenn Ihr zulaßt, daß diese Menschen ermordet werden, dann werden die Barbaren Peking dem Erdboden gleichmachen.«

»Die Barbaren werden sich niemals gemeinsam gegen uns wenden.«

»In diesem Fall liegen die Dinge anders. Die Europäer mögen zwar gegensätzliche Interessen haben, aber sie werden gewiß vereint auftreten, wenn sie eine andere Rasse bedroht. Und wenn sie sich nicht zusammentun, dann werden die Briten eben allein kämpfen.«

»Die Briten sind viel zu sehr mit Südafrika beschäftigt. Sie haben gar nicht genug Männer, um uns eine Armee entgegenzuschicken.«

»General, die Briten werden immer genug Männer finden, wenn sie müssen. Vergeßt, was Ihr über die Deutschen und die Franzosen und die Japaner gelesen habt. Was auch immer sie daherreden, die Briten sind das kriegerischste Volk der Erde. Wenn Ihr es zulaßt, daß die Gesandtschaften zerstört werden, dann habt Ihr schon bald eine britische Armee in Peking. Und dann sei Gott Euch gnädig – und der Kaiserinwitwe.«

Jung-lu zupfte an seinem Schnurrbart.

Robert wußte nicht, ob seine Worte auf fruchtbaren Boden gefallen waren. Er ging auf die Straße, um sich selbst ein Bild von der gegenwärtigen Situation zu verschaffen. Er stieß auf eine Gruppe von Boxern, die ihre gymnastischen Übungen machten und dabei blutrünstige Wahlsprüche schrien. Robert sah nach links und rechts und wartete nur darauf, daß ihm einer von ihnen in die Augen sah. Wenn er doch nur einen Tag das Kommando über Jung-lus Truppen hätte, um dieses Geschmeiß vom Erdboden zu tilgen und Helen zu rächen!

Die Boxer sahen ihn mit unverhohlenem Haß an. Hier in Peking war er ein wohlbekanntes Mitglied der höchsten Gesellschaftsschicht – und er wurde von sieben bewaffneten Leibwächtern begleitet. Nachdem er die Verbotene Stadt verlassen hatte, kehrte er zum Haus Chang Tsins zurück. Sein Weg führte ihn an dem Viertel vorbei, in dem die Gesandtschaften lagen.

Hier sah man mehr Boxer als irgendwo sonst in der Stadt,

und Robert hatte erst ein kurzes Stück zurückgelegt, als er plötzlich Tumult und sogar Schüsse hörte. Er lief um die nächste Ecke und sah eine Gruppe von Europäern, die offenbar vom Einkauf kamen. Sie waren von einer kreischenden Horde Boxer umstellt, die offensichtlich verhindern wollten, daß sie in der nächstgelegenen Gesandtschaft, über der die rotschwarz-goldene Trikolore Belgiens im Wind flatterte, Zuflucht suchten.

Robert mußte automatisch an das unglückliche Mädchen denken, Monique Carremans, deren Eltern vor ihren eigenen Augen umgebracht worden waren. Er hoffte, daß sie sicher in Tientsin angekommen war, bevor die Boxer die Bahnstrecke zerstört hatten. Aber hier und jetzt war das Leben ihrer Landsleute in Gefahr. Er blickte sich um und bemerkte eine Abteilung Bannersoldaten, die dem Treiben untätig zusah.

»Wißt Ihr, wer ich bin?« rief er.

»Ihr seid Robert Barrington«, erwiderte der Sergeant.

»Dann wißt Ihr auch, daß Ihr meinen Befehlen gehorchen müßt. Ihr werdet mir folgen und die Menge zerstreuen.«

»Wir haben keine Befehle … «

»Ich gebe Euch gerade einen Befehl«, sagte Robert. »Beeilt Euch!«

Sie folgten seinen sieben Leibwächtern und marschierten die Straße hinunter. Die Europäer standen dichtgedrängt bei der Botschaft, aus der einige Wachen herauskamen und zögerten, als sie sich plötzlich einer Straßenschlacht gegenübersahen. Der Mob der Boxer war inzwischen größer geworden, und der Lärm war ohrenbetäubend. »Anlegen«, rief Robert. Er hatte ungefähr vierzig Mann unter seinem Kommando. »Zielt über ihre Köpfe.« Die Bannersoldaten gehorchten. »Feuer!«

Die Salve hallte durch die Straße, und die Boxer blieben augenblicklich stehen. »Vorrücken«, kommandierte Robert, der den Bannersoldaten voranschritt. Die Boxer starrten ihn an und stießen wilde Drohungen und Beschimpfungen aus. »Verschwindet!« rief Robert. »Oder wir werden auf euch schießen.«

Die Boxer wichen unsicher zurück, als die Bannersoldaten

immer weiter vorrückten. Robert hatte die Gruppe der Europäer erreicht. »Schnell«, sagte er. »In die Gesandtschaft.«

Mehrere Frauen wurden von den männlichen Botschaftsangehörigen, die verzweifelt versucht hatten, die Boxer mit ihren Revolvern in Schach zu halten, in das Gebäude geführt. Aber eine der Frauen riß sich los. »Monsieur Barrington!« rief sie. Es war Monique.

»Warum seid Ihr denn immer noch hier?« fragte Robert erstaunt. Er hatte ganz vergessen, was für ein hübsches Mädchen sie doch war. »Ihr solltet doch längst an der Küste sein.«

»Monsieur le Baron wollte davon nichts hören, Mr. Barrington. Er sagte, das sei ein Zeichen von Schwäche. Monsieur ...« Sie hielt ihn am Arm fest. »Ich wollte gehen. Ich habe solche Angst.«

Einer der Männer war ihr gefolgt und griff nach ihrem Arm. Er sagte etwas zu ihr in wallonischer Sprache. »Ich muß hineingehen, Monsieur.«

»Sprecht Ihr Englisch?« fragte Robert den Mann.

»Ja. Ihr seid Admiral Barrington, nicht wahr? Ihr habt dieser jungen Frau das Leben gerettet. Dafür sind wir Ihnen sehr dankbar, Monsieur. Aber wir wären ihnen noch dankbarer, wenn Sie ihren Einfluß bei der Kaiserinwitwe geltend machen könnten, damit sie diese Höllenhunde hier zurückpfeift.«

»Ihr hättet gehen sollen, als Ihr noch die Möglichkeit dazu hattet«, erwiderte Robert. Er sah Monique an, und in seinem Kopf tauchte plötzlich das Bild auf, wie die Boxer das nackte Mädchen an den Haaren die Straße hinunterschleiften, bevor sie sie vergewaltigten und grausam verstümmelten. Bei dem Gedanken wurde ihm übel. »Möchtet Ihr Peking verlassen, Monique?«

»Monsieur?« Ihre Augen leuchteten. Aber dann erstarb das Feuer wieder. »Wir können ja nicht fort.«

»Das Mädchen hat recht«, sagte der Mann. »Baron de Vinck hat verkündet, daß wir bleiben. Ohne Ausnahme.«

»Ihr, Sir, und Euer Baron, Ihr könnt tun, was Ihr für richtig haltet«, erwiderte Robert. »Ich habe dieses Mädchen zu Euch gebracht, damit sie beschützt wird. Aber wie ich sehe, seid Ihr dazu nicht in der Lage. Also nehme ich sie wieder in meine Obhut. Ich wünsche Euch einen guten Tag, Sir.«

Der Mann starrte ihn mit offenem Mund an, ebenso Monique.

»Möchtet Ihr mich begleiten, Mademoiselle?« fragte Robert.

»Ja, natürlich. Aber–«

»Habt Ihr noch etwas in der Gesandtschaft, was Euch gehört?«

»Nein, ich habe nichts. Dies sind geliehene Kleider.«

»Dann solltet Ihr jetzt gleich mit mir kommen. Ihr werdet ohnehin chinesische Kleidung tragen müssen, wenn wir die Stadt verlassen.«

»Monsieur, Ihr wollt diese junge Frau entführen«, sagte der Belgier.

»Sie möchte mich begleiten, Monsieur«, entgegnete Robert.

»Sie ist noch nicht alt genug, um zu wissen, was das beste für sie ist.«

»Ich glaube, daß sie viel vernünftiger ist als irgend jemand sonst in dieser Gesandtschaft.«

»Das ist ja empörend. Darüber wird es eine Meldung geben«, rief der Belgier. »Ihr seid schlimmer als die Boxer.«

»Ich werde jetzt mit meinen Leuten verschwinden«, sagte Robert und zeigte ans Ende der Straße, wo sich die Boxer versammelt hatten und immer noch ihre Drohungen brüllten. »Ich würde an Eurer Stelle hineingehen, bevor diese Kerle, die wirklichen Boxer, wiederkommen.«

Robert erreichte Chang Tsins Haus ohne weitere Zwischenfälle und stellte Monique Wu Lai und Chang Tsin vor, die das belgische Mädchen mißtrauisch betrachteten.

»Sie sollte doch an die Küste gehen«, meinte Chang Su.

»Genau. Aber die Belgier haben sie in der Gesandtschaft behalten. Also werden wir sie selbst mitnehmen, wenn wir Peking verlassen.«

»Ihr könnt nicht fort«, sagte Wu Lai. »Sie kämpfen flußabwärts.«

»Trotzdem werde ich Peking sobald wie möglich verlassen«, erwiderte Robert.

Sollten sie doch alle zum Teufel gehen, dachte er – die Barbaren, die Boxer und auch die Ch'ing. Er wollte nur noch in das relativ sichere Schanghai zurück und seinem Vater berichten, was mit seiner ältesten Tochter geschehen war.

»Werdet Ihr meinetwegen Ärger bekommen, Monsieur?« fragte Monique.

»Damit werde ich schon fertig«, beruhigte sie Robert.

Chang Tsin war nicht so optimistisch. »Was habt Ihr getan?« fragte er, als er am Abend aus der Verbotenen Stadt zurückkehrte. »Alle sind in Aufruhr, die Boxer und die Belgier. Die Boxer haben Ihrer Majestät mitteilen lassen, daß Ihr auf sie geschossen hättet. Und die Belgier sind darüber empört, daß Ihr das Mädchen entführt habt. Das ist sehr schlimm, Barrington. Ihr seid ein verheirateter Mann. Eure Frau ist meine Tochter.«

Robert fragte sich, welcher der beiden Aspekte in dieser Sache Chang Tsin wohl wichtiger war. Aber er erklärte, daß er Monique im vorigen Monat gerettet hatte und daß er sie nicht noch einmal einem solch schrecklichen Erlebnis aussetzen wollte. Deshalb würde er sich selbst um ihre Sicherheit kümmern. Chang Tsin schien nicht sehr erleichtert, obwohl er sich am Kinn kratzte, als er Monique noch einmal vorgestellt wurde. »Sie ist sehr hübsch«, meinte er.

»Wenn Ihr meine Abreise organisieren würdet«, sagte Robert, »wäre ich Euch sehr dankbar. Ich brauche noch einmal fünfzig Bannersoldaten, unter Sen-ch'o-lins Kommando. Auf ihn kann man sich verlassen. Wir benötigen also insgesamt sechs Sampans. Wenn Ihr das für mich organisiert, dann werden wir sofort aufbrechen.«

Chang Tsin ging murrend fort. Das tat auch Chang Su jedesmal, wenn sie Monique sah, die die meiste Zeit im Garten verbrachte und besorgt vor sich hinstarrte. Ihr Gesicht hellte sich nur auf, wenn Robert kam. Alles schien verloren, als Chang Tsin an jenem Abend aus der Verbotenen Stadt zurückkehrte. »Ihr seid verhaftet«, sagte er zu Robert. »Auf Befehl Ihrer Majestät.«

11

AUF DER FLUCHT

Robert betrachtete die Abteilung Bannersoldaten, die ihn ins Gefängnis geleiten würde, vielleicht sogar zu seiner Hinrichtung. Seinen eigenen Leibwächtern hatte er eine wohlverdiente Ruhepause gegönnt.

Chang Tsin bemerkte seine Sorge und lächelte. »Ihr werdet nicht ins Gefängnis gebracht, Barrington. Doch nicht Ihr, der Vorstand des Hauses Barrington und einer der ältesten ... Gefährten Ihrer Majestät. Nein, nein. T'se-hi hat lediglich das Gefühl, daß Ihr in dieser Angelegenheit nicht mit dem Herzen bei Ihr seid, sondern Unfrieden stiftet, wenn man Euch Handlungsfreiheit läßt. Daher werdet Ihr für die Dauer dieser Krise unter meine Obhut gestellt.«

»Das soll heißen, bis die Gesandtschaften zerstört und die Insassen umgebracht worden sind«, sagte Robert wütend.

Chang Tsin breitete die Hände aus. »Das liegt in der Hand der Götter. Wenn die Krise vorüber ist, werdet Ihr Euer normales Leben wieder aufnehmen und Euren Reichtum mehren können.«

»So habe ich Euch wenigstens für eine Weile bei mir«, sagte Chang Su.

Robert antwortete nicht; er dachte nach, wie er sich jetzt am besten verhalten sollte. Auf jeden Fall mußte er auf die Verstärkung aus Tientsin warten, die die Boxer sicherlich zerstreuen würde. Monique machte sich Vorwürfe, daß sie ihn in solche Schwierigkeiten gebracht hatte, aber er beruhigte sie. Sie hätten ihn wohl ohnehin früher oder später verhaftet, da er sich von Anfang an gegen die Boxer gestellt hatte, und er versprach ihr, sie wieder in die belgische Gesandtschaft zu bringen, sobald die Verstärkung eingetroffen war.

Darüber schien sie nicht sehr erfreut zu sein, und er nahm

an, daß ihr Zwangsaufenthalt bei ihren Landsleuten nicht sehr glücklich verlaufen war, wenn man von der Trauer über den Tod ihrer Eltern einmal absah.

Aber nur wenige Tage später erreichte sie die Meldung, daß Admiral Seymour geschlagen worden war und sich unter schweren Verlusten nach Tientsin zurückgezogen hatte. Robert wollte es zuerst nicht glauben – keine Armee der Barbaren war jemals von den Chinesen geschlagen worden, seit sie 1840 das erste Mal aufeinandergetroffen waren. Nur 1861 hatte es bei der Eroberung der Taku-Forts an der Mündung des Pei-ho durch die Briten einen kurzfristigen Rückschlag gegeben. Aber er konnte nicht länger an der Richtigkeit der Meldung zweifeln, als Köpfe und Uniformen der Europäer unter den Jubelrufen der Menge durch die Straßen Pekings getragen wurden. Noch am selben Tag griffen die Boxer die Gesandtschaften an, und die kleineren Gebäude waren rasch in ihren Händen. Die Barbaren zogen sich in die britische Gesandtschaft zurück, wo sie zum Kampf rüsteten.

»Was ist mit der Bannerarmee?« fragte Robert Chang Tsin.

»Sie hält sich zurück«, antwortete er. »Im Augenblick jedenfalls.« Er lächelte. »Im Moment wird sie nicht gebraucht.«

Robert fühlte sich vollkommen hilflos. Er war sicher, daß es bald ein Massaker geben würde, gegen das die schlimmsten Exzesse der indischen Aufstände sich wie ein Kaffeekränzchen ausnehmen würden. Und was würde dann geschehen? Er konnte sich nicht vorstellen, daß die europäischen Mächte die Situation so einfach hinnehmen würden. Er bat Chang Tsin, für ihn ein Treffen mit T'se-hi zu arrangieren, aber die Kaiserinwitwe weigerte sich erneut ihn zu empfangen. Ähnlich erging es ihm mit Jung-lu. Offenbar hatten sich die beiden auf eine gemeinsame Linie geeinigt und ließen sich nicht davon abbringen.

Robert mußte eine Entscheidung treffen. Für die Gesandtschaften konnte er nichts tun, aber er konnte auch nicht weiter untätig in Chang Tsins Garten sitzen und den Dingen ihren Lauf lassen.

Er rief Chou Li-ting zu sich, seinen ersten Diener, und teilte ihm seine Pläne mit. Chou zupfte unschlüssig an seinem Schnurrbart, aber seine Loyalität galt zuerst dem Hause Barrington und erst dann dem China der Mandschu, wie Robert sehr wohl wußte.

Es wäre Chang Tsin nicht im Traum eingefallen, daß Robert Barrington, sein eigener Schwiegersohn und einstiger Liebhaber der Kaiserinwitwe, dessen Schicksal so eng mit dem der Ch'ing verknüpft war, sich einer kaiserlichen Verfügung widersetzen könnte. Daher hatte man Chou Li-ting und seine Männer auch nicht entwaffnet, und sie konnten sich wie Robert innerhalb der Grenzen des Hauses frei bewegen.

Chou aber konnte kommen und gehen, wie es ihm beliebte, und er kümmerte sich um die notwendigen Vorbereitungen, rief den alten Kapitän Sung zu sich, damit die Sampans und die Mannschaften bereit waren, und ließ Vorräte an Bord bringen. Als alles fertig war, erstattete er Robert Bericht, und sein Plan wurde in die Tat umgesetzt. Als Chang Tsin am Abend aus der Verbotenen Stadt zurückkehrte und mit Robert beim Abendessen saß, betrat Chou mit zwei Männern das Zimmer.

Chang sah sie irritiert an, aber Chou wandte sich an Robert. »Alles ist vorbereitet, Master. Das Haus ist in unserer Hand.«

Chang blickte von einem zum anderen und sah erst jetzt, daß die Männer bewaffnet waren. »Was hat das zu bedeuten?«

»Ich habe mich entschieden, nach Schanghai zurückzukehren, Vater«, sagte Robert. »Eure Diener sind von meinen Männern gefangengenommen worden. Ihr werdet mir jetzt einen Passierschein ausstellen, damit ich die Stadt noch heute nacht verlassen kann.«

»Seid Ihr verrückt geworden? T'se-hi wird uns köpfen lassen.«

»Mich muß sie erst finden«, sagte Robert. »Und Ihr habt die Unterschrift unter Zwang geleistet. Wenn Ihr mir den Passierschein nicht ausstellt, werde ich Euch umbringen und ihn fälschen. Euer Siegel ist im Haus, es wird also nicht sehr schwierig sein.«

Chang Tsin japste wie ein Fisch auf dem Trockenen. »Das ist unglaublich«, stieß er hervor. »Ihr seid mein Schwiegersohn. Würdet Ihr denn so gegen die konfuzianische Ethik verstoßen? Ein Sohn, der seinen Vater umbringt, ist zu ewiger Verdammnis verurteilt.«

»Schreibt den Passierschein, oder Ihr müßt sterben«, sagte Robert mit energischer Stimme, obwohl er wußte, daß er diesen armen alten Mann, der schon vor Roberts Geburt ein Freund seiner Familie gewesen war, niemals töten könnte. Aber er wußte auch, daß Chang Tsin – trotz seiner zur Schau getragenen Arroganz – im Inneren feige war wie alle Eunuchen. Chang schrieb den Passierschein. Robert führte ihn in das Zimmer, in dem die Frauen untergebracht waren. Wu Lai, Chang Su und Monique blickten verwundert auf.

»Was ist denn eigentlich los?« fragte Su.

»Wir gehen fort. Chang Tsin, ich muß Euch und Wu Lai leider fesseln, damit wir einen gewissen Vorsprung haben. Aber Ihr werdet Euch nach einiger Zeit sicher befreien können.«

»Ihr werdet sterben«, meinte Wu Lai.

»Ich glaube, das werden wir alle früher oder später. Su, pack deine Sachen.«

Chang Su sah ihren Vater an.

»Ich verbiete dir, mit ihm zu gehen«, sagte Chang Tsin.

Robert warf seiner Frau einen Blick zu. »Die Entscheidung liegt bei dir. Monique, Ihr werdet mit mir kommen.«

Monique sah unsicher von einem zum anderen.

»Ihr wollt mit dieser Frau fortgehen?« empörte sich Chang Su. »Ich bin Eure Frau.«

»Wenn du jetzt nicht mit mir kommst, dann bist du nicht mehr meine Frau«, erwiderte Robert.

»Du wirst hierbleiben«, beharrte Chang Tsin.

»Mein Mann …«

»Er ist ein Barrington«, sagte Chang Tsin. »Er wird mit den anderen Barringtons untergehen. Willst du mit ihm untergehen?«

Chang Su biß sich auf die Lippen.

»Du mußt dich entscheiden«, sagte Robert.

»Ich muß meinem Vater gehorchen.«

»Also gut«, sagte Robert. Er winkte seinen Leibwächtern. »Fesselt sie.« Chang Tsin und die Frauen mußten sich auf den

Boden legen und wurden an Händen und Füßen gefesselt. »Jetzt knebelt sie«, sagte Robert.

»Ich werde lachen, wenn Ihr einen Kopf kürzer seid«, knurrte Chang Tsin.

Dann konnte er nichts mehr sagen und Robert nur noch wütend anstarren. Chang Su weinte.

Robert begleitete Monique zur Tür. »Werdet Ihr jetzt nicht in ernste Schwierigkeiten geraten, Monsieur?« fragte das Mädchen.

Robert lächelte bitter. »Ich bin bereits in ernsten Schwierigkeiten, Monique. Es wäre Zeitverschwendung, jetzt noch kalte Füße zu bekommen.«

Chang Tsins Personal war ebenfalls gefesselt und geknebelt worden, und Robert schätzte, daß es einige Stunden dauern konnte, bis sie sich befreien und Alarm schlagen würden. Bis dahin hatte er vor, außer Reichweite zu sein. Glücklicherweise war die Telegrafenleitung zerstört, so daß Chang Tsin keine Nachricht vorausschicken konnte. Auf der Straße vor dem Haus patrouillierten wie gewöhnlich die Bannersoldaten, aber als sie den Passierschein sahen, ließen sie die kleine Gruppe durch. Das wiederholte sich am Stadttor, und schon bald waren sie an Bord ihres Sampans auf dem Großen Kanal.

Sie legten sofort ab und ruderten schnell davon, während Robert den kaiserlichen Drachen am Bug hißte, um keine Zweifel aufkommen zu lassen, daß sie in T'se-his Namen unterwegs waren.

»Wird uns die Flucht gelingen?« fragte Monique, als er zu ihr ins Zelt kam.

»Ja«, versprach er. »Legt Euch hin und ruht Euch etwas aus.«

»Ich würde lieber bei Euch bleiben, Monsieur.«

Im Schein der Laterne sah er, wie ihr eine leichte Röte in die Wangen stieg. Auch Robert wurde plötzlich ganz verlegen. Obwohl er die Schönheit und bemerkenswerte Selbstbeherrschung des Mädchens von Anfang an bewundert hatte, war sie in seinen Augen doch bisher nichts anderes gewesen als eine Person, die er vor einem ungewissen Schicksal bewahrte. Er wagte es nicht, mehr in ihr zu sehen. Er war schließlich verheiratet und außerdem alt genug, um ihr Vater zu sein. Er hatte nicht erwartet, daß sich sein Schicksal ausgerechnet an einem solchen Punkt, an dem sein Leben – sicher aber seine Ehe – in einer ernsten Krise steckte, sich so eng mit ihrem verknüpfen würde.

Es war offensichtlich, daß sie in ihm einen Helden sah, den sie glühend verehrte, und daß sie sich außerdem für seine Schwierigkeiten verantwortlich fühlte. Sie hatte sonst niemanden, an den sie sich wenden konnte.

Wenn es ihm gelang, sie bis nach Schanghai zu bringen, zu Vicky … aber das war noch ein langer Weg. »Nun«, sagte er. »Ich sollte mich vielleicht selbst hinlegen, solange ich noch Gelegenheit dazu habe.«

Er schlief ein, obwohl er sich der Gegenwart des Mädchens, das neben ihm lag, sehr bewußt war. Am frühen Morgen weckte ihn Chou, der berichtete, daß sie zahlreiche Boxer am Ufer gesehen hätten. »Die Männer sind müde, Master«, erklärte Chou. »Sie würden gerne anhalten und sich ausruhen.«

»Gut, aber an diesen Kerlen müssen wir wohl noch vorbei«, sagte Robert und ging selbst an Deck. Die Boxer starrten den Sampan an, aber sie erkannten den kaiserlichen Drachen und machten keinen Versuch, das Boot aufzuhalten – ein deutlicher Beweis, daß die Rebellen sich auf die kaiserliche Unterstützung verließen. Weiter flußabwärts konnten sie anlegen und die Mannschaft ein paar Stunden schlafen lassen. Dann fuhren sie weiter nach Tung Chow.

Dort traten die Boxer in noch größerer Zahl auf, und Robert erwiderte ihre Grüße, hielt aber nicht an. In Tung-Chow konnten sie den Großen Kanal verlassen und in den Pei-ho abzweigen, während ihre Verfolger gewiß auf dem Großen Kanal nach ihnen suchen würden. Auf dem Fluß kamen sie außerdem schneller voran, obwohl das Risiko groß war, auf Sandbänke zu laufen. Aber Shung kannte diesen Fluß wie seine Westentasche, und sie kamen problemlos vorwärts. Die Ufer zu beiden Seiten waren zum größten Teil menschenleer.

Robert ließ für die Nacht anlegen. Am nächsten Tag würden sie den Han-ho und Tientsin erreichen, aber zunächst lag die Stadt Yangtsun vor ihnen, und Robert wußte nicht, ob sie in der Hand der Boxer oder der Barbaren war. Seines Wissens hielten die Barbaren Tientsin ebenso wie das Waffenlager am Norddufer. Wenn die Boxer in Yangtsun waren, dann würden sie sich gewiß fragen, warum ein kaiserlicher Sampan dem Feind entgegenfuhr. Und da Robert nicht vorhatte, sich jetzt aufhalten zu lassen, würden sie mit einem Kampf rechnen müssen. Deshalb sollten seine Männer ausgeruht sein.

Er erklärte Monique die Situation. »Gebt mir ein Gewehr«, sagte sie. »Ich habe schon einmal geschossen.«

»Am besten legt Ihr Euch flach in den Rumpf des Bootes«, sagte er.

»Während Ihr für mich kämpft? Warum solltet Ihr das tun, Monsieur?«

»Ich kämpfe auch für mich selbst, Monique. Meine Sicherheit hängt genauso wie Eure davon ab, daß wir Tientsin erreichen.«

Chous Männer kochten sich ihr Abendessen, und Robert ließ Wachen aufstellen, obwohl die Gegend wie ausgestorben schien. Tagsüber waren sie an den rauchenden Ruinen eines Dorfs vorübergekommen – wahrscheinlich hatten sich die Einwohner geweigert, den Boxern Nahrung zu geben –, und es konnte sein, daß die gesamte Region wegen der Kämpfe evakuiert worden war. Robert schlief fest, aber wieder weckte ihn Chou. Es war noch dunkel. »Reiter«, sagte Chou.

Robert setzte sich auf und lauschte. Er hörte das Klingeln des Zaumzeugs und hin und wieder Waffenklirren. Der Wachtposten, der die Geräusche zuerst gehört hatte, zeigte flußabwärts. »Die Boxer haben keine Kavallerie«, sagte Robert. »Es müssen Barbaren sein.«

»Das glaube ich nicht, Master«, sagte Chou. »Ich glaube, es sind Bannersoldaten.«

»Dann müssen wir uns irgendwie rausreden.« Robert weckte alle auf, aber er schärfte ihnen ein, Ruhe zu bewahren, solange sich nicht wirklich ein Kampf anbahnte. Dann aßen sie und warteten auf den Tagesanbruch.

Als es endlich hell wurde, bemerkten sie in ihrer Nähe eine Abteilung berittener Bannersoldaten, die offenbar auch auf das Tageslicht warteten und langsam herankamen. An ihrer Spitze ritt ein Hauptmann, der laut Roberts Namen rief. Robert stand an Deck. »Ihr seid verhaftet«, sagte der Hauptmann. »Ihr müßt mit uns nach Peking zurückkehren.«

»Auf wessen Befehl?« fragte Robert.

»Auf Befehl der Kaiserinwitwe.« Robert runzelte die Stirn, während er angestrengt nachdachte. Konnte sie denn des Nachts ein Bote unbemerkt überholt haben? Der Hauptmann der Bannersoldaten lächelte bitter. »Die Telegrafenleitung ist repariert worden, Barrington. Wenigstens bis nach Yangtsun. Wußtet Ihr das nicht?«

Damit hatte Robert tatsächlich nicht gerechnet. »Ich habe zwölf Männer an Bord meines Sampans«, sagte er. »Jeder ist mit einem Repetiergewehr bewaffnet. Ich würde Euch raten, uns durchzulassen.«

Der Hauptmann sah ihn erstaunt an. »Ihr wollt Euch einem Befehl T'se-his widersetzen?«

»In diesem Falle, ja. Leinen los, Shung.«

Der Kapitän des Sampans rief seine Mannschaft, und sie kamen an Deck, um die Taue zu lösen. Robert signalisierte Chou, daß er und seine Männer sich und ihre Waffen zeigen sollten.

»Ihr müßt sterben, wenn Ihr Euch T'se-hi widersetzt«, sagte der Hauptmann.

»Nicht heute morgen, Hauptmann. Es sei denn, Ihr wolltet zuerst sterben.«

Der Hauptmann zögerte einen Moment, dann wendete er sein Pferd und ritt mit der Eskorte zu seiner Abteilung zurück.

»Jetzt werden sie uns angreifen«, meinte Chou.

Robert nickte. »Raus auf den Fluß, Shung, und spornt die Männer an den Rudern ordentlich an.«

Die Ruder wurden zu Wasser gelassen, und der Sampan machte einen Satz vorwärts. Monique kam aus dem Zelt und sah den Reitern nach. »Wird es einen Kampf geben?«

»Das befürchte ich. Bleibt in Deckung.« Er beobachtete die Bannersoldaten, die jetzt aufsaßen, und befahl Chou und seinen Männern, sich bereitzuhalten. Aber im Augenblick kam der Sampan ausgezeichnet voran. Dann sah Robert zu seiner Überraschung, wie die Bannersoldaten in Viererreihen und parallel zum Fluß galoppierten, aber keinen Versuch machten, direkt zum Ufer vorzustoßen. Wenige Minuten später verschwanden sie hinter einem Hügel.

»Sie wollen uns in Yangtsun aufhalten«, sagte Chou. »Dort müssen wir unter der Eisenbahnbrücke herfahren.«

»Ja«, erwiderte Robert nachdenklich. »Wenige Kilometer von hier gibt es doch diesen kleinen Nebenfluß, der vom Peiho abzweigt, oder?«

»Ja, das ist richtig. Aber er führt nur zum See und nicht wieder zurück zum Fluß.«

»Jedenfalls wird sie das von unserer Fährte abbringen«, sagte Robert. »Wir werden zum See fahren, den Sampan dort zurücklassen und zu Fuß weitergehen. Es sind nur ein paar Kilometer bis zum Waffenlager gegenüber von Tientsin.«

Chou war von dieser Idee alles andere als begeistert, aber er würde nicht mit seinem Herrn streiten. Sie fuhren weiter den Fluß hinunter, und etwa eine Stunde später sahen sie die Abzweigung des Nebenflusses am Ostufer. Shung begann sofort, den Sampan in den Nebenarm hineinzusteuern. Im gleichen Augenblick tauchten am gegenüberliegenden Ufer die Bannersoldaten auf. Sie bezogen nebeneinander Stellung, die Gewehre im Anschlag, und zielten auf sie. Der Hauptmann hatte erraten, was sie tun würden, und war ihnen zuvorgekommen.

»Zurück an die Ruder«, rief Robert, denn auf dem schmalen Fluß kamen sie ihnen gefährlich nahe. Einer von Chous Männern war bereits getroffen und lag schreiend auf den Planken des Boots. Während Shung noch seine Befehle brüllte, hörte Robert das scheußliche Rattern eines Maschinengewehres. Der Sampan erschauerte, als die Salve den hölzernen Rumpf traf. Sofort füllte sich das Boot mit Wasser und bekam Schlagseite. Zwei weitere Männer hatte es erwischt.

Einer war tot und trieb mit dem Gesicht nach unten den Fluß hinab.

»Zum anderen Ufer«, rief Robert.

Monique kam aus dem Zelt heraus. »Hier ist alles voller Wasser.«

»Seid Ihr verletzt?«

»Nein, alles in Ordnung.«

»Gut, dann haltet den Kopf unten.«

Das Maschinengewehr knatterte weiter, und der sinkende Sampan drehte sich einmal um die eigene Achse. Die Strömung hatte das Boot in die Mitte des Flusses getrieben. Chou und seine verbliebenen zwei Männer knieten hinter dem Dollbord und erwiderten mutig das Feuer, aber Shungs gesamte Mannschaft war über Bord gesprungen. Sie wußten, daß der Sampan es niemals bis zum Westufer schaffen würde.

Robert steckte seinen Revolver in den Gurt. »Verlaßt das Schiff«, sagte er den Männern. »Schwimmt zum Ufer.« Er kroch ins Zelt, wo Monique bis zu den Schenkeln im Wasser kniete und ihn mit großen Augen ansah. Eigenartigerweise schien sie keine Angst zu haben. »Wir werden schwimmen müssen«, sagte er ihr.

»Ich kann nicht schwimmen. Kümmert Euch nicht um mich, Monsieur, und rettet Euch selbst.«

»Kommt schon.« Er packte ihre Hand, und bevor sie noch protestieren konnte, war er mit ihr über Bord gesprungen. Das Wasser spritzte hoch auf. Robert drehte sich sofort auf den Rücken und hielt Monique bei den Schultern. Nur mit der Kraft seiner Beine schwamm er jetzt aufs westliche Ufer zu, wobei er die Strömung, so gut es ging, ausnutzte. Noch war der Sampan zwischen ihnen und gab ihnen Deckung. Aber er sank schnell, und nur einen Augenblick später verschwand das Boot mit einem lauten Gurgeln in der Tiefe. Das Zelt brach ab und trieb den Fluß hinunter.

Inzwischen hatte sie die Strömung an den Bannersoldaten vorbeigetrieben, die gerade damit beschäftigt waren, die Männer zu verhaften, die ans Ostufer geschwommen waren. Die armen Teufel würden mit ziemlicher Sicherheit hingerichtet werden, aber Robert konnte jetzt nichts mehr für sie tun; er mußte an Monique denken. Sie blieb so ruhig wie möglich und bewies ihm damit erneut ihr absolutes Vertrauen, obwohl seine Versuche, sie in Sicherheit zu bringen, bisher nicht sehr erfolgreich gewesen waren. Jetzt spürte er Boden unter den Füßen, und einen Augenblick später krochen sie in die Büsche am Ufer – gerade noch rechtzeitig, denn inzwischen hatte sie jemand bemerkt und das Feuer eröffnet.

Robert preßte das Mädchen dicht an sich und kauerte still am Boden. Jede Bewegung konnte sie verraten. Nach einigen Schüssen widmeten die Bannersoldaten sich wieder dem Rest der Mannschaft. »Wir müssen die Böschung hinaufkommen«, flüsterte Robert. Dahinter lag eine dichte Busch- und Waldlandschaft. »Wenn sie Euch sehen, werden sie schießen. Lauft unter die Bäume, legt Euch flach auf den Boden und wartet dort auf mich.« Er sah sie an. »Seid Ihr bereit?«

»Bitte, kommt mit mir«, sagte sie.

Er grinste. »Das habe ich auch vor. Los.« Er packte ihre Schenkel, um sie ein Stück nach oben zu schieben. Sie erreichte die Anhöhe und war klug genug, nicht aufzustehen, sondern so schnell wie möglich außer Sichtweite zu rollen. Er sah, wie sie zwischen den Bäumen verschwand. Vom gegenüberliegenden Ufer gab es keine Reaktion. Die Bannersoldaten machten sich mit ihren Gefangenen zum Abmarsch bereit. Ihre Pferde hatten sie schon geholt.

Robert folgte Moniques Beispiel und rollte unter die Bäume. »Diese armen Männer«, sagte sie. »Sind sie alle tot?«

»Ich fürchte, ja. Und bei den anderen wird es nicht mehr lange dauern.«

»Alles meinetwegen«, sagte sie.

»Alles meinetwegen. Sie haben für mich gearbeitet.«

»Was wird nun aus uns?« fragte sie.

»Wir müssen versuchen, uns bis zum Han-ho durchzuschlagen. Tientsin liegt zwar auf der anderen Seite des Flusses, aber irgendwo werden wir schon ein Boot finden. Ich glaube allerdings, daß wir erst im Dunkeln aufbrechen sollten.« Monique sah zum Himmel hinauf – es war gerade erst Vormittag. »Ich weiß«, meinte er. »Wir werden bestimmt

Hunger kriegen. Zuerst aber sollten wir die nassen Sachen ausziehen. Ich gehe dort hinüber.«

Er kroch ein Stück weiter, zog Kittel und Hosen aus und fand ein Fleckchen, das in der Sonne lag. Dort breitete er seine Kleider aus und nahm Platz, um sich selbst zu trocknen. Dann prüfte er seinen Revolver und den Patronengürtel. Beide schienen unversehrt zu sein – eine Zeitlang konnte er sich und das Mädchen also beschützen. Es hing natürlich viel davon ab, ob die Bannersoldaten beschlossen, den Fluß in Yangtsun zu überqueren und am Westufer nach Überlebenden zu suchen. Aber das würde eine Weile dauern. Bis dahin …

»Monsieur«, flüsterte Monique hinter den Büschen, die zwischen ihnen lagen. »Es kommt jemand.«

Robert hörte ebenfalls ein Geräusch. »Legt Euch flach auf den Boden, damit man Euch nicht sehen kann.« Er selbst kniete zwischen den Büschen, steckte den Revolver wieder weg und nahm statt dessen sein Messer. Er wollte keinen Schuß riskieren, bis er sicher sein konnte, daß weder Boxer noch Bannersoldaten in der Nähe waren.

Er hörte ein Geräusch hinter seinem Rücken und fuhr herum. Eine nackte Monique schlich durch die Büsche auf ihn zu. »Dort drüben!« flüsterte sie und schien seine Nacktheit gar nicht wahrzunehmen.

Robert konzentrierte sich auf die Richtung, in die sie gezeigt hatte, und schätzte, daß es sich nur um einen einzelnen Eindringling handelte. »Zeigt Euch«, befahl er. »Oder Ihr seid ein toter Mann.«

»Master!« Chou stand erleichtert auf. Dann sah er das Mädchen, und seine Augen weiteten sich. Er selbst war noch immer vollständig angezogen und trug sogar einen Beutel.

»Gott sei Dank, du bist es«, sagte Robert. »Sind noch mehr von euch hier?«

»Nein. Sie waren zu unvorsichtig. Die Bannersoldaten haben sie alle gefangen. Wir sind die einzigen, Master.« Er kam näher und bemühte sich, Monique nicht anzusehen.

»Wir werden versuchen, uns bis zum Fluß durchzuschlagen, wenn es dunkel wird«, sagte Robert. »Was hast du in dem Beutel? Etwas zu essen?«

»Brot. Ich habe es noch schnell eingepackt, als das Boot gesunken ist.«

»Chou, du bist ein Held.« Robert warf dem Mädchen einen Blick zu. »Sind Eure Kleider trocken?«

»Nein, Monsieur. Kann ich etwas zu essen haben?«

»Geht hinter die Büsche.«

Sie kroch wieder weg, aber Robert würde ihren Anblick nie vergessen. Schließlich hatte Monique für eine Sechzehnjährige eine sehr reife Figur mit großen Brüsten und kräftigen Beinen und Schenkeln. Robert sah, wie Chou etwas Brot aus dem Beutel nahm. Es war aufgeweicht, aber durchaus eßbar. Robert brach einen halben Laib ab und warf ihn dem Mädchen hin. Monique fing das Stück auf und verschwand hinter den Büschen. Robert und Chou aßen zusammen. »Das mit deinen Männern tut mir leid«, sagte Robert.

»Kein Mann kann seinem Schicksal entrinnen«, erwiderte Chou. »Was habt Ihr jetzt vor?«

»Wir müssen den Fluß erreichen, ein Boot organisieren und dann den Großen Kanal und den Jangtse hinunterfahren.«

»Ich habe mein Gewehr verloren«, sagte Chou. »Und das Brot wird schnell zur Neige gehen.«

»Wir werden irgendwie zurechtkommen müssen«, meinte Robert.

Nachdem ihre Sachen einigermaßen trocken waren, zogen Monique und Robert sich wieder an. Anschließend saßen sie zusammen mit Chou unter den Bäumen. Es war jetzt ganz friedlich und still um sie herum, und Robert mußte an den armen Shung denken, der dem Hause Barrington so lange und treu gedient hatte – er erinnerte sich noch an ihre erste Fahrt über den Großen Kanal. »Wie denkt Ihr Euch die Zukunft mit Eurer Gemahlin?« fragte Monique.

»Das hängt von der Gesamtentwicklung ab.«

»Aber Ihr möchtet Euch mit ihr aussöhnen, wenn das möglich ist, nicht wahr?« sagte sie beharrlich.

Er sah sie an, und Monique hielt seinem Blick stand.

»Möchtet Ihr nicht nach Belgien zu Euren Onkeln zurück?«
fragte er.

»Ich würde lieber hierbleiben. Bei Euch.«

»Bei einem verheirateten Mann, der gnadenlos verfolgt
wird und außerdem alt genug ist, um Euer Vater zu sein?«

»Bei einem Mann, der mein Leben bereits drei Mal gerettet
hat und der gut zu mir ist.«

»Ihr seid eine ungewöhnlich kühne junge Frau, Monique.«

»Es sind auch ungewöhnlich kühne Zeiten, Monsieur.«

Monique hatte Robert in ihren Bann gezogen. Bestürzt
stellte er fest, daß er noch nie eine europäische Frau geliebt
hatte, daß er bis vor wenigen Minuten noch nicht einmal eine europäische Frau nackt gesehen hatte. Und was er
gesehen hatte, gefiel ihm. Mit Monique zu schlafen wäre
auch für ihn ein jungfräulicher Akt, zumindest in seiner Vor-
stellung.

Aber sie zu nehmen, nur weil es für sie beide vielleicht
keine Zukunft gab, erschien Robert wie ein Verbrechen.

Doch er wußte, daß es passieren würde.

Am Nachmittag hörten sie Stimmen. Chou kroch zum Rand
des kleinen Wäldchens und kehrte rasch zurück, um zu
berichten. »Boxer«, sagte er. »Eine kleine Gruppe. Aber sie
haben zwei Pferde.«

Robert strich sich übers Kinn. »Wie weit ist es von hier nach
Yangtsun?«

»Ich würde sagen, etwa sechzig Kilometer.«

Robert nickte. »Das können sie nicht in einer Nacht schaffen. Sie werden ein Lager aufschlagen, und sie dürften Proviant bei sich haben.«

Chou sah ihn skeptisch an. »Sieben Männer? Wir haben
doch nicht mal ein Gewehr.«

»Wir haben unsere Messer und meinen Revolver. Hast du
bei ihnen irgendwelche Schußwaffen gesehen?«

»Ich habe ein Gewehr gesehen.«

»Dann sollten wir hoffen, daß sie nicht noch mehr davon
haben. Wir müssen uns zuerst um dieses Gewehr kümmern.

Immerhin haben wir den Überraschungseffekt auf unserer Seite.«

Monique hatte zugehört. »Ihr wollt diese Männer angreifen?«

Robert nickte. »Wir brauchen die Pferde, ihre Waffen und den Proviant.«

»Werdet Ihr sie umbringen?«

»Ja. Es tut mir leid, Monique, aber es gibt keine andere Möglichkeit. Wenn wir den Boxern in die Hände geraten, dann werden sie uns ganz sicher umbringen. Und falls auch nur einer von ihnen entkommt, wird er jeden einzelnen Boxer in der Gegend auf uns hetzen.«

Monique biß sich auf die Lippen.

In der Dämmerung brachen sie auf. Die Spur der Pferde war leicht zu verfolgen, denn die Boxer schienen einen gut ausgetretenen Pfad zu benutzen. Robert hatte nur eine einzige Sorge, daß sie sich mit einer anderen Gruppe vereinigen könnten, aber als sie kurz vor Mitternacht den Schein des Lagerfeuers sahen, stellten sie mit Erleichterung fest, daß die Gruppe noch immer klein war.

»Ihr bleibt hier«, sagte er zu Monique. »Ich kann Euch keine Waffe geben. Den Revolver brauche ich selbst.«

»Das verstehe ich.« Sie setzte sich hin und zog die Beine an. Ihr Schicksal, wenn ihm etwas zustoßen sollte, war undenkbar. Aber sie hatten keine andere Wahl.

Er und Chou krochen weiter, bis sie nur noch ungefähr fünfzig Schritte vom Lager entfernt waren. Die Pferde waren auf der anderen Seite des Lagers angebunden, und sechs der Männer schliefen. Der siebte hielt Wache, aber sein Kopf fiel immer wieder nach vorn. Offenbar kämpfte er vergeblich gegen die Müdigkeit. Ein Gewehr lehnte an seinem Bein. Die Boxer rechneten im Umkreis der nächsten hundert Kilometer wohl nicht mit Feinden – sie wußten, daß die Chinesen es niemals wagen würden, sie anzugreifen. Robert warf Chou einen fragenden Blick zu. »Bist du bereit? Es muß sehr schnell gehen.« Chou nickte. »Dann ... los!«

Robert hatte Chou sein Messer gegeben. Der Chinese sprang auf und lief los. Robert folgte dicht neben ihm. Ihre Schritte erschreckten die Pferde, die unruhig wieherten. Der Wachtposten setzte sich auf, sah sich nach links und nach rechts um und griff zu seinem Gewehr. Robert zielte bereits auf ihn und drückte den Abzug. Die Explosion schreckte die anderen Männer auf, während der Wachtposten ohne einen Laut zu Boden fiel. Chou griff nach dem Gewehr des Toten, bevor noch einer der anderen Männer richtig wach war.

Robert zielt sorgfältig auf den ersten der Männer, denn jeder Schuß mußte sitzen. Er streckte zwei nieder, bevor die anderen vier aufgesprungen waren. Inzwischen feuerte auch Chou mit dem erbeuteten Gewehr und tötete einen Boxer gleich mit dem ersten Schuß. Robert traf den fünften. Keiner der beiden Überlebenden dachte an Flucht. Sie zogen ihre Schwerter und wollten sich auf sie stürzen: einer auf Robert, der andere auf Chou. Aber beide fielen, bevor sie ihre Ziele erreicht hatten. Das Krachen der Schüsse hallte durch die Nacht, dann war es wieder still. Das Feuer knisterte, die Pferde tänzelten nervös. Sieben Männer lagen ausgestreckt vor ihnen. Nicht alle waren sofort tot, aber Chou untersuchte sie einzeln und schnitt den noch Lebenden die Kehle durch.

Wie einfach ein solches Massaker doch war, dachte Robert. Auf diese Weise war Helen wenigstens teilweise gerächt. Er hörte ein Geräusch und fuhr herum, aber es war Monique. »Ich habe Euch doch gesagt, Ihr sollt auf mich warten«, sagte er.

Sie ging zu ihm und warf einen Blick auf die Boxer. »Sind sie alle tot?«

»Ja.«

Chou durchsuchte die Taschen der Opfer und fand etwas Geld. »Hier sind zwei Gewehre«, sagte er. »Und zwei Patronengurte.«

»Gebt mir ein Gewehr«, sagte Monique.

Chou sah Robert fragend an. Robert nickte. Das Mädchen hing sich das Gewehr und einen der Patronengurte über die Schulter.

»Was ist mit Essen?«

»Die Reste vom Abendessen sind hier in diesem Topf, und es gibt außerdem einen Sack mit Bohnensprossen und etwas rohes Fleisch.«

Robert roch an dem Fleisch. Es war nicht mehr frisch, aber noch eßbar.

»Ich bin so hungrig«, sagte Monique.

»Ja, aber wir können nicht hier bleiben. Jemand könnte die Schüsse gehört haben.«

Sie sattelten die Pferde und packten alles ein, was sie brauchen konnten. Dann ritten sie fort. Chous Pferd trug das Gepäck, und Monique hatte es sich hinter Robert bequem gemacht und ihre Arme um seine Taille geschlungen. »Ich nehme an, Ihr habt schon viele Männer umgebracht«, murmelte sie und legte den Kopf auf seine Schulter.

»Ich bin schon mit sechzehn Jahren Soldat gewesen. Oder zumindest Seemann bei der Marine.«

»Ich bin seit heute ein Soldat – ebenfalls mit sechzehn Jahren«, entgegnete Monique.

»Aber Ihr habt noch niemanden getötet. Seht zu, daß es so bleibt.« Dann fiel ihm ein, daß auch er mit sechzehn noch niemanden getötet hatte. Sie hatte also noch Zeit.

Sie ritten in westlicher Richtung davon. Das war eigentlich die falsche Richtung, aber es würde eventuelle Verfolger auf die falsche Fährte locken. Sie ritten ungefähr drei Stunden, dann hielt Robert in einer kleinen Mulde an, wo sie vor zufällig Vorbeikommenden geschützt waren. Chou band den Pferden die Vorderbeine zusammen und machte ein kleines Feuer. Sie aßen und fühlten sich schon ungleich besser. Es gab sogar einen kleinen Tümpel in der Mulde, aus dem sie und die Pferde trinken konnten.

»Wie viele Stunden sind es noch bis zum Sonnenaufgang?« fragte Robert seinen chinesischen Gefährten.

»Nicht mehr viele«, erwiderte Chou. »Die Luft ist schon sehr kühl.«

»Da wir nicht genau wissen, wo wir sind, werden wir bis zum Sonnenaufgang rasten und dann in Richtung Fluß reiten.«

Chou grinste. »Und auch noch zu Piraten werden, wenn es sein muß.«

»Wenn es sein muß«, stimmte Robert zu.

Er wickelte sich in eine Decke, die sie den Boxern abgenommen hatten und legte sich hin. Aber er schlief nicht, sondern wartete. Wenige Minuten später kam Monique zu ihm.

Sie hatte zwei Decken mitgebracht und breitete eine davon auf dem Boden aus. Robert fragte sich, ob sie wohl wußte, was sie da tat. Er hatte zwar schon vorher Menschen getötet, aber noch nie hatte er einen solch kaltblütigen Anschlag verübt. Seine Empfindungen schwankten zwischen Ekstase, Schuld und einer eigenartigen Genugtuung darüber, daß er so erbarmungslos sein konnte – eine wahrhaftige Reinkarnation seines unsterblichen Urgroßvaters. Daß Monique zu ihm kommen *wollte*, machte die ganze Sache nur noch reizvoller.

Sie sehnte sich danach, nackt in seinen Armen zu liegen, ihn zu küssen und sich an ihn zu schmiegen, all ihre Ängste und ihre Einsamkeit in seinen starken Armen zu vergessen. Sie konnte es kaum erwarten, in Besitz genommen zu werden, seine Hände auf ihren Brüsten und Schenkeln und zwischen ihren Beinen zu spüren, ihre Lippen auf seinen Mund zu pressen. Monique schien nicht ganz unerfahren zu sein, obwohl sie noch Jungfrau war, und Robert liebte sie mit einer Zärtlichkeit, die er selbst nicht für möglich gehalten hätte. Alles an ihr war herrlich: unter der weichen Hülle verbargen sich harte Muskeln, ihre Beine waren lang und gerade, die Haare fühlten sich an wie reine Seide. »Ich werde dich nie wieder gehen lassen«, flüsterte er. »Du wirst für immer an meiner Seite bleiben, für immer und ewig.«

»Für immer«, flüsterte sie und schmiegte sich an ihn.

Sie erreichten den Fluß in der Dämmerung, unentdeckt von den Boxern, die sich im Augenblick auf Tientsin konzentrierten, während die Bannersoldaten offenbar beschlossen hatten, daß Barrington ertrunken war – jedenfalls gab es keinerlei Suchtrupps.

Als sie den Han-ho erreicht hatten, wurden sie tatsächlich zu Piraten. Mit ihrer neuen Bewaffnung fiel es ihnen nicht schwer, einen Sampan in ihre Gewalt zu bekommen und den Fluß hinunterzufahren. Die Pferde ließen sie als Gegenwert zurück. Sie waren noch nicht lange unterwegs, als sie vom rechten Ufer aus beschossen wurden. Da es sich ganz offensichtlich um moderne Waffen handelte, hißte Robert die weiße Flagge und steuerte aufs Ufer zu. Die Schüsse hörten auf, und bald waren sie in den Händen einer japanischen Marine-Einheit, die von Tientsin aus als Vorhut ausgeschickt worden war. »Barrington«, sagte der Kapitän, der Mandarin sprach. »Ich habe schon von Euch gehört.«

»Wir sind aus Peking geflohen«, erklärte Robert.

Der Kapitän sagte nichts, obwohl er sicher wußte, daß Robert Barrington zu T'se-his hohen Militärs gehörte. Er schickte sie mit einer Eskorte weiter flußabwärts. Am Abend kam Robert schließlich in einem Militärlager außerhalb der Stadt an, wo die Flaggen mehrerer Nationen im Wind flatterten und Soldaten und Marinetruppen eine große Geschäftigkeit an den Tag legten. Tientsin war ganz offensichtlich Kriegsschauplatz gewesen – Robert erfuhr, daß die Stadt von den Boxern gehalten und von den Barbaren gestürmt worden war –, denn überall gab es verbrannte Ruinen und verwesende Leichen.

Man brachte ihn zu Generalmajor Gaselee, einem kräftigen Mann mit kahlem Kopf und buschigem Schnurrbart. »Robert Barrington«, sagte Gaselee zur Begrüßung. »Ein vertrauter Name. Ihr seid der Vorstand des Hauses Barrington, nicht wahr?«

»Das stimmt«, antwortete Robert. »Ich brauche Eure Hilfe, um nach Schanghai zurückkehren und meine Geschäfte wieder aufnehmen zu können.«

»Man hat mir berichtet, Ihr hättet eine junge Frau bei Euch.«

»Sie ist Belgierin und mit mir aus Peking geflohen.«

»Darf ich fragen, wie alt diese Frau ist?«

»Sechzehn, glaube ich.«

»Und Ihr habt ihr ein Gewehr gegeben? Also wirklich, Mr. Barrington. Wo sind ihre Eltern?«

Robert gefiel dieser General immer weniger. »Sie sind von den Boxern ermordet worden.«

»Vor denen Ihr sie gerettet habt. Wie heroisch«, meinte Gaselee. »Und jetzt behauptet Ihr, daß Ihr aus Peking kommt. Könnt Ihr mir sagen, wie es dort im Augenblick aussieht?«

»Die Lage in den Gesandtschaften ist verzweifelt. Einige haben die Boxer schon erobert. Das Personal und die Wachen haben sich in der britischen Gesandtschaft verschanzt. Aber ich glaube nicht, daß sie sich noch lange halten können.«

»Ein paar hundert Mann gegen die gesamte chinesische Armee? Da gebe ich Ihnen recht, das ist ziemlich unwahrscheinlich.«

»Soweit ich weiß, werden die Gesandtschaften nicht von den Bannersoldaten belagert«, sagte Robert ruhig.

»Ihr müßt es ja wissen, schließlich gehört Ihr ja selbst dazu, nicht wahr?«

»Nein, General. Ich bin kein Bannersoldat.«

»Wollt Ihr etwa leugnen, daß Ihr zum engsten Beraterkreis der Kaiserinwitwe gehört?«

»Ich wünschte, dem wäre so. Ich war früher einmal Offizier der chinesischen Marine.«

»Barrington, jeder weiß, daß Ihr ein Abtrünniger seid, der den Mandschu dient, wie es Eure Familie die letzten hundert Jahre getan hat.«

»Ich weiß nicht, was Ihr damit beweisen wollt. Ja, meine Familie hat den Mandschus hundert Jahre lang gedient. Das bedeutet aber nicht, daß ich alle ihre Taten gutheiße. Gerade weil ich mich gegen die Unterstützung der Boxer ausgesprochen habe, hat man mich in Peking verhaftet. Ich bin entkommen und befinde mich jetzt auf dem Rückweg nach Schanghai. Jede Unterstützung von Eurer Seite würde mir dabei sehr gelegen kommen.«

»Und ihr erwartet, daß ich Euch das abnehme?«

»Das solltet Ihr, denn es ist die Wahrheit. Es ist ebenfalls wahr, daß die Gesandtschaften in kürzester Zeit fallen werden. Ich würde Euch raten, mit dem Tsung-li-yamen über den sicheren Abzug der Europäer sobald wie möglich zu verhandeln.«

»Aha!« sagte Gaselee. »Da haben wir es ja. Ihr seid geschickt worden, um über eine Kapitulation zu verhandeln.«

Robert sah ihn entgeistert an. »Sehe ich wie eine offizielle Abordnung aus, General?«

»Das ist bloß wieder so ein listiger Schachzug dieser gelben Teufel«, meinte Gaselee. »Sie wissen sehr genau, daß wir niemals verhandeln werden. Aus diesem Grund haben sie Euch hergeschickt, einen angeblichen Flüchtling, um uns zu warnen, daß es in Peking ein Massaker geben wird, wenn wir uns nicht auf ihre Konditionen einlassen. O ja, ich habe das alles durchschaut. Aber es funktioniert nicht, Barrington. Es dürfte Euch interessieren, daß wir hier in Tientsin eine Armee von ungefähr fünfzehntausend Mann aufgestellt haben. Jede Nation, die eine Gesandtschaft in Peking unterhält, ist vertreten. Wir brechen morgen auf. Dieses Mal werden wir mit diesen Teufeln ein für alle Mal abrechnen, und besonders mit dem größten Teufel von allen – T'se-hi. Am höchsten Baum wird sie hängen in ihrer Verbotenen Stadt. Wie findet Ihr das?«

»Ich glaube, daß Ihr unnötigerweise zahllose Menschenleben aufs Spiel setzt, General Gaselee. Selbst wenn Ihr es bis Peking schaffen solltet, wird es für die Gesandtschaften längst zu spät sein. Und dann habt Ihr das Leben von gut siebenhundert Menschen auf dem Gewissen. Ich habe Euch die Situation geschildert. Was Ihr vorhabt, ist Wahnsinn, und ich möchte mich nicht daran beteiligen. Ich werde nach Schanghai zurückkehren – mit oder ohne Eure Hilfe. Guten Tag, General.«

Robert stand auf und blickte plötzlich in die Mündung eines Revolvers, den Gaselee aus seiner Schublade genommen hatte.

»Ihr werdet nirgendwohin gehen, Barrington, außer in eine Zelle«, sagte der General. »Meiner Ansicht nach seid Ihr ebenso schuldig wie jeder Mandschu. Ich werde Euch festhalten, bis wir Peking erobert haben. Und wenn auch nur ein

Europäer in den Gesandtschaften umkommt, dann werdet Ihr neben Eurer Freundin am Galgen hängen. Wachen!«

Robert war zu überrascht, um zu reagieren. Aber er hätte auch nicht viel tun können, denn der Raum füllte sich augenblicklich mit bewaffneten Männern, und nur Sekunden später fand er sich in einem nagelneuen Zellenblock wieder, den man offenbar für widerspenstige Soldaten gebaut hatte. Robert bekam zwar eine eigene Zelle, aber der Kommandant, Captain Lister, ließ nicht zu, daß er eine Nachricht an Chou schickte. »Gefangenen ist jegliche Kommunikation mit dem Feind untersagt«, erklärte Lister. »Und im übrigen ist der Schuft verschwunden, als er hörte, was mit Euch geschehen ist.«

»Mit Mademoiselle Carremans?« fragte Robert hoffnungsvoll.

»Nein, glücklicherweise haben die Belgier Mademoiselle Carremans in ihre Obhut genommen, bis man sie wieder in ihre Heimat schicken kann.«

»Dann laßt mich wenigstens ihr eine Nachricht schicken«, sagte Robert.

»Ich glaube, Ihr solltet die junge Dame vergessen, Barrington«, erwiderte Lister. »Es ist nicht unwahrscheinlich, daß man Euch auch noch wegen Entführung und Vergewaltigung anzeigt.«

»Glaubt Ihr denn ernsthaft, daß Mademoiselle Carremans eine solche Anklage unterstützen würde?«

Lister grinste. »Vielleicht nicht. Sie war immerhin unverfroren genug, uns mit dem Gewehr zu bedrohen. Aber wir haben sie entwaffnet ...«

»Wenn sie verletzt worden ist –«

»Ihr seid in keiner Position, irgendwelche Drohungen auszusprechen, Barrington. Ob die junge Dame nun Anklage gegen Euch erheben will oder nicht, spielt für uns keine große Rolle. Offensichtlich ist Mademoiselle Carremans nicht ganz richtig im Kopf.«

Robert beschloß, sich ruhig zu verhalten. »Erlaubt man mir noch nicht einmal, meiner Familie zu schreiben?« fragte er. »Immerhin bin ich der mächtigste Kaufmann Chinas. Glaubt

Ihr denn wirklich, Ihr könntet mich wie einen gewöhnlichen Verbrecher behandeln?«

»In unseren Augen, Barrington, seid Ihr genau das«, erwiderte Lister und schloß die Tür.

»Barrington ist tot?« fragte T'se-hi mit leiser Stimme.

»Ich fürchte, ja, Majestät«, sagte Chang Tsin. »Sein Sampan ist auf dem Fluß gesunken, und er war nicht unter den Überlebenden. Auch seine Geliebte nicht«, fügte er mit einiger Genugtuung hinzu.«

»Barrington«, murmelte T'se-hi. »Das wollte ich nicht. Wie konnte das nur passieren, Tsin?«

»Es tut mir genauso leid wie Euch, Majestät. Aber er war ein Verräter. Er hat uns alle verraten, sogar meine arme Tochter …« Chang Tsin hielt inne, da T'se-hi nicht zuzuhören schien. »Wenn Majestät die Situation noch einmal bedenken würde …«

T'se-hi drehte den Kopf und sah ihn an.

»Eine Armee der Barbaren ist von Tientsin aus in Marsch gesetzt worden, Majestät«, sagte Chang, »und sie kommt immer näher.«

T'se-hi sah Jung-lu an. »Ist das wahr?«

»Es scheint so, Majestät.«

»Es sind fünfzehntausend Mann, Majestät«, sagte Chang Tsin.

T'se-hi funkelte Jung-lu an. »Warum ist diese Angelegenheit nicht schon vor Wochen bereinigt worden?«

Jung-lu trat verlegen von einem Fuß auf den anderen. »Der Widerstand war sehr entschieden, Majestät.«

»Und was ist mit der Artillerie? Von den Gesandtschaften sollten zu diesem Zeitpunkt eigentlich nur noch Trümmerhaufen übrig sein.«

Jung-lu wirkte noch verlegener. »Wir konnten die Geschütze nicht richtig plazieren, Majestät. Es stehen zu viele Häuser dort, und die Straßen sind zu schmal …«

»Nun, es scheint, als ob wir es jetzt mit einem richtigen Krieg zu tun hätten. Die Angelegenheit muß erledigt werden,

Jung-lu. Die Barbaren müssen vernichtet werden. Sie müssen alle sterben. Wenn niemand mehr übrig ist, den sie retten können, dann wird die Armee der Barbaren abziehen.«

James Barrington hob den Kopf, nachdem er den Bericht gelesen hatte, den ihm Adrian auf den Schreibtisch gelegt hatte. James war jetzt siebzig Jahre alt, aber er sah wesentlich älter aus. Über die Nachricht von Helens Tod und der Art und Weise ihres Ablebens schien er um zehn Jahre gealtert zu sein, und dabei hatte er sich noch nicht einmal richtig von Lucys Tod erholt. »Was geschieht mit uns, Adrian? Meine Familie wird vernichtet.«

»Ich bin darüber auch sehr traurig, Vater. Ich … ich kann nur versuchen, seinen Platz einzunehmen.«

»Ich weiß, mein Junge.« James stand mühsam auf. »Ich muß zum Friedhof hinunter. Kommst du mit?«

»Im Hafen wird gerade eine Ladung gelöscht, Vater. Da muß ich dabeisein.« Er lächelte. »Das Leben und die Arbeit müssen weitergehen.«

»Natürlich, mein Junge. Natürlich. Gott sei Dank, daß du da bist.«

Adrian stand am Fenster und beobachtete wie sein Vater die Treppen in den Garten hinunterging. Lucys Grab lag unter den Trauerweiden, und dort wollte James auch begraben werden. Adrian fragte sich, wo Robert wohl lag – wenn man ihn überhaupt begraben hatte.

Er verließ das Arbeitszimmer seines Vaters und ging zu Viktorias Räumen. Die Diener verneigten sich, als er an ihnen vorbeiging. Master Adrian war nicht oft im Haus seines Vaters, und wenn er dazu noch so früh am Morgen kam, konnte das nur bedeuten, daß sich etwas Wichtiges ereignet hatte. »Miss Viktoria ist noch nicht angezogen«, protestierte das Zimmermädchen, als er ihre Wohnung betrat.

»Ist sie noch im Bett?«

»Nein, nein, Master. Sie sitzt gerade beim Frühstück.«

Das Zimmermädchen hätte ihn am liebsten aufgehalten, traute sich aber nicht. Er ging an ihr vorüber auf die Veranda hinaus, wo Viktoria im Morgenmantel vor ihrem Frühstückstablett saß. Die Veranda lag auf de Vorderseite des Hauses mit Blick auf den Fluß. Daher konnte sie nicht wissen, daß ihr Vater zum Grab seiner Frau gegangen war. Jetzt sah sie ihren Bruder mißtrauisch an. »Was machst du denn hier in aller Herrgottsfrühe?«

Er setzte sich ihr gegenüber und schnippte mit den Fingern. Das Zimmermädchen, das in der Tür gestanden hatte, eilte mit einer frischen Tasse herbei und goß ihm Kaffee ein. »Du hast diese unangenehme Angewohnheit, dich immer und überall wie der Herr aufzuspielen«, meinte Viktoria und widmete sich wieder ihrem Frühstück.

»Das stimmt ja auch«, sagte Adrian gelassen. »Oder jedenfalls bald. Ich habe gerade eine Nachricht von unserem Agenten in Peking bekommen. Robert ist tot.« Viktorias Kopf fuhr herum, und das halb gegessene Stück Toast fiel ihr aus der Hand. »Es tut mir leid, aber es stimmt«, sagte Adrian sanft. »Ich habe es Vater schon erzählt. Er nimmt es sehr schwer.«

Viktoria starrte ihn an, als wäre er eine Schlange. »Und du ebenfalls, wie ich sehe.« Adrian trank seinen Kaffee aus und stand auf. »Ich werde dich jetzt mit deinem Schmerz allein lassen. Wenn du dich erholt hast, müssen wir miteinander reden. Schließlich sind wir die letzten Barringtons, du und ich und dein widerwärtiger Bastard.«

»Wenn du Martin anrührst …«

»Ich würde ihn nicht einmal mit der Kneifzange anfassen. Aber …«

Er blieb hinter ihrem Stuhl stehen und legte seiner Schwester die Hand auf die Schulter. »Wenn Vater stirbt, und ich fürchte, daß es nun nicht mehr lange dauern wird, habe ich vor, das Haus auf *meine* Art und Weise zu führen.« Er grinste sie an. »Ich werde deine Hilfe brauchen. Ich werde sie vielleicht sogar von dir *fordern*. Vergiß das nicht, Vicky.« Als er die Veranda verließ, hörte er hinter sich Porzellan zu Bruch gehen.

Der Lärm des Kugelhagels, dem die Gesandtschaften seit Tagen ausgesetzt waren, drang selbst in den letzten Winkel der Verbotenen Stadt. Schon gab es keine anderen Gesprächsthemen mehr. Selbst die Hofdamen, die sonst von der Außenwelt völlig isoliert waren, wußten alles über die sich täglich verändernde Situation. Mal hieß es, Sir Claude Macdonald würde kapitulieren, und dann wurde das Feuer wieder aufgenommen.

T'se-hi versuchte so zu leben wie immer, aber das wollte ihr nicht gelingen. In ihrem Herzen wußte sie, daß sich die Situation sehr schlecht entwickelte, denn sie hatte sich vor allem auf die Chinesen verlassen. Deren Tapferkeit ließ jedoch zu wünschen übrig, und es war fatal, daß sie die Mandschus nicht unterstützen wollten. Selbst der treue Jung-lu, Freund und Liebhaber ihrer Jugendzeit und eine große Stütze im Alter, wich ihr aus. T'se-hi bezweifelte nicht, daß er die Gesandtschaften mit Hilfe der Artillerie in wenigen Tagen dem Erdboden hätte gleichmachen können. Aber was auch immer er in ihrer Gegenwart versprach, er brachte es nicht fertig, seine Truppen mit den Bannersoldaten und den Boxern zu vereinigen, um gemeinsam gegen die Barbaren zu kämpfen. Er bezweifelte auch, daß die Barbaren vollständig vernichtet werden konnten, denn der Strom der Feinde, die mit jedem Mal aggressiver und unverfrorener wurden, schien nicht abzureißen.

T'se-hi hätte ihn enthaupten lassen können. In ihrer Jugend wäre eine solche Entscheidung auch mit Sicherheit gefallen. Doch jetzt, wo Barrington tot war, war Jung-lu der einzige Mann in China, auf den sie sich wirklich verlassen konnte.

T'se-hi wurde rot vor Zorn. Aber ihre Damen aufeinander zu hetzen war auf Dauer auch nicht befriedigend. Manchmal hatte sie sie sogar selbst geschlagen, wenn das Temperament mit ihr durchging. Und jetzt mußte sie auch noch diese neue Geräuschkulisse ertragen – Geschützfeuer im Osten –, die immer lauter wurde.

Sie saß in ihrem Garten vor ihrer Staffelei und versuchte zu malen, aber sie nahm den Pinsel kaum in die Hand. Ihre Damen standen wie immer hinter ihr, und die Hunde kläfften. Jemand überquerte die Brücke – sicher war es Chang Tsin. Im nächsten Augenblick stand er schwitzend und zitternd neben ihr. »Sprich.«

»Die Barbaren marschieren auf die Stadt zu, Majestät. Die Boxer sind vor ihnen geflohen.«

T'se-hi drehte sich um. »Wo sind General Niem und meine Bannersoldaten?«

»Sie sind auch geflohen, Majestät.«

»Jung-lu?«

»Der General ist in der Stadt und will sie verteidigen, Majestät. Aber er kann Eure eigene Sicherheit nicht garantieren. Er sagt, Ihr müßt Peking verlassen und in nördlicher Richtung nach Jehol gehen. Aber ich glaube nicht, daß das richtig ist, Majestät. Meiner Meinung nach werden Euch die Barbaren bis nach Jehol verfolgen. Außerdem wärt Ihr dort in unmittelbarer Nähe Koreas und der Japaner. Ich würde nach Westen gehen, über die Große Mauer und in die Provinz Shansi. Dorthin werden sie Euch sicher nicht folgen.«

»Weil Shansi eine Wüste ist«, meinte T'se-hi.

»Ich werde Euch verstecken, Majestät, bis die Barbaren wieder abziehen.

»Wenn sie das jemals tun werden«, sagte T'se-hi.

Chang Tsin war erleichtert, daß sie die schlechten Nachrichten so ruhig aufnahm. »Wir dürfen die Hoffnung nicht aufgeben, Majestät.«

»Ich bin verraten worden«, sagte T'se-hi, und Chang Tsin zitterte, als ihm sein Optimismus bewußt wurde. »Ich bin von lauter Schwächlingen und Verrätern umgeben.« Sie stand auf und funkelte ihre Damen böse an. »Nun, Ihr habt es ja gehört. Geht und packt Eure Sachen. Wir müssen hier weg. Beeilt Euch.«

Die Hofdamen liefen schnatternd über die Brücke davon. Die Hunde bellten noch lauter. »Der Kaiser ...« sagte Chang Tsin vorsichtig.

»Oh, er wird auch mitkommen müssen. Wenn er den Barbaren in die Hände fällt, wird er ihnen alles geben, was sie verlangen.«

»Ich werde mich darum kümmern«, erwiderte Chang Tsin.

»Du wirst dich um gar nichts kümmern«, sagte T'se-hi scharf. »Du …« Sie zeigte auf einen der wartenden Eunuchen. »Kümmere dich um Seine Majestät und setze sie davon in Kenntnis, daß wir Peking in spätestens einer Stunde verlassen werden. »Du …« Sie zeigte auf einen anderen Eunuchen, »Schick mir Jung-lu.«

»Majestät, verzweifelt nicht«, sagte Chang Tsin. »Mußtet Ihr und der Hsieng-Feng-Kaiser 1861 nicht auch aus Peking fliehen, und seid doch stärker denn je zurückgekommen? *Ihr seid zurückgekommen*, Majestät, als T'se-hi, die mächtigste Frau der Welt.«

T'se-hi sah ihn an, und Chang Tsin stellte mit Genugtuung fest, daß sie noch immer wütend war. »Ja, ich erinnere mich an die Flucht von 1861«, sagte sie. »Damals warst du nicht bei mir. Du hast mich im Stich gelassen, Chang Tsin, weil du Angst um deinen eigenen Kopf hattest.«

»Ich habe nur Eure Befehle ausgeführt und James Barrington vor der Hinrichtung bewahrt. Ich bin so schnell wie möglich zurückgekommen.«

T'se-his Lippen kräuselten sich. »Du bist zu mir zurückgekehrt, weil ich die Kaiserinwitwe war. Wäre ich in diesen schrecklichen Zeiten nicht so mächtig geworden, hättest du dir eine andere Herrin gesucht. Ich kenne dich genau, Chang Tsin. Und es mag sein, daß du James Barringtons Leben gerettet hast, aber jetzt hast du seinen Sohn umkommen lassen.«

Chang Tsin gab auf. Wenn sie in dieser Stimmung war, hatte es keinen Sinn zu argumentieren. Er würde Geduld haben müssen. »Majestät, darf ich um Eure Erlaubnis bitten, meine Familie zu holen und sie mitzunehmen?«

T'se-hi zeigte als Antwort mit dem Finger auf ihn. »Durch deinen Rat bin ich in diese Lage gekommen.«

»Majestät …« Chang Tsin zitterte am ganzen Leib.

»Du hast mir geraten, die Boxer zu unterstützen«, sagte T'se-hi. »Du hast behauptet, daß die Barbaren Peking evakuieren würden. Du, Chang.«

Chang Tsin fiel auf die Knie. »Ich habe Euch nur geraten, was ich für das beste hielt, Majestät.«

»Und jetzt kommst du daher und beteuerst, daß mir nur

316

noch die Flucht übrig bleibt«, sagte T'se-hi. »Willst du deine ›Familie‹ etwa mitnehmen, damit sie meine Schande mitansehen kann?« Ruckartig streckte sie die andere Hand aus und zeigte auf die übrigen Eunuchen, die über den plötzlichen Fall Chang Tsins lächelten. »Dieses elende Geschmeiß möchte zu seiner ›Familie‹ zurück«, sagte T'se-hi. »Bringt ihn hin. Und schlagt ihm dort den Kopf ab.«

»Majestät!« Chang Tsin hob flehend die Hände. »Habt doch Gnade mit mir. Bin ich denn nicht Euer ältester Freund? Majestät, was immer ich in meinem Leben getan habe, geschah nur in Eurem Interesse. Ich habe nur Eure Macht im Sinn gehabt, Euren Wohlstand, Euren Erfolg ...«

»Wie ein Mühlstein hast du an meinem Hals gehangen«, erwiderte T'se-hi. »Weil ich einmal Mitleid mit dir hatte. Glaubst du, ich wüßte nicht, daß du mich all die Jahre bestohlen hast? Bist du nicht der reichste Eunuch in China?«

»Es gehört alles Euch, Majestät«, jammerte Chang Tsin. »Alles, was ich habe, gehört Euch.«

»Das reicht«, sagte T'se-hi. »Ich möchte ihn nie wieder sehen.« Die Eunuchen umringten Chang Tsin und schleppten ihn davon.

»Guten Morgen, Mr. Barrington«, sagte Captain Lister, und warf die Zellentür auf. Robert blinzelte ihn an. Obwohl er einmal am Tag Ausgang hatte, war das plötzliche Sonnenlicht sehr schmerzhaft für seine Augen. Captain Lister hatte er seit Wochen nicht mehr zu Gesicht bekommen; Wochen, die er wutschnaubend in seiner Zelle verbracht hatte, während die unglaublichsten Gerüchte kursierten. Sie reichten vom grausamen Massaker in den Gesandtschaften Pekings bis zur vollständigen Niederlage der Barbaren-Armee. »Wollt Ihr nicht herauskommen«, fragte ihn Captain Lister.

Vorsichtig verließ Robert die Zelle. »Soll das heißen, daß ich frei bin?«

»Ich habe Befehl, Euch nach Peking zu schicken. Eine Wache wird Euch begleiten.«

»Wer schickt nach mir? Die Kaiserinwitwe?«

In dem Falle würde er wohl fliehen müssen.

»Nicht, daß ich wüßte, Mr. Barrington«, erwiderte Lister. »Sir Claude Macdonald wünscht Euch zu sehen.«

Mehr wollte Lister nicht sagen, und Robert konnte auch nichts über Monique oder Chou in Erfahrung bringen. Er tappte genauso im dunkeln, als ob er noch im Gefängnis säße. Immerhin wußte er jetzt, daß die Barbaren Verstärkung geschickt und Peking gestürmt hatten. Mit einem Mal wurde Robert sehr zuvorkommend behandelt. Er durfte ein Bad nehmen, bekam die erlesensten Speisen vorgesetzt und wurde mit neuer chinesischer Kleidung ausgestattet. Dann verließ er die Stadt auf einem Sampan in Begleitung einer Eskorte britischer Soldaten. Die Eisenbahnlinie in die Hauptstadt war noch nicht wieder repariert.

Aber es konnte kein Zweifel daran bestehen, daß die Barbaren die Kontrolle in der Provinz Chi-li übernommen hatten. In jeder Stadt waren Truppen stationiert, hauptsächlich Japaner, und an den Ufern des Kanals sah man immer wieder Patrouillen indischer Lanzenreiter, während auf dem Kanal und auch auf den Flüssen Sampans mit britischen Marinesoldaten unterwegs waren, die über Maschinengewehre verfügten.

Robert sprach kaum mit seiner Begleitung. Zu viele Dinge gingen ihm durch den Kopf, vor allem die Frage, wo Monique jetzt war. Aber er konnte nichts tun, bis er wußte, was Macdonald von ihm wollte und wie seine unmittelbare Zukunft aussehen würde.

Die Zerstörung im Gesandtschaftsviertel war weit größer, als Robert angenommen hatte. Wie sich die Europäer so lange hatten verteidigen können, war ihm ein Rätsel. Soldaten suchten noch immer unter den Trümmern nach Leichen, und Frauen und Kinder warteten auf ihre Evakuierung. Die meisten warfen dem großen Mann in der chinesischen Kleidung nur einen flüchtigen Blick zu. Man sah nirgendwo Bannersoldaten und überhaupt sehr wenig Menschen, was für die Hauptstadt ausgesprochen ungewöhnlich war. Viele chinesische Häuser, nicht nur im Gesandtschaftsviertel, schienen geplündert worden zu sein, und Robert nahm an, daß die ausländischen Soldaten auch in die Verbotene Stadt eingedrungen waren und dort nach Beute gesucht hatten.

Sir Claude Macdonald empfing ihn im gleichen Büro wie einige Monate zuvor, aber der Raum war jetzt vom Kugelhagel gezeichnet. Der britische Beamte sah hingegen so gepflegt aus wie immer. »Nun, Mr. Barrington«, sagte er. »Es sieht so aus, als ob Ihr damals recht gehabt hättet und ich unrecht.«

»Andererseits war Eure Entscheidung, hier auszuharren, wohl richtig gewesen«, meinte Robert. »Oder etwa nicht?«

Macdonald bot ihm einen Stuhl an. »Wenn Ihr damit sagen wollt, daß ich richtig gehandelt habe, weil ich meinen Befehlen gefolgt bin, so stimmt das natürlich. Ob diese Befehle allerdings angesichts der hohen Verluste zu rechtfertigen sind …« Er seufzte. »Das werdet Ihr wohl meine Vorgesetzten fragen müssen.«

»Wie hoch sind denn die Verluste?«

»Zweiundsechzig Menschen sind bei der Verteidigung der Gesandtschaften ums Leben gekommen.«

»Und die Missionare, die ermordet worden sind? Und die chinesischen Christen?«

»Da kann ich Euch keine genaue Zahl nennen. Aber ich glaube, es waren nicht wenig. Ihr dürft jedoch nicht vergessen, daß diese Grausamkeiten auch geschehen wären, wenn wir alle Peking im Juni verlassen hätten.«

»Vielleicht hättet Ihr gar nicht erst herkommen sollen«, meinte Robert.

Macdonald starrte ihn mehrere Sekunden lang an. Dann sagte er: »Wir sind hier, Mr. Barrington, und wir haben vor zu bleiben. Außerdem werden wir für die Ungeheuerlichkeiten, die geschehen sind, die angemessenen Strafen verhängen. Aber es ist nicht unsere Absicht, die Dynastie zu stürzen oder uns in die inneren Angelegenheiten Chinas einzumischen. Ich nehme an, Ihr wißt, daß die Kaiserinwitwe zusammen mit dem Kaiser aus der Stadt geflohen ist. Wir wollen, daß sie zurückkommt.«

»Glaubt Ihr denn wirklich, daß die Kaiserinwitwe sich Euch ausliefern würde?«

»Davon ist überhaupt keine Rede. Wir möchten, daß die Ch'ing das Reich auch weiterhin regieren. Aber wie ich schon sagte, wir werden angemessene Strafen verhängen. Wir fordern eine Wiedergutmachung, und einige Köpfe werden wohl rollen müssen. Man hat mir allerdings mitgeteilt, daß der wahre Anstifter der Vorfälle, der oberste Eunuch, Chang Tsin, bereits hingerichtet worden ist.«

»Chang Tsin?« Robert richtete sich auf.

»Ja, ich nehme an, Ihr kanntet den Kerl?«

»Er war mein Schwiegervater.«

»Euer ...« Macdonald brauchte eine Weile, bis er diese Neuigkeit verdaut hatte. »Mein Beileid. Davon wußte ich nichts.« Plötzlich wurde er unruhig. »Eure Frau, seine Tochter ... ist sie in Schanghai?«

»Nein«, sagte Robert. »Sie war bei ihrer Familie hier in Peking. Sie muß völlig verstört sein. Mit Eurer Erlaubnis, Sir Claude, würde ich sie gerne aufsuchen.«

»Ah ...« Macdonald nahm ein Taschentuch heraus und tupfte sich die Stirn ab. »War ihr Name Chang Su?«

»Ja.« Robert runzelte die Stirn. »Was ist passiert?«

»Ich fürchte, ich habe sehr schlechte Neuigkeiten für Euch, Barrington. Chang Tsin ist laut Befehl der Kaiserinwitwe in seinem eigenen Haus enthauptet worden. Seine Frau und seine Töchter haben sich anschließend erhängt.« Seine Schultern sackten herab. »Es tut mir wirklich schrecklich leid, aber so war es.«

Chang Su, dachte Robert. Er hatte schon vor langer Zeit aufgehört, sie zu lieben, aber sie war ihm immer eine gute, treue Ehefrau gewesen.

Und Martin eine liebende Mutter. Er hätte sie zwingen sollen, mit ihm zu kommen. Aber hätte sie nicht ohnehin Selbstmord begangen, wenn sie die Nachricht vom Tod ihres Vaters erhalten hätte?

Und Chang Tsin! Chang Tsin, der soviel überstanden hatte, damit er stets hinter seiner Herrin stehen und sie kontrollieren konnte. Er hatte die ganze Zeit über gewußt, daß er ihren

Launen auf Gedeih und Verderb ausgeliefert und sein Untergang nur eine Frage der Zeit war.

»Ich nehme an, das verändert die Situation«, sagte Macdonald.

»Welche Situation?«

»Nun ... wie ich schon sagte, wir wollen die Dynastie nicht stürzen, denn das würde nur ins Chaos führen. Es ist also außerordentlich wichtig, daß der Kaiser oder zumindest die Kaiserinwitwe nach Peking zurückkommt, um die Regierung wieder zu übernehmen. Wir wissen nur nicht, wie wir das erreichen können, denn sie fürchtet um ihr Leben und weigert sich, irgendwelche Abordnungen in ihrer Wüstenfestung zu empfangen. Als man mir dieses Problem darlegte, dachte ich gleich an Euch. Ihr seid Brite, Barrington, aber Ihr seid auch ein Untertan der Mandschu, obwohl Ihr nicht auf ihrer Seite wart, als sie uns mit Hilfe der Boxer vertreiben wollten. Die Kaiserinwitwe zählt Euch zu ihren engsten Vertrauten und glaubt Euren Worten. Ihr, Barrington, seid ein Mann, dem es vor allem um Frieden und Stabilität in diesem riesigen Reich geht. Aber wenn T'se-hi Euren Schwiegervater hat hinrichten lassen ...«

»Außerdem wurde ich auf Befehl der Kaiserinwitwe unter Hausarrest gestellt, weil ich ihre Meinung über die Boxer nicht teilen wollte. Ich konnte fliehen und bin daraufhin gleich wieder verhaftet worden, diesmal von den Briten, die in mir einen Agenten der Ch'ing vermutet haben.«

Macdonald zog an seinem Schnurrbart. »Die Welt ist kompliziert. Aber ... würdet Ihr trotz allem diese Mission übernehmen?«

»Das könnte mich meinen Kopf kosten. T'se-hi vergißt niemanden, von dem sie glaubt, er habe sie im Stich gelassen oder sich ihr widersetzt.«

»Ihr würdet natürlich als offizielle britische Abordnung auftreten.«

»Glaubt Ihr, das würde bei T'se-hi auch nur den geringsten Unterschied machen?« Aber er wußte, daß er gehen mußte. Ganz gleich, was auch mit ihm geschah, er mußte an die Zukunft des Hauses Barrington denken. Was Chang Tsin,

Chang Su und auch Wu Lai anging, so war Chang sicherlich mit daran schuld, daß T'se-hi die Boxer unterstützt hatte. Außerdem waren sie in China, und hier herrschte das Grundgesetz des Pragmatismus. Nur das Morgen war wichtig. Und vielleicht konnte auch er sich auf diese Weise um seine unmittelbare Zukunft kümmern.

»Ich nehme Euren Auftrag an, Sir Claude«, sagte er.

»Tatsächlich? Dem Himmel sei Dank. Ihr werdet es nicht bereuen, das verspreche ich Euch. Die Regierung Ihrer Majestät vergißt ihre Freunde niemals.«

»Da bin ich sicher«, erwiderte Robert trocken. »Aber ich stelle eine Bedingung.«

»Welche?«

»Als ich Peking verlassen habe, war ein Mädchen bei mir, eine Belgierin namens Monique Carremans. Ihre Eltern sind von den Boxern ermordet worden. Sie war bei mir, als wir Tientsin erreicht haben, aber dann haben Eure Leute uns getrennt.«

»Ich nehme an, daß es sich um die junge Dame handelt, die Ihr noch vor der Belagerung gewaltsam aus der belgischen Gesandtschaft entführt habt?«

»Ich habe sie mitgenommen, weil sie mich darum gebeten hat, Sir Claude.«

»Aber trotzdem ... Mr. Barrington, ein Mädchen von sechzehn Jahren! Ich glaube, Ihr lebt schon zu lange in China.«

»Ich habe mein ganzes Leben in China verbracht, Sir Claude. Gerade deshalb wollt Ihr ja gerade mich mit dieser Mission betrauen. Ich möchte, daß Ihr die junge Dame findet.«

»Sie ist in Tientsin und in Sicherheit, Barrington. Sie wird sobald wie möglich nach Belgien zurückkehren. Man sucht nur noch nach einer angemessenen Begleitung für sie.«

»Sie wird nicht nach Belgien zurückgehen. Ich wünsche, daß sie hier ist, wenn ich zurückkomme. Sollte ich nicht zurückkehren, dann werdet Ihr sie nach Schanghai schicken. Ich werde meinem Bruder schreiben, der in meiner Abwesenheit die Leitung des Handelshauses übernommen hat. Und meiner Schwester, die sich um Monique kümmern wird.«

»Mein lieber Barrington ...«

»Das Haus Barrington wird sich um ihre Zukunft kümmern und zu gegebener Zeit eine angemessene Heirat arrangieren«, fuhr Robert fort.

»Ich verstehe.« Macdonald schien etwas erleichtert. Dann fiel ihm plötzlich etwas ein. »Aber, wenn Ihr nun doch zurückkommt ...«

»Dann habe ich die Absicht, sie selbst zu heiraten.«

»Ich glaube nicht, daß ich dem zustimmen kann, Mr. Barrington. Euer Vorschlag ist wirklich ungeheuerlich.«

Robert lächelte. »Eurer auch, Sir Claude. Ihr wollt T'se-his Macht doch nur deshalb festigen, damit der zermürbende Guerillakrieg ein Ende findet und Ihr Eure Wiedergutmachung kassieren könnt. Stimmt das etwa nicht? Aber ich will Euch einen Ausweg lassen. Ihr könnt Monique Carremans fragen, ob sie mich heiraten will. Wenn sie ablehnt, könnt Ihr sie zurück nach Belgien schicken.«

»Mir ist durchaus klar, daß Ihr dem Mädchen den Kopf verdreht habt. Aber das tut nichts zur Sache. Ihr seid Euch hoffentlich bewußt, daß sich die Angelegenheit zu einer internationalen Affäre zuspitzen kann.«

»Das ist Euer Gebiet, Sir Claude. Ich kümmere mich nicht um diese Feinheiten. Seid Ihr nun einverstanden oder nicht?«

»Ihr wißt hoffentlich, daß ich Euch jederzeit wieder verhaften lassen kann.«

»Dann werdet Ihr die Kriegsentschädigung wohl vergessen müssen. Ihr könntet natürlich auch versuchen, China selbst zu regieren, und zusehen, wie Großbritannien daran bankrott geht.«

Macdonald zupfte an seinem Schnurrbart herum. »Ich lasse mich darauf ein, aber nur unter Protest. Und ich möchte feststellen, daß ich ein solches Verhalten eines englischen Gentlemans für unwürdig befinde.«

»Ich weiß«, sagte Robert. »Aber ich bin nun einmal nicht in Eton gewesen. Ich werde sobald wie möglich abreisen, wenn ich eine angemessene Begleitung gefunden habe. Aber erst möchte ich noch das Grab meiner Frau besuchen.«

»Barrington«, sagte T'se-hi überrascht. »Man hat mir berichtet, Ihr wäret längst tot.«

Wie wechselhaft das Schicksal der Mächtigen sein konnte, dachte Robert. Für ihn selbst war diese Reise, die ihn an den westlichen Rand der Großen Mauer führte, die schwierigste, die er je unternommen hatte. Er war über die Berge und durch die Wüste gezogen, und die endlosen Stürme und heftigen Regenfälle im Spätherbst hatten die Strapazen noch vergrößert. Von seiner ursprünglich sechzehnköpfigen Begleitung waren zwei Mann gestorben, außerdem vier Pferde. Und hier, in dieser schäbigen kleinen Stadt, stand er nun der Herrscherin von China gegenüber. T'se-hi trug einfache Kleidung und wenig Schminke. In ihrer Nähe befanden sich nur zwei Hofdamen, vier Eunuchen und Jung-lu. Vom Kaiser war nichts zu sehen, obwohl Robert wußte, daß er seine Adoptivmutter begleitet hatte. Aber ein Regiment aus Peking sorgte für ihre Sicherheit. Der Regimentskommandant hatte Robert von oben bis unten gemustert und durchsucht, bevor er ihn zur Kaiserinwitwe durchgelassen hatte.

Robert verbeugte sich vor der Kaiserin, bevor er ihr antwortete. »Ich befürchte, die Nachrichten von meinem Tod entsprechen nicht ganz der Wahrheit, Majestät.«

»Das freut mich. Auch wenn Ihr mich erzürnt habt, Euren Tod wollte ich nicht, Barrington.«

»Hat Chang Tsin Euch erzürnt, Majestät?«

T'se-his Augen blitzten. »Er hat uns in diese unmögliche Lage gebracht. Ich weiß, daß seine Tochter Eure Frau ist. Aber er war ja nicht ihr wirklicher Vater.«

»Meine Frau ist ebenfalls tot, Majestät. Sie konnte die Hinrichtung ihres Vaters nicht verschmerzen. Auch wenn er nicht ihr wirklicher Vater gewesen ist.«

»Habt Ihr diese lange Reise auf Euch genommen, um mir deswegen Vorwürfe zu machen? Wenn dem so ist, dann könnt Ihr gleich wieder gehen.«

»Ich bin gekommen, um Euch nach Peking zurückzubringen, Majestät.«

»Habt Ihr eine Armee in den Bergen versteckt, Barrington? Oder haltet Ihr mich tatsächlich für so dumm?«

»Ich bin im Auftrag der Briten hier, die auch für die anderen Barbaren-Nationen sprechen. Majestät, China braucht eine Regierung. Und Ihr seid die Regierung.«

T'se-hi lächelte. »Ihr meint, sie geben sich geschlagen?« Sie sah Jung-lu an. »Habe ich Euch nicht gesagt, daß sie sich am Ende geschlagen geben werden?«

»Jawohl, Majestät.« Jung-lu blickte Robert erstaunt an, denn er wußte, daß die Sache einen Haken haben mußte.

»Sie geben sich geschlagen, Majestät«, stimmte Robert zu. Seine Aufgabe bestand darin, die Kaiserinwitwe nach Peking zurückzubringen und nicht über semantische Unterschiede zu diskutieren. »Da ist noch die Angelegenheit mit der Wiedergutmachung …«

»Wieviel ist es diesmal?«

»Vierhundertfünfzig Millionen Tael.« T'se-hi starrte ihn an.

»Über vierzig Jahre«, fügte Robert noch hinzu.

»Und selbstverständlich mit Zinsen.«

»Vierzig Jahre«, erwiderte T'se-hi verächtlich. »Wir werden Hart damit beauftragen. Er macht das gewöhnlich sehr gut.« Sie lächelte. »In vierzig Jahren sind wir alle tot. Gibt es sonst noch etwas?«

»Es gibt eine Namensliste von sechsundneunzig höheren Beamten, die bestraft werden sollen. Ich habe sie hier.«

T'se-hi nahm die Liste und studierte sie. »Sie sind alle schuldig, bis auf Jung-lu. Ihn werde ich nicht ausliefern.« Der alte General schlug die Hacken zusammen und salutierte. »Jung-lu hätte die Gesandtschaften in vierundzwanzig Stunden vernichten können«, sagte T'se-hi. »Aber er hat seine Artillerie nicht eingesetzt. Er hat gesagt, ihr hättet ihm dazu geraten, Barrington.«

»Das stimmt, Majestät.«

»Dann muß sein Name von der Liste gestrichen werden, oder Eurer gehört ebenfalls dazu.«

»Ich werde sehen, was ich tun kann, Majestät. Werdet Ihr mit mir nach Peking zurückkehren?«

»Der Kaiser wird sich freuen, daß er wieder nach Hause darf«, sagte T'se-hi.

DRITTES BUCH

DER STURZ DER DYNASTIE

»Wo ... [das] Banner schlägt die Luft,
und fächelt Kalt unser Volk.«

William Shakespeare, *Macbeth*

12

DROHENDE WOLKEN

»Es ist herrlich, wieder zu Hause zu sein«, sagte T'se-hi.

Auch wenn dort ein ziemliches Durcheinander herrschte, denn die Soldaten der Barbaren hatten die Verbotene Stadt gründlich geplündert.

»Das waren die Japaner«, sagte Jung-lu finster.

»Wir werden alles wieder aufbauen und in Ordnung bringen«, entgegnete T'se-hi gelassen. »Die Barbaren standen vor unseren Toren und sind wieder abgezogen. Haben wir nicht einen großen Sieg errungen?«

»Ihr werdet mit sofortiger Wirkung aus der Marine ausscheiden«, sagte T'se-hi. »Ich bin Euch nicht böse, Barrington. Wir haben glückliche Zeiten miteinander verbracht, und ich werde Eure Treue während der hundert Tage nie vergessen. Aber ich will das Risiko nicht eingehen, daß Ihr Euch meinen Wünschen in Zukunft noch einmal widersetzt.«

»Das verstehe ich, Majestät.«

»Dann kommt näher und laßt mich Euch ein letztes Mal berühren.« Robert kniete vor ihr nieder. Sie streckte ihre Hand aus und legte ihm die Finger auf die Wangen. »Zu Eurem Vater habe ich einst gesagt: Geht und seid erfolgreich! Jetzt sage ich es auch zu Euch, junger Barrington.«

»Nun, Barrington«, sagte Sir Claude Macdonald. »Man muß Euch gratulieren. Ist der Kaiser zufrieden?«

»Das weiß ich nicht«, erwiderte Robert. »Ich habe Seine Majestät nicht gesehen. Aber Ihre Majestät würde Euch gern zu einer Audienz empfangen, sobald sich alles wieder normalisiert hat.«

»Da wird sie wohl mit jemand anderem vorlieb nehmen

müssen. Ich bin meines Postens enthoben worden. ›Erschöpfung‹ lautet der offizielle Grund«, erklärte Macdonald. »Ich nehme an, daß nicht alle mit meiner Vorgehensweise hier einverstanden waren. Nicht zuletzt hat man mich kritisiert, daß ich Euch hinzugezogen habe, um den Konflikt zu beenden.«

»Aber wie Ihr schon sagtet, der Ausgang ist für alle von Vorteil, wenn man von den Toten einmal absieht. Doch jetzt, Sir Claude ...«

»Jetzt möchtet Ihr Eure Belohnung.« Macdonald klang nachdenklich. »Auch das ist von meinen Vorgesetzten stark kritisiert worden.«

Robert runzelte die Stirn. »Was wollt Ihr damit sagen?«

»Keine Sorge, Barrington. Ich halte mein Wort. Mademoiselle Carremans befindet sich hinter dieser Tür dort.«

Robert konnte seine Freude nicht verbergen, als er auf die Tür zuging.

»Ich nehme an, Ihr werdet sie nach Schanghai mitnehmen?« fragte Macdonald.

Robert verharrte für einen Augenblick. »Das ist meine Absicht.«

Macdonald nickte. »Dann werde ich Euch nicht wiedersehen.«

»Ich fürchte, man hält unsere Familie noch immer für Abtrünnige und Piraten«, meinte Robert. »Sogar T'se-hi. Ich hoffe, du weißt, worauf du dich da einläßt.«

Sie saßen im Heck eines Sampans auf dem Großen Kanal, und Monique war hingerissen von der ständig wechselnden Landschaft. Sie hatte bisher nur den Teil der Provinz Chi-li gekannt, in dem ihr Vater gearbeitet hatte. Jetzt lehnte sie ihren Kopf an Roberts Schulter. »Ich bin mir in meinem ganzen Leben noch nie so sicher gewesen.«

Und wie stand es um ihn? Er war fünfunddreißig Jahre alt, mehr als doppelt so alt wie sie. Trotzdem würde er sie zur glücklichsten Frau der Welt machen. Aber zuerst kam die Familie. Er hatte eine Nachricht vorausgeschickt, und Adrian wartete schon im Hafen auf sie. »Gott sei Dank, daß du zurück bist«, sagte er. »Wir hatten schon geglaubt, du wärest umgekommen.«

Robert stellte ihm Monique vor, aber er spürte, daß irgend etwas nicht stimmt. »Vater?«

Adrian nickte. »Er ist über Helens Tod nie hinweggekommen. Aber eigentlich war er schon seit Mutters Tod ein gebrochener Mann. Ich weiß, daß sie sich am Ende nicht mehr sehr nahe gewesen sind, aber ich glaube, sie war für ihn die Verkörperung der Beständigkeit. Die Nachricht von deinem Tod war dann nur noch der letzte Tropfen, der das Faß endgültig zum Überlaufen gebracht hat. Jetzt sind wir nur noch drei. Und natürlich Tante Jo. Aber die ist völlig in sich gekehrt.«

»Ich habe dir Unglück gebracht«, sagte Monique.

»Im Gegenteil. Du bist der einzige Lichtblick in der ganzen Sache.« Robert sah an seinem Bruder vorbei. »Chou!«

»Master!« Chou umarmte ihn.

Das war wenigstens ein Trost. Chou begrüßte Monique und hörte sich mit weitaufgerissenen Augen die Geschichte von Chang Sus Tod an.

»Wo ist Martin?« fragte Robert.

»Er ist bei Viktoria«, erwiderte Adrian. »Das erschien uns allen am sichersten.«

»Ja«, stimmte ihm Robert zu und ergriff die Hände seines Bruders. »Ich möchte mich dafür bedanken, daß du dich hier in meiner Abwesenheit um alles gekümmert hast.«

»Ich bin schließlich dein Bruder«, meinte Adrian.

Adrian ging nach Hause und warf seinen Hut in die Ecke, als er durch die Tür trat. Seine Mädchen und Chiang Lu verbeugten sich vor ihm. »Er ist zurück«, knurrte er wütend. »Zurück, wo er doch eigentlich tot sein sollte. Und dazu mit einer Frau, die er heiraten will.« Die Mädchen zitterten und brachen in Tränen aus, als er seinen Stock nahm.

Robert brachte Monique in die Wohnung seiner Schwester. »Ich bin nicht zum Hafen gekommen, weil ich so ungern ausgehe«, erklärte Viktoria. »Aber ich freue mich, daß du wohlbehalten wieder zurückgekehrt bist. Wirst du bleiben?«

Robert nickte und erfreute sich an dem Anblick seiner Schwester. Mit sechsundzwanzig Jahren war sie vielleicht schöner denn je, aber sie sah nicht glücklich aus. Robert hatte den Verdacht, daß sie und Adrian während der letzten Zeit nicht gut miteinander ausgekommen waren. Trotzdem schien sie nicht verzweifelt zu sein. Sie wartete immer noch. Seit sieben Jahren wartete sie nun schon.

Robert kehrte noch einmal zurück, während Monique sich häuslich einrichtete. Er wollte allein mit Viktoria sprechen. »Bist du noch immer wild entschlossen, dein Leben wegzuwerfen?«

»Bist du noch immer wild entschlossen, die Ch'ing zu unterstützen?« konterte sie.

Er seufzte. »Ich fürchte, es gibt einfach keine vernünftige Alternative. In jedem Fall wäre es eine Katastrophe, das Schicksal Chinas in die Hände von revolutionären Träumern zu legen.«

»Du weißt nichts über sie.«

»Aber du. Hast du denn in letzter Zeit etwas von deiner Triade gehört?«

»Ich glaube nicht, daß die Triade aus Schanghai noch existiert. Wahrscheinlich ist sie vernichtet worden, als ich damals in Port Arthur war. Hast du Tante Jo schon gesehen?«

»Ja. Es tut mir furchtbar leid, was mit ihr geschehen ist.«

»Sie lebt jedenfalls noch«, sagte Viktoria, doch ihre Augen füllten sich mit Tränen.

Robert kam zum eigentlichen Thema zurück. »Aber du glaubst, daß dein Freund Tang noch lebt.«

»Tang ist mein Ehemann«, erwiderte sie. »Ja, ich *weiß*, daß er noch lebt.«

»Du hast von ihm gehört?«

»Nein, ich habe nichts von ihm gehört. Aber wenn er tot wäre, dann wüßte ich es.«

Es war sinnlos, mit ihr zu argumentieren. Robert hatte

langsam das Gefühl, daß er selbst und Adrian die beiden einzigen noch lebenden Mitglieder der Familie Barrington waren, die über gesunden Menschenverstand verfügten.

Robert und Monique heirateten im Frühjahr, und Monique war zu dem Zeitpunkt bereits schwanger. Sie nannten ihren Sohn James, zur Erinnerung an Roberts Großvater.

Auch die finanzielle Situation des Hauses Barrington entwickelte sich zufriedenstellend. Robert wußte, daß das Reich eine enorme Wiedergutmachung an die Barbaren zu leisten hatte. Aber darüber brauchten sich die Barringtons nicht den Kopf zu zerbrechen – sie zahlten die gleichen Steuern wie eh und je. Was danach mit dem Geld geschah, war nicht ihre Sorge. Außerdem gab es Anzeichen, daß die Barbaren – jedenfalls einige unter ihnen – China in Zukunft größere Sympathien entgegenbringen würden. Die Amerikaner kündigten an, daß sie ihren Anteil an der Wiedergutmachung in eine chinesische Universität investieren wollten.

Und was die Dynastie anging, so schien auch sie sich auf die Weisheit des Alters zu besinnen. Die Boxer waren T'se-his letzter Versuch gewesen, die Barbaren zu vertreiben. Robert wußte, daß er selbst nie wieder zum engen Kreis ihrer Vertrauten gehören würde, aber allen Berichten aus Peking zufolge war der Alte Buddha bemerkenswert milde geworden. Es war natürlich möglich, daß sie heimlich wieder irgendwelche Pläne aushecke, aber Robert hatte daran seine Zweifel. Er spürte, daß in China ein neues Zeitalter begann.

Dieser Schritt ins zwanzigste Jahrhundert wurde noch deutlicher, als Li Hung-chang wenige Monate nach dem Ende der Rebellion starb. Kurz darauf erlag Jung-lu seinem Asthmaleiden. Li war ein erschöpfter Greis gewesen, der sich sein Leben lang für die Dynastie aufgerieben hatte, aber Robert war davon überzeugt, daß T'se-hi nach seinem Ableben erleichtert aufgeatmet hatte, da sie seinen Ratschlägen nur ungern gefolgt war.

Sicherlich hatte ihr der Tod ihres langjährigen Freundes und Liebhabers sehr viel mehr zugesetzt. Sie selbst schien unverwüstlich, aber sie konnte ihre alten Kampfgenossen nicht ersetzen. Es hieß, daß Prinz Ch'ing – Prinz Tuan hatte als

Sündenbock für die Barbaren Selbstmord begehen müssen – weder das Talent noch den Mut zu Entscheidungen hatte, auch wenn er dem kaiserlichen Hof angehörte.

Robert hatte erwartet, daß man ihn nach Peking rufen würde, nachdem Robert Hart in den Ruhestand getreten war. Aber es geschah nichts. T'se-hi brachte es nicht fertig, ihm zu vergeben. Das kam Robert sehr gelegen, denn endlich konnte er das Leben führen, das er sich immer gewünscht hatte. Er betete seine Gemahlin an, die mit den Jahren zu einer reifen Frau und fürsorglichen Mutter heranwuchs.

Sie hatte ihrer Familie in Belgien einmal kurz geschrieben, daß sie glücklich und zufrieden sei, und dort hatte man es dabei belassen und von einer weiteren Beschwerde abgesehen.

Er vertraute Adrian mehr und mehr und ignorierte die Gerüchte darüber, was angeblich hinter den verschlossenen Fensterläden seines Hauses vor sich ging. Wenn er nur Viktoria davon hätte überzeugen können, sich einen Ehemann zu suchen und ein anständiges Leben zu führen! Aber in der Zwischenzeit konnte er zusehen, wie Martin zu einem ansehnlichen jungen Mann heranwuchs, der sich ausgezeichnet mit seinem Cousin James verstand. Natürlich erinnerte sich Robert an die Geschichten über den ersten Mischling in der Familie Barrington, der die T'ai-P'ing-Armeen im Kampf gegen die eigene Familie kommandiert hatte. Aber da Tang weiterhin verschwunden blieb und Martin so gar nichts Rebellisches anhaftete, verflogen diese Gedanken sogleich wieder, auch wenn Viktoria die Hoffnung auf ein Wiedersehen mit ihrem Liebhaber offenbar nie aufgab.

Zu Beginn des Jahres 1907 starb Joanna im Alter von fünfundsiebzig Jahren. Besonders für Viktoria war ihr Tod ein schwerer Schlag, denn immerhin hatten sie gemeinsam die schrecklichen Tage in Port Arthur erlebt. Seitdem war Joanna in einen Dauerzustand der Apathie versunken. Nur ihre Nichte hatte hin und wieder ihre Lebensgeister wecken können.

Joannas Tod rüttelte Viktoria auf. Sie wußte, daß Robert

recht hatte und sie über ihre Zukunft nachdenken mußte. Dreizehn Jahre hatte sie darauf gewartet, daß Tang zu ihr zurückkehren würde. Sie war jetzt dreiunddreißig und ihre jugendliche Abenteuerlust verflogen. Es war alles so romantisch gewesen, so gewagt, so revolutionär ... und so kurz! Martin stand kurz vor seinem dreizehnten Geburtstag. Der Junge hatte nie Fragen über seine Herkunft gestellt. Er lebte in dem Glauben, der Sohn und Erbe Robert Barringtons zu sein. Er erinnerte sich an seine Mutter und trauerte um sie. Auch über ihren Tod hatte er nie Fragen gestellt, aber das würde er sicher irgendwann einmal tun.

Was seine ›Tante‹ anging ... Viktoria hatte keine Zweifel, daß er sie liebte, da sie in den letzten Jahren sehr eng miteinander verbunden gewesen waren. Wie sehr sie sich nach mehr sehnte! Wie oft war sie schon versucht gewesen, ihm die Wahrheit zu sagen, doch stets hatten Vernunft und Selbstkontrolle gesiegt. Aber über seine Zukunft machte sie sich Sorgen. Robert hatte noch mit keinem Wort angedeutet, was er mit dem Jungen vorhatte. Er behandelte ihn wie seinen leiblichen Sohn, und das gleiche tat auch Monique. Trotzdem hatte Viktoria keine Zweifel, wer der Haupterbe der Barringtons sein würde.

Viktoria würde sich ihrem Bruder gewiß nicht widersetzen oder versuchen, dem kleinen James seine angestammten Rechte zu nehmen. Nachdem ihr Vater gestorben war, hatte sie nur überlebt, weil gleich nach dem Begräbnis die Nachricht von Roberts bevorstehender Rückkehr eingetroffen war – sehr zum Ärger Adrians. Alles, was sie für Martin anstrebte, war ein erfülltes Leben in Wohlstand.

Darüber würde sie mit Robert in nächster Zeit sprechen müssen. Aber sie wußte, daß dieses Gespräch auch ihre eigene Zukunft betreffen würde. Damit war sie wieder ganz am Anfang. Hatte ihr Bruder recht? Hatte sie ihr Leben vergeudet? War es zu spät für einen Neuanfang? Der Skandal lag lange zurück, aber es war zu befürchten, daß alles wieder von vorn anfing, wenn man sie mit einem zukünftigen Ehemann sah.

Falls es dazu jemals kommen würde. Noch immer drehten

sich die Männer nach ihr um, wenn sie über die Straße ging, aber es kam keiner mehr zu Besuch. Viktoria Barrington galt allgemein als sonderlich, und gewiß gab es ebenso viele Gerüchte über ihr Privatleben wie über Adrian oder Robert, dem man verübelte, daß er während des Boxeraufstands ein belgisches Schulmädchen entführt und zu seiner Frau gemacht hatte.

Aber es mußten Entscheidungen getroffen werden, und Viktoria wäre schon zufrieden gewesen, wenn sie es fertiggebracht hätte, auch nur eine einzige zu treffen. In der Zwischenzeit lebte sie wie bisher, führte ihrem Bruder den Haushalt – Monique hatte keinen Versuch gemacht, ihr dieses Vorrecht streitig zu machen – und träumte ihre Träume. Bis zu jenem Morgen, als sie den Markt in Schanghai besuchte und über einen Fleischstand hinweg Ching San erblickte.

Viktoria traute ihren Augen nicht und blieb wie angewurzelt stehen. Ching San wartete, um sicherzugehen, daß sie ihn gesehen und wiedererkannt hatte, dann drehte er sich um und bahnte sich einen Weg durch die Menge. Er wußte, daß sie ihm folgen würde. Mit zitternden Fingern bezahlte sie ihre Einkäufe und ging in einigem Abstand und so unauffällig wie möglich hinter ihm her. Nach einiger Zeit gelangten sie in eine Straße, die Viktoria auf der Stelle wiedererkannte.

Die Straße wurde nur von streunenden Hunden und einigen Kindern bevölkert, die die Barbarin erstaunt anstarrten – keines von ihnen war schon auf der Welt gewesen, als sie das letzte Mal diese Straße betreten hatte. Sie ging an ihnen vorbei, kam an die Ecke und sah in die Gasse hinein. Ching San stand nur wenige Meter von ihr entfernt und wartete. »Ich dachte, du wärest tot«, sagte Viktoria.

Er grinste. »Ich diene der Triade. Ebenso wie Ihr, Miss Viktoria. Jemand möchte mit Euch sprechen.« Er öffnete die Tür und ging hinein.

Mit klopfendem Herzen folgte ihm Viktoria. Das Haus der Triade war immer noch die Ruine, in die es die Bannersoldaten des Vizekönigs damals bei ihrer Razzia verwandelt hatten. Die Tür hing schief in den Angeln, und auch die Fensterläden waren zerschlagen. Viktoria schloß ihren Schirm und blinzelte in die Dunkelheit hinein. Dort gab es nur Spinnweben und Staub, und hier und da hörte man das Rascheln von aufgeschreckten Ratten. Sie konnte Ching San nicht sehen, aber dort oben am Ende der Treppe stand Tang Li-chun.

Die dreizehn Jahre seit ihrer letzten Zusammenkunft verloren jede Bedeutung. Der einzige Unterschied bestand darin, daß er heute chinesische Kleidung trug – abgesehen davon schien er völlig unverändert. »Du hast dich nicht verändert, Viktoria«, sagte Tang. »Du bist noch genauso tollkühn wie damals.«

»Wolltest du denn nicht, daß ich zu dir komme?«

»Doch, natürlich. Aber es war trotzdem sehr leichtsinnig von dir.«

»Bin ich denn kein Mitglied der Triade?« Sie durchquerte den Raum, und ihre Stiefel hallten auf dem Dielenboden. Eine Ratte lief ihr vor die Füße, aber Viktoria hatte keine Angst vor Ratten. Sie blickte die Stufen hinauf. Tang drehte sich um und ging ins Schlafzimmer. Sie zögerte nur einen kurzen Moment, bevor sie hinaufging. Die Stufen waren morsch, und sie mußte sehr vorsichtig auftreten, aber bald schon war sie oben und stieß die Tür auf. Er saß auf dem Bett, das mit einer neuen Matratze, Decke und Kissen ausgestattet war – offenbar hatte er die Ruhestätte schon eine ganze Weile benutzt.

»Warum bist du nicht verheiratet?« fragte er sie.

»Ich bin verheiratet. Mit dir.« Sie schloß die Tür.

»Das ist wirklich sehr töricht von dir, Viktoria.«

»Das habe ich schon oft gehört.« Sie setzte sich neben ihn. »Aber ich möchte es so. Du siehst gut aus.«

»Und du …« Endlich berührte er sie, nahm ihr den Hut ab und zog die Nadeln heraus, mit denen ihr Haar festgesteckt war, so daß es dunkel und schwer über ihre Schultern fiel. »Du bist schöner denn je.« Sie drehte sich um und lag in seinen Armen.

»Wir haben einen Sohn«, sagte sie ihm, als sie nackt beieinander lagen.

»Ich weiß.«

»Soll das heißen, daß du all die Jahre über mich Bescheid gewußt hast und trotzdem nicht zu mir gekommen bist?«

»Es wäre zu gefährlich gewesen, nachdem sie die Triade zerschlagen haben.«

»Ich hätte dich nie verraten.«

»Darüber konnte ich mir nicht sicher sein.«

»Also hast du Ching San in deine Dienste genommen, um mich auszuspionieren.«

»Nein, keineswegs. Als du nach Port Arthur gefahren bist, hat Ching San sich in Schanghai nicht mehr sicher gefühlt. Ich nehme an, daß er zuvor mit deinem Schutz gerechnet hat. Aber als du fort warst, ist er zu mir geflohen. Er hat sich als sehr treuer Diener erwiesen.«

»Das heißt, du bist all die Jahre in China gewesen und hast nicht ein einziges Mal versucht, mich zu treffen?«

»Nein, ich war nicht die ganze Zeit in China«, erwiderte Tang geduldig. »Ein großer Teil unserer Arbeit findet außerhalb Chinas statt.«

Viktoria merkte, daß sie mit diesen unsinnigen Beschuldigungen nur ihre Zeit verschwendete. »Aber jetzt mußt du mit mir kommen. Möchtest du denn deinen Sohn nicht sehen?«

Tang setzte sich auf. »Hast du ihm von mir erzählt?«

»Nein. Aber das würde ich gern, falls du es erlauben solltest.«

»Er ist noch zu jung, um es zu verstehen. Vielleicht später.«

Viktoria runzelte die Stirn. »Was heißt später?«

»Nach Dr. Suns Sieg.«

Jetzt setzte auch sie sich auf und lehnte sich mit der Schulter an ihn. »Ist es soweit?«

»Sobald die Kaiserinwitwe stirbt. Es kann nicht mehr lange dauern. Sie ist zweiundsiebzig Jahre alt, und es gibt Anzeichen, daß es mit ihrer Gesundheit nicht zum besten steht.«

»Warum müßt ihr dann warten, bis sie stirbt? Habt ihr vor der alten Frau Angst?«

Tang ließ sich nicht aus der Ruhe bringen. »Wenn sie stirbt, wird es ein ziemliches Chaos geben.«

»Wird dann nicht automatisch der Kuang-hsu-Kaiser die Regierung übernehmen?«

»Das wäre seine Pflicht«, stimmte Tang zu. »Aber er hat seit zehn Jahren nicht mehr regiert und die meiste Zeit in Gefangenschaft verbracht. Wie ich schon sagte, es wird ein ziemliches Chaos geben. Dr. Sun ist der Meinung, daß dann unsere Zeit gekommen ist. Aber wir müssen vorbereitet sein. Wir brauchen deine Hilfe.«

Sie drehte den Kopf. »Ist das der einzige Grund, warum du zu mir zurückgekommen bist?«

Er umarmte sie, streichelte ihre Brüste und zog sie zu sich herunter. »Glaubst du nicht, daß ich schon vorher gekommen wäre, wen ich gekonnt hätte?«

Sie seufzte. Er war da. Nur das zählte. »Wie kann ich dir helfen? Gibt es eine neue Triade?«

»Es ist zu gefährlich hier unten an der Küste. Wir werden unser Jangtse-Hauptquartier in Hankau einrichten. Bist du schon einmal dort gewesen? Das Haus Barrington besitzt einige Lagerhäuser in Hankau.«

»Ich bin schon dort gewesen. Vor vielen Jahren. Möchtest du, daß ich noch einmal nach Hankau fahre? Wirst du auch dort sein?«

»Wenn die Zeit günstig ist.«

»Wann wird das sein?«

»Wenn wir bereit sind. Aber dazu brauchen wir Waffen und Munition. Moderne Gewehre. Maschinengewehre. Wir möchten, daß du sie uns beschaffst. Wir rechnen nicht damit, daß du uns auch Kanonen besorgen kannst. Die werden wir selbst organisieren müssen. In Hankau gibt es ein Waffenlager. Wenn wir das einnehmen, dann haben wir einen unbegrenzten Vorrat an Waffen. Aber zuerst brauchen wir Gewehre, um das Lager stürmen zu können.«

Viktoria stützte sich auf seine Brust, um ihn ansehen zu können. »Und wie soll ich an Gewehre und Maschinengewehre kommen?«

»Das Haus Barrington importiert die verschiedensten

Waren. Warum sollte es nicht auch Waffen und Munition importieren?«

»Ja, warum nicht. Aber du vergißt, daß ich das Handelshaus nicht leite.«

»Dann wirst du mit deinem Bruder sprechen.«

»Das wäre ein großer Fehler. Robert steht noch mehr hinter den Ch'ing, als mein Vater es getan hat.«

Tangs Augen verschleierten sich. »Dann weigerst du dich, uns zu helfen?«

»Um Himmels willen, Tang! Selbstverständlich würde ich euch helfen, wenn ich könnte. Aber auch nur ein Wort davon gegenüber Robert zu erwähnen würde für uns alle eine Katastrophe heraufbeschwören. Auch für deinen Dr. Sun.«

Seine Hände fielen zur Seite. »Das ist wirklich traurig.« Sanft schob er sie von sich herunter, stand auf und begann sich anzuziehen. »Ich muß gehen, bevor dein Bruder entdeckt, daß ich hier bin.«

Sie sah ihn verärgert und enttäuscht an. Er war nicht hergekommen, weil er sie liebte, sondern weil er sie für seine Zwecke einspannen wollte. Jetzt, da sie ihm nicht helfen wollte, würde er sie verlassen, und sie würde ihn nie wiedersehen. Und wäre das nicht auch gut so? Er liebte sie nicht. Er sah in ihr nur ein Werkzeug. Sollte sie sich wie Dreck behandeln lassen, von einem Mann, dem ihr Bruder noch nicht einmal Einlaß gewähren würde?

Aber er war der einzige Mann, den sie je geliebt hatte oder jemals lieben würde. Und er war der Vater ihres Kindes. Alles andere spielte keine Rolle. Tang war angezogen. »Du mußt noch fünfzehn Minuten hierbleiben.« Selbst jetzt, wo er sie verließ, erteilte er ihr noch Befehle.

Sie holte tief Luft. Ihm zu helfen bedeutete ein fast übermenschliches Opfer. Aber es war die einzige Möglichkeit, an seiner Seite zu sein. Er hatte die Tür erreicht. »Warte«, sagte sie. »Ich werde die Waffen und die Munition besorgen.«

Er drehte sich um. »Du hast gerade gesagt, daß du das nicht kannst.«

»Ich habe zwei Brüder.«

»Und der jüngere wird dir helfen? Wir hören viel Schlechtes über diesen Bruder.«

»Er wird mir helfen«, sagte Viktoria.

Tang kam zu ihr zurück. »Dann hör zu. Gewehre und Munition müssen per Schiff nach Hankau gebracht werden. Du mußt dort jemanden finden, dem wir vertrauen können. Wenn die Ware angekommen ist, wirst du mich benachrichtigen.«

»Wirst du in Hankau sein?«

»Ich werde ganz in der Nähe sein.«

Viktoria fuhr sich mit der Zunge über die Lippen. »Ich werde dir helfen, unter einer Bedingung.«

»Du willst mir Bedingungen stellen?«

»Wenn du die Gewehre möchtest, ja.«

Er sah sie mehrere Sekunden lang an. Dann fragte er: »Wie lautet die Bedingung?«

»Ich werde die Gewehre persönlich nach Hankau bringen. Aber anschließend möchte ich dortbleiben und bei dir sein. Was auch immer geschieht, nachdem ich die Waffen geliefert habe, ich möchte bei dir sein.«

Er runzelte die Stirn. »Viktoria, wenn wir die Gewehre bekommen, werden wir mit den Ch'ing Krieg führen. Es wird viele Tote geben. Vielleicht werde auch ich sterben.«

»Ein Grund mehr, bei dir zu sein.«

»Vielleicht wirst *du* umkommen.«

»Davor habe ich keine Angst.«

»Wir werden in den Bergen leben müssen. Es wird sehr hart werden.«

»Auch davor fürchte ich mich nicht.«

Er sah ihr gepflegtes Äußeres, die perfekt manikürten Hände. Aber er sah auch, vielleicht zum ersten Mal, ihre Willenskraft. »Du wirst deine Familie nie wiedersehen.«

»Natürlich werde ich meine Familie wiedersehen, Tang«, entgegnete sie. »Wenn wir gesiegt und die Ch'ing gestürzt haben und anschließend im Triumph durch die Straßen Pekings und Schanghais ziehen.«

»Und wenn wir es nicht schaffen, die Ch'ing zu stürzen, dann wirst du wahrscheinlich öffentlich hingerichtet. Noch nicht einmal dein Bruder wird etwas für dich tun können, wenn man herausfindet, daß du eine Agentin der Kuomintang bist.«

»Glaubst du denn nicht, daß wir siegen werden, Tang?«

»Natürlich glaube ich das. Aber man muß alles immer von zwei Seiten betrachten.«

»Das hast du hiermit getan. Jetzt nimm meine Bedingungen an, dann werde ich dir die Waffen besorgen.«

Wu Ping verbeugte sich tief vor ihrem Herrn. »Miss Viktoria ist hier«, sagte sie.

Adrian runzelte die Stirn und ging an ihr vorbei auf die offene Tür seines Wohnzimmers zu. Dort saß Viktoria mit dem Rücken zum Fenster. Noch nie hatte sie so schön ausgesehen, dachte er. Ihr Haar hatte sie zu einem Pompadour im westlichen Stil hochgesteckt, und auch ihre Kleidung entsprach der neuesten westlichen Mode. Der Rock war hochgerutscht, und er konnte ihre Stiefeletten und Strümpfe sehen. Er war beinahe krank vor Sehnsucht nach ihr. Aber er ließ sich davon nichts anmerken, als er sagte: »Was verschafft mir die Ehre?«

»Ich brauche deine Hilfe«, erwiderte sie schroff und geschäftsmäßig. Es war die einzig mögliche Einleitung.

Er nahm ihr gegenüber Platz und schlug lässig die Beine übereinander. »Du brauchst meine Hilfe«, wiederholte er und erkannte, daß sie, auch wenn sie noch so ruhig und kühl wirkte, in Wirklichkeit sehr nervös war. Ihre Hände zitterten, und Schweißperlen bildeten sich auf ihrer Stirn, obwohl es kein besonders warmer Tag war.

»Gefällt dir das nicht?« fragte sie.

»O doch! Sag mir, was ich für dich tun kann.«

»Was ich jetzt sage, muß ein Geheimnis zwischen uns bleiben.« Er stand auf und schloß die Tür. »Ich lege mein Leben in deine Hände«, sagte Viktoria.

Adrian setzte sich neben sie ans Fenster und griff nach ihrer rechten Hand. Seine andere Hand legte er auf ihren Busen. »Wie er anschwillt, wenn du atmest. Ich verspreche dir, daß dein Leben bei mir in guten Händen ist.«

Der Diener stotterte vor Aufregung. »Der Marschall ist hier, Master«, sagte er. »Der Marschall.«

Robert sah von seiner Zeitung auf, die er gerade gelesen hatte, und Monique von ihrer Näharbeit. Es war Sonntag morgen, und sie war gerade erst aus der Kirche zurückgekommen. Robert erhob sich, um den kleinen dicken Mann zu begrüßen, der in der Eingangshalle der Villa Barrington wartete. Er trug Zivilkleidung und sah aus wie ein gewöhnlicher Kaufmann.

Robert konnte sich nicht erinnern, Yüan Schi-Kai jemals ohne Uniform gesehen zu haben. Seit Chang Tsins Hinrichtung war Robert nicht mehr so gut über die Vorgänge in der Verbotenen Stadt informiert, aber seine Agenten hatten ihm berichtet, daß die Weigerung des berühmten Soldaten, sich an dem Boxerfiasko zu beteiligen, seiner Karriere gewiß förderlich gewesen war. Er war Vizekönig der Provinz Shantung geblieben, hatte dort sein eigenes kleines Königreich errichtet und eine schlagkräftige Armee aufgebaut. Die Männer waren nach japanischem Modell ausgebildet worden und trugen westliche Uniformen. T'se-hi akzeptierte das, da sie in Yüan immer noch ihre wichtigste Stütze gegen die Japaner sah. Er war ihr letzter Bannersoldat.

Aber was tat er hier in Schanghai? Zwar konnte ein Vizekönig nur aus privaten Gründen die Provinz eines anderen Vizekönigs betreten, aber Robert hatte den letzten ›privaten‹ Besuch Yüans nicht vergessen. »Yüan!« Er streckte beide Hände aus. Der Marschall ergriff sie und sah ihm dabei forschend in die Augen, wie er es immer tat.

»Barrington! Ich habe gerade einen meiner Verwandten besucht und wollte die Gelegenheit nicht versäumen, einem alten Waffenbruder einen Besuch abzustatten.«

»Dann seid herzlich willkommen«, sagte Robert, obwohl er wußte, daß der Marschall log. »Ich glaube, Ihr kennt meine Frau noch nicht.«

Mit dreiundzwanzig Jahren war Monique zu einer aufreizend schönen Frau herangereift, die durch die westliche Hochsteckfrisur und die atemlose Erregung über den hohen Besuch noch bezaubernder wirkte.

»Ich habe schon soviel von Euch gehört«, sagte Yüan. »Vor allem, wie Barrington Euch aus der Hand der Boxer gerettet hat. Was für eine romantische Liebesgeschichte!«

Monique warf ihrem Mann einen Blick zu. Sie war noch immer ein wenig befangen, wenn es um diese Episode ging. »Er hat mir das Leben gerettet.«

»Und jetzt macht Ihr ihn glücklich. So sollte es sein.«

»Werdet Ihr mit uns Tee trinken, Exzellenz?«

»Aber gern.« Yüan trat auf die Veranda hinaus und blickte in den Garten mit seinen sanft rauschenden Trauerweiden.

»Laß uns allein«, raunte Robert Monique zu.

»Dann werde ich gehen und alles vorbereiten«, sagte Monique und verließ das Zimmer, wobei die Seide ihres Kleides verführerisch raschelte.

Yüan betrachtete noch immer den Garten. »Ihr seid wirklich ein ganz besonderer Glückspilz, Barrington. Dies alles ... darf ich mir die Blumen wohl aus der Nähe ansehen?«

»Aber selbstverständlich.« Robert ging mit ihm die Stufen hinunter. Er war gespannt, welcher Grund Yüan zu ihm geführt hatte.

»Das Haus Barrington«, begann Yüan seine Ausführungen. »Über hundert Jahre Reichtum und Wohlstand.«

»Es gab durchaus auch Krisen«, rief ihm Robert ins Gedächtnis.

»So ist das Leben. Aber ich bezweifle nicht, daß Euer Haus weiteren hundert Jahren des Wohlstands entgegensieht.«

»Wer vermag schon so weit in die Zukunft zu sehen?«

Yüan fand eine etwas abseits gelegene Bank, setzte sich und fächelte sich mit dem Hut Luft zu. »Seht Ihr T'se-hi noch häufig?«

Robert setzte sich neben ihn. »Ich habe T'se-hi seit fast sieben Jahren nicht mehr gesehen. Ich habe sie in der Angelegenheit mit den Boxern nicht unterstützt, und das hat sie mir nie verziehen.«

Yüan lächelte kurz. »Ich bezweifle, daß sie mir je verziehen hat, daß ich mich damals krank gemeldet habe. Aber da wir ihr beide gedient haben, sollten wir diese Kleinigkeit vergessen. Sicher werden wir um sie trauern.«

»Liegt sie denn im Sterben?«

»Sie ist eine alte Frau. Es kann nicht mehr lange dauern. Habt Ihr Euch schon einmal Gedanken darüber gemacht, was geschehen wird, wenn sie nicht mehr da ist?«

»Ich nehme an, daß der Kuang-hsu-Kaiser dann wieder die Regierung übernehmen wird.«

»Das sagt Ihr so leicht dahin. Glaubt Ihr denn, daß der Kuang-hsu vergessen hat, wer ihn damals gefangengenommen hat? Das waren wir beide und Jung-lu. Jung-lu ist tot, aber wir leben. Und ich möchte, daß es so bleibt. Wie gut seid Ihr über die Vorgänge in Peking informiert?«

»Ich versuche, einigermaßen auf dem laufenden zu sein.«

»Habt Ihr schon einmal etwas von den Kuomintang gehört? Das ist eine revolutionäre Gruppe, die die Mandschu-Herrschaft stürzen will. Ein Mann namens Sun Yat-sen hat sie gegründet.«

»Von Sun Yat-sen habe ich schon einmal gehört«, sagte Robert nervös. »Aber das ist schon einige Zeit her.«

»Er ist in letzter Zeit häufig in China gewesen, ohne daß es uns gelungen wäre, ihn ausfindig zu machen. Es gibt nämlich ein umfangreiches Netzwerk von Triaden, die für Sun Yat-sen arbeiten und ihn und seine republikanischen Ideale stützen. Auch Sun Yat-sen weiß, wie alt die Kaiserinwitwe ist. Er wartet nur darauf, daß sie stirbt, um dann seine Revolution zu beginnen. Ihr seht also, daß uns T'se-his Tod eine ganze Reihe von Problemen bringen wird, sowohl von oben als auch von unten.«

»Habt Ihr denn eine Lösung für diese Probleme?«

»Natürlich. Haben wir nicht schon vorher sehr erfolgreich zusammengearbeitet? Jetzt ist es noch wichtiger, daß wir kooperieren. China steht kurz davor, im Chaos zu versinken. Diesem Chaos kann man nur mit Stärke begegnen. Ich verfüge über diese Stärke. Aber eine Armee muß bezahlt werden, ganz gleich, wie es um die Wirtschaft des Landes steht. Ihr verfügt über die finanziellen Mittel, mich zu unterstützen. Ich gebe Euch mein Wort, daß ich Euch jeden Tael zurückzahlen werde.«

»Was plant Ihr denn nun konkret?«

»Das Chaos zu überwinden und ein starkes China zu errichten.«

»Die Ch'ing abzulösen, meint Ihr wohl. Es tut mir leid, Yüan. Es gibt vieles an der Dynastie, was ich absolut ablehne. Aber ich habe geschworen, daß ich sie immer unterstützen werde.«

Yüan lächelte sanft. »Ich habe nichts davon gesagt, daß ich die Ch'ing stürzen will, Barrington. Aber wir können unmöglich dulden, daß der Kuang-hsu-Kaiser nach dem Tod T'se-his regiert, da er uns enthaupten lassen wird. Es gibt genügend andere Prinzen, die Sohn des Himmels werden könnten.«

»Mit Euch als Regenten?«

»Ich glaube nicht, daß ich mich für eine solche Position eigne. Ich verlange lediglich das Oberkommando über die Armee.«

»Und damit unterläge der Regent Eurer Kontrolle.«

»Ich würde ihn *beraten*«, korrigierte Yüan. »Er wird meine Hilfe brauchen, um die Kuomintang zu vernichten und die Ordnung im Reich zu wahren.«

Robert sah ihn forschend an. Aber er wußte, daß alles, was Yüan sagte, nur dem gesunden Menschenverstand entsprach. Sicher würde der Kuang-hsu den Männern, die für seinen Sturz verantwortlich gewesen waren, nicht vergeben. Und ebenso sicher würde nach T'se-his Tod das totale Chaos ausbrechen, besonders, wenn man Sun Yat-sen freie Hand ließ. Robert hatte für den Rest seines Lebens genug von Revolutionen und Revolutionären. Aber an einem Mordkomplott würde er sich nicht beteiligen. »Und der Kuang-hsu?«

»Er würde weiterhin seinen verdienten Ruhestand genießen können.«

»Darauf habe ich Euer Wort?«

»Natürlich«, sagte Yüan. »Ich sehe Eure entzückende Frau auf der Veranda. Sollen wir nicht hinaufgehen und unseren Tee trinken?«

13

ENDE EINER ÄRA

Yüan Schi-Kai blieb auf Roberts Wunsch noch zum Abendessen. Es war ein glanzvolles Diner, denn einige der mächtigsten ausländischen Kaufmänner Schanghais waren mit ihren Frauen zu Gast. Aber die meisten hatten nur Augen für die beiden Damen aus dem Hause Barrington.

Viktoria trug ein schulterfreies schwarzes Abendkleid, das ihre blütenweiße Haut und ein aufregendes Dekolleté zeigte. Das schwarze Haar fiel offen über die nackten Schultern. An ihren Fingern glitzerten die Ringe. Sie war sehr reserviert und lächelte nur, wenn sie ihren hübschen dreizehnjährigen Sohn ansah.

Moniques dunkelgrünes Kleid bedeckte die Schultern, war aber nicht weniger tief ausgeschnitten. Das kastanienbraune Haar hatte sie wie immer hochgesteckt, und abgesehen von ihrem Ehering trug sie nur eine enge Perlenkette, die ihr Robert zur Hochzeit geschenkt hatte. Sie lächelte und sprach angeregt mit den Gästen, wobei sie sich besonders um den berühmten Soldaten kümmerte, der zu ihrer Rechten saß.

»Euer Bruder ist wirklich zu beglückwünschen, zwei so exquisite Frauen zu besitzen«, meinte ein Gast zu Adrian, der sich nach längerem Zureden bereit erklärt hatte, zu dieser besonderen Gelegenheit zu erscheinen.

Adrian lächelte geheimnisvoll. »Nun, ich glaube nicht, daß er sie *besitzt*. Robert ist kein besitzergreifender Mann.«

Am nächsten Tag machte sich Yüan auf den Weg, und Robert besuchte Viktoria. »Danke, daß du gestern abend gekommen bist«, sagte er zu seiner Schwester.

Sie neigte den Kopf. »Ich nehme an, es kann nicht schaden, wenn alle Welt sieht, daß ich noch lebe.«

Er setzte sich neben sie. In der letzten Woche war ihm aufgefallen, daß sich ihr Verhalten geändert hatte. Sie wirkte jetzt wacher und interessierter an ihrer Umwelt ... und gleichzeitig trotziger. Genau das machte ihm Sorgen. Es war ebenso beunruhigend wie das, was Yüan ihm gesagt hatte. »Vicky, ich möchte dir eine Frage stellen, und ich möchte, daß du mir eine ehrliche Antwort darauf gibst.« Sie beugte sich wieder über ihre Näharbeit. »Hast du in letzter Zeit etwas von Tang gehört?«

»Ich habe geglaubt, du wärest der Meinung, daß ich nie wieder etwas von ihm hören würde.«

»Bitte beantworte meine Frage.«

Sie hob den Kopf und sah ihn aus riesigen blauen Augen an. »Hast *du* etwas von ihm gehört? Ist er vielleicht in Schanghai?«

Er biß sich auf die Lippen – sie umging geschickt seine Frage. »Nein, ich habe nichts von Tang gehört. Aber von seinem Führer. Warum ist Yüan wohl hierhergekommen? Er hat mich gewarnt, daß Sun eine Revolution plant und in dem Augenblick losschlagen wird, in dem T'se-hi stirbt.«

Viktoria beugte sich wieder über ihr Nähzeug. »Das Gerücht gibt es seit fünfzehn Jahren.«

»Yüan nimmt es jedenfalls ernst. Denn T'se-hi wird wahrscheinlich bald sterben. Vicky, wenn diese Triade versuchen sollte, mit dir Kontakt aufzunehmen ...«

»Welche Triade, Robert? Sie ist vor Jahren ausgelöscht worden.«

»Vielleicht hier in Schanghai. Aber ich bin mir sicher, daß sie noch existiert. Du mußt mir versprechen, daß du mich sofort informierst, wenn sich ein Mitglied der Triade bei dir meldet.«

»Natürlich. Wenn du es möchtest.«

»Schwörst du das, Vicky, bei allem, was dir heilig ist?«

»Zählt für dich denn irgend etwas von dem, was mir heilig ist, Robert?«

Er seufzte. »Vicky, dein Leben könnte in Gefahr sein. Wenn es eine Revolution gibt und herauskommt, daß du Sun Yatsen geholfen hast, dann werde ich deine Hinrichtung wohl kaum verhindern können.«

Sie lächelte schwach. »Nun gut, Robert. Sollte in Zukunft eines der Mitglieder der Triade mit mir Kontakt aufnehmen, dann werde ich zu dir kommen und es dir erzählen.«

Er war sich nicht sicher, ob er viel erreicht hatte. Sie hatte jedenfalls nichts versprochen. Aber mehr zu verlangen wäre illusorisch gewesen.

Am Abend, als Adrian aus dem Büro zurückgekehrt war, machte Viktoria einen Spaziergang. Sie war gleichzeitig erregt und angeekelt. Angst mischte sich mit Zufriedenheit.

Wer sein ganzes Leben unter dem Einfluß des kulturellen Kontrastes in China verbracht hatte, war moralisch steril. Die Versuche ihrer Mutter, sie als Christin zu erziehen, waren fehlgeschlagen, da Viktoria täglich um sich herum sah, wie alle christlichen Prinzipien mißachtet wurden. Glauben, Hoffnung und Wohltätigkeit hatten in der chinesischen Philosophie keinen Platz. Aber selbst für die Chinesen war Inzest ein Verbrechen, das mit der Todesstrafe geahndet wurde. Die Tatsache, daß sie ihren Bruder und sich selbst für das, was sie tat, haßte, würde daran gewiß nichts ändern. Sie ging immerhin aus eigenem Antrieb zu ihm, auch wenn sie einen Grund hatte. Aber wie alle Chinesen war auch sie so oft mit dem Tod konfrontiert worden, daß er seinen Schrecken verloren hatte.

Wu Ping verbeugte sich, als sie die Tür öffnete. Wenn die Chinesin auch nur die geringste Eifersucht empfand, so zeigte sie es nicht.

Viktoria ging in das hintere Wohnzimmer. Die Türen zum Garten waren geöffnet und ermöglichten so einen idyllischen Ausblick. Adrian lag im Morgenmantel auf einem Sofa und sah hinaus in den Sonnenuntergang. Er stand nicht auf, als sie hereinkam. »Schließ die Tür«, sagte er.

Viktoria gehorchte. Ihr Herz klopfte heftig, und die Hände in ihren Handschuhen waren ganz klamm. Nervös fuhr sie sich mit der Zunge über die trockenen Lippen. »Ist die Bestellung rausgegangen?« fragte sie.

»Gestern morgen.« Er lachte leise in sich hinein. »Während diese fette Kröte an Roberts Tafel saß.«

Sie stellte sich neben ihn und sah auf ihn herunter. »Wie lange wird es dauern, bis die Waren geliefert werden?«

»Ungefähr drei Monate.«

»Drei Monate«, murmelte sie und spürte seine Hand auf ihrem Schenkel. Drei Monate sollte sie das aushalten? Am Ende wäre sie dann vollständig verdorben.

»Während dieser Zeit können wir uns um andere Dinge kümmern«, sagte er, während seine Hände ihre Pobacken umschlossen und sie leicht preßten. »Zum Beispiel, wie wir dich nach Hankau bekommen.«

»Wirst du mir auch dabei helfen?« Sie setzte sich neben ihn.

»Natürlich. Vorausgesetzt, du kommst regelmäßig zu mir.« Er setzte sich auf und knöpfte ihre Bluse auf. Sie trug mehrere Lagen Unterwäsche, aber das kümmerte ihn nicht. Er tastete die Weichheit darunter.

»Was soll ich heute tun?« fragte sie.

»Heute … heute wünsche ich mir das Jademädchen, das auf meiner Flöte spielt … Davon träume ich schon so lange.«

»Du … bist ekelhaft. Das werde ich nicht tun.«

»Dann werde ich Robert erzählen, daß ich aus Versehen eine Ladung moderner Gewehre und Munition bestellt habe, und ihm vorschlagen, daß er sie Marschall Yüan verkauft. Oder den Ch'ing.«

Viktoria funkelte ihn wütend an, und Adrian schenkte ihr ein Grinsen. Dann nahm er sie in den Arm und küßte sie auf den Mund. »Genieße es«, sagte er. »Das wirst du nämlich, wenn du dich ein bißchen entspannst. Und jetzt zieh dich aus.«

»Du bist obszön«, erwiderte Viktoria, aber sie gehorchte ihm.

»Und du bist undankbar. Ist dir denn nicht klar, wieviel ich für dich riskiere?«

»Findest du etwa nicht, daß ich mich dafür erkenntlich zeige?« Sie schlang die Arme um sich und zitterte.

»Nun, ich freue mich natürlich, daß du nett zu mir bist, Vicky. Aber ein Mann kann nicht nur vom Sex allein leben. Eines Tages wird die Zeit kommen, wo du dich wirklich für meine Hilfe erkenntlich zeigen kannst.«

Viktoria runzelte die Stirn. »Was soll das heißen?«

Adrian legte sich bequem in die Kissen zurück. »Ich weiß nicht, ob diese Revolution gelingen wird. Aber ich bin sicher, daß es zu gewaltigen Unruhen kommen wird. Meiner Meinung nach wird damit eine Zeit des generellen Wandels anbrechen. Ob deine Freunde nun die Ch'ing stürzen oder nicht, es ist jedenfalls an der Zeit für einen Wechsel im Hause Barrington. Wenn Dr. Sun als Sieger hervorgeht, ist das kein Problem. Ich habe ihn unterstützt, Robert nicht. Wenn Dr. Sun unterliegt, dann werden die Fakten ein wenig verdreht werden müssen. Dann hat das Haus Barrington den Rebellen Waffen und Munition geliefert. Zwar steht meine Unterschrift auf der Bestellung, aber wie immer habe ich nur auf Befehl meines älteren Bruders gehandelt. Schließlich ist er der Vorstand des Hauses. Und auch dann muß der Verräter ersetzt werden. Verstehst du?« Er legte ihr den Arm um die nackten Schultern und streichelte sie sanft.

»Du bist wirklich unglaublich. Du willst tatsächlich Robert die Leitung des Hauses abnehmen?«

»Warum auch nicht? Hast du vergessen, daß ich die Führung bereits jahrelang innehatte, als Robert fort und Vater im Ruhestand war?«

»Was hast du denn dann mit ihm vor? Er wird das schließlich nicht stillschweigend hinnehmen.«

»Ich glaube nicht, daß er eine Wahl hat, wenn ihn die Sieger wegen Hochverrats verurteilen.«

Viktoria sah ihn mit gerunzelter Stirn an. »Damit würdest du seine Hinrichtung riskieren.«

»Nun, das würde ich wohl«, meinte Adrian.

»Du … das würde ich nie zulassen.«

»Warum nicht? Was hat Robert denn schon für dich getan? Gewiß, er und diese chinesische Hure haben deinen Sohn zu sich genommen. Aber glaubst du, daß Robert Martin jemals als Erben einsetzen würde?«

Viktoria biß sich auf die Lippen – er sprach ihre eigenen Befürchtungen aus.

»Also bitte«, sagte Adrian. »Martin wird sein ganzes Leben lang bloß das Anhängsel seines Cousins sein. Genauso wie du dein gesamtes Leben damit verbringen wirst, vor deiner

Schwägerin Bücklinge zu machen, wenn du nicht etwas dagegen unternimmst.« Er grinste. »Du weißt doch, wie gerne ich dich als Sklavin in meinem Haus hätte – Himmel, nur diesen Arsch packen zu können ...« Viktoria schüttelte seine Hand ab und stand auf. »Während ich im Gegenzug«, fuhr Adrian fort, »und als Vorstand des Hauses Martin zu meinem Erben einsetzen würde.«

Sie drehte sich um und sah ihn an.

»Das schwöre ich. Macht dich das nicht glücklich?«

»Ich werde dir sicher nicht helfen, unseren Bruder zu ermorden«, sagte Viktoria so gelassen wie möglich. »Wenn es sein muß, werde ich ihm alles erzählen.«

»Um selbst hingerichtet zu werden? Du kennst die chinesischen Gesetze. Wenn du hingerichtet wirst, muß auch Martin sterben. Deinen Freund Tang werden sie auch bekommen, und die Revolution wird fehlschlagen. Wenn du glaubst, daß Robert dich beschützen wird, nun ...« Adrian lächelte. »Du hast mir doch selbst erzählt, wie er reagiert hat, als du ihm von deiner Affäre mit Tang berichtet hast. Was glaubst du wohl, wie er reagiert, wenn er das mit uns erfährt? Gewiß, er hat ein weiches Herz. Vielleicht läßt er dich nicht hinrichten. Aber ganz sicher wird er dich aus dem Hause Barrington verstoßen und dich zwingen, China für immer zu verlassen. Mit deinem Sohn. Was willst du dann tun, Vicky? Ich glaube, du mußt über deine Lage einmal sehr ernsthaft nachdenken.«

Viktoria zog sich ihre Unterhose an.

»Oh, zieh die aus«, sagte Adrian. »Ich mag dich viel lieber nackt.«

»Ich gehe nach Hause«, sagte Viktoria.

»Noch nicht, meine teure Schwester. Du hast noch nicht auf der Flöte gespielt.«

Im Sommer war die ganze Hauptstadt in Aufregung wegen des Autorennens von Peking nach Paris. Die chinesischen Bauern hatten noch nie in ihrem Leben Automobile gesehen, und die Ankunft der Teilnehmer war eine Sensation. Allein der Gedanke, daß sie durch China, Rußland und dann auch noch durch ganz Europa fahren würden! Einige der Mandschus waren allerdings der Meinung, daß die Anwesenheit dieser lauten, stinkenden Maschinen in China Teil einer russischen Verschwörung war, und sie versuchten, alle Teilnehmer zu verhaften. Aber für die meisten bedeutete dieses Unternehmen, daß China den Schritt ins zwanzigste Jahrhundert wagte, und die Kaiserinwitwe wurde für ihre Unterstützung des Wettbewerbs sehr gelobt.

T'se-hi saß in ihrem geraden Stuhl mit der hohen Lehne, der für diesen Anlaß in den Garten hinter ihren Gemächern getragen worden war. Jetzt winkte sie ihren neugierigen Eunuchen und Hofdamen, die sich zu beiden Seiten des Stuhls aufstellen sollten. »Wo muß ich hinsehen?« fragte sie.

Der Fotograf war sehr nervös. Er war Amerikaner, und er hatte nie damit gerechnet, daß er diesen Auftrag bekommen würde, auch wenn er Prinz Ch'ing eine ungeheure Summe an Bestechungsgeldern gezahlt hatte. Aber jetzt war er hier und stand vor der verrufensten Frau ihrer Zeit.

Er mußte zuerst seine trockenen Lippen befeuchten, bevor er ein Wort herausbrachte. »Ich werde meine Hand hochhalten, Majestät. Seht auf meine Hand.«

»Sollen wir alle Eure Hand ansehen?«

»Wenn Ihr so freundlich wäret, Majestät.«

Ein Raunen ging durch die Gruppe der hohen Prinzen, die sich etwas abseits auf einer Seite versammelt hatten, wo sie nicht aufs Bild kommen würden. So etwas war noch nie dagewesen. Sicherlich würde der Kaiser dem niemals zustimmen. Aber natürlich war es vollkommen irrelevant, ob der Kaiser zustimmte oder nicht.

Der Fotograf streckte seine Hand in die Höhe, und alle sahen sie an. Es gab einen leisen Knall und eine Rauchwolke, und eine der Damen kreischte vor Angst. »Bringt diese Idiotin weg und schlagt sie«, schimpfte T'se-hi. »Ist das Porträt jetzt verdorben?«

»Ich glaube nicht, Majestät, aber ich würde trotzdem gern eine weitere Aufnahme machen.«

»Also gut.« Der Fotograf wartete, bis zwei der Eunuchen das weinende Mädchen davonschleppten. Beim zweiten Mal wagte niemand, auch nur mit der Wimper zu zucken. Der Fotograf verbeugte sich, sammelte seine Ausrüstung zusammen und verließ eilig den Garten. T'se-hi winkte, und die Gruppe zerstreute sich.

Prinz Ch'ing kam auf die Kaiserinwitwe zu. »Ich glaube, das wird sehr hilfreich sein, Majestät.«

»Hilfreich!« schimpfte T'se-hi grollend. »Hilfreich für wen?«

Ihre Laune war denkbar schlecht, und Prinz Ch'ings Hände verkrampften sich ineinander. »Es wird unseren Ruf bei den Barbaren verbessern, Majestät.«

»Die Barbaren«, sagte T'se-hi verächtlich. »Holt mir das Mädchen zurück. Ich möchte, daß sie vor meinen Augen bestraft wird. So ein dummes Mädchen! Holt sie zurück.«

»Jawohl, Majestät.« Ch'ing winkte den Eunuchen und rieb sich nervös die Hände. Aber er hatte eine Pflicht zu erfüllen. Jedes Zögern würde die Situation nur noch verschlimmern. »Ich habe hier einen Bericht, Majestät …«

»Bericht? Alles, was ich von Euch bekomme, sind Berichte.«

»Nun, auf diese Weise erfahren wir jedenfalls, was im Reich geschieht, Majestät. Es geht um Marschall Yüan Schi-Kai.«

T'se-his Kopf drehte sich ein wenig. Sie hörte zu.

»Der Marschall ist in Schanghai gewesen, Majestät. Und er hat dort ziemlich viel Zeit mit Barrington verbracht.«

»Sie sind seit Jahren miteinander befreundet.«

»Der Marschall ist ein sehr ehrgeiziger Mann, Majestät.«

»Das weiß ich selbst. Aber er ist mir gegenüber immer loyal gewesen. Für Barrington gilt das gleiche«, sagte sie leise. »Ich muß ihn noch einmal sehen, bevor …«

Sie sah ihren Minister an. Ch'ing schluckte. Beinahe hätte sie das Unvorstellbare ausgesprochen. »Was macht Euch denn so große Sorgen?« fragte T'se-hi.

»Es beunruhigt mich, wenn sich zwei so mächtige Männer treffen.«

»Verschwörungen«, schimpfte T'se-hi. »Immer wieder Verschwörungen.« Sie schlug mit der Hand auf die Stuhllehne, und Prinz Ch'ing erschauerte. Wie alle, die T'se-hi je gedient hatten, fürchtete auch er ihre Launen. »Diese Männer sind meine Freunde!« brüllte T'se-hi. »Ich werde es nicht zulassen, das sage ich Euch. Ich werde ...« Sie erhob sich, rang nach Luft und fiel in den Stuhl zurück, wobei ihr Kopfschmuck verrutschte.

Die Eunuchen rannten herbei, zögerten dann aber doch und wagten nicht, sich zu bewegen. Einen Augenblick lang stand auch Prinz Ch'ing wie angewurzelt da. Dann glitt seine Tante, die zuerst starr in ihrem Stuhl gesessen hatte, langsam zu Boden. »Helft Ihrer Majestät«, rief der Prinz.

Die Hofdamen und Eunuchen umringten T'se-hi und trugen sie in ihre Gemächer. Dort legten sie die Kaiserinwitwe auf ihr Bett. Mehr wagten die Eunuchen nicht zu tun. T'se-hi sagte keinen Ton, aber ihre Augen waren geöffnet und funkelten die Umstehenden wütend an.

Prinz Ch'ing holte die Ärzte herbei, unter denen auch ein Engländer aus der Gesandtschaft war. Natürlich durfte kein Arzt die Kaiserinwitwe untersuchen. Sie durften sie noch nicht einmal ansehen, sondern mußten im Vorzimmer warten und sich von Ch'ing die Symptome beschreiben lassen. »Ihre Majestät hat einen Schlaganfall erlitten«, sagte Dr. Burroughs. »Das ist ziemlich eindeutig.«

»Außerdem ist da noch ...« Ch'ing sah ihn mit betretener Miene an. »Sehr unangenehm.«

»Ja«, sagte Burroughs. »Sie hat keine Kontrolle über ihre Ausscheidungen, und sie wird sich übergeben müssen.«

»Was könnten wir tun?« fragte Ch'ing. »Wird sie sich wieder erholen?«

»Ich glaube schon, aber sie braucht jetzt absolute Ruhe. Wir müssen warten. Und beten.«

T'se-hi erholte sich nur langsam. Sie wollte ihren Zusammenbruch geheimhalten, aber das war unmöglich. Schon bald wußte man es auch in den entferntesten Provinzen.

Robert rechnete fest damit, daß sich Yüan bei ihm melden würde, aber er hörte nichts von ihm. Statt dessen stellte er mit Genugtuung fest, daß Viktoria sich plötzlich fürs Geschäft interessierte. »Nun«, sagte sie, »es sieht ganz so aus, als ob ich als alte Jungfer enden würde, und deshalb möchte ich etwas zu tun haben. Kann ich nicht Verwalter einer Zweigstelle werden?«

Robert rieb sich das Kinn.

»Du machst dir Sorgen, wie die Barbaren darauf reagieren würden, stimmt's? Aber mit ihnen will ich gar nichts zu tun haben, sondern nur mit Chinesen. Laß mich nach Hankau gehen und dort das Büro verwalten. Gib mir wenigstens eine Chance, Robert. Ich würde Martin mitnehmen.«

»Vicky, Martin wird eines Tages seinen angemessenen Anteil am Handelshaus bekommen. Das darfst du nicht vergessen.«

»Das werde ich auch nicht«, sagte Viktoria. »Aber ich möchte, daß wir uns gemeinsam gewisse Grundkenntnisse aneignen.«

Es war das reinste Kinderspiel. Robert war so begierig, etwas Gutes für sie zu tun, besonders da Adrian ihre Idee aus vollem Herzen unterstützte. Auf fast schon kindlich naive Weise vertraute Robert seiner Familie. Adrian überließ er weiterhin die Bestellung der Waren und hatte daher nicht die geringste Ahnung, daß unter der Flagge des Hauses Waffen nach Schanghai gebracht wurden. Viktoria begleitete die erste Lieferung flußaufwärts im Frühjahr 1908. Adrian hatte ein Haus für sie gemietet, und sie und Martin zogen dort ein, noch immer begeistert von der aufregenden Reise über die große Wasserstraße. Eine Woche nach ihrer Ankunft – Martin war längst im Bett – stand Tang vor ihrer Tür.

»Die Gewehre sind hier«, sage Viktoria. »Ich habe sie im Lagerhaus versteckt. Außerdem leite ich das hiesige Büro. Sag mir, was ich jetzt tun soll.«

»Ich möchte, daß du wartest. Die alte Hexe stirbt. Es wird nicht mehr lange dauern.«

»Nun, dann können wir uns derweil ja anderen Dingen widmen …«

T'se-hi erholte sich zwar von dem Schlaganfall, aber die immer wiederkehrenden Verdauungsstörungen machten ihr schwer zu schaffen und wurden noch dadurch verschlimmert, daß sie sich weigerte, ihre Eßgewohnheiten zu ändern. Im Laufe des Jahres 1908 verschlechterte sich ihr Gesundheitszustand kontinuierlich, und endlich mußte auch sie erkennen, daß ihr nicht mehr viel Zeit blieb. Aber sie hatte ein neues Hobby entdeckt: die Fotografie. Sie selbst wußte nichts darüber, aber in einem letzten verzweifelten Versuch, auf dem Zelluloid Unsterblichkeit zu erlangen, ließ sie sich immer wieder ablichten. Oft lud sie dazu europäische Damen in die Verbotene Stadt ein.

Daß die Frau, die sein Leben ruiniert hatte, selbst nicht mehr lange zu leben hatte, blieb dem Kaiser nicht verborgen, und T'se-his Laune verbesserte sich keineswegs, als Prinz Ch'ing eines Tages mit einer Nachricht bei ihr erschien, die angeblich der Kuang-hsu geschrieben hatte. Sie lautete: ›Wir waren der zweite Sohn von Prinz Ch'un, als die Kaiserinwitwe Uns für den Thron ausgewählt hat. Sie hat Uns immer gehaßt. Für Unser Leid und Elend der letzten zehn Jahre ist Yüan Schi-Kai verantwortlich, und noch ein anderer. Wenn die Zeit kommt, werde ich die beiden enthaupten lassen.‹ T'se-hi sah den Prinzen wütend an. »Was für eine Frechheit! Und wer soll dieser andere sein?«

»Das weiß niemand, Majestät. Man nimmt an, daß es sich um Jung-lu handelt.«

»Jung-lu ist schon seit fünf Jahren tot«, erwiderte T'se-hi ungehalten. »Barrington! Ich frage mich, ob er wohl Barrington damit meint? Aber es ist ganz gleich. Der Kaiser hat seine wahre Gesinnung gezeigt. Ich werde einen Nachfolger ernennen. Prinz P'u-i.«

Ch'ing starrte sie entsetzt an. P'u-i war erst zwei Jahre alt und der Enkel Prinz Ch'uns. Andererseits war sein Vater, Prinz Ch'un II., nicht der Sohn von T'se-his Schwester, sondern der einer Konkubine. Somit war er mit T'se-hi überhaupt nicht blutsverwandt. Aber auf jeden Fall ... »Majestät«, begann Ch'ing vorsichtig. »Ihr könnt keinen Nachfolger wählen, solange der Kuang-hsu noch lebt.«

T'se-hi sah ihn versonnen an. »Nun, Prinz Ch'ing, da habt Ihr natürlich recht. Aber es obliegt unserer Verantwortung, auf jede Eventualität vorbereitet zu sein. Ich möchte, daß eine entsprechende Bekanntmachung ausgearbeitet wird.« Prinz Ch'ing zitterte, als er sich zum Abschied verbeugte.

Anschließend befahl T'se-hi Li Lien-lung zu sich. »Wie steht es um die Gesundheit des Kaisers?« fragte sie.

»Ganz wie Ihr es wünscht, Majestät«, erwiderte Li Lien-lung.

Die Eunuchen des Kuang-hsu standen alle in T'se-his Diensten und sorgten dafür, daß der Kaiser ständig mit Medikamenten und Drogen versorgt wurde.

»Ich glaube, der Himmlische Wagen wartet auf ihn«, sagte T'se-hi. Li Lien-lung schluckte. Einen Kaiser zu ermorden … und nur er selbst würde wissen, wer den Befehl dazu gegeben hatte. »Du mußt sehr diskret sein«, sagte T'se-hi. Ihre Lippen kräuselten sich, als sie den Eunuchen zittern sah. »Hab keine Angst. Es wird vor meinen Augen geschehen. Du mußt nur tun, was ich dir sage.«

Am nächsten Tag, dem 14. November 1908, erreichte T'se-hi die Nachricht, daß der Kaiser im Sterben lag. Trotz ihres eigenen schlechten Gesundheitszustandes und ihres grotesken Übergewichts watschelte sie um fünf Uhr nachmittags, zur Stunde des Hahns, durch die langen Flure zu den Gemächern des Kaisers. Die Kaiserin Lung-yu und die schimmernde Konkubine waren bei ihrem Herrn und Gebieter. Tränen rollten ihnen die Wangen hinunter, als sie vor T'se-hi den Kotau ausführten. T'se-hi warf ihnen einen kurzen Blick zu und näherte sich dann dem Bett ihres Adoptivsohnes. Der Kuang-hsu öffnete den Mund, als ob er etwas sagen wollte, aber es kam kein Ton heraus. Mit immer noch offenem Mund fiel er zurück in die Kissen. Sein Gesicht war schwarz angelaufen, und seine Hände zuckten krampfartig. Dann hörte jede Bewegung auf.

Es erschien ihr alles so vertraut, als T'se-hi am nächsten Morgen den Saal des Großen Rats betrat und den dort versammelten Prinzen und Mandarinen den Tod des Kaisers verkündete. Anschließend nannte sie den Namen seines Nachfolgers. Sie sah, wie sich alle still vor ihr verneigten, und empfand nur Verachtung für diese Bande. Dreiunddreißig Jahre zuvor, als sie aus dem gleichen Grund zusammengekommen waren, hatte es wenigstens eine Opposition gegeben. Damals hatten sich immerhin zehn Mitglieder des Großen Rats für andere Kandidaten entschieden. Damals hatte es eben noch richtige Männer gegeben. Kung fiel ihr spontan ein, Li Huang-chang, Jung-lu und sogar der Gelehrte Wan Li-chung. Jetzt gab es keine mehr, dachte sie, als sie Ch'ing ansah und den jüngeren Ch'un. Jedenfalls nicht im Großen Rat. Aber es gab noch Männer im Reich. Yüan Schi-Kai und Barrington.

Aber hatten die beiden sich vielleicht wirklich gegen sie verschworen? Schmiedeten sie Pläne für die Zeit nach ihrem Tod? Doch sie würde ihnen auch jetzt noch eine Überraschung bereiten. Ob sie ihre Hinrichtungen befehlen sollte … nun, ein solcher Schritt wurde immer wahrscheinlicher. Yüan war Chinese, er würde den Mandschus oder ihr selbst niemals wahre Loyalität erweisen. Und Barrington … hatte Barrington sie jemals wirklich geliebt? Oder hatte er ihren Körper und ihre Bedürfnisse lediglich als Trittbrett zu Höherem benutzt? Ja, dachte T'se-hi, als sie sich zum Mittagessen niedersetzte, die beiden verdienten den Tod.

Sie ließ ihren Blick über die reich gedeckte Tafel wandern.

»Was wünschen Majestät heute?« fragte Li Lien-lung. Er wagte es nicht, sie auch nur einen Moment aus den Augen zu lassen.

T'se-hi seufzte. Sie fühlte sich nicht gut. Seit langem fühlte sie sich nicht gut. Aber jetzt war der Kuang-hsu-Kaiser, dieser verhaßte Junge, endlich fort. Da würde sie sich sicher bald besser fühlen. Und dort drüben … »Ist das nicht mein Lieblingsgericht?« fragte sie. »Holzapfel mit dicker Sahne?«

Li Lien-lung winkte den anderen Eunuchen, die die mächtige Speise auf einen Teller häuften und der Kaiserin reichten. Sie aß langsam und genoß jeden Bissen, während ihre Eunuchen und Hofdamen warteten. Sie war fast fertig, als sie plötzlich würgte und nach Luft rang. Alle stürzten auf sie zu, als die Kaiserinwitwe ohnmächtig wurde und ihr Kopf in die Sahne fiel. Li Lien-lung erteilte entsprechende Befehle, und T'se-hi wurde eilig in ihre Gemächer getragen. Dort wusch man sie und kleidete die Ohnmächtige in das Gewand der Langlebigkeit. Aber als sie aus der Bewußtlosigkeit erwachte, wußte sie, daß auch auf sie der Himmlische Wagen wartete.

Sie diktierte Li Lien-lung eine Abschiedsrede, in der sie sich an ihre Jugend in Wuhu erinnerte, als sie James Barrington umworben und Jung-lu zum ersten Mal gesehen hatte. Sie erwähnte auch die Flucht vor den T'ai-P'ing und den Tag, als sie der Kaiserinmutter als Konkubine vorgeführt worden war. Dann sprach sie davon, wie sie dem Hsien-feng-Kaiser seinen einzigen Sohn geboren und um ihre Rechte als Mutter gekämpft hatte, als der Hsieng-feng gestorben war; wie sie und Niuhuru gemeinsam regiert hatten; wie traurig sie gewesen war, als der T'ung-chih-Kaiser und dann auch noch Niuhuru gestorben waren. Die Milchküchlein erwähnte sie mit keinem Wort.

Mit langsam ersterbender Stimme erinnerte sie sich daran, wie ungern sie die Regierung des Kuang-hsu-Kaisers übernommen und alles getan hatte, China wieder zu seiner rechtmäßigen Größe zu verhelfen. Die Boxer erwähnte sie nicht. Sie sprach von Robert Barrington und Yüan Schi-kai, von Li Hung-chang, Jung-lu und Chang Tsin. Dann, um drei Uhr nachmittags, zur Stunde der Ziege, wandte T'se hi ihr Gesicht nach Süden, streckte ihre Glieder aus und starb.

Sie stand kurz vor ihrem dreiundsiebzigsten Geburtstag.

14

DER MARSCHALL

Die Nachricht von T'se-his Tod verbreitete sich wie ein Lauffeuer in der Verbotenen Stadt und bald auch im Tatarenviertel und dem Stadtteil der Chinesen. Das Gerücht reiste den Fluß hinauf nach Tientsin und bereitete den Barbaren einiges Kopfzerbrechen. Solange sie in China waren, hatte sich ihnen diese Frau in den Weg gestellt. Der Tod des Kuang-hsu-Kaisers, der eigenartigerweise so kurz vor seiner Adoptivmutter gestorben war, fand hingegen wenig Beachtung, auch nicht die Gerüchte, daß er ermordet worden war. Nur T'se-hi war wichtig.

Dank der Telegrafenleitung erreichten die Neuigkeiten zwei Tage später Schanghai. Adrian erhielt die Nachricht und ging damit zu seinem Bruder. »Du warst mit ihr befreundet«. sagte Adrian. »Ich hingegen habe sie überhaupt nie gesehen.«

»Ja«, sagte Robert. »Ich war ihr Freund.« Niemand würde jemals erfahren, daß es mehr gewesen war als das. Aber er war auch der letzte ihrer Paladine. Yüan Schi-Kai war nie mehr als ein Mittel zum Zweck gewesen. Yüan Schi-Kai! Jetzt war der Augenblick gekommen, auf den der Marschall solange gewartet hatte.

»Es wird sich vieles ändern«, sagte Adrian.

»Es gab schon ein Haus Barrington, bevor T'se-hi geboren wurde«, rief ihm Robert ins Gedächtnis. »Und auch nach ihrem Tod wird es ein Haus Barrington geben. Gar nichts wird sich ändern.« Wenn Yüan Schi-Kai es so will, fügte er in Gedanken hinzu.

Einen Monat später erreichten die Neuigkeiten Hankau. Tang hatte den Tag in den Bergen verbracht, und als er zurückkehrte, wirkte er eigenartig verschlossen. »Wir müssen auf eine Nachricht von Dr. Sun warten«, sagte er zu Viktoria, die in großer Aufregung war.

Sie warteten und erfuhren bloß, daß sie sich bereit halten

sollten. T'se-hi hatte so lange regiert, daß niemand ein Ende ihrer Herrschaft auch nur für möglich gehalten hätte. Dr. Sun hielt sich noch nicht einmal in China auf, und selbst wenn ihn die Nachricht unverzüglich erreicht hätte, würde seine Rückkehr noch einige Zeit in Anspruch nehmen. Außerdem hatte er noch keine konkreten Pläne, wie sie die Situation zu ihrem Vorteil ausnutzen könnten. Viktoria wurde langsam klar, daß es *überhaupt keine* Pläne gab. Dr. Sun und seine Anhänger waren reine Theoretiker, Träumer. Mit der Realität kamen sie nicht zurecht.

Und sie? Sie war absolut glücklich. Glücklicher, als sie es jemals gewesen war. Als sie in Hankau angekommen war, hatten sich die lokalen Aufseher und Angestellten ihr gegenüber skeptisch und herablassend verhalten: Auch wenn China als Ganzes von einer Frau regiert wurde, hatten Frauen im Geschäftsleben nichts zu suchen. Aber mit ihrem Wissen und ihrer Kompetenz hatte sie sich bald schon Respekt verschafft und schnell begriffen, daß Martin Barrington in der Zukunft eine leitende Rolle im Handelshaus zukommen würde und man ihn daher ernst nehmen mußte. Sie schmeichelte sich damit, daß sie den Umsatz tatsächlich erhöht hatte. Robert schien jedenfalls sehr angetan, wie sie aus seinen Briefen, die er ihr regelmäßig schrieb, entnehmen konnte. Er war offenbar froh, sie los zu sein – er machte jedenfalls nie den Vorschlag, daß sie nach Schanghai zurückkommen sollte.

Was den Mann anbetraf, der sie nachts besuchte, so hatte sie keine Zweifel, daß es in der Stadt wohlbekannt war. Aber sie hatte keinen Ehemann, der sich beklagen könnte, und war daher ganz ihre eigene Herrin. Jedenfalls konnte niemand Tangs Besuche mit den Gewehren im Lagerhaus in Verbindung bringen, da diese völlig unberührt blieben. Nur sie allein wußte, daß sie auf Dr. Suns Anweisungen warteten – die vielleicht niemals eintreffen würden.

Und so lebte sie freier als je zuvor und wußte, daß Tang mindestens einmal im Monat in ihre Arme zurückkehrte. Sie traf Vorkehrungen gegen eine erneute Schwangerschaft. Außerdem achtete sie darauf, daß Martin seinen Vater niemals zu Gesicht bekam. Tang interessierte sich ohnehin nicht für den Jungen. Sicher wußte auch Martin von ihren Eskapaden, aber für ihn war sie schließlich nur eine Tante und nicht seine Mutter.

Nachdem sich die erste Euphorie etwas gelegt hatte, gab sie sich damit zufrieden, zu warten und zu hoffen, daß überhaupt nichts geschehen würde.

Möglicherweise würde sie sogar Adrian nie mehr wiedersehen müssen.

Jedermann schien darauf zu warten, was als nächstes passieren würde. Aber zuerst mußten alle das Urteil der Wahrsager abwarten, die das Datum für die Beerdigung der Kaiserinwitwe und des Kaisers festsetzten. Bis zu dieser Entscheidung stand das gesamte Geschäftsleben Chinas still. Aber Robert konnte in Erfahrung bringen, daß Prinz Ch'un im Namen seines Sohnes, des P'u-i-Kaisers, die Regierungsverantwortung übernommen hatte. Das widersprach natürlich der konfuzianischen Tradition, aber schließlich waren viele dieser Traditionen und Regeln schon zu Lebzeiten T'se-his übertreten oder abgeschafft worden.

Doch die Rechnung ging auf, denn das nächste Jahr verlief relativ ruhig, und endlich stand ein Termin für die kaiserlichen Beerdigungen fest. »Wirst du nach Peking gehen?« fragte Monique.

»Ich glaube, das muß ich wohl«, erwiderte Robert. Er wollte mit eigenen Augen sehen, was als nächstes geschah.

Monique versuchte nicht, ihn davon abzubringen. Sie hatte ihn nie nach seiner Beziehung zur Kaiserin befragt, obwohl sie wußte, daß er zum Kreis ihrer engsten Vertrauten gehört hatte. Monique war eine selbstbewußte Frau, die mit vierundzwanzig Jahren an Würde und Attraktivität gewonnen hatte. Auch ihre Position als Herrin des Hauses Barrington war inzwischen gefestigt. Ihr prächtiges rotbraunes Haar, ihre blasse Haut mit den so überaus zarten Sommersprossen und die hochmodischen Kleider aus Paris, die sie trug, zogen die Blicke auf sich, wo immer sie erschien, und eine Einladung zum Abendessen im Hause Barrington war sehr begehrt.

Robert sah in ihr eine Reinkarnation seiner Großmutter, die in ihrer Jugend die gleiche Haarfarbe, den gleichen zarten Teint und auch eine ähnliche Ausstrahlung besessen hatte, wie man ihm berichtete.

Aber das war alles auf die Öffentlichkeit gerichtet, und er hatte manchmal das Gefühl, daß Monique sich so benahm, weil er sie so wollte. In der Zurückgezogenheit ihres Hauses war sie eine liebevolle und geduldige Mutter. James hatte eine Gouvernante, eine Engländerin namens Harriet Stringer. Sie war Witwe und kam aus Hongkong. Häufig nahm Monique an den Lehrstunden teil und fuhr mit dem Unterricht fort, nachdem Mrs. Stringer ihn beendet hatte. Aber ebenso wichtig war es ihr, daß die jüngeren englischen Angestellten des Handelshauses ihrem Jungen beibrachten, wie man Fußball oder Kricket spielte.

Doch Robert war vor allem glücklich darüber, daß Monique in seinen Armen noch immer das Mädchen war, das er am Ufer des Han-ho umworben hatte; die Frau, die er schon verloren glaubte, um sie dann auf so wundersame Weise wiederzufinden. Auch nach acht Jahren liebten sie sich mit einer beinahe verzehrenden Leidenschaft.

»Als ob du auf ewig in den Flitterwochen wärst«, spottete Adrian oft. »Du solltest es selbst einmal probieren«, entgegnete Robert in seiner unerschütterlichen Gutmütigkeit.

»Vielleicht«, erwiderte Adrian. »Wenn ich nur eine zweite Monique finden könnte.«

Robert fragte Monique, ob sie mit ihm nach Peking gehen wolle, aber sie lehnte ab. »Ich habe nur schlechte Erinnerungen daran«, sagte sie. Also reiste er in Begleitung seiner Diener und fuhr mit einem Sampan des Handelshauses den Großen Kanal hinauf. Das war Anfang November des Jahres 1908, fast ein Jahr nach T'se-his Tod. Als er in der Stadt ankam, drängten sich dort schon überall die Fürsten, die selbst aus dem hintersten Winkel des Reichs angereist waren.

Am Tag der Beerdigung war eine Prozession geplant, die aus der Stadt zu den Grabstätten der Mandschus ziehen würde. Auf den Straßen versammelte sich das Volk, um einen Blick auf den Trauerzug zu erhaschen. An der Spitze ritt die Kavallerie mit ihren im Wind flatternden Wimpeln. Dann folgten die weiß gekleideten Prinzen und Prinzessinnen der Dynastie, die Mandarine und Vizekönige, die buddhistischen Mönche – sogar der Dalai Lama war dabei. Den Schluß bildeten die wohl tausendköpfige Gruppe der Eunuchen, die zahllosen Tiere – vor allem Kamele und Lamas – und schließlich die Musikanten, die traurige Weisen spielten.

Vier Tage dauerte die Prozession. Sie führte über die Große Mauer hinaus und wurde von Trauernden begleitet, die Papiergeld verbrannten. Diener, Speisen und Kleidung aus Pappmaché säumten den Weg, um im Jenseits T'se-hi zu versorgen. Die Kosten waren gewaltig. Sie beliefen sich auf zwei Millionen Tael, wie Robert in Erfahrung bringen konnte. Drei Viertel von dieser Summe hatte man für T'se-hi ausgegeben, den Rest für den Kaiser.

Am Morgen des 9. November 1908 bettete man die Kaiserinwitwe zur letzten Ruhe – in einem Gewölbe, das bereits die sterblichen Reste des Hsien-feng und die Gebeine T'se-ans beherbergte.

Es war Zeit für die Rückreise. Und für Gespräche. Auf dem Weg von Peking zur Begräbnisstätte wäre es unziemlich gewesen, etwas anderes zu tun, als zu trauern. Aber als das Grabgewölbe geschlossen und versiegelt worden war, und der Trauerzug sich auf dem Rückweg nach Peking befand, wurde Robert unverzüglich zu Prinz Ch'un bestellt. Er hatte diesen Prinzen noch nie zuvor getroffen, und auch den neuen Kaiser hatte er noch nicht gesehen. Im kaiserlichen Zelt führte er den Kotau aus, wobei ihn der dreijährige Herrscher des Reichs mit riesigen Augen anstarrte. Anschließend wurde er vom Prinzen in eine separate Kammer geleitet.

»Robert Barrington«, sagte Ch'un. »Die Kaiserin hat mir gesagt, daß man Euch zu allen Zeiten und in jeder Situation vertrauen kann; daß Ihr die Dynastie immer unterstützen werdet.«

»Ich und meine Familie sind diesem Grundsatz bisher stets treu geblieben, Exzellenz«, sagte Robert vorsichtig.

»Wir leben in schwierigen Zeiten. Zu wissen, daß es Männer gibt, denen ich vertrauen kann, ist ein großer Trost für mich«, fuhr Ch'un fort. »Ich werde wieder nach Euch schicken, Barrington.«

Robert verneigte sich.

Der Regent erschien ihm wie ein ängstlicher Mann, der verzweifelt um Unterstützung buhlte, ohne genau zu wissen, wie er diesen Beistand einsetzen sollte. Robert war nicht überrascht, als am darauffolgenden Tag, an dem er und seine Diener sich etwas abseits vom zurückkehrenden Trauerzug hielten, Yüan Schi-Kai auf ihn zukam. Der Marschall trug Uniform und wurde von einer Abteilung Soldaten begleitet, die einen wohlorganisierten Eindruck machten und in ihren khakifarbenen Uniformen sehr gepflegt aussahen. Sie waren mit modernen Gewehren und Bajonetten bewaffnet und bildeten einen starken Kontrast zu den nachlässig gekleideten Bannersoldaten.

Robert hatte Yüan auf dem Hinweg bereits gesehen, sich ihm aber nicht angeschlossen. Er war nach wie vor der Meinung, daß Yüan den ersten Schritt machen mußte. Dazu war es nun gekommen. »Das Ende einer Ära«, meinte Yüan. »Für Euch wahrscheinlich noch mehr als für die meisten anderen. Erinnert Ihr Euch noch an unser Gespräch vor zwei Jahren, Barrington?«

»Natürlich. Ich hoffe nur, daß Ihr Euch ebenfalls daran erinnert, Yüan.«

»Ich habe Eure Ansichten damals akzeptiert«, erwiderte Yüan. »Aber nun … Ihr wart doch zu einem Gespräch mit dem Regenten geladen. Was haltet Ihr von ihm?«

»Er versucht sich zu orientieren. Ich fürchte, das werden wir wohl alle erst einmal tun müssen.«

»Einige mehr als andere«, sagte Yüan. »Auch ich war bei Prinz Ch'un.« Er sah zu den entfernten Pagodendächern Pekings hinüber, die jetzt zum ersten Mal zu sehen waren. »Man hat mich aller meiner Posten enthoben.«

Robert starrte ihn entgeistert an.

»Ich bin nicht mehr länger Vizekönig, und ich bin nicht mehr länger General in der Armee. Ja, ich muß sogar meine persönlichen Truppen auflösen.«

»Aber warum?« fragte Robert.

»Das geht mich nichts an.«

»Was werdet Ihr nun tun?«

»Was kann ich schon anderes tun als gehorchen?« fragte Yüan. »Vor allem, wenn man an unser damaliges Gespräch denkt.« Robert sah ihn forschend an, aber Yüans Gesicht war gefaßt und ausdruckslos. »Ich glaube, ich werde verreisen.«

»Ihr wollt China verlassen?«

»Nein. Ich habe nicht die Absicht, China zu verlassen. Aber China ist ein riesiges Land, und ich kenne es nicht gut genug. Vielleicht kenne ich es überhaupt nicht. Ich hatte vorher nie die Zeit. Jetzt, wo ich im Ruhestand bin, habe ich alle Zeit der Welt. Findet Ihr nicht auch?«

Robert wußte nicht, was er sagen sollte. Der Gedanke, daß Yüan in den Ruhestand treten würde, war geradezu absurd, und er wußte, wie enttäuscht und wütend der Marschall sein mußte, der sein gesamtes Leben im Dienste der Dynastie verbracht hatte und jetzt wie eine heiße Kartoffel fallengelassen wurde.

Plötzlich fühlte er sich sehr allein. Es gab niemanden mehr wie Chang Tsin oder Li Hung-chang oder auch den alten Admiral Ting, mit dem er die Lage hätte besprechen können. Als er nach Schanghai zurückgekehrt war, sprach er mit Adrian über Yüans Schicksal, aber dessen Antwort war vorhersehbar. »Gott sei Dank, daß wir den los sind.«

Robert beließ es dabei, aber er wußte, daß Yüan Schi-Kai seine Entlassung nur aus dem Grund so gelassen hinnahm, weil er einen Plan hatte.

»Marschall Yüan Schi-Kai ist hier«, sagte Lo Yang-li, der Butler.

Viktoria, die an ihrem Schreibtisch saß und die Bücher führte, hob den Kopf und runzelte die Stirn. »Hier? Oder in Hankau?«

»Er ist hier«, wiederholte Lo. »Er möchte mit Euch sprechen.«

Viktoria atmete tief ein. Was, zum Teufel, konnte er von ihr wollen? Er mußte doch wissen, daß sie ihn nicht leiden konnte. Aber jetzt, wo er noch nicht einmal mehr der Regierung angehörte, mußte sie keine Angst vor ihm haben. Tatsächlich hatte man in den fast drei Jahren, die seit T'se-his Begräbnis und seiner Entlassung vergangen waren, kaum etwas von ihm gehört. Man nahm an, daß er sich wie befohlen ins Privatleben zurückgezogen hatte.

Die letzten drei Jahre waren erstaunlich ruhig gewesen, besonders am Jangtsekiang. Man hörte natürlich alle möglichen Gerüchte: daß die Staatsschulden gefährlich hoch waren, daß in einigen Provinzen anarchische Zustände herrschten ... Viktoria war sicher, daß Tang zumindest im Süden damit zu tun hatte. Er kam jetzt seltener zu ihr, da er im Land umherreiste, um Anhänger unter den Unzufriedenen zu werben. In den vergangenen drei Jahren hatten die Rebellen drei weitere Waffenlieferungen erhalten und in ihren Lagerhäusern versteckt. Viktoria hatte nichts weiter tun müssen, als Robert und Monique ein Lächeln zu schenken, den kleinen James zu umarmen ... und einen Nachmittag mit Adrian über sich ergehen zu lassen. Ganz sicher war sie vollkommen verdorben. So verdorben, daß sie die sexuelle Erniedrigung, die er ihr antat, sogar genoß, sich darauf freute, da sie einen unglaublichen Kontrast darstellte zu Tang, der nur noch selten von ihrem Körper Besitz ergriff. Außerdem geschah es für eine gute Sache.

Falls es diese Sache überhaupt noch gab. Von Dr. Sun hatten sie noch immer nichts gehört. Laut Tang arbeitete er seine Pläne aus. Er wollte auf den richtigen Moment warten, wenn die Unzufriedenheit der Bevölkerung über die Unfähigkeit der Regierung ihren Höhepunkt erreicht hatte. Aber Viktoria war der Meinung, daß die Regierung in Peking schon immer unfähig gewesen war, selbst unter T'se-hi, und daß sich die Bevölkerung längst daran gewöhnt hatte. Sie würde auch jetzt nicht aufbegehren.

Viktoria hoffte insgeheim, daß es so blieb, denn sie war mit ihrem Leben zufrieden. Sie war jetzt siebenunddreißig Jahre alt und hatte nichts von ihrer Schönheit eingebüßt – die leichte Gewichtszunahme verlieh den Rundungen ihrer Hüften und Brüste nur noch zusätzlichen Reiz. Daß diese Brüste nicht mehr so straff waren wie noch vor einigen Jahren, schien den beiden Männern in ihrem Leben nichts auszumachen – sie hatte einen Ehemann – als solchen betrachtete sie Tang jedenfalls – und einen Liebhaber, der zudem noch ihr eigener Bruder war. Täglich konnte sie mit ihrem Sohn zusammensein, der in Viktoria nach wie vor seine Tante sah. Sie hatte sich vorgenommen, ihm die Wahrheit zu sagen, wenn er volljährig war, und in diesem Herbst des Jahres 1911 stand Martin immerhin schon vor seinem siebzehnten Geburtstag. Viktoria wollte keine Revolution, nichts, was ihr Leben durcheinanderbringen könnte. Yüan Schi-Kai konnte in diesem Zusammenhang nichts Gutes verheißen.

Aber sie konnte sich trotzdem anhören, was er zu sagen hatte. »Dann bring Yüan herein«, sagte sie und schloß ihr Buch.

Lo verneigte sich und öffnete die Tür. Viktoria stand auf, und Yüan kam ihr entgegen. Er trug Zivilkleidung und sah aus wie ein ganz gewöhnlicher und ziemlich fetter chinesischer Mandarin mit weißem Haar und Bart. Daß er nicht arm war, sah man nur an seinem seidenen Kittel und den guten Stiefeln. »Miss Barrington«, sagte er.

Viktoria, die ihn um einen Kopf überragte, erlaubte ihm, ihre Hand zu nehmen. »Mr. Yüan. Es freut mich, Euch zu sehen. Ich wußte nicht, daß Ihr Geschäftsinteressen in Hankau habt.«

»Ich habe überall Geschäftsinteressen, seit ich nicht mehr im Dienst der Regierung stehe.«

Sie bot ihm einen Stuhl an. »Nun, wenn Euch das Haus Barrington bei irgend etwas behilflich sein kann …«

»Das weiß ich. Euer Bruder ist noch immer ein guter Freund. Wir haben viel gemeinsam, Miss Barrington. Ich habe mir für eine Woche ein Haus in Hankau genommen, während ich meine hiesigen Geschäfte erledige. Ich würde mich sehr geschmeichelt fühlen, wenn ich Euch einmal zum Abendessen einladen dürfte.«

»Nun …« Viktoria suchte verzweifelt nach einer Ausrede, die nicht allzu unhöflich klang.

»Wie wäre es mit morgen?« fuhr Yüan fort. »Übrigens soll ich Euch herzliche Grüße von Eurem Bruder übermitteln. Ich habe ihn letzte Woche in Schanghai gesehen.«

Welchen Bruder er wohl meinte, fragte sich Viktoria.

»Robert hat mich auch gebeten, seinen Sohn zu grüßen. Er ist in Eurer Obhut, nicht wahr?«

»Ja. Martin lernt das Geschäft kennen. Er ist übrigens nur Roberts Adoptivsohn.«

Yüan lächelte sein typisches, etwas schläfrig wirkendes Lächeln. »Natürlich. Das verstehe ich. Aber ein Mann kann einen Adoptivsohn ebenso lieben wie einen leiblichen. Es wäre mir eine große Ehre, wenn Ihr den Jungen morgen zum Abendessen mitbringen würdet. Er müßte jetzt …?«

»Martin ist sechzehn, Mr. Yüan.«

»Mit sechzehn Jahren liegt die Kindheit hinter uns und das Leben eines Erwachsenen noch vor uns. Ich freue mich darauf, ihn kennenzulernen.«

Viktoria kam zu dem Schluß, daß die Anwesenheit Martins vielleicht sogar nützlich sein könnte. Wenn sie nur wüßte, was Yüan vorhatte. Aber sie hatte keine Möglichkeit, es herauszufinden. Zwischen Hankau und Schanghai gab es keine Telegrafenleitung. Es würde mehrere Wochen dauern, ihrem Bruder eine Nachricht zu senden und eine Antwort zu bekommen. Vorher hatte sie diese Abgeschiedenheit immer sehr geschätzt.

Ebenso wünschte sie sich, Tang wäre bei ihr, um sie zu beraten. Aber wie gewöhnlich wußte sie noch nicht einmal, wo er im Augenblick war oder wann er zurückkommen würde. Sie würde sich auf ihr eigenes Urteil verlassen müssen.

Viktoria bestand darauf, daß sie und Martin europäische Kleidung trugen, um Yüan daran zu erinnern, daß er es mit den Barringtons zu tun hatte. Außerdem ließ sie ihre Rikscha von einer Eskorte begleiten.

Yüans Haus lag am Fluß, und es war außerordentlich luxuriös. Angeblich hatte er es nur gemietet, aber Viktoria wußte, daß dieses Haus schon über ein Jahr leer gestanden hatte und vor einigen Monaten plötzlich renoviert und neu eingerichtet worden war. Yüan mußte diesen Besuch also schon lange geplant haben. Sie fragte sich, ob er dieses Haus tatsächlich gekauft hatte.

Yüans Diener verneigten sich vor ihnen und führten sie durch geschmackvoll eingerichtete Hallen und Flure in einen inneren Saal, wo der Marschall auf sie wartete. Er trug einen dunkelroten Kittel über königsblauen Hosen, aber keinerlei militärische Abzeichen. Viktoria sah sich um, aber wie sie erwartet und befürchtet hatte, waren sie die einzigen Gäste.

»Wie schön Ihr seid, Viktoria«, sagte Yüan. »Es macht Euch hoffentlich nichts aus, wenn ich Euch Viktoria nenne? Ich kenne Eure Familie jetzt schon so lange. Und das ist sicher Euer Neffe Martin.« Yüan nahm die Hand des Jungen in seine. »Ich habe schon viel von dir gehört, junger Barrington.« Martin strahlte vor Stolz über diese Anrede. »Wirst du ein Kaufmann werden, wenn du groß bist? Oder ein berühmter Seemann wie dein Vater?« Yüan lächelte sein schläfriges Lächeln. »Oder vielleicht sogar ein berühmter Soldat, so wie ich?«

»Ich wäre am liebsten Seemann oder Soldat, Mr. Yüan«, erwiderte Martin. Viktoria hatte ihn sorgfältig vorbereitet und ihm gesagt, daß Yüan jetzt Zivilist war, weder General noch Minister, noch Vizekönig, und daher auch mit keinem Titel anzureden sei.

»Ein Mann kann alles erreichen, was er sich wünscht, wenn er genügend Willen und Durchsetzungskraft dazu hat«, meinte Yüan. »Ich habe für etwas Unterhaltung gesorgt.«

Sie wurden in einen anderen Saal gebracht, wo man ihnen bequeme Sessel anbot. Der Marschall setzte sich neben Viktoria und Martin. Es wurde Sake serviert. Viktoria hätte Martin den Genuß dieses verführerischen Getränks am liebsten untersagt, wollte den Abend aber nicht durch die unangebrachte Strenge einer Tante verderben. Schweigend sah sie zu, wie er trank. Martins Wangen röteten sich vom Alkohol und erst recht, als die ›Unterhaltung‹ begann. Viktoria war entsetzt, handelte es sich hierbei doch um ein erotisches Schauspiel, in dem zweideutige Witze und Situationen einander abwechselten. Auch nackte Körper beiderlei Geschlechts sah man, wenn auch nur kurz – die Schauspieler und Schauspielerinnen waren allesamt sehr jung und sehr attraktiv.

Martin sah fasziniert zu, während Yüan in ausdrucksloser Zufriedenheit verharrte. »Hat es Euch gefallen?« fragte er, als sich die Schauspieler zurückgezogen hatten.

»O ja, Sir«, antwortete Martin, bevor Viktoria sprechen konnte.

Yüan stand auf. »Kommt mit. Ich habe ein paar Spielzeuge, die dir sicher noch mehr gefallen werden.« Die ›Spielzeuge‹ entpuppten sich als Erinnerungsstücke aus den verschiedenen Feldzügen des Marschalls. Wie und warum sie nach Hankau gekommen waren, blieb Viktoria ein Rätsel, da dies offensichtlich nicht Yüans Hauptwohnsitz war und einige Gegenstände ziemliche Ausmaße hatten. Aber Martin war fasziniert, als er das Schwert des Marschalls in die Hand nehmen und sogar Yüans Revolver genauer ansehen durfte.

»Macht Euch bitte keine Sorgen, Viktoria«, sagte Yüan, um sie zu beruhigen. »Er ist nicht geladen.«

Auch ein Fotoalbum gab es, das sie sich ansehen konnten, und anschließend ein köstliches Mahl. Wieder wurde eine Menge Sake serviert.

»Ich werde Soldat«, verkündete Martin. »Ich würde Euch gerne dienen, Mr. Yüan.«

Yüan lächelte. »Das ist leider nicht mehr möglich. Ich befinde mich im Ruhestand.«

»Aber Ihr werdet wieder kämpfen, wenn das Reich in Gefahr sein sollte, oder?«

»Wenn man mich dazu auffordert, werde ich gewiß nicht nein sagen. Bis dahin … kann ich nur versuchen, mich zu amüsieren. Aber hättest du nicht Lust, mit mir an einem Feldzug teilzunehmen, Martin?«

»Ist das denn möglich, Sir?« Martins Augen strahlten vor Begeisterung.

»Ich glaube, der Marschall schwelgt in seinen Erinnerungen«, meinte Viktoria.

Yüan lächelte noch immer. »Ein Soldat, selbst ein Soldat im Ruhestand, muß seinen Körper und seinen Geist trainieren, Viktoria. Denn, wie Martin richtig sagt, wenn ich aufgefordert werde, unser Land zu verteidigen, dann würde ich mich dieser Aufgabe nicht entziehen können. Also gehe ich morgen auf die Jagd. Vielleicht möchte Martin mich begleiten.«

»Wäre das denn möglich, Sir?«

»Auf die Jagd?« fragte Viktoria beunruhigt.

»Auf Vogeljagd. Schnelligkeit und Genauigkeit im Umgang mit Schußwaffen lassen sich dabei ausgezeichnet trainieren. Kennst du dich mit Schußwaffen aus, Martin?«

»Ich schieße jeden Tag auf eine Zielscheibe, Sir«, antwortete Martin stolz.

»Dann sollte der nächste Schritt in deiner Ausbildung das Schießen auf bewegliche Ziele sein. Findest du nicht?«

»Darf ich, Tante Vicky?« fragte Martin.

Viktoria zögerte. Es ihm zu verbieten, wäre übertrieben gewesen und hätte Yüan beleidigt. Außerdem konnte eine Vogeljagd ja wohl kaum gefährlich sein …

»Macht Euch keine Sorgen, Viktoria«, sagte Yüan. »Ich werde gut auf ihn aufpassen. Ich würde Euch ebenfalls einladen, aber ich fürchte, daß wir manchmal bis zur Taille durch Schlamm waten müssen. Ich glaube nicht, daß Euch das gefallen würde.«

»Nein, sicherlich nicht«, stimmte Viktoria zu.

Sie verabschiedeten sich schon bald nach dem Essen.

»So gut habe ich mich noch nirgendwo unterhalten«, sagte Martin.

Viktoria schätzte, daß er ziemlich betrunken war, denn nach dem Sake war auch noch Pflaumenwein serviert worden. Sie hätte ihn so gern gefragt, was er beim Anblick der nackten Mädchen empfunden hatte, traute sich aber nicht. Sex war ein Thema, das sie noch nie angesprochen hatte. Sie war sich nicht sicher, wie sie es anfangen sollte, und sie befürchtete, daß er ihr Fragen stellen könnte. Aber wie Yüan gesagt hatte, Martin war sechzehn und stand an der Schwelle zum Mannesalter. Nach chinesischer Auffassung hätte er längst entsprechende Erfahrungen sammeln müssen. Sie hatte ihn so erzogen, ihn übermäßig beschützt. Jetzt kündigte sich eine Krise an.

Aber darüber würde sie heute nicht mehr nachdenken, beschloß Viktoria, denn auch ihr war der Alkohol zu Kopf gestiegen. »Ich will hoffen, daß du Mr. Yüan morgen aufs Wort gehorchst«, ermahnte sie ihn.

Später fragte sie sich, warum sie nicht schlafen konnte, wo sie doch soviel Sake getrunken hatte. Aber sie wußte, daß aus ihrem kleinen Jungen ein Mann werden würde.

Die Jäger sollten den ganzen Tag unterwegs sein. Lo Yang-li hatte die Köche angewiesen, Martin sein Mittagessen einzupacken, und der Junge saß bereits auf dem Pferd, als Yüan mit seinem Gefolge kam. Yüan winkte Viktoria, die von der vorderen Veranda aus zusah. Dann wendeten die Reiter und galoppierten die Straße hinunter auf die Stadtmauer zu.

»Deine Tante ist eine sehr schöne Frau«, meinte Yüan. »Und sie kümmert sich sehr um ihren Neffen.«

»Manchmal habe ich das Gefühl, daß sie den Platz meiner richtigen Mutter einnehmen will«, stimmte Martin zu.

»Hast du deine leibliche Mutter gekannt?«

»Nein, Sir. Ich glaube, sie ist gestorben, als ich geboren wurde. Aber meine *richtige* Mutter war Chang Su.«

»Ach, ja. Eine traurige Geschichte. Vermißt du sie sehr?«

»Sie war meine richtige Mutter, Sir«, wiederholte Martin würdevoll.

»Das ist eine sehr ehrenhafte Position«, pflichtete Yüan ihm bei. »Ein Mann sollte nie seine richtige Mutter vergessen.«

Martin fühlte sich wie ein König. Dieser berühmte Mann behandelte ihn wie seinesgleichen. Das brauchte er. Eigentlich hatte er erst in Hankau begonnen, sich Gedanken über seine Zukunft zu machen.

Vorher war er dafür zu jung gewesen. Mit sechs Jahren hatte er seine ›richtige‹ Mutter verloren, und kurz danach war sein Vater mit dieser Belgierin nach Schanghai zurückgekehrt. Monique hatte ihn immer gut behandelt, aber für Martin war sie nur eine Tante wie Tante Viktoria.

Darüber hinaus hatte er in ihr eine Außenseiterin gesehen, ein Spielzeug für seinen Vater, aber niemand, der ihm seine Position streitig machen konnte. Im Laufe der Jahre war ihm dann einiges klargeworden. Es hatte mit James Geburt begonnen, den Martin immer nur als jüngeren Bruder betrachtet hatte, bis er einmal zufällig die Diener über die Situation reden hörte. Sie waren sich einig, daß James der zukünftige Vorstand des Hauses sein würde, da er ein reinrassiger Barbar war.

Damals hatte er zum ersten Mal erkannt, daß es einen Unterschied machte, ob man reinrassig war oder nicht. Wann immer er danach in den Spiegel schaute, fielen ihm seine chinesischen Gesichtszüge auf. Seine Ressentiments gegen Tante Monique und ihren Sohn wuchsen mit jedem Tag.

Er glaubte, seine Gefühle gut verborgen zu haben, bis er plötzlich mit Tante Viktoria nach Hankau verbannt worden war.

Was sollte er tun? Vater hatte ihn in sein Arbeitszimmer gerufen und ihm erklärt: »Du wirst bald erwachsen sein, Martin. Ich werde dich nach Hankau schicken, damit du das Geschäft kennenlernst. Tante Vicky wird dich begleiten. Sie wird das Büro in Hankau übernehmen.«

Zuerst war Martin ganz außer sich vor Begeisterung gewesen. Er war erst dreizehn, und Vater behandelte ihn wie einen Erwachsenen. Erst später hatte er begriffen, daß er eigentlich in die Verbannung geschickt worden war, fort vom Hause Barrington in eine der entferntesten Außenstellen. Es zeigte sich auch, daß er überhaupt nichts lernte. Tante Vicky kümmerte sich ganz allein um die Geschäfte und übernahm in ihrer Freizeit die Rolle seiner Gouvernante. Er war nichts weiter als ein Bastard, den man zur Seite schob.

Tante Vicky war furchtbar nett zu ihm und bemutterte Martin auf eine Art und Weise, wie es noch nicht einmal Chang Su getan hatte. Aber er fand das irgendwie geschmacklos. Auch wenn Tante Vicky noch so abenteuerlich lebte – die Diener hatten ihm erzählt, daß sie einen chinesischen Liebhaber besaß –, sie hatte nun einmal keine Kinder und würde bald eine alte Jungfer sein. Als dem letzten weiblichen Sproß des Hauses Barrington konnte ihr die Anwesenheit dieser rothaarigen Belgierin, die ihr gewisse Vorrechte streitig machte, natürlich nicht gefallen. Vielleicht versuchte sie, eine Art Gegengewicht zu bilden. Aber möglicherweise steckte sie auch mit seinem Vater unter einer Decke und half lediglich dabei, den ältesten Sohn aus Schanghai fernzuhalten, bis James erwachsen war.

Je älter er wurde, desto mehr wuchs auch sein Mißtrauen, und es fand seinen Ausdruck in dem zunehmenden Haß auf seine Tante. Er hatte das Gefühl, sie wolle verhindern, daß er erwachsen wurde und seine Rechte als Barrington geltend machte. Er hatte sogar schon daran gedacht wegzulaufen, nach Schanghai zurückzukehren und seinen Vater zur Rede zu stellen. Doch das hatte er sich bisher nicht getraut, da er sich vor Robert Barringtons aufbrausendem Temperament fürchtete. Aber eines Tages, wenn er älter war ... Und bis dahin gab es hier einen Mann, der mindestens so berühmt war wie sein Vater, der ihn ernst nahm und wie einen Erwachsenen behandelte.

Sie ließen die Stadt hinter sich und kamen zu den Sümpfen am Fuße der Hügel, den Ausläufern des Gebirges im Norden. Yüan hatte viele Diener bei sich, die rufend und trommelnd in die Sümpfe ausschwärmten. Martin war noch mehr geschmeichelt, als er entdeckte, daß er der einzige Gast war. Stolz folgte er Yüan in das schlammige Wasser. Vier Diener, die ihre Schrotflinten und Munition über dem Kopf trugen, schlossen sich ihnen an. Schon bald waren sie bis zur Taille eingesunken, und Martin fragte sich, was seine Tante wohl sagen würde, wenn sie ihn jetzt sehen könnte.

Plötzlich streckte Yüan die Hand empor. Sie blieben stehen, und die Diener gaben ihnen sofort ihre Gewehre. Über ihnen erhob sich ein Schwarm von Gänsen. Yüan schoß, Martin einen Augenblick später. Drei Vögel fielen herab und schlugen nur noch schwach mit den Flügeln. Die anderen stoben in alle Richtungen auseinander. »Gut geschossen«, sagte Yüan und tauschte sein leeres Gewehr gegen ein geladenes.

Martin folgte seinem Beispiel. »Ich glaube, es waren alles Ihre, Sir.«

»Nein, nein. Mindestens eine hast du getroffen«, erwiderte der Marschall.

Sie drangen tiefer in den Sumpf hinein, und noch mehr Schwärme flogen auf. Die Diener sammelten die getroffenen Vögel ein. Mehrere Stunden dauerte die Jagd, und am Ende war Martin völlig erschöpft. Er war naß bis auf die Knochen, und seine Schulter schmerzte. Yüan hingegen machte noch immer einen unverbrauchten Eindruck, als sie endlich wieder im Trockenen waren. Martin sah sich um. Sie befanden sich jetzt auf einer Insel mitten in den Sümpfen.

Hier gab es noch andere Diener, die Verschiedenes vorbereiteten. Einige rupften und wuschen die Vögel, andere machten Feuer. Zwei große Wannen mit heißem Wasser warteten auf Yüan und Martin.

»Wir dürfen uns nicht verkühlen«, sagte Yüan.

Ein halbes Dutzend hübscher junger Frauen umringten den Marschall und zogen ihm mit offensichtlicher Übung die Kleider aus. Martin widerfuhr das gleiche. Er wußte nicht, was er tun sollte. Seine Tante hatte darauf bestanden, daß er sich niemals vor den Dienern auszog. Aber das erotische Schauspiel des letzten Abends hatte ihn sehr erregt, und diese lächelnden, kichernden Mädchen waren wirklich unwiderstehlich.

»Ich habe keine frische Kleidung dabei«, protestierte er.

»Das macht nichts. Es ist ein warmer Tag, und unsere Kleidung wird bald trocken sein«, meinte Yüan. Der Marschall war bereits nackt – kein besonders erbaulicher Anblick, denn er war sowohl klein als auch dick, aber das schien den Mädchen nichts auszumachen, die eimerweise Wasser über ihn ausgossen und ihn kräftig einseiften.

Martins Verlegenheit wuchs mit jedem Augenblick. Nackt vor diesen Frauen zu stehen, war schon schlimm genug, aber anders als der Marschall hatte er sich nicht unter Kontrolle, und die sanften Finger, die ihn einseiften und seinen Penis und seine Pobacken streichelten, verursachten eine Erektion. »Sie werden nicht aufhören«, warnte Yüan. »Du mußt es ihnen verbieten.« Und zu den Mädchen: »Ihr werdet ihn vielleicht später noch brauchen, nicht wahr?«

Die Mädchen kicherten noch mehr, aber sie hörten auf, mit ihm zu spielen, und hoben ihn statt dessen in die Wanne, wo er erleichtert auf die Knie sank, aber dann fassungslos mit ansehen mußte, wie zwei der Mädchen sich auszogen und zu ihm in die Wanne stiegen. Sie waren beide ungefähr in seinem Alter, aber in ihrer körperlichen Entwicklung hatten sie ihm einiges voraus. Er spürte ihre steifen Brustwarzen auf Schultern und Rücken, als sie ihn weiter wuschen. Schon bald hatte er sich nicht mehr in der Gewalt, und seine Arme umschlangen die geschmeidigen, gelbbraunen Körper. Seine Hände schlossen sich um Hüften und Pobacken und glitten dann dazwischen, während die beiden immer lauter und fröhlicher lachten und sein Penis immer härter wurde.

Erschrocken hob er den Kopf und sah den Marschall neben seiner Wanne stehen, aber es war zu spät – die liebkosenden Finger hatten eine Ejakulation ausgelöst. Martin keuchte vor Verlegenheit, aber Yüan lächelte nur und sagte: »Ich habe dich gewarnt. Aber du bist noch ein Junge. Deine Waffe wird schon in eine halben Stunde wieder geladen sein. Wenn ich ihnen erlauben würde, das gleiche mit mir zu tun, könnte ich den Rest des Tages vergessen. Komm, das Essen ist gleich fertig.«

Ein Boot war ihnen durch die Sümpfe gefolgt, und aus diesem stiegen weitere Diener, die eine große Matte auf dem Boden ausbreiteten und ein herrliches Picknick auftrugen. Martin stieg aus der Wanne und wurde von den Mädchen sofort in ein großes Handtuch gewickelt und abgetrocknet, aber seine Kleider, die ein anderes Mädchen in der Zwischenzeit gewaschen hatte, hingen noch in den Sträuchern zum Trocknen. Er würde sich also nackt zum Essen niedersetzen müssen, wie der Marschall, der bereits ausgestreckt auf weichen Kissen lag und ihn herbeiwinkte.

Die Sonne brannte vom Himmel, und Martin fühlte sich sauber und befriedigt, aber er war hungrig und durstig. Außerdem kam er sich schrecklich schamlos vor. Denn auch die Mädchen, die jetzt neben den beiden Männern knieten und ihnen abwechselnd Schalen mit heißem Sake an die Lippen hielten und köstliche Leckerbissen in den Mund steckten, waren nackt.

Etwas später gesellten sich noch ein paar Knaben und junge Männer zu ihnen, die ebenfalls nackt und offenbar erregt waren – genauso wie Yüan. Der Marschall lächelte. »Sind nicht die einfachsten Freuden des Lebens auch die besten, Martin? Frische Luft, gutes Essen, Wein und angenehme Gesellschaft ... sag mir, hast du lieber Knaben oder Mädchen?«

Martin schluckte hastig ein Stück geröstetes Schweinefleisch hinunter. »Knaben, Sir?«

»Hast du denn noch nie einen Knaben ausprobiert?« Yüan hob den Kopf und winkte einen Knaben herbei, der gewiß noch jünger war als Martin. »Bediene den jungen Barrington«, befahl Yüan.

Der Knabe lächelte und kniete sich neben Martin. Martin wußte nicht, was er tun sollte, und hielt die Eßstäbchen beinahe wie eine Waffe vor sich. Aber der Knabe nahm sie ihm einfach aus der Hand und legte sie auf die Matte. Dann küßte er ihn leidenschaftlich und zärtlich auf den Mund. Sanft schob er Martin nach hinten, bis dieser auf dem Rücken lag, und hörte nicht auf, ihn zu küssen. Dann legte er sich auf ihn, so daß ihre Genitalien aufeinandergepreßt wurden. Martin keuchte vor Verlegenheit und erwachender Leidenschaft, aber er konnte mit seinen Händen und Armen nichts weiter tun, als sie um den Knaben zu legen.

»Jetzt kannst du ihn besteigen, wenn du möchtest«, sagte Yüan. »Es sei denn, du hast es lieber, wenn er dich besteigt. Das ist das Nette an einem Knaben, mehr Abwechslung.« Der Knabe ließ Martin jetzt los und erhob sich auf die Knie. Martin sah, daß die anderen Knaben und Mädchen ihn beobachteten. Einige lächelten, andere waren ernst. »Oder würdest du lieber ein Mädchen besteigen?« fragte Yüan. »Beim ersten Mal ist ein Mädchen sicher einfacher. Yan-ling.«

Eines der Mädchen, das Martin gebadet hatte, kam jetzt herbei. Er hatte sie in der Wanne liebkost, ohne sie überhaupt anzuschauen. Jetzt sah er das lange schwarze Haar, ein hübsches Gesicht, volle Brüste und Schenkel – und auch sie kniete nieder, um ihn zu küssen. Dann legte sie sich auf ihn und rieb sich an seinen Hüften, wie der Knabe es getan hatte. Er spürte ihre Brustwarzen auf seiner Brust. Dann spreizte sie die Beine und ließ ihn hineingleiten. Er stöhnte vor Lust auf und warf seinen Kopf von einer Seite auf die andere … und dann sah er, wie der Marschall neben ihm den knienden Knaben bestieg.

»Wenn du wüßtest, wie sehr ich dich beneide«, sagte Yüan, als sie nachher Pflaumenwein tranken. »Noch einmal sechzehn zu sein … hat dir Yan-ling gefallen?«

»Es war einfach wunderbar. Ich habe so etwas noch nie erlebt, Sir.«

»Dann mußt du sie noch einmal nehmen. Ich gebe sie dir. Ein Mann sollte eine Frau in der Nähe haben«, erklärte Yüan ernst, »wann immer ihn die Lust überkommt. In deinem Alter wirst du die Lust sehr oft spüren, jetzt, wo du es zum ersten Mal getan hast. Ich bezweifle sogar, daß dich Yan-ling auf Dauer befriedigen kann. Welche von den anderen gefällt dir noch?« Er winkte die anderen Knaben und Mädchen herbei, die sich am Rand der Matte hinknieten und auf weitere Anweisungen warteten. »Mach dir keine Sorgen, Yan-ling wird nicht eifersüchtig sein. Wenn du so potent bist, wie ich dich einschätze, dann wird sie froh sein, sich hin und wieder ein wenig ausruhen zu können.«

»Sir, das ist unmöglich. Meine Tante würde nie zulassen, daß ich eine weibliche Dienerin habe, die … die mir Freude bereitet.«

»Hat deine Tante für diese Freuden denn nichts übrig?«

»Das weiß ich nicht, Sir.« Er konnte unmöglich Viktorias

erotische Abenteuer verraten. »Aber sie wird sagen, daß ich noch zu jung bin.«

»Mit sechzehn?« Yüan schien sich zu wundern.

»Meine Tante ist eine Barbarin. Die Barbaren glauben, daß man mit sechzehn noch zu jung ist. Für alles«, fügte er niedergeschlagen hinzu.

»Das ist sehr traurig. Man ist niemals zu jung für irgend etwas, wenn man die körperlichen und geistigen Fähigkeiten dazu hat, was bei dir zweifellos der Fall ist.« Martins Brust schwoll an vor Stolz. »Hast du dir schon einmal Gedanken über deine Zukunft gemacht, Martin?« fragte Yüan.

Martin zögerte und überlegte, wie weit er sich diesem Mann anvertrauen konnte, der immerhin ein enger Freund seines Vaters war.

Yüan lächelte. »Du machst dir aus gutem Grund Sorgen. Dein Bruder wird der nächste Vorstand des Handelshauses sein.« Er sah Martin aus seinen schläfrigen Augen an. »Dein Vater hat es mir selbst gesagt.« Martin schluckte. »Nun, das ist nur natürlich, würde ich sagen«, fuhr Yüan fort. »Aber er hat mir auch gesagt, daß er nicht weiß, was er mit dir tun soll. Er fürchtet, daß es zu Reibereien kommen könnte, wenn er dich im Geschäft behält. Aber welche Karriere steht einem Barrington sonst noch offen?«

»Mein Vater hat selbst in der kaiserlichen Marine gedient, Sir«, sagte Martin eifrig.

»Das stimmt. Doch jetzt gibt es keine Marine mehr, und die Armee ist ein degenerierter Haufen. Aber würdest du vielleicht mir dienen wollen, Martin? Nun, ich weiß natürlich, daß ich all meiner Posten enthoben worden bin und mich offiziell im Ruhestand befinde, aber das liegt nur daran, daß diese Schwächlinge in Peking eifersüchtig auf mich sind und Angst vor mir haben. Trotzdem werden sie auf Dauer ohne mich nicht zurechtkommen. Große Unruhen kündigen sich an, und Prinz Ch'un ist nicht der Mann, der damit fertigwerden wird. Früher oder später wird er mich brauchen. Deswegen versuche ich, fit zu bleiben und jederzeit zum Kampf bereit zu sein. Aber nicht nur das, Martin. Ich unterhalte eine ganze Armee. Sie ist jetzt auf mehrere Lager verteilt und steht bereit, sobald die Dynastie mich ruft. Mit ihr werde ich China retten können. Möchtest du mir bei dieser Aufgabe helfen, Martin?«

»O ja! Ist das denn möglich?«

»Aber natürlich. Ich werde dich zu meinem persönlichen Leibwächter machen. Du wirst eine Uniform, ein Schwert und einen Revolver bekommen. Und du wirst natürlich deine Diener um dich haben.« Yüan winkte. »Die drei, die ich dir gegeben habe, und noch mehr, wenn du möchtest. Dein Gehalt wird deinem Namen und deinem Rang entsprechen.«

Martin traute seinen Ohren nicht. Das alles konnte nur ein Traum sein. »Habt Ihr mit meinem Vater darüber gesprochen, Sir?«

»Nein, das habe ich nicht. Der Gedanke kam mir erst, nachdem ich dich getroffen und gesehen habe, was du wert bist.«

»Dann ... Ich glaube nicht, daß er zustimmen würde, Sir. Er wird sagen, daß ich noch zu jung bin. Und was Tante Vicky betrifft ...«

»Hm«, meinte Yüan. »Ich verstehe, was du meinst. Aber wenn wir ihnen die Idee unterbreiten und sie sehen, wie begeistert du bist ... du bist doch begeistert, oder?«

»Es gibt nichts, was ich lieber täte, als Euch zu dienen, Sir.«

»Gut gesagt, junger Barrington. Und es gibt nichts, was ich mir mehr wünsche, als dich an meiner Seite zu sehen. Nun, wenn wir beide so entschlossen sind, dann werden wir unser Ziel auch erreichen.«

Martin schüttelte den Kopf. »Mein Vater ist furchtbar eigensinnig.«

»Natürlich. Aber er ist in Schanghai, tausend Kilometer entfernt von hier.«

Martin sah den Marschall an. »Und was ist mit meiner Tante? Sie ist mindestens genauso eigensinnig und wird unsere Idee erst recht nicht gutheißen.«

Yüan lächelte sein schläfriges Lächeln. »Selbst deine Tante wird sich mit einem Fait accompli abfinden müssen. Ich verlasse Hankau noch heute nacht. Eigentlich bin ich schon fort. Ich kehre nicht in mein Haus zurück, sondern reise nach Norden in die Provinz Shensi, wo ich einige meiner Leute ausbilde. Es wird eine beschwerliche und entbehrungsreiche Reise werden. Wirst du das aushalten?«

»Ganz sicher, Sir. Aber ...«

»Dann wirst du mich begleiten.«

»Aber ...« Martin fuhr sich mit der Zunge über die Lippen. Ihm wurde heiß vor Aufregung. »Meine Kleider! Mein ...«

»Als mein Adjutant wirst du ab sofort Uniform tragen. Ich verstehe, daß dir einige Dinge lieb und teuer sind, aber du müßtest sie ohnehin zurücklassen, selbst wenn dein Vater diesen Schritt erlaubt hätte. Bist du bereit, mein Junge?«

»Tante Vicky wird es mir verbieten, Sir.«

»Ich habe doch gerade erklärt, daß es keinen Grund gibt, deine Tante überhaupt zu fragen, Martin. Du wirst mich einfach begleiten. Ich glaube, du solltest ihr einen Brief schreiben, in dem du erklärst, was du vorhast. Sonst macht sie sich unnötige Sorgen. In meiner Tasche dort drüben habe ich Stift und Papier, und ich werde dafür sorgen, daß der Brief noch heute abend ankommt.«

»Sie wird sehr wütend sein.«

»Frauen sind immer wegen irgend etwas wütend«, erwiderte Yüan. »Dienerinnen sind freilich eine Ausnahme. Deshalb habe ich nur Dienerinnen.«

»Aber Vater ...«

»Nun, auch er wird wütend sein. Aber dann bist du längst über alle Berge, und es wird Monate dauern, bis du ihn wiedersiehst. Und bis dahin ... werde ich dir etwas über deinen Vater erzählen. Er will nur dein Bestes und wird gewiß sehr wütend sein. Auch auf mich wird er wütend sein, das ist sicher. Aber sein Zorn wird verrauchen, und wenn du ihn das nächste Mal in deiner Uniform besuchst, als erwachsener Mann, mit der Erfahrung der abenteuerlichen Reise in die Berge, wenn er erkennt, daß du mit großer Entschlossenheit die Dynastie und das Reich verteidigen willst, dann prophezeie ich dir, daß er dich voller Freude und Bewunderung in die Arme schließen wird. Also, wirst du dich mir anschließen, mein Junge?«

»O ja, Sir«, rief Martin.

Yüan winkte, und man brachte ihnen Papier und Stift.

15

DIE KATASTROPHE

»Viktoria!« Robert Barrington sah von seinem Schreibtisch auf, als seine Schwester in das Büro in Schanghai stürmte. Robert hatte Viktoria nie anders gesehen als makellos gepflegt, mit frisch gebürstetem Haar, sorgfältig manikürten Händen und dezentem Rouge auf den Wangen … aber diese Gestalt mit dem wilden Gesichtsausdruck und den weit aufgerissenen Augen, die aussah, als ob sie seit mindestens einer Woche kein Bad mehr genommen, geschweige denn ihr Haar gebürstet oder die Nägel lackiert hatte – sollte das etwa seine Schwester sein? Er stand auf. »Was, um Himmels willen, ist denn passiert? Ich hatte keine Ahnung, daß du kommen würdest.«

»Martin«, stieß Viktoria hervor. »Er ist entführt worden. Von deinem Freund Yüan.«

Robert läutete die Glocke, und einer der Büroangestellten eilte herbei. »Ein Glas Brandy für Miss Viktoria«, sagte Robert. »Nein, bring gleich drei Gläser, und laß die Flasche hier. Mr. Adrian möchte bitte sofort zu mir kommen.«

Viktoria, die in einen Stuhl vor dem Schreibtisch gesunken war, fuhr wieder hoch. »Adrian?«

»Nun, meine Liebe«, sagte Robert, »wenn Martin entführt worden ist … Aber Yüan? Wann war Yüan denn in Hankau?«

Viktoria erklärte es und zeigte ihm Martins Brief. Der Brandy kam, und auch Adrian fand sich ein. Robert zeigte ihm den Brief, während Viktoria einen Schluck trank. »Laut diesem Brief hier ist Martin aus freien Stücken mitgegangen«, meinte Adrian.

»Ach … der Marschall hat ihm den Kopf verdreht. Das war bereits offensichtlich, als wir mit ihm zu Abend gegessen haben. Er zeigte uns Gewehre und Schwerter, genau die Art von Spielzeug, von der jeder Junge träumt. Und jetzt soll er Yüans Adjutant werden! Dann hat er seinen eigenen Revolver und sein eigenes Schwert. Aber da ist noch etwas: Ich würde mich nicht wundern, wenn Yüan ihn verführt hätte. Da waren lauter nackte Mädchen und …« sie erschauerte, » … nackte Knaben in seinem Haus. Es war ekelhaft. Robert, du mußt etwas unternehmen.«

Robert kratzte sich am Kinn.

»Ich glaube, du machst aus einer Mücke einen Elefanten, Schwesterlein«, meinte Adrian. »Warum sollte ein Mann wie Yüan, der mit Robert fast sein ganzes Leben lang befreundet ist, Martin entführen wollen? Er hätte doch nur Robert fragen müssen, ob er ihn in seine Dienste nehmen darf, und Robert hätte eingewilligt. Oder nicht, Robert?«

»Aber er hat Robert *nicht* gefragt«, sagte Viktoria.

Sie sahen jetzt beide Robert an, dessen Gedanken im Kreis verliefen. Natürlich war Martin entführt worden, selbst wenn Yüan ihn glauben machen wollte, daß er freiwillig mitgekommen wäre. Yüan wollte Macht über das Haus Barrington, um gegebenenfalls Druck ausüben zu können … denn das Haus in der Gestalt seines Vorstands hatte sich geweigert, ihn beim Sturz der Ch'ing zu unterstützen. Daher mußten Yüans Pläne soweit gereift sein, daß er bald handeln würde.

Was hatte er vor? Wie alle anderen glaubte auch Yüan höchstwahrscheinlich, daß Martin ein unehelicher Sohn Roberts war. Daher überschätzte er den Wert des Jungen gewaltig. Robert fragte sich, was er wohl tun würde, wenn Yüan zu ihm käme und mit der Ermordung Martins drohte, falls er, Robert, seinen Staatsstreich nicht unterstützen würde. Würde er seinen Eid brechen und seine gesamte Familie in Gefahr bringen, die sich über Generationen hinweg eine sichere Existenz aufgebaut hatte? Würde er gar Monique und James in Gefahr bringen? Er mußte abwarten, bis sich die Situation etwas beruhigt hatte, und er hoffte, daß er dann vernünftig mit dem Marschall reden konnte. »Du sagst, er sei vor vierzehn Tagen in Hankau gewesen. Wohin ist er danach gegangen?«

»Nach Shensi, glaube ich. Über die Berge.« Sie wagte nicht, ihrem Bruder gegenüber die Befürchtung zu äußern, daß Yüan auf der Suche nach Tang war – mit Martins Hilfe.

Und Tang würde sich niemals lebendig gefangennehmen lassen.

»Ich glaube«, sagte Robert vorsichtig, »daß wir, wie Adrian richtig gesagt hat, nichts übersteigern sollten. Wenn Yüan Martin verführt hat, mit ihm zu kommen und für ihn zu arbeiten, dann ist das natürlich verwerflich, besonders, wenn man bedenkt, daß Martin fast noch ein Kind ist. Aber auf der anderen Seite glaube ich nicht, daß er Martin etwas antun will. Jedenfalls können wir im Augenblick nur abwarten, bis Yüan zurückkommt. Ich werde ihm aber schon jetzt schreiben und ein Treffen mit ihm vereinbaren, und dann werden wir ja sehen, ob Martin für ihn arbeiten will oder nicht. Wenn nicht, dann bleibt er bei uns.«

Viktoria sprang auf. »Natürlich wird er weiter für ihn arbeiten wollen. Wenn er jetzt schon verdorben ist, dann wird es später noch schlimmer sein.«

»Dann glaube ich nicht, daß wir irgend etwas tun können.«

»Du weigerst dich, mir zu helfen?«

»Vicky, sei doch vernünftig. Martin ist beinahe siebzehn. Hier in China ist er damit sein eigener Herr.« Als ich siebzehn war, dachte er in einem Anflug von Nostalgie, habe ich bereits in T'se-his Bett gelegen.

»Wir könnten ihn ebenfalls entführen«, sagte Viktoria. »Und ihn nach England oder woanders hin schicken. Ich würde mit ihm gehen.«

»Und den Marschall vor den Kopf stoßen?« fragte Adrian. »Du reagierst wirklich übertrieben, Schwesterlein.« Er lächelte sein spöttisches Lächeln. »Am Ende werden die Leute noch denken, daß Martin dein eigener Sohn ist und nicht dein Neffe.«

Viktoria stürmte wütend aus dem Zimmer.

Auf Roberts Rat hin besuchte Monique ihre Schwägerin. Sie fand Viktoria, umgeben von ihren chinesischen Dienerinnen, in der Badewanne. »Oh«, sagte sie. »Ich komme wohl besser später wieder.«

»Nein, nein, bleib doch«, beruhigte sie Viktoria, stand

auf und ließ sich in einen riesigen, weichen Bademantel hüllen.

»Robert hat mir erzählt, was geschehen ist«, sagte Monique. »Es tut mir wirklich leid.«

Viktoria schickte die Mädchen fort und setzte sich. »Weißt du, daß er in Wirklichkeit mein Sohn ist?«

»Ja. Robert hat es mir gesagt.«

»Dann wirst du über diese Entwicklung sicher froh sein. Wenn Martin fort ist, gibt es für deinen Sohn keine Konkurrenz mehr.«

»Darin habe ich nie ein Problem gesehen«, erwiderte Monique versöhnlich. »Ich bin gekommen, weil ich dir helfen möchte.«

»Wie kannst du mir schon helfen?« fragte Viktoria. Sie stand auf und ließ den Morgenmantel zu Boden gleiten.

Monique biß sich auf die Lippen. Viktoria war noch immer eine sehr schöne Frau, auch wenn ihre Brüste etwas schlaffer und ihre Hüften ein wenig fülliger geworden waren. Monique hingegen war nach den wilden Abenteuern ihrer Jugend während der Boxeraufstände eine außerordentlich sittsame Frau geworden, und Viktorias ungezwungene Nacktheit war ihr peinlich. »Wenigstens meine Sympathie möchte ich zum Ausdruck bringen«, erwiderte sie.

»Dafür danke ich dir.« Viktoria warf sich bäuchlings aufs Bett und stützte das Kinn auf der Kante auf. Ihr Gesicht war unter dem schwarzen Haar verborgen.

Monique stand auf und sah den nackten Rücken an. »Es ist gut, dich wieder bei uns zu haben«, log sie. »Es gibt soviel, worüber wir reden müssen.«

Viktoria schüttelte sich das Haar aus der Stirn. »Ich bleibe nicht hier.«

Monique, die schon bei der Tür angekommen war, blieb erstaunt stehen und drehte sich um. »Wohin willst du denn gehen?«

»Zurück nach Hankau. Das ist jetzt mein Zuhause.«

»Ja, aber sicher ...«

Viktoria rollte sich auf den Rücken und setzte sich mit verschränkten Beinen auf. »Dort möchte ich leben, Monique.

Zusammen mit Martin, falls er jemals zurückkommen wird.«

Monique fühlte sich unwohl. Es war ihr immer schon unangenehm gewesen, andere zu kritisieren, aber es gab Dinge, die gesagt werden mußten. »Vicky …« Sie ging wieder zurück ans Bett. »Glaubst du nicht, daß Hankau eine Rolle in dem Ganzen spielt?«

»Ich weiß wirklich nicht, was du damit sagen willst.«

Monique stieg die Röte ins Gesicht. »Nun … es könnte doch sein, daß Martin herausgefunden hat, daß …«

»Was soll er herausgefunden haben?« fragte Viktoria gereizt.

Monique holte tief Luft. »Daß du chinesische Liebhaber hast.«

»Ich habe einen einzigen chinesischen Liebhaber, Monique. Nicht mehrere.«

»Ich wollte dich nicht beleidigen.«

»Und mein Liebhaber, wie du ihn nennst, ist Martins Vater.«

»Aber … soll das etwa heißen, dieser Mann kommt zu dir nach Hankau?«

Viktoria wurde klar, daß sie Tang beinahe verraten hätte – und sich selbst. »Was ich in meinem Privatleben mache, geht niemanden etwas an, Monique. Du kannst jetzt gehen.«

Moniques Kopf fuhr herum. Immerhin war sie die ranghöchste Barrington – niemand hatte seit ihrer Heirat so mit ihr gesprochen. »Wenn Martin herausfinden sollte, daß du einen chinesischen Liebhaber hast, der in Wahrheit sein Vater ist, dann hat er allen Grund, dich zu verlassen«, entgegnete sie scharf und lief aus dem Zimmer.

Auf der Treppe traf sie Adrian. Er lächelte sie an. »Du siehst ganz hitzig und aufgeregt aus – ein bezaubernder Anblick.«

»Ich bin nicht in der Stimmung für Witze, Adrian«, sagte Monique. »Du kannst jetzt nicht zu ihr gehen. Viktoria ist nicht angekleidet.«

Adrian küßte ihr die Hand. »Ich bin ihr Bruder.« Er ging an Monique vorbei und öffnete die Tür zu Viktorias Räumen. Sie starrte ihm nach. Dann schloß er die Tür hinter sich.

Viktoria stand am Fenster und sah in den Garten hinunter. Sie drehte sich nur halb um. »Wenn du mich anrührst …«

»Das würde ich nicht im Traum wagen, nicht in diesem Haus.« Adrian grinste spöttisch. »Ich bin hier, um herauszufinden, was wirklich passiert ist.« Er streckte sich auf dem Bett aus und verschränkte die Hände hinter dem Kopf. »Warum war Yüan in Hankau?«

Viktoria zog ihren Morgenmantel an. »Er hat gesagt, daß er dort geschäftlich zu tun hätte.«

»Wann kommt Sun zurück?«

»Keine Ahnung«, sagte Viktoria. »Das alles hat überhaupt nichts mit der Revolution zu tun.«

»Glaubst du wirklich, daß Yüan sich mit dem Hause Barrington anlegt, nur um einen sechzehnjährigen Jungen in die Finger zu bekommen?«

»Du bist ekelhaft.«

»Also stimmst du mir zu. So etwas wäre völliger Unsinn. Entweder weiß Yüan, daß das Haus Barrington die Revolutionäre heimlich mit Waffen versorgt, oder …« Er setzte sich auf. »*Du* würdest doch die Revolution nicht verraten und Yüan alles erzählen, um Martin zurückzubekommen? Denn wenn das wirklich der Fall ist, dann verrätst du mich.« Er stand auf. »Darüber wäre ich sehr erbost.«

Viktoria funkelte ihn wütend an. »Verschwinde.«

»Manchmal habe ich mich gefragt«, sagte er, »ob Tang überhaupt von den Waffentransporten weiß. Es ist eigenartig, daß noch nichts geschehen ist.«

»Er weiß es. Er wartet nur noch auf Dr. Suns Weisungen.«

»Dann ist er ein bemerkenswert geduldiger Mann.« Er packte den Gürtel ihres Mantels und zog sie an sich. »Oder hast du vielleicht Bobby alles gestanden?«

»Natürlich nicht.« Sie versuchte sich loszureißen, aber Adrian war zu stark.

»Wenn du das getan hast«, sagte er, »werde ich euch beide umbringen. Vergiß das nicht.« Er stieß sie fort. Viktoria stolperte durchs Zimmer und fiel über einen Stuhl. Als sie sich wieder erhoben hatte, war Adrian fort.

Zwei Tage später begleiteten Robert und Monique Viktoria zum Hafen, wo sie mit einer Dschunke des Hauses zurück nach Hankau fuhr. Sie winkten, bis sie Viktoria nicht mehr sehen konnten, und stiegen dann in ihre Rikschas, mit denen sie wieder nach Hause fuhren. »Ich wünschte, sie wäre geblieben«, sagte Monique.

»Ja, ich auch. Aber es ist besser, wenn sie ihr eigenes Leben lebt.«

Monique schwieg, bis sie zurück im Haus waren und die Diener weggeschickt hatten. Dann setzte sie sich neben ihren Mann. »Wußtest du, daß Viktoria sich in Hankau mit diesem Tang trifft?«

Robert drehte den Kopf, um sie anzusehen, und fragte mit gerunzelter Stirn: »Woher weißt du das?«

»Es ist ihr herausgerutscht. Sie wollte es mir eigentlich nicht sagen, und sie war ziemlich aufgebracht, als ihr klarwurde, daß sie sich verplappert hatte. Aber ich habe mir nicht anmerken lassen, daß ich begriffen habe, worum es ging.«

»Du lieber Himmel! Was für ein Dummkopf ich gewesen bin. Warum hast du mir das nicht schon früher gesagt?«

»Damit du sie hier einsperrst? Wie du schon sagtest – es ist ihr Leben.«

»Ich glaube nicht, daß du das verstehst, Liebling. Wenn Tang in Hankau ist, dann gibt es dafür einen Grund.«

»Du glaubst nicht, daß er wegen Vicky dort ist?«

»Nein. Aber ich glaube, daß *sie* dorthin gegangen ist, um bei ihm zu sein. Wie konnte ich nur so dumm sein? Ich habe tatsächlich geglaubt, sie wäre an einem normalen Leben interessiert.«

»Was willst du tun? Du kannst doch nicht deine eigene Schwester der Polizei ausliefern. Und was ist mit Marschall Yüan? Glaubst du, daß er darin verwickelt ist?«

»Yüan spielt sein eigenes kleines Spielchen – in Wirklichkeit ein ziemlich gewagtes Spiel. Aber mit Dr. Sun und Tang hat er nichts zu tun. Wenn es so wäre, dann wüßte es Vicky, und sie wäre nicht so überstürzt hierhergekommen.«

»Es tut mir leid. Vielleicht hätte ich es dir schon früher sagen sollen. Wahrscheinlich wäre es besser gewesen, sie hierzubehalten und, wenn nötig, einzusperren. Aber Robert, wir können sie noch immer zurückholen. Ein Reiter könnte die Dschunke jederzeit einholen.«

Robert schüttelte den Kopf. »Ich würde mehrere Reiter schicken müssen, um sie zurückzubringen, aber das würde auch nicht viel nützen. Nein. Ich muß selbst nach Hankau fahren und versuchen, ihr etwas Vernunft beizubringen – und natürlich diesem Tang, falls ich ihn treffen sollte. Hankau ist der passende Ort, denn dort stehen wir nicht so im Zentrum der Aufmerksamkeit. Ich gebe ihr ein paar Tage Vorsprung, um es nicht zu offensichtlich aussehen zu lassen.«

»Robert!« Monique stand auf und griff nach seinem Arm. »Wenn diese Leute Revolutionäre sind, dann könnte es gefährlich sein.«

Er grinste. »Ich bin schon vorher mit Revolutionären fertig geworden. Und Teng-chin, der Vizekönig der Provinz Hopei, ist ein alter Freund von mir. Ich werde es schon schaffen, mach dir keine Sorgen.«

»Gibt es eine Nachricht von Master Martin?« fragte Viktoria, als sie das Haus betrat. Während ihrer einwöchigen Reise hatte sie gebetet, daß er zurück sein würde, wenn sie ankam; daß die Krise vorbei sein würde …

Lo Yang-li verbeugte sich. »Keine Nachricht, Miss Viktoria. Aber …« Er rollte mit den Augen.

Viktoria sah ihn mit gerunzelter Stirn an, dann wußte sie plötzlich, was er meinte. Sie warf ihren Hut auf einen Stuhl und rannte die Treppe zu ihrem Schlafzimmer hinauf. Die Tür stand offen, und im Zimmer war es dunkel. Aber sie konnte Tang erkennen, der am Fenster stand. »Tang!« rief sie vor Freude. Dann lag sie in seinen Armen. Er drückte sie an sich und küßte sie auf den Mund.

»Wo bist du gewesen?« fragte Tang.

»In Schanghai.«

»So plötzlich? Ohne mir Bescheid zu geben?«

»Es tut mir leid, aber es war ein Notfall.«

Er ließ sie los, und Viktoria erklärte, was mit Martin geschehen war. »Das ist kein Notfall«, sagte Tang, als sie geendet hatte. »Es könnte uns sogar nützen. Aber ich gebe dir recht, es schafft auch Probleme. Wir müssen die Waffen an einen anderen Ort bringen. Es wäre zu gefährlich, sie hier zu lassen, wo Yüan seine Nase in unsere Angelegenheiten stecken kann. Mach dir keine Sorgen, ich werde mich um alles kümmern. Du mußt nur im richtigen Augenblick das Lagerhaus öffnen.«

»Aber wo willst du sie hinbringen?«

»Nicht weit weg. Im russischen Viertel haben wir einen Agenten, der ein leeres Lagerhaus besitzt. Ich werde veranlassen, daß man sie dorthin bringt. Komm morgen um Mitternacht zum Barrington-Lagerhaus.«

»Gott sei Dank!« Wellen der Erleichterung durchströmten sie. Die Anwesenheit der Waffen in ihrem eigenen Lagerhaus hatte ihr ständig Sorgen bereitet. »Kannst du bleiben?«

Er lächelte. »Eine Stunde werden wir ganz für uns allein sein ...«

Die Freude darüber, Tang wiederzusehen, und die Erleichterung, daß sie nicht mehr länger die Verantwortung für die Waffen übernehmen mußte, weckten in Viktoria zum ersten Mal seit Yüans Ankunft in Hankau ein Gefühl der Zufriedenheit. Gewiß, Tang machte sich offenbar mehr Sorgen um die Waffen als um seinen Sohn, aber sie hatte schon vor langer Zeit akzeptiert, daß er in erster Linie ein Revolutionär war und als Vater kläglich versagte.

In der folgenden Nacht schickte sie ihre Diener früh zu Bett und befahl ihnen, sich nicht zu rühren. Dann zog sie chinesische Kleidung an und machte sich auf den Weg zum Lagerhaus. Tang war mit einem Dutzend Männern und mehreren Sampans bereits dort. Die russische Siedlung lag etwa einen Kilometer flußaufwärts. Viktoria fragte sich, wie die Verbindung zu den Russen zustande gekommen war. Die Zaristen würden doch gewiß nur dann helfen, wenn es sich für sie auszahlte. Aber das war Tangs Aufgabe, und wenn die Russen den Kuomintang halfen, würde deren Position erheblich gestärkt.

Die Kisten mit den Gewehren und der Munition wurden aus dem Lagerhaus der Barringtons herausgetragen und auf die Sampans verladen, wozu die Männer eine lange Kette vom Lagerhaus zum Pier bildeten. Andere hielten an der Uferstraße Wache, um neugierige Passanten aufzuhalten, aber es war kaum jemand unterwegs. »Du bist sicher froh, daß du sie los bist«, meinte Tang.

»Allerdings«, sagte Viktoria voller Inbrunst. Schon bald war die letzte Kiste verladen, und die Sampans machten sich fertig zum Ablegen. »Möchtest du, daß ich mit dir komme?« fragte sie.

»Nein«, sagte Tang. »Es wäre besser, wenn du hier bliebest. Geh zurück zum Haus und leg dich schlafen. Ich werde morgen kommen, wenn ich kann.«

Tangs Männer beobachteten sie, daher drückte er nur ihren Arm und ging dann schnell fort. Auf dem Weg zu ihrem Haus kam sie an einigen Passanten vorbei, die sie trotz der Dunkelheit sicher erkannt hatten, aber niemand wagte sich an Viktoria Barrington heran. Schweißgebadet erreichte sie ihr Haus. Sie goß sich ein Glas Brandy ein und trank es in Ruhe, dann ging sie hinauf in ihr Schlafzimmer. Sie zog sich aus und legte sich aufs Bett. Sekunden später war sie eingeschlafen.

Um gleich wieder aufzuwachen – so schien es ihr jedenfalls. Einen Augenblick wußte sie nicht, was sie aufgeweckt hatte, aber dann hörte sie in der Entfernung die Schüsse.

Viktoria sprang aus dem Bett, lief zum Fenster und sah auf den Fluß hinab. Aber dort unten war alles ruhig; die Schüsse kamen aus größerer Entfernung. Vielleicht aus der russischen Siedlung? Mit klopfendem Herzen zog sie sich einen Morgenmantel über und klingelte nach dem Dienstmädchen. Sie mußte mehrmals klingeln, bevor die verschlafene Dienstmagd ins Zimmer stolperte. »Schickt mir Lo Yang-li«, befahl Viktoria.

Lo hingegen war hellwach. »Was geschieht da draußen?« wollte Viktoria wissen.

»Ich weiß es nicht, Miss Viktoria. Es hat einen lauten Knall gegeben und dann diese Schüsse. Man kann sie immer noch hören.«

»Einen lauten Knall?«

»Eine Explosion, Miss Viktoria. Wie eine große Bombe.«

»O mein Gott«, murmelte sie. »Lo, ich möchte, daß du hinausgehst und in Erfahrung bringst, was passiert ist.«

»Jetzt?«

»Jetzt sofort«, sagte Viktoria.

An Schlaf war jetzt nicht mehr zu denken. Viktoria rief ihr Dienstmädchen, nahm ein Bad und zog sich an. Dann ging sie auf die Veranda hinaus. Die Schüsse waren verstummt, aber Viktoria wußte, daß irgend etwas schiefgegangen sein mußte.

Lo war noch vor Morgengrauen zurück und bestätigte ihre schlimmsten Befürchtungen. »Man erzählt sich, daß ein paar Männer – Revolutionäre! – Waffen und Munition aus der russischen Siedlung gestohlen haben. Sie sind jedoch von den Wachtposten entdeckt und angesprochen worden. Dann hat es eine Explosion gegeben, und die Wachtposten haben das Feuer eröffnet. Die Revolutionäre haben zurückgeschossen, Miss Viktoria. Es hat eine richtige Schlacht gegeben.«

Viktorias Kehle war ausgetrocknet. »Sind die Revolutionäre verhaftet worden?«

»Nein, Miss Viktoria. Sie haben sich den Weg freigeschossen und sind mit den Gewehren nach Norden geflohen.«

Dem Himmel sei Dank, dachte sie. Aber… »Ist jemand verletzt worden?«

»O ja, Miss Viktoria. Fünf der Wachtposten und drei Revolutionäre sind getötet worden.«

Ihr stockte das Herz vor Schreck. »Weißt du, wer sie waren, Lo? Für wen sie gearbeitet haben?«

»Nein, Miss Viktoria. Die Männer waren sofort tot, bevor sie noch verhört werden konnten.«

Viktoria war darüber etwas erleichtert … trotzdem konnte Tang unter den Toten sein. Aber im Moment waren ihr die Hände gebunden. Wenn sie Lo noch weiter über die Toten ausfragte, würde er Verdacht schöpfen – er hatte schließlich keine Ahnung, wer ihr chinesischer Liebhaber wirklich war.

Sie mußte sich in Geduld üben. Tang würde ihr eine Nachricht zukommen lassen, sobald er konnte.

Viktoria ging ins Büro und versuchte zu arbeiten, aber es war unmöglich. Sie nahm nicht an, daß irgend jemand in Hankau an diesem Tag arbeitete. Wie ein Lauffeuer verbreiteten sich die Gerüchte in der Stadt. Sie hörte laute Schritte und sah Bannersoldaten, die an strategischen Punkten der Stadtmauer Position bezogen. Offenbar rechneten sie mit einem Angriff. Hatte Tang endlich Weisung von Dr. Sun erhalten? Oder hatte es etwas mit Yüan zu tun? In ihrem Kopf wirbelten die Gedanken wild durcheinander. Als sie gerade nach Hause gehen wollte, klopfte ein Büroangestellter an ihre Tür. »Bitte entschuldigt die Störung, Miss Viktoria«, sagte er. »Aber ich habe hier einen Brief für Euch.«

Viktoria riß ihm den Umschlag aus der Hand. »Wer hat ihn gebracht?«

»Ein Mann, Miss Viktoria. Er wollte nicht warten und ist gleich wieder gegangen.«

Viktoria nickte, und der Angestellte schloß die Tür hinter sich. Sie schlitzte den Umschlag auf und nahm ein einzelnes Blatt Papier heraus. Darauf stand: »Ich bin verletzt und muß dich sehen. Komm um Mitternacht zum Pier. Tang.«

Die Erleichterung über die Nachricht wurde sofort von der Sorge abgelöst, daß er verwundet war. Aber wenigstens hatte er nach ihr geschickt. Sie eilte nach Hause, nahm ein Bad und tat so, als wollte sie in aller Ruhe zu Abend essen. Dann schickte sie die Diener zu Bett und ging hinauf in ihr Schlafzimmer. Wie schon in der Nacht zuvor zog sie auch jetzt chinesische Kleidung an: Hosen, Kittel und einen flachen Hut. Über ihr Haar würde sie sich keine Sorgen machen müssen – es war genauso schwarz wie das der Chinesinnen.

Sie saß am offenen Fenster, betrachtete die Lichter der Stadt und hörte die Rufe der Bannersoldaten. Zum Glück wurden die Lagerhäuser der Barringtons nicht bewacht.

Eine Viertelstunde vor Mitternacht schlich sie sich durch das stille Haus die Treppe hinunter und auf die Straße hinaus. Wie in jeder chinesischen Stadt herrschte auch in Hankau um diese Zeit noch geschäftiges Treiben: Hunde bellten, Musik plärrte, Feuerwerkskörper krachten, Menschen unterhielten sich mit schrillen Stimmen. Wie gewöhnlich sprach niemand Viktoria an, als sie den Trampelpfad zum Pier hinunterging. Hier war der Lärm sogar noch lauter, denn etwas weiter flußabwärts lag die Sampanstadt, und über allem lag das Gurgeln und Flüstern des rauschenden Wassers. Ein kleines Ruderboot mit drei Männern wartete bereits auf sie. »Miss Viktoria?« fragte einer.

Viktoria nahm seine Hand und stieg in das Boot. Sie setzte sich nach hinten, der Mann in den Bug. Die anderen beiden begannen zu rudern, und das Boot glitt rasch durchs Wasser.

Wenige Minuten später umhüllte sie völlige Dunkelheit, da sie sich flußabwärts immer weiter von der Stadt entfernten und sich von der Strömung tragen ließen. Sie fuhren mitten auf dem Fluß, um die Sampanstadt zu meiden. Viktoria stellte keine Fragen. Sie war zufrieden, daß man sie zu Tang bringen würde. Ungefähr zwei Kilometer flußabwärts von der Sampanstadt legten sie an. Hier warteten weitere Männer mit Pferden.

»Wie weit ist es?« fragte Viktoria, als sie ihr Pferd bestieg.

»Nicht mehr weit«, antwortete einer der Männer.

»Ich muß zum Morgengrauen zurück sein.«

»General Tang wird Euch sagen, was Ihr tun sollt«, erwiderte der Mann.

Auch damit war sie zufrieden. Tang konnte nicht sehr verletzt sein, wenn er noch immer das Kommando hatte. Sechs Männer begleiteten sie zu Pferd über die Hügelkette. Sie ritten ungefähr eine Stunde, und da es schon nach zwei Uhr morgens war, würde sie wohl nicht viel Zeit mit Tang verbringen können. Bald erreichten sie ein kleines Tal mit einem Lager aus Zelten und Hütten, in dem einige Lagerfeuer brannten. Auf der linken Seite sah Viktoria die Silhouette eines bewaffneten Wachtpostens. Das war immerhin beruhigend, aber trotzdem … »Ihr seid viel zu nahe an der Stadt, um so ein großes Lager aufzuschlagen«, ermahnte sie den Hauptmann ihrer Eskorte.

Er lächelte nur. »Wir werden weiterziehen, sobald Ihr den General gesehen habt.«

Vor der größten Hütte hielten sie ihre Pferde an und waren sofort von bewaffneten Männern und Frauen umgeben. Viktoria stieg ab, und die Leute kamen näher, um sie anzusehen. Sie nahm ihren Hut ab, damit jeder erkennen konnte, daß sie die Frau des Generals war. Der Hauptmann ihrer Eskorte zeigte auf die Tür der Hütte, und Viktoria öffnete sie. Sie rechnete mit einer bösen Überraschung und blinzelte in dem Licht der sechs Laternen. Es gab nur einen großen Raum, und in ihm befanden sich sechs Männer und drei Frauen. In einer Ecke lag Tangs Leiche.

Tangs *Leiche*? Viktorias Herzschlag setzte aus, als sie nach vorn taumelte und auf die Knie sank. Sie konnte nichts mehr für ihn tun. Die Decken, in die sie ihn gewickelt hatten, waren blutdurchtränkt, und obwohl es unter den Decken schwer zu erkennen war, schien er einen Arm verloren zu haben. Viktoria war überrascht, daß ihr nicht nach Weinen zumute war. Ihre Beziehung war zu eigenartig gewesen, zu einseitig vielleicht. Darüber hinaus hatte sie immer gewußt, daß es einmal so enden würde. Nur hatte sie stets angenommen, daß sie an seiner Seite sein würde, wenn er fiel. »Wann ist er gestorben?« fragte sie.

»Nachdem wir hier angekommen sind. Aber wir wußten, daß er seinen Verletzungen erliegen würde. Er wußte es auch.«

»Und deshalb hat er Euch befohlen, mich zu holen«, sagte Viktoria. Das war wenigstens etwas, dachte sie.

»Der Große Tang hat nie nach Euch geschickt.« Viktoria drehte langsam den Kopf. »Er hat Euren Namen nicht ein einziges Mal genannt«, sagte der Mann.

»Er wußte, daß Ihr ihn und unsere Sache verraten habt«, sagte ein anderer.

Viktoria stand auf und drehte sich um. Alle Gesichter im Raum starrten sie feindselig an. *Sie* hatten sie herbestellt. Ihr wurde ganz flau im Magen. Aber sie durfte sich nicht anmerken lassen, daß sie Angst vor ihnen hatte. »Das ist Unsinn«, sagte sie entschieden.

»Stimmt es denn nicht, daß Marschall Yüan Schi-Kai Euch vor einem Monat in Schanghai besucht hat?« fragte der erste Mann.

»Und daß Ihr ihn ebenfalls besucht habt?« sagte der zweite.

»Außerdem habt Ihr ihm Euren Sohn mitgegeben«, sagte ein dritter.

Viktoria hörte ihr eigenes Keuchen, und sie atmete langsam und tief durch, um sich wieder unter Kontrolle zu bringen. »Das stimmt nicht. Es ist richtig, daß der Marschall mich besucht hat. Es war ein ganz normaler Höflichkeitsbesuch. Und ich habe ihm keineswegs meinen Sohn gegeben. Mein Sohn ist mit dem Marschall weggelaufen.«

»Wollt Ihr leugnen, daß Ihr vor vierzehn Tagen flußabwärts nach Schanghai gereist seid, um Euren Brüdern, erklärte Gegner von Dr. Sun, Bericht zu erstatten?«

»Nein«, sagte Viktoria scharf. »Ich habe meine Brüder um Hilfe gebeten, meinen Sohn aus Yüans Händen zu befreien.«

»Ihr habt den Großen Tang verraten«, sagte jetzt wieder der erste Mann. »Ihr habt die Sache verraten. Oder wie erklärt Ihr es Euch, daß die Bannersoldaten – nur einen Monat nach Marschall Yüans Besuch – von der Entscheidung des Großen Tang, die Waffen aus Eurem Lagerhaus in die russische Siedlung bringen zu lassen, wußten? Sie haben schon auf uns gewartet.«

»Das kann ich mir auch nicht erklären«, rief Viktoria. »Ihr habt keine Beweise, daß ich Euch verraten habe.«

»Wir werden Beweise bekommen«, sagte der zweite Mann.

»Nun, bis Ihr sie habt, bringt mich nach Hause zurück.«

Der Mann lächelte. »Ihr werdet uns die Beweise liefern, indem Ihr Eure Schuld gesteht.«

»Vorher werdet Ihr untergehen.«

»Wir werden Euch schon dazu bringen.« Er winkte, und vier Männer kamen herbei. Viktoria dachte daran, sich zu wehren und aus der Hütte zu fliehen, aber sie entschied sich dagegen. Es gab keine Möglichkeit zur Flucht, und wenn sie es versuchte, würde man ihr nur Schmerz zufügen. Aber das stand ihr ohnehin bevor, wie sie gleich erkannte. Zwei der Männer hielten ihre Arme fest, während ein dritter ihr die

Bluse über den Kopf zog. Schließlich entledigte man sie ihrer Unterwäsche. »Ihr könnt sicher sein, daß meine Brüder davon erfahren werden«, keuchte sie und versuchte still zu stehen. Sie war sich bewußt, daß alle Augen auf ihr ruhten.

»Eure Brüder werden nie wieder von Euch hören. Ihr habt die Triade verraten und Euren Eid. Ihr werdet Euren Verrat gestehen, und Ihr werdet bekennen, an wen Ihr uns verraten habt und wie weit Euer Verrat ging. Dann werdet Ihr sterben. Wenn Ihr jetzt gesteht, dann könnt Ihr in Würde sterben. Wenn Ihr Euch weigert, dann wird man eure Schreie bis nach Hankau hören.«

Viktoria versuchte der Panik Herr zu werden, die jetzt langsam von ihr Besitz ergriff. Sie war sich der schrecklichen Tatsache bewußt, daß sie die Triade tatsächlich verraten hatte, auch wenn diese Männer das nicht wissen konnten: Vor siebzehn Jahren hatte sie in Port Arthur mit Robert darüber gesprochen. Und erst kürzlich war ihr vor Monique herausgerutscht, daß Tang sie in Hankau besuchte. Monique hatte es sicher Robert erzählt ... aber sie hatte Schanghai erst zehn Tage zuvor verlassen. Es gab keine Möglichkeit, daß Robert den Vizekönig in Hankau gewarnt haben könnte – es gab keine Telegrafenleitung flußaufwärts –, und er konnte schon gar nichts von Tangs Plänen gewußt haben, die Waffen an einen anderen Ort zu schaffen. »Hört mir zu«, sagte sie. »Wie könnte ich den Großen Tang verraten? Ist er nicht der Vater meines Kindes? Ich betrachte ihn als meinen Ehemann. Wie könnte ich meinen eigenen Ehemann verraten?«

»Euer Urteil lautet Bastonade.«

»Nein!« schrie Viktoria. Sie hatte oft genug mit angesehen, wie Männer und Frauen mit der Bastonade bestraft worden waren, der häufigsten Strafe in China, die auch als Folter eingesetzt wurde. Aber sie hatte sich stets angeekelt abgewandt, wenn jemand nackt ausgezogen, ausgestreckt auf den Boden geworfen und geschlagen wurde, bis er nur noch ein Häufchen Elend war.

»Nein!« schrie Viktoria, als die Männer sie nach vorn zogen und auf die Knie zwangen. »Das könnt Ihr nicht tun! Ich bin ... eine Barrington!«

Sie war jetzt umgeben von Männern und Frauen, die alle gespannt auf den Beginn der Tortur warteten. Viktoria versuchte sich zu wehren, aber ihre Gegner waren in der Überzahl, hielten sie fest und zogen ihr die Beine weg, so daß sie mit dem Gesicht auf die Erde fiel. Sie wollte aufstehen, aber Viktorias Peiniger zogen an ihren Armen und Beinen, bis sie ausgestreckt auf dem Boden lag. Jeweils zwei hielten eines ihrer Glieder. Sie drehte ihr Gesicht zur Seite und versuchte zu schreien, aber ihr Mund war voller Sand. Sie hörte ein zischendes Geräusch und rang vor Entsetzen nach Luft.

Dann fühlte sie den Schlag auf ihrem Gesäß. Ihr Kopf ruckte, aber es war nicht viel mehr als ein leichter Klaps. Dann kam der nächste und der übernächste. Viktoria wußte, daß auf beiden Seiten jeweils ein Mann stand, der sie im stetigen Rhythmus mit einem Bambusstock schlug. Als die Schmerzen schließlich einsetzten, warf sie den Kopf hin und her. Die Monotonie des Ganzen brachte sie fast um den Verstand.

Und die Schläge hörten nicht auf. Der Schmerz bohrte sich in ihren Unterleib, in die Oberschenkel und reichte bis in die Brust. Sie verlor die Kontrolle über ihre Muskeln, ihr Körper zuckte hilflos und grub sich immer tiefer in den Staub. Ihr Mund war völlig ausgetrocknet, und sie konnte nur noch keuchend nach Atem ringen. Der Schmerz ließ nicht nach, als die Schläge beendet waren. Eine ganze Weile lang bemerkte sie gar nicht, daß ihre Peiniger aufgehört hatten.

Dann spürte Viktoria, daß sie auch ihre Hand und Fußgelenke losgelassen hatten. Sie rollte sich auf die Seite, zog die Knie an die Brust und schlang die Arme herum. Sie weinte und jammerte vor Schmerzen. Der Mann, der ihr die meisten Fragen gestellt hatte, stand über sie gebeugt. »Ihr habt eine Nacht Zeit, um nachzudenken. Morgen werden wir Euch wieder schlagen.«

Sie packten Viktoria bei den Armen und zogen sie hoch. Sie fiel hin, und ihre zerfetzten Gesäßbacken berührten den Boden. Sie schrie vor Schmerz und sprang auf die Füße. Die Männer grinsten und schleppten sie hinaus. Sie hatten ihr die Stiefel ausgezogen, und Viktoria spürte die spitzen Steine unter ihren Zehen. Sie blinzelte in der Dunkelheit und sah viele Gesichter um sich herum. Dann aber stieg das Grauen in ihr auf, als sie feststellte, daß man ihr keine Pause gönnen würde. Vor ihr stand ein hölzerner Käfig, in den normalerweise verurteilte Verbrecher eingesperrt wurden. Sie öffneten die Tür und stießen Viktoria hinein. Sie wäre sogleich auf die Knie gesunken, aber einige Männer hielten sie aufrecht, während andere das Oberteil des Käfigs brachten. Sie stülpten ihn Viktoria über den Kopf und paßten den inneren Stahlring mit Hilfe einer Schraube an, so daß er locker um ihren Hals lag. In dieser aufrechten Position war sie jetzt fixiert und konnte höchstens Arme und Beine bewegen.

Man wollte offenbar nicht, daß sie jetzt schon starb. Normalerweise waren Decke und Boden des Käfigs so weit voneinander entfernt, daß der Verurteilte auf den Zehenspitzen stehen mußte, um nicht zu ersticken. Sie aber konnte ganz normal auf den Füßen stehen. Trotzdem würde Viktoria ersticken, sobald sie einschlief oder ihren müden, schmerzenden Beinen erlaubte einzuknicken.

Der Käfig wurde unter einen Baum getragen und hinter Viktorias Rücken mit einem dicken Seil an einem Ast befestigt. Dann zogen sie ihn hoch, bis er einen knappen Meter über dem Boden schwebte. Dort schwankte er sanft hin und her. Viktoria verlor sofort die Balance und mußte mit den Füßen einen Halt suchen, um nicht zu fallen und zu ersticken. Die Männer gingen fort, und sie betete, daß der Käfig endlich aufhörte zu schaukeln. Aber das würde noch eine Weile dauern, denn jetzt übernahmen die Frauen und einige Kinder Viktorias weitere Folter. Sie stießen ihr mit Fingern und Stöcken in den Leib, zielten auf die Brustwarzen, zwischen ihre Beine oder auf ihr wundes Gesäß. Dann heulte sie auf vor Schmerz und mußte wieder Halt suchen, um nicht zu fallen.

Diese Demütigung dauerte eine ganze Stunde lang, aber wenigstens hielt es sie wach. Als es den Kindern endlich zu langweilig wurde und sie schlafen gingen, gaben Viktorias Muskeln nach, und einen Augenblick lang verlor sie den Boden unter den Füßen. Aber dann raffte sie sich doch wieder auf.

Warum eigentlich, fragte sie sich? Wäre es nicht besser,

jetzt so schnell wie möglich zu ersticken? Sie wußte nicht, welche Methode der Hinrichtung sich Tangs Leute für sie ausgedacht hatten, aber sie glaubte nicht, daß sie weitere Schläge überleben würde – wenn sie nicht gleich dabei starb, dann würde sie sicher wahnsinnig werden. Aber der Wille zum Überleben gehörte zu den stärksten Zügen ihrer Persönlichkeit. Sie war eine Barrington, und die Barringtons kämpften bis zum bitteren Ende. Tante Joanna hatte die Torturen der T'ai-P'ing überstanden, und obwohl Helen den Boxern zum Opfer gefallen war, hatte sie sich ihnen bis zum Schluß gestellt. Da konnte sie unter keinen Umständen zurückstehen.

Und was die Trauer anging … die wollte sich noch immer nicht einstellen. Vielleicht würde sie nie kommen. Tang mußte am Ende geglaubt haben, daß sie ihn verraten hatte, sonst hätte er doch wenigstens ihren Namen ausgesprochen. Aber vielleicht hatte er ihr nie getraut und sie immer nur benutzt. Wieder sackten ihr die Beine weg. Viktorias Augen waren geschlossen, und selbst der Schmerz in ihrem Gesäß ließ vor lauter Erschöpfung nach. Aber sie raffte sich auf und begann zu würgen. Sie versuchte, ihre Lippen zu befeuchten, aber ihr Mund war zu trocken. Durst überlagerte plötzlich alle anderen Qualen. Wasser! Wenn sie doch nur etwas Wasser haben könnte …

Ihr ganzer Körper erstarrte, als sie hinter sich ein Geräusch hörte. Wenn sie zurückkamen, um sie weiter zu quälen …

»Ihr habt große Schmerzen«, flüsterte eine männliche Stimme.

Viktoria drehte sich langsam um, wobei ihr der Ring das Kinn aufkratzte. Es war ungefähr noch eine Stunde bis zum Sonnenaufgang und sehr dunkel. Viktoria konnte nur einen Schatten wahrnehmen. »Ich werde Euch befreien«, sagte der Mann, und sie erkannte seine Stimme.

»Ching San!« keuchte sie.

»Ihr müßt ganz leise sein«, flüsterte Ching. »Ich werde Euch befreien, wenn Ihr meine Frau werdet. Ich habe Euch mit Tang beobachtet, an dem Tag, als wir den Eid geleistet haben. Ich habe Euch schon damals begehrt, aber ich wußte, daß ich Geduld haben mußte. Jetzt werdet Ihr mein sein, oder Ihr müßt sterben.«

Viktoria zögerte nicht. Sie hätte zu allem ihre Zustimmung gegeben, um aus diesem Käfig herauszukommen. »Ja«, erwiderte sie. »Ja, ich werde deine Frau sein.«

»Ihr müßt es schwören, bei Eurem christlichen Gott.«

Viktoria holte tief Luft. Er würde ihr vergeben müssen. »Ich schwöre.«

Ching San kam jetzt an die Tür des Käfigs und zog die Riegel auf. Dann nahm er ihr den Ring ab. Viktorias Knie gaben nach, und sie fiel in seine Arme.

»Wir müssen uns beeilen«, sagte er. »Im Lager werden sie in einer Stunde wach werden.«

»Wasser«, flehte Viktoria. »Ich brauche Wasser.«

Ching San trug sie zu dem wartenden Pferd und nahm eine Wasserflasche aus seiner Satteltasche. Er hielt sie ihr an die Lippen. Noch nie hatte etwas so köstlich geschmeckt. »Könnt Ihr sitzen?« fragte er.

Viktorias Gesäß schmerzte noch immer, aber sie würde auch nicht weit gehen können, und der Gedanke, daß er sie quer über den Sattel legen würde, war abstoßend. »Ich werde es schon schaffen. Hast du irgend etwas zum Anziehen für mich?«

»Wir werden später etwas für Euch finden.« Viktoria wollte darüber jetzt keine Diskussion anfangen. Er hatte zwei Pferde gesattelt. Vorsichtig schwang sie sich in den Sattel und schrie beinahe auf vor Schmerz, aber sie biß die Zähne zusammen und folgte ihm, als er aus dem Lager ritt. »Wenn Ihr versucht fortzulaufen, Miss Viktoria, dann werde ich Euch erschießen«, sagte er und zeigte ihr das Gewehr, das über seiner Schulter hing, und den Revolver im Gürtel.

»Ich werde nicht fortlaufen«, sagte sie. »Aber was ist mit dem Wachtposten?«

Ching San grinste. »Ich bin der Wachtposten. Habe ich das nicht geschickt arrangiert?«

»Ja«, sagte Viktoria. »Du bist sehr schlau.«

Viktoria hatte keine Ahnung, was Ching San letzten Endes mit ihr vorhatte. Wenn er sie nach Hankau zurückbringen wollte, dann würde sie die Vergewaltigung ertragen können. Ihre Brüder würden sich dann schon um ihn kümmern. Aber sie waren noch keinen Kilometer vom Lager entfernt, da wurde ihr klar, daß sie in nordöstlicher Richtung ritten, fort vom Fluß und von Hankau. Wenn sie sich retten wollte, dann würde sie es bald tun müssen.

»Wo bringst du mich hin?« fragte sie ihn.

»An einen sicheren Ort«, antwortete er. Sie ritten bis zum Morgengrauen, dann hielt er sein Pferd an. »Wir werden in dem Wald dort Rast machen.«

Sie waren jetzt weit weg vom Fluß, in einer ziemlich bewaldeten Gegend, die keine zwanzig Kilometer vom Lager der Kuomintang entfernt sein konnte. »Das nennst du sicher?« sagte sie. »Hierher werden sie uns leicht folgen können.«

Ching San grinste, als er sie zu der nächstgelegenen Gruppe von Bäumen führte. »Sie haben keine Zeit, uns zu verfolgen. Heute greifen sie Hankau an.«

»Sie greifen Hankau an? Aber es sind doch viel zuwenig!«

»Es werden viele tausend aus den Bergen kommen, die sich ihnen anschließen wollen. So ist es vor dem Kampf in der russischen Siedlung entschieden worden. Jetzt kann man sie nicht mehr aufhalten.«

»Aber ohne Tang oder die zusätzlichen Waffen werden sie untergehen. Die Bannersoldaten sind gewarnt und zum Kampf bereit.«

Ching San hob sie vom Pferd herunter. »Das soll uns jetzt nicht kümmern. Je mehr Kuomintang getötet werden, desto besser für uns.« Er hatte Viktoria unter den Achseln gegriffen und streichelte ihr über die Brüste, nachdem er sie auf den Boden gestellt hatte. »Soviele Jahre habe ich davon geträumt, diese Früchte zu besitzen«, sagte er.

»Ich bin sehr hungrig. Hast du nichts zu essen?«

»Bist du denn völlig gefühllos, Weib?« schimpfte Ching San. Aber er drehte sich um und nahm seine Satteltaschen herunter. Sie starrte das Gewehr und den Revolver an. Da war auch noch ein Messer mit langer Klinge, das an seiner linken

Hüfte hing. Aber wenn sie versuchte, eine dieser Waffen in ihren Besitz zu bringen, und damit scheiterte ... er war so groß wie sie und weder erschöpft noch schmerzgepeinigt. Sie mußte Geduld haben.

Ching San warf die Satteltaschen auf den Boden. »Da hast du etwas zu essen. Es ist sicherer, wenn wir kein Feuer machen.«

Viktoria kniete neben der Tasche und fand etwas Brot und einen Beutel mit kaltem, geschnittenem Schweinefleisch. Sie stopfte sich etwas davon in den Mund und ging dann zu ihrem Pferd, um aus der Wasserflasche zu trinken. Während sie trank, drückte sich Ching San an sie, spielte mit ihren Brüsten und streichelte ihr Geschlecht.

»Ich muß mich erleichtern«, sagte sie.

Er trat einen Schritt zurück, und sie ging hinter die Sträucher. Aber wenn sie gehofft hatte, dort eine Waffe zu finden, dann wurde sie enttäuscht. Sie mußte irgendwie an seine Waffen gelangen. Viktoria beobachtete ihn durch die Sträucher hindurch. Er legte das Gewehr ab und öffnete seinen Gürtel, an dem sowohl der Halter für den Revolver als auch das Messer befestigt waren. Dann legte er alles zusammen auf den Boden und zog sich weiter aus. Ching San war fülliger geworden, seit sie ihn vor achtzehn Jahren das letzte Mal nackt gesehen hatte. Aber er war ganz offensichtlich sehr erregt. »Komm her, Weib!«

Viktoria trat zwischen den Sträuchern hervor. Langsam ging sie auf ihn zu, wiegte sich in den Hüften und nahm ihre Brüste in die Hände. Sie fuhr sich mit der Zunge über die Lippen und schüttelte den Kopf, damit das Haar im Wind flatterte. Wie sie gehofft hatte, konnte er ihrem Anblick nicht widerstehen. Er kam auf sie zu, und seine Begierde war ihm deutlich anzusehen. Plötzlich warf Viktoria sich auf die Seite und rollte an ihm vorbei. In einer Sekunde war sie wieder auf den Füßen. Ching San brüllte vor Wut. »Dafür werde ich dich schlagen!« knurrte er.

Aber Viktoria hatte die abgelegte Kleidung und den Gürtel erreicht und zog den Revolver aus dem Halter. Ching San erstarrte. Er biß sich auf die Lippen, denn er konnte sein

Schicksal in ihren Augen lesen. Er hielt schützend die Hände hoch, aber die Kugel zerschlug seine Finger und drang in die Brust ein. Viktoria zog das Messer und ging auf ihn zu. Ching San lag auf dem Rücken, und das Blut quoll aus der Wunde unter seinem Kittel und tropfte aus seinen zerschmetterten Fingern. Er war noch nicht tot, aber er röchelte und hustete Blut, als sich Viktoria neben ihn kniete. »Miss Viktoria«, keuchte er. »Miss Viktoria …«

Viktoria schnitt ihm die Kehle durch.

16

DIE REVOLUTION

Robert nahm einen Sampan statt einer Dschunke, um schneller voranzukommen. Aber etwa hundert Kilometer vor Hankau winkte man ihn an Land, und als er anlegte, fand er den Vizekönig, Feng-yu, an der Spitze einer großen Abteilung Bannersoldaten auf dem Rückzug flußabwärts. »Ihr könnt nicht weiter flußaufwärts«, sagte ihm Feng-yu. »Überall wird gekämpft. Die Rebellen haben das Waffenlager in Hankau eingenommen.«

»Und was soll aus meinen Lagerhäusern werden? Und meiner Schwester?«

Feng-yu runzelte die Stirn. »Eure Lagerhäuser sind in der Hand der Rebellen. Und gegen Eure Schwester liegt ein Haftbefehl vor. Sie steckt mit den Rebellen unter einer Decke. Das hat ihr Personal bestätigt. Ich frage mich, ob ich Euch nicht auch verhaften sollte. Wußtet Ihr, daß Eure Schwester Waffen und Munition in Euren Lagerhäusern in Hankau versteckt hat?«

»Natürlich wußte ich nichts davon! Und außerdem ist das unmöglich.«

»Es ist aber wahr, Barrington. Und vor drei Nächten, als die Revolution begann, ist sie aus Hankau zu den Rebellen geflohen.«

Robert biß sich auf die Lippen. Er konnte diese Möglichkeit nicht abstreiten, wenn Tang sich wirklich in der Gegend aufhielt. Aber daß Vicky heimlich Waffen für die Kuomintang nach Hankau gebracht haben sollte ... das war schlicht *unmöglich* ohne seine oder Adrians Unterschrift ... Adrian! Zum Teufel mit ihm, dachte Robert.

Feng-yu nickte, als er sah, wie sich Roberts Gesichtsausdruck veränderte. »Ich glaube, Ihr versteht langsam.«

»Meine Schwester unterliegt exterritorialen Gesetzen«, sagte Robert. »Wenn sie gefangen wird, dann muß sie nach

Schanghai gebracht und vor ein englisches Gericht gestellt werden.«

»Damit man ihr dort einen Klaps für ihre Ungezogenheit gibt?« sagte Feng-yu verächtlich. »Wenn sie gefangen wird, dann droht ihr die Todesstrafe.«

Die beiden Männer funkelten sich wütend an, aber Robert wußte, daß ihm im Moment die Hände gebunden waren. »Was habt Ihr vor?« fragte er.

»Wir werden uns weiter flußabwärts zurückziehen, bis wir Verstärkung erhalten.«

»In dem Fall werdet Ihr wohl kaum einen der Rebellen verhaften, und schon gar nicht meine Schwester.«

Er kehrte nach Schanghai zurück und ließ Adrian rufen. »Erzähl mir von diesen Waffen, die du für die Kuomintang heimlich nach Hankau geschafft hast«, sagte er.

Adrian zog die Augenbrauen in die Höhe. »Was sagst du da?«

Robert wiederholte Feng-yus Anklagen. »Er spricht die Wahrheit, da bin ich sicher. Aber es ist unmöglich, daß Vicky so etwas ohne unser Wissen fertigbringen konnte. Ich jedenfalls wußte nichts davon. Also ...?«

»Nun, ich wußte genausowenig wie du«, sagte Adrian. »Aber ... natürlich!«

»Was?« Robert runzelte die Stirn.

»Es liegt schon einige Jahre zurück, ... kurz bevor Vicky gesagt hat, daß sie das Büro in Hankau übernehmen will. Ungefähr zu der Zeit ist mein Siegel gestohlen worden.«

»Du hast es mir nie erzählt.«

»Ich wollte dich nicht mit diesen Nebensächlichkeiten belästigen. Außerdem ist es einige Wochen später wieder aufgetaucht. Aber in der Zwischenzeit ...«

»Willst du damit sagen, daß Vicky das Siegel gestohlen und damit die Waffentransporte autorisiert hat? Das hätte sie unmöglich alles allein schaffen können.«

»Glaubst du nicht? Ich frage mich, wie gut wir Vicky eigentlich kennen, Bobby. Sie hat schon ganz andere Dinge bewerkstelligt, im Namen ihres Liebhabers und der Kuomintang. Wissen wir denn wirklich, wie viele sie mit ihrem Körper betört hat?«

Robert starrte ihn entgeistert an. »Wenn man sie bei den Rebellen findet, wird man sie enthaupten lassen.«

»Wenn man sie fängt«, erwiderte Adrian. »So wie es klingt, haben wir es mit einer Wiederauflage der T'ai-P'ing oder der Boxer zu tun. Und diese Revolution richtet sich gegen die Ch'ing und nicht gegen die ausländischen Teufel. Aber wir stehen mit den Ch'ing in enger Verbindung. Was geschieht, wenn Vicky an der Spitze einer Kuomintang-Armee nach Schanghai zurückkehrt? Eine Reinkarnation von Cheng Ji Sao vielleicht? Was dann, Bruderherz?«

Die Soldaten schlugen die Hände gegeneinander und entdeckten eine Gestalt, die durch die Bäume auf sie zu stolperte. Hier in der Provinz Shensi setzte der Winter schon früh ein, und obwohl es erst später Oktober und noch kein Schnee gefallen war, blies bereits jetzt ein eiskalter Wind aus Norden.

»Es ist ein Barbar«, sagte einer der Männer.

»Eine Frau«, verbesserte ein anderer.

Der Sergeant strich sich übers Kinn. Frauen wagten sich in der Regel nicht allein in Yüans geheimes Lager, es sei denn, sie wollten unbedingt vergewaltigt werden. Seine Männer waren ebenfalls verwirrt. »Was sollen wir tun?« fragten sie den Ranghöchsten unter ihnen.

»Ruf den Hauptmann«, sagte der Feldwebel.

»Tante Vicky?« fragte Martin fassungslos. War dieses hochgewachsene, dunkelhaarige Wesen, das bis auf die Zähne mit Gewehr, Revolver und einem langen Messer bewaffnet war und zerfetzte, blutbefleckte Männerkleidung trug, tatsächlich seine Tante?

Viktoria umarmte ihn und sah dann Yüan an, der hinter ihm stand. »Ich habe Euch den ganzen letzten Monat über gesucht.«

»Man hat mir gesagt, daß Ihr zu den Kuomintang gehört«, erwiderte Yüan.

»Nein«, sagte Viktoria. »Ich bin ihnen entkommen. Jetzt werde ich Euch zu ihnen führen.«

»Könnt Ihr denn das?«

»Ich weiß, wo sie sind«, sagte Viktoria.

Yüan sorgte dafür, daß Viktoria ein Bad nehmen konnte, gab ihr neue Kleidung und aß mit ihr allein zu Abend. »Ihr werdet mich erst überzeugen müssen, daß ich Euch vertrauen kann«, sagte er. Viktoria erzählte ihm, was ihr widerfahren war und was sie getan hatte. Er hörte schweigend zu und strich sich über den spärlichen Bart. Als sie fertig war, sagte er: »Wenn General Tang noch lebte, würdet Ihr weiterhin für Sun kämpfen. Seid Ihr denn wirklich so unbeständig?«

»Ich bin meiner Liebe achtzehn Jahre lang treu gewesen, Exzellenz. Ich habe Dr. Sun nie unterstützt – nur Tang.«

»Achtzehn Jahre lang treu«, sagte Yüan nachdenklich. »Das ist allerdings eine ausgezeichnete Empfehlung. Eine solche Frau könnte mir gefallen. Ihr seid noch immer sehr schön, und meine Frau ist schon viele Jahre tot. Es hat andere Frauen gegeben, aber …« Er zuckte die Achseln. »Ihr habt Euren … Neffen gefunden. Wollt Ihr nicht bei ihm bleiben? Er ist wie ein Sohn für mich, viel mehr, als er es für Tang je gewesen ist, wenn es stimmt, was Ihr mir von ihm erzählt habt. Zu Euren Brüdern könnt Ihr ja auch nicht mehr zurück, denn sie werden mittlerweile wissen, daß Ihr die Kuomintang mit Waffen versorgt habt. Nur unter meiner Obhut könnt Ihr jemals wieder nach Schanghai zurückkehren.«

Um nach Schanghai zurückzukehren, würde sie seinen Schutz gewiß brauchen, dachte Viktoria. Aber zu tun, was er verlangte … Er war fett, unattraktiv und alt genug, daß er ihr Vater hätte sein können. Außerdem wußte sie instinktiv, daß er anspruchsvoller sein würde als Tang. Sex war für Tang nie mehr gewesen als ein Mittel zum Zweck. Für Yüan hingegen würde Sex der Zweck an sich sein.

Aber bei Martin zu sein und sich an allen rächen zu können, die sie schlecht behandelt und ihrem Sohn seinen rechtmäßigen Platz als Vorstand des Hauses vorenthalten hatten, dafür würde sie sich auch mit dem Teufel höchstpersönlich einlassen. Yüan sah, daß er gesiegt hatte. »Zieht die Bluse aus«, sagte er. »Damit ich Eure Schönheit bewundern kann.«

Viktoria zog den Kittel über den Kopf. Yüan streckte den Arm aus, umkreiste langsam ihre rechte Brustwarze mit dem Eßstäbchen und sah zu, wie sie hart wurde. Er ergriff Besitz von ihr auf seine ganz persönliche, eigenartige Weise. Viktoria blieb still sitzen und versuchte, ruhig zu atmen. »Man hat Euch geschlagen«, sagte Yüan. »Habt Ihr keine Narben auf dem Gesäß?«

»Doch, da sind Narben«, antwortete Viktoria.

»Zeigt sie mir«, erwiderte Yüan.

»Ich will Rache«, sagte Viktoria. Sie lag neben dem Marschall unter der Decke und dachte darüber nach, wie leicht sie sich anpassen konnte. Oder lag es daran, daß alle Männer im Bett gleich waren? Sie hatte nur mit drei Männern in ihrem Leben geschlafen. Adrian zählte sie nicht, denn sie war sich sicher, daß er in seiner Verderbtheit nicht beispielhaft, sondern ein Ungeheuer war. Viele sahen in Yüan Schi-Kai ein Ungeheuer, aber im Bett war er Tang überraschend ähnlich.

Selbst ihr Körperbau wies einige Gemeinsamkeiten auf. Angezogen machte der Marschall einen außerordentlich plumpen, vielleicht sogar fetten Eindruck. Mit seinem spärlichen Bart, den schläfrigen Augen und dem schütteren Haar wirkte er manchmal wie eine Katze vor einem gemütlichen Kaminfeuer. Beide Eindrücke waren absolut falsch. Yüan Schi-Kai war vielleicht plump, aber unter dem scheinbar weichen Fleisch verbargen sich harte Muskeln, und hinter den schläfrigen Augen wirkte ein stets wacher Verstand.

Viktoria dachte an die vergangenen Tage. Sie war allein durch die Berge gezogen. Sie hatte sich gegen Männer wehren müssen, die sie gewiß vergewaltigt hätten, und gegen solche, die sie berauben wollten. Sie hatte ihr Gewehr und ihren Revolver benutzt, hatte getötet und geraubt, um zu überleben. Im strömenden Regen hatte sie die Berge überquert, auf der Suche nach ihrem Sohn. Schließlich hatte sie ihn gefunden.

Viktoria sann auf Vergeltung, und neben ihr lag der Mann, der ihr dabei helfen konnte. »Wann werden wir zu den Kuomintang aufbrechen?« fragte sie den Marschall.

Yüan lächelte sein schläfriges Lächeln und streichelte ihre samtweiche Haut, wie er eine Katze streicheln würde. »Wenn ich den Befehl dazu gebe.« Viktoria setzte sich verärgert auf. Yüan schlang seinen Arm um ihre Taille und zog sie herunter, bis sie auf ihm lag. »Bin ich nicht ein Diener der Ch'ing?« fragte er. »Willst du, daß ich meinen Eid, den ich der Dynastie geschworen habe, breche?« Viktoria versuchte sich zu befreien, aber er hielt sie nur noch fester. »Du bist ungeduldig, meine teure Vicky. Alle Barbaren sind ungeduldig. Es ist Zeit genug. Du wirst deine Rache bekommen. Wenn ich meinen Zopf abschneide, dann wirst du gerächt werden.«

Viktoria betrachtete seinen Nacken. »Aber …«

»Du meinst, ich habe meinen Zopf schon abgeschnitten?« Yüan lächelte. »Aber nur du und ich und meine engsten Vertrauten wissen es. Willst du, daß es jedermann erfährt?«

Ein britisches Kriegsschiff feuerte zwölf Salutschüsse vor der Mündung des Jangtsekiang ab. Eine riesige Menschenmenge hatte sich am Ufer versammelt und jubelte. Bewaffnete Chinesen – Bannersoldaten waren keine zu sehen – schossen mit ihren Gewehren in die Luft, und Tausende von Feuerwerkskörpern wurden gezündet. »Wirst du dir das Spektakel ansehen?« fragte Adrian.

Er hatte seinen Bruder, seine Schwägerin und James besucht, die jetzt auf der Veranda standen und sich die Aufregung aus der Entfernung ansahen. »Er muß den Fluß hinaufkommen«, sagte Robert.

»Nun, ich werde mich ein wenig unters Volk mischen«, entschied sich Adrian. »Dieser Kerl könnte in gar nicht allzu langer Zeit unser neues Staatsoberhaupt werden.«

Das ist er schon, dachte Robert, zumindest hier unten am Jangtse. Die Macht der Ch'ing war am Fluß entlang rasch und vollständig zusammengebrochen, und eine Abordnung, die behauptete, das ganze Reich zu repräsentieren – obwohl ihre

Mitglieder hauptsächlich aus den südlichen Provinzen stammten – hatte Sun Yat-sen zum Präsidenten der Republik China gewählt, bevor der Doktor überhaupt aus Amerika zurückgekehrt war.

»Kann ich mitkommen, Onkel Adrian?« fragte James. »Ich möchte den Sun so gerne sehen.«

Adrian grinste. »An deiner Stelle wäre ich etwas vorsichtig mit dieser Anrede. Aber du kannst mitkommen, wenn Mama und Papa nichts einzuwenden haben.«

Monique sah Robert an, der die Achseln zuckte. »Bleib nahe bei deinem Onkel. Und du paß gut auf ihn auf, Adrian.«

Adrian nahm den Jungen bei der Hand. Sie gingen die Treppe hinunter und dann zu den Piers der Barringtons.

»Was wird jetzt geschehen, Robert?« fragte Monique.

In den letzten elf Jahren hatte sie gelernt, was das Wort Sicherheit bedeutete. Und jetzt gab es schon wieder eine Revolution.

»Ich wünschte, ich wüßte es«, sagte Robert. »Vielleicht hat Adrian recht, und wir werden mit diesem Kerl tatsächlich noch Geschäfte machen. Seine Männer kontrollieren die gesamte Länge des Jangtse.«

»Aber die Ch'ing werden dem doch nicht tatenlos zusehen, oder?«

»Ich wüßte nicht, was sie tun könnten, es sei denn, sie rufen Yüan Schi-Kai zu Hilfe, aber dazu sind sie anscheinend zu stolz. Ohne Yüan ist die Armee der Bannersoldaten ein Scherz. Und Suns Leute sind zu allem entschlossen. Es erinnert mich an das, was mir Vater über die T'ai-P'ing erzählt hat. Sun ist ein Christ, genau wie Hung Siu-ts'üan, der sich damals selbst den Titel Himmlischer König verliehen hat. Er hielt sich für Jesus Christus jüngeren Bruder.«

Monique erschauerte. »Aber er war wahnsinnig.«

»Ja, das war er allerdings. Und ein schreckliches Ungeheuer dazu. Aber die Dynastie konnte auch gegen ihn eine ganze Weile nichts ausrichten.«

»Glaubst du, daß Viktoria jetzt nach Hause kommen wird?« Sie hatten seit dem Ausbruch der Revolution zwei Monate zuvor nichts mehr von ihr gehört.

»Ich wünschte, ich hätte wenigstens darauf eine Antwort«, sagte Robert.

»Mr. Barrington!« Sun Yat-sen war nach europäischem Maßstab etwa mittelgroß und recht gutaussehend. Sein schwarzes Haar war sorgfältig gekämmt und gescheitelt, und sein bleistiftdünner Schnurrbart sehr gepflegt. Er war westlich gekleidet und trug einen unauffälligen Anzug. Wenn ihn der begeisterte Empfang in Schanghai beeindruckt hatte, dann ließ er es sich jedenfalls nicht anmerken. Es war auch kein Anflug von Feindseligkeit in seinem Blick oder in seiner Stimme, als er das Haus der Barringtons betrat und das wertvolle Geschirr, die Cloisonné-Arbeiten auf den dekorativen Beistelltischen, den edlen Parkettboden und die sich verneigenden chinesischen Diener betrachtete. Seine eigene Begleitung hatte weniger gute Manieren. Die Männer drängten sich oben auf der Treppe und sprachen leise miteinander.

»Dr. Sun«, erwiderte Robert seinen Gruß. »Darf ich Euch meine Frau und meinen Sohn vorstellen? Meinen Bruder habt Ihr ja wohl schon getroffen.«

Sun beugte sich über Moniques Hand. »Die Barringtons haben immer eine außerordentlich glückliche Hand besessen, so sagt man, Mrs. Barrington – nicht nur, was ihre Geschäfte angeht.« Monique errötete, was ihre Züge noch reizvoller machte, und warf ihrem Mann einen unsicheren Blick zu. »Ihr müßt meine Frau kennenlernen, sobald sie ankommt«, fuhr Dr. Sun fort. »Aber jetzt, fürchte ich, müssen wir Männer wohl übers Geschäft reden.«

Robert nickte, und Monique ging mit James hinaus. Adrian wäre gern geblieben, aber Dr. Sun musterte ihn mit Herablassung, bis er sich wutschnaubend auf die Veranda zurückzog. Sun setzte sich und faltete die Hände in seinem Schoß. »Darf ich offen sprechen?«

»Es wird uns nichts anderes übrigbleiben, wenn wir irgend etwas Vernünftiges erreichen wollen, Exzellenz.«

»Gut«, sagte Sun. »Nun, Mr. Barrington, die Situation ist außergewöhnlich. Ich bin sicher, daß Ihr seit Jahren schon mit meinem Namen und meinen Zielen vertraut seid.« Er wartete, bis Robert genickt hatte. »Zwanzig Jahre lang habe ich diese Revolution geplant und immer wieder mein eigenes Leben und das meiner Anhänger aufs Spiel gesetzt.«

Sicher wußte Sun auch, daß James Barrington 1894 veranlaßt hatte, die Triade in Schanghai ausfindig zu machen und zu vernichten, dachte Robert. Aber er fragte sich, ob er auch wußte, daß Viktoria zu seinen fanatischsten Anhängern gehörte und ihm tatsächlich mehr geholfen hatte als irgend jemand sonst? Er entschied sich, ihren Namen vorerst nicht ins Spiel zu bringen.

»Ich gestehe, daß es viele Momente gegeben hat«, fuhr Sun fort, »in denen ich verzweifelt war und nicht an den Erfolg meiner Revolution geglaubt habe. Und plötzlich passiert alles wie von selbst. Ein übereifriger Untergebener, ein nicht voraussehbarer Verrat, ein Angriff der Regierungstruppen, und schon bricht die Revolution aus. Offenbar ist die Dynastie der Ch'ing und die Regierung noch viel schwächer und verrotteter als erwartet, wenn ihr Widerstand am Jangtse so schnell und so gründlich zusammenbricht.«

»Sie ist nicht mehr das, was sie einmal war«, gab Robert zu.

Sun lächelte kurz. »Seit dem Tod von T'se-hi, meint Ihr wohl? Jedenfalls ist sie tot, und jetzt haben wir es mit geringeren Sterblichen zu tun. Ich glaube, es gab überhaupt nur zwei Giganten, die der Kaiserinwitwe in unerschütterlicher Treue immer zur Seite gestanden sind und alle Krisen und Widrigkeiten mit ihr geteilt haben. Ich spreche natürlich von Yüan Schi-Kai und Robert Barrington.«

»Ihr schmeichelt mir, Exzellenz.«

»Ihr besitzt das reichste und mächtigste Handelshaus in China. Doch jetzt untersteht Ihr meiner Herrschaft, auf Grund der besonderen Umstände, die ich gerade beschrieben habe. Ich könnte das Handelshaus schließen lassen. Ich könnte Euch und Eure Familie erschießen lassen. Natürlich könnte ich Euch und Eure Familie auch auf ein Schiff nach England verfrachten und Euch verbieten, China jemals wieder zu betreten.« Robert fuhr sich nervös mit der Zunge über die Lippen. »Aber was würde ich damit erreichen?« fragte Sun. »Ich würde lediglich ein riesiges Vakuum im Herzen dieses gewaltigen Landes erzeugen, das ich dereinst regieren werde. Ich glaube, China braucht das Haus Barrington.«

»Jetzt schmeichelt Ihr *uns*, Dr. Sun.«

»Mr. Barrington, ich muß wissen, ob Ihr China dient oder den Ch'ing. Eure Familie lebt seit über hundert Jahren in China. Ihr seid hier geboren und habt Eurer ganzes Leben in China verbracht. Ihr seid Christ, nehme ich an. Ich ebenfalls. Aber ich glaube trotzdem, daß wir beide einige Aspekte des Konfuzianismus durchaus schätzen. Würdet Ihr nicht sagen, daß die Ch'ing das Mandat des Himmels verloren haben? Bevor Ihr antwortet, möchte ich einige Dinge klarstellen. Ich habe nicht vor, dem Kaiser oder seiner Familie etwas anzutun, es sei denn, sie treten mir bewaffnet gegenüber. Das habe ich auch dem Regenten geschrieben und ihm vorgeschlagen, daß P'u-i abdankt und mit einem jährlichen Gehalt von viertausend Pfund in den verdienten Ruhestand tritt. Das ist eine Menge Geld.«

»Darf ich fragen, wer das bezahlen soll?«

»Die Regierung natürlich, sobald sie im Amt ist. Aber laßt mich noch auf einen anderen Aspekt hinweisen. Unsere Regierung wird eine gewählte sein. Ich bin zum Präsidenten von China gewählt worden, aber nur von einem sehr geringen Teil der Wählerschaft. Ich möchte noch eine zweite, allgemeine Wahl abhalten. Ich glaube, daß die Kuomintang diese Wahl gewinnen werden und ich dann tatsächlich der rechtmäßig gewählte Präsident Chinas sein werde. Aber wenn wir nicht gewinnen, wenn es eine andere Partei gibt und einen starken Führer, der statt meiner gewählt wird, dann gebe ich Euch mein Wort, daß ich diese Wahl akzeptiere und mich ins Privatleben zurückziehen werde. Allerdings nur unter der Bedingung, daß alle Vereinbarungen, die ich mit den Ch'ing getroffen habe, auch für die zukünftige Regierung verbindlich sind. So, werdet Ihr mir jetzt Eure Antwort geben?«

Robert hatte sich bereits entschieden. Er wußte, daß Sun im Recht war und daß der Zusammenbruch des Hauses Barrington für China eine Katastrophe bedeuten würde. Daher war er in einer viel stärkeren Position, als es denen erscheinen mochte, die nur die Soldaten der Kuomintang sahen, die auf der Straße patrouillierten und sein Haus umstellt hatten. Und er wußte ebenfalls, daß die Macht der Ch'ing seit T'se-his Tod vergangen war und jeder nur noch darauf wartete, daß man sie vom Thron stieß. Er war froh, daß er sich Yüan, der diesen letzten Schritt verhindern wollte, in den Weg gestellt hatte, nicht weil ihm etwas daran lag, die todgeweihte Regierung zu bewahren, sondern weil der Marschall eine Militärdiktatur anstrebte. Daß Yüan Martin in seiner Gewalt hatte, durfte ihn in seiner Entscheidung nicht beeinflussen.

Sun war ein Mann, mit dem man reden konnte, mit dem er Geschäfte machen konnte. Ein Mann, der von Demokratie sprach. Robert erinnerte sich daran, daß sein Vater nur Verachtung für die Befürworter eines demokratischen Chinas gezeigt hatte. Aber wenn man es nie versuchte, wie konnte man da beurteilen, ob es funktionierte oder nicht?

Außerdem war Sun Robert von Anfang an sympathisch, Auch wenn sie sich erst seit kurzer Zeit kannten. Schließlich würde er nur mit Suns Hilfe herausfinden können, was aus seiner einzigen verbliebenen Schwester geworden war. Aber wußte Sun überhaupt etwas von seinen Absichten? »Ihr könnt mit meiner Unterstützung rechnen, Dr. Sun«, sagte er. »Ich werde tun, was in meinen Möglichkeiten steht. Finanziell ließe sich da gewiß einiges arrangieren, und auch meine Beziehungen nach England und Europa könnten nützlich sein. Aber ich habe keine Armee, im Gegensatz zu Yüan Schi-Kai. Was soll mit ihm geschehen?«

»Eines nach dem anderen«, erwiderte Sun. »Ich wollte mich zunächst mit Euch beschäftigen, Mr. Barrington. Jetzt, da ich weiß, wo Ihr steht, kann ich mich mit Marschall Yüan befassen.«

Langsam und genüßlich entfaltete Yüan Schi-Kai das schwere Papier. Er hatte es sich in einem Sessel vor seinem Zelt gemütlich gemacht. Um ihn herum herrschte das geschäftige Treiben eines Feldlagers, denn hier in den Bergen hatte Yüan seine Truppen zusammengezogen. Er hatte sie sorgfältig rekrutiert und ausgebildet: dreißigtausend uniformierte, gut ausgerüstete, mutige Männer. Beinahe wäre er daran bankrott gegangen, und die Männer stellten jetzt seinen ganzen Besitz dar. Aber er war sicher, daß er mit ihrer Hilfe Macht und Reichtum wiederherstellen konnte – und vielleicht mehr als das. Sie waren bereit und warteten nur auf seinen Befehl.

Seine Offiziere schwiegen, während er den kaiserlichen Befehl las. Martin Barringtons Erregung wuchs. In den vergangenen Monaten hatte er begonnen, den Marschall zu verehren, denn dieser ermöglichte ihm alles, wovon Martin immer geträumt hatte. Auch die Entschlossenheit und der Glaube an eine Vision waren Eigenschaften, die der junge Barrington schätzen gelernt hatte. Wie jeder Soldat in der Armee zweifelte auch er nicht daran, daß Yüan Schi-Kai die Zukunft gehörte. Seit Tante Viktoria die Geliebte des Marschalls war, wußte Martin mit Bestimmtheit, daß seine Zukunft von Yüan abhing. Und da er sich selbst in seinem eigenen Harem – den ihm der Marschall zur Verfügung gestellt hatte – jederzeit befriedigen konnte, sah er keinen Grund, Viktoria zu kritisieren.

Yüan lächelte und faltete das Papier zusammen. Er sah seine Offiziere an. »Meine Herren«, sagte er. »Ich habe Befehl vom Regenten, meine Armee nach Hankau in Marsch zu setzen und der Rebellion ein Ende zu machen. Damit diese Aktion eine rechtmäßige Grundlage hat, bin ich als Marschall von China wieder in Amt und Würden.« Er blickte einen der Offiziere an, der erst kürzlich aus dem Süden zurückgekommen war. »Berichtet mir noch einmal, was Ihr über die Kuomintang wißt.«

»Ihre Zahl ist sehr groß, Exzellenz. Es sind viele tausend Mann. Der gesamte Fluß ist unter ihrer Kontrolle, außerdem Nanking und Schanghai.« Er warf einen Blick auf die Tür, hinter der Yüans private Gemächer lagen. Der Offizier wußte, daß Viktoria Barrington sich dort befand. »Ich habe gehört, daß auch das Haus Barrington ihrer Kontrolle untersteht. Und jetzt, da Dr. Sun nach China zurückgekehrt ist, behaupten sie, er sei der rechtmäßige Herrscher über China.«

»Aus diesem Grund will ihn der Regent vernichten«, fügte Li Yuan-hung, der Stabschef, hinzu.

»Wie stehen unsere Chancen, die Kuomintang zu besiegen?« fragte Yüan seinen ersten Offizier.

»Die Kuomintang sind nicht sehr diszipliniert, Exzellenz. Ich glaube, daß wir sie trotz ihrer großen Zahl schlagen können. Aber es wird nicht in wenigen Tagen zu schaffen sein, und es wird auch nicht leicht werden.«

Yüan lächelte. »Meine Herren, wir marschieren noch heute. Aber wir werden nicht nach Hankau gehen. Und auch nicht nach Nanking oder Schanghai. Ich glaube, unsere Bestimmung liegt im Osten.«

»Hier ist ein Brief aus Peking«, sagte Adrian. »Er ist von Marschall Yüan und an dich adressiert.« Robert betrachtete den Umschlag mit gerunzelter Stirn. »Ich wußte noch nicht einmal, daß der Marschall in Peking ist«, fuhr Adrian fort. »Ich dachte, er wäre noch immer in Shensi, um seine Armee zu mobilisieren.«

»Das dachte ich auch«, sagte Robert nachdenklich und schlitzte den Umschlag auf. »Großer Gott!«

»Und?« fragte Adrian.

Robert las: »Ich schicke Euch dies mit dem schnellsten Kurier, den ich finden konnte, damit Ihr diese Nachricht als erster erfahrt. Gestern, am 12. Februar 1912, lud mich Prinz Ch'un zu einer Audienz, bei der auch der P'u-i-Kaiser anwesend war. Ich habe die beiden davon unterrichtet, daß das Reich die Herrschaft der Ch'ing nicht mehr länger duldet, und ihnen zur Wahl gestellt, unter angemessenen finanziellen Bedingungen in den verdienten Ruhestand zu treten oder abgesetzt und inhaftiert zu werden.«

Robert hob den Kopf und sah Adrian an: die Ch'ing hatten noch nicht einmal Sun Yat-sens Vorschlag angenommen.

»Du lieber Himmel«, sagte Adrian. »Er hat es tatsächlich getan.«

Robert las weiter: »Prinz Ch'un hat meinen Vorschlag dankend angenommen – besonders im Hinblick auf P'u-i.

Ich verstehe, Robert, daß Eure Loyalität der Dynastie gegenüber alles andere überlagert hat, aber die Dynastie existiert nicht mehr. Jetzt muß ich Euch bitten, die Situation neu zu überdenken und dem Reich selbst Eure Loyalität zu erweisen. Ich verstehe, daß Ihr mir mißtraut, und das möchte ich gerne ändern. Ich werde zunächst selbst die Aufgaben des Regenten übernehmen, aber nur, bis wir landesweite Wahlen abhalten können. In diesem Zusammenhang habe ich Dr. Sun Yat-sen nach Peking bestellt, damit wir über die Situation sprechen können, und ihm mitgeteilt, daß ich ihn und seine Anhänger an der kommenden Wahl teilnehmen lassen möchte.«

»Laß mein Pferd satteln«, sagte Robert schroff und griff nach seinem Hut.

Er ritt nach Schanghai, wo Sun sein Hauptquartier eingerichtet hatte. Dort wurde er aufgehalten und von den Leibwächtern des Doktors, unter Oberaufsicht des unbarmherzig wirkenden Kommandanten der Wache, Tschiang Kai-schek, ausgiebig durchsucht.

Sun begrüßte Robert mit einem strahlenden Lächeln. »Nun, Barrington, die Dinge entwickeln sich genau so, wie wir gehofft haben. Ich bin darüber informiert worden, daß der Regent im Namen von P'u-i einen Erlaß herausgegeben hat, der die Wahl zu einer Nationalratsversammlung in Aussicht stellt, die ihn ›unterstützen‹ soll, das Reich zu regieren. Er hat meine Bedingungen zwar nicht vollständig akzeptiert, aber es ist ein Schritt in die richtige Richtung. Es ist wahrscheinlich das beste, wenn wir die ersten Wahlen unter der Oberaufsicht der Dynastie durchführen. Wenn wir an der Macht sind, dann können wir immer noch die Abdankung des Kaisers fordern. Das Ganze sollte ohne jede Gewaltanwendung ablaufen.« Er runzelte die Stirn, als er Roberts Gesichtsausdruck sah. »Das gefällt Euch wohl nicht, Barrington?«

»Ich fürchte, Ihr seid nicht auf dem neuesten Stand, Dr. Sun.« Robert gab ihm Yüans Brief. »Ich habe ihn vor weniger als einer Stunde erhalten.«

Suns Gesichtsausdruck wurde immer ernster, je länger er las, aber dann klärten sich seine Züge. »Marschall Yüan verhält sich in jeder Hinsicht wie ein Soldat. Aber was kann man von einem Soldaten erwarten? Und wie es im Westen heißt, er hat den gordischen Knoten durchschlagen. Ich muß sofort nach Peking.«

»Das wäre glatter Selbstmord!«

Sun zog die Augenbrauen in die Höhe. »Ihr traut dem Marschall nicht?«

»Nein, Dr. Sun. Ihr seid gerade erst zum vorläufigen Präsidenten Chinas gewählt worden …«

»Aber nur von der einen Hälfte der Bevölkerung«, fügte Dr. Sun hinzu.

»Darüber solltet Ihr Euch meiner Meinung nach nicht zuviele Gedanken machen. Ihr seid in dem Teil des Landes gewählt worden, der unter Eurer Kontrolle steht. Marschall Yüans Machtanspruch hat keine legale Basis, und das weiß er. Genau die versucht er jetzt aufzubauen, indem er Wahlen anbietet und Euch dabei seine Zusammenarbeit vorschlägt. Aber bis diese Wahlen stattgefunden haben, seid Ihr der rechtmäßige Präsident Chinas. Er muß zu Euch kommen und *Eure* Bedingungen annehmen.«

Sun fuhr sich übers Kinn.

»Das klingt alles sehr überzeugend, was Barrington da sagt«, meldete sich jetzt Hauptmann Tschiang Kai-schek zu Wort.

»Und was passiert, wenn Marschall Yüan ablehnt und sich entscheidet, mit uns zu kämpfen?« fragte Sun. »Werden wir ihn dann besiegen, Hauptmann?«

»Wir werden dafür sorgen, daß er den Tag bereut«, antwortete Tschiang finster.

»Das bezweifle ich. Er ist mit Leib und Seele Soldat. Er war es sein ganzes Leben lang. Er kommandiert eine große und sehr disziplinierte Armee. Das sind keine verweichlichten Bannersoldaten, sondern Berufssoldaten wie er. Und das bedeutet, daß viele sterben werden. Es bedeutet Bürgerkrieg. Das kann ich nicht zulassen, wenn es auch nur irgendeinen Weg gibt, den Krieg zu vermeiden. Ich werde nach Norden ziehen und den Marschall treffen. Aber dieses Treffen wird in aller Öffentlichkeit stattfinden, vor den Augen der Welt und der Presse. Die wird noch nicht einmal Yüan Schi-Kai vor den Kopf stoßen wollen. Barrington, Ihr werdet mich begleiten. Yüan wird Euch ebensowenig ein Haar krümmen wie ich. Außerdem kennt Ihr den Kerl. Ihr werdet mich beraten können. Aber daß hier kein Mißverständnis aufkommt ...« Er sah die aufmerksamen Gesichter im Raum an. »Wie Barrington gesagt hat, ich bin der gewählte Präsident Chinas, und als solcher begebe ich mich in den Norden. Ihr werdet alles arrangieren, Hauptmann Tschiang, zusammen mit Barrington.«

»Das ist Wahnsinn«, sagte Monique. »Du kannst nicht gehen, Robert. Du kennst Yüan schließlich besser als irgend jemand sonst. Es ist offensichtlich, daß er die Macht an sich reißen will.«

»Er hat die Macht bereits an sich gerissen. Aber Sun hat recht. Yüans Bestrebungen, es legal aussehen zu lassen und den Eindruck zu erwecken, er handele im Interesse des Reiches und mit der Zustimmung des Volkes, zeigt, wie wichtig ihm die internationale Anerkennung ist. Niemand wird den Ch'ing eine Träne nachweinen, da ihr Sturz mit dem feierlichen Versprechen einhergeht, China in eine Demokratie umzuwandeln. Aber die Weltöffentlichkeit wird uns beobachten und wissen wollen, was als nächstes passiert. Yüan muß sehr vorsichtig agieren. Er kann es sich nicht erlauben, in der öffentlichen Meinung als Mörder und Tyrann dazustehen. Ich glaube jedenfalls nicht, daß mir irgend etwas zustoßen wird.«

Monique schien nicht überzeugt zu sein.

Robert lächelte Adrian an. »Ich übergebe das Haus in deine Hände, Adrian. Bis ich zurückkomme.«

Adrian erwiderte sein Lächeln. Dann grinste er Monique an. »Wir werden uns in deinem Namen gemeinsam darum kümmern, Robert.«

Robert konnte sich nicht vorstellen, daß es in China schon einmal eine ähnliche Situation gegeben hatte. Aber offenbar hatten sich die Chinesen mit dem neuen Regime bereits arrangiert. Das Tor zur Verbotenen Stadt, genannt Tien-an-men, war geöffnet, so daß die Bevölkerung diesen Bereich jetzt jederzeit betreten konnte. Überall wimmelte es von Soldaten in Khakiuniformen, die hohe Kappen, Patronengürtel und moderne Waffen trugen. Sogar Stellungen für Maschinengewehre waren an jeder Straßenecke errichtet. Niemand konnte bezweifeln, daß Marschall Yüan alles daransetzte, eine Ausweitung der Revolution bis nach Peking zu verhindern.

Im Norden hatte es bereits Blutvergießen zwischen den Kuomintang und den Truppen des Marschalls gegeben. Aber heute war alles friedlich, abgesehen von den Menschenmassen, die sich entlang der großen Allee drängten und versuchten, einen Blick auf die Kavalkade zu erhaschen.

Sun Yat-sen ritt an der Spitze, sein Leibwächter und engster Vertrauter, Tschiang Kai-schek, dicht hinter ihm. Robert ritt mit den anderen führenden Offizieren hinterher. Sie warteten vergeblich auf Jubelrufe, denn die Menschen, die die Straße säumten, waren Yüans Leute.

Aber Sun schien weder verärgert noch besorgt, als er sich dem Tien-an-men näherte, wo Yüan in einem feuerroten, mit Orden dekorierten Kittel und weißen Reithosen auf ihn wartete. Aus seinem weißen, schräg aufgesetzten Hut sprossen lange Straußenfedern. Ein vergoldetes Schwert und ein Pistolenhalfter hingen an seinem Gürtel. Yüans Gesichtsausdruck war wie immer entspannt und fast schläfrig. Er sah zufrieden aus. Nun, dachte Robert, er hatte auch allen Grund dazu.

Hinter dem Marschall standen seine Adjutanten, die nicht weniger prächtig gekleidet waren. Roberts erster Blick galt Martin, der größer und kräftiger war als die anderen. Der Junge – er war noch keine achtzehn – sah starr geradeaus und hielt mit der Linken die Zügel seines Pferdes. Aber auch er strahlte ein enormes Selbstvertrauen aus und wirkte sehr zufrieden.

Der Marschall war umgeben von seiner Eliteeinheit, die Haltung angenommen hatte. Dahinter standen die offenen

Kutschen der Ehrengäste, die zu der Zeremonie eingeladen worden waren. Wahrscheinlich waren auch Yüans Konkubinen darunter, dachte Robert, als er etwas abseits mehrere Kutschen entdeckte, in denen nur Frauen saßen.

Sein Herz schlug plötzlich schneller, und er kniff die Augen zusammen. Eine der Frauen ... mit ihrem glänzenden schwarzen Haar könnte sie eine Chinesin sein. Aber sie war zu groß und ihre Haut zu hell. Er konnte ihr Gesicht auf die Entfernung nicht richtig erkennen, aber vielleicht ... Fühlte er nun Erleichterung oder Sorge? Sollte sie so schnell die Fronten gewechselt haben? Von Tang zu Yüan? Vom feurigen Revolutionär zum Militärdiktator? Von dem Mann, den sie angeblich geliebt hatte, zu dem, den sie haßte? Aber wenigstens wußte er jetzt, daß sie lebte.

Monique Barrington stieg aus ihrer Rikscha und spürte eine eigenartige Erregung, die mit Furcht gemischt war. Soweit sie wußte, war kein Mitglied der Familie jemals in Adrians Haus zum Abendessen eingeladen worden.

Sie hatte lange gezögert, bevor sie die Einladung angenommen hatte. Es war unmöglich, Adrians unverschämtes Benehmen zu ignorieren, die Art, wie er eine Frau mit den Augen nackt auszog, den Blick langsam von ihren Schultern über das Mieder bis zu den Hüften gleiten ließ. Die meisten Frauen mochten dies als ekelhaft empfinden, während andere ihn vielleicht bedauerten, daß er zu seiner Befriedigung niemand anderen hatte als seine Dienstmädchen. Natürlich kannte sie die Geschichten, die man sich über ihn erzählte – daß er seine Diener wie Sklaven behandelte und sie auspeitschte, wenn ihm danach war. Das hatte Robert immer großes Unbehagen bereitet. Aber er hatte seine Zurückhaltung, sich in das Privatleben anderer Menschen einzumischen, nie überwinden können. Es schien ihm, als ob Adrians Diener – besonders die Frauen – ihm über alle Maßen ergeben waren.

Robert war nie zum Abendessen in Adrians Haus eingeladen worden.

Und jetzt wollte ihr Schwager sie mit seinen gierigen

Augen anstarren … und was sonst noch? Sie fragte sich, ob Robert ihre Entscheidung gutheißen oder ablehnen würde. Aber am Ende konnte er nur gutheißen, was diese dem Untergang geweihte Familie näher zusammenbrachte – vor allem, seit Viktoria verschwunden und höchstwahrscheinlich tot war. Fand sie ihre Entscheidung denn selbst richtig? Insgeheim spürte sie die eigene Ablehnung. Aber sie war trotzdem gekommen – vor Neugier.

Der Diener begrüßte sie ernst. »Ich bin Chiang Lu, Madame.« Sie schätzte sein Alter auf etwa fünfzig, und er machte einen ehrwürdigen und vernünftigen Eindruck – kein Anzeichen von Verdorbenheit.

Monique betrat das Wohnzimmer und wurde von einer chinesischen Frau begrüßt, die sich ebenfalls vor ihr verneigte. »Willkommen, Madame Barrington. Ich bin Wu Ping. Mein Herr möchte Euch zu einem Aperitif einladen.« Jetzt war Moniques Neugier endgültig geweckt. Wu Ping trug ein hellblaues Seidenkleid, das ihren schlanken Körper wie eine zweite Haut umgab. Monique konnte keinerlei Anzeichen von Unterwäsche entdecken. Aber auch Wu war sicher über fünfzig, und nichts an ihr schien besonders schön, weder ihr Gesicht noch ihr Körper.

Sie folgte der Frau in den Salon, der weiter im Inneren des Hauses gelegen war. Dort wartete Adrian. Er trug europäische Abendkleidung – weiße Fliege und Frack – und reichte ihr die Hand, als ob sie Fremde wären. »Monique, wie schön Ihr seid.«

Monique trug ein tief ausgeschnittenes, grünes Abendkleid und hatte ihr rotbraunes Haar hochgesteckt. Ihre blasse Haut mit den feinen Sommersprossen wirkte fast durchscheinend. »Vielen Dank, Adrian. Ich bin hoffentlich nicht der einzige Gast?« Sie hatte natürlich von Anfang an gewußt, daß es so sein würde, aber sie hielt diese Frage trotzdem für angemessen.

»Warum sollen wir uns langweilen lassen?« fragte er und führte sie zu einem Sofa. Chiang Lu kam mit einem Tablett herein, auf dem volle Champagnergläser standen.

Adrian reichte ihr eines, bediente sich selbst und nahm

neben ihr Platz. Dann zog sich der Diener zurück, blieb aber an der Wand stehen. Auch die Frau, Wu Ping, kam jetzt herein und stellte sich auf die andere Seite der Tür. Vielleicht, dachte Monique, will er genausowenig mit mir allein sein, wie ich mit ihm. »Ich finde Euer Haus reizend«, sagte sie.

»Das habt Ihr wohl nicht erwartet«, entgegnete er.

»Nun, ein Junggeselle, der allein lebt ...« Sie warf einen Blick auf Wu Ping. »Aber ich nehme an, daß Ihr in guten Händen seid.«

»Ich bin in ausgezeichneten Händen. Nach dem Essen zeige ich Euch den Rest des Hauses.« Sie aßen europäische Küche und tranken französischen Wein. Adrian war ein aufmerksamer und unterhaltsamer Gastgeber. Monique fragte sich schon, ob sie und die anderen ihn nicht all die Jahre lang falsch eingeschätzt hatten. Erst beim Brandy erkundigte er sich, ob sie etwas von Robert gehört hätte.

»Nein, noch nicht. Ich nehme an, er hat sehr viel zu tun.«

»Ich frage mich, ob wir je wieder etwas von ihm hören werden.« Moniques Hand zuckte unwillkürlich, und sie verschüttete etwas von ihrem Brandy. Sofort kam Wu Ping herbeigeeilt und tupfte ihr Kleid mit einer Serviette trocken. »Es tut mir leid«, sagte Adrian. »Aber die Zukunft hat mich schon immer fasziniert. Ich frage mich, was geschehen wird, wenn Yüan ihn hinrichten läßt, gemeinsam mit Sun natürlich.«

Monique trank ihren Brandy aus. »Wie könnt Ihr so etwas über Euren eigenen Bruder sagen?«

»Und über Euren Ehemann«, erwiderte Adrian und winkte Chiang Lu, ihr Glas aufzufüllen. »Aber es ist durchaus eine Möglichkeit. Denkt Ihr nie über Möglichkeiten nach, selbst wenn sie unangenehm sind?«

Sie sah ihn an und trank noch einen Schluck, ohne seinen Worten irgendeine Bedeutung zu schenken.

»Und natürlich«, fuhr Adrian fort, »gibt es keinen Grund, warum diese Möglichkeit wirklich so unangenehm sein sollte. Schließlich habt Ihr ja nicht erst gestern geheiratet. Wahrscheinlich langweilt Ihr Euch ohnehin schon mit diesem steifen Bock und sehnt Euch nach Abwechslung.« Er lächelte sie an, während Monique ihm einen giftigen Blick zuwarf.

»Es ist oft eigenartig, wie sich die Dinge entwickeln«, fuhr Adrian fort. »Wir Barringtons waren einmal eine richtige Familie. Doch nun ist Vicky mit ihrem Banditen verschwunden und wahrscheinlich tot, da wir lange schon nichts mehr von ihr gehört haben. Auch ihr Sohn wird bald das Zeitliche segnen, denn Yüan dürfte kein Interesse daran haben, ihn am Leben zu erhalten. Schließlich deutet alles darauf hin, daß auch Robert gestorben ist. Alle sind tot, bis auf Euch, Euren Sohn und mich. Ich finde das richtig gemütlich. Ihr nicht?«

Monique nahm ihr Glas in die Hand, sah, daß es wieder gefüllt war, und stellte es hin. Etwas unsicher stand sie auf. »Ich glaube, ich möchte jetzt nach Hause, wenn es Euch nichts ausmacht. Das Essen war ausgezeichnet, und ich möchte die Stimmung nicht mit so unangenehmen Dingen verderben.«

Adrian stand ebenfalls auf. »Und ob mir das etwas ausmacht, liebste Schwägerin«, sagte er. »Es ist noch viel zu früh, um den Abend zu beenden. Ich habe versprochen, Euch den Rest des Hauses zu zeigen.«

Monique sah ihn an und dann die beiden Diener, die auf beiden Seiten der Tür standen. Sie hatte zuviel getrunken, und das brachte sie ganz durcheinander. Monique wollte wirklich nicht mit ihrem Schwager streiten, und sie konnte sich nicht entscheiden, ob sie nun Angst vor ihm hatte oder nicht. Sie bezweifelte, daß er ihr etwas antun würde. Er konnte doch nicht ernsthaft daran zweifeln, daß Robert zurückkommen würde? »Also gut«, sagte sie. »Ich würde mich freuen, den Rest Eures Hauses zu sehen. Aber ich habe mein Personal davon in Kenntnis gesetzt, daß ich früh zurückkommen werde. Ich gehe nur kurz nach Hause, um bekanntzugeben, daß ich mich etwas verspäte.«

»Das ist nicht nötig«, entgegnete Adrian. »Es ist bereits geschehen.« Er ging zur Tür und wartete auf sie. Nach einem kurzen Zögern folgte sie ihm. Er ließ ihr den Vortritt auf der Treppe, und die beiden Diener schlossen sich an, was in diesem Haus üblich zu sein schien. Vorher hatte sie das noch beruhigend gefunden, aber jetzt war sie sich nicht mehr so sicher.

Adrian streckte die Hand aus und öffnete die nächstgelegene Tür im ersten Stock. »Es ist vielleicht nicht so prächtig wie Eures«, sagte er, »aber ich habe mir große Mühe gegeben.«

In dem Zimmer brannte bereits elektrisches Licht – Robert hatte einen Generator installieren lassen, der beide Häuser und das Bürohaus versorgte –, und zu Moniques Überraschung wartete dort eine weitere Chinesin. »Das ist Shu Lai-ti«, erklärte Adrian.

Monique nickte der Frau kurz zu und stand erneut vor einem Rätsel. Shu Lai-ti war eine gutaussehende Frau, mit üppigen Formen, die man bei den Chinesinnen nur selten antraf. Aber auch sie war mindestens vierzig, schätzte Monique. »Wie findet Ihr es?« fragte Adrian.

Monique starrte das riesige Himmelbett an, das in der Mitte des großen Raums stand, die holzverkleideten Wände und den dicken Teppich. An den Wänden hingen chinesische Gemälde.

»Es hat sogar ein eigenes Badezimmer«, sagte Adrian.

»Sehr hübsch«, meinte Monique.

»Es wartet auf meine Braut«, betonte Adrian.

Monique war einen Moment sprachlos. »Eure Braut? Ihr, Adrian? Ich dachte, Ihr wäret der sprichwörtliche ewige Junggeselle.«

»Mein Pech ist, daß alle Frauen, die ich zur Frau nehmen würde, schon vergeben oder unerreichbar sind. Wäre Vicky zum Beispiel nicht meine Schwester, dann hätte ich sie geheiratet. Ich möchte von Schönheit umgeben sein und von einer … einer Intimität, die über das übliche Maß einer Ehe hinausgeht.« Monique runzelte die Stirn und versuchte, die beiden Aussagen miteinander in Verbindung zu bringen. »Jetzt fürchte ich, daß sie für immer von uns gegangen ist«, fuhr Adrian fort. »Aber noch bevor sie ging, habe ich sie in meinen Träumen bereits durch eine andere ersetzt.«

Monique hörte ein leises Geräusch – es war die Tür, die geschlossen wurde. Sie fuhr herum. Die beiden Dienerinnen standen rechts und links von der Tür, Chiang Lu direkt davor.

»Chiang Lu, Wu Ping und Shu Lai-ti sind meine Alter egos«, erklärte Adrian. »Vor ihnen braucht Ihr keine Angst zu haben.« Er trat hinter Monique, legte ihr die Arme um die Taille und küßte ihren Nacken. Während er sie küßte, glitten seine Hände unter ihr Mieder und immer weiter hinauf, bis er ihre Brüste berührte. Empört rang sie nach Luft und versuchte sich zu lösen, aber er hielt sie nur noch fester. »Ihr seid es, die ich heiraten möchte, jetzt, da Robert tot ist«, sagte er.

Monique riß sich los, aber seine Finger blieben in ihrem Ausschnitt, und sie hörte den Stoff zerreißen, als sie durch das Zimmer taumelte. Sie fand ihr Gleichgewicht wieder und hielt das ruinierte Kleid mit den Händen zusammen. »Ihr seid betrunken!« sagte sie scharf. Dann drehte sie sich zur Tür und richtete das Wort an die Diener. »Wenn ihr mich nicht gehen laßt, werde ich euch auspeitschen lassen.«

»Oh, Ihr seid herzlich eingeladen, sie zu bestrafen«, sagte Adrian. »Vorausgesetzt, Ihr selbst peitscht sie aus, während ich zusehe.«

Die Diener hatten sich nicht bewegt, und die Tür blieb geschlossen. Monique drehte sich wieder um und sah ihren Schwager an. Sie konnte nicht verhindern, daß sie jetzt keuchte. »Ihr seid wahnsinnig!« rief sie. »Wenn Robert das erfährt …«

Adrian grinste. »Robert wird nichts davon erfahren, meine teure Schwägerin. Robert ist tot. Er wird nicht zurückkommen. Nur wir beide sind noch übrig.«

Er streckte die Hand nach ihrem Mieder aus, und Monique schlug nach ihm. Adrian wich ihren scharfen Fingernägeln aus, und bevor sie entschieden hatte, was sie als nächstes tun sollte, packte Chiang Lu ihre Arme und zog sie nach hinten. Sie versuchte zu treten, aber ihr Kleid war im Weg. Adrian machte lediglich einen Schritt um ihre Füße herum, öffnete ihr Mieder, schob es herunter und entblößte so ihre Brüste. Er streichelte sie begierig. »Sie sind wirklich prachtvoll«, sagte er.

Monique wehrte sich nach Kräften, aber ohne Erfolg. Adrians Hände glitten derweil um ihre Schenkel herum, dann hob er sie hoch. Chiang Lu hielt noch immer ihre Hände, und die beiden legten Monique aufs Bett. Sie versuchte sich zu befreien, aber ihre Gegner waren zu stark. Sie dachte daran zu schreien, aber sie wußte, daß ihr das auch nicht helfen würde. Eigentlich war sie eher wütend als ängstlich. Die Boxer überlebt zu haben, nur um von ihrem eigenen Schwager vergewaltigt zu werden ...

Adrian riß ihr den Rest ihres Kleides herunter. »Ärgert Euch nicht, teure Monique«, sagte er. »Ich werde das Kleid ersetzen.«

Als sie nackt war, setzte er sich neben sie und sah sie an. Chiang Lu hielt ihre Handgelenke jetzt über ihrem Kopf, und auch er starrte sie an, ebenso wie die Frauen, die sich jeweils auf einer Seite des Bettes postierten. Monique wollte sie treten, hielt dann aber still, da man ihr sonst sicher wehtun würde.

Das war leichter gesagt als getan, denn Adrian begann ihre Schenkel zu streicheln. Er glitt immer höher, bis er ihr Geschlecht erreicht hatte. Monique wehrte sich verzweifelt, zog die Knie an und versuchte sich loszureißen.

»Ich werde Euch hängen sehen«, sagte sie in ohnmächtiger Wut.

»Euch zu besitzen wird der Höhepunkt meines Lebens sein«, erwiderte Adrian.

Robert war oft in der Verbotenen Stadt gewesen, hatte aber noch nie an einem Staatsbankett teilgenommen – die Ch'ing hatten sich von dieser barbarischen Gepflogenheit stets ferngehalten. Aber Yüan war entschlossen, der Welt zu zeigen, daß er ein zivilisierter Gentleman westlicher Prägung war. Wozu er sonst noch entschlossen war, würde sich erst herausstellen.

In den letzten vierundzwanzig Stunden hatten Yüan und Sun ununterbrochen debattiert. Hin und wieder wurde auch Robert hereingerufen, wenn es um finanzielle Angelegenheiten ging, aber die beiden Männer schienen gut miteinander auszukommen und gewillt zu sein, China in eine Demokratie umzuwandeln. Daher war Robert die meiste Zeit sich selbst überlassen. Er hatte Yüan angedeutet, daß er mit seinem Adoptivsohn und seiner Schwester sprechen wolle. Yüan hatte ernst genickt und gesagt, daß man es arrangieren würde. Aber bis jetzt war nichts geschehen.

Als Robert den Saal betrat, in dem der Empfang stattfand, sah er, daß auch eine ganze Reihe Frauen dort war. Das war überraschend, weil es überhaupt nicht mit den chinesischen Traditionen übereinstimmte.

Die Frauen trugen europäische Ballkleider – einigen war das ausgesprochen peinlich, denn eine chinesische Dame würde sich nur vor ihrem Liebhaber oder ihrem Ehemann derart entblößen. Hier jedoch sah man überall nackte Schultern und tiefe Ausschnitte.

Noch überraschender war die Tatsache, daß sich kein einziger ausländischer Diplomat eingefunden hatte. Da waren nur Yüan und sein Gefolge – sowohl weiblichen als auch männlichen Geschlechts – und Dr. Sun mit Gefolge.

Aber wenigstens war Martin da. Er trug eine prachtvolle Uniform und glich mit seinem roten Rock, den blauen Hosen und dem Schwert an der Seite einem britischen Gardeoffizier. Er salutierte. »Vater! Ich habe dich am Tien-an-men gesehen. Ich bin so froh, daß du hier bist und mithilfst, die Größe Chinas wiederherzustellen.«

Robert ergriff die Hand des Jungen. »Ich freue mich auch.« Er sah an ihm vorbei. »Es ist schön zu sehen, wie gut es Tante Viktoria geht. Wir haben uns ernste Sorgen gemacht.«

»Sie möchte mit dir sprechen«, sagte Martin. »Kommst du mit mir?«

Robert folgte ihm quer durch den Saal. Viktoria war ohne Frage die schönste Frau der gesamten Gesellschaft, und dieser Eindruck wurde noch verstärkt durch ihre blühende Gesundheit und das Selbstvertrauen, das sie ausstrahlte.

»Robert! Wie schön, dich wiederzusehen.«

Er hielt ihre Hände. »Wir haben dich schon für tot gehalten. Du hast nie geschrieben …«

»Ich hatte keine Möglichkeit dazu – zuerst jedenfalls. Und dann, in den letzten Monaten, hatte ich soviel zu tun …« Sie blickte über seine linke Schulter, und er wußte, daß sie Yüan ansah.

»Leider muß ich dir sagen, daß mir dein Verhalten rätselhaft ist«, entgegnete er leise. Martin war fortgegangen, um seinem Vater und seiner Tante die Gelegenheit zu geben, allein miteinander zu sprechen.

»Ich glaube, du wirst es schon verstehen, wenn du die Wahrheit erfährst«, sagte Viktoria. »Ich würde gern unter vier Augen mit dir sprechen. Morgen.«

»Ist so etwas der Konkubine eines Feldherrn denn erlaubt?«

Er bereute sofort, daß er sich so unverblümt ausgedrückt hatte, aber Viktoria schien sich nicht daran zu stören. Sie lächelte nur. »Natürlich, wenn es sich um den eigenen Bruder handelt. Wenn du glaubst, daß ich in einem Harem umgeben von Eunuchen lebe ... Schi-Kai hat die Eunuchen abgeschafft.«

Robert fragte sich, wie Chang Tsins Kumpane wohl darüber dachten. Im gleichen Moment näherte sich der Marschall.

Yüan klopfte Robert auf die Schulter. Er trug heute eine weiße Uniform mit Goldtressen. Seine linke Brust war über und über mit Orden dekoriert. Yüans Gesichtsausdruck war so freundlich wie immer. »Ihr seid sicher sehr froh, Eure Schwester wiederzusehen, Robert. Ihr werdet sie zur Tafel begleiten. Wir gehen jetzt hinein. Robert ...« Er sah ihm nachdenklich in die Augen. »Ihr habt Euch früher einmal geweigert, mich beim Sturz der Ch'ing zu unterstützen. Ich habe Euch nie unter Druck gesetzt. Jetzt ist es geschehen, und es gibt viel zu tun, wie ich damals schon prophezeit habe. Werdet Ihr mich jetzt unterstützen?«

»Ich werde den *rechtmäßigen* Herrscher Chinas unterstützen, Exzellenz.«

Yüan lächelte. »Ob rechtmäßig oder nicht, Ihr denkt viel zu theoretisch. Aber das macht nichts.« Er sah Viktoria an. »Ist sie nicht die schönste Frau in ganz China? Abgesehen von Eurer eigenen Frau, Barrington. Und seht ...« Roberts Augen folgten seiner Blickrichtung. Martin unterhielt sich angeregt mit einer Chinesin. Sie war wohl noch eher ein Mädchen, dachte Robert. »Sind Eure beiden Söhne nicht die attraktivsten in ganz China? Findet Ihr das Mädchen hübsch, Barrington?«

Mit ihrem langen schwarzen Haar, den kecken Gesichtszügen – die Rouge und Lippenstift noch betonten – und dem roten Ballkleid, das die glatten, hellbraunen Schultern unbedeckt ließ, war das Mädchen tatsächlich geradezu hinreißend. »Ja«, stimmte er zu. »Das ist sie wirklich.«

»Ich habe sie als Ehefrau für Martin ausersehen.«

Robert merkte an dem überraschten Gesichtsausdruck seiner Schwester, daß auch sie davon nichts gewußt hatte.

»Also«, sagte Yüan. »Da das Leben für alle Barringtons in den kommenden Jahren sehr angenehm sein wird – vorausgesetzt, es tritt kein unvorhersehbares Unglück ein –, bin ich sicher, daß Ihr den Mann unterstützen werdet, der die große Bürde, das Reich zu regieren, auf sich nehmen wird. Sollen wir hineingehen?«

Der Speisesaal war eine Augenweide. Die Wände waren mit gelben und roten Drachen verziert, die Tische mit goldenem Geschirr bestückt. Robert zog Viktorias Stuhl zurück, und sie lächelte ihn an, als sie sich hinsetzte.

Sie saßen in einiger Entfernung von Yüan, der neben Sun Platz genommen hatte, aber das war eine Erleichterung, da sie in englischer Sprache miteinander reden konnten, als wären sie allein. Nur die lauten Gespräche um sie herum störten zuweilen. »Also, was ist mit Tang geschehen?« fragte Robert.

»Tang ist tot.«

»Und da hast du gleich die Seiten gewechselt?«

»Ganz so einfach war es nicht.« Sie wandte ihm den Kopf zu und sah Robert direkt in die Augen. »Die Kuomintang haben mich gefoltert. Ich habe die Bastonade ertragen müssen. Ich, Viktoria Barrington, habe nackt vor Hunderten von Menschen im Dreck gelegen. Dann haben sie mich nackt in einen Käfig gesperrt, um mich weiter zu quälen.« Sie erschauerte.

Robert biß sich auf die Lippen und versuchte verzweifelt, seiner Vorstellungskraft Einhalt zu gebieten. »Aber du bist entflohen.«

»Ja. Ching San hat mich gerettet. Erinnerst du dich noch an ihn?«

»Du lieber Himmel, natürlich. Heißt das, daß auch er einer von ihnen war?«

»Ching San und ich sind gemeinsam initiiert worden. Direkt nebeneinander haben wir damals gestanden. Anscheinend hat er mich immer begehrt«, sagte Viktoria. »Also hat er mich gerettet, um mich zu besitzen. Ich habe ihn umgebracht.«

Robert verschluckte sich und hustete in seine Serviette hinein, als ihm klarwurde, wie wenig er seine Schwester kannte.

»Danach«, fuhr Viktoria fort, »wollte ich mich nur noch rächen. Das will ich immer noch. An allen, die mit den Kuomintang zu tun haben.«

»Wenn man Yüan und Sun ansieht, wie sie da in trauter Einigkeit nebeneinander sitzen, fürchte ich, daß du wohl noch eine Weile warten mußt«, meinte Robert.

Viktoria lächelte. »Ungefähr eine Stunde, nehme ich an.«

Robert blickte sich um, sah die lächelnden Gesichter, die eifrigen Diener, und runzelte die Stirn, als er merkte, daß sich im Verlauf des Essens immer mehr bewaffnete Männer zu den Dienern gesellten. Sie kamen unauffällig herein und verbargen sich hinter den Wandverkleidungen. So fielen sie nur dem auf, der sich aufmerksam umsah. Der Marschall war noch immer in ein angeregtes Gespräch vertieft. Robert sah, daß Martin ihm einen Blick zuwarf und lächelte, aber gleichzeitig schüttete er einmal rasch den Kopf. Er wollte ihn warnen, nicht unüberlegt zu handeln. Im gleichen Moment wurde das Dessert aufgetragen.

»Was ist denn, Bobbie?« murmelte Viktoria. »Du hast ja kaum etwas angerührt.«

Bevor er antworten konnte, ertönte eine Fanfare aus dem Orchester, und der Dirigent ergriff das Wort. »Seine Exzellenz, der gewählte Präsident Chinas, Marschall Yüan Schi-Kai.«

Yüan erhob sich und lächelte die versammelte Menge an. »Meine Freunde«, sagte er. »Dies ist ein ganz besonderer Abend. Wir haben uns nicht nur hier versammelt, um den

Niedergang der Ch'ing zu feiern, das Ende der Tyrannei durch die Mandschu, die das Reich der Mitte dreihundert Jahre beherrscht haben, obwohl das allein Grund genug zum Feiern wäre. Wir blicken in die Zukunft. Wir haben uns hier versammelt, um eine neue Ära zu begründen, eine Ära, in der China von Chinesen regiert wird, die auf demokratischem Wege gewählt worden sind.«

Er wartete den Applaus ab. »Um das zu erreichen«, fuhr er fort, »habe ich Dr. Sun Yat-sen nach Peking eingeladen, damit wir uns ein klareres Bild von der großen Zukunft unseres Landes machen können.« Er lächelte. »Ihr alle wißt, daß ich nördlich des Jangtse zum Präsidenten der Republik China gewählt worden bin. Südlich des Flusses hat nie eine Wahl stattgefunden, in der ich als Kandidat aufgestellt war.«

Wieder machte er eine Pause, und jetzt ging ein Raunen durch die Reihen der Kuomintang. Sie waren offensichtlich irritiert, und besonders Tschiang Kai-schek blickte wütend nach rechts und links.

»Allerdings hat es südlich des Flusses eine Wahl gegeben«, sagte Yüan. »Diese ist von den Kuomintang organisiert worden, die das Gebiet entlang des Flusses und der angrenzenden Provinzen zu dem Zeitpunkt bereits militärisch kontrollierten, und hat in Abwesenheit ihres Führers Dr. Sun stattgefunden. Aber es war keine allgemeine Wahl, sondern nur eine Wahl unter den Repräsentanten der Kuomintang. Unter diesen Bedingungen, die, wie soll ich sagen, vielleicht nicht ganz unvoreingenommen zu nennen sind, ist Dr. Sun zum *vorläufigen* Präsidenten Chinas gewählt worden.«

Die Menge wurde immer unruhiger. Yüan aber fuhr unbeirrt fort, und sein Gesicht war entspannt und ausdruckslos. »Nun kann es in China natürlich nicht gleichzeitig zwei Präsidenten geben. Außerdem steht fest, daß die Wahl, die von den Kuomintang abgehalten worden ist, für ungültig erklärt werden muß.«

Jetzt machten die Repräsentanten der Kuomintang ihrer Empörung lautstark Luft, aber die Rufe verhallten. Yüan sah die Anwesenden der Reihe nach an. »Sie ist ungültig, weil es keine demokratische Wahl war. Nur Repräsentanten der Kuomintang waren anwesend und es gab nur einen Kandidaten, nämlich Dr. Sun. Im Gegensatz dazu hat hier im Norden jeder erwachsene, männliche Bürger, der nachweisen konnte, daß er im letzten Jahr seine Steuern bezahlt hat, seine Stimme abgeben und wählen können, wenn er wollte. Auf diese Weise bin ich gewählt worden.«

Fassungsloses Schweigen herrschte im Saal, aber dann ertönte Dr. Suns ruhige Stimme. »Wußten diese Wähler, was mit ihnen geschehen würde, falls sie sich anders entschieden hätten, Marschall Yüan?«

Suns Anhänger jubelten, Yüans Männer schimpften. Aber Yüan lächelte noch immer. »Diese Bemerkung ist unter Eurer Würde, Dr. Sun. Mein Standpunkt ist klar. Wenn ich mich den *Wählern* des Südens stelle und nicht nur den Mitgliedern der Kuomintang, dann kann es über das Ergebnis keinen Zweifel geben. Und zu dieser Wahl wird es kommen, sobald sich eine günstige Gelegenheit dafür ergibt. Aber in der Zwischenzeit braucht China eine Regierung. Es kann jedoch nur von jemandem regiert werden, dessen unumschränkte Vollmacht sich darauf stützt, daß ihn das Volk demokratisch gewählt hat. Wie wir alle wissen, handelt es sich bei den Kuomintang nicht um eine politische Partei, sondern um eine revolutionäre Vereinigung mit dem ausschließlichen Ziel, die Ch'ing zu stürzen.«

»Damit ist es eine politische Partei«, sagte Dr. Sun.

Yüan sah mehrere Sekunden lang auf ihn herab, dann fuhr er fort. »Das Ziel der Kuomintang ist nun erreicht, denn die Dynastie der Ch'ing ist gestürzt worden. Doch dafür sind nicht die Kuomintang verantwortlich, sondern meine treuen Soldaten, von denen viele heute abend hier anwesend sind.«

Es gab tosenden Applaus, der das aufgeregte Zischeln der Kuomintang übertönte, die jetzt zum ersten Mal gewahr wurden, daß der Saal tatsächlich voller Soldaten war.

»Daher wird der folgende Vorschlag gewiß Zustimmung finden« sagte Yüan und musterte alle Anwesenden, um sicherzugehen, daß ihn auch jeder verstand. »Für die Kuomintang ist es an der Zeit, sich aufzulösen und ihre politischen Ambitionen, die sie in den letzten Wochen entwickelt haben, denen zu überlassen, die sowohl über die Mittel als auch über Konzepte verfügen, die Regierung zu übernehmen. Ich berufe mich dabei nicht auf eine Partei. Ich berufe mich auf eine Armee, die mir bedingungslos folgen wird. Ich berufe mich außerdem auf die Unterstützung und die Ergebenheit des chinesischen Volkes. Schließlich berufe ich mich auf meine Erfahrung, die ich in den dreißig Jahren als Mitglied des Großen Rates sammeln konnte. Ich kann nicht akzeptieren, daß jemand, der den größten Teil seines Lebens im Exil verbracht hat, dem keine Armee zur Verfügung steht und der die Masse des Volkes nicht hinter sich hat, sondern nur eine kleine Bande von Revolutionären, sich mir in den Weg stellen will. Daher erwarte ich im Namen aller hier Anwesenden und zum Nutzen Chinas, daß Dr. Sun seine Ansprüche auf die Präsidentschaft zurückzieht.«

Es war vollkommen still in dem großen Saal. Robert warf Viktoria einen Blick zu. In ihren Augen spiegelte sich Genugtuung wider.

»Und wenn Dr. Sun es vorzieht, nicht zurückzutreten?« fragte jemand. Es könnte Hauptmann Tschiang gewesen sein, aber Robert hatte den Verdacht, daß es einer von Yüans eigenen Offizieren war, der den Auftrag hatte, diese Frage zu stellen.

Yüan seufzte vernehmlich. »Dann bin ich gezwungen, Maßnahmen zu ergreifen, die den Frieden im Reich sichern werden.« Er machte eine bedeutsame Pause, und plötzlich ertönte im Saal das ohrenbetäubende Geräusch von Hunderten von Gewehrbolzen. Die Mitglieder der Kuomintang warfen sich untereinander ängstliche Blicke zu.

»Abschließend möchte ich noch sagen«, fuhr Yüan fort, »daß ich Dr. Sun und seinen Anhängern kein Haar krümmen werde. Dazu bekenne ich mich hier und jetzt und unwiderruflich. Dr. Sun muß lediglich das Dokument unterzeichnen, das ich vorbereitet habe. Darin tritt er von seiner vorläufigen Präsidentschaft, die er sich so überstürzt angeeignet hat, zurück. Er und seine Männer können fortan tun und lassen, was immer sie möchten. Aber denkt immer daran, daß ich keine Unterminierung des Staates oder des chinesischen Volkes dulden werde.«

Ein letztes Mal sah er die Versammlung an, dann setzte er sich.

Alle Augen waren jetzt auf Dr. Sun gerichtet. Das Gesicht des Arztes blieb ruhig, aber wenn man genauer hinsah, wurde man der Mischung aus Zorn und Empörung gewahr, die unter der Oberfläche schlummerte. Robert konnte keine Anzeichen von Furcht entdecken, aber vielleicht so etwas wie Verzweiflung. Das Schweigen dehnte sich aus. Dann stand Sun auf und verließ die Tafel. Einige seiner Leibwächter erhoben sich ebenfalls, aber sie wurden sofort von Yüans Männern aufgehalten. Andere Soldaten begleiteten Dr. Sun hinaus.

Yüan empfing Robert am späten Abend in seinem Büro und bot ihm einen Stuhl an. »Er hat unterschrieben«, sagte er. »Unter Protest natürlich, aber er wußte, daß er keine Wahl hatte.«

»Findet Ihr nicht, daß Euer Verhalten im höchsten Maße verräterisch und hinterhältig war? Ihr habt Dr. Sun Sicherheit garantiert.«

Yüan zog die Augenbrauen in die Höhe. »Ist ihm denn ein Haar gekrümmt worden?«

»Und wenn er sich geweigert hätte, zurückzutreten?«

Yüan lächelte. »Wenn man in einem Kampf Erfolg haben will, und das trifft auf jeden Kampf zu, dann muß man seinen Gegner genau studieren. Sun ist ein Träumer, kein Mann der Tat. Soweit ich weiß, hat er nie im Zorn gehandelt. Ich will damit nicht sagen, daß er ein Feigling ist, aber ihm fehlt die Entschlossenheit, einen Weg einzuschlagen, der viele das Leben kosten und Leid über die Menschen bringen könnte. Sicher, er hat Untergebene, die in dieser Hinsicht ganz anders reagieren würden – dieser Tschiang Kai-schek ist ein rauher Bursche –, aber sie haben sich an Dr. Sun gebunden. Sie halten ihn für einen großen Mann. Vielleicht ist er das sogar, aber als Politiker wird er nie Erfolg haben. Und was die Art und Weise angeht, wie ich seinen Rücktritt herbeigeführt habe –

auch ich möchte Blutvergießen nach Möglichkeit vermeiden. Das habe ich ja schließlich auch erreicht. Ich wundere mich darüber, daß Ihr Mitleid mit Sun und den Kuomintang habt. Wißt Ihr denn nicht, was sie Eurer Schwester angetan haben?«

»Sie hat es mir erzählt«, sagte Robert.

»Und Ihr könnt ihnen vergeben? Ich bin sehr erstaunt, daß Ihr nicht hier seid, um ihre Hinrichtung zu fordern.«

»Viktoria hat sich die Grube selbst gegraben, in die sie hineingefallen ist«, entgegnete Robert. »Und im übrigen ist keiner der Männer, die heute abend hier sind, in irgendeiner Weise dafür verantwortlich zu machen, was damals in Hankau geschehen ist.«

»Aber es waren ihre Leute«, sagte Yüan. »Doch ich möchte lieber über konkretere Dinge reden. Über die Zukunft. Seid Ihr auf meiner Seite?«

»Habt Ihr wirklich vor, Wahlen abzuhalten?«

»Sobald das Land bereit dazu ist.«

»Wann wird das sein?«

»Es wird meine Aufgabe sein, Bedingungen zu schaffen, in denen eine Demokratie gedeihen kann, und zwar so schnell wie möglich.«

»Und dafür werdet Ihr sicher jedes Mitglied der Kuomintang eliminieren, das Ihr in die Finger bekommt?«

»Ihr könnt Euch von den Gepflogenheiten der Tyrannei einfach nicht lösen, Barrington. Ich habe die Tyrannei gerade gestürzt. Warum sollte ich sie jetzt wieder einführen wollen? Nein, nein, ich möchte Frieden und Wohlstand für unser Land. Und dazu benötige ich Eure Hilfe. Ich fürchte, daß es um Chinas Finanzen sehr schlecht steht. Macht Euch keine Sorgen, ich habe nicht vor, die Steuern zu erhöhen. Das wäre politisch unklug. Was wir brauchen, ist eine kräftige Finanzspritze aus dem Ausland. Ich möchte, daß Ihr das für mich übernehmt.«

»Warum, in Gottes Namen, sollte eine ausländische Regierung China Geld leihen wollen? Sie wissen sehr wohl, wie es um Eure Staatsfinanzen steht.«

»Das war mein Hauptgrund, die Kuomintang zum Rücktritt zu zwingen. Wir müssen den Europäern beweisen, daß sich die Situation stabilisiert hat und es eine vernünftige und fähige Regierung gibt. Die Tatsache, daß die enormen Ausgaben der Ch'ing-Dynastie nicht mehr länger auf uns lasten, sollte als Beweis genügen. Daß Ihr als internationaler Geschäftsmann, dessen Integrität wohlbekannt ist, bereit seid, die neue Regierung zu unterstützen, ist ein zusätzlicher Beweis. Ihr könnt die Salzsteuer als Sicherheit anbieten. Damit werden sie sicher zufrieden sein. Beschafft mir das Geld und helft mit, China ins zwanzigste Jahrhundert zu führen.«

Robert musterte ihn nachdenklich. »Ihr wart so freundlich, mich als integren Geschäftsmann zu beschreiben. Das bedeutet aber auch, daß ich diese Integrität um jeden Preis bewahren muß.«

»Ich werde Euch nicht enttäuschen, wenn Ihr mir helft. Die Alternative bedeutet Chaos.«

»Und, wie ich annehme, die Hinrichtung von Viktoria, Martin und jedem anderen Mitglied meiner Familie, das Ihr in Eure Gewalt bekommen könnt.«

»Ich bin doch kein Ungeheuer wie die Mandschu, Robert. Ihr habt mein Wort, daß Eurer Schwester und dem Jungen nichts geschehen wird, wie auch immer Ihr Euch entscheidet, solange sie unter meinem Schutz bleiben. Aber Eure eigene Sicherheit kann ich nicht garantieren, wenn wir plötzlich mitten im nächsten Bürgerkrieg stecken. Und genau das wird eintreten, wenn ich das chinesische Volk nicht hinter mir vereinen kann.«

Robert stand auf. »Ihr laßt mir keine andere Wahl.«

Yüan lächelte.

17

DER LETZTE BANNERSOLDAT

Robert besuchte Viktoria in ihren privaten Gemächern, um sich zu verabschieden. »Bist du nun zufrieden?« fragte er.

»Nicht wirklich.« Sie lehnte sich auf dem Sofa zurück. Viktoria trug ein teures Kleid, das bis zum Oberschenkel geschlitzt war und ihre Beine zeigte. An ihren Fingern funkelten mehrere Ringe von unschätzbarem Wert. Sie bot ein Bild der Zufriedenheit ... und sie war unglaublich schön. »Nur die Bastonade und anschließende Kastration wären für diese kleine Kröte die passende Behandlung gewesen«, sagte sie.

»Yüan ist mehr daran interessiert, seinen Willen durchzusetzen, als sich zu rächen«, erwiderte Robert. »Und er erreicht immer, was er will, nicht wahr?«

»Er ist ein bewundernswerter Mann«, stimmte sie zu.

Robert fragte sich, ob das wirklich ihrer Überzeugung entsprach. »Aber abgesehen von Sun bist du zufrieden, oder?«

»Habe ich nicht Grund dazu?«

»Nun, wenn ich das nächste Mal in Peking bin, werde ich dich besuchen. Selbst ich arbeite jetzt für Yüan.«

Robert verabschiedete sich auch noch von Martin.

»Ich werde nächsten Monat heiraten, Vater. Wirst du zu meiner Hochzeit kommen?«

»Aber natürlich. Ich werde Monique mitbringen«, versprach Robert.

Chou Li-ting wartete auf dem Sampan, an dessen Mast bereits die Phoenixflagge des Hauses Barrington gehißt war. Kapitän Shung war mittlerweile durch einen anderen langjährigen Angestellten des Hauses ersetzt worden: Kapitän Wong. »Heimwärts, Chou«, sagte Robert und zog sich ins Zelt zurück. Er war erschöpft, körperlich und geistig, und es gab soviel zu überlegen. Was war nicht alles geschehen, seit er

Schanghai verlassen hatte! Er würde alles sorgfältig analysieren müssen ... aber diese Analyse war bedeutungslos. Wie immer war er auch jetzt der herrschenden Elite des Landes verpflichtet, denn das Wohlergehen seines Geschäfts und seiner Familie war untrennbar damit verbunden.

Daher war es im Augenblick sein Hauptproblem, Yüans Anleihe zu organisieren ... und zu hoffen, daß der Marschall so unparteiisch regieren würde, wie er vorgab. Robert sehnte sich nach Monique, nach der Ruhe und Geborgenheit in ihren Armen ... Er schlief während der Fahrt durch den oberen Kanal und wachte erst auf, als sie anlegten. Man brachte ihm sein Abendessen, während die Mannschaft sich ihr eigenes am Ufer zubereitete.

Chou Li-ting servierte ihm das Essen, wie er es immer getan hatte. Ein junger Chinese, an dessen Gesicht sich Robert nicht erinnern konnte, half ihm dabei. »Er heißt Tao Wan«, erklärte Chou. »Ich habe ihn als Ersatz für Too Ching gewählt.«

Robert zog die Augenbrauen in die Höhe. »Was ist denn mit Too Ching?«

»Er hat sich eine üble Krankheit zugezogen, Master.« Chou grinste. »In einem Bordell in Peking. Dieser Junge hier kommt aus Schanghai. Ich werde ihn so gut ausbilden, daß er Too Ching noch übertreffen wird.«

»Das wirst du sicher schaffen«, sagte Robert. Er trank etwas Pflaumenwein und sah in die Dunkelheit hinaus. Plötzlich hörte er ein ersticktes Röcheln. Er drehte sich um und sah Chou auf die Knie fallen. Hinter seinem sterbenden Diener entdeckte er Tao Wan mit einem langen, blutigen Messer in der Hand. Tao Wan zischte wie eine Schlange und machte einen Satz auf ihn zu. Robert warf sich auf die Seite. Er war immer unbewaffnet, wenn er von seinen eigenen Dienern umgeben zu Abend aß. »Kommt sofort her!« rief er.

Die anderen Diener sahen erschreckt hoch, aber ihm wurde sogleich klar, daß er dieses Problem allein lösen mußte. Sie hatten sich aus Höflichkeit etwas weiter zurückgezogen, und Tao griff ihn knurrend und mit gefletschten Zähnen erneut an.

Robert kam auf die Füße und riß sich den Gürtel herunter.

Als Tao sprang, schwang er das schwere Leder. Der Gürtel traf Taos Hand und warf ihn halb herum. Er kämpfte damit, das Messer nicht zu verlieren. Bevor er sein Gleichgewicht wiedergefunden hatte, trat ihn Robert mit aller Kraft vor den Oberschenkel. Tao schrie auf und fiel auf die Knie. Wieder trat ihn Robert. Bevor sich der Junge davon erholen konnte, traf Roberts Fuß ihn zum dritten Mal, diesmal am rechten Arm. Das Messer flog davon und fiel ins Wasser. Tao Wan keuchte. Jetzt kamen endlich die anderen herbeigelaufen und hielten seine Arme fest.

Robert fiel neben Chou auf die Knie – kein Mann hatte ihm je treuer gedient. Aber Chou war tot. »Was sollen wir mit diesem elenden Miststück tun?« fragte Kapitän Wong.

Robert beugte sich über Tao Wan. Der Junge zitterte jetzt geradezu erbärmlich vor Angst – er sah den ohnmächtigen Zorn in Roberts Gesicht. »Wer hat dich geschickt?« fragte Robert. In Gedanken ging er bereits die Möglichkeiten durch. Yüan? Aber Yüan brauchte ihn, wenigstens bis die Anleihe organisiert war. Einer von Suns Männern? Vielleicht Tschiang Kai-schek – aus Rache, weil er die Seiten gewechselt hatte?

Der Junge zitterte noch immer, aber er schwieg. Robert kniete sich neben ihn. »Hör mir gut zu, Junge. Du wirst auf jeden Fall sterben. Es wird entweder schnell gehen, oder ich übergebe dich meinen Männern. Was wirst du mit ihm tun, Wong?«

Wong lächelte. »Ich werde ihm die Geschlechtsteile abbrennen«, sagte er. »Auf diese Weise wird er große Qualen erleiden und nie in den Himmel kommen.«

Tao Wan rollte die Augen, aber er sagte nichts.

»Also gut, Wong«, sagte Robert und stand auf.

Wong grinste. »Bringt ihn ans Ufer«, befahl er seinen Männern. »Und zieht ihm die Hosen aus.« Er ging zum nächstgelegenen Feuer und zog ein brennendes Scheit heraus. »Es wird sehr lange dauern«, versprach er Tao Wan, als man den Jungen mit gespreizten Beinen vor ihn auf den Boden warf. Eifrige Hände hielten seine Hand- und Fußgelenke, während sich sein Körper schon jetzt in Erwartung der Schmerzen wand.

Robert war an Bord geblieben, aber er sah Wong zu, der sich über den Jungen beugte und ihm mit der Flamme über die Schenkel strich. »Master Adrian!« schrie Tao Wan.

Wong hielt überrascht inne und sah Robert an. Robert sprang über die Reling und lief zu ihnen hinüber. »Was hast du gesagt?«

Tao Wan keuchte, und Speichel tropfte ihm aus dem Mund. »Master Adrian hat mich geschickt. Er hat gesagt, Marschall Yüan würde Euch töten, aber sollte das aus irgendeinem Grund nicht geschehen, dann sollte ich mich bei Euch anstellen lassen und Euch umbringen.«

»Dann warst du es, der Too Ching in dem Bordell vergiftet hat«, knurrte Wong. »Geht wieder an Bord, Master. Überlaßt Ihn nur mir. Er hat Chou umgebracht.« Die beiden Männer waren Freunde gewesen.

»Adrian«, murmelte Robert. Er hatte sich immer geweigert, Adrians Eifersucht, seine merkwürdigen Angewohnheiten oder auch die Gerüchte über sein Privatleben zur Kenntnis zu nehmen. Aber im Augenblick führte Adrian allein die Geschäfte in Schanghai ... und Monique und James waren ebenfalls dort. »Schneid ihm die Kehle durch«, befahl er. »Wir müssen uns beeilen.«

Adrian Barrington verließ sein Büro und stolzierte, seinen Stock lässig schwingend, zum Familiensitz der Barringtons. Vier mit Stöcken bewaffnete Diener folgten ihm. Auf der Straße blieben die Passanten stehen und starrten ihn an. Es gab eine Vielzahl von Gerüchten darüber, was sowohl im Haus als auch im Büro der Barringtons vor sich ging. Aber niemand außer dem Vizekönig hätte es gewagt, sich in die Angelegenheiten der Barringtons einzumischen. Sie unterstanden nicht, wie die anderen Ausländer, europäischen Gesetzen, und es war allgemein bekannt, daß man sich mit Adrian Barrington besser nicht anlegte.

Aber er war trotzdem ein wichtiger Mann, und mehrere Männer lüfteten zum Gruß ihren Hut, was Adrian mit einem kurzen, arroganten Kopfnicken zur Kenntnis nahm. Er stieg die Stufen zur Veranda hinauf und schritt an den Dienern vorbei, die sich tief verbeugten. Sie waren ebenso verwirrt wie alle anderen, aber niemand würde sich Mr. Adrian in den Weg stellen, bis Mr. Robert zurückkam ... und die Gerüchte, die Adrians Personal verbreitete, deuteten darauf hin, daß Mr. Robert nicht zurückkommen würde.

Der elfjährige James wartete im Wohnzimmer. Auch James war vollkommen verwirrt, vor allem weil seine Gouvernante von einem Tag auf den anderen entlassen und nach Hongkong gebracht worden war. Was die plötzliche Krankheit seiner Mutter anging, so glaubte er den Worten seines Onkels. Adrian hatte sich immer große Mühe gegeben, dem Jungen zu gefallen. »Wann werde ich Mutter endlich besuchen können?« fragte er.

Adrian fuhr dem Jungen durchs Haar. »Bald, mein Junge. In ein paar Tagen.« Eigentlich war er überrascht, daß er bis jetzt noch nichts gehört hatte.

Er ging durch das Haus und in den ersten Stock, wo die privaten Zimmer lagen, die Robert und Monique miteinander geteilt hatten. Dort war er nun eingezogen, nachdem er Monique nach dem Abendessen in seinem Haus dorthin hatte zurückbringen lassen. Vor der Tür wartete wie gewöhnlich Chiang Lu. Niemand außer Adrians persönlicher Dienerschaft hatte Zugang zu den Räumen, seit Monique Barrington ›krank‹ geworden war.

Chiang Lu öffnete die Tür, und Adrian trat ein. Wu Ping war im Wohnzimmer und verneigte sich vor ihrem Herrn.

Sicherlich war sie froh, daß er Besitz von seiner Schwägerin ergriffen hatte, dachte Adrian. So konnte sie sich ein wenig ausruhen. Aber bei Wu Ping konnte man sich nie sicher sein; ihre Augen waren tiefschwarze, unergründliche Seen. Er wußte natürlich, daß sie ihn haßte – wahrscheinlich haßten sie ihn alle. Aber sie hatten auch schreckliche Angst vor ihm, und daran würde sich in Zukunft nichts ändern – im Gegenteil, wenn er erst einmal der offizielle Vorstand des Hauses Barrington war, würden sie ihn nur noch mehr fürchten.

Er öffnete die Tür zum Schlafzimmer, und Shu Lai-ti sprang auf – sie hatte auf einem Stuhl am Fußende des Bettes gesessen. Monique lag nackt auf dem Bett – Adrian erlaubte ihr nicht, sich etwas anzuziehen –, öffnete nur halb ihre Augen und schloß sie gleich wieder. Sie verließ das Bett nur selten. Am Anfang hatte sie sich gewehrt und versucht zu fliehen. Auf seinen Befehl hatten die Frauen sie schließlich festgehalten, während er sie schlug. Aber dann war ihm etwas Besseres eingefallen. »Wenn du nicht aufhörst, dich zu wehren, dann werde ich mit diesem Stock zu James gehen.«

Das hatte gewirkt. Sie konnte sich nur noch mit dem Gedanken trösten, daß Robert eines Tages zurückkommen würde.

Adrian entgegnete dann jedesmal mit einem Lächeln: »Aber Robert wird nicht zurückkommen, meine teure Monique.«

Er wußte, daß sie sich weigerte, das zu glauben, aber er wußte auch, daß sie nichts tun konnte, solange Robert nicht zurückkehrte. Natürlich fürchtete er, daß sie doch versuchen würde zu fliehen oder sich umzubringen. Daher hielten die Frauen abwechselnd bei ihr Wache, Tag und Nacht, auch wenn er bei ihr war – er hatte vor ihnen ohnehin keine Geheimnisse.

Jetzt stand er neben dem Bett und spreizte mit dem Stock ihre Pobacken: Was für ein Genuß, soviel Schönheit mit völliger Verachtung zu behandeln! Monique zuckte zusammen, und ihr ganzer Körper erschauerte, aber sie wandte ihm den Kopf nicht zu. Adrian grinste. »Ich will den Tanz der blauen Phoenixpaare«, sagte er.

Shu Lai-ti zog, ohne zu zögern, ihr Kleid aus und entkleidete dann ihren Herrn. Monique drehte sich auf die Seite, so daß sie ihn nicht sehen mußte. Sie zitterte. Als Adrian nackt war, ging er um das Bett herum und rollte sie auf den Rücken. »Bring sie in Stimmung, Lai-ti«, sagte er.

Lai-ti lächelte und kroch auf das Bett. Auch ihr gefiel es, die frühere Herrin des Hauses zu quälen. Aber als sie damit anfing, öffnete sich die Tür. Adrian fuhr wütend herum und knurrte Chiang Lu an: »Was, zum Teufel, soll denn das?«

Chiang Lu sank auf die Knie. »Master, ein Bote ist gekommen. Er hat einen Sampan auf dem Fluß gesehen und behauptet, daß Master Robert an Bord sei.«

Monique setzte sich auf und strich sich das rotbraune Haar aus dem Gesicht. Shu Lai-ti, die immer noch auf dem Bett kniete, drehte sich um. Wu Ping stand hinter Chiang Lu in der Tür.

»Und das soll ich glauben?« schimpfte Adrian.

»Der Mann schwört, daß er den Master gesehen hat.«

»Nun, Bruder?« sagte Monique leise.

Adrian sah sie an. Sein Gesicht war ganz verzerrt, die Lippen fest zusammengepreßt. »Sie muß sterben«, sagte er.

Monique rang entsetzt nach Luft. Damit hatte sie nicht gerechnet.

»Chiang Lu«, befahl Adrian. »Erwürg sie.«

Chiang Lu stand auf.

»Das wirst du nicht wagen«, flüsterte Monique. »Das wirst du nicht wagen.« Chiang Lu stand neben dem Bett, und sie wich ans Kopfende zurück.

»Und dann, Master?« fragte Wu Ping ganz ruhig. Adrian drehte sich um und sah sie mit gerunzelter Stirn an. »Werdet Ihr es mit Master Robert aufnehmen? In diesem Fall wäre es ausgesprochen unklug, sie zu töten. Sie ist wie eine Waffe in Eurer Hand. Aber Ihr traut Euch nicht, es mit Eurem Bruder aufzunehmen, Master. Ihr habt Angst vor Eurem Bruder.« Ihre Stimme war jetzt voller Verachtung.

»Ich werde dich auspeitschen lassen«, zischte Adrian.

Wu Ping rührte sich nicht. »Ich werde dir sagen, was er vorhat, Chiang Lu«, sagte sie. »Er will, daß du sie tötest, und dann wird er dich und uns alle seinem Bruder als Mörder ausliefern. Wir werden alle sterben, Chiang Lu.«

Chiang Lu zögerte und blickte von einem zum anderen, während Monique den Atem anhielt.

»Tu, was ich dir befohlen habe«, sagte Adrian. »Und dann komm her und bring sie auch um, dieses Luder.«

»Ihr werdet Euch daran erinnern, daß wir Euch das Leben gerettet haben«, sagte Wu Ping. Monique wußte nicht, was sie mit dieser Bemerkung anfangen sollte, und suchte in den Gesichtern nach einer Erklärung. Sie rang nach Luft, als sie in Wu Pings Hand plötzlich ein langes Messer aufblitzen sah, das sie offenbar hinter ihrem Rücken verborgen hatte.

»Du Luder!« Adrian machte einen Schritt auf sie zu, aber sie kam ihm entgegen und rammte ihm das Messer bis zum Schaft in den Bauch. Sein Schrei klang entsetzlich, und er fiel auf die Knie. Er hielt sich die Hände vor den Bauch, aus dem Wu Ping das Messer wieder herausgezogen hatte. Blut quoll zwischen seinen Fingern hervor.

»Chiang Lu«, befahl Wu Ping. Chiang Lu fuhr sich nervös mit der Zunge über die Lippen, dann ging er zu ihr. Adrian war mittlerweile vornüber gefallen, so daß seine Stirn den Boden berührte. Um ihn herum bildete sich rasch eine Blutlache. Chiang Lu nahm das Messer, das Wu Ping ihm reichte, und stach Adrian zwischen die Rippen. Wieder spritzte das Blut, und Adrians Kopf ruckte, als er auf die Seite fiel. Sein Schrei war nicht viel mehr als ein Gurgeln.

»Schu Lai-ti«, sagte Wu Ping erbarmungslos. Lai-ti kletterte rasch vom Bett herunter. Sie zitterte so sehr, daß sogar ihr Haar bebte, aber da war kein Mitleid in ihrem Gesicht. Trotz ihrer Erschütterung über die grausame Szene fragte sich Monique, wie sehr diese drei ihren Herrn all die Jahre gehaßt haben mußten.

Schu Lai-ti nahm das Messer. Dann packte sie Adrians Haar, zog den Kopf in den Nacken und schnitt ihm die Kehle durch.

Wu Ping nahm ihr das Messer wieder aus der Hand und näherte sich dem Bett. Jeder Muskel in Moniques Körper war zum Zerreißen gespannt, als sie die Frau und die blutverschmierte Klinge anstarrte. »Ihr werdet Euch daran erinnern, daß wir nur zu Eurer Verteidigung so gehandelt haben«, sagte Wu Ping noch einmal.

»Ich habe ihnen mein Wort gegeben«, sagte Monique.

»Unter Zwang«, entgegnete Robert. »Haben sie dich denn nicht auch gequält?«

»Ja. Unter Zwang. Du hast ja keine Ahnung, wie sehr die drei gelitten haben, über zwanzig Jahre lang.«

»Doch, ich kann es mir vorstellen«, sagte Robert. »Und dafür bin ich verantwortlich, weil ich einfach nicht sehen wollte, was für ein Ungeheuer er war. Wie auch immer, wenn sie ihn nicht umgebracht hätten, dann hätte ich es getan.« Er sah die drei an, die zitternd vor ihm knieten. »Ich werde dem Vizekönig sagen, daß ihr meinen Bruder ermordet habt und geflohen seid. Hier sind dreißig Tael in Silber. Ihr habt vierundzwanzig Stunden Vorsprung. Aber kommt nie nach Schanghai zurück.«

Chiang Lu nahm das Geld, sah die beiden Frauen an, erhob sich und verließ das Zimmer. Schu Lai-ti und Wu Ping folgten ihm. Sie schlossen die Tür, vor der sich eine große Gruppe des neugierigen Personals versammelt hatte.

Monique holte tief Luft. Sie war vollständig angekleidet, hatte es aber bis jetzt noch nicht über sich bringen können, die privaten Zimmer zu verlassen. Adrians Leiche war fortgebracht worden, aber ihren Sohn hatte sie noch immer nicht gesehen. »Was wirst du nun mit mir tun?« fragte sie, hob den Kopf und sah ihren Mann an. »Vor den Boxern hast du mich gerettet.«

»Aber vor meinem eigenen Bruder konnte ich dich nicht retten. Wie ich schon gesagt habe, der Fehler liegt bei mir. Aber das wichtigste ist, daß du am Leben und in Sicherheit bist.« Er nahm sie in die Arme und drückte sie an sich.

»Was wirst du James erzählen?« flüsterte sie unter Tränen.

»Nun, daß du krank warst und jetzt wieder gesund bist. Wir dürfen uns nicht mit der Vergangenheit beschäftigen, denn es sieht ganz so aus, als wären von der Familie nur noch du, ich und James übrig. Es gibt viel zu tun.«

Es lag in Roberts Natur, den Blick nach vorn zu richten. Er begann sofort mit den Verhandlungen über eine Staatsanleihe, die ihn gewiß nach Europa und Amerika führen würde, da nur dort Absicherung durch internationale Banken zu erreichen war. Er würde der erste Barrington sein, der einen Fuß auf englischen Boden setzte, seit sein unsterblicher Namensvetter die Insel verlassen hatte. Monique und James begleiteten ihn, während das Handelshaus der Obhut Minchungs und seines Hauptbuchhalters anvertraut wurde.

Robert rechnete nicht damit, daß es während seiner Abwesenheit Probleme geben würde – er war viel zu wertvoll für Yüan.

Zuerst reisten sie zu Martins Hochzeit nach Peking. Selbst Monique, die nach ihren Erfahrungen allem Chinesischen gegenüber äußerst mißtrauisch geworden war, war beeindruckt von Yüans Machtentfaltung, von Viktorias Selbstsicherheit und Schönheit und von den ausgedehnten Feierlichkeiten der Hochzeit selbst, dem gutaussehenden Bräutigam und seiner entzückenden chinesischen Braut.

»Werden sie miteinander glücklich sein?« fragte sie Robert, als sie im Zug nach Tientsin saßen.

»Sicher, solange Yüan an der Macht ist«, erwiderte Robert. »Aber das gilt für uns alle.«

In Tientsin gingen sie an Bord eines Schiffes, das zur Flotte der Barringtons gehörte.

Die Reise dauerte länger als erwartet, nicht nur weil die Verhandlungen sich hinzogen, sondern weil Monique und James natürlich auch etwas sehen wollten. Aber der entscheidende Grund war, daß Monique und er sich erst einmal wieder näherkommen mußten. Nur sehr zögernd erzählte sie, was Adrian ihr angetan hatte, und es bedurfte seiner ganzen Liebe, um sie davon zu heilen. Aber diese Liebe blieb konstant; er hatte sogar das Gefühl, daß ihre schrecklichen Erfahrungen sie noch näher zusammengebracht hatten – sicherlich sah sie in ihm jetzt erst recht den Mann, der sie vor allen Übeln dieser Welt beschützen würde. Es war eine große Verantwortung, aber sie konnte einem auch zu Kopf steigen.

Die Banken der Vereinigten Staaten waren nicht bereit, Yüan Geld zu leihen. Also wandte Robert sich nach Europa und überquerte den Atlantik auf einem großen Linienschiff, wo man ununterbrochen von dem schrecklichen Schicksal der *Titanic* sprach, die nur einen Monat zuvor gesunken war. Es war ein ernüchternder Gedanke, daß die sogenannten ›zivilisierten‹ Länder des Nordatlantiks, für die China zu den gefährlichsten Orten der Welt zählte, es fertiggebracht hatten, in einer Nacht mehr Menschenleben zu verlieren als die Chinesen während ihrer Revolution.

In Europa hatte Robert schließlich Erfolg. Ein Konsortium aus britischen, französischen, russischen und japanischen Banken war bereit, Yüan fünfundzwanzig Millionen englische Pfund zu leihen. Als Sicherheit bot er ihnen, wie Yüan es ihm aufgetragen hatte, die Salzsteuer an. Im Juni wurde das Geschäft abgeschlossen, und Robert telegrafierte die frohe Botschaft umgehend nach Peking. Zugleich informierte er den gewählten Präsidenten, daß er noch einen kurzen Urlaub anhängen würde, bevor er zurückkam. In seinen Briefen versicherte ihm Min-chung wiederholt, daß die Geschäfte des Hauses blühten und es keinen Grund für eine sofortige Rückkehr gab. Robert konnte nun einen Plan in die Tat umsetzen, über den er schon lange nachgedacht hatte. Nachdem die Korrespondenz erledigt und die Formulare ausgefüllt waren, mußte James nur noch eine Aufnahmeprüfung absolvieren, um in Eton aufgenommen zu werden. »Es ist an der Zeit, daß die Barringtons sich von ihrem Piraten-Image lösen und gesellschaftsfähig werden«, erklärte Robert. »Mach dir keine Sorgen, das Handelshaus wartet auf dich, sobald du mit der Schule fertig bist.«

James hatte noch etwas Zeit, da das Schuljahr erst im September begann. Die drei machten also noch eine Rundreise über den Kontinent. Erst Ende Juli – sie waren gerade in Rom – erfuhr Robert aus den Tageszeitungen, daß es in den südlichen Provinzen Chinas eine ›zweite Revolution‹ gegeben hatte. Daraufhin buchte er sofort seine Rückreise. Monique war enttäuscht, aber sie einigten sich darauf, daß sie den Rest des Urlaubs mit James in Europa verbringen und erst Ende September nach China zurückkehren sollte.

Robert hatte sowohl Min-chung als auch Martin telegrafiert, um mehr zu erfahren. Beide Antworten klangen beruhigend. Min-chung schrieb, daß man den Jangtse vorübergehend geschlossen hätte. Die geschäftlichen Verluste würden jedoch minimal sein, da Yüan den Rebellen bereits Truppen entgegengeschickt hätte. Martins Antwort sprudelte vor Selbstvertrauen geradezu über. Er hatte inzwischen das Kommando über eine Abteilung der Armee, die nach Nanking, ins Zentrum der Revolte marschierte. Keiner von beiden ließ erkennen, ob die Rebellion etwas mit den Kuomintang zu tun hatte, und als Robert endlich in See stach, war die Kommunikation nicht mehr so einfach. Die sechswöchige Reise führte durch den Suez-Kanal und den Indischen Ozean, so daß Robert der erste Barrington war, der einmal den gesamten Erdball umrundet hatte. Es wurde Mitte September, bis er Schanghai erreichte, und man begrüßte ihn mit der Nachricht, daß Nanking erst wenige Tage zuvor gefallen war.

»Es war ein Massaker«, sagte Min-chung. »Und jetzt nehmen die Hinrichtungen kein Ende.« Das würde den europäischen Banken, die Yüan ihre Unterstützung zugesagt hatten, gewiß nicht gefallen, dachte Robert. Er blieb nur so lange in Schanghai, um seine Bücher zu überprüfen, dann ging er an Bord eines Dampfschiffes und gelangte nach Tientsin. Von dort fuhr er mit der Eisenbahn weiter nach Peking. Diese Reise, die früher einmal mehrere Wochen gedauert hatte, war jetzt in weniger als vierzehn Tagen zu bewältigen.

Robert hatte seine Ankunft bereits telegrafisch angekündigt, und man hatte ihm eine Eskorte geschickt, die ihn umgehend zu Yüan in die Verbotene Stadt brachte. Der Marschall sah nicht gut aus. Seine Hautfarbe schien dunkler zu sein, und offenbar litt er unter ständigen Schmerzen. Auch schien er Schwierigkeiten zu haben, während des gesamten Gesprächs wach zu bleiben. Aber er war froh, Robert zu sehen. »Robert!« sagte er, als sie sich umarmten. »Ich freue mich sehr. Ich habe so früh noch gar nicht mit Euch gerechnet.«

»Als ich von der Rebellion erfahren habe, bin ich so schnell wie möglich gekommen«, erwiderte Robert.

Yüan winkte ab. »Das ist längst ausgestanden.«

»Das habe ich gehört. Ist es dann nicht an der Zeit, etwas Gnade walten zu lassen?«

»Bei diesem Geschmeiß?«

»Das wird man jedenfalls in Europa von Euch erwarten.«

»Europa«, sagte Yüan verächtlich. »Dies ist China.«

»Solange Ihr von europäischem Geld abhängig seid –«

»Das Geld ist bereits auf unsere Bankkonten überwiesen worden«, sagte Yüan. »Jetzt wird es nicht wieder zurückgezahlt werden.«

Robert war entsetzt. »Ihr habt nicht vor, es zurückzuzahlen?«

»Natürlich werde ich es zurückzahlen. Ich will damit nur sagen, daß die bereits erfolgte Zahlung nun nicht mehr rückgängig gemacht werden kann, ganz gleich, ob Euren Barbarenregierungen meine Methoden gefallen oder nicht. Um die Rückzahlung zu gewährleisten, werden sie mein Regime wohl oder übel unterstützen müssen, nicht wahr?«

»Offensichtlich habt Ihr den Westen sehr genau studiert«, sagte Robert.

»Es ist die Pflicht eines Staatsmannes, sowohl seine Gegner als auch seine Verbündeten sehr genau zu studieren«, entgegnete Yüan. »Ich will Stabilität in China, Robert. Daher muß sich das ganze Volk meiner Herrschaft fügen, und ich muß alles unternehmen, um das zu erreichen.«

»Mit Verlaub«, erwiderte Robert, »wenn sich das gesamte Volk der Herrschaft eines einzelnen oder auch einer Gruppe von Männern fügt, die diese Herrschaft mit Waffengewalt erzwingen, dann kann man wohl kaum von einer Demokratie sprechen.«

Yüan lächelte. »Ihr sprecht von einer Demokratie europäischer Prägung, Robert. Ich spreche von China. China versteht nur die Herrschaft der Stärke. Und mehr braucht es auch nicht zu verstehen.«

Robert besuchte Viktoria, die den gleichen zufriedenen Eindruck machte wie das letzte Mal, als er sie gesehen hatte. »Yüan muß ein großartiger Liebhaber sein«, meinte er.

»Da stimmt. Natürlich ist er kein junger Mann mehr. Wir

können uns nicht mehr so häufig lieben wie früher, und oft schläft er in den unpassendsten Augenblicken einfach ein. Aber seine Hände ...« Sie seufzte lustvoll.

Robert war eigentlich nicht gekommen, um über Yüans Fähigkeiten als Liebhaber zu sprechen. Er fand es geschmacklos und peinlich, mit seiner eigenen Schwester darüber zu reden, aber er brauchte Informationen. »Und seine Gesundheit im allgemeinen?«

»Sie könnte besser sein.«

»In welcher Hinsicht?«

Sie zuckte die Achseln. »Nun, im sexuellen Bereich natürlich. Aber auch sonst geht es ihm nicht gut. Manchmal fällt es ihm schwer, Wasser zu lassen. Und dann ... nun ...«

»Sein Atem riecht schlecht und sein Schweiß ebenfalls.«

Sie runzelte die Stirn. »Woher weißt du das?«

»Ich habe ihn genau beobachtet.«

»Es ist ein Blasenleiden, nichts weiter. Wirst du bleiben, bis Martin zurückkommt?«

»Nein, ich werde in Schanghai gebraucht.«

»Martin ist ein richtiger Held. Er wird einen Orden bekommen.«

»Das ist ja großartig.« Er umarmte sie. »Und du bist glücklich?«

»Ich bin glücklicher als je zuvor in meinem Leben«, antwortete sie.

Robert mußte ihr glauben. Aber bei seiner Rückkehr nach Schanghai ging ihm viel durch den Kopf. Er bestellte Dr. Simkins zu sich, einen englischen Arzt, der in der internationalen Siedlung praktizierte und auch die Barringtons behandelte, wenn es nötig war.

Ihm beschrieb er, so gut er konnte, Yüans Symptome. »Ich würde vermuten, daß es sich um Urämie handelt, eine Nierenkrankheit.«

Das klang überzeugend. »Wie ernst ist es?«

»Es gibt zwei Verlaufsformen, die akute und die chronische. Die chronische ist lediglich mit immer wiederkehrenden

Schmerzen und Beschwerden verbunden, aber die akute Form ist wesentlich ernster.«

»Wodurch wird sie ausgelöst?«

»Das ist schwer zu beantworten. Es handelt sich um einen organischen Defekt, der dazu führt, daß Giftstoffe, die normalerweise mit dem Urin ausgeschieden werden, in den Blutkreislauf gelangen. Aber die medizinische Fachwelt ist sich noch nicht einig, ob die Krankheit durch die Unfähigkeit der Nieren, diese Stoffe auszuscheiden, oder durch ein Übermaß an diesen Stoffen entsteht.«

»Wie sehen die Symptome aus?«

»Nun, etwa so, wie Ihr sie beschrieben habt. Bei einem Weißen ist das offensichtlichste Symptom eine leichte Gelbfärbung der Haut, wie bei einer Gelbsucht. Das fällt bei einem Chinesen natürlich weniger stark auf. Weitere Anzeichen sind schlechter Atem und Schweißgeruch. Der Penis kann im allgemeinen seine verschiedenen Funktionen nicht mehr angemessen erfüllen, weder als Ausscheidungs- noch als Sexualorgan. Es gibt noch andere Symptome, die nicht sofort auffallen, wie Gewichtsverlust und eine allgemeine Trockenheit der Haut. Eine häufige Störung …«

»Was ist mit dem Gehirn?«

»Nun, man darf nicht vergessen, daß die Funktionsfähigkeit des Gehirns in erster Linie vom Blut abhängt. Wenn das Blut nun vergiftet ist, dann leidet natürlich auch das Gehirn. Im frühen Stadium sind die Symptome so, wie Ihr sie beschrieben habt: ständige Müdigkeit. Aber wenn die Krankheit sich ausbreitet, dann wird das Gehirn in Mitleidenschaft gezogen. Verlust der Urteilsfähigkeit, ja sogar Demenz sind dann nichts Ungewöhnliches.«

»Ihr macht mir nicht viel Mut, Doktor«, brummte Robert. »Wie kann man diese Krankheit heilen?«

»Man muß das Gift entfernen, bevor es den Körper zu sehr angreift. Das kann man nur durch starke Abführmittel erreichen oder indem man den Patienten zur Ader läßt.« Er machte eine Pause.

»Keine von beiden Methoden wird Yüan akzeptieren. Vielen Dank, Doktor. Was wir heute besprochen haben, muß

455

unter uns bleiben. Es würde der chinesischen Politik gewiß schaden, wenn bekannt würde, daß der gewählte Präsident ein kranker Mann ist.«

Aber Robert machte sich auch weiterhin große Sorgen. Vielleicht war Yüan bald körperlich nicht mehr in der Lage, sein Amt weiter auszuüben, oder die Krankheit führte zum Schwachsinn, wie Simkins angedeutet hatte. Bei einem Mann wie Yüan konnte schon die geringste Einschränkung seiner geistigen Urteilsfähigkeit im militärischen und politischen Sinne eine Katastrophe bedeuten. Und tatsächlich gab es im Laufe des Jahres noch mehr Grund zur Beunruhigung. Yüan hielt, wie er versprochen hatte, Wahlen ab und wurde erwartungsgemäß zum Präsidenten gewählt; Li Yuan-hung wurde Vizepräsident. Das war im Oktober, aber als das Parlament sich in einigen Fragen Yüan widersetzte, handelte Yüan wie Cromwell. Mit seinen Truppen marschierte er ins Parlament ein und nahm alle Mitglieder gefangen, die Verbindungen zu den Kuomintang hatten. Zu Beginn des neuen Jahres löste er das Parlament schließlich ganz auf. Jeder rechnete damit, daß es Neuwahlen geben würde, aber am 1. Mai 1914 verkündete Yüan, daß es eine verfassungsmäßige ›Vereinbarung‹ zwischen ihm und seinem Volk gäbe, die ihm eine zehnjährige Amtsperiode ermöglichte – ohne jede formelle Wahl.

Monique erkannte gleich, daß Robert mit der Situation alles andere als glücklich war. »Aber es herrscht Frieden im Reich«, sagte sie. »Und der Handel blüht. Ist es da wirklich so wichtig, ob das Land demokratisch regiert wird oder nicht? Hast du mir nicht einmal gesagt, daß dein Vater immer der Meinung war, daß China sich nicht für eine Demokratie eigne?«

Robert seufzte. »Er hatte wahrscheinlich sogar recht damit. Vielleicht sollte ich China verlassen.«

»Aber warum?«

»Weil ich glaube, daß es eine Katastrophe geben wird. Yüan will eine Diktatur errichten, die mit Sicherheit zusam-

menbricht, wenn er stirbt. Er ist schon jetzt ein kranker
Mann, auch wenn er das nicht wahrhaben will. Und was
geschieht dann? Dr. Suns Schwäche ist offensichtlich. Also
werden andere Generäle versuchen, die Macht an sich zu reißen. Es wird einen Bürgerkrieg geben, gegen den die T'ai-
P'ing oder die Boxer wie ein Kaffeekränzchen aussehen werden. Das Land ist im Grunde genommen bankrott. Alle
Steuereinnahmen müssen entweder für Wiedergutmachungen oder für Kreditrückzahlungen aufgewendet werden.
Und wofür wird das Geld, über das ich mit den europäischen Banken verhandelt habe, eingesetzt? Für die Armee
und nicht für die Regierung oder das Volk. Ich habe den Ban-
kiers erzählt, daß Yüan Schulen und Universitäten bauen
will. Was sollen diese Leute jetzt denken? Ich weiß genau,
daß die Chance einer zukünftigen finanziellen Unterstützung aus dem Ausland in dem Moment verspielt ist, in dem
es hier zu den ersten Auseinandersetzungen kommt. Und
dann haben wir eine bankrotte Regierung, die versucht,
einen bankrotten Staat zu führen.«

»Die Ch'ing haben immer kurz vor dem Bankrott gestanden«, erwiderte sie ruhig.

»Das stimmt, aber sie waren daran gewöhnt. Und sie
waren eine Dynastie. Solange es klare Herrschaftsverhält-
nisse gibt, haben Revolutionen keine Aussicht auf Erfolg.«

»Wenn du könntest, würdest du wahrscheinlich T'se-hi
wieder zum Leben erwecken«, sagte Monique.

»Ja. Nur jemand wie T'se-hi wäre in der Lage, einen Ausweg aus dieser verfahrenen Situation zu finden.«

»Hast du T'se-hi geliebt, Robert?«

»Ich habe sie nie geliebt, Monique. Genausowenig, wie sie
mich geliebt hat. Aber ich habe ihre Stärke bewundert, die in
ihrem Glauben an die Vergangenheit, an die Mandschu und
die Ch'ing wurzelte. Yüan ist ein Abenteurer. Er hat keine ver-
gleichbaren Wurzeln, die ihn mit China verbinden. Also muß
ich entweder meine Sachen packen und China verlassen ...«

»Das könntest du nicht, Robert. Was soll denn mit dem
Handelshaus geschehen? Sicher, du wirst genug beiseite
gelegt haben, um den Rest deines Lebens im Wohlstand zu

verbringen, aber das Haus … nun, es steht doch schließlich für den Namen Barrington, oder nicht?«

»Ja, das ist richtig. Die Alternative ist, nach Peking zu gehen.«

Monique war entsetzt. »Du willst doch wohl nicht eine Verschwörung gegen Yüan anzetteln?«

»Ich möchte mit ihm sprechen, ihn davon überzeugen, daß er sich dem Lauf der Geschichte widersetzt.«

Beunruhigt nahm sie seine Hände. »Sei um Gottes willen vorsichtig.«

Monique hätte ihn gern begleitet, allein um ihren Stiefenkel zu sehen, aber Robert erlaubte es nicht. Er war sich nicht sicher, wie die Reise ausgehen würde.

An der Oberfläche schien China friedlicher zu sein als seit Jahren. Die Menschen arbeiteten und winkten der Eisenbahn zu, die von Tientsin nach Feng-tai, dem Bahnhof Pekings, schnaufend und pfeifend an ihren gepflegten Feldern entlang fuhr. Auch in den Straßen von Peking herrschte wieder geschäftiges Leben wie zu Zeiten der Ch'ing.

Aber überall sah man Soldaten. Sie standen in Gruppen auf jedem Bahnhof, und auch auf dem Kanal und den Flüssen patrouillierten bewaffnete Sampans. Außerdem gab es zahllose Sträflinge, Männer und Frauen in Ketten, die öffentliche Arbeiten zu verrichten hatten – ganz offensichtlich politische Gefangene. Yüan hatte nur ein Rezept für Dissidenten: Kerker und Zwangsarbeit.

Daher wußte Robert nicht, ob er sich darüber freuen oder ärgern sollte, daß der Marschall seine Krankheit offenbar überwunden hatte. Er sah beinahe wieder so gesund aus wie in den Tagen, als sie sich kennengelernt hatten. Aber sein schläfriger Gesichtsausdruck wechselte oft mit den raschen, mißtrauischen Blicken eines Tigers im Käfig.

Trotzdem begrüßte er seinen alten Freund überaus herzlich. »Was haltet Ihr von den Neuigkeiten aus Europa?« Es war Ende Juli, und die Nachricht von dem Attentat in Sarajewo hatte China gerade erreicht.

»Das ist wirklich ein unglückliches Herrscherhaus«, erwiderte Robert. »Die Kaiserin fällt einem Attentat zum Opfer, der Thronfolger begeht Selbstmord, und jetzt wird der Nachfolger auch noch ermordet ...« Er konnte es sich nicht verkneifen hinzuzufügen: »Da fragt man sich wirklich, ob es sinnvoll ist, ein Reich, das sich aus so vielen verschiedenen Völkern zusammensetzt, überhaupt regieren zu wollen.«

»Das hängt davon ab, wer es regiert. Man hat mir gesagt, daß ein Krieg so gut wie sicher ist; daß Rußland und Frankreich gegen Deutschland und Österreich kämpfen werden. Stimmt Ihr mit dieser Einschätzung überein?«

»Ich würde sagen, daß ein Krieg sehr wahrscheinlich ist.«

»Was wird Großbritannien tun?«

»Ich weiß es nicht. Es gibt ein Gerücht, wonach Großbritannien durch ein geheimes Bündnis mit Rußland und Frankreich verbunden ist, aber ich kann das nicht glauben. Ihr solltet den britischen Premierminister fragen.«

»Das habe ich schon getan. Er läßt sich jedoch nicht in die Karten sehen. Aber selbst wenn Großbritannien sich nicht aktiv an den europäischen Händeln beteiligt, wird es eine Zeitlang beschäftigt sein. Das eröffnet viele Möglichkeiten«, sagte Yüan. »Jedenfalls werden die Barbaren China eine ganze Weile aus den Augen verlieren, was immer hier auch geschehen mag.«

»Wollt Ihr mir nicht erklären, was Ihr damit meint?« Sie waren allein in Yüans Büro, und Robert konnte sich diese Offenheit erlauben.

Yüan lächelte sein schläfriges Lächeln. »Euch kann ich es ja sagen, Robert. Ich bin nicht glücklich mit der Entwicklung Chinas seit dem Fall der Ch'ing. Und was viel wichtiger ist, China ist ebenfalls nicht glücklich. Wie ich schon sagte, als wir uns das letzte Mal gesehen haben, dieses Reich muß mit fester Hand regiert werden, und es muß von jemandem regiert werden, hinter dem das gesamte Volk steht. Die Chinesen werden nie einen Herrscher akzeptieren, der nach vier oder fünf Jahren abgelöst wird, nur weil ein paar Stimmen abgegeben werden.«

»Aber Eure Amtszeit beträgt immerhin zehn Jahre«, erwiderte Robert.

»Selbst zehn Jahre sind nicht sehr lang. Und was ist mit meinem Nachfolger? Mein Volk verlangt Beständigkeit, es erwartet ein neues Mandat des Himmels. Überall höre ich die Menschen sagen, daß es schon über ein Jahr kein Opfer an den Himmel gegeben hat. Das beunruhigt sie.«

»Ihr denkt daran, die Dynastie wieder einzusetzen?« fragte Robert erstaunt.

»Die Ch'ing? Niemals. Es ist für die Chinesen unannehmbar, von Ausländern regiert zu werden. Aber ich glaube, daß es trotzdem wichtig ist, eine Dynastie zu *haben*. Eine chinesische Dynastie.«

Robert starrte ihn an – damit hatte er nicht gerechnet. »Aber es gibt keine chinesische Dynastie mehr.«

»Natürlich. Meine eigene.«

»Ihr habt keinen Sohn.«

»Ich könnte welche adoptieren. Ich werde Martin adoptieren, Robert. Er wird zwar als Ausländer nie Kaiser werden können, aber er wird dem Thron eine große Stütze sein, erst mir und dann meinem Nachfolger. Darüber werdet Ihr sehr stolz sein, das weiß ich.«

»Ihr habt vor, Euch selbst zum Kaiser zu ernennen«, sagte Robert. Es war keine Frage, sondern eine Feststellung.

»Ja. Das ist meine Absicht, Robert. Mit Eurer Hilfe wird das eine Kleinigkeit sein.«

»Ihr werdet auf Widerstand stoßen.«

»Von welcher Seite? Von den Barbaren? Ich habe Euch doch gerade erklärt, daß sie im Moment viel zu sehr mit ihren eigenen Problemen beschäftigt sind. Aus dem Volk? Damit werde ich schon fertig. Von Dr. Sun? Nun, das ist sehr wahrscheinlich. Aber er ist weit weg, und ich werde nicht dulden, daß er nach China zurückkehrt.«

»Was ist mit Euren Generälen?«

»Das sind Soldaten. Sie gehorchen ihrem Oberbefehlshaber, oder ihnen droht das Exekutionskommando.«

»Und wenn ich Widerstand leiste, werde ich dann auch vor ein Exekutionskommando gestellt?«

»Ihr?« Yüan schien ehrlich überrascht.

»Ich habe Euch doch gesagt, ich würde den Sturz der Ch'ing nie unterstützen.«

»Trotzdem habt Ihr es getan.«

Robert lächelte trocken. »Ja. Ihr habt mich überrumpelt. Außerdem habe ich mich damals nicht sicher genug gefühlt, weder privat noch geschäftlich.«

Yüan sah ihn an. »Und jetzt fühlt Ihr Euch sicher, ist es das? Was hat sich geändert?«

»Nun, ich habe im letzten Jahr einige Vorkehrungen getroffen. Ich habe alle meine Überschüsse von China nach Hongkong transferiert, wo Ihr sie nicht anrühren könnt. Ich habe mich im Verlauf der Verhandlungen über Eure Anleihe international profilieren und mein Ansehen verbessern können, und ich habe die britische Staatsbürgerschaft angenommen. Wenn Ihr mich verhaftet, gelten exterritoriale Gesetze, und Ihr müßt mich dem britischen Konsul ausliefern. Dasselbe gilt für meine Frau. Ganz gleich, was in Europa geschieht, wenn Ihr diese Gesetze mißachtet, werden augenblicklich britische Kriegsschiffe den Pei-ho, den Huang-ho und den Jangtse blockieren. Mein Sohn befindet sich bereits in England. Was meine Schwester und ihren Sohn angeht, scheint sie ihre eigenen Entscheidungen getroffen zu haben, an denen sie wohl auch festhalten will. Solltet Ihr ihnen allerdings etwas antun, dann werde ich Euch vernichten. Dazu bin ich durchaus in der Lage, Yüan. Ihr werdet bis auf die Anleihe, die ich Euch gesichert habe, keine weiteren Kredite mehr erhalten. Und die Gelder sind bereits ausgegeben, wie Ihr mir gesagt habt.«

Yüan musterte ihn nachdenklich. »Wie heftig Ihr seid, Robert. Und wie sorgfältig Ihr Euch das alles überlegt habt. Das heißt also, daß Ihr Euch mir widersetzen wollt?«

»Es heißt, daß ich Eure Pläne, eine Dynastie zu gründen, nicht unterstützen werde.«

»Und das habt Ihr schon vor einer ganzen Weile entschieden, sonst hättet Ihr nicht so viele Vorsichtsmaßnahmen getroffen. Verratet Ihr mir, warum? Liegt es daran, daß ich ein ganz gewöhnlicher Mann des Volkes bin? Viele von Chinas größten Dynastien sind von sehr einfachen Männern des Volkes gegründet worden. Wollt Ihr leugnen, daß ich ein großer Soldat bin? Alle großen Führer müssen auch große Soldaten sein. Oder liegt es daran, daß ich zu rauh mit denen umgehe, die gegen meine Autorität rebellieren? Auch dies zeugt von Führungsqualitäten. Das Schicksal hat mich dazu ausersehen, dieses Land zu regieren. Ich bin der richtige Mann zum richtigen Zeitpunkt. Niemand kann sich mir in den Weg stellen, auch Ihr nicht, Robert.«

»Ich stelle mich Euch nicht in den Weg, Yüan. Ich habe nur gesagt, daß ich Euch nicht unterstützen werde. Wenn Ihr vorhabt, an diesem Plan festzuhalten, dann werde ich China verlassen.«

»Ihr habt mir noch immer nicht gesagt, warum.«

Robert sah ihn an. »Ich glaube nicht, daß Ihr die Fähigkeiten eines Kaisers habt, Yüan. Ihr habt das Zeug zum Eroberer. Das ist ein großer Unterschied. Ich fürchte, daß Ihr unermeßliches Leid über das chinesische Volk bringen werdet und daß mit Euch eine Periode der Kriege und der Zerstörung beginnen wird. Daran möchte ich nicht beteiligt sein.«

Yüan lächelte. »Ich verstehe Eure Bedenken, Robert, und ich respektiere sie. Aber wir müssen uns deswegen nicht streiten, auch wenn unsere Meinungen noch so weit auseinandergehen. China braucht das Haus Barrington. Meiner Freundschaft und meines Schutzes könnt Ihr Euch immer sicher sein. Nun geht mit Eurem Gott.«

Es war schwer, Yüan zu verdammen, da er niemals die Beherrschung verlor. Darin bestand sicherlich der größte Unterschied zu T'se-hi. Aber konnte man ihm deshalb eher trauen? Robert hatte seine Zweifel.

Viktoria zu besuchen wäre reine Zeitverschwendung gewesen, also ging er statt dessen zu Martin. Dort empfing ihn Lu-schang, deren Sohn jetzt ein Jahr alt war. »Seid Ihr nicht stolz auf Euren Enkel, Mr. Barrington?« fragte sie.

Martin war ebenfalls stolz, aber er runzelte die Stirn, als Robert ihm vorschlug, mit ihm zu kommen und für das Haus Barrington zu arbeiten. »Du meinst, unter James?« fragte er.

»Ich dachte eher an eine Partnerschaft zu gleichen Teilen«, erwiderte Robert.

»Willst du dich denn schon zur Ruhe setzen? Du bist doch erst siebenundvierzig.«

»Es gibt eine Menge, worüber wir reden müssen«, sagte Robert. »Aber nicht hier in Peking.« Er wußte ja nicht, inwieweit der Junge das Vertrauen Yüans genoß und wieviel von dem, was er jetzt sagte, auf direktem Wege zum Marschall gelangen würde. »Ich glaube einfach nur, daß schwierige Zeiten vor uns liegen und daß es für alle Barringtons …« er warf einen Blick auf die offene Tür, hinter der Lu-schang mit dem Baby spielte, »und ihre Angehörigen gut wäre, wenn sie enger zusammenrückten.«

»Du irrst dich, Vater.« Martins Gesicht leuchtete vor Leidenschaft. »China ist seit vielen Jahren nicht mehr so gut regiert worden. Es ist eine Ehre und ein Privileg, dem Marschall dienen zu dürfen. Ich könnte mir nichts anderes in meinem Leben vorstellen. Es ist mein innigster Wunsch, daß der kleine Robert ihm ebenfalls dienen kann, wenn er groß ist.«

Robert gab auf und kehrte nach Hause zurück. Es war Zeit, über Monique und über sich selbst nachzudenken. Glücklicherweise hatte er James bereits außer Landes gebracht. Zehn Tage nach seiner Abreise aus Peking kam er in Schanghai an und wurde von einem aufgebrachten Diener empfangen. Im Wohnzimmer fand er schließlich Monique. Sie war nicht weniger nervös.

»Was, um Himmels willen, ist denn passiert?« fragte er.

Monique drehte den Kopf und sah zur Tür, die in den hinteren Salon führte. Ein Mann stand dort. Dr. Sun!

»Er ist vor drei Tagen hier aufgetaucht«, flüsterte Monique. »Er ist heimlich zurückgekommen, und sein Weitertransport ins Innere des Landes war schon organisiert, aber es ist etwas schiefgegangen, denn niemand kam, ihn abzuholen. Und da er Angst davor hat, verraten zu werden …«

»Er ist seit drei Tagen in unserem Haus?« fragte Robert fassungslos.

»Was sollte ich denn tun? Er hat sich auf eure Freundschaft berufen und daran erinnert, daß du ihm einst deine Unterstützung angeboten hast ...« Sie biß sich auf die Lippen. »Er hat sich wie ein perfekter Gentleman benommen.«

Robert ging in den Salon. »Warum seid Ihr zurückgekommen, Sun?«

»Um mein Volk von der Tyrannei Yüans zu befreien«, entgegnete Sun. »Meine Leute sind bereit. Sie haben sich in den Bergen verborgen. Sie werden eine Offensive starten, Yüan aus Peking vertreiben und die Kuomintang wieder einsetzen.«

»Ich verstehe. Das alles werden sie schaffen, aber sie sind nicht in der Lage, Euch wie vorgesehen in Schanghai abzuholen.«

Sun war ein Bild des Jammers. »Das verstehe ich nicht.«

»Ich verstehe es sehr gut. Ihr seid verraten worden, und nicht zum ersten Mal.«

Sun ließ den Kopf hängen. »Werdet Ihr mich dem Vizekönig ausliefern?«

»Natürlich nicht. Aber ich muß dafür sorgen, daß Ihr so schnell wie möglich das Land wieder verlaßt.«

»China verlassen? Ich werde nicht gehen. Vor zwei Jahren haben mich meine Nerven im Stich gelassen, das gebe ich zu. Aber war es bei Euch nicht ebenso? Wir wollten ein modernes, demokratisches China erschaffen, und dann haben wir uns von einem Tyrannen einfach beiseite schieben lassen. Das lastet seitdem schwer auf meinem Gewissen. Geht es Euch denn nicht ähnlich?«

Darauf hatte Robert keine Antwort, denn es ging ihm tatsächlich genauso. Besonders die Tatsache, daß er im entscheidenden Moment Sun im Stich gelassen hatte, wog schwer. »Was ist seitdem geschehen?« fragte Sun. »China stöhnt unter dieser Tyrannei. Mein Volk ruft um Hilfe. Und wer kann ihm schon helfen, wenn nicht ich? Ich bin zurückgekommen, Barrington, und ich werde nicht wieder fortlaufen. Wenn Ihr mir nicht helfen wollt, dann werde ich den Schutz Eures Hauses verlassen und mich irgendwie durchschlagen. Aber ich werde auf keinen Fall das Land wieder verlassen.«

Robert sah Monique an, die in der Tür stand. »Könnten wir Dr. Sun nicht auf einem unserer Sampans den Fluß hinauf bringen?« fragte sie.

Robert nickte. »Doch, das könnten wir tun. Wenn du bereit bist, alles aufs Spiel zu setzen. Denn wenn man uns entdeckt … Das ist nicht unser Land, Monique, und auch nicht unser Streit. Die Chinesen haben dir nur Unglück gebracht.«

»Im Gegenteil«, sagte sie. »Ist mein Mann etwa kein Chinese?«

Selbst bei seinen eigenen Leuten war sich Robert nicht sicher, wem er vertrauen konnte. Das Hauspersonal war ihnen bedingungslos ergeben, aber seine Buchhalter und Büroangestellten, selbst Min-chung, mußten zwangsläufig jede Regierung unterstützen, die gerade an der Macht war, denn es waren die Revolutionäre, die den Handel störten und somit dem Geschäft schadeten.

Daher teilte er ihnen nur mit, daß er auf eine Inspektionsreise flußaufwärts ging, bei der ihn seine Frau begleiten würde. Nichts daran war ungewöhnlich, und wenn er wirklich sicher sein wollte, daß Sun Schanghai verließ, dann müßte er ihn begleiten – außerdem wollte er selbst sehen, mit welcher Armee der Doktor gegen Yüan Schi-Kai antreten wollte. Sun war im Haus vor neugierigen Blicken geschützt, bis das Boot zur Abreise bereit war. Jetzt blieb Robert gar nichts anderes übrig, als dem Hauspersonal zu vertrauen, aber sie benahmen sich so wie immer. Er glaubte bereits, daß alles funktionieren würde, und Monique packte schon die Koffer. »Ich freue mich darauf«, sagte sie. »Es wird unsere zweite Hochzeitsreise.«

Am letzten Abend vor der Abreise aßen sie wie gewöhnlich gemeinsam mit Sun zu Abend. »Glaubt mir«, sagte er, »dieses Mal werden wir siegen. Sobald ich mit meinen Generälen zusammentreffe … Tschiang Kai-schek ist dort. Erinnert Ihr Euch an Tschiang, Barrington?«

»O ja, ich erinnere mich an Tschiang«, erwiderte Robert.

»Er hat das Zeug zu einem guten Soldaten«, sagte Sun.

»Vielleicht sogar zu einem wirklich großen. Alles, was er braucht, ist eine gute Ausrüstung ...« Er machte eine Pause.

»Da kann ich Euch leider nicht helfen, Sun«, sagte Robert. »Selbst, wenn ich es wollte. Die Situation in Europa ist derart gespannt, daß niemand einer unbeteiligten Nation Waffen verkaufen wird.«

»Man kann jederzeit Waffen kaufen«, erwiderte Sun. »Solange man bereit ist, dafür zu bezahlen. Wir haben die finanziellen Mittel, Barrington. Alles, was wir brauchen ...« Er hielt inne und drehte den Kopf, denn vor dem Haus war es plötzlich laut geworden.

Robert legte die Serviette beiseite, stand auf und wandte sich zur Tür, als Li Pang herbeieilte. Er sah sehr erschrocken aus und stammelte: »Der Vizekönig, Master. Mit Soldaten.«

»Schnell«, sagte Robert. »Geht nach oben, Sun.«

Sun zögerte nur kurz, dann ging er auf die andere Tür zu, aber es war zu spät. Die Tür wurde aufgerissen und Li Pang unsanft beiseite geschoben. Der neue Vizekönig, einer von Yüans Generälen, Yun Li-chow, stand dort mit sechs Soldaten seiner Leibgarde und einem Hauptmann. »Wie Ihr seht, bin ich selbst gekommen, Barrington«, sagte Yun Li-chow. »Keine Bewegung, Dr. Sun. Ich habe Befehl, Euch gefangenzunehmen, tot oder lebendig.«

Sun wartete. Monique war ebenfalls aufgestanden und hielt sich die Hand vor den Mund. Yun kam näher, während sich seine Männer auf beiden Seiten verteilten. Der Hauptmann blieb neben Li Pang an der Tür stehen. »Man hat mir vor einigen Tagen mitgeteilt, daß sich Dr. Sun in Schanghai befindet«, sagte Yun. »Man hat mir ebenfalls berichtet, daß er in Eurem Haus Schutz gesucht hat, Barrington. Daher habe ich dem Präsidenten telegrafiert und um Anweisungen gebeten. Wißt Ihr, was er geantwortet hat? Ich soll Euch, Eure Frau und Dr. Sun unter strengsten Arrest stellen und nach Peking bringen lassen, wo Ihr wegen Hochverrats vor Gericht gestellt werdet.«

Robert hörte, wie Monique nach Luft rang. Sun sagte nichts, aber er sah Robert an. Ebenso Monique. Sie verließen sich vollständig auf ihn, auf seinen Mut und seine Entschlossenheit. Monique erinnerte sich jetzt sicher daran, wie er die

Boxer getötet hatte. Aber damals war Chou Li-ting an seiner Seite gewesen.

»Da Ihr jedoch«, fuhr Yun fort, »zu Chinas prominentesten Bürgern gehört, will ich Euch und Eure Frau nicht der aufgebrachten Menge auf der Straße aussetzen. Das heißt, wenn Ihr einwilligt, mich sofort und ohne Verzögerung zu begleiten.«

»Dürfen wir wenigstens ein paar Kleidungsstücke einpacken?« fragte Robert.

»Ihr werdet von uns Kleidung erhalten«, sagte Yun und lächelte bitter. »Dort, wo Ihr hingeht, achtet niemand auf eine gute Garderobe. Wir werden sofort aufbrechen.« Er war bereits auf dem Weg zur Tür, und Robert wußte, daß er jetzt handeln mußte. Wenn er zuließ, daß man sie aus dem Haus und auf ein Schiff der Regierung brachte, dann hatten sie keine Chance mehr. Er konnte sich nicht vorstellen, daß Yüan an eine öffentliche Gerichtsverhandlung auch nur dachte. Er, Sun und Monique würden mit Sicherheit auf der Fahrt nach Tientsin sterben – und gewiß auf sehr grausame Weise.

Robert zögerte keine Sekunde. Blitzschnell packte er Yuns Arm und drehte ihn auf den Rücken. Glücklicherweise hatte es zum Abendessen einen Schweinebraten gegeben, der am Tisch geschnitten worden war. Innerhalb von Sekunden hatte Robert das rasiermesserscharfe Fleischmesser vom Tisch genommen und dem Vizekönig an die Kehle gedrückt.

Yun röchelte vor Angst und Empörung. Seine Soldaten hoben die Gewehre, aber sie wagten nicht zu schießen. Monique lief in den Vorraum, um Waffen zu holen. Dr. Sun blieb bewegungslos neben der Tür stehen.

Yun fand seine Stimme wieder. »Seid Ihr wahnsinnig geworden?« knurrte er wütend.

»Gewiß«, erwiderte Robert. »Sagt Euren Leuen, sie sollen die Gewehre hinlegen, und zwar langsam und vorsichtig.«

»Niemals!«

»Dann werdet Ihr sterben.«

»Ihr werdet den Tod der tausend Schnitte erleiden«, zischte Yun. »Ihr und Eure Frau.«

»Aber Ihr werdet nicht dabeisein«, sagte Robert. Hinter sich hörte er ein Geräusch und wußte, daß Monique zurückgekommen war. Er preßte das Messer fester gegen Yuns pulsierendes Fleisch. »Nun, wenn Ihr es so wollt …«

Yun rang nach Luft, als ein paar Tropfen Blut auf Roberts Hand tropften. »Legt die Gewehre nieder«, keuchte er.

Die Soldaten gehorchten, ebenso der Hauptmann. »Kümmert Euch um die Waffen, Sun«, sagte Robert. Sun sammelte die Gewehre und den Revolver des Hauptmanns ein. Monique hatte sich inzwischen mit zwei Pistolen bewaffnet. Robert dachte an die Flucht aus Chang Tsins Haus vierzehn Jahre zuvor und fragte sich, ob Monique in diesem Moment den gleichen Gedanken hatte. Aber diesmal würde es nicht so leicht sein.

»Monique«, sagte er. »Geh hinaus und sorge dafür, daß niemand vom Personal das Haus verläßt. Schick sie alle in die Speisekammer und halte sie dort in Schach. Wenn jemand nicht gehorcht, erschieß ihn.«

Monique schluckte, aber sie nickte und ging hinaus. Li Pang schob sie vor sich her.

»Ich werde diese Männer in Schach halten, Sun«, sagte Robert. »Nehmt ihnen die Gürtel ab und fesselt sie damit.«

»Es wäre besser, wenn wir sie alle umbringen würden«, meinte Sun.

»Ich weiß. Aber Mord ist nun einmal nicht unser Geschäft, nicht wahr?«

Sun fesselte die Soldaten und den Vizekönig, der sie weiterhin in ohnmächtiger Wut anfunkelte. »Sie werden sich in einer halben Stunde befreit haben«, sagte Sun.

»Wahrscheinlich noch früher«, erwiderte Robert. Er ging zu Monique, die das empörte Personal bewachte. »Ihr werdet alle in den Keller gehen«, befahl er. »Bringt Yun und seine Männer ebenfalls hinunter, Sun«, rief er, bevor er sich an den Vizekönig wandte. »Jetzt hört mir gut zu, Yun. Ich werde Euch einsperren. Macht Euch keine Sorgen, es wird bald jemand kommen.«

»Glaubt Ihr wirklich, daß Ihr mir entkommen könnt?« fragte Yun. »Ich weiß, daß ein Sampan auf Euch wartet. Man wird Euch auf dem Fluß aufhalten.«

»Dann habt Ihr ja keinen Grund zur Beunruhigung, nicht

wahr?« Robert schloß die Tür und schob den Riegel vor. Sun und Monique sahen ihn an, und ihre Gesichter waren gezeichnet von der Hoffnungslosigkeit ihrer Lage.

»Monique«, sagte Robert. »Geh hinauf und zieh dir bequeme Sachen an. Pack einen kleinen Koffer.«

»Haben wir denn Zeit dazu?« fragte sie.

Er grinste. »Wir werden alle Zeit der Welt haben. Geh schon.« Er sah ihr nach, wie sie aus dem Zimmer ging. »Und jetzt helft mir, Sun.«

Er ging mit ihm in den Vorratsraum, wo mehrere Fässer Kerosin für die Lampen standen.

Sun sah ihn entsetzt an. »Ihr wollt Euer eigenes Haus zerstören?«

»Häuser kann man ersetzen, Menschen nicht.«

»Aber ich verstehe nicht. Ihr habt mir verboten, die Soldaten oder den Vizekönig zu töten, und jetzt sollen sie verbrennen?«

»Sie werden nicht sterben. Mein Großvater hat den Keller während der T'ai-P'ing-Aufstände gebaut und so konstruieren lassen, daß er einem Feuer standhält. Ich will allerdings nicht ausschließen, daß es ein bißchen heiß wird.«

»Dann wollt Ihr also – wie sagt man noch in England – alle Brücken hinter Euch abbrechen? Für immer. Das Haus Barrington wird aufhören zu existieren.«

»Nicht, wenn Eure Revolution gelingt, Doktor. Wenn sie fehlschlägt, dann habe ich meine Brücken ohnehin abgebrochen. Kommt jetzt.«

Gemeinsam holten sie daraufhin einige der gepolsterten Sessel und Sofas aus dem Wohnzimmer, türmten sie vor der Kellertreppe auf und begossen sie mit Kerosin. Dann verteilten sie den Brennstoff im Haus, tränkten sorgfältig jeden Teppich und den unteren Teil der Vorhänge.

Monique kam in Reitkleidung und mit zwei Koffern in der Hand zurück. »Ich habe dir auch etwas eingepackt ...« Sie erstarrte beim Anblick des Durcheinanders. »Was, um Himmels willen ... und was riecht hier so scheußlich?«

»Kerosin«, sagte er.

»Aber ... mein Gott!«

»Du kannst schon die Pläne für unser nächstes Haus entwerfen«, versprach er ihr.

Plötzlich hörten sie lautes Klopfen an der Kellertür. Robert ging hin und rief: »Wenn Ihr nicht sofort damit aufhört, werde ich ein paar Kugeln hindurchschießen.«

Natürlich würde keine Kugel die feuersichere Tür durchdringen können, aber davon wußten die Gefangenen schließlich nichts. Robert und Sun liefen zu den Stallungen und sattelten drei Pferde. Monique kam nach. Sobald sie fertig waren, kehrte Robert zum Haus zurück und ging zu den aufgetürmten Möbelstücken vor der Kellertreppe. Eine Sekunde lang stand er da und betrachtete sie, dann drehte er sich um und sah sich ein letztes Mal im Haus um. Sein Großvater hatte es als Feriendomizil am Meer bauen lassen, als der Hauptsitz der Familie noch in Nanking gewesen war. Als Nanking 1853 in die Hände der T'ai-P'ing fiel, war die Familie nach Schanghai gezogen. Danach hatte man das Haus immer weiter vergrößert, und heute war es der ehrwürdige Familiensitz der Barringtons. Er war hier geboren worden und hatte fest damit gerechnet, in diesem Haus zu sterben. Nun, dachte er, das wäre ja auch beinahe geschehen.

Es gab keine Zeit, seine Entscheidung zu überdenken. Er zündete ein Streichholz an, warf es zwischen die Möbel und wartete, bis sie auch wirklich brannten. Dann verließ er das Haus und schloß die Tür hinter sich ab.

Monique und Sun warteten mit den Pferden. »Warum können wir nicht den Sampan nehmen?« fragte Monique. »Ist er noch nicht fertig?«

»Doch, aber Yun weiß davon. Wir müssen durchs Land reiten und Tschiang Kai-schek finden.«

Sie führten die Pferde aus den Stallungen, hinaus auf die Straße und anschließend durch die internationale Siedlung. Einige Passanten kreuzten ihren Weg, aber niemand grüßte, denn in der Dunkelheit erkannte man sie nicht.

Dann hörten sie hinter sich lautes Rufen und sahen sich um. Helle Flammen züngelten aus den Fenstern des Hauses empor. Die Rufe wurden lauter, und in der Entfernung konnte man die Glocke der Feuerwehr vernehmen.

»Machen wir uns aus dem Staub«, sagte Robert und schwang sich in den Sattel.

Yüan Schi-Kai hob den Kopf, nachdem er den Bericht auf seinem Schreibtisch gelesen hatte. Er bewegte sich langsam, als ob er erschöpft wäre. »Barrington«, sagte er. »Ich hätte nie geglaubt, daß er sich so etwas trauen würde, solange ich seine Schwester und seinen Adoptivsohn in meiner Gewalt habe.«

»Sollen wir sie hinrichten lassen?« fragte einer seiner Adjutanten.

»Nein«, erwiderte Yüan. »Noch nicht. Sie können uns immer noch von Nutzen sein. In diesem Bericht steht, daß Barrington und Sun zu Pferd in südwestlicher Richtung entkommen sind. Vizekönig Yun hätte sie leicht einholen können. Was für ein Versager!«

»Ich glaube, es muß furchtbar für ihn gewesen sein, die ganze Zeit im Keller zu hocken, während das Haus um ihn herum abbrannte«, sagte der Stabschef, Li Yuan-hung. »Er hat geglaubt, daß er sterben müßte.«

»Das wird er höchstwahrscheinlich auch«, knurrte Yüan. »Auf jeden Fall soll er entlassen werden. Schickt einen kompetenten General nach Nanking und gebt ihm freie Hand, diese Rebellen so schnell wie möglich auszuräuchern.«

Li stand auf. »Und was wird aus Sun?«

»Sun muß auf der Stelle getötet werden, wenn er gefangengenommen wird«, sagte Yüan. »Er ist ein gefährlicher Mann, und er hat zu viele heimliche Anhänger. Wenn er tot ist, haben sie keinen Führer mehr.«

»Und Barrington und seine Frau?«

»Die will ich lebend«, sagte Yüan. »Barrington ist zu wichtig für mich.«

»Könnt Ihr ihm denn je wieder trauen?«

»Nein. Aber ich werde dafür sorgen, daß er mich nie wieder verraten kann. Das wichtigste ist, das Haus Barrington am Leben zu erhalten – einerseits wegen der Devisen, die es ins Land bringt, andererseits, weil es uns ermöglicht, Finanzierungen aus dem Ausland zu bekommen. Ich muß nur James

Barrington aus England zurückholen. Wenn ich Robert und seine schöne Frau in meiner Gewalt habe, werde ich sie schon davon überzeugen, ihren Sohn nach Hause zurückzuholen. Dann habe ich einen Vorstand des Hauses, über den ich verfügen kann. Sollte das mißlingen, dann habe ich immer noch Martin. Aber sie sind beide noch sehr jung. Im Augenblick brauche ich also Robert Barrington.«

»Ihr werdet ihn bekommen«, versprach Li. Er ging zur Tür, hielt inne und drehte sich noch einmal um. »Ich mache mir Sorgen um Eure Gesundheit, Schi-Kai.«

Der Kopf des Marschalls war wieder herabgesunken. Jetzt hob er ihn, während er mühsam atmete. »Ich bin nur müde«, sagte er. »Wärt Ihr das nicht auch, wenn Ihr soviel zu tun hättet? Mir fehlt nichts.«

Kurz darauf betrat er Viktorias Gemächer.

»Europa führt also Krieg«, sagte sie. »Wird uns das irgendwie betreffen?« In ihrer üblichen Arroganz war sie noch nicht einmal aufgestanden, als Yüan eingetreten war, wie es jede chinesische Frau getan hätte, sondern blieb einfach auf dem Diwan liegen. Sie trug seidene Hosen und eine seidene Bluse, beides hellblau und durchsichtig, und keine Schuhe. Sie war die schönste Frau der Welt, und sie gehörte ihm ganz allein.

Trotzdem widerte sie ihn an. Doch davon durfte sie im Moment noch nichts wissen … Er setzte sich neben sie und strich ihr übers Haar. Es fühlte sich so anders an als chinesisches Haar, und das hatte ihn immer fasziniert. »Das kann nur in unserem Interesse sein«, sagte er. »Hast du die Neuigkeiten aus Schanghai gehört? Der Bericht ist gerade angekommen. Dein Bruder hat sich mit den Kuomintang verbündet.« Viktoria setzte sich auf, und die Tageszeitung glitt zu Boden. »Er ist diesem Idioten Yun Li-chow entkommen und mit seiner Frau ins Innere des Landes geflohen. Vorher hat er noch sein Haus niedergebrannt. Ich muß zugeben, dein Bruder hat Stil.«

»Was wird mit ihm geschehen?« flüsterte sie.

»Ich wußte gar nicht, daß du ihn so gern hast, Vicky.«

»Er ist mein Bruder! Ich kann natürlich nicht gutheißen, was er getan hat, aber ich möchte nicht, daß er …« Sie zögerte.

»Enthauptet wird? Ich kann dir versichern, daß ich ihn so

leicht nicht davonkommen lassen würde, wenn ich ihn in die Finger kriege. Das gleiche gilt für seine Frau. Aber ich will ihm gar nichts antun. Er ist nichts weiter als ein armer, irregeleiteter Narr. Natürlich werde ich nach ihm suchen und ihn angemessen bestrafen, aber Hinrichtung ... das wäre nicht richtig.«

»Was ist mit Sun?«

»Nun, ich sehe keinen Grund, *ihn* am Leben zu lassen. Aber es tut mir leid, Vicky. Ich glaube nicht, daß du bei seiner Hinrichtung zusehen kannst. Ich habe nicht die Absicht, ihn nach Peking zurückzubringen.«

Viktoria fuhr sich mit den Händen durchs Haar. »Wie konnte Robert nur so etwas tun?«

Yüan lächelte und spielte mit ihren Brüsten. »Wenn er gefangen wird, werden wir ihn das fragen müssen.« Sie rang vor Schmerz nach Luft, als sich seine Finger plötzlich wie Eisenklammern um ihre Brüste legten.

Robert Barrington stand auf der Anhöhe und betrachtete die Männer, die unter ihm vorüberzogen. Es waren die Überbleibsel einer Armee.

Das war sogar noch ein Kompliment, denn eigentlich hatte dieser ungeordnete Haufen mit einer Armee nur wenig gemein. Yüans Truppen, die über Artillerie und Maschinengewehre verfügten, hatten sie nichts entgegenzusetzen. Nachdem die Rebellen fast vernichtet waren, zogen sie sich in die Berge südlich von Hankau zurück. Gebeugt und teilweise verwundet schleppten sie sich dahin, aber jeder Mann trug noch sein Gewehr und seinen Patronengürtel. Robert hörte ein Geräusch hinter sich und drehte sich um. Er sah Tschiang Kai-schek, der gerade vom Pferd stieg. »Kein schöner Anblick«, meinte der junge Oberst.

»Ich bringe Soldaten kein Glück«, erwiderte Robert niedergeschlagen. »Auch der Marine habe ich kein Glück gebracht.«

Das finstere Gesicht des Oberst hellte sich zu einem halben Lächeln auf. »Wir werden den alten Hund schon überleben, Mr. Barrington.«

Sie kehrten ins Lager zurück, nachdem sie sich vergewissert hatten, daß ihnen Yüans Truppen nicht gefolgt waren. Hier hielt Sun wie gewöhnlich hof, erließ Verfügungen, hörte sich Petitionen an, als ob er und nicht Yüan Herrscher über China wäre, als ob sein Reich wenigstens ein paar Quadratmeilen groß wäre und nicht nur die wenigen Quadratkilometer des Lagers umfaßte.

Aber hier war auch Monique, die den chinesischen Frauen half, Suppe an die hungrigen Männer auszuteilen. Sie trug chinesische Kleidung, und ihr blauer Kittel und die gleichfarbigen Hosen waren vom Regen ganz durchnäßt, die Stiefel voller Schlamm. Nur ihr rotbraunes Haar, das unter dem flachen Strohhut hervorquoll, unterschied sie von den anderen Frauen. Das, und die Art, wie ihre Augen aufleuchteten, als sie ihren Mann erblickte. »Ich hatte schon Angst ... aber jetzt bist du ja hier.«

»Wir brechen in einer Stunde auf«, sagte er ihr. »Yüans Leute sind zu nah.«

Sie ließ die Schultern für einen Moment hängen. »Weiter in die Berge? Wenn das so weiter geht, sind wir bald in Kanton.«

»Du wirst auf jeden Fall dorthin gehen. Sun schickt seine Verwundeten nach Kanton«, sagte Robert. »Du wirst mit ihnen gehen und ein Schiff nach Hongkong nehmen. Ich habe dort Geld deponiert. In Hongkong bist du in Sicherheit und kannst abwarten, bis ich zu dir komme.«

»Und wann wird das sein?«

»Das weiß der Himmel. Wenn Sun des Kämpfens müde wird.« Sie waren schon seit mehr als achtzehn Monaten im Feld und wurden von den Regierungstruppen hin- und hergejagt. Bisher war es ihnen wie durch ein Wunder gelungen, der völligen Niederlage zu entgehen. Doch sie hatten keine Siege zu verzeichnen, und dies war kein Ort für eine Frau wie Monique. Es gab Zeiten, da war er der Verzweiflung nah. Wären die Umstände anders gewesen, dann hätte er sich vielleicht selbst nach Hongkong begeben, ja sogar nach Europa, um dort um Unterstützung zu ersuchen. Aber Europa war in einen gigantischen Krieg verwickelt, und im Jahr 1915 waren auch die Alliierten einem Sieg keinen Schritt näher gekom-

men. Sie hatten auf den Dardanellen eine Niederlage hinnehmen müssen, und auch ihre massiven Vorstöße an der West-
front waren in Blut und Schlamm erstickt. Es gab wenig Hoffnung, daß das Jahr 1916 erfolgreicher werden würde.

»Wenn du bei der Armee bleibst, dann bleibe ich auch«,
sagte Monique.

»Das ist nicht dein Kampf, Monique.«

»Ist es denn deiner?«

»Ja. Ich habe Sun schon einmal im Stich gelassen. Das darf
sich nicht wiederholen.«

»Aber kannst du ihm überhaupt helfen, als gewöhnlicher
Soldat? Selbst als Offizier? Könntest du nicht mehr für ihn
tun, wenn du nach Hongkong gehen würdest, um Geld aufzutreiben?«

»Es ist eine Frage der Ehre, Liebling. Solange ich bei ihnen
bin, haben sie das Gefühl, daß die Barbaren sie nicht vergessen haben.«

»Obwohl wir beide wissen, daß es so ist.«

»Ich muß hierbleiben, Monique. Irgendwann wird es schon
zu Ende sein.«

Sie zuckte die Achseln. »Dann muß ich auch bleiben, bis es
vorbei ist.«

Yüan Schi-Kai starrte das Blatt auf seinem Schreibtisch an.
»Was ist das?« fragte er mit scharfer Stimme. »Was ist das?«

Jeder im Raum zitterte, sogar Li Yuan-hung. »Der japanische Minister hat es mir heute morgen gegeben, Exzellenz.«

»Sie besitzen die Unverschämtheit, mir dies zu schicken?«
brüllte Yüan. »Einundzwanzig Forderungen? Forderungen?
Sie wollen die Halbinsel Shantung besetzen? Um die Mandschurei zu kontrollieren? Und wir sollen nur mit ihnen Handel treiben und mit niemandem sonst? Was glauben sie denn,
wer ich bin, ihre Marionette? Bilden sich die Japaner allen
Ernstes ein, sie könnten uns dazu zwingen?«

»Sie nutzen offensichtlich die Situation zu ihrem Vorteil
aus«, sagte Li vorsichtig. »Die Tatsache, daß der Krieg in
Europa kein Ende findet; daß die Briten im letzten Jahr nur

Niederlagen einstecken mußten und die Dardanellen nicht einnehmen konnten. Außerdem bereiten die Deutschen gerade eine gigantische Offensive in Verdun vor. Die Japaner wissen, daß die Barbaren im Augenblick weder einschreiten wollen noch können, aber auch, daß die Franzosen, Briten und Russen die Hilfe der Japaner brauchen.«

»Das werden wir ja sehen«, schimpfte Yüan.

»Im übrigen«, fuhr Li fort, »muß ich Euch leider mitteilen, daß sie Euch für einen Hochstapler halten, den die Ereignisse bald von selbst wegfegen werden. Sie wissen natürlich von der Rebellion im Süden.« Yüan funkelte ihn wütend an, aber Li ließ sich davon nicht einschüchtern. »Es ist wichtig, sich all das bewußt zu machen, Exzellenz, damit man die Feinde angemessen bekämpfen kann.«

Yüan stand auf und ging im Zimmer auf und ab. »Ein Hochstapler soll ich sein? Wir werden es denen schon zeigen. Ich werde mich selbst zum Kaiser ernennen. Das habe ich schon lange vor. Jetzt ist der richtige Zeitpunkt, um eine neue Dynastie zu gründen. Laßt die Japaner ruhig spotten.«

Die Anwesenden traten unsicher von einem Fuß auf den anderen, und Yüan sah sie der Reihe nach an, bevor er zu Li zurückging. »Sie werden das nicht akzeptieren, Exzellenz«, sagte Li.

»Wer wird das nicht akzeptieren? Die Barbaren? Was können sie schon tun? Ihr habt mir gerade gesagt, daß die Japaner unsere Hegemonie gefährden, weil sie wissen, daß die Barbaren zu sehr mit sich selbst beschäftigt sind, um sie dafür zur Rechenschaft zu ziehen. Nun, was gut ist für die Gans, ist auch gut für den Gänserich, oder?«

»Ich habe nicht die Barbaren gemeint, Exzellenz. Ich bezweifle, daß das *Volk* es akzeptieren wird.«

»Das Volk?« schrie Yüan.

»Und die Intellektuellen, die mächtigen Kaufleute. Sie werden Euch nicht akzeptieren. Und was Suns Leute angeht ...«

»Suns Leute!« brüllte Yüan. »Suns Leute sind erledigt. Ich habe gerade Nachricht erhalten, daß sie schon wieder geschlagen worden sind.«

»Sie haben sich in die Berge zurückgezogen, Exzellenz. Aber sie sind noch nicht vernichtet.«

»Vernichtet«, knurrte Yüan. Entsetzt mußten seine Offiziere mit ansehen, daß seine Beine ihn nicht mehr trugen, so daß er halb aufs Sofa fiel. Sein Atem ging stoßweise, aber er sprach immer noch. »O ja, wir werden sie vernichten. Ihr werdet entsprechende Anweisungen geben. Ich verlange, daß jeder Mann, jede Frau und jedes Kind, jede Kuh, jedes Schaf, jeder Hund und jedes Huhn in den Bergen getötet wird. Ich will, daß die Flüsse und Seen vergiftet werden, so daß es keine Fische mehr gibt. Jeder Baum soll gefällt werden und jedes Getreidefeld zertrampelt. Jedes Haus soll niedergebrannt werden. Habt Ihr das verstanden? Ich will, daß diese Leute *vernichtet* werden!«

Seine Offiziere schluckten und warfen sich gegenseitig nervöse Blicke zu. »Abgesehen von Dr. Sun, Barrington und seiner Frau«, fuhr Yüan mit leiser Stimme fort. »Ich will, daß sie in einem Käfig hierhergebracht werden, damit ich sie sehen kann. Wißt Ihr, was ich mit ihnen tun werde? Martin, komm her.«

Martin fuhr sich nervös mit der Zunge über die Lippen, als er aus der Reihe der Adjutanten heraustrat und vor seinem Gebieter Haltung annahm.

»Ich werde dir sagen, was ich mit ihnen tun werde«, flüsterte Yüan. »Ich werde die Männer kastrieren lassen, und der Frau werde ich die Brüste abschneiden lassen. Anschließend nähe ich sie wieder zusammen und stelle sie in den Käfigen zur Schau, von einem Ende Chinas bis zum anderen. Ich werde ihnen ihr eigenes Fleisch zu essen geben. Ich werde ...« Seine Stimme war ganz heiser vor Erregung, und er brach zusammen.

»Er ist wahnsinnig«, sagte Li Yuan-hung der kleinen Gruppe von Männern. »Glücklicherweise liegt er aber auch im Sterben. Daran kann kein Zweifel bestehen. Wir müssen nur abwarten und uns bereithalten.«

»Was habt Ihr vor, Exzellenz?« fragte einer der Männer.

»Ich möchte die Republik wiederherstellen«, sagte Li.

»Mit Euch als Präsidenten?«

»Das wird am Anfang wohl nötig sein. Aber ich werde auch die Beziehung zu Dr. Sun wiederherstellen.«

»Und die Japaner, Exzellenz?«

Li zuckte die Achseln. »Mit den Japanern werden wir uns wohl befassen müssen. Irgendwann.« Er sah sie der Reihe nach an, bis sein Blick schließlich auf Martin Barrington ruhte. »Ich bitte Euch alle, handelt nicht unüberlegt.«

Martin saß neben Viktoria und flüsterte ihr ins Ohr. Ihr Gesichtsausdruck war hart und unnachgiebig. »Marschall Li ist ein Verräter«, sagte sie. »Er wartet nur darauf, daß Yüan stirbt.«

»Das tun wir alle«, erwiderte Martin.

»Und was glaubst du, wird dann geschehen?«

»Marschall Li hat vor, mit Dr. Sun Verhandlungen aufzunehmen.«

»Niemals«, sagte Viktoria entschieden.

»Tante Vicky, es ist unvermeidbar. Yüan wird uns alle in den Abgrund ziehen. Er tut nichts anderes, als seine Armee zu inspizieren. Außerdem träumt er davon, Kaiser zu werden, obwohl er weiß, daß es unmöglich ist, daß ihn das Volk nie akzeptieren wird. Natürlich können wir Suns Leute auf dem Schlachtfeld besiegen, das haben wir ja mehrfach bewiesen. Aber wenn wir sie nicht dazu bewegen können, den Kampf aufzugeben, dann werden wir am Ende doch noch verlieren. Und jetzt, wo uns auch noch die Japaner im Nacken sitzen, müssen wir die Auseinandersetzungen im Land so schnell wie möglich beenden.«

»Du willst den Marschall absetzen«, sagte Viktoria. »Und dieser schleimigen Kröte erlauben, seine Stelle einzunehmen.«

Martin seufzte. »Ich möchte nur China vor einem schrecklichen Bürgerkrieg bewahren, in dessen Verlauf wir weitere Gebiete verlieren werden.«

»Du bist ein …« Viktoria hielt inne, da die Tür aufging. Hastig stand sie von ihrem Sofa auf und verbeugte sich. Martin nahm Haltung an.

Yüan starrte sie mehrere Sekunden lang an, während sich ein unangenehmer Geruch im Raum verbreitete. Dann sagte er: »Was gibt es hier – eine Verschwörung?«

»Natürlich nicht, Exzellenz«, entgegnete Viktoria. »Wir haben uns nur über einige private Angelegenheiten unterhalten.«

»Angelegenheiten«, knurrte Yüan. »Ich kenne dich, du Hure!« Viktoria gab keine Antwort. Sie stand bewegungslos da, selbst als Yüan auf sie zukam und ihr mit den Fingern unsanft durchs Haar fuhr. »Hure!« brüllte er noch einmal. »Du bist eine Hure, eine verräterische Hure! Du gehst einfach irgendwohin, wo du glaubst, willkommen zu sein. Du bist vor deinen Brüdern zu Tang geflohen, und dann hast du dich mir in die Arme geworfen.«

»Exzellenz …« Viktoria bebte vor Wut.

»Und jetzt planst du deine nächste Flucht«, sagte Yüan. »Du und dein Balg.«

Viktoria rollte die Augen und blickte Martin an, der die Szene still mit ansah. »Laß uns allein«, sagte sie.

Aber Martin machte statt dessen einen Schritt auf sie zu, als er ihr schmerzverzerrtes Gesicht sah. Yüans Finger verkrallten sich jetzt in ihrem Haar. »Exzellenz …«

»Zu Hilfe!« schrie Yüan. »Ich werde angegriffen!«

Die Türen flogen auf, und Yüans Leibwache stürzte herein. Martin war unbewaffnet, aber selbst wenn er bewaffnet gewesen wäre, hätte er keine Chance gegen diese Horde von Männern gehabt, die seine Arme nach hinten rissen und ihn auf die Knie zwangen. »Exzellenz«, protestierte er.

»Du wirst sterben«, knurrte Yüan.

»Sterben?« rief Martin. »Was habe ich denn getan? Habe ich Euch nicht mein ganzes Leben lang treu gedient?«

»Du bist ein Barrington«, sagte Yüan. »Ich werde jeden ausmerzen, der diesen Namen trägt. Jeden. Bringt ihn fort.«

»Yüan!« schrie Viktoria. »Ihr könnt doch nicht meinen Sohn umbringen!« Martin starrte sie fassungslos an. »Ja«, keuchte Viktoria. »Du bist mein Sohn. Tang Li-chung war dein Vater. Robert hat dich adoptiert, weil ich dich nicht selbst aufziehen durfte. Aber du bist mein Sohn! Yüan …«

»Ein passender Sohn für eine solche Mutter«, sagte Yüan. »Ihr werdet den Tod der tausend Schnitte sterben. Alle Barringtons werden sterben. Bringt sie hinaus. Ich werde ihrer Hinrichtung beiwohnen. Bringt sie hinaus!« Erschöpft fiel er aufs Sofa.

Li Yuan-hung stand neben dem Arzt, der sich die Hände wusch. Auf dem Bett lag Yüan und rang nach Luft; der schale Geruch seines Schweißes erfüllte den Raum.

»Ich kann nichts tun«, sagte der Arzt leise. »Das Gift der Nieren hat sich in seinem ganzen Körper verbreitet. Ich kann nichts tun.«

Li winkte ihn fort und ging zum Bett. Was auch immer jetzt aus diesem Mann geworden war, sie waren einmal Freunde gewesen. Eine halbe Ewigkeit hatten sie zusammen gedient und gekämpft. Aber wichtiger war, daß sie beide an China geglaubt hatten. Erst am Ende hatten sich ihre Ansichten voneinander entfernt. »Was hat er gesagt?« fragte Yüan.

»Er sagt, daß es keine Hoffnung mehr gibt«, antwortete Li.

Yüan schwieg mehrere Sekunden lang. Dann murmelte er: »Es gibt noch soviel zu tun.« Er ergriff die Hand seines Freundes. »Wirst du meinen Traum verwirklichen, Li?«

»Ich werde tun, was zu tun ist«, erwiderte Li vorsichtig.

Yüans Augen öffneten sich, und er starrte seinen Kameraden an. »Gar nichts wirst du tun«, sagte er schließlich. »Du bist kein Bannersoldat. Du bist nie ein Bannersoldat gewesen.«

»Du auch nicht«, entgegnete Li. »Nur Mandschus waren Bannersoldaten, und du hast die Mandschus vernichtet.«

»Ich bin von der Kaiserin zum Bannersoldaten ernannt worden«, sagte Yüan. »Von T'se-hi höchstpersönlich. Ich war ihr letzter Bannersoldat. Das hat sie gesagt.« Er seufzte tief und schloß die Augen. »Der letzte Bannersoldat«, murmelte er. Es war still im Zimmer, bis Yüan seine Augen wieder öffnete. »Töte die Barringtons«, sagte er. »Sie sind wie ein Krebsgeschwür. Ich habe geglaubt, Robert würde mich unterstützen, aber das war ein Irrtum. Sie müssen alle sterben. Ich möchte sie sterben sehen. Jetzt gleich. Den Tod der tausend Schnitte. Unter meinem Fenster soll es geschehen, damit ich zusehen kann.«

Li Yuan-hung blickte in das fahle, fleckige Gesicht auf dem Bett und dann in die Gesichter der anderen Männer im Raum. Er steckte in der Zwickmühle. Für die Barringtons hatte er nicht viel übrig, besonders nicht für Viktoria und ihren Sohn. Aber er wußte, daß er mit Sun Yat-sen verhandeln mußte ... und das bedeutete, daß er auch mit Robert Barrington verhandeln mußte.

Wenn er sich jedoch weigerte oder auch nur versuchte, die Hinrichtung zu verzögern, würde Yüan am Ende auch noch seine eigene Hinrichtung anordnen.

Aber der Tod der tausend Schnitte ... Es war die älteste und schrecklichste aller Strafen: Dem nackten Körper des Verurteilten wurde ein Korsett aus Eisenringen oder -bändern angelegt, durch dessen Zwischenräume das Fleisch hervorquoll, wenn man es fest anzog. Dieses Fleisch wurde dann abgeschnitten, das Korsett wieder fester gezogen und der ganze Vorgang wiederholt. Durch häufiges Blutstillen konnte ein geschickter Henker sein Opfer über Stunden am Leben erhalten, manchmal sogar Tage, bevor lebenswichtige Organe erreicht wurden. Die Qualen des Opfers waren unvorstellbar. »Sind sie bereit?« murmelte Yüan.

»Ich werde es arrangieren«, erwiderte Li. Er winkte einen der wartenden Offiziere zu sich ans andere Ende des Zimmers und flüsterte ihm seine Anweisungen ins Ohr. Der Offizier salutierte daraufhin und verließ das Zimmer.

Martin Barrington hob den Kopf, als er auf dem Gang, der zu seiner Zelle führte, Schritte hörte. In den letzten Tagen hatte er dort gelegen, ohne zu wissen, was mit seiner Mutter, seiner Frau oder seinem Sohn geschehen war. Seine Mutter! Wie klar ihm plötzlich alles erschien. Mit einem Mal fügten sich die Merkwürdigkeiten seines Lebens zu einem logischen Ganzen. Wenn er es nur früher gewußt hätte!

Jetzt wußte er nicht, wie die Zukunft aussehen würde. Er

hatte der bedrückenden Unsicherheit, kein leiblicher Barrington zu sein, entkommen wollen und sich an einen Wahnsinni-
gen gebunden. Jetzt würde er dafür bezahlen, daran zweifelte
er nicht. Aber Lu-shang und der Junge! Und Mutter! Es war
sehr wahrscheinlich, daß Viktoria ihm nur gefolgt war und
sich Yüan unterworfen hatte, um in seiner Nähe sein zu können. Ihr Tod würde also das Ergebnis seines grenzenlosen
Ehrgeizes sein.

Vor Martins Tür hatte sich ein Hauptmann postiert. Die
Tür ging auf, und Martin nahm Haltung an. Der Hauptmann
verschwendete keine Zeit und kam gleich zur Sache. »Ihr seid
zum Tode verurteilt, und das Urteil soll auf der Stelle vollzogen werden.« Martin atmete langsam ein. Der Hauptmann
zog seinen Revolver. »Li Yuan-hung hat mich geschickt, Euch
diesen Revolver zu geben.« Er streckte ihm die Waffe entgegen.

Martin starrte sie nur an.

»Eure Mutter, Eure Frau und Euer Kind befinden sich in
einer Zelle am Ende des Ganges«, sagte der Hauptmann. Von
seinem Gürtel nahm er einen Schlüsselring und suchte einen
heraus. »Dies ist der Schlüssel für ihre Tür. Danach seid Ihr
auf Euch gestellt.«

Martin nahm den Revolver noch immer nicht. »Der Wach-
raum liegt gleich die Treppe hinauf«, sagte er.

Der Hauptmann nickte. »Er ist voller bewaffneter Männer.
Sie warten auf Euch. Auf Euch alle.«

Martin runzelte verwirrt die Stirn. »Und Ihr erwartet von
mir, daß ich meine Familie in den sicheren Tod führe?«

»Es wird sehr schnell gehen«, versprach der Hauptmann.
»Ihr habt mein Wort und das Wort Li Yuan-hungs. Die Männer warten darauf, Euch, Eure Mutter, Eure Frau und Euer
Kind in den Hof unter Marschall Yüans Fenster zu bringen,
wo Ihr alle den Tod der tausend Schnitte erleiden sollt, zuerst
Euer Sohn, dann Eure Frau, dann Eure Mutter und zum
Schluß Ihr selbst. Es liegt bei Euch, ob Ihr das zulassen wollt,
oder ob Ihr bei einem Fluchtversuch erschossen werdet. Ich
wiederhole, meine Männer werden genau zielen, um Euch
sofort zu töten, und es wird keine Verstümmelung der Lei-

chen geben. Wenn Ihr Euch geschickt anstellt, werden Eure Angehörigen bis zum letzten Moment gar nicht wissen, daß sie sterben werden.«

Martin starrte ihn an und dann den Revolver. Seine Gedanken überschlugen sich. Er hätte nie geglaubt, daß er einmal eine solche Entscheidung würde treffen müssen. Seine gesamte Familie ... eine Hälfte in ihm wehrte sich schreiend dagegen, den Revolver zu nehmen. Warum sollte er nicht einfach abwarten, was geschah? Solange sie lebten, gab es Hoffnung. Aber die andere Hälfte sagte ihm, daß es keine Hoffnung mehr gab, daß er, wenn er nicht handelte, zusehen mußte, wie seine Mutter, seine Frau und sein Sohn vor seinen Augen langsam in Stücke geschnitten wurden. Ihre Schreie würden ihn auf dem Weg ins Jenseits begleiten. »Ihr müßt Euch entscheiden, jetzt gleich«, sagte der Hauptmann.

Martin holte tief Luft und nahm den Revolver.

Feuerwerk explodierte am Himmel, Gewehrsalven wurden abgegeben, und die Menge kreischte und jubelte. Sun und Robert, Monique und Tschiang Kai-schek betrachteten die weiße Flagge in der Hand des Boten – er trug die Uniform eines Offiziers Yüans. Der Bote stieg vom Pferd und salutierte. Dann übergab er ihnen ein Dokument. Das Gerücht war ihm bereits vorausgeeilt, daher die Feierlichkeiten, aber dies war die offizielle Bestätigung. Sun las es und hob dann den Kopf. »Es ist wahr. Yüan Schi-Kai ist tot. Es ist vorbei.«

»Weil Yüan tot ist?« Tschiang war skeptisch.

»Li Yuan-hung lädt mich zu Verhandlungen ein«, entgegnete Sun. »Er möchte die Kämpfe beenden.«

»Das klingt vielversprechend«, sagte Robert und wartete.

Sun gab ihm eines der Blätter. »Hier ist auch eine Nachricht für Euch, Barrington.«

Der Brief war von Li Yuan-hung. Robert las. »Ich bedauere, Euch mitteilen zu müssen, daß Euer Neffe, Martin, mitsamt seiner Mutter, seiner Frau und seinem Kind versucht haben, aus dem Gefängnis zu fliehen. Alle vier sind daraufhin von Wachen erschossen worden. Sie waren auf Befehl Marschall

Yüans im Gefängnis, der, wie ich fürchte, am Ende seines Lebens nicht mehr im Vollbesitz seiner geistigen Kräfte gewesen ist. Er hatte sie zum Tode verurteilt, aber ich hatte gehofft, sie bis zum Tod des Marschalls am Leben zu erhalten. Diese Hoffnung hat sich nun leider zerschlagen. Darf ich Ihnen hierzu mein tiefempfundenes Beileid aussprechen? Ich hoffe, daß wir jetzt, wo der Dämon tot ist, wieder zusammenarbeiten können. Li.«

Robert gab Monique das Papier. »Glaubst du ihm?« fragte sie, nachdem sie die Zeilen gelesen hatte.

»Nein. Aber ich glaube ihm, wenn er sagt, daß sie tot sind. Man könnte wohl sagen, daß Vicky das Schicksal einmal zu oft herausgefordert hat.«

»Es tut mir wirklich leid«, sagte Sun. »Aber es gibt soviel zu tun. Zuerst einmal müssen wir die Küste sichern.«

»Traut Ihr Li?«

»In seinem Brief steht, daß er seine Verhandlungsbereitschaft mir gegenüber der ganzen Welt kundgetan hat. Das muß ich glauben. Außerdem ist er anders als Yüan.«

»Das ist wohl wahr«, räumte Robert ein. »Er hat weder dessen Charakterstärke noch dessen Ruchlosigkeit. Das kann für Euch von Vorteil sein, aber es gibt auch eine Kehrseite. Er wird seine Generäle, seine Vizekönige und seine Mandarine nicht so gut in der Gewalt haben.«

Sun nickte. »Ich habe nie angenommen, daß es eine leichte Aufgabe sein würde, China in eine Demokratie zu verwandeln. Aber ich habe mein Leben dieser Aufgabe gewidmet, und da werde ich jetzt nicht aufgeben. Werdet Ihr mir helfen, Barrington?«

Robert zögerte und warf Monique einen Blick zu. Ihr Gesicht war ausdruckslos, aber er konnte sich vorstellen, was sie jetzt dachte. »Nein«, sagte er.

Sun runzelte die Stirn.

»Versteht mich nicht falsch, Sun« sagte Robert. »Ich habe den größten Respekt vor Euch und Eurer Aufgabe. Aber ich kann Euch dabei nicht mehr helfen. Mein Ur-Urgroßvater, Robert Barrington, ist nach China gekommen, um den Ch'ing zu dienen. Jetzt gibt es die Ch'ing nicht mehr, und auch von meiner Familie sind nur noch ich, meine Frau und mein Sohn übrig. Ich glaube, die Barringtons haben China nichts mehr anzubieten. Es würde nicht gut ausgehen, wenn wir hierblieben.«

Monique seufzte vor Erleichterung.

»Und Euer Haus?« fragte Sun.

Robert grinste. »Ich vermache es den Kuomintang.«

Sun dachte einen Augenblick lang nach, dann nickte er. »Vielleicht habt Ihr recht.« Er lächelte jetzt ebenfalls. »Ihr habt den Ch'ing, wie Ihr richtig sagt, lange und treu gedient. Wißt Ihr, daß Yüan Schi-Kai sich gern als der letzte Bannersoldat bezeichnet hat? Aber Eure Treue der Dynastie gegenüber hat seine weit übertroffen. Ich glaube, daß in Wahrheit Ihr der unwiderruflich letzte Bannersoldat seid, Robert Barrington. Nun geht mit Gott und seid erfolgreich.«

EPILOG

Robert Barrington hatte recht mit seinen Befürchtungen über die Zukunft. Li Yuan-hung war sowohl ehrlich als auch schwach. Aus dem Chaos, in das China versunken war, erschuf Sun Yat-sen einen lebensfähigen Staat, aber seine Macht erstreckte sich nur auf die Gebiete südlich des Jangtsekiang. Im Norden herrschten bürgerkriegsähnliche Zustände, als immer neue Militärführer die Gebiete unter sich aufteilten. Sun wandte sich auf seiner Suche nach Hilfe an die russischen Kommunisten, doch nach seinem Tod 1924 trieb die Nation führerlos dahin. Tschiang Kai-schek trat an seine Stelle, aber die Anarchie wuchs, als in China eine eigene kommunistische Partei entstand.

Im großen Krieg gegen Japan, der von 1937 bis 1945 dauerte, mußten interne Streitigkeiten schließlich zurückstehen, und nach seinem Ende waren die Kommunisten bereit, die Macht zu übernehmen und das Land wieder zu einer Einheit zusammenzufassen, wie es seit dem Tode T'se-his nicht mehr möglich gewesen war.

Aber da war das Haus Barrington längst vergessen.

ENDE

Band 13 909

Alan Savage
**Die Königin
von Neapel**
Deutsche
Erstveröffentlichung

Königin Johanna I. von Neapel (1326–1382) war schon zu
Lebzeiten ein Mythos. Zahllose Legenden ranken sich um
diese Frau, die fast vierzig Jahre lang die Geschicke ihres
Landes bestimmte. Machtbewußt und sinnlich, sieht sie sich
von Beginn ihrer Regentschaft an zahllosen Gefahren und
Intrigen ausgesetzt. Freundschaft und Beistand erfährt sie
nur von ihrer Zofe Richilde Benoit, die im Auftrag ihrer Herrin
abenteuerliche Missionen zu bestehen hat. Als Frau auf dem
Herrscherthron muß sich Johanna unentwegt gegenüber den
patriarchalischen Strukturen des Mittelalters behaupten.
Aber nach der Ermordung ihres Gatten steht die Herrschaft
unter einem ungünstigen Stern, und die Blutschande
bestimmt ihr weiteres Schicksal.

Band 13 875
Alan Savage
**Die weiße
Lotosblüte**
Deutsche
Erstveröffentlichung

Anno 1793: Im Auftrag des englischen Königs segelt Lord Macartney nach China. Er soll die Möglichkeiten gewinnbringender Handelsbeziehungen erkunden. Als eine Art Dolmetscher hat er einen gewissen Robert Barrington im Gefolge, einen Abenteurer, der schon lange im Fernen Osten heimisch ist.
Lord Macartney scheitert mit seiner Mission an der Gleichgültigkeit des chinesischen Königs. Robert Barrington aber lernt bei dieser Gelegenheit Sao kennen. Er ahnt nicht, daß ihn diese junge ehrgeizige Chinesin in die politischen Kämpfe verwickeln wird, die ›der weiße Lotos‹, ein politischer Geheimbund überall in China entfacht.

Band 13 985
Thomas Gifford
Gomorrha
Deutsche
Erstveröffentlichung

US-Präsident Charles Bonner hat den Geheimdiensten, die ein bedrohliches Eigenleben entwickelt haben, den Kampf angesagt. Sein schärfster Gegner ist dabei Bob Hazlitt, der republikanische Herausforderer um das Präsidentenamt, Multimilliardär und Kopf des ›Heartland‹ genannten Kommunikationsimperiums, das für zivile und militärische Zwecke Satelliten baut.
Die Situation spitzt sich für den amtierenden Präsidenten zu, als sein persönlicher Anwalt tot aufgefunden wird. Er bittet daher seinen Freund aus Studientagen, Ben Driskoll, sich der Sache anzunehmen. Alle Spuren führen nach ›Heartland‹, und Driskoll stößt auf ein geheimes Rüstungsvorhaben von ungeahnten Ausmaßen.

THOMAS GIFFORD, Autor des weltweiten Bestsellers ›Assassini‹, hat mit ›Gomorrha‹ seinen zweiten Polit-Thriller um die Figur des Ex-Jesuiten Ben Driskoll geschrieben. Und die Macht der amerikanischen Geheimdienste ist nicht weniger bedrohlich als die des Vatikans …

Band 13 967
Glenn Meade
**Operation
Schneewolf**
**Deutsche
Erstveröffentlichung**

Es ist Winter 1952. Mit dem Mut der Verzweiflung flieht Anna Chorjowa aus einem sowjetischen Gulag. Über Finnland gelangt sie nach Amerika, wo die junge Frau ein neues Leben anfangen will. Aber der amerikanische Geheimdienst hat andere Pläne mit Anna: Sie soll helfen, den US-Top-Agenten Alex Slanski in Moskau einzuschleusen. Die Belohnung, die ihr winkt, wäre mit allem Gold dieser Welt nicht aufzuwiegen ...

›OPERATION SCHNEEWOLF vereint die Kraft und Genauigkeit eines historischen Romans mit der gnadenlosen Spannung eines Thrillers, der von einem Höhepunkt zum nächsten jagt.‹
Cosmopolitan